A Garota do Penhasco

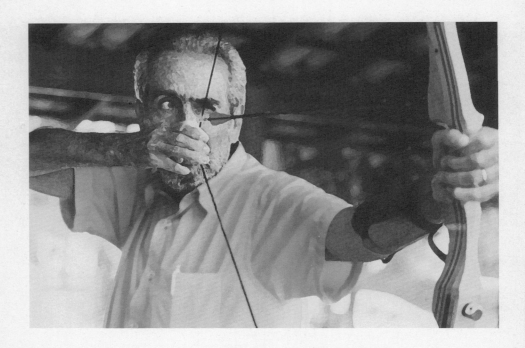

O Arqueiro

GERALDO JORDÃO PEREIRA (1938-2008) começou sua carreira aos 17 anos, quando foi trabalhar com seu pai, o célebre editor José Olympio, publicando obras marcantes como *O menino do dedo verde*, de Maurice Druon, e *Minha vida*, de Charles Chaplin.

Em 1976, fundou a Editora Salamandra com o propósito de formar uma nova geração de leitores e acabou criando um dos catálogos infantis mais premiados do Brasil. Em 1992, fugindo de sua linha editorial, lançou *Muitas vidas, muitos mestres*, de Brian Weiss, livro que deu origem à Editora Sextante.

Fã de histórias de suspense, Geraldo descobriu *O Código Da Vinci* antes mesmo de ele ser lançado nos Estados Unidos. A aposta em ficção, que não era o foco da Sextante, foi certeira: o título se transformou em um dos maiores fenômenos editoriais de todos os tempos.

Mas não foi só aos livros que se dedicou. Com seu desejo de ajudar o próximo, Geraldo desenvolveu diversos projetos sociais que se tornaram sua grande paixão.

Com a missão de publicar histórias empolgantes, tornar os livros cada vez mais acessíveis e despertar o amor pela leitura, a Editora Arqueiro é uma homenagem a esta figura extraordinária, capaz de enxergar mais além, mirar nas coisas verdadeiramente importantes e não perder o idealismo e a esperança diante dos desafios e contratempos da vida.

Lucinda Riley

A Garota do Penhasco

ARQUEIRO

Título original: *The Girl on the Cliff*

Copyright © 2011 por Lucinda Riley
Copyright da tradução © 2019 por Editora Arqueiro Ltda.

Todos os direitos reservados. Nenhuma parte deste livro pode ser utilizada ou
reproduzida sob quaisquer meios existentes sem autorização por escrito dos editores.

tradução: Fernanda Abreu

preparo de originais: Beatriz D'Oliveira

revisão: Hermínia Totti e Livia Cabrini

diagramação: Abreu's System

capa: DuatDesign

imagens de capa: penhasco: © Chris Clor / Blend Images LLC / Getty Images
casa: © Mark Spokes / Shutterstock
mulher: © Rekha Garton / Trevillion Images

impressão e acabamento: Associação Religiosa Imprensa da Fé

CIP-BRASIL. CATALOGAÇÃO NA PUBLICAÇÃO
SINDICATO NACIONAL DOS EDITORES DE LIVROS, RJ

R43g	Riley, Lucinda
	A garota do penhasco/ Lucinda Riley; tradução de Fernanda
	Abreu. São Paulo: Arqueiro, 2019.
	416 p.; 16 x 23 cm.
	Tradução de: The girl on the cliff
	ISBN 978-85-8041-995-5
	1. Ficção irlandesa. I. Abreu, Fernanda. II. Título.

19-57057	CDD: 828.99153
	CDU: 82-3(417)

Todos os direitos reservados, no Brasil, por
Editora Arqueiro Ltda.
Rua Artur de Azevedo, 1.767 – Conj. 177 – Pinheiros
5404-014 – São Paulo – SP
Tel.: (11) 2894-4987
E-mail: atendimento@editoraarqueiro.com.br
www.editoraarqueiro.com.br

E assim prosseguimos, barcos contra a corrente,
arrastados incessantemente para o passado.

F. Scott Fitzgerald, *O grande Gatsby*

Aurora

Eu sou eu.

E vou contar uma história.

Dizem que as palavras acima são as mais difíceis para qualquer escritor.

Ou seja: como começar. Plagiei a primeira tentativa de escrita do meu irmão caçula. A simplicidade de sua primeira linha nunca me saiu da cabeça.

Então comecei.

Devo alertar que não sou uma profissional nesse ramo. Na verdade, nem me lembro da última vez que peguei em caneta e papel. Sempre falei com o corpo, sabe? Como não posso mais fazer isso, decidi falar com a mente.

Não estou escrevendo com qualquer intenção de publicar. Temo que a questão seja um pouco mais egoísta. Estou naquele ponto da vida que todos receiam: o de precisar preencher os dias com o passado, porque me resta pouco futuro.

É algo para fazer.

E considero a minha história interessante – a minha e a da minha família, que começou quase cem anos antes de eu nascer.

Sei que todo mundo pensa isso da própria história. E é verdade. Todo ser humano tem uma existência fascinante, com um grande elenco de personagens bons e maus.

E quase sempre, em algum ponto do caminho, um quê de magia.

Fui batizada em homenagem à princesa de um conto de fadas famoso. Talvez por isso eu sempre tenha acreditado em magia. À medida que fui envelhecendo, percebi que contos de fadas são uma alegoria da grande dança da vida que todos iniciamos ao nascer.

E não há como escapar até morrermos.

Então, caro leitor, cara leitora – posso falar assim, pois imagino que minha história encontrou um público, se você está lendo isto –, me deixe começar.

Como muitos dos personagens morreram bem antes de eu nascer, vou fazer o máximo para usar a imaginação a fim de trazê-los de volta à vida.

E enquanto estou sentada aqui pensando sobre a história que vou contar, e que me foi transmitida por duas gerações, percebo que existe um tema principal. Esse tema é o amor, claro, e as escolhas que fazemos por causa dele.

Muitos de vocês vão logo pensar que estou me referindo ao amor entre um homem e uma mulher – e sim, há uma boa dose disso. Mas existem também outras formas preciosas e igualmente potentes: o amor de um pai ou de uma mãe por um filho, por exemplo. E também o tipo obsessivo, destrutivo, que gera o caos.

Outro tema que perpassa esta história é a grande quantidade de chá que as pessoas tomam – mas agora já estou fugindo do assunto. Me perdoem, é isso que fazem os que se sentem velhos. Então vamos continuar.

Vou servir de guia e interromper quando achar necessário explicar alguma passagem em mais detalhes, pois a história é complexa.

Acho que, para complicar ainda mais, vou começar perto do final, quando eu era uma menina de 8 anos, órfã de mãe. No alto de um penhasco, de frente para a baía de Dunworley, meu lugar favorito no mundo.

Era uma vez...

1

Baía de Dunworley, West Cork, Irlanda

A pequena figura estava parada perigosamente perto da borda do penhasco. Seus cabelos ruivos, longos e cheios esvoaçavam, soprados pela brisa forte. Um fino vestido branco de algodão descia até os tornozelos, deixando à mostra os pequenos pés descalços. Seus braços estavam esticados, as palmas viradas para o mar cinza que espumava lá embaixo, e o rosto pálido voltado para cima, como quem se oferece em sacrifício aos elementos.

Grania Ryan a observava, hipnotizada por aquela visão fantasmagórica. Estava atordoada demais para saber se o que via era real ou fruto da imaginação. Fechou os olhos por um momento, então tornou a abri-los e viu que a pequena figura continuava lá. Quando seu cérebro processou as informações recebidas, ela deu alguns passos hesitantes à frente.

Ao chegar mais perto, Grania se deu conta de que a figura não passava de uma criança, que a roupa branca era uma camisola. Ela via as nuvens escuras de tempestade pairando acima do mar, e as primeiras gotas de chuva pinicaram suas bochechas. A fragilidade daquele pequeno ser humano diante da natureza selvagem ao redor apressou seus passos.

O vento fustigava suas orelhas, começando a soar raivoso. Grania parou a 10 metros da menina, que continuava imóvel. Viu os dedinhos do pé azulados que a prendiam estoicamente à rocha enquanto o vento cada vez mais forte açoitava e balançava seu corpo magro como se fosse uma muda de salgueiro. Chegou mais perto e parou logo atrás da menina, sem saber ao certo o que fazer. Seu instinto era correr e agarrá-la, mas se a criança levasse um susto e se virasse, um simples passo em falso poderia resultar em uma tragédia, lançando a garota a uma morte certa nas pedras cobertas de espuma 30 metros abaixo.

Grania ficou parada, morrendo de medo, enquanto tentava desesperadamente pensar no melhor jeito de afastar a criança do perigo. Mas, antes de conseguir tomar uma decisão, a menina se virou devagar e a encarou com um olhar vazio.

Por instinto, Grania estendeu os braços.

– Não vou te machucar, prometo. Vem cá, você vai ficar bem.

A menina a encarou, sem sair da borda do penhasco.

– Posso levar você para casa, se me disser onde mora. Vai acabar ficando doente aqui. Por favor, me deixa ajudar – suplicou Grania.

Ela deu mais um passo em direção à criança, e então, como se despertasse de um sonho, uma expressão de medo atravessou o rosto da menina. No mesmo instante, ela girou para a direita e correu para longe de Grania, seguindo pela borda do penhasco até sumir de vista.

– Estava quase mandando uma patrulha de busca atrás de você. Esse temporal de hoje é dos bons!

– Mãe, eu tenho 31 anos na cara e há dez moro em Manhattan – respondeu Grania em tom seco, entrando na cozinha e pendurando a capa de chuva acima do fogão. – Não precisa ficar cuidando de mim. Já sou bem grandinha, lembra? – Ela sorriu e foi até a mãe, que estava ocupada pondo a mesa do jantar, e deu-lhe um beijo na bochecha. – *De verdade.*

– Pode até ser, mas eu já vi homens bem mais fortes serem soprados do penhasco num vendaval como o de hoje.

Kathleen apontou pela janela da cozinha para o vento descontrolado que fazia o arbusto de glicínia tamborilar monotonamente na vidraça com seus galhos ressequidos.

– Acabei de fazer chá. – Kathleen limpou as mãos no avental e foi até o fogão. – Quer um pouco?

– Seria ótimo, mãe. Por que não se senta e descansa uns minutos enquanto eu sirvo a gente? – Grania conduziu a mãe até uma das cadeiras da cozinha, puxou-a para ela e a fez se sentar com delicadeza.

– Mas só cinco minutos, os rapazes vão chegar às seis querendo o chá.

Grania arqueou a sobrancelha enquanto servia o líquido escuro em duas xícaras, mas nada comentou sobre aquela dedicação doméstica ao marido e ao filho. Não que algo houvesse mudado nos últimos dez anos, desde que saíra de casa: Kathleen sempre havia mimado os homens, pondo as necessidades e os desejos deles em primeiro lugar. Mas o contraste da vida da mãe com a dela, em que a norma era a emancipação feminina e a igualdade entre os sexos, deixava Grania desconfortável.

E mesmo assim... apesar de ter se libertado do que muitas mulheres modernas considerariam tirania masculina ultrapassada, quem era atualmente mais feliz, mãe ou filha? Grania suspirou com tristeza enquanto colocava leite no chá da mãe. Sabia a resposta.

– Pronto, mãe. Quer biscoito?

Grania pôs a lata de biscoitos diante de Kathleen e a abriu. Como sempre, o recipiente estava cheio até a boca com biscoitos recheados de creme, de chocolate e amanteigados. Mais uma relíquia da infância que provocaria em suas contemporâneas de Nova York, tão preocupadas com a silhueta, o mesmo horror que uma pequena bomba nuclear.

Kathleen pegou dois biscoitos e disse:

– Vamos, pega um também para me acompanhar. O que você come não dá para sustentar nem um camundongo.

Grania obedeceu e mordiscou um biscoito enquanto pensava que, desde que chegara à casa dos pais, dez dias antes, vivia empanturrada com a generosa comida caseira da mãe. Mesmo assim, podia dizer que tinha o apetite mais saudável de todas as mulheres que conhecia em Nova York. E que de fato usava seu forno com a finalidade para a qual ele fora projetado, e não como um lugar para guardar louça.

– Caminhar arejou um pouco a sua mente, foi? – comentou Kathleen, devorando um terceiro biscoito. – Sempre que tenho um problema, saio para caminhar e volto com a solução.

– Na verdade... – Grania tomou um gole de chá. – Mãe, eu vi uma coisa estranha. Uma menina pequena, devia ter 8 ou 9 anos, só de camisola, bem na beira do penhasco. Tinha um cabelo ruivo lindo, cacheado... parecia sonâmbula, porque se virou para mim quando cheguei perto e os olhos estavam... – Ela procurou pela palavra certa. – ... vazios. Como se ela não estivesse me vendo. Então pareceu acordar e fugiu feito um coelho assustado pela trilha do penhasco. Sabe quem pode ser?

Grania viu a cor se esvair do rosto da mãe.

– Está tudo bem, mãe?

Kathleen estremeceu visivelmente e encarou a filha.

– Está dizendo que viu essa menina agora há pouco, no seu passeio?

– Foi.

– Minha Nossa Senhora! – Kathleen se benzeu. – Eles voltaram.

– Eles quem, mãe? – perguntou Grania, preocupada ao ver como a mãe parecia abalada.

– Voltaram por quê? – O olhar de Kathleen se perdeu na noite através da janela. – Por que iriam querer voltar? Eu pensei... pensei que tivesse finalmente acabado, que eles tivessem ido embora de vez. – Kathleen agarrou a mão da filha. – Tem certeza de que foi uma menina que você viu, e não uma mulher adulta?

– Absoluta, mãe. Eu disse, ela devia ter 8 ou 9 anos. Fiquei preocupada. Ela estava descalça e parecia morta de frio. Para ser sincera, fiquei pensando se não estava vendo um fantasma.

– De certa forma estava mesmo, Grania, com certeza – murmurou Kathleen. – Eles devem ter voltado há poucos dias. Na sexta passada eu passei pelo morro, bem em frente à casa. Já eram mais de dez da noite e não havia luz acesa. O lugar estava fechado.

– Que lugar é esse?

– A Casa Dunworley.

– Aquela casa enorme, abandonada, que fica bem no alto do penhasco, logo depois da nossa? – perguntou Grania. – Está vazia há anos, não é?

– Quando você era criança, sim, mas... – Kathleen suspirou. – Eles voltaram depois que você se mudou para Nova York. Aí, quando... quando aconteceu o acidente, foram embora. Ninguém achou que veríamos aquelas pessoas por aqui de novo. E ainda bem – ressaltou ela. – Temos uma história com elas, muito antiga. Mas enfim... – Kathleen deu um tapa na mesa e fez menção de se levantar. – O que passou passou, e meu conselho é manter distância. Eles só arrumam problemas para a família, só problemas.

Grania observou a mãe andar até o fogão, o semblante sério, e tirar de um dos fornos a pesada panela com a refeição da noite.

– Acho que a mãe daquela menina ia querer saber do perigo que a filha correu hoje, não? – questionou Grania.

– Ela não tem mãe.

A colher de pau de Kathleen passou a mexer o ensopado ritmadamente.

– Ela morreu?

– Morreu.

– Entendi... Então quem cuida dessa pobre menina?

– Não adianta me perguntar sobre a vida deles – respondeu Kathleen, dando de ombros. – Eu não sei nem quero saber.

Grania franziu o cenho. O comportamento da mãe era completamente oposto à sua atitude habitual. O coração grande e maternal de Kathleen batia alto e forte por qualquer pobre criatura em perigo. Todos os parentes e amigos a procuravam primeiro sempre que estavam com um problema e precisavam de apoio. Ainda mais no que dizia respeito a crianças.

– Como foi que a mãe dela morreu?

A colher de pau parou de girar e se fez silêncio. Por fim, Kathleen suspirou e se virou para encarar a filha.

– Bom, acho que, se eu não te contar, logo você vai ouvir de outra pessoa. Ela tirou a própria vida.

– Está dizendo que ela se suicidou?

– É a mesma coisa, Grania.

– Há quanto tempo?

– Ela se jogou do penhasco quatro anos atrás. O corpo foi encontrado dois dias depois, na praia de Inchydoney.

Foi a vez de Grania ficar calada. Por fim, ela se arriscou a perguntar:

– De onde ela pulou?

– Pelo que ouvi dizer, provavelmente do mesmo lugar em que você viu a filha dela hoje. Acho que Aurora estava procurando a mãe.

– Você sabe o nome da menina?

– Claro. Não é nenhum segredo. A família Lisle era dona de Dunworley inteira, inclusive desta casa. Eles eram os senhores de terras que mandavam por aqui, muito tempo atrás. Venderam as terras nos anos 1960, mas ficaram com a casa no alto do penhasco.

– Já vi esse nome em algum lugar... *Lisle*...

– O cemitério daqui está cheio de túmulos da família deles. Inclusive o dela.

– E você já viu a menina... já viu Aurora no penhasco antes?

– Foi por isso que o pai a levou embora. Depois que *a mãe* morreu, a pequena não parava de andar pelos penhascos chamando por ela. Quase maluca de sofrimento, eu acho.

Grania viu que o semblante de Kathleen tinha se suavizado um pouco.

– Coitadinha – sussurrou ela.

– É, dava dó de ver e ela não merecia o que aconteceu, mas tem alguma coisa de ruim naquela família. Escute o que estou dizendo, Grania, não se meta com essa gente.

– Por que será que eles voltaram? – murmurou Grania, quase para si mesma.

– Esses Lisles só fazem o que querem. Mas não sei e não quero saber. Agora, será que você pode ser útil e me ajudar a terminar de pôr a mesa?

Grania subiu para o quarto logo depois das dez, como vinha fazendo todas as noites desde que chegara. No andar de baixo, sua mãe estava ocupada na cozinha pondo a mesa do café da manhã, seu pai cochilava na poltrona em frente à televisão e seu irmão, Shane, saíra para ir ao pub da vila. Os dois homens administravam juntos a fazenda de 200 hectares, voltada sobretudo para a criação de gado leiteiro e ovelhas. Aos 29 anos, o "menino" – como Shane era carinhosamente chamado – parecia não ter a menor intenção de se mudar para uma casa só dele. Mulheres iam e vinham, mas raramente visitavam a casa dos pais. Kathleen estranhava o fato de o filho ainda ser solteiro, mas Grania sabia que a mãe ficaria perdida sem ele.

Ela se enfiou debaixo das cobertas, escutando a chuva bater nas vidraças, e torceu para a pobre Aurora Lisle estar deitada em casa, segura e quentinha. Virou as páginas de um livro, mas se pegou bocejando, desconcentrada. Talvez o ar puro a deixasse sonolenta; em Nova York, era raro estar na cama antes de meia-noite.

Por outro lado, Grania não se lembrava de uma noite de sua infância em que a mãe não estivesse em casa. E, caso Kathleen precisasse dormir fora, ajudando alguém, cuidando de algum parente adoentado, preparava tudo de maneira quase militar para garantir que a família não passasse fome e que as roupas não deixassem de ser lavadas. Quanto ao pai, Grania duvidava que ele tivesse passado sequer *uma noite* fora da própria cama nos últimos 34 anos de casamento. Levantava todo dia às cinco e meia da manhã, ia para o curral de ordenha e só voltava para casa ao cair da noite. Marido e esposa sabiam exatamente onde o outro estava em todos os momentos. Suas vidas eram uma só, unidas e inseparáveis.

E a cola que os mantinha unidos eram os filhos.

Quando ela e Matt foram morar juntos, oito anos antes, partiram do princípio de que um dia teriam bebês. Como qualquer casal moderno, até chegar o momento propício ambos se agarravam à carreira com unhas e dentes, aproveitando a vida ao máximo enquanto podiam.

Então, certa manhã Grania acordou e, como fazia todos os dias, vestiu a roupa de ginástica e foi correr ao longo da margem do Hudson até Battery Park, parando em Winter Gardens para um café com leite e um bagel. Foi ali que tudo aconteceu; enquanto tomava o café, olhou de relance para o carrinho parado junto à mesa ao lado, onde um recém-nascido mirrado dormia a sono solto. Grania foi tomada por uma súbita e avassaladora ânsia de pegar o bebê e aninhá-lo junto ao peito. Quando a mãe lhe lançou um sorriso nervoso, se levantou e afastou o carrinho daquela atenção indesejada, Grania voltou correndo para casa, ofegante com a emoção que despertava.

Imaginando que fosse passar, ela ficou o dia todo no ateliê, entretida em moldar a maleável argila marrom para atender à sua mais recente encomenda, mas a sensação não se aliviou.

Às seis da tarde, Grania deixou o ateliê, tomou uma ducha e pôs uma roupa adequada para a inauguração de uma galeria de arte à qual precisava comparecer naquela noite. Serviu-se de uma taça de vinho e foi até a janela com vista para as luzes cintilantes de Nova Jersey, do outro lado do Hudson.

– Quero ter um filho.

Grania tomou um bom gole de vinho e riu das palavras absurdas que havia pronunciado. Então as repetiu, só para ter certeza.

E sentiu que era verdade. Não apenas verdade, mas perfeitamente natural, como se aquele pensamento e aquela necessidade a tivessem acompanhado a vida inteira, e todos os motivos para não fazer aquilo tivessem se evaporado e parecessem agora ridículos.

Ela foi à inauguração da galeria e papeou com o círculo habitual de artistas, colecionadores e intermediários que povoava esse tipo de evento. Na sua mente, porém, já estava listando os aspectos práticos da decisão tomada mais cedo que iria mudar sua vida. Será que eles precisariam se mudar? Não, provavelmente não a curto prazo – o loft em TriBeCa era espaçoso, e seria fácil transformar o escritório de Matt em um quarto de bebê. Ele quase não o usava mesmo, já que preferia levar o notebook para a sala e trabalhar lá. Eles moravam no quarto andar, mas o elevador de carga era grande o suficiente para acomodar um carrinho. O Battery Park, que tinha um parquinho bem equipado e o ar puro do rio, era bem acessível para passeios. Como Grania trabalhava em casa, mesmo que fosse preciso contratar uma babá, estaria a apenas alguns segundos do bebê, caso ele precisasse dela.

Mais tarde, Grania se deitou na cama grande e vazia e suspirou irritada por ter que guardar a empolgação para si mesma por mais algum tempo. Matt tinha passado a última semana fora, e só voltaria dali a dois dias. E aquilo não era o tipo de coisa que se anunciava pelo telefone. Por fim, ela pegou no sono, já de madrugada, imaginando a expressão orgulhosa de Matt quando colocasse o filho recém-nascido em seus braços.

Ao chegar em casa, Matt se mostrou tão empolgado com a ideia quanto ela. Fizeram uma primeira tentativa imediata, e bem prazerosa, de colocar o plano em prática, adorando ter um projeto secreto para aproximá-los e consolidar a união, assim como tinha acontecido com os pais dos dois. Aquilo era o pedacinho que faltava para transformá-los de uma vez por todas em uma só coisa, juntos e conectados. Em suma, *uma família*.

Deitada na cama estreita da sua infância, Grania escutou o vento uivar furioso ao redor das sólidas paredes de pedra da casa. Estendeu a mão para um lenço de papel e assoou o nariz com força.

Aquilo já fazia um ano. E a terrível verdade era que seu "projeto" não os unira. Pelo contrário, os destruíra.

2

Na manhã seguinte, quando Grania acordou, o temporal da noite anterior tinha se dissipado como uma lembrança, levando consigo as nuvens cinzentas. O sol, em uma rara aparição invernal, iluminava a paisagem além da sua janela e realçava o verde infinito dos campos que cercavam a fazenda, salpicados pelos pontinhos brancos e felpudos das ovelhas que ali pastavam.

Ela sabia que era improvável que aquilo durasse muito. O sol de West Cork era como uma diva temperamental, que prestigiava o palco com uma aparição-relâmpago, banhando a todos em sua glória, para logo desaparecer tão depressa quanto havia surgido.

Como não tinha conseguido manter sua corrida matinal devido à chuva incessante dos últimos dez dias, Grania pulou da cama e vasculhou a mala ainda feita até encontrar o moletom, a calça de corrida e os tênis.

– Nossa, acordou cedo hoje – comentou a mãe quando ela chegou à cozinha. – Quer mingau?

– Eu como quando voltar. Vou dar uma corrida.

– Bom, não vá se cansar. Não estou achando essa sua cor nada saudável... Está com o rosto muito pálido.

– Estou querendo melhorar isso, mãe. – Grania reprimiu um sorriso. – Até daqui a pouco.

– Não vá pegar friagem, hein? – recomendou Kathleen às costas da filha, que já sumia de vista.

Ela ficou olhando pela janela da cozinha enquanto Grania corria pela estradinha estreita que cortava os campos com seu antigo muro de pedra e dava na trilha que subia para o penhasco.

Ficara chocada ao ver Grania quando ela chegou em casa; nos três anos desde a última vez que a vira, sua filha linda e atraente – sempre chamando atenção com sua tez branca e rosada, seus cabelos louros encaracolados e seus brilhantes olhos azuis – parecia ter perdido o viço. Como havia comentado com o marido, John, Grania agora parecia uma camisa rosa-choque posta para lavar por engano junto com as roupas escuras e tirada como uma versão baça e acinzentada do que era antes.

Kathleen sabia por quê. Grania tinha lhe contado ao ligar de Nova York para perguntar se podia passar uma temporada na casa dos pais. Dissera que sim, claro, feliz com a oportunidade inesperada de passar algum tempo com a filha. Mas não entendia os motivos; com certeza aquele era um período em que ela e o parceiro deviam ficar juntos, se apoiando na dor, e não separados por meio mundo.

E o adorável Matt telefonava todas as noites para falar com ela, mas Grania teimava em não atender as ligações. Kathleen sempre tivera um fraco por ele; com sua beleza de traços fortes, seu suave sotaque de Connecticut e suas boas maneiras impecáveis, Matt lembrava os galãs de cinema que a faziam suspirar quando menina. Um jovem Robert Redford – era assim que via Matt. Não entendia por que Grania não tinha se casado com ele anos antes. E agora sua filha, sempre teimosa quando decidia alguma coisa, com certeza estava a ponto de perdê-lo de vez.

Kathleen não sabia muita coisa do mundo, mas entendia os homens e seus egos. Eles não eram como as mulheres – não tinham a mesma capacidade de suportar rejeição – e ela tinha certeza de que as ligações de Matt logo parariam e que ele desistiria.

A menos que houvesse algo que Kathleen não soubesse...

Suspirou enquanto tirava a mesa do café da manhã e punha a louça na pia. Grania era sua menina de ouro – a única a deixar o ninho e fazer de tudo para orgulhar a família, principalmente a mãe. Era a filha sobre quem os parentes perguntavam, examinando os recortes que ela mandava de vários jornais com detalhes de sua última exposição em Nova York, fascinados pelos clientes ricos que a contratavam para imortalizar em bronze o rosto de seus filhos ou animais de estimação...

Ter sucesso nos Estados Unidos continuava sendo o maior sonho irlandês.

Kathleen secou as tigelas e talheres e os guardou no aparador de madeira. Claro que ninguém tinha uma vida perfeita, sabia disso. Sempre supusera que Grania não almejasse ser mãe, e aceitava o fato. Por acaso não tinha um filho bonito e forte para lhe dar netos um dia? Mas estava enganada. Apesar do estilo de vida sofisticado de Grania e de ela morar em Nova York, que

Kathleen considerava o centro do universo, estavam faltando os bebês. E, até eles chegarem, sua filha não estaria feliz.

Não podia evitar pensar que Grania fizera por merecer. Apesar de todos aqueles remédios modernos usados para ajudar e estimular o milagre da natureza, nada substituía a juventude. Ela mesma tinha apenas 19 anos quando dera à luz Grania. E energia de sobra para dar conta de outro bebê, dois anos depois. Grania já estava com 31. E aquelas profissionais modernas podiam pensar o que quisessem, mas era impossível ter tudo na vida.

Assim, embora sentisse pena pelo que a filha perdera, seu costume era aceitar o que tinha e não sofrer pelo que não tinha. E foi pensando nisso que Kathleen subiu a escada para fazer as camas.

Grania se deixou cair sentada em uma pedra úmida coberta de musgo para recuperar o fôlego. Arfava e ofegava como uma idosa; obviamente o aborto espontâneo e a recente falta de exercícios haviam cobrado seu preço. Ela baixou a cabeça enquanto a respiração se normalizava e chutou tufos duros de grama que se recusaram a desgrudar das sólidas raízes que os prendiam debaixo da terra. Se ao menos a pequena vida dentro dela tivesse feito a mesma coisa...

Quatro meses... justo quando ela e Matt pensavam ter passado pela fase mais crítica – todo mundo sabia que nesse tempo em geral já se tinha chegado a um estágio seguro. E Grania, até então paranoica, tinha começado a relaxar e se entregar à iminente e tão desejada fantasia de se tornar *mãe*.

Ela e Matt tinham dado a notícia aos dois casais de avós; Elaine e Bob, pais de Matt, tinham levado os dois para jantar no L'Escale, perto de sua enorme casa no condomínio de luxo de Belle Haven, em Greenwich. Sem rodeios, Bob tinha perguntado quando os dois iam começar os preparativos para o tão esperado casamento, agora que Grania estava grávida. Afinal, aquele era o seu primeiro neto, e ele tinha deixado bem claro que a criança deveria herdar o sobrenome da família. Grania desconversara – quando encurralada, seus espinhos se eriçavam, sobretudo com o pai de Matt – e respondera que ela e Matt ainda não tinham conversado sobre o assunto.

Uma semana depois, no apartamento em TriBeCa, o interfone anunciou a chegada de uma van da Bloomingdale's para entregar um quarto de bebê completo. Supersticiosa demais para mandar pôr os presentes no loft, Grania mandou levar tudo para o porão, onde ficariam guardados até uma data mais próxima do nascimento. Ao ver todas as caixas sendo empilhadas em um canto, notou que Elaine não tinha esquecido nada.

– Lá se vai nossa ida à Bloomie's para escolher um berço, ou ver que marca de fralda a gente prefere – murmurou Grania para Matt naquela noite, mal-agradecida.

– Mamãe só está tentando ajudar, Grania – respondeu Matt, na defensiva. – Ela sabe que eu não ganho quase nada e que a sua renda é boa, mas esporádica. Talvez eu devesse considerar entrar na empresa do papai, no fim das contas, agora que o pequeno vai chegar. – Matt apontou para a barriga discreta, porém visível de Grania.

– Não, Matt! A gente combinou que você nunca faria isso. Não teria vida nem liberdade se fosse trabalhar com seu pai. Você sabe como ele é mandão.

Grania desistiu de tentar soltar a grama das raízes e, em vez disso, deixou os olhos se perderem no mar. Sorriu com tristeza para o eufemismo que tinha usado na conversa com Matt. Em se tratando do filho, Bob era um controlador absoluto. Embora entendesse a decepção que ele devia sentir com a falta de interesse de Matt pelo fundo de investimentos da família, não compreendia a indiferença do sogro pela carreira do filho. Matt estava se saindo muito bem, e havia se tornado uma autoridade respeitada na área da psicologia infantil. Tinha uma cátedra na Universidade Columbia e vivia sendo convidado para dar palestras em outras universidades país afora. Bob também era arrogante com Grania, fazendo curtos, porém incisivos comentários sobre sua criação e seu nível de instrução.

Olhando em retrospectiva, ficava aliviada por terem pelo menos recusado dinheiro dos pais de Matt. Mesmo no início, quando ela estava tentando fazer seu nome como escultora e Matt ainda precisava concluir o doutorado, quando mal conseguiam pagar o aluguel do seu pequeno quarto e sala, Grania ficara paranoica. E com motivo, pensou: as moças de Connecticut que conhecera por intermédio de Matt e sua família, com suas roupas cintilantes e imaculadas, não poderiam ser mais diferentes da garota simples que ela era, educada em colégio de freiras e criada em um vilarejo perdido na Irlanda. Talvez o relacionamento estivesse fadado ao fracasso...

– Olá.

Grania se sobressaltou ao escutar a voz. Olhou em volta, mas não viu ninguém.

– Eu disse olá.

A voz vinha de trás. Ela girou para ver quem era. E ali estava Aurora. Felizmente, naquele dia estava vestida com uma calça jeans e um casaco impermeável largo, além de um gorro de lã que escondia o magnífico cabelo ruivo, exceto por uns poucos fios. Seu rosto era pequeno e tinha um bonito formato de coração, os olhos eram imensos e os lábios cor-de-rosa e carnudos eram desproporcionais em relação à tela em miniatura sobre a qual estavam pintados.

– Olá, Aurora.

O cumprimento de Grania fez a menina encará-la com surpresa.

– Como você sabe o meu nome?

– Eu vi você ontem.

– Ah, é? Onde?

– Aqui, no penhasco.

– É mesmo? – Aurora franziu o cenho. – Não me lembro de ter vindo aqui ontem. E com certeza não me lembro de ter falado com você.

– E não falou. Eu vi você, só isso – explicou Grania.

– Então como sabe o meu nome? – A menina falava com um forte sotaque britânico.

– Perguntei para minha mãe quem podia ser a menina com um cabelo ruivo tão lindo. E ela me disse.

– E como ela sabe? – perguntou a criança em um tom de autoridade.

– Ela morou aqui no povoado a vida inteira. Disse que você foi embora anos atrás.

– É, a gente foi. Mas agora a gente voltou. – Aurora olhou para o mar e abriu os braços para abarcar o litoral. – Eu amo este lugar. E você?

Grania teve a sensação de que a pergunta era uma afirmação da qual não lhe era permitido discordar.

– É claro que eu amo. Nasci e fui criada aqui.

– Então... – Aurora se acomodou graciosamente na grama ao lado de Grania e a encarou com seus olhos azuis. – Qual é o *seu* nome?

– Grania. Grania Ryan.

– Bom, acho que nunca ouvi falar de você.

Grania quis sorrir daquele jeito adulto de se expressar.

– Acho que não tinha motivo para ouvir. Faz quase dez anos que eu moro longe.

O rosto de Aurora se iluminou e ela uniu as mãozinhas.

– Então quer dizer que nós voltamos ao mesmo tempo para um lugar que a gente ama.

– Acho que sim.

– Então a gente pode fazer companhia uma pra outra! Você pode ser minha nova amiga.

– É muita gentileza sua, Aurora.

– Você deve estar se sentindo sozinha.

– Talvez... – Grania sorriu. – E você? Se sente sozinha aqui também?

– Às vezes. – Aurora deu de ombros. – Papai vive cheio de trabalho e muitas vezes viaja, e só tenho a empregada para brincar comigo. E ela não é muito boa de brincadeiras. – Aurora franziu o nariz arrebitado e sardento em desagrado.

– Poxa vida – lamentou Grania, na falta de algo melhor para dizer. Estava ao mesmo tempo desarmada e constrangida com o jeito peculiar da menina. – Mas com certeza você tem amigos na escola, não?

– Não vou pra escola. Meu pai gosta que eu fique em casa com ele. Tenho uma professora particular.

– E onde ela está hoje?

– Papai e eu decidimos que não gostamos dela, então deixamos ela lá em Londres. – Aurora deu uma risadinha repentina. – Só fizemos as malas e viemos embora.

– Entendi – disse Grania, embora com toda a certeza não tivesse entendido.

– Você trabalha? – indagou Aurora.

– Trabalho, sim. Sou escultora.

– Escultor não é quem faz estátuas de barro?

– É, mais ou menos isso.

– Ah, você sabe usar papel machê? – O rosto de Aurora se iluminou. – Eu *amo* papel machê! Tive uma babá que me ensinou a fazer cumbucas, e depois a gente pintava e dava de presente para o papai. Você quer ir lá em casa fazer papel machê comigo? Por favor!

Grania ficou encantada com aquela animação e empolgação genuínas.

– Tá bom. – Pegou-se assentindo. – Não vejo por que não.

– Pode vir agora? – Aurora segurou a mão dela. – Podemos ir lá pra casa fazer alguma coisa para o papai antes de ele ir embora. – Ela estendeu a outra mão e puxou o capuz do moletom de Grania. – Por favor, diz que sim!

– Não, Aurora, agora eu não posso. Preciso antes arrumar o material para fazer o papel machê. Além do mais, minha mãe pode pensar que eu me perdi – acrescentou Grania.

Ela observou a expressão de Aurora se apagar, a luz sumindo de seus olhos, e seu corpo murchou.

– Não tenho mãe. Eu tinha, mas ela morreu.

– Sinto muito, Aurora. – Por instinto, Grania estendeu a mão e tocou o ombro da menina. – Você deve sentir muita saudade.

– Sinto mesmo. Ela era a pessoa mais linda e especial do mundo. Papai sempre diz que mamãe era um anjo, e foi por isso que os outros anjos vieram levar ela embora, para ela poder ir para o céu, onde era o lugar dela.

Grania ficou tocada pela dor evidente da menina.

– Com certeza seu pai tem razão. E pelo menos você tem a ele.

– É, tenho – concordou Aurora. – E ele é o melhor pai do mundo e o mais bonito. Se você visse o papai, ia se apaixonar por ele. Todas as mulheres se apaixonam.

– Bom, nesse caso eu preciso conhecê-lo, não é? – Grania sorriu.

– É. – De repente, Aurora se levantou da grama com um pulo. – Preciso ir agora. Você vai estar aqui no mesmo horário amanhã.

Não foi um pedido, foi uma ordem.

– Ahn...

– Ótimo. – Aurora se atirou nos braços de Grania e a enlaçou. – Traz tudo para o papel machê, aí a gente pode ir lá pra casa e passar a manhã fazendo cumbucas para o papai. Tchau, Grania, até amanhã!

– Tchau.

Grania acenou e viu Aurora sair saltitando e dançando pelo penhasco feito uma jovem gazela. Mesmo de casaco e tênis, seus movimentos eram graciosos.

Depois que a menina sumiu de vista, Grania respirou fundo, se sentindo quase enfeitiçada por um ser pequenino e etéreo. Levantou-se, balançou a cabeça para clarear os pensamentos e se perguntou o que a mãe diria ao ouvi-la anunciar que no dia seguinte iria à Casa Dunworley brincar com Aurora Lisle.

3

Naquela noite, depois de o pai e o irmão se levantarem – deixando na mesa os pratos e talheres sujos para a mãe recolher –, Grania ajudou Kathleen com a louça.

– Encontrei Aurora Lisle hoje de novo – disse Grania em um tom casual enquanto secava os pratos.

Kathleen ergueu a sobrancelha.

– E ela estava de camisola de novo, fantasiada de fantasma?

– Não, estava de roupa normal. Ela é uma menina esquisita, não é?

– Ué, eu não sei. – Kathleen manteve os lábios em uma linha firme e dura.

– Eu disse que talvez fosse à casa dela ajudar a fazer papel machê. Ela parece solitária – comentou Grania.

Houve uma pausa antes de Kathleen responder:

– Já falei, Grania, já avisei para não se meter com essa família. Mas você agora é adulta e não posso impedi-la.

– Mas, mãe, ela é só uma menina solitária e fofa. Parece perdida... não tem mãe. Não deve ter problema em passar uma ou duas horinhas com ela, não é?

– Não vou mais falar sobre isso. Você já sabe o que eu penso e tem que decidir sozinha. Assunto encerrado.

O som do telefone tocando rompeu o silêncio que se seguiu. Grania não esboçou qualquer movimento para atender, e sua mãe tampouco. No sétimo toque, Kathleen levou as mãos à cintura.

– Você sabe quem é, não sabe?

– Não, mãe – respondeu Grania, sonsa. – Por que saberia? Pode ser qualquer um.

– Nós duas sabemos quem é a esta hora, menina, e eu estou envergonhada demais para falar com ele outra vez.

O telefone seguiu tocando, e a urgência do som contrastava com a imobilidade forçada de mãe e filha. Por fim, o barulho cessou, e as duas se encararam.

– Não vou aguentar isso, Grania, essa falta de educação debaixo do meu teto.

Já não tenho mais o que dizer a ele. O que esse pobre homem lhe fez, afinal, para merecer ser tratado assim? Você sofreu uma perda, mas a culpa não é dele, é?

– Desculpa, mãe – disse Grania, balançando a cabeça. – Mas você não entende.

– Bom, é a primeira coisa que você diz que eu concordo. Então por que não me explica?

– Mãe! Por favor! Eu não consigo... – Grania esfregou as mãos, nervosa. – *Não consigo!*

– Grania, para mim isso não é suficiente. O que aconteceu entre vocês está afetando todo mundo nesta casa, e precisamos saber. Eu...

– É o Matt, querida – falou seu pai, entrando na cozinha com o fone na mão. – A gente conversou bastante, mas acho que é com você que ele quer falar. – John deu um sorriso apologético para a filha e lhe estendeu o telefone.

Grania encarou o pai com um olhar furioso e arrancou-lhe o fone da mão, então saiu da cozinha e subiu a escada em direção ao quarto.

– Grania? É você? – O tom suave e familiar da voz de Matt a deixou com um nó na garganta, enquanto fechava a porta e se sentava na beirada da cama.

– Matt, eu pedi para você não me procurar.

– Eu sei, amor, mas caramba! Não entendo o que está acontecendo. O que foi que eu fiz? Por que você foi embora?

Grania apertou a perna para manter a calma.

– Grania? Amor, você ainda está aí? Por favor, se puder explicar o que foi que fiz de errado, talvez eu possa me defender.

Grania continuou em silêncio.

– Grania, *por favor*, fala comigo. Sou eu, Matt, o homem que te ama. Com quem você dividiu a vida por oito anos. Estou ficando maluco sem saber por que você foi embora.

Grania respirou fundo.

– Por favor, não ligue para mim. Não quero falar com você. E meus pais estão ficando sem graça por você ficar telefonando toda noite.

– Grania, por favor, eu entendo que perder o bebê foi muito difícil pra você, mas a gente pode tentar de novo, não pode? Eu te amo, amor, e faço qualquer coisa para...

– Tchau, Matt. – Grania encerrou a ligação, sem aguentar ouvir mais nada.

Ficou sentada, encarando distraída as flores desbotadas do papel de parede. Já passara noites a fio olhando para aquela estampa enquanto sonhava com o futuro. Sonhos em que seu Príncipe Encantado aparecia para levá-la para uma vida de amor perfeito. Matt tinha feito tudo isso e mais... Ela o amou desde que o viu pela primeira vez. E tinha sido *mesmo* um conto de fadas.

Grania se deitou na cama e abraçou o travesseiro. Agora, não acreditava mais que o amor pudesse superar qualquer coisa, qualquer obstáculo, nem vencer qualquer problema que a vida apresentasse.

Matt Connelly afundou no sofá com o celular ainda na mão.

Nas últimas duas semanas desde que Grania desaparecera sem aviso, ele vinha se esforçando ao máximo para pensar em algum motivo que pudesse ter causado isso. Não encontrou nenhum. O que podia fazer para resolver? Ela deixara bem claro que não queria falar com ele... Será que tinham mesmo terminado?

– Mas que droga!

Matt atirou o celular do outro lado da sala e viu a bateria se soltar. Entendia que ela estava arrasada por causa do aborto, mas não era motivo para *o* eliminar de sua vida também, era? Talvez devesse pegar um avião e ir para a Irlanda atrás dela. Mas e se Grania não quisesse vê-lo? E se isso piorasse ainda mais a situação?

Matt se levantou, tomando uma decisão repentina. Enquanto ia buscar o notebook, pensou que qualquer coisa era melhor do que a incerteza que sentia agora. Mesmo que Grania lhe dissesse à queima-roupa que estava tudo acabado, seria melhor do que não saber.

Estava procurando voos para Dublin quando o interfone tocou. Ele ignorou. Não estava esperando ninguém nem tinha disposição para receber qualquer pessoa. O aparelho continuou a tocar insistentemente até, por pura irritação, Matt ir atender.

– Quem é?

– Oi, meu bem. Estava passando aqui perto e resolvi ver como você estava.

Matt apertou na mesma hora o botão de abrir a porta.

– Foi mal, Charley, pode subir.

Deixou a porta da frente entreaberta e voltou a pesquisar voos. Charley era uma das poucas pessoas que suportava encontrar. Eram amigos desde a infância, mas tinham perdido contato quando ele começou a namorar com Grania, assim como aconteceu com muitos de seus amigos mais antigos. Como ela não ficava à vontade com sua velha turma de Connecticut, ele havia se afastado. Poucos dias antes, Charley telefonara do nada, dizendo que soubera pelos pais dele que Grania tinha ido embora para a Irlanda. Ela cruzou a cidade e o levou para comer uma pizza. Fora bom revê-la.

Alguns minutos depois, Matt sentiu braços envolvendo seus ombros, e Charley deu um beijo macio em sua bochecha. Uma garrafa de vinho tinto foi posta em cima da escrivaninha junto ao notebook.

– Pensei que você talvez estivesse precisando. Quer que eu pegue as taças?

– Seria ótimo. Obrigado, Charley. – Matt continuou a comparar e avaliar horários e custos enquanto Charley abria o vinho e servia duas taças.

– Está pesquisando o quê? – perguntou ela, tirando as botas e cruzando as pernas compridas no sofá.

– Voos para a Irlanda. Se a Grania não volta, eu tenho que ir até ela.

Charley arqueou uma sobrancelha perfeitamente delineada.

– Acha isso uma boa ideia?

– O que mais eu posso fazer, droga? Ficar aqui enlouquecendo para entender qual é o problema, sem nunca descobrir?

Charley afastou dos ombros os cabelos escuros e brilhantes e tomou um gole de vinho.

– Mas e se ela só estiver precisando de um pouco de espaço? Para superar... bom, você sabe. Talvez você piore as coisas, Matty. A Grania falou que queria vê-lo?

– Nossa, não! Acabei de ligar para ela, e ela me pediu para não telefonar mais. – Ele se levantou, tomou um gole do vinho e foi se sentar ao lado de Charley no sofá. – Talvez você tenha razão – disse ele com um suspiro. – Talvez eu devesse dar mais um tempo, até ela se recuperar. Perder o bebê foi um golpe difícil. Você sabe como mamãe e papai estavam ansiosos para ver a próxima geração. Papai nem se esforçou para esconder a decepção quando apareceu no hospital depois do aborto.

– Imagino. – Charley revirou os olhos. – Seu pai nunca foi muito sutil, não é? Não que ele já tenha me ofendido, mas vocês eram como uma família para mim, então estou acostumada. Mas acho que, para alguém de fora como Grania, deve ser difícil de lidar.

– É. – Matt apoiou os cotovelos nos joelhos e segurou a cabeça entre as mãos. – Talvez eu não tenha feito o suficiente para protegê-la. Sei que Grania sempre ficou desconfortável com a diferença entre as nossas famílias.

– Matty, meu bem, sério... você não poderia ter feito mais. Até me jogou para escanteio quando a Grania apareceu.

Matt a encarou e franziu o cenho.

– Você não está falando sério! Nosso namoro nunca ia dar certo a longo prazo. Nós dois concordamos, não sei se você lembra.

– Claro, Matty. – Charley abriu um sorriso reconfortante. – Ia acabar em algum momento, não é?

– Com certeza.

Matt ficou mais tranquilo que eles concordassem.

– Sabe de uma coisa? – disse Charley. – Às vezes, quando vejo meus amigos passando por esses problemas de relacionamento, dou graças a Deus por ainda ser solteira. Não conheço quase ninguém que esteja casado e feliz, embora pensasse que vocês fossem um casal perfeito.

– A gente também pensava – respondeu ele com tristeza. – Você não está pensando em ficar solteira para sempre, certo? Da turma de Greenwich, você era a "mais promissora": superpopular, aluna nota 10, a menina mais bonita da escola. E agora uma editora de revista de sucesso... Caramba, Charley, você sabe que pode ficar com quem quiser.

– É, e talvez seja esse o problema. – Charley suspirou. – Talvez eu seja exigente demais e não ache ninguém bom o suficiente. Enfim, agora não é o momento para falar de mim. Quem está encrencado é você. O que posso fazer para ajudar?

– Tá... você acha que eu devo pegar um avião para Dublin amanhã e tentar salvar meu relacionamento?

– Matty, isso quem decide é você – respondeu Charley, franzindo o nariz. – Mas, se quer minha opinião, eu daria um pouco de espaço e de tempo para a Grania. Está óbvio que ela tem umas coisas para superar. Tenho certeza de que vai voltar para você quando estiver pronta. Ela não te pediu para deixá-la em paz? Então por que não atende o pedido dela e de repente reconsidera a ideia em umas duas semanas? Além do mais, pensei que você estivesse sobrecarregado de trabalho.

– Estou mesmo – concordou Matt, suspirando. – Talvez você tenha razão. Preciso dar o espaço que ela me pediu. – Ele estendeu a mão e deu tapinhas de leve na perna de Charley. – Obrigado, irmãzinha. Sempre por perto quando eu preciso, não é?

– Sim, meu bem. – Charley sorriu. – Sempre vou estar por perto.

Alguns dias depois, o interfone de Matt voltou a tocar.

– Oi, meu amor, é a mamãe. Posso subir?

– Claro.

Matt abriu a porta ainda surpreso com a visita. Seus pais raramente visitavam aquela parte da cidade e nunca iam sem avisar.

– Querido, como você está? – Elaine deu dois beijinhos no rosto do filho e entrou no apartamento atrás dele.

– Tudo bem – respondeu Matt, desanimado demais para dar uma resposta melhor.

Ele observou a mãe tirar o casaco de pele, balançar a cabeça para ajeitar os cabelos louros com reflexos discretos e depois se sentar elegantemente no sofá, perfeita como um manequim. Ele se apressou em catar um par de tênis e algumas garrafas vazias de cerveja do chão perto dos escarpins dela.

– O que a traz aqui?

– Fui a um almoço beneficente na zona norte da cidade e passei por aqui na volta. – Elaine sorriu. – Queria ver como o meu menino estava.

– Tudo bem – repetiu Matt. – Quer beber alguma coisa?

– Um copo de água está ótimo.

– Claro.

Elaine observou Matt ir até a geladeira e servir a água. Seu filho tinha um ar abatido e cansado, e sua linguagem corporal traía a infelicidade.

– Obrigada – disse ela quando ele entregou o copo. – Alguma notícia da Grania?

– Eu liguei e conversamos um pouco uns dias atrás, mas ela com certeza não está querendo falar comigo.

– Descobriu por que ela foi embora?

– Não. – Matt deu de ombros. – Não sei o que eu fiz. Meu Deus, mãe, aquele bebê era tudo para ela.

– Ela estava bem calada quando a vi aquele dia no hospital, e saiu do banheiro com cara de choro.

– É, e no dia seguinte, quando cheguei para a visita, depois do trabalho, descobri que ela já tinha ido embora. Quando cheguei aqui, encontrei um bilhete dizendo que ela tinha ido para a Irlanda ficar na casa dos pais. E não me contou mais nada. Sei que está magoada, mas não consigo conversar com ela.

– Você também deve estar magoado, querido. O bebê era tão seu quanto dela – comentou Elaine, odiando ver seu precioso filho sofrendo sozinho.

– É, as coisas não estão muito boas no momento. A gente ia ser uma família. Era um sonho meu... Que droga! Desculpa, mãe. – Matt tentou conter as lágrimas. – Eu amo tanto a Grania, e aquele serzinho que não sobreviveu, que fazia parte de nós... eu...

– Ah, meu amor... – Elaine se aproximou para abraçar o filho. – Sinto muito, muito mesmo. Se eu puder fazer alguma coisa para ajudar...

Matt desejou que a mãe não o tivesse surpreendido em um momento tão depressivo. Buscou bem lá no fundo a força para se recompor.

– Já sou bem grandinho, mãe. Vou ficar bem, sério. Só queria saber o que foi que fez a Grania ir embora. Eu não entendo.

– Que tal ir passar um tempo com a gente? Não gosto de pensar em você aqui sozinho.

– Obrigado, mãe, mas estou cheio de trabalho. Só preciso acreditar que a Grania vai voltar no tempo dela, quando se sentir melhor. Ela sempre foi meio imprevisível. Acho que é por isso que a amo tanto.

– Ela com certeza é peculiar – concordou Elaine. – E não parece ligar para as regras que a maioria de nós segue.

– Vai ver é porque não foi criada com elas – retrucou Matt, sem disposição para indiretas, nem para um "eu avisei" em relação à sua escolha amorosa.

– Ah, não, Matt, você não me entendeu – disse Elaine depressa. – Admiro muito a Grania, e você também, por terem fugido à regra e ficado juntos só por se amarem. Talvez todo mundo devesse seguir o coração em vez da criação. – Elaine suspirou. – Preciso ir. Seu pai convidou os amigos do golfe para o jantar de inverno anual.

Obediente, Matt foi buscar o casaco de pele da mãe e o segurou para ela vestir.

– Obrigado pela visita, mãe. Obrigado mesmo.

– Foi bom ver você, Matt. – Ela o beijou no rosto. – Sabe que morro de orgulho de você, não sabe? Sempre que quiser conversar estou às ordens, meu amor, sério. Eu entendo... como você deve estar se sentindo. – Um quê de tristeza surgiu no olhar dela, então desapareceu com a mesma rapidez. – Tchau, Matty.

Matt fechou a porta depois de ela sair, sentindo que a mãe de fato se solidarizava com ele. Amou-a por isso, e percebeu pela primeira vez quão pouco sabia sobre a mulher que existia por baixo daquele verniz de esposa e mãe perfeita de Connecticut.

4

Na manhã seguinte, depois de Kathleen sair rumo a Clonakilty para fazer as compras semanais, Grania foi ao celeiro onde ficavam armazenados os jornais velhos e separou uma pilha. Vasculhou a caótica oficina do pai até desencavar, triunfante, uma caixa bolorenta de cola para papel de parede. Pôs tudo em uma sacola de compras, pegou a estradinha e subiu em direção ao penhasco. Se Aurora não aparecesse – e como não tinham combinado nenhum horário específico na véspera, parecia improvável ela aparecer – voltaria para casa e pronto.

Enquanto caminhava, pensou na dormência que sentia. Sua vida parecia pertencer a outra pessoa, como se estivesse se movendo através de algo viscoso e não alcançasse as próprias emoções. Não conseguia chorar nem se obrigar a confrontar Matt, nem saber se sua reação fizera sentido. Para isso teria que enfrentar a dor, e a solução mais segura e eficiente era se fechar. Não se podia apagar o que estava feito.

Grania se sentou na pedra com vista para o mar no alto do penhasco e suspirou. Mesmo quando viam o relacionamento dos amigos desmoronando, ela realmente acreditara que com Matt fosse diferente. Enrubesceu de vergonha ao pensar em todas as conversas pretensiosas que haviam tido. Os comentários do tipo "isso nunca vai acontecer com a gente" e "que sorte a nossa, coitados deles" ardiam na memória. Eles também tinham sucumbido ao complicado e instável redemoinho, à realidade de um homem e uma mulher tentando viver juntos em harmonia.

Grania olhou para o mar frio e cinzento, e de repente sentiu um imenso respeito pelos pais. De algum modo, eles tinham conseguido o impossível – comprometimento, aceitação e, o mais importante, felicidade por 34 anos.

Talvez fosse apenas porque as expectativas atuais eram muito altas. A hierarquia das necessidades mudara. Um casal não precisava mais se preocupar em conseguir comida para os filhos nem pensar em onde arrumar a próxima moeda. Não se preocupavam de perder os filhos pequenos para alguma perigosa doença infantil. Agora, a questão principal não era se manter aquecido durante um longo inverno, mas sim que roupa de marca usar para isso. Atualmente, poucas mulheres no mundo ocidental precisavam dar um beijo de despedida no marido que parte para a guerra sem saber quando ou se iriam voltar a vê-lo. Não se tratava mais de uma simples questão de sobrevivência.

– Hoje em dia nós *exigimos* felicidade. Achamos que merecemos – disse Grania, e, em vez de sentir pena, invejou a aceitação e o estoicismo dos pais.

Eles tinham poucas posses e seus horizontes eram estreitos. Coisas irrelevantes os faziam sorrir, mas era um sorriso compartilhado, de quem conhecia um ao outro e seu destino. O mundo deles era pequeno, mas pelo menos era seguro e os conectava. Já ela e Matt moravam em uma grande cidade onde o céu era o limite e havia poucas fronteiras.

– Oi, Grania!

A voz de Aurora soou atrás dela. Grania se virou para ver a menina e pensou em como ela parecia uma fada, surgindo silenciosamente no território que habitava.

– Oi, Aurora. Tudo bem?

– Tudo ótimo, obrigada. Vamos lá?

– Vamos. Trouxe as coisas.

– Eu sei. Já vi a sua sacola.

Grania se levantou obedientemente, e as duas começaram a andar em direção à casa.

– Você pode conhecer o papai hoje – disse Aurora. – Ele está no escritório. Mas pode estar com dor de cabeça, ele tem muita dor de cabeça.

– Ah, é?

– É. Porque ele não usa os óculos e fica forçando a vista para ler os papéis do trabalho dele.

– Que coisa mais boba, né?

– Bom, agora que a mamãe morreu, ele não tem ninguém para cuidar dele, só eu.

– Tenho certeza de que você cuida dele muito bem – tranquilizou Grania enquanto seguiam até o portão que dava acesso ao jardim da casa.

– Eu tento – declarou a menina, abrindo a passagem com um empurrão.

– Esta é a minha casa, a Casa Dunworley. Ela está na família Lisle há dois séculos. Você já veio aqui?

– Não – respondeu Grania, seguindo Aurora portão adentro.

O vento que assobiava à volta enquanto subiam o penhasco de repente se acalmou, graças à espessa cerca viva de espinheiros e brincos-de-princesa pela qual a região de West Cork era famosa e que protegia a casa e seus ocupantes como uma sentinela.

Grania observou surpresa o jardim maravilhosamente bem cuidado que servia como um adorno suave e impecável para a austera casa cinza no centro. Sebes baixas de loureiro ladeavam o caminho até lá e, conforme seguia Aurora, Grania reparou nos canteiros tomados por arbustos de rosas – agora mortas e sem cor, mas que no auge do verão deviam proporcionar uma delicadeza necessária àquele entorno sombrio.

– A gente nunca usa a porta da frente – disse Aurora, dobrando à direita e contornando a casa até chegar aos fundos. – Papai falou que ela foi trancada durante os Distúrbios e alguém perdeu a chave. A entrada que a gente usa é essa aqui.

Grania se viu em um pátio amplo com acesso para os carros que vinham pela estrada. Havia um Range Rover novinho estacionado.

– Vem – chamou Aurora, abrindo a porta.

Grania a seguiu por um vestíbulo até uma cozinha espaçosa. Um gigantesco aparador de pinheiro ocupava uma parede, rangendo sob o peso de pratos brancos e azuis e outras louças diversas. Um fogão ocupava outra parede, e a última era tomada por uma antiquíssima pia embutida entre duas velhas bancadas de melamina. No centro do recinto havia uma comprida mesa de carvalho coberta por pilhas de jornal.

Não era um cômodo aconchegante nem confortável – não era um lugar para a família se reunir, com a mãe em frente ao fogão preparando algo delicioso para o jantar. Era uma cozinha espartana, funcional e intimidadora.

– Eu nem precisava ter trazido jornal – comentou Grania, apontando para as pilhas sobre a mesa.

– Ah, o papai usa isso para acender todas as lareiras da casa. Ele sente muito frio. Mas vamos abrir espaço para o nosso projeto? – Aurora a encarou com ar de expectativa.

– Vamos... mas não acha que devíamos avisar a alguém que estamos aqui?

– Ah, não – respondeu Aurora, balançando a cabeça. – Papai não quer que atrapalhe ele, e eu avisei à Sra. Myther mais cedo que você ia vir. – Ela já estava jogando pilhas de jornal no chão e apontou para Grania o espaço liberado. – Do que mais a gente precisa?

– De água para misturar com a cola.

Grania começou a esvaziar o conteúdo da sacola, desconfortável com sua visita não anunciada.

– Vou pegar.

Aurora tirou uma jarra do aparador lotado e a encheu.

– E um recipiente grande para preparar a mistura.

Aurora buscou o recipiente e o colocou sobre a mesa. Enquanto Grania preparava a mistura, a menina observava com olhos brilhantes e animados.

– Isso é divertido, né? Adoro fazer essas coisas. Minha outra babá não me deixava fazer nada porque não queria que eu me sujasse.

– Eu passo a vida me sujando. – Grania sorriu. – Faço esculturas com materiais bem parecidos com esse. Agora senta aqui ao meu lado e vou mostrar como fazer uma cumbuca.

Aurora se mostrou uma aluna esperta e interessada e, uma hora depois, uma cumbuca de jornal molhado foi colocada orgulhosamente sobre a chapa do fogão.

– Depois que secar a gente pode pintar. Você tem tinta? – perguntou Grania enquanto lavava as mãos na pia.

– Não. Tinha em Londres, mas deixei lá.

– Talvez tenha alguma lá em casa.

– Posso ir lá na sua casa? Deve ser divertido morar numa fazenda.

– Eu não moro lá o tempo todo – explicou Grania. – Moro em Nova York. Só estou passando um tempo com meus pais.

– Ah. – A expressão da menina murchou. – Quer dizer que daqui a pouco você vai embora?

– Sim, mas ainda não sei quando.

Enquanto secava as mãos no pano ao lado da pia, Grania sentiu os olhos da menina encarando-a intensamente.

– Por que você está triste? – perguntou Aurora.

– Não estou triste.

– Está, sim, dá para ver nos seus olhos. Alguém te chateou?

– Não, Aurora, eu estou bem.

Grania corou sob aquele olhar insistente.

– Eu sei que você está triste. – Aurora cruzou os bracinhos. – Sei como é. E quando eu fico triste, vou para o meu lugar mágico.

– E onde ele fica?

– Não posso contar, senão não seria mágico. Nem meu. Você também devia ter um.

– Acho que é uma ótima ideia. – Grania olhou para o relógio de pulso. – É melhor eu ir. Está na hora do almoço. Você deve estar com fome. Alguém vem cozinhar para você?

– Ah, a Sra. Myther deve ter deixado alguma coisa ali dentro. – Ela apontou distraidamente na direção da despensa. – Deve ser sopa de novo. Antes de ir, quer ver o resto da casa?

– Aurora... eu...

– Vamos! – Ela segurou Grania pelo braço e a puxou em direção à porta. – Eu quero que você veja. É linda.

Grania foi arrastada até um grande hall de entrada com piso de lajotas preto e branco e, em um dos cantos, havia uma elegante escadaria de carvalho que subia para o segundo andar. Foi guiada através do cômodo para um salão espaçoso com enormes janelas francesas que davam para o jardim. Lá dentro estava insuportavelmente quente, e um fogo alto ardia na refinada lareira de mármore.

Grania ergueu os olhos da lareira, e o rosto no quadro que viu atraiu seu olhar de escultora. Era uma mulher jovem, com a face em formato de coração emoldurada por cachos ruivos volumosos. Tinha feições delicadas e simétricas, Grania reparou, o que era a marca da beleza clássica. Os belos olhos azuis na pele muito branca pareciam inocentes, porém sábios. Do ponto de vista profissional, Grania soube que aquele retrato tinha sido pintado por um artista de talento. Virou-se para olhar para Aurora, e na mesma hora viu a semelhança.

– É a minha mãe. Todo mundo diz que eu sou a cara dela.

– E é mesmo – respondeu Grania baixinho. – Qual era o nome dela?

Aurora respirou fundo.

– Lily. Era Lily.

– Sinto muito por ela ter morrido, Aurora – disse Grania, com suavidade, enquanto a menina encarava fixamente o retrato.

Aurora continuou encarando a mãe, sem responder.

– E essa quem é, Aurora?

Uma voz masculina atrás delas fez Grania se sobressaltar. Ela girou, se perguntando quanto da conversa o intruso teria entreouvido, e perdeu o fôlego.

Junto à porta estava – Grania repreendeu a si mesma por apelar ao clichê, mas aquilo era um *fato* – o homem mais lindo que ela já vira na vida. Alto, mais de 1,80 metro, com cabelo cor de ébano cheio e bem penteado, mas um centímetro comprido demais, o que fazia os fios cachearem na nuca. Lábios carnudos, mas não a ponto de serem femininos, e um par de profundos olhos azul-escuros emoldurados por cílios negros.

Com seu olhar treinado, Grania observou e admirou a estrutura óssea primorosa: malares muito bem marcados, maxilar quadrado, nariz perfeito. Um rosto que ela desejou recordar em detalhes, para poder esculpi-lo depois.

E tudo isso junto a um corpo esbelto de proporções exatas. Seu olhar foi atraído para os dedos esguios e sensíveis que estavam se abrindo e fechando, demonstrando certa tensão. A imagem geral era de uma elegância singular, qualidade que ela normalmente não associaria ao sexo masculino, mas que garantia que aquele homem, em qualquer lugar que fosse, fizesse virar todas as cabeças – fossem masculinas ou femininas – no instante em que entrasse.

Grania deu um suspiro involuntário, sua reação profissional a um homem que beirava a perfeição física se aliando a uma reação feminina natural para deixá-la temporariamente sem voz.

– Quem é você? – ele tornou a perguntar.

– Papai, essa é a minha amiga Grania – respondeu Aurora, quebrando o silêncio, para alívio de Grania. – Lembra? Eu te contei que a conheci no penhasco ontem. A gente se divertiu muito na cozinha agora de manhã fazendo uma cumbuca com cola e jornal. Quando estiver pintada, vou te dar de presente. – Aurora foi até o pai e o enlaçou com os dois braços.

– Que bom que você se divertiu, querida. – Ele acariciou seus cabelos com afeto e dirigiu a Grania um meio sorriso que demonstrava certa desconfiança. – Então você está visitando Dunworley, Grania?

Os olhos azul-escuros a avaliaram. Grania fez o que pôde para se recompor; notou que estava com a boca seca e engoliu antes de responder:

– Eu nasci aqui no vilarejo, mas passei os últimos dez anos morando fora. Voltei para visitar minha família.

– Entendi. – Os olhos dele se moveram para as janelas francesas com sua esplêndida vista para o mar além do jardim. – Este lugar é raro, mágico. E você ama vir para cá, não é, Aurora?

– Você sabe que eu amo, pai. Aqui é a nossa casa de verdade.

– É mesmo. – Ele tornou a voltar sua atenção para Grania. – Desculpe-me, eu não me apresentei. – Com a filha ainda agarrada ao quadril, ele se aproximou e estendeu a mão. – Alexander Devonshire. – Seus dedos longos e finos apertaram os dela.

Grania fez o melhor que pôde para dar fim à sensação surrealista que estava experimentando.

– Devonshire? Pensei que esta fosse a família Lisle.

As sobrancelhas negras dele se arquearam de modo quase imperceptível.

– Tem razão, esta é a casa da família Lisle, mas eu entrei na família por casamento. Minha esposa – Alexander relanceou os olhos para o retrato – era a herdeira da Casa Dunworley, que um dia vai pertencer à nossa filha.

– Sinto muito... não me dei conta.

– Sério, estou acostumado a ser chamado de "Sr. Lisle" por aqui. – Perdido em pensamentos, Alexander puxou a filha para mais perto.

– É melhor eu voltar para casa – disse Grania, constrangida.

– Ah, papai, ela tem mesmo que ir? Não pode almoçar aqui? – Aurora ergueu o rosto para o pai com um olhar suplicante.

– Obrigada pelo convite, mas eu realmente tenho que ir.

– Claro – falou Alexander. – Foi muita gentileza sua fazer companhia para a minha filha.

– Ela é muito mais legal que aquela babá, papai. Grania não pode cuidar de mim?

– Querida, tenho certeza de que Grania tem várias outras coisas para fazer. – Alexander deu um sorriso de desculpas por sobre a cabeça da filha. – E não devemos ocupar mais o tempo dela.

– Não foi incômodo nenhum, mesmo. Eu gostei.

– Você vem amanhã com as tintas quando a cumbuca estiver seca? – pediu Aurora.

Grania olhou para Alexander em busca de consentimento e o obteve.

– Claro, vou ver o que encontro.

Grania foi em direção à porta e Alexander se afastou, tornando a estender a mão.

– Obrigado, Grania. Foi muita gentileza sua dedicar um tempo para agradar minha filha. Por favor, fique à vontade para vir quando quiser. Se eu não estiver em casa, a Sra. Myther fica com Aurora. – Ele guiou Grania para fora do salão, pelo hall e de volta à cozinha, de mãos dadas com Aurora. – Filha, pode ir procurar a Sra. Myther e avisar que estamos prontos para o almoço?

– Sim, papai – disse ela, obediente. – Tchau, Grania, até amanhã!

Aurora se virou e desapareceu escada acima.

Alexander seguiu na frente e atravessou a cozinha até a porta dos fundos. Ao abri-la, virou-se para Grania.

– Aurora pode ser muito insistente, mas, por favor, não deixe ela convencer você a passar mais tempo do que quer aqui.

– Eu disse, me diverti. – A proximidade de Alexander, segurando a porta, fazia o cérebro de Grania virar geleia.

– Bom, tome cuidado. Conheço a peça.

– Vou tomar.

– Ótimo. Com certeza nos veremos em breve. Até logo, Grania. Obrigado pela visita.

– De nada. Até logo.

Enquanto atravessava o pátio e fazia o caminho de volta até o portão que dava para o penhasco, Grania sentiu uma vontade louca de olhar para trás e ver se ele continuava junto à porta. Passado o portão, acelerou o passo pela trilha do penhasco até chegar à sua pedra favorita. Deixou-se cair sentada ali, ofegante e desorientada.

Apoiou a cabeça nas mãos para tentar reorganizar os pensamentos. O rosto de Alexander surgiu em sua mente. Estava atordoada e assustada que um homem que acabara de conhecer tivesse tamanho efeito sobre ela.

Grania ergueu a cabeça e olhou o mar. Estava calmo e tranquilo naquele dia – um monstro adormecido, que podia despertar e gerar o caos em poucos minutos.

Ao se levantar e retomar o caminho de casa, Grania se perguntou se essa analogia também serviria para o homem que tinha conhecido.

– Oi, sou eu. Pode abrir para mim?

– Claro. – Matt apertou o botão do interfone e voltou desconsolado para a partida de beisebol a que assistia distraído na TV.

Charley apareceu na porta e a fechou depois de entrar.

– Trouxe comida chinesa. Seu prato preferido, meu bem, pato crocante – disse ela, indo até a cozinha. – Está com fome?

– Não – respondeu Matt enquanto Charley pegava dois pratos e abria o vinho que trouxera.

– Você precisa comer, senão vai definhar. – Ela o encarou enquanto servia e colocava os pratos na mesa de centro na frente dele. – Toma. – Charley recheou uma panqueca chinesa com pato ao molho *hoisin* e a ofereceu.

Com um suspiro, Matt se sentou mais ereto, deu uma mordida e mastigou a comida sem prazer.

Charley preparou outra panqueca e tomou um gole do vinho.

– Quer conversar?

– E dizer o quê? – Ele encolheu os ombros. – Minha namorada me largou e não sei por quê. Ela não quer me explicar. – Matt balançou a cabeça. – Se pelo menos eu soubesse o que fiz de errado, podia tomar alguma providência. – Ele pôs a outra panqueca na boca. – Aliás, sua tática de silêncio não funcionou. Grania não me ligou nenhuma vez. Não adiantou nada fingir indiferença.

– Sinto muito, Matty. Pensei mesmo que, se você desse um pouco de tempo e de espaço para ela, Grania ia te procurar. Pensei que ela te amasse.

– Eu também. – Matt fez uma careta amargurada. – Vai ver me enganei. Talvez ela tenha ido embora porque não sente nada por mim. Talvez... – Ele passou a mão pelo cabelo, distraído. – Talvez ela só não queira mais ficar comigo. Porque eu já tentei, tentei, mas não consigo pensar em porcaria nenhuma que eu possa ter feito para magoá-la.

Charley tocou o joelho dele em um gesto reconfortante.

– Talvez tenha sido a perda do bebê. Vai ver o sentimento dela mudou... – Ela deu de ombros. – Desculpa, já gastei todas as minhas frases feitas.

– Não, não tem mais nada pra dizer, não é? Ela foi embora, e a cada dia que passa eu perco a esperança de que ela volte para mim. – Ele olhou para Charley. – Acha que eu devia fazer o que pensei antes, pegar um avião para a Irlanda?

– Não sei, Matty. Não quero soar negativa, mas parece que ela deixou bem claro que não quer nada com você agora.

– É, tem razão. – Matt bebeu toda a taça de vinho e tornou a se servir. – Estou só me iludindo, tentando acreditar que não acabou, quando ela tem certeza absoluta de que acabou, sim.

– Que tal esperar até o final da semana e ver se ela liga? Aí quem sabe, se ela ligar, você pode cogitar pegar um voo até a Irlanda?

– Pode ser, mas estou ficando cansado de me sentir o vilão da história.

Além do mais, estou com uma pilha de trabalho para fazer, e vou passar as próximas duas semanas fora dando palestras.

– Coitadinho do Matty... – disse Charley. – Você está mesmo passando por uma fase complicada. Prometo que vai melhorar, de um jeito ou de outro. Todo mundo passa por momentos ruins, sabe... quando parece que o mundo desabou.

– É, eu admito que estou me entregando – concordou ele. – Desculpa. É melhor você me deixar sozinho. Sei que não estou sendo uma boa companhia.

– É para isso que servem os amigos, Matty, para ajudar quando for preciso. Mudando de assunto, eu vim aqui pedir um favor – declarou Charley.

– Que favor? – perguntou Matt, distraído com a própria infelicidade.

– Vou começar uma reforma no meu apartamento daqui a uns dois dias. Vai demorar mais ou menos um mês, e estava pensando se podia ficar no seu quarto de hóspedes nesse tempo. Posso ajudar com o aluguel, claro – acrescentou Charley. – E você me conhece, eu saio quase todas as noites e passo quase todos os fins de semana fora.

– Ei, não precisa pagar nada! Já falei, estou cheio de trabalho e vou passar mais tempo fora do que em casa, então fique à vontade para vir quando quiser.

Matt se levantou, vasculhou a escrivaninha, encontrou uma chave e entregou a ela.

– Obrigada, meu bem.

– Não tem de quê. E, para ser sincero, apesar do que acabei de dizer, vai ser bom ter companhia. Você é quem vai me fazer um favor.

– Bom, se você tem certeza, seria ótimo. Muito obrigada mesmo.

Matt deu um tapinha na perna dela.

– E obrigado pelo apoio.

– De nada, Matty. – Charley sorriu. – De nada, mesmo.

5

– E aonde é que você vai hoje? – Kathleen observou Grania abotoar o casaco. – Lavou o cabelo, passou maquiagem...

– Para responder à sua pergunta, vou ver Aurora. É raro uma mulher lavar o cabelo e usar rímel por aqui? – respondeu Grania em tom de desafio.

– Quer dizer que está indo para a Casa Dunworley?

– Estou.

Kathleen cruzou os braços.

– Já te avisei, Grania, não é uma boa ideia se meter com eles.

– Mãe, estou ajudando a distrair uma menininha solitária, não me mudando para morar com eles! Que mal há nisso?

– Já disse e vou repetir: aquela família é encrenca. E acho que você já tem problemas suficientes sem precisar somar os deles.

– Ah, mãe, por favor! Aurora é uma menina sem mãe que acabou de se mudar de volta para cá e não conhece ninguém. Ela está se sentindo sozinha! – exclamou Grania, exasperada. – Nos vemos mais tarde.

A porta bateu às costas de Grania e Kathleen deu um suspiro.

– É, e você é uma mãe sem filhos.

Foi com o coração pesado que executou as tarefas da manhã. Pensou se deveria falar com John sobre Grania e suas visitas à Casa Dunworley. A filha tinha ido lá todos os dias da última semana, e na véspera só voltara depois de escurecer. A expressão em seu rosto bastara para Kathleen entender que algo a atraía para aquela casa, como já atraíra outras antes dela...

– Bem, minha menina – disse Kathleen para si mesma enquanto fazia a cama de Shane. – O quanto antes você voltar para Nova York e para o seu homem, melhor. Para todos nós.

Grania já sabia que, em algum ponto da subida pelos penhascos, Aurora ia aparecer correndo para acompanhá-la até o portão da casa. Adorava observá-la fazer isso; nunca tinha visto uma criança mais graciosa. Aurora andava flutuando e corria dançando. E lá estava ela, rodeando-a feito fogo--fátuo, uma criatura etérea saída dos livros de lendas da antiga Irlanda que sua mãe costumava ler.

– Oi, Grania! – Aurora a abraçou e segurou sua mão, conduzindo-a encosta acima. – Estava esperando você chegar da janela do meu quarto. Acho que o papai tem uma coisa pra te pedir.

– Ah, é?

Grania não tinha visto Alexander nenhuma vez na última semana. Segundo Aurora, ele fora acometido por uma forte enxaqueca e ficara descansando no quarto. Quando Grania se mostrara preocupada com a saúde dele, Aurora dera de ombros.

– Ele melhora rápido se ficar sozinho e quieto.

Embora tentasse reprimi-los, os pensamentos sobre o pai de Aurora tinham ocupado sua mente nos instantes de quietude pouco antes de adormecer. E o fato de Alexander estar no andar de cima e poder surgir a qualquer momento gerava uma sensação culpada de prazer. Não entendia o efeito que ele exercia nela – tudo que sabia era que andava gastando cada vez menos tempo pensando em Matt. E isso só podia ser bom.

– Por que ele quer falar comigo? – perguntou, sem conseguir se conter.

Aurora deu uma risadinha.

– É segredo.

Ela saltitou para o portão e já o abrira quando Grania chegou lá.

– Aurora, você já fez aulas de dança lá em Londres? Acho que ia ser boa nisso.

– Não. Mamãe não deixava. Ela sempre detestou balé. – Aurora esfregou o nariz ao fechar o portão atrás delas. – Mas eu queria aprender, até achei uns livros antigos no sótão cheios de imagens de mulheres lindas na ponta dos pés. Se mamãe não detestasse tanto, acho que eu ia querer ser bailarina.

Grania observou a menina subir saltitando o caminho, querendo dizer que Lily estava morta e com certeza não acharia ruim se ela aprendesse a dançar, mas não lhe cabia falar isso. Sendo assim, seguiu-a em silêncio até a cozinha.

– Então, o que vamos fazer hoje? – perguntou Aurora, sorrindo e levando as mãos à cintura. – O que você tem escondido na sua bolsa mágica?

Grania tirou da bolsa um estojo de aquarelas e uma pequena tela.

– Como o tempo hoje está bom, pensei que a gente podia sair e pintar a paisagem. Que tal?

Aurora assentiu.

– Não precisamos de um cavalete?

– Acho que a gente consegue se virar, mas, se você gostar de pintar, eu posso te levar até Cork e compramos um na loja de materiais de arte que tem lá.

O rosto de Aurora se iluminou.

– A gente iria de ônibus? – perguntou ela. – Eu sempre quis andar de ônibus.

Grania arqueou a sobrancelha.

– Você nunca andou de ônibus?

– Não, por aqui não tem muitos, e quando a gente morava em Londres quem nos levava pra todos os lugares era o motorista do papai. Quem sabe quando falar com ele você pode perguntar se eu posso ir?

Grania assentiu e, quando estavam entrando no salão para sair para a varanda, a empregada da casa, a Sra. Myther, veio descendo a escada com um cesto de roupa suja. Grania já tinha cruzado com ela algumas vezes, e a senhora lhe parecia uma pessoa relativamente simpática.

– Grania, posso dar uma palavrinha com você? – indagou a Sra. Myther. – Em particular – sussurrou ela.

– Aurora, vá lá para fora e ache o melhor lugar para pintar a paisagem. Encontro você em dois segundos.

A menina concordou e abriu as janelas francesas de modo a sair para a varanda.

– O Sr. Devonshire me pediu para perguntar se você pode jantar com ele hoje ou amanhã à noite. Ele quer conversar sobre a Aurora.

– Tudo bem.

Grania devia ter feito uma cara preocupada, pois a Sra. Myther lhe deu uns tapinhas no braço e sorriu.

– Não é nenhum problema. O Sr. Devonshire, e eu também, aliás, estamos muito gratos por todo o tempo que você tem passado com ela. Posso dizer a ele que dia seria melhor, se hoje ou amanhã? Ele não quer que Aurora participe da conversa, claro.

– Hoje à noite está bom.

– Posso dizer que você chegará lá pelas oito?
– Pode.
– Ótimo. E posso comentar que essa menina precisava mesmo de alguém como você? Ela ganhou vida desde que te conheceu – acrescentou a empregada.

Grania atravessou o salão e saiu para a varanda ao encontro de Aurora, fazendo o possível para não pensar em que assunto Alexander queria discutir. As duas passaram uma manhã agradável sob o sol ameno, e Grania ensinou a Aurora os conceitos básicos de perspectiva. Quando o tempo esfriou, elas voltaram para a cozinha para colorir o esboço. Aurora subiu no colo de Grania, que ensinou como misturar um pouco de vermelho com azul para obter o roxo suave dos penhascos distantes, do outro lado da baía. Quando terminaram e pararam para admirar o trabalho, Aurora enlaçou Grania pelo pescoço e a abraçou.

– Obrigada, Grania. Ficou lindo, e eu vou pendurar em qualquer quarto onde eu morar, pra me lembrar de casa.

A Sra. Myther tinha aparecido na cozinha e mexia uma sopa sobre o fogão. Grania interpretou sua chegada como uma deixa para ir embora e se levantou.

– O que vamos fazer amanhã? – questionou Aurora, ansiosa. – Você vai perguntar para o papai hoje à noite se eu posso ir de ônibus a Cork?

Grania a encarou, espantada.

– Como você sabe que virei aqui hoje?

– Apenas sei. – Aurora deu uma piscadela. – Vai perguntar pra ele, não vai?

– Prometo que sim. – Grania assentiu.

Grania avisou à mãe que não ia jantar em casa naquela noite. Isso provocou um arquear de sobrancelha, mas nenhum comentário.

– Estou indo – disse ela ao descer a escada. – Até mais tarde!

Kathleen a examinou.

– Eu diria que você está vestida para um cavalheiro. É isso mesmo, Grania?

– Ai, mãe, o pai da Aurora quer apenas conversar sobre a menina. Só falei com ele uma vez, não é um encontro nem nada. – Grania foi depressa para o hall e pegou uma lanterna sobre a prateleira.

– E onde eu digo para o seu homem que a mulher dele foi, se ele ligar?

Grania não se dignou a responder, apenas bateu a porta com força ao sair e marchou em direção à casa do penhasco. Não havia absolutamente nenhum motivo para se sentir culpada, nem para a mãe questionar suas atitudes. Além disso, Matt não tinha mais o direito de lhe dizer com quem andar ou o que fazer. Fora *ele* quem destruíra o relacionamento. Não podia fazer nada se Kathleen tinha um fraco por Matt. E depois de passar quase três semanas em casa todas as noites, sair um pouco não lhe faria mal.

Armada de todos esses argumentos, Grania acendeu a lanterna e andou trilha acima.

Quando chegou à porta dos fundos da Casa Dunworley, bateu, mas ninguém veio atender. Sem saber o que fazer, ela entrou e parou na cozinha vazia, hesitante. Por fim, abriu a outra porta da cozinha com cuidado e saiu para o hall.

– Olá? – chamou, e mais uma vez não houve resposta. – Olá?

Ela atravessou o hall e bateu na porta do salão. Ao abri-la, viu Alexander sentado em uma cadeira junto à lareira, lendo um documento. Ao vê-la, ele se sobressaltou e se pôs de pé, encabulado.

– Mil desculpas, acho que não ouvi você chegar.

– Não faz mal – disse Grania, constrangida, mais uma vez sentindo as palavras lhe faltarem.

– Por favor, deixe eu pegar seu casaco. Venha se sentar aqui, perto do fogo. Eu acho essa casa tão fria... – comentou, ajudando-a a tirar o casaco. – Posso te oferecer uma taça de vinho? Ou um gim-tônica?

– Vinho está ótimo.

– Fique à vontade, volto já.

Grania não escolheu a outra cadeira perto da lareira; o calor no recinto era opressivo. Em vez disso, sentou-se em um sofá elegante, porém desconfortável, e pensou em como aquele salão ficava aconchegante à noite.

Alexander reapareceu com uma garrafa de vinho e duas taças.

– Obrigado por ter vindo, Grania – disse ele, passando-lhe o vinho e voltando para sua poltrona em frente à lareira. – Entre outras coisas, queria uma chance de agradecer por você ter distraído Aurora nesta última semana.

– O prazer foi todo meu, sério. Eu me diverti tanto quanto ela.

– Mesmo assim, foi mesmo muita gentileza sua. Aurora me disse que você é escultora. Faz isso profissionalmente?

– Sim. Tenho um estúdio em Nova York.

– Que incrível usar seu talento para ganhar a vida – comentou Alexander com um suspiro.

– É, acho que sim – respondeu Grania. – Eu também nunca fui capaz de fazer mais nada.

– Bom, é melhor ser excelente numa coisa só do que mediano em várias. Como eu.

– Desculpe perguntar, mas o que você faz exatamente?

– Movimento dinheiro pelo mundo; dinheiro dos outros, aliás. Fico rico enriquecendo essas pessoas. Dá para dizer que sou um abutre. Não tiro nenhum prazer do meu trabalho. É insignificante – concluiu ele, mal-humorado.

– Acho que você está sendo muito duro – comentou Grania. – É um talento, afinal. Eu não saberia por onde começar.

– Obrigado pela gentileza, mas eu não crio nada, enquanto você cria algo concreto que dá prazer a quem vê. – Alexander deu um gole no vinho. – Sempre admirei pessoas com talento artístico, já que eu mesmo não tenho nenhum. Adoraria ver seu trabalho. Você expõe?

– Sim, de vez em quando, mas ultimamente a maior parte das esculturas que faço são encomendas particulares.

Ele a encarou.

– Então eu poderia fazer uma encomenda a você?

– Sim. – Grania deu de ombros. – Acho que sim.

– Bom, nesse caso talvez eu faça. – Ele abriu um sorriso tenso. – Está pronta para jantar?

– Quando você quiser – respondeu Grania com voz fraca.

Alexander se levantou.

– Vou avisar à Sra. Myther que estamos prontos.

Grania o observou sair, intrigada por um homem daqueles parecer tão pouco à vontade. Na sua experiência, homens ricos com a aparência de Alexander eram naturalmente arrogantes e confiantes, acostumados com a admiração de todos.

– Tudo pronto – disse Alexander, colocando a cabeça para dentro pela fresta da porta. – Vamos comer na sala de jantar, acho lá bem mais quente do que a cozinha.

Grania o seguiu até um cômodo do outro lado do hall. A comprida mesa de mogno encerado estava posta para dois em uma das extremidades. Outro fogo intenso ardia na lareira, e Grania procurou a cadeira mais afastada.

Alexander se sentou à cabeceira ao seu lado, e a Sra. Myther entrou trazendo dois pratos que dispôs na frente deles.

– Obrigado – disse ele quando a empregada se retirou, e olhou para Grania com um sorriso irônico. – Peço desculpas pela simplicidade do prato, mas culinária refinada não é o forte dela.

– Na verdade, *colcannon* com presunto e molho de carne é um dos meus pratos preferidos – falou Grania para tranquilizá-lo.

– Bem, quando em Roma... E esse é o único prato que a Sra. Myther sempre acerta. Por favor – disse ele, apontando. – Pode começar.

Comeram em silêncio por algum tempo, e Grania lançou olhares discretos a seu acompanhante. Por fim, quebrou o silêncio:

– Sobre o que você queria conversar?

– Queria saber seus planos para o mês que vem – explicou Alexander. – Se está só visitando sua família, deve voltar em breve para Nova York, imagino.

Grania descansou os talheres no prato.

– Para ser sincera, ainda não decidi.

– Posso supor que isso significa que você está fugindo de alguma coisa? Foi uma observação perspicaz vinda de alguém que ela mal conhecia.

– Acho que pode – declarou Grania, devagar. – Como adivinhou?

– Bem... – Alexander terminou o jantar e limpou a boca com o guardanapo. – Para começar, você é sofisticada demais para ter aprendido isso aqui no vilarejo de Dunworley. Em segundo lugar, eu vi você caminhando pelos penhascos, talvez até antes de Aurora. Deu para perceber que estava preocupada com alguma coisa, provavelmente algum problema. E depois, é difícil que uma mulher como você tenha tempo ou disposição para brincar com uma menina de 8 anos todos os dias.

Grania sentiu as bochechas corarem.

– É, acho que você descreveu bem a situação atual.

– Minha filha gosta muito de você, e pelo visto você também gosta dela...

– Considero Aurora uma gracinha, e temos nos divertido – respondeu Grania. – Mas ela é uma criança solitária.

– É mesmo – admitiu Alexander com um suspiro.

– Você não pensa em mandá-la para a escola? Tem uma ótima a menos de 2 quilômetros daqui, e ela ia poder fazer amigos da mesma idade.

– Não ia adiantar. – Ele balançou a cabeça. – Não sei quanto tempo vamos passar aqui, e criar laços que depois ela ia precisar romper é a última coisa de que Aurora precisa.

– E um colégio interno? Nesse caso, mesmo que se mudem, ela pode ter uma sensação de estabilidade, não? – sugeriu Grania.

– É claro que já pensei nisso – disse Alexander. – A questão é que, depois que a mãe dela morreu, Aurora teve alguns problemas... problemas emocionais que me impedem de fazer isso. Então sei que não é o ideal, mas ela precisa estudar em casa. O que me leva ao motivo de nosso jantar de hoje.

– Que seria...?

– A Sra. Myther trabalhava para nós em Londres, e fez a gentileza de vir para cá quando nos mudamos, mas só pelas primeiras semanas. A família dela está toda lá, e claro que ela quer voltar logo. Procurei várias agências para arrumar uma babá para Aurora e uma empregada para Dunworley, mas até agora não tive sorte. E preciso viajar daqui a poucos dias. O que eu quero perguntar, Grania, é se você estaria disposta a ficar aqui com Aurora até eu encontrar funcionários adequados para a tarefa.

Esse pedido era a última coisa que Grania esperava ouvir.

– Ahn...

Alexander ergueu a mão para interrompê-la.

– Sei que você não é babá, e também não a vejo assim. Mas desta vez Aurora não poderá ir comigo, então preciso encontrar rápido alguém de confiança e de quem Aurora goste. Espero que não tenha ficado ofendida com a minha proposta.

– Não, claro que não! – respondeu ela. – Fico honrada por você confiar em mim, já que mal me conhece.

– Conheço, sim, Grania. – Ele sorriu. – Aurora não fala em outra coisa. Nunca a vi se apegar tanto a ninguém desde que a mãe morreu. Então me perdoe pela proposta. Entendo totalmente se você tiver outros planos. Prometo que não seria por mais de um mês, só para me dar o tempo de fazer o que preciso... – Ele se interrompeu. – E encontrar alguém para cuidar dela a longo prazo.

– Um mês... – Grania mordeu o lábio. – Alexander, não sei mesmo.

– Por favor, pense um pouco antes de responder. Não precisa decidir agora. E a outra coisa que eu queria perguntar é se, enquanto você estiver aqui, posso encomendar uma escultura de Aurora. Ou seja, você estaria trabalhando também. E eu pagaria tanto pela escultura quanto por cuidar da minha filha. Pagaria bem, por sinal.

Grania se sentiu afundar no azul profundo daqueles olhos e se conteve.

– Preciso ir para casa pensar um pouco, porque não sei bem o que estou fazendo.

– Claro. – Alexander aquiesceu. – Pode me avisar assim que souber? Eu viajo no domingo.

Domingo era dali a quatro dias.

– O que vai fazer se eu disser não? – perguntou ela.

– Não tenho a menor ideia. – Ele deu de ombros. – Talvez convencer a Sra. Myther a ficar e dobrar o salário dela. Enfim, não se preocupe com isso, e peço desculpas se a coloquei em uma situação chata. Faça o que for melhor para você. Perdão por ter perguntado, mas Aurora me implorou.

– Posso dar a resposta amanhã?

– Pode. E agora, se me dá licença, infelizmente estou com uma enxaqueca daquelas.

– Claro. Posso fazer alguma coisa para ajudar?

Alexander a encarou com uma expressão de profunda tristeza.

– Não, quem me dera pudesse. – Ele estendeu a mão e a pousou sobre a dela. – Obrigado por perguntar.

Enquanto caminhava para casa margeando o penhasco à luz da lanterna, Grania sentiu vergonha por ter sido convencida pelo toque da mão de Alexander na dela. Naquele instante, teria feito qualquer coisa para ajudá-lo. Não sabia quem, nem o que ele era, mas a dor que vira em seus olhos a acompanhou enquanto entrava em casa sem fazer barulho, subia a escada até a cama e afundava entre os lençóis, inexplicavelmente exausta.

Aquela ideia toda era ridícula... ela era uma escultora bem-sucedida em Nova York, tinha uma vida... o que estava fazendo sequer *cogitando* se mudar para uma casa perdida na beira de um penhasco para cuidar de uma menina que só conhecia há uma semana? Para agradar a um homem sobre quem não sabia nada? Além do mais, a herança dos Lisles e a recente amizade de Grania com a família chateavam sua mãe, por algum motivo.

E mesmo assim... mesmo assim...

À medida que a noite avançava no relógio, Grania se sentia adentrando águas perigosas. Teve uma ânsia súbita e urgente pela segurança, estabilidade e normalidade de sua vida dos últimos oito anos.

Será que seu relacionamento com Matt tinha mesmo acabado?

Ela fugira tão depressa, tão magoada... feito um animal assustado...

E nunca deu a ele a chance de se explicar. E se tivesse entendido *errado?* E se tivessem sido apenas mal-entendidos que ela transformara em um cenário que, na verdade, tinha uma explicação inocente? Afinal, ela tinha acabado de perder o bebê... seu bebê tão desejado. Será que seu estado emocional tinha levado a um equívoco? E será que o choque e os hormônios que inundavam seu organismo a tinham feito reagir exageradamente? Grania suspirou e tornou a rolar na cama estreita. Sentia falta da imensa cama king-size que ela e Matt dividiam. E do que eles tinham vivido em cima dela. Sentia falta da sua vida... falta *dele*.

Tomou uma decisão. Talvez estivesse na hora de descobrir, de dar uma chance para Matt contar a própria versão dos acontecimentos.

Olhou para o relógio e viu que eram três da manhã, ou seja, dez da noite em Nova York. No pior dos casos, o celular de Matt estaria desligado e a secretária eletrônica do telefone fixo, ligada. No melhor dos casos, ele atenderia a qualquer um.

Grania se sentou na cama, acendeu a luz e pegou o celular. Sem parar para pensar, tocou o nome de Michael e iniciou a chamada. A caixa postal dele atendeu direto, e Grania encerrou a ligação. Então ligou para o telefone fixo e após dois toques uma voz atendeu.

– Alô?

Era uma voz de mulher, e ela sabia de quem.

Ficou encarando o vazio sem dizer nada enquanto a voz repetia:

– Alô?

Ai, meu Deus, ai, meu Deus...

– Quem é?

Grania tocou a tela e desligou.

6

Na manhã seguinte, Alexander apareceu na cozinha na hora em que Grania e Aurora estavam entrando em casa, com um ar ansioso.

– Eu aceito. Cuidar de Aurora, quero dizer, por um mês, pelo menos.

– Que maravilha! Obrigado, Grania. Você não imagina o quanto significa, pra mim, saber que Aurora vai estar segura aqui com alguém que ela gosta. – Alexander olhou para a filha. – Está feliz, Aurora?

Nenhum dos adultos precisava que ela dissesse. A resposta estava escrita em sua cara.

– Estou! – Ela abraçou o pai e depois Grania. – Obrigada, Grania. Prometo não dar trabalho.

– Tenho certeza disso – respondeu Grania, sorrindo.

– E arrume tempo para abrir alguns daqueles livros escolares que estão encostados lá em cima, hein? – Alexander ergueu uma sobrancelha para Grania. – A antiga professora de Londres passou dever suficiente para um mês, mas duvido que Aurora tenha aberto os livros.

– Mas, papai, estou aprendendo arte.

– Não se preocupe, vou garantir que ela estude um pouco – disse Grania depressa.

– Você perguntou ao papai sobre ir de ônibus a Cork? – indagou Aurora animada, virando-se para o pai. – A Grania precisa comprar uns materiais de arte, e falou que eu posso ir com ela. Posso ir, papai? Nunca andei de ônibus.

– Não vejo problema, se Grania não se importar de você ir junto.

– É claro que não me importo.

– De repente você pode aproveitar para comprar o necessário para a escultura que falamos ontem à noite?

– Sim, se você tiver certeza de que quer mesmo. Posso te mostrar alguns dos meus trabalhos na internet.

– Na verdade pesquisei seu nome hoje de manhã – disse ele. – Adoraria manter o pedido, e é claro que precisamos conversar sobre a remuneração, tanto por cuidar de Aurora quanto pela escultura. Também fiquei pensando se você por acaso não conhece alguém no vilarejo para vir aqui algumas horas por dia para cuidar da casa. Não considero isso parte de suas atribuições.

Grania pensou na antipatia da mãe pelos Lisles e se perguntou quantas outras pessoas no vilarejo sentiam o mesmo.

– Posso perguntar – respondeu, hesitante. – Mas...

Alexander ergueu a mão para detê-la.

– Sei que a nossa família não tem boa reputação por aqui. Na verdade nunca pesquisei a fundo o motivo exato, já que sou relativamente recém-chegado, mas posso garantir que é tudo baseado em histórias antigas.

– As pessoas na Irlanda têm boa memória – concordou Grania. – Mas vou ver o que consigo fazer.

Aurora puxou sua manga.

– Se a gente não for logo vai perder o ônibus, não vai?

– Sai um ao meio-dia. Temos dez minutos.

– Então vou deixar vocês à vontade, meninas. – Alexander assentiu. – Obrigado, Grania, e nos vemos antes de eu ir, para combinar os detalhes.

Após levar uma Aurora radiante de ônibus até a cidade e voltar carregada de materiais da loja de artes, Grania chegou em casa bem quando a mãe estava servindo o jantar.

– E onde a senhorita passou o dia inteiro, posso saber?

– Em Cork. – Grania largou as sacolas de compras na sala e tirou o casaco. – Precisei ir comprar uns materiais.

– Soube que levou uma amiga – disse Kathleen, servindo o ensopado de carne em tigelas.

– Sim. Levei Aurora comigo. Ela nunca tinha andado de ônibus e ficou muito animada. Quer ajuda, mãe?

Kathleen ignorou a pergunta e pôs as tigelas na mesa.

Quando se sentou à mesa e seu pai e irmão se juntaram a elas, Grania teve a sensação de ser *ela* a menina de 8 anos que fora surpreendida no ônibus matando aula.

Depois do jantar, quando Shane já tinha ido para o pub e seu pai se acomodado na cadeira da sala, Grania ajudou a mãe a tirar a mesa.

– Que tal eu pôr uma água para ferver e tomarmos um chá? – sugeriu ela. – Tenho novidades.

– Vai voltar para os Estados Unidos e para aquele seu homem encantador? – O rosto de Kathleen se iluminou por um instante, mas Grania fez que não.

– Não, mãe, sinto muito, mas acho que isso não vai acontecer – respondeu com tristeza, pondo a chaleira para ferver no fogão.

– Bem, Grania, o que eu não entendo é o motivo. Sei que foi uma pena você ter perdido o bebê, mas...

– É mais do que isso, mãe, por favor, e eu realmente não quero tocar nesse assunto.

– Mas parece que Matt quer consertar as coisas, não importa o que ele fez. Não quer dar uma chance a ele, meu bem? – instou Kathleen.

Grania preparou duas xícaras de chá e as levou até a mesa.

– Mãe, juro, se tivesse jeito de resolver, eu gostaria. Mas acho que agora é tarde. E, como você sempre disse, não adianta chorar sobre o leite derramado. Preciso tocar a vida.

– Então quais são seus planos?

– Bom, sei que você não vai gostar. – Grania tomou um gole do chá fumegante. – Mas o pai de Aurora tem que passar um mês fora e eu aceitei tomar conta dela na Casa Dunworley enquanto ele estiver viajando.

– Minha nossa! – Kathleen levou as mãos às bochechas. – As coisas só pioram.

– Mãe, por favor, como Alexander me disse hoje, o que quer que tenha acontecido é história antiga. E não tem nada a ver com aquela pobre menina. Nem comigo – ressaltou Grania, tentando se manter o mais calma possível. – Alexander quer que eu faça uma escultura de Aurora enquanto estou aqui. Ele vai me pagar, e até resolver as coisas com Matt eu bem que preciso do dinheiro, mãe, preciso mesmo. Principalmente porque não faço ideia de quando vou voltar para Nova York.

Kathleen agora tinha o rosto enterrado nas mãos.

– Meu Deus! A história está se repetindo. Mas você tem razão. – Ela ergueu os olhos para a filha. – O que você tem a ver com o passado?

– Bem, mãe, talvez eu entendesse se soubesse *o que* aconteceu. Como não sei, vou aceitar a proposta de Alexander. Por que não aceitaria?

– Por que não...? – sussurrou Kathleen, fazendo um esforço para se controlar. – Bem, acho que o problema é que nós duas não sabemos do que falamos. Eu não faço ideia do que deu errado entre você e o Matt, e você não sabe por que fico chateada de te ver envolvida com a família Lisle. Você disse que Sua Alteza não vai estar lá enquanto você ficar na Casa Dunworley?

– Não, ele precisa viajar.

– E o que você acha do pai de Aurora?

– Parece um cara legal. – Grania deu de ombros. – Não o conheço tão bem assim.

– Acho que ele era... que ele *é* um homem bom. Mas qualquer um que tenha o azar de se meter com aquela família acaba marcado, e isso vale para você também, Grania. – Kathleen apontou um dedo para a filha.

– Mãe, a última coisa que quero é te chatear, mas até eu saber o que...

– É, tem razão – interrompeu Kathleen. Ela abriu um sorriso fraco e afagou tristemente a mão da filha. – E eu aqui pensando que você tinha conseguido escapar disso tudo.

– É só por um mês, mãe – frisou Grania. – E pelo menos assim eu não vou mais te atrapalhar.

– E você acha que é isso mesmo que eu quero? Depois de passar dez anos te vendo só de vez em quando? É um prazer ter você em casa, e sempre vai ser.

– Obrigada, mãe. Também estava pensando se posso trazer Aurora aqui – arriscou Grania. – Tenho certeza de que, quando conhecer a menina, você vai entender. Ela é tão fofa...

– Não abusa, Grania. Tenho certeza de que ela é tudo que você diz, mas tem muito rancor aqui nessa casa. É melhor esquecer isso por enquanto.

– Entendo. – Ela deu um bocejo. – Desculpa, não dormi muito na noite passada. Vou deitar. – Grania se levantou e enxaguou a xícara na pia. Então foi até a mãe e lhe deu um beijo no alto da cabeça. – Boa noite, mãe. Durma bem.

– Você também, meu bem.

Ao ouvir a porta de Grania se fechar lá em cima, Kathleen se levantou e foi até a sala falar com o marido.

– Estou preocupada com a nossa menina – disse ela com um suspiro, sentando-se na poltrona em frente a John. – Ela acabou de aceitar passar um mês na Casa Dunworley cuidando da menina Lisle.

– Ah, é? – John desviou a atenção da TV para examinar a expressão angustiada da esposa.

– O que a gente pode fazer?

– Eu diria que nada. Ela já é adulta.

– John, você não vê o que está acontecendo? Sabe como Grania sempre se fecha quando está triste. Ela está fazendo isso agora. Dá para ver que está sofrendo, mas ela não quer me contar nada.

– É o jeito dela, Kathleen. Igualzinha ao pai – disse John com calma. – Cada um lida com os problemas de um jeito, e não tem certo ou errado.

– Você não acha estranho ela não ter derramado nenhuma lágrima por ter perdido esse bebê?

– Como eu disse, cada um tem seu jeito, querida. Deixe ela em paz.

– John. – Kathleen estava perdendo a paciência diante da reação calma de sempre do marido frente ao que parecia ser um desastre iminente. – A nossa filha está se apegando àquela menina. Está usando Aurora como substituta para o bebê que perdeu. E, para completar, talvez esteja vendo o pai como um substituto para Matt. E enquanto gasta energia com eles não precisa pensar na própria vida, nem tentar resolver nada.

– Ah, Kathleen – respondeu John, finalmente reagindo ao nervosismo da esposa. – Entendo que essa situação a deixe abalada e que você queira proteger nossa filha, mas acho que não podemos fazer nada, não acha?

– Não – respondeu Kathleen após uma longa pausa, sabendo que buscava soluções que John não podia lhe dar, mas irritada com isso mesmo assim. Levantou-se. – Vou para a cama.

– Eu subo já – respondeu John para as costas da esposa.

Ele deu um suspiro. Quando Kathleen ficava preocupada daquele jeito com um de seus preciosos filhos, ele sabia que não podia fazer muita coisa para reconfortá-la.

Três dias depois, o irmão de Grania lhe deu uma carona colina acima até a Casa Dunworley.

– Obrigada, Shane – disse ela ao saltar do carro.

– De nada, Grania. – Ele sorriu. – Me avisa se precisar de alguma carona com aquela pequena. Se cuida.

Grania pegou a bolsa de viagem no porta-malas e entrou na cozinha pela porta dos fundos. Um pequeno raio se atirou em seus braços.

– Você veio! Passei a manhã inteira te esperando.

– É claro que eu vim – falou Grania, e sorriu. – Não achou que eu fosse desistir, achou?

Aurora franziu os lábios rosados.

– Às vezes os adultos dizem que vão fazer uma coisa e depois não fazem.

– Bom, não sou uma adulta desse tipo.

– Que bom. Então, papai disse que era pra eu te mostrar seu quarto quando você chegasse. Escolhi um do lado do meu, pra você não ficar sozinha. Vem!

Aurora segurou a mão de Grania e a puxou para fora da cozinha, pelo hall e escada acima. Conduziu-a pelo segundo andar até um belo quarto mobiliado com uma cama de ferro forjado forrada por uma colcha de renda branca. As paredes eram cor-de-rosa, e a janela tinha cortinas floridas que emolduravam a vista esplendorosa do promontório.

– Rosa é a minha cor preferida – disse Aurora, quicando sentada na cama espaçosa. – É a sua também?

– Eu amo rosa, azul, roxo e... – Grania se sentou ao lado e fez cócegas em Aurora. – Amarelo e vermelho e laranja e verde...

Aurora gargalhou de prazer, e foi assim que Alexander as encontrou ao bater na porta e entrar no quarto.

– Caramba! Que algazarra.

– Desculpa, pai. – Na mesma hora Aurora sentou-se com as costas retas. – A gente te atrapalhou?

– Não, querida, não atrapalharam. – Ele abriu um sorriso que a Grania pareceu mais uma careta. Estava mortalmente pálido.

– Grania, se Aurora puder libertar você por meia hora, podemos conversar sobre algumas coisas antes de eu ir – sugeriu ele.

– Sim. – Grania se levantou e virou-se para a menina. – Por que não vai buscar aqueles livros escolares que seu pai mencionou, e daqui a pouco eu te encontro na cozinha?

Aurora aquiesceu, obediente, e saiu em direção ao quarto ao lado enquanto Grania e Alexander desciam para o térreo. Ele a conduziu até a pequena biblioteca, equipada com uma mesa e um computador.

– Sente-se, por favor.

Grania se acomodou e Alexander lhe entregou uma folha de papel impresso.

– Aí estão listados todos os meus telefones de contato. Coloquei também o nome do meu advogado, Hans, e se você não conseguir falar comigo ele é a melhor pessoa para procurar. Já avisei que talvez você ligue.

– Posso saber para onde você vai?

– Para os Estados Unidos, depois talvez para a Suíça... – Ele deu de ombros. – Me desculpe por não poder ser mais específico. Também coloquei o nome de um bombeiro hidráulico e de um eletricista, caso haja algum problema com a casa. A calefação e a água quente são reguladas por um timer ao lado do boiler no quartinho de limpeza, que fica logo depois da cozinha. Um jardineiro vem uma vez por semana, e também traz lenha para as lareiras.

– Certo – disse Grania. – E acho que encontrei uma faxineira temporária. É a filha da dona da loja no vilarejo, parece uma boa moça.

– Ótimo. Obrigado, Grania. Você vai ver que tem um cheque em seu nome, que inclui o que eu considero uma quantia justa pelo seu trabalho este mês, mais o pagamento pela escultura. Também incluí o suficiente para cobrir despesas gerais como alimentação e emergências, que você pode usar para pagar a faxineira. Vai encontrar tudo aí detalhado nesse papel. Se por acaso precisar de mais, como eu falei, por favor ligue para o meu advogado.

Grania olhou para o cheque. A quantia escrita era de 12 mil euros.

– Mas isso é demais... eu...

– Eu sei que as suas esculturas são vendidas por um mínimo de 10 mil dólares.

– Sim, mas em geral o cliente quer ver o produto final antes de pagar.

– Não preciso disso – respondeu Alexander. – Agora chega de falar de finanças. Se não fosse por você, eu não poderia viajar.

– É um prazer, sério – repetiu Grania. – Gosto muito da Aurora.

– E você deve saber que é recíproco. Não vejo minha filha se apegar a alguém desse jeito desde que a mãe dela morreu. Acho isso... – Alexander suspirou. – Muito tocante.

A expressão de tristeza intrínseca surgiu outra vez em seus olhos, e Grania teve que se conter para não estender a mão e reconfortá-lo.

– Prometo cuidar dela.

– Eu sei. E preciso avisar... não sei bem como dizer isso... mas Aurora às vezes fala que a mãe ainda está por aqui, nesta casa. – Alexander balançou a cabeça. – Sabemos que é só fantasia de uma criança que sofre. Eu garanto que não tem nenhum fantasma, mas se Aurora se sente melhor pensando assim, então acho que não faz mal.

– Não faz – concordou Grania devagar.

– Bom, então acho que é isso. Vou sair daqui a uma hora, mais ou menos.

Um táxi vai me levar até o aeroporto de Cork. É claro que você pode usar meu carro à vontade, a chave está no claviculário da despensa.

– Obrigada. – Grania se levantou. – Vou ver o que Aurora aprontou e também vou tentar convencê-la a abrir uns livros.

– Certo. Telefonarei sempre que puder – disse Alexander com um meneio de cabeça. – Mas, por favor, não se preocupe se passar um tempo sem notícias. E Aurora também não deve se preocupar. Ah, falando nisso... – Ele apontou para a gaveta superior esquerda da escrivaninha. – Se por acaso alguma coisa acontecer comigo, todos os documentos necessários estão trancados nessa gaveta. Meu advogado vai dizer onde encontrar a chave.

Grania teve um súbito calafrio ao ver a expressão no rosto dele.

– Vamos torcer para eu não precisar fazer essa ligação. Nos vemos daqui a um mês. Boa viagem!

– Obrigado.

Ela se virou para andar até a porta.

– Grania?

– Sim?

Alexander abriu um sorriso largo e repentino.

– Eu lhe devo um jantar na volta. Você salvou minha vida, literalmente.

Grania aquiesceu e saiu rápida e silenciosamente.

Sentadas em um banquinho sob a janela do quarto de Aurora, as duas observaram o táxi de Alexander descer serpenteando a encosta. Por instinto, Grania passou o braço pelo ombro de Aurora, mas a menina parecia calma e ergueu os olhos para ela.

– Tudo bem, não estou triste. Estou acostumada com ele indo embora trabalhar. E dessa vez é melhor porque tenho você aqui. – Ela se ajoelhou no banco e enlaçou Grania pelo pescoço. – Grania?

– Hmm?

– Você acha que a gente pode ir para o salão, acender a lareira e tostar uns marshmallows que nem eles fazem no livro da Enid Blyton que eu acabei de ler?

– Acho uma ideia maravilhosa. Desde que você passe uma hora fazendo os exercícios de matemática na mesa da cozinha enquanto eu preparo o jantar. Combinado? – Grania estendeu a mão.

Aurora a apertou e sorriu.

– Combinado.

⚮

Mais tarde naquela noite, depois de colocar Aurora para dormir e ser convencida a ler para ela por muito mais tempo do que o combinado, Grania tornou a descer a escada e entrou no salão. Ajoelhada em frente à lareira para atiçar o fogo, escutou o silêncio da casa e se perguntou por que aceitara aquele trabalho. Deu-se conta de que fora apenas uma reação automática ao choque de ouvir a voz de Charley em seu apartamento. Será que se aprisionar naquela casa por um mês, sozinha com uma menina pequena que mal conhecia, era uma atitude sensata?

Desejou que Matt ligasse para a casa dos seus pais e que sua mãe lhe dissesse que ela não estava mais lá; precisava que ele *soubesse* que não tinha acabado com ela, que ela já estava seguindo em frente...

Com esforço, substituiu o rosto de Matt pelo de Alexander na mente. Será que tinha só imaginado a expressão dele ao lhe propor um jantar quando voltasse? E será que estava tão vulnerável que precisava se agarrar com unhas e dentes a umas poucas palavras que poderiam ser simplesmente boa educação, sem qualquer segunda intenção? Suspirou ao perceber que, não importava a motivação de Alexander, tinha pelo menos um mês para refletir a respeito sem chegar a conclusão alguma.

Apagou a luz do térreo e subiu a escada até o seu quarto. Tomou um banho demorado na grande banheira com pés em formato de garras da suíte, então vestiu o pijama e se enfiou na cama espaçosa e confortável. Recostou-se nos travesseiros, saboreando aquele espaço todo após semanas em sua cama estreita.

No dia seguinte, pensou ao apagar a luz, começaria a fazer esboços de Aurora, a se familiarizar com o formato de seu rosto e a distinguir que expressão aparecia com mais frequência em seu olhar...

Grania se acomodou para dormir e fechou os olhos.

⚮

Sentada à mesa da cozinha, Kathleen segurava uma caneca de chá com as duas mãos. Ouviu da sala ao lado que o noticiário das dez acabara de terminar. Após escutar a previsão do tempo, John desligaria a televisão, apagaria as luzes e iria até a cozinha encher um copo de água para levar até a cama.

Kathleen se levantou e foi até a porta dos fundos. Abriu-a e espiou à esquerda. Não havia nenhuma luz acesa na casa no alto do penhasco. Grania já devia ter ido se deitar. Ela entrou, fechou a porta, e estremeceu de leve ao girar a chave e passar o trinco, perguntando-se de onde viria aquela inquietação com o paradeiro da filha naquela noite. Quando tornou a entrar na cozinha, John estava em frente à pia com a torneira aberta enchendo o copo.

– Vou dormir, meu bem. Vem comigo? – Ele baixou os olhos para a esposa e abriu um sorriso suave.

Kathleen suspirou profundamente e esfregou o rosto com as palmas das mãos.

– Ai, John, estou sem saber onde me enfiar.

John pousou o copo de água no escorredor de madeira, foi até a esposa e a tomou nos braços.

– O que foi? Não é do seu feitio ficar abalada desse jeito. É melhor me dizer qual é o problema.

– É a Grania... lá *naquela* casa, sozinha. Sei que você vai dizer que estou sendo boba, mas... – Ela ergueu os olhos para o marido. – Você sabe o que sinto por aquela família e o mal que já nos causaram.

– Sei, sim. – Delicadamente, John passou um fio grisalho dos cabelos da esposa para trás de sua orelha. – Mas isso já faz muito tempo. Grania e a menina são de outra geração.

– Será que eu devo contar pra ela? – Os olhos de Kathleen lhe suplicavam por uma resposta.

John deu um suspiro.

– Não sei se é uma boa ou uma má ideia, mas não dizer nada está obviamente te deixando nervosa. Se falar for te acalmar um pouco, então fala. Não que vá fazer qualquer diferença, no final. Você sabe tão bem quanto eu que a geração seguinte não pode carregar a culpa pelos pecados dos pais.

Kathleen encostou a cabeça no peito largo do marido.

– Eu sei, John, eu sei. Mas o que *eles* fizeram com a nossa família... – Ela balançou a cabeça. – Eles quase nos destruíram, você sabe. – Ela o encarou com os olhos tomados pelo medo. – E eu vi a cara da Grania quando ela falou sobre o pai da Aurora. Duas gerações arruinadas por causa daquela família, e agora estou vendo acontecer tudo de novo bem diante dos meus olhos.

– Ah, meu bem, vamos, nossa Grania é mais forte do que isso – reconfortou John. – Você sabe tão bem quanto eu que não dá para convencer nossa filha a fazer nada que ela não queira.

– Mas e se ela quiser ficar com *ele*?

– Nesse caso você não vai poder fazer muita coisa. Grania é uma mulher adulta, Kathleen, não uma criança. Mas você está sendo pessimista, não? Ele nem está na casa com elas, Grania está só cuidando da filha enquanto ele viaja, não tem motivo algum para pensar que...

Kathleen se afastou do marido e esfregou as mãos, angustiada.

– Não! Você está errado! Conheço aquele olhar, John, e vi na cara dela quando falou dele. E Matt? Talvez eu devesse ligar para ele, dizer para ele vir... ela não sabe, não entende.

– Kathleen, calma. – John suspirou. – Você não pode começar a se meter nos assuntos da nossa filha. Matt fez alguma coisa que ela não contou, e temos que esperar ela contar. Mas talvez você se sinta melhor falando com ela sobre o passado. Mal não vai fazer, e talvez Grania entenda por que você ficou tão abalada quando ela decidiu ir para aquela casa.

Kathleen ergueu os olhos para ele.

– Você acha?

– Acho, sim. Aí ela vai poder tomar as próprias decisões. Agora a minha é que já passou da hora de irmos pra cama. E enquanto eu for o pai dela, juro que não vou deixar nada de ruim acontecer com a nossa filha.

Mais calma, Kathleen abriu um sorriso fraco para o marido.

– Obrigada, meu bem. Eu sei que não.

Grania foi despertada por uma batida forte. Sentou-se na cama, estendeu a mão para o interruptor e pensou se o barulho tinha sido um sonho. Olhou a hora no despertador na cabeceira e viu que passava um pouco das três. O silêncio agora era total, então apagou a luz e tornou a se acomodar para tentar dormir.

O leve ruído das tábuas do piso rangendo a fez se sentar outra vez. Ficou escutando e detectou o som de passos, seguido por uma porta sendo aberta em algum lugar do corredor. Desceu da cama e abriu com cuidado a porta do quarto para espiar lá fora. Uma porta entreaberta no fim do andar deixava passar uma fina nesga de luz. Grania foi até lá, ouvindo as tábuas rangerem sob os próprios pés. Ao chegar à porta, empurrou-a para entrar e viu que o quarto estava banhado pelo luar que entrava pelas janelas francesas que davam para uma pequena sacada. O cômodo estava um gelo, e Grania reparou que as portas para a sacada também estavam entreabertas. Andou nervosa até lá, com o coração batendo forte, passou pelas portas e entrou na sacada.

E ali estava Aurora, uma silhueta espectral ao luar, com os braços esticados em direção ao mar, como da primeira vez que Grania a vira.

– Aurora – sussurrou ela, com todos os sentidos atentos ao fato de que o guarda-corpo que protegia a menina de uma queda de pelo menos 7 metros até o chão lá embaixo só chegava às coxas dela. – Aurora – chamou baixinho, e mais uma vez não obteve resposta. Instintivamente, estendeu a mão e a segurou pelo braço, mas a menina não reagiu. – Vamos entrar agora, querida, por favor. Você vai adoecer aqui fora. – Sentia como o corpo de Aurora estava gelado por baixo da camisola fina.

De repente, Aurora apontou na direção do mar.

– Ela está ali, bem ali... não está vendo?

Grania olhou na direção que Aurora apontava para a borda do penhasco e arquejou. Bem no lugar onde tinha visto a menina pela primeira vez havia uma silhueta escura delineada contra o luar... Ela engoliu em seco, fechou os olhos e tornou a abri-los. Quando olhou de novo, não viu nada. Tomada pelo pânico, puxou o braço de Aurora.

– Aurora! Para dentro, agora!

A reação da menina foi se virar, com o rosto tão pálido quanto o luar. Ela sorriu para Grania sem dizer nada e se deixou conduzir para dentro, pelo quarto e pelo corredor até o próprio aposento. Quando Grania a colocou na cama, usando um cobertor extra para tentar aquecê-la, Aurora não disse nada, apenas rolou de lado e fechou os olhos. Grania ficou sentada com ela até ouvir sua respiração se regularizar e saber que ela havia pegado no sono. Então, tremendo de frio e de medo, saiu de fininho e voltou para o seu quarto.

Deitada na cama, a lembrança da silhueta no penhasco era nítida.

Com certeza... com certeza tinha imaginado aquilo. Nunca fora de temer o desconhecido; sempre rira da mãe quando a ouvia falar no mundo dos espíritos no qual Kathleen acreditava, e atribuía essas conversas a uma imaginação fértil.

Mas naquela noite... naquela noite... lá no penhasco...

Grania suspirou. Estava sendo ridícula.

Fechou os olhos e tentou dormir.

7

Ao acordar, Grania viu que um sol fraco iluminava suas janelas. Espreguiçou-se, rolou na cama e percebeu que passava das oito. Em casa, ela em geral era acordada pelo barulho do pai e do irmão saindo ao amanhecer para ir ordenhar as vacas. Recostou-se nos travesseiros e recordou com um calafrio a estranheza da noite anterior. Com certeza tinha sido só sua imaginação. E na claridade da manhã, enquanto saía da cama e se vestia, foi fácil acreditar que sim.

Aurora já estava na cozinha, comendo cereal em uma tigela. Pareceu desapontada ao vê-la.

– Eu ia levar seu café na cama – falou, fazendo biquinho.

– Você é uma fofa, mas eu mesma posso fazer meu café. – Grania encheu a chaleira e a pôs no fogo. – Dormiu bem? – perguntou, com cautela.

– Muito bem, obrigada. E você?

– Bem, também – mentiu ela. – Quer um chá?

– Não, obrigada. Só tomo leite. – Com uma colher cheia de cereal suspensa entre a boca e a tigela, Aurora fez uma pausa. – Grania, eu às vezes tenho sonhos estranhos.

– Ah, é?

– É... – A colher permaneceu suspensa. – Às vezes sonho que vejo minha mãe em pé no penhasco lá fora.

Grania não disse nada, só continuou preparando o chá, e viu a colher de cereal chegar à boca de Aurora. Enquanto se sentava, a menina mastigava com um ar pensativo, então ergueu os olhos para Grania.

– Mas é só um sonho, né? A mamãe morreu, ela não pode voltar porque está no céu. Pelo menos é o que o papai diz.

– É. – Grania tocou o ombro magro de Aurora para reconfortá-la. – Seu pai tem razão. As pessoas que vão para o céu não podem voltar, por mais que a gente queira...

Foi a vez de Grania sentir a súbita dor da perda. Seu amado e minúsculo bebê nunca tivera a oportunidade de experimentar a vida, e morrera dentro dela antes de respirar pela primeira vez. Mas isso não significava que ela deixasse de pensar em quem ele teria se tornado... a vida que aquele pequenino ser teria tido. Lágrimas lhe encheram os olhos, e ela se esforçou para reprimi-las.

– Só que às vezes sinto que a mamãe está aqui, e tenho certeza de que vejo ela – continuou Aurora. – Mas quando conto para o papai, ele fica bravo e me manda ao médico, então não conto mais – acrescentou ela com tristeza.

– Vem cá. – Grania estendeu os braços e a puxou para o seu colo. – Acho que a sua mãe amava muito você, Aurora, e você a amava também. Mesmo que o seu pai esteja certo e as pessoas não possam voltar do céu, você pode sentir que elas ainda estão do seu lado, lhe dando amor e cuidando de você.

– E você não acha isso errado? – Aurora a encarou, querendo ser tranquilizada. – Não acha que sou louca?

– Não, não acho que você seja louca. – Grania acariciou os cachinhos ruivos e enroscou uma mecha no dedo. – Sabe de uma coisa? – Beijou a testa da menina. – Estava pensando que hoje de manhã a gente podia estudar um pouco para agradar o seu pai, e eu posso fazer esboços para a escultura que vou fazer para ele. Depois a tarde é nossa para fazermos o que quisermos. Alguma sugestão?

– Não. – Aurora deu de ombros. – E você?

– Bom, pensei que a gente poderia ir a Clonakilty comer um sanduíche, depois dar um pulo na praia.

Aurora bateu palmas, animada.

– Ah! Sim, por favor. Eu amo a praia!

– Então está decidido.

Obediente, Aurora ficou sentada à mesa fazendo somas e depois respondendo os exercícios de geografia. Grania fez esboços rápidos da menina, em ângulos diferentes, até começar a ter uma noção da estrutura óssea de Aurora. No meio da manhã, quando estava fazendo um café, se deu conta do que estava faltando.

– Aurora, tem um rádio ou toca-CD em algum lugar desta casa? – perguntou ela. – Quando estou no meu ateliê, adoro ouvir música.

– Mamãe não gostava de música – disse a menina sem erguer os olhos.

Grania arqueou a sobrancelha, mas não insistiu.

– E televisão?

– Tinha uma na casa lá de Londres. Eu gostava de assistir.

– Bom, seu pai me deixou um dinheiro, então que tal a gente sair e comprar uma TV? Você gostaria?

O rosto de Aurora se iluminou.

– Eu adoraria, Grania.

– Não acha que seu pai vai achar ruim?

– Ah, não, em Londres ele também assistia.

– Bom, então vamos comprar uma na cidade antes de irmos à praia. Posso pedir ao meu irmão Shane para vir instalar para a gente mais tarde. Ele tem jeito com essas coisas.

– E na praia a gente pode tomar sorvete?

– Pode. – Grania sorriu. – Podemos tomar sorvete, sim.

Depois de comprar uma televisão, as duas almoçaram em Clonakilty, e então Grania as levou de carro até a magnífica praia de Inchydoney ali perto, pela qual a cidade era famosa. Observou Aurora rodopiar e dançar pela areia branca, limpa e deserta, e foi tomada pelo impulso de registrar a graça pura dos movimentos dela. Para uma menina que dizia jamais ter tido uma aula de dança na vida, seu talento natural era de tirar o fôlego. Ela movia os braços em volta do corpo, traçando lindas formas e linhas graciosas ao mesmo tempo que as pernas se erguiam do chão sem qualquer esforço em um *jeté* perfeito. Aurora se aproximou e se deixou cair sobre uma duna, com um rubor saudável nas bochechas.

– Você ama dançar, não é? – comentou Grania.

– Amo. – Aurora levou as mãos atrás da cabeça e ergueu os olhos para as nuvens que se moviam pelo céu. – Na verdade não sei dançar, mas... – Ela não completou a frase.

– Mas? – incentivou Grania.

– É como se o meu corpo soubesse o que fazer. Quando estou dançando, esqueço tudo e fico feliz. – Uma sombra repentina perpassou seu rosto, e ela suspirou. – Queria que todos os momentos fossem assim.

– Você acha que ia gostar de aprender a dançar? De verdade, digo, em uma aula de balé?

– Ah, eu ia adorar. Mas o papai sugeriu isso uma vez para a mamãe e ela disse não. Não sei por quê. – Aurora franziu o nariz arrebitado e pequenino.

– Bem... – disse Grania com cautela. – Talvez tenha sido porque ela achava que você era pequena demais. Tenho certeza de que não ia se importar se você tentasse agora, não acha?

Grania sabia que era crucial a decisão ser de Aurora, não dela.

– Pode ser... mas onde eu ia aprender? – indagou Aurora, em tom de dúvida.

– Tem uma aula de balé em Clonakilty toda quarta-feira à tarde. Eu sei porque já fiz balé lá.

– Então a professora deve ser muito velha.

– Nem *tão* velha assim, mocinha. – Grania riu do atrevimento dela. – E nem eu sou tão velha assim. Então? Quer tentar amanhã?

– Não vou precisar de sapatilhas e de uma daquelas roupas que as bailarinas usam?

– Um collant, você quer dizer? – Grania pensou um pouco. – Bom, acho que se formos lá amanhã para uma aula e você gostar e quiser continuar, podemos ir de novo a Cork para comprar o que for necessário.

– As outras meninas não vão rir de mim se eu estiver de roupa normal?

Essa era a reação padrão de uma menina tímida de 8 anos.

– Acho que, quando elas virem você dançar, não vão nem reparar no que está usando.

– Então tá – respondeu Aurora, hesitante. – Mas se eu não gostar nunca mais tenho que ir, né?

– É claro que não, meu amor.

No início daquela noite, Shane foi instalar a televisão na sala da casa Dunworley. Aurora o rodeou, animada, e ouviu-o explicar pacientemente como podia acessar os vários canais pelo controle remoto. Com a menina plantada em frente ao aparelho, os irmãos foram para a cozinha.

– Quer beber alguma coisa? – perguntou Grania. – Eu me dei ao luxo de comprar uma garrafa de vinho quando fui à cidade – acrescentou, sacando a rolha.

– Então aceito uma tacinha, mas você sabe que eu não sou muito chegado a vinho – disse Shane ao se sentar e olhar em volta. – Essa casa bem que está precisando de uma demão de tinta, hein?

– É, mas fazia quatro anos que ninguém morava aqui. Talvez, se eles ficarem, Alexander decida fazer uma reforma.

– Mas fica mesmo no meio do nada. – Shane terminou seu vinho em duas goladas, como faria com um copo de cerveja. – Você é corajosa de ficar aqui só com a pequena. Eu não conseguiria, com toda a certeza. E mamãe também não está nada contente.

– Ela deixou isso bem claro. – Grania serviu mais um pouco de vinho na taça dele. – Mamãe nunca foi de esconder o que sente, não é? Tem alguma ideia de por que ela implica tanto com essa casa e com essa família?

– Nenhuma. – Shane repetiu as goladas com a segunda taça. – Mas deve ser alguma história bem antiga e remota. Não se preocupe, Grania, todo mundo passa por isso. Ano passado namorei uma garota, e a mãe dela tinha estudado na turma da mamãe na escola. Mamãe nunca gostou da mulher e ficou me infernizando, infernizando mesmo. – Shane sorriu. – Ainda bem que ela não era a mulher da minha vida, mas você sabe que mamãe age assim para o nosso bem.

– É. – Grania suspirou. – Eu sei. Mas é que às vezes é difícil saber se tem mesmo algum motivo para isso tudo.

– Bom, sei que ontem ela e o papai conversaram sobre o assunto, então pode ser que amanhã você receba uma visita. Mas agora é melhor eu ir andando; o chá deve estar na mesa, e mamãe não gosta quando a gente se atrasa. – Shane se levantou. – E essa pequena aí... – Shane moveu a cabeça na direção de Aurora. – Acho que ela é uma gracinha que precisa de um pouco de amor de mãe. Se precisar de algo enquanto estiver aqui, me dê um toque no celular, e mamãe nem precisa saber que eu vim. Uma coisa é certa – disse ele, dando um beijo rápido no rosto da irmã –, ela nunca vai mudar. Até mais!

Naquela noite, antes de se deitar, Grania foi até o final do corredor e abriu a porta do quarto com a sacada onde havia encontrado Aurora na madrugada anterior. Ao acender a luz, detectou um leve cheiro de perfume no ar. Seu olhar foi atraído para a elegante penteadeira com espelho de três folhas sobre a qual estavam dispostos apetrechos femininos. Foi até lá e pegou uma linda escova de marfim com as iniciais "L. L." gravadas nas costas. Virou a escova e viu um comprido fio de cabelo ruivo-dourado ainda enroscado nas cerdas. Grania estremeceu – sempre achava estranho e perturbador o que os mortos deixavam ao partir.

Virou as costas para a penteadeira e olhou para a cama, coberta por uma colcha de renda e adornada com travesseiros, como se ainda esperasse pela antiga ocupante. Olhou para o pesado guarda-roupa de mogno e, sem conseguir se conter, foi até ele e girou a chave. Como desconfiava, as roupas de Lily continuavam penduradas e o perfume que dominava o ambiente emanava forte de todas as peças.

– Você está morta... já partiu...

Grania falou em voz alta para se convencer do fato. Ao sair do quarto, tirou a chave da fechadura e trancou a porta por fora. Voltou pelo corredor e guardou a chave na gaveta do seu criado-mudo. Ao subir na cama, pensou se era bom para Aurora que o quarto da mãe tivesse sido deixado intacto desde a sua morte. Parecia um santuário, evocando e perpetuando a ideia de que Lily continuava viva.

– Pobrezinha – sussurrou Grania, sonolenta.

E pensou que, ainda que sua mãe exagerasse muito sobre a família Lisle, com certeza a casa e seus moradores eram um tanto esquisitos.

Grania acordou com um sobressalto e viu que a luz de cabeceira ainda estava acesa. Ouviu passos do lado de fora de seu quarto e foi abrir pisando de mansinho. A pequena silhueta estava no final do corredor, tentando girar a maçaneta do quarto da mãe.

Grania acendeu a luz e foi até Aurora.

– Aurora – chamou suavemente, tocando o ombro dela. – Sou eu, Grania.

A menina se virou com uma expressão angustiada e confusa.

– Você teve outro sonho, meu bem. Vem, volta pra cama.

Grania tentou conduzi-la para longe da porta, mas Aurora se desvencilhou e tornou a se virar para a maçaneta trancada, tentando girá-la com uma frustração crescente.

– Aurora, acorda! Você está sonhando – repetiu Grania.

– Por que a porta não abre? Mamãe está me chamando, preciso ir. Por que não consigo entrar?

– Aurora. – Grania a sacudiu de leve. – Meu bem, você precisa acordar. – Tentou tirar os dedos da menina da maçaneta, e por fim conseguiu. – Vamos, meu amor, vem, vou levar você de volta pra cama.

Aurora parou de resistir de repente e se deixou cair contra Grania, aos soluços.

– Ela estava me chamando, eu ouvi... Eu ouvi, Grania.

A mulher sentiu Aurora estremecer, pegou-a no colo e a carregou pelo corredor até a cama. Com delicadeza, enxugou as lágrimas da menina e acariciou seus cabelos.

– Aurora, meu bem, foi só um sonho. Não é de verdade, juro.

– Mas eu escuto ela, Grania, escuto a voz dela. Mamãe fica me pedindo para eu ir até ela.

– Eu sei, querida, acredito em você. Muita gente tem sonhos bem realistas, principalmente com pessoas que perderam e de quem sentem muita saudade. Mas, querida, a sua mamãe partiu, ela foi para o céu.

– Às vezes acho que ela quer que eu vá para o céu junto com ela – disse Aurora, enxugando o nariz. – Ela diz que está sozinha e que precisa de mim. Todo mundo pensa que sou maluca... mas não sou, Grania, não sou mesmo.

– Sei que não é. Mas agora que tal fechar os olhos? Eu fico aqui até você dormir.

– É, estou um pouco cansada... – Aurora obedeceu, e Grania acariciou sua testa. – Eu te amo, Grania. Me sinto segura quando você está aqui – murmurou a menina.

Ela finalmente pegou no sono, e Grania voltou para o quarto pé ante pé, sentindo-se igualmente exausta.

8

Na tarde seguinte, Aurora estava ansiosa enquanto Grania a levava de carro até Clonakilty.

– Se você não gostar do balé nunca mais precisa voltar, sério – falou Grania para reconfortá-la.

– Sei que vou gostar da parte da dança, o que me deixa com medo são as outras alunas me encarando – confessou Aurora. – As meninas da minha idade não gostam de mim.

– Com certeza isso não é verdade, Aurora. E, como diz minha mãe, é preciso pelo menos experimentar.

– Sua mãe parece legal – disse Aurora, saltando do carro. – Um dia a gente pode ir até a sua fazenda para eu conhecer ela?

– Podemos combinar. Na verdade, vou tomar um chá com ela enquanto você estiver na aula. – Grania a conduziu pela porta do salão comunitário da cidade.

Miss Elva, a antiga professora de balé de Grania, com quem tinha falado mais cedo, deu-lhe um beijo e abriu para Aurora um sorriso acolhedor.

– Grania, quanto tempo, que prazer rever você. E essa aqui deve ser Aurora. – Miss Elva se ajoelhou em frente à menina e segurou suas mãos. – Você sabia que tem o mesmo nome da linda princesa do balé chamado *A bela adormecida*?

Com olhos arregalados, Aurora fez que não.

– Não sabia.

– Então. – Miss Elva lhe estendeu a mão. – Vem comigo, vou te apresentar a algumas das outras meninas da turma. Vamos dizer tchau para Grania, e ela estará de volta daqui a uma hora mais ou menos.

– Está bem. – Aurora segurou timidamente a mão de miss Elva e a seguiu para a sala de balé.

Grania saiu do prédio e foi andando pela rua estreita e movimentada, com as casas pintadas de cores alegres, como era o costume na Irlanda. Pela vitrine, viu a mãe já bebericando um chá no Café O'Donovan.

– Oi, mãe, tudo bem? – Grania lhe deu um beijo e se sentou na cadeira em frente.

– Tudo ótimo, e você?

– Estou bem. – Grania examinou o cardápio curto e pediu mais um bule de chá e um *scone*.

– Você disse que a menina foi fazer a primeira aula de balé?

– Isso, e eu acho mesmo, embora não seja nenhuma especialista, que ela tem muito potencial. Ela é tão graciosa, mãe, que às vezes me pego olhando o jeito lindo com que ela anda por aí.

– Bem, é claro – disse Kathleen com um meneio de cabeça. – Acho que ela deve ter um dom. Está no sangue.

– É mesmo? – Grania ergueu uma sobrancelha enquanto seu chá era servido. – A mãe dela dançava?

– Não, mas a avó dançava. E era bem famosa na época.

– Me espanta Aurora não ter dito nada – comentou Grania, dando uma mordida no *scone*.

– Talvez ela não saiba. Mas como estão indo as coisas na Casa Dunworley?

– Está... está tudo bem.

Grania queria conversar com a mãe sobre as andanças noturnas de Aurora e o clima estranho da casa, mas não pretendia alimentar o desagrado de Kathleen.

– Aurora parece estar relaxando comigo e se soltando mais. Você sabe, comprei uma televisão, que ela adora. Acho que ela precisa... – Grania buscou a expressão certa – de um pouco de normalidade. Aurora parece ter passado a vida isolada, e não acho isso saudável. Ficar sozinha deixa tempo demais para pensar, e dá asas à imaginação.

– Imaginação, é? – Kathleen sorriu com ironia. – Suponho que ela ande falando sobre ver a mãe, não é?

– Sim... mas a gente sabe que são só sonhos.

– Quer dizer que você ainda não viu a mãe dela em pé na beira do penhasco? – Os olhos de Kathleen brilhavam.

– Mãe, sério! Você está de brincadeira, não é?

– Não totalmente, Grania, não. Eu mesma nunca vi, mas posso mencionar algumas pessoas no vilarejo que juram ter visto.

– Bom, é claro que isso é ridículo. – Nervosa, Grania tomou um gole de chá. – Mas o problema é que acho que Aurora pensa mesmo que a mãe *aparece* para ela. Ela... ela anda dormindo, e quando tento acordá-la, ela diz que a mãe está chamando.

Por hábito, Kathleen se benzeu e balançou a cabeça.

– Não sei o que deu no pai dela para trazer a menina de volta para cá. E também sei que não é da nossa conta. Muito embora tenha sobrado pra você ficar cuidando da pobrezinha.

– Não ligo. Amo a menina e quero tentar ajudar – respondeu Grania, na defensiva. – Mas sobre o que você queria conversar comigo?

– Então, Grania. – Kathleen se inclinou para a frente e baixou a voz. – Tive uma conversa com seu pai, e ele acha melhor eu contar parte do mòtivo por que não gosto que você se meta com aquela família. – Ela enfiou a mão em uma sacola de compras e pegou um maço grosso de cartas.

Pelos cantos amarelados, Grania percebeu que eram antigas.

– Que cartas são essas, mãe? Quem as escreveu?

– Mary, minha avó.

Grania franziu o cenho e vasculhou o cérebro à procura de alguma lembrança.

– Eu a conheci?

– Infelizmente, não. Ela era uma mulher maravilhosa, e eu gostava muito dela. As pessoas diziam que ela estava à frente do seu tempo. Era cheia de energia, independente, e acho até que você puxou a ela. – Kathleen sorriu.

– Vou tomar isso como um elogio.

– Deveria, mesmo. E você com certeza se parece com ela. – Kathleen abriu o primeiro envelope da pilha e passou para Grania uma pequena fotografia em tom sépia. – Aí está, sua bisavó.

Grania estudou a foto e não pôde discordar. Usando uma touca e roupas antiquadas, eram seus próprios traços encarando-a daquela imagem.

– De quando é esta foto, mãe?

– Acho que Mary devia estar com 20 e poucos anos aí, então provavelmente foi tirada em Londres.

– Londres? O que ela estava fazendo lá?

– Bom, então, é isso que você vai descobrir nas cartas.

– Você quer que eu leia?

– Não estou forçando nada, mas se você quiser entender a história com os Lisles, é melhor ler. Além do mais, talvez isso sirva como distração nas noites solitárias lá naquela casa imensa. E vai ser um bom lugar para ler as cartas, mesmo, já que a própria Mary passou um tempo lá.

– Então está dizendo que isso aqui explica tudo?

– Não. – Kathleen balançou a cabeça. – Não disse isso. É só o começo. Eu vou ter que te contar o resto. – Ela olhou para o relógio. – É melhor eu ir andando.

– Eu também. – Grania fez sinal para a garçonete. – Pode ir, mãe. Deixe que eu pago.

– Obrigada, Grania. – Kathleen se levantou e deu um beijo na filha. – Se cuida, até mais!

– Antes que eu me esqueça, você acharia mesmo muito ruim se eu fosse à fazenda com Aurora? Ela está louca para te conhecer e ver os animais.

– Que mal pode haver, no fim das contas? – disse Kathleen, rendendo-se com um suspiro. – Só me dê uma ligada antes de aparecer.

– Obrigada, mãe – disse Grania, sorrindo.

Ela pagou a conta, pôs na bolsa o grosso maço de envelopes e tornou a descer a rua para buscar Aurora. Ao chegar, viu que as outras meninas já tinham saído da sala para se trocar, mas ela continuava lá dentro com miss Elva. A professora viu Grania espiando pela janela e disse alguma coisa à menina, que aquiesceu. Miss Elva então saiu da sala para falar com Grania.

– Como foi? – perguntou, ansiosa.

– Essa menina... – Miss Elva baixou a voz conforme as outras alunas emergiram do vestiário em fila indiana para sair do prédio. – Ela é incrível. Você disse que Aurora nunca fez balé?

– Não. – Grania balançou a cabeça. – Foi o que ela me disse, e não vejo por que ia mentir.

– Aurora tem *tudo* para ser uma bailarina. Um porte natural, um arco do pé pronunciado, um corpo de proporções perfeitas... Para ser sincera, Grania, eu mal acredito no que acabei de ver.

– Acha que ela deveria continuar?

– Sem a menor dúvida. E sem demora, também. Ela já está quatro anos atrasada, e quando seu corpo começar a amadurecer vai ficar mais difícil de aprender. Só que esta não é a aula certa para Aurora. Daqui a pouco, ela já vai ter ultrapassado todas as outras alunas. Não sei qual é a situação dela em casa, mas estou disposta a dar umas aulas particulares semanais.

– Resta saber se é isso que Aurora quer – falou Grania.

– Bom, eu estava perguntando para ela agora mesmo, e ela me pareceu muito animada. Grania, quando essa menina aprender um pouco de técnica, acho que em um ano ou dois pode conseguir uma vaga na Royal Ballet School de Londres. Quem sabe eu posso falar com os pais dela?

– A mãe da Aurora faleceu e o pai está fora do país. Sou eu quem estou cuidando dela. Deixa só eu conversar com ela primeiro e ver se quer mesmo continuar.

Miss Elva assentiu enquanto Aurora, cansada de esperar sozinha na sala, ia encontrá-las do lado de fora.

– Oi, meu amor! Miss Elva disse que você se divertiu. Como foi? – perguntou Grania.

– Eu gostei! – Aurora tinha os olhos iluminados de alegria. – Eu adorei.

– Que bom. Então quer continuar?

– Claro! Miss Elva e eu já conversamos. Eu posso continuar, não posso, Grania?

– Claro, acho que pode sim. Mas talvez eu devesse falar com seu pai para garantir que não tem problema.

– Tá bom – concordou Aurora com relutância. – Tchau, miss Elva. Obrigada.

– Espero vê-la na semana que vem, Aurora – respondeu miss Elva enquanto as duas saíam para andar de volta até o carro.

Naquela noite, toda animada com a aula de balé, Aurora mostrou a Grania as posições que tinha aprendido, e depois saiu dando piruetas e saltos, testando esticar os pés em ponta pela cozinha enquanto Grania preparava o jantar.

– Quando podemos ir a Cork comprar minhas roupas de balé? Pode ser amanhã?

– Pode ser – disse Grania depois do jantar. – Mas acho que tenho que perguntar primeiro ao seu pai.

– Se eu quero, ele não vai dizer não, vai? – perguntou Aurora, fazendo beicinho.

– Tenho certeza que não, mas preciso garantir. Quer que eu leia uma história pra você?

– Quero, por favor – respondeu a menina, animada, enquanto Grania a segurava pela mão e subiam a escada. – Você conhece *A bela adormecida*, a princesa que tem o meu nome? Eu ia amar dançar esse papel um dia – disse ela, em tom sonhador.

– E tenho certeza de que vai, meu amor.

Depois de Aurora pegar no sono, Grania desceu e abriu a porta do escritório de Alexander. Examinou a lista de contatos em busca do número dele e discou. A chamada caiu direto na caixa postal.

– Alô, Alexander, sou eu, Grania Ryan. Aurora vai muito bem, e peço desculpas por incomodar, mas só queria confirmar que não tem problema ela fazer algumas aulas de balé. Ela gostou muito da que fez hoje e quer continuar. Quem sabe se você puder me retornar em breve, ou mesmo mandar uma mensagem... – Grania pensou depressa antes de completar: – E se eu não tiver notícias daqui a uns dois ou três dias vou concluir que tudo bem. Espero que esteja tudo certo por aí também. Tchau.

Foi com uma apreensão involuntária que ela se deitou para dormir, às onze horas daquela noite. Estava em alerta para passos no corredor e, por mais que tentasse, não conseguiu conciliar o sono. Às três da manhã – horário em que havia acordado nas noites anteriores – entrou de fininho no quarto de Aurora e encontrou a menina dormindo tranquilamente. Tornou a sair, pé ante pé, e pegou a pesada pilha de envelopes que a mãe lhe entregara. Desatou o barbante que os prendia, abriu o primeiro e começou a ler...

Aurora

Então começou a história. E alguns de nossos personagens já apareceram. Entre eles eu mesma, claro. Como de hábito, ocupo o centro do palco. Olhando para trás, vejo como era uma menina precoce. Mas também "atormentada", o que leva os adultos a perdoarem muita coisa.

Não vou estragar a história revelando muito sobre minhas andanças noturnas. Mas incluí alguns elementos para "dar efeito", principalmente sobre mim. Além do mais, no Segundo Ato de A bela adormecida, a cortina diáfana que separa a realidade dos sonhos é aberta pela própria princesa Aurora, com a ajuda da Fada Lilás.

Quem sabe o que é realidade ou imaginação?

Falei desde o início que acredito em magia.

Também descobri hoje que não carrego apenas o nome de uma princesa de conto de fadas, mas também de um conjunto místico de luzes que clareiam o céu noturno. Gosto da ideia de ser uma luz a brilhar eternamente no firmamento, embora fique bem aliviada de meu segundo nome não ser "Boreal".

Agora vamos voltar no tempo, preciso começar a escrever de modo mais competente. Até aqui, conheci em carne e osso os protagonistas:

Grania, de luto pelo bebê que perdera, e desnorteada sobre o homem que amava. Agora entendo como ela estava vulnerável. Presa fácil para uma menina carente de mãe e seu belo pai com dificuldades para superar a morte da esposa.

Kathleen, que conhecia o passado e estava desesperada, porém impotente, para proteger a filha.

E Matt, o querido Matt, tão confuso e desamparado, à mercê dessa estranha raça sem a qual os homens não conseguem viver, e com a qual não podem conviver...

As mulheres.

Vamos conhecer muitas mulheres nas próximas cem páginas. Conheceremos homens bons, e também homens maus – um elenco digno de qualquer conto de fadas. Era uma época mais sombria, em que se dava pouco valor à vida humana, em que a sobrevivência, na maioria das vezes, era tudo que importava.

Eu gostaria de dizer que aprendemos a lição.

Mas os humanos raramente olham para o passado até terem cometido os mesmos erros. E quando isso acontece suas opiniões são consideradas irrelevantes, já que são velhos demais para compreenderem os jovens. E é por isso que a raça humana vai permanecer tão imperfeita e tão mágica quanto somos.

Vamos voltar agora àquele mesmo penhasco na baía de Dunworley onde a minha história começou...

9

West Cork, Irlanda, agosto de 1914

– Meus documentos de convocação chegaram. Parto amanhã para a Caserna de Wellington, em Londres.

Mary, até então entretida admirando o raro azul do mar lá embaixo – o dia quente de agosto transformava as cores enlameadas e intimidadoras da baía de Dunworley em uma imagem de cartão-postal da Riviera francesa –, parou de repente e soltou a mão de Sean.

– O quê?!

– Mary, amor, você sabia que ia acabar acontecendo. Sou reservista da Guarda Irlandesa, e agora que estourou a guerra contra a Alemanha eles precisam de mim para ajudar na vitória dos Aliados.

Mary encarou o noivo, séria, pensando se ele estava sofrendo de insolação.

– Mas vamos nos casar daqui a um mês! Estamos no meio da construção da nossa casa! Você não pode ir embora assim!

Sean baixou os olhos para ela e sorriu; seu olhar gentil compreendia o choque da noiva. Claro que tinha sido um choque para ele também, muito embora fosse reservista. Mas a possibilidade e a realidade eram coisas inteiramente distintas. Ele estendeu a mão para puxar Mary para perto – como tinha 1,90 metro e ela, 1,55 metro, teve que se esticar bastante –, mas ela resistiu.

– Ora, Mary, vamos, eu preciso ir lutar pelo meu país.

– Sean Ryan! – Mary levou as mãos aos quadris. – Não é pelo seu país que você vai lutar! É pela Grã-Bretanha, o país que oprimiu *este* país pelos últimos trezentos anos.

– Ah, Mary, até o Sr. Redmond está nos incentivando a ir lutar com os britânicos; você mesma já sabe sobre a lei que eles vão aprovar no Parlamento nos dando a independência aqui na Irlanda. Eles nos fizeram um favor, e agora precisamos retribuir.

– Favor? Deixar as pessoas que são donas dessa terra opinar no seu governo? Ah, bem... – Ela se sentou abruptamente em uma pedra que surgiu bem a calhar. – É mesmo um favor bem grande que eles nos fizeram. – Ela cruzou os braços e pôs-se a encarar decidida a baía à sua frente.

– Você também logo vai se alistar no Partido Nacionalista, não vai? – Sean compreendia a necessidade dela de culpar qualquer outra pessoa pela catástrofe que ele tinha causado em sua vida.

– Se isso for manter meu homem ao meu lado, onde ele deve ficar, eu faço qualquer coisa.

Sean se agachou ao lado dela; suas pernas compridas chegavam quase às orelhas quando dobradas. Estendeu a mão para segurar a de Mary, mas ela o afastou com um gesto.

– Mary, por favor. Isso só quer dizer que os nossos planos vão ser adiados, não cancelados.

Mary continuou a ignorá-lo, com os olhos perdidos no mar. Por fim, suspirou.

– E eu pensando que essa história de ser soldado fosse um joguinho de criança, uma chance de brincar com armas e de se sentir potente. Nunca pensei que fosse de verdade e que eu ia perder você para isso – concluiu ela baixinho.

– Meu amor. – Sean tornou a estender a mão, e dessa vez ela deixou. – Não teria feito diferença eu ser reservista ou não. John Redmond está querendo que todos os rapazes irlandeses se alistem voluntariamente. Na minha opinião, pelo menos eu tive algum treinamento, enquanto alguns dos outros não vão ter nenhum. E a Guarda Irlandesa... ela é uma instituição de verdade, orgulhosa. Vou estar com meus companheiros no front, Mary; nós vamos dar uma lição nos alemães que eles nunca vão esquecer. E eu voltarei logo para você e para a Irlanda, não se preocupe.

Seguiu-se outro silêncio prolongado antes de Mary conseguir expressar seus pensamentos com voz embargada.

– Ah, Sean, *será* que você vai voltar? Não tem garantia nenhuma, você sabe tão bem quanto eu.

Sean se ergueu, voltando a ficar bem mais alto.

– Olhe bem para mim, Mary. Tenho o tipo físico feito para o combate. Seu futuro marido não é nenhum fracote que um punhado de alemães consegue derrubar. Eu poderia encarar três deles de uma vez só, e não seriam páreo para mim.

Ela ergueu os olhos marejados para ele.

– Mas uma bala no coração não se importa com o seu tamanho.

– Não fique pensando essas coisas, amor. Sei me cuidar. Antes de você perceber já vou estar de volta.

Mary examinou os olhos dele e viu o brilho de empolgação. Embora tudo que ela visse fosse a possibilidade de ele morrer, Sean estava imaginando a glória no campo de batalha. Ela percebeu que ele estivera esperando por aquilo.

– Então você parte amanhã para Londres?

– Sim. Um transporte vai levar os reservistas de Munster de Cork até Dublin, para de lá pegarmos o barco rumo à Inglaterra.

Mary baixou os olhos do horizonte e encarou a grama áspera sob os pés.

– Quando nos veremos de novo?

– Mary, não tenho como saber disso – respondeu Sean, gentilmente. – Com certeza eles vão nos dar uma licença, e na mesma hora eu volto para você. – Ele segurou a mão da amada. – Não é um bom momento, mas não tem muito que fazer.

– Como seu pai vai se virar sem você na fazenda? – indagou Mary em tom choroso.

– As mulheres vão fazer o que sempre fazem em épocas assim: assumir o trabalho dos homens. Minha mãe com certeza fez isso muito bem quando meu pai estava lutando na Guerra dos Bôeres.

– Você já contou para ela?

– Não, queria te dar a notícia primeiro. Agora tenho que fazer isso logo. Ah, Mary. O que posso dizer? – Sean a abraçou contra o peito. – Nos casamos assim que eu voltar. Agora, amor, pode me acompanhar de volta até a fazenda?

– Não. – Mary balançou a cabeça devagar. – Acho que preciso ficar um pouco sozinha. Vá contar para sua mãe.

Sean aquiesceu em silêncio, beijou-a no alto da cabeça e se empertigou.

– Passo lá mais tarde para ver você. Para... me despedir.

– Sim – sussurrou ela enquanto Sean começava a descer a encosta devagar.

Esperou ele sumir de vista, então apoiou a cabeça nas mãos e chorou. Por dentro, amaldiçoou o Deus para quem tinha passado tantas horas confessando seus pecados. Mas não conseguiu pensar em nada que tivesse feito de errado para merecer aquela catástrofe.

Em sua antiga vida – a que existira até vinte minutos antes, quando Sean dera a notícia –, estava para se tornar a Sra. Sean Ryan em quatro semanas. Pela primeira vez, teria uma casa só sua, uma família, respeitabilidade. E, acima de tudo, um homem que não se importava com sua ascendência desconhecida, e simplesmente a amava por quem era. No dia do casamento, seu passado desapareceria. Ela deixaria o emprego de criada na Casa Dunworley, onde esfregava o chão e servia a família Lisle, e teria o próprio chão para esfregar.

Não que o jovem Sebastian Lisle, seu patrão, tivesse sido menos que bondoso com ela durante seu tempo na casa. Quase quatro anos antes, quando Mary tinha 14, ele procurara as freiras que administravam o orfanato em busca de uma moça para preencher uma vaga no quadro de funcionários da casa. Mary havia implorado para se candidatar. A Madre Superiora não achara boa ideia – Mary era uma menina inteligente e uma trabalhadora esforçada, que ajudava os outros órfãos a aprender a ler e escrever. Ela era útil ao convento, e sabia que o maior desejo da Madre Superiora era que fizesse votos e continuasse lá pelo resto da vida.

Mas não era esse o desejo de Mary; tinha muitas dúvidas – que guardava para si – em relação a um Deus que permitia tamanho sofrimento ao seu rebanho. Bebês abandonados na porta do convento, apenas para morrerem poucos meses depois, sofrendo, carentes, em um surto de difteria, ou quem sabe de sarampo. Havia aprendido que o sofrimento faria parte do caminho ao Paraíso e ao próprio Deus, de modo que tentava com afinco acreditar na Sua bondade. Mas uma vida inteira dedicada a Ele, sem nunca mudar nem ver o mundo, enclausurada dentro dos muros de um convento, não era o caminho certo para ela.

A Madre Superiora cedera com elegância; podia ver que Mary, abençoada com uma mente inteligente e curiosa e com um raciocínio rápido e astuto, não ia se contentar com o que ela mesma tinha escolhido. Mas ficou triste ao ver a pupila começar a vida como criada.

– Pensei que você poderia assumir um cargo de governanta – aconselhou ela. – Tem um talento natural para instruir os pequenos. Eu poderia me informar... ver se tem algum emprego desse tipo disponível para quando você completar 18 anos.

Para Mary, aos 14, a ideia de esperar mais quatro anos antes de começar sua vida era inconcebível.

– Madre, não ligo para o que estiver fazendo. Por favor, gostaria de pelo menos conhecer o Sr. Lisle quando ele vier – suplicou Mary.

Por fim, a Madre Superiora concordou.

– Pode encontrá-lo, e caberá a Deus decidir se você vai ou não.

Felizmente para Mary, Deus pareceu ser favorável. Das seis meninas que a Madre Superiora indicou para o cargo de criada-assistente foi ela a escolhida por Sebastian Lisle.

Mary juntou seus parcos pertences e foi embora do convento sem olhar para trás.

Conforme a Madre Superiora sugerira, o cargo estava muito aquém das suas capacidades, mas depois dos anos no convento ela não tinha medo de trabalhar duro. O quartinho no sótão que dividia com outra criada já bastava para deixá-la encantada após passar a vida inteira em um dormitório dividido com outras onze meninas. Mary deu o melhor de si e trabalhou com responsabilidade.

E o jovem patrão não demorou muito a notar.

Em poucos meses, ela foi promovida a criada de salão. Enquanto servia o patrão e seus convidados, observava, escutava e aprendia. Os Lisles eram ingleses. Tinham chegado à Casa Dunworley duzentos anos antes, para controlar os irlandeses pagãos que povoavam as terras que os britânicos pensavam governar. Mary aprendeu a decifrar seu sotaque, acostumou-se com suas estranhas tradições formais e com sua inata e inabalável noção de superioridade.

Seu trabalho na casa não era muito exigente. O patrão, Sebastian Lisle, um jovem de 18 anos, vivia ali com a mãe, Evelyn, que perdera o marido na Guerra dos Bôeres e agora confiava no filho para administrar a casa. Mary ficou sabendo que Evelyn Lisle também tinha um primogênito, Lawrence, que seguira os passos do pai no serviço diplomático e estava agora no exterior. Os Lisles tinham outra residência em Londres; pelo quadro que Mary tinha visto, era uma casa branca e grandiosa que lembrava um bolo de casamento.

Um dia, sonhava Mary, deixaria a Irlanda e conheceria o mundo. Até lá, porém, economizava as poucas moedas que ganhava por semana e as guardava debaixo do colchão.

E dois anos depois conheceu Sean Ryan.

A governanta estava acamada com dores no peito, e não quis descer a encosta até a fazenda sob uma chuva torrencial para ir buscar os ovos e o leite. Então mandou Mary.

A jovem trilhou a encosta do penhasco e chegou encharcada ao pátio em frente à fazenda Dunworley. Bateu na porta e aguardou, pingando.

– Posso ajudar com alguma coisa, senhorita? – indagou uma voz grave atrás dela.

Mary se virou e olhou para cima, então mais para cima, e encarou os suaves olhos verdes de um rapaz. Ele era muito alto e tinha ombros largos; feito para a lida na fazenda, pensou. Aquele era um homem que dava para ter certeza de que protegeria você em qualquer situação. Com aqueles braços fortes e ombros musculosos, estaria em perfeita segurança, fosse qual fosse o problema.

Depois desse primeiro encontro, Mary não passou mais as tardes passeando sem rumo pelos penhascos próximos à casa. Sean ia encontrá-la em sua carroça, e juntos iam ao vilarejo de Rosscarbery, ou então tomar chá em Clonakilty. Ou ainda, em um dia bonito, apenas passear juntos pela praia ali perto. Tinham conversas intermináveis sobre todo e qualquer assunto, e absorviam o conhecimento um do outro. Enquanto Mary tinha sua instrução do convento, Sean tinha a experiência prática da fazenda. Opinavam sobre a Irlanda, sobre os Distúrbios, e debatiam esperanças e sonhos para o futuro, que incluíam deixar a Irlanda e ir tentar a sorte na América. Em outras vezes, não diziam nada.

No dia em que Sean levou Mary até sua casa para conhecer os pais, os joelhos dela tremiam ao atravessar a porta da cozinha. Mas Bridget, a mãe, e Michael, o pai, se mostraram acolhedores e gentis, e ficaram boquiabertos com as histórias da Casa Grande. E o fato de Mary saber recitar de cor trechos inteiros da Bíblia, e também do catecismo em latim, fez com que sorrisos impressionados surgissem naqueles rostos castigados pela vida ao ar livre.

– Você arrumou uma boa moça – afirmou Bridget. – Espero que em breve faça dela uma mulher honesta. Já está na hora de se casar, filho.

Assim, após um ano e meio de namoro, Sean pediu Mary em casamento, e a data foi marcada para dali a um ano.

– Então – disse Michael, poucos dias depois, após tomar uns copos a mais de aguardente caseira. – Sua mãe e eu andamos conversando sobre o futuro. Essa nossa casa é velha, úmida e apertada. Precisamos começar a pensar em construir outra. E acho que do outro lado do celeiro é um ótimo lugar para isso. Sua mãe e eu estamos velhos demais para nos mudar, mas para você e Mary, e para os pequenos que vão chegar, e para os filhos dos filhos deles, precisamos começar a fazer planos. – Michael pôs um esboço diante de Sean. – O que acha disso aqui?

Sean estudou o desenho: uma cozinha boa e espaçosa, uma sala de estar, uma sala de jantar e um local nos fundos para uma latrina interna. Quatro quartos de dormir no primeiro andar e um sótão que poderia ser reformado conforme a família aumentasse.

– Mas, pai, onde vamos arrumar dinheiro para construir uma casa assim? – indagou Sean.

– Não se preocupe com isso, filho, tenho algum guardado. E com certeza não vai ter custo de mão de obra. – Michael deu um soco na mesa. – Vamos construir com as nossas próprias mãos!

– Mesmo assim – insistiu Sean com um suspiro. – Todo esse dinheiro e todo esse trabalho, e a casa nem nossa vai ser. No fim das contas, a gente só arrenda a terra e tudo nela é dos Lisles.

Michael tomou outra golada de aguardente e concordou com um meneio de cabeça.

– Eu sei, filho, e por enquanto é assim mesmo. Mas eu acho que muita coisa vai mudar aqui na Irlanda nos próximos anos. A voz dos nacionalistas está ganhando força e o governo britânico está começando a escutar. Acho que um dia os Ryans vão ser os donos dessas terras. E nós precisamos pensar no futuro, não no passado. Então, o que acha da minha ideia?

Quando Sean falou com Mary sobre os planos do pai, ela bateu palmas de alegria.

– Ah, Sean, uma latrina interna! E uma casa nova para nós e nossos filhos. Será que é possível construir logo?

– Sim, amor. Os rapazes aqui da vizinhança vão me dar uma ajuda.

– Mas e os nossos planos? – O sorriso de Mary se apagou. – E nossa ideia de ir conhecer o mundo, de pegar aquele navio para a América?

– Eu sei, eu sei – concordou ele, segurando a mão dela. – E vamos continuar pensando nisso. Mas mesmo que a gente vá, os Ryans precisam de um bom teto novo. E não seria melhor partir sabendo que deixamos a família com um teto, se decidirmos mesmo ir?

– Pensei que já tivéssemos decidido – respondeu Mary.

– Nós já decidimos, sim, amor, mas tudo no seu devido tempo.

Assim, no ano anterior, após obterem autorização de Sebastian Lisle para construir uma nova casa na fazenda – como Michael dissera, para o patrão não fazia diferença, apenas valorizava suas terras –, os alicerces foram fincados e as paredes começaram a subir. Mary passava muitas vezes pela obra, parava e ficava olhando, deslumbrada.

– Minha casa – sussurrava para si mesma, sem acreditar.

Sean trabalhava na obra em todo tempo livre que tinha, e conforme a casa ganhou corpo e os seus futuros cômodos começaram a tomar forma, a conversa passou a versar menos sobre partir para a América e mais sobre os móveis que Sean fabricaria em sua oficina. E quem eles iam convidar para visitar sua linda casa nova, depois de casados.

Como não tinha família, Mary adotara a de Sean. Ajudava sua irmã caçula, Coleen, a escrever cartas, sua mãe a preparar pão de bicarbonato, e com seu pai aprendia a ordenhar as vacas na leiteria. Eles, por sua vez, se renderam à personalidade generosa e competente dela.

Embora os Ryans não fossem ricos, seus 40 hectares lhes proporcionavam uma renda regular. A fazenda em si supria muitas das necessidades: leite, ovos, carne de ovelha e lã para as roupas que vestiam. Michael e Sean trabalhavam de sol a sol para garantir que a propriedade alcançasse seu potencial máximo.

Pela cara das famílias vizinhas quando era apresentada, Mary viu que tinha conquistado um bom partido.

E agora, pensou enquanto enxugava o rosto no xale com um gesto bruto, tudo lhe seria arrancado. Sean podia muito bem acreditar que voltaria para ela são e salvo, mas e se não voltasse?

Mary suspirou. Deveria ter imaginado que aquilo tudo era bom demais para ser verdade. Já tinha avisado na Casa Grande que deixaria o emprego no mês seguinte para se preparar para o casamento. Pensou se, naquele novo contexto, aquilo ainda era a coisa certa a fazer. Se fosse morar com os Ryans para esperar Sean voltar da guerra, não teria independência *nem* dinheiro próprio. Se Sean não voltasse, o mais provável era que morresse solteira sob o teto do finado noivo.

Mary se levantou e se virou na direção da Casa Dunworley. Ainda que não gostasse dela, a Sra. O'Flannery, a governanta, reconhecia seu bom trabalho, e uma expressão consternada havia surgido em seus olhos no dia em que Mary pedira as contas. Sebastian Lisle e a mãe também haviam manifestado tristeza com a sua partida.

Enquanto tornava a descer a encosta em direção à casa, Mary teve certeza de que conseguiria manter o emprego por mais um tempo. Pelo menos até Sean voltar. Contraiu o maxilar ao entrar na cozinha. Embora fosse preciso engolir o orgulho para fazer aquele pedido, e depois ver o brilho de prazer surgir nos olhos da Sra. O'Flannery diante do seu infortúnio, decidiu que, dos males, o menor.

Havia passado a maior parte da vida "pertencendo" a alguém, e finalmente conseguira escapar.

Não queria voltar para a prisão agora.

10

Depois de se despedir de Sean e vê-lo partir para a guerra, cerrando os dentes para manter as emoções sob controle, Mary passou um bom sermão em si mesma enquanto subia a encosta até a Casa Dunworley, e voltou ao trabalho.

Os meses passaram e as notícias do front chegavam por intermédio de Sebastian Lisle, que recebia da Inglaterra, uma vez por semana, o jornal *The Times*. De vez em quando chegava alguma carta de Sean, que contava já estar na França e ter lutado em uma batalha em um lugar chamado Mons. Pelas cartas, ele parecia animado, aproveitando o clima de camaradagem com os outros "micks", como eram conhecidos os membros da Guarda Irlandesa. Entretanto, já houvera baixas no batalhão; ele escrevera contando de amigos mortos ou feridos.

Ocasionalmente Mary descia para visitar os Ryans, mas a visão da obra inacabada – intocada desde que Sean e os outros rapazes do vilarejo haviam partido – a deixava abalada.

Ela estava em suspenso, esperando o destino decidir seu futuro.

Passados nove meses, as cartas de Sean tinham se tornado menos frequentes. Mary lhe escrevia toda semana, perguntando quando ele achava que tiraria a licença prometida. Na última carta, ele mencionara ter sido mandado de volta para a caserna da Guarda Irlandesa em Londres por quatro dias – tempo insuficiente para fazer a viagem até West Cork. Mary leu no *The Times* que milhares de soldados aliados tinham perdido a vida em um lugar chamado Ypres.

Sebastian Lisle deixara a Irlanda cinco meses antes; não para combater, pois sofria de asma, mas para ajudar no que chamava de Gabinete de Política Externa.

Uma mortalha caiu sobre a Casa Dunworley; com apenas Evelyn Lisle de moradora e nenhum convidado, havia pouco serviço para os três empregados. A criada-assistente foi dispensada, e Mary assumiu as tarefas dela também.

E, assim como todas as pessoas de norte a sul da Europa, ela prendeu a respiração e aguardou.

Passado um ano e meio, Sebastian Lisle voltou para casa. Foi um prazer ter pelo menos alguém a quem servir à mesa; Evelyn saiu de seu torpor e desceu para a sala de jantar com o filho. Dois dias depois, Mary foi chamada ao escritório do patrão.

– Queria falar comigo, senhor? – indagou ela ao entrar.

– Sim.

Os olhos azul-claros de Sebastian pareciam mais fundos nas órbitas; ele exibia um ar emaciado e exausto e parecia ter o dobro da idade. Seus cabelos ruivos já rareavam na testa, e Mary pensou que ser bem-nascido não significava necessariamente ter boa aparência.

– Estamos com uma vaga de criada na nossa casa de Londres. Eu sugeri seu nome, Mary. O que acharia disso?

Mary o encarou, pasma.

– Eu? Ir para Londres?

– Sim. Agora que voltei, podemos nos virar com a Sra. O'Flannery e uma diarista do vilarejo. Mas em Londres, com o esforço de guerra e mais moças indo trabalhar nas fábricas de munição e assumindo os trabalhos dos homens, como dirigir ônibus e outras coisas, está ficando cada vez mais difícil encontrar criados. Meu irmão me perguntou se eu conseguiria alguém aqui na Irlanda, e você é a escolha evidente.

– Londres... – disse Mary com um suspiro.

Era lá que ficava a caserna de Sean. Talvez da próxima vez que ele tivesse uma licença da França pudesse encontrá-lo. Além do mais, era uma aventura e uma oportunidade que ela sabia que deveria agarrar.

– Acho que seria excelente, senhor. Minhas incumbências seriam como as daqui?

– Mais ou menos. A casa é bem maior do que esta, e costumava ter vinte empregados. Agora estamos com dez e todo mundo ajuda em tudo. Você vai ganhar um uniforme elegante, um quarto compartilhado com outra criada, e vai receber um salário de 30 xelins ao mês. Isso lhe convém?

– Ora, senhor, acredito que sim.

– Muito bem, Mary. Por favor me avise assim que tiver decidido, e eu providencio sua viagem para a Inglaterra.

– Sim, senhor. Farei isso, sim.

Alguns dias depois, Mary desceu a encosta para visitar os pais de Sean e comunicar sua decisão. Não foi uma surpresa que eles não tenham gostado muito de ver a noiva do filho deixar a Irlanda enquanto ele estava fora.

– Mas, Bridget, quero partir para poder encontrar Sean da próxima vez que ele tiver uma licença – tranquilizou Mary enquanto as duas tomavam chá na cozinha.

– Claro, não tem nada de errado nisso, mas a filha da minha prima foi para Londres no ano passado e disse que, lá, eles não gostam de criadas irlandesas. Ficavam olhando de cima, sabe, como todos os ingleses fazem com os irlandeses. – Bridget soltou um muxoxo.

– Como se eu ligasse para isso! Não se preocupe, vou dar um jeito neles. – Mary sorriu, sem se deixar abalar, incapaz de impedir o brilho de empolgação nos próprios olhos.

– Só me promete, Mary, que quando essa guerra terminar você vai voltar para casa e para o seu homem, sim? – pediu Bridget.

– A senhora sabe que tudo que quero é ficar com Sean. Mas se eu puder fazer algo útil enquanto espero por ele, e ganhar mais algumas moedas para guardar para o nosso futuro, acho que é um bom plano.

– Bem, cuide-se lá naquela cidade pagã. – O pensamento fez Bridget estremecer.

– Não se preocupe, vou me cuidar, juro.

Mary não sentiu um pingo de medo ao embarcar na longa viagem. Foi primeiro até Dublin, depois fez a travessia de barco até Liverpool, em seguida desceu rumo ao sul em um trem lotado, que parou em uma imensa estação. Ela carregou sua mala até a plataforma e olhou em volta. Tinham lhe dito que alguém esperaria por ela segurando uma placa com seu nome. Observou o mar de uniformes cáqui entretidos em adeuses tristes ou alegres reencontros e, por fim, distinguiu um homem vestido com um uniforme elegante segurando um pedaço de papelão com o nome dela escrito.

– Olá – cumprimentou sorrindo ao se aproximar. – Sou Mary Benedict.

O homem aquiesceu de modo solene.

– Queira me acompanhar, por favor.

89

Lá fora, ele indicou que ela entrasse no banco de trás de um carro preto reluzente e Mary obedeceu, maravilhada com o couro macio do assento. Quando partiram, ela se sentiu uma princesa. Era a primeira vez que andava de carro.

Olhou pela janela para os postes a gás na rua – pareciam gigantescas balas de limão penduradas em grandes palitos –, para as hordas de pessoas andando pelas calçadas e para as altas construções que as margeavam. Bondes subiam e desciam sem parar pelo meio das ruas. E ela reparou que as mulheres usavam saias que deixavam *os tornozelos* à mostra. Eles seguiram ao longo de um rio largo, mas estava escuro demais para ver grande coisa. O motorista então dobrou à direita, se afastando do rio, e adentrou enfim uma praça grande cercada por imensas casas brancas. Eles atravessaram um estreito pátio de estábulos, onde ele estacionou e indicou que ela deveria descer.

– Por aqui, por favor – falou, e Mary o seguiu pelo pátio. – Esta é a entrada dos empregados da Casa Cadogan, e é a que a senhorita sempre vai usar. – Ele a guiou por um lance de escadas e abriu a porta para um pequeno vestíbulo.

Uma segunda porta conduziu a uma cozinha de pé-direito baixo, mas quentinha, no centro da qual havia uma mesa ocupada por várias pessoas, todas vestidas com uniformes elegantes.

– Sua nova criada de salão está aqui, Sra. C. – disse o motorista, meneando a cabeça para uma mulher corpulenta sentada na cabeceira.

– Vem aqui para eu poder olhar você – chamou a mulher com um aceno e examinou Mary enquanto ela se aproximava.

– Olá, senhora. – Mary fez uma leve mesura. – Sou Mary Benedict.

– E eu sou a governanta, Sra. Carruthers. – A mulher concluiu sua inspeção e aquiesceu. – Bem, pelo menos você parece ter boa saúde, o que não posso dizer da última criada irlandesa que tivemos aqui. Ela morreu de bronquite em menos de uma semana. Não foi, Sr. Smith? – Ela se virou para o homem já meio calvo sentado ao seu lado e deu uma sonora risada, fazendo o peito largo estremecer.

– Acho que tenho boa saúde, senhora – respondeu Mary. – Na verdade, nunca fiquei doente na vida.

– Bem, me parece um bom começo – disse a Sra. Carruthers.

A governanta falava inglês com um sotaque estranho. Mary precisava se esforçar para entender o que ela dizia.

– Imagino que esteja com fome. Vocês irlandeses vivem com fome. – Ela apontou para um lugar no final da mesa. – Pode tirar o chapéu e o casaco e se sentar. Teresa, sirva um prato de ensopado para Mary.

– Pois não, Sra. Carruthers.

Uma moça usando uma touca de babados e vestido marrom se levantou da mesa na mesma hora. Mary tirou o chapéu, as luvas, o casaco e o xale, e foi instruída a pendurá-los no saguão. Sentou-se ao lado de uma moça de uniforme de criada.

– Então, Mary, imagino que não saiba ler e escrever, não é? As moças como você em geral não sabem. Isso dificulta muito a minha vida – comentou a Sra. Carruthers com um suspiro.

– Ah, eu sei, sim, senhora – disse Mary, meneando a cabeça enquanto um prato de ensopado era posto na sua frente. – Eu dava aulas para os menorzinhos na minha escola de freiras.

– Escola, é? – A Sra. Carruthers abriu um sorriso irônico. – Bem, tenho certeza de que daqui a pouco você vai me ensinar a pôr a mesa!

Os outros ao redor da mesa reagiram com as devidas risadas. Mary decidiu ignorar a provocação e comer o ensopado em silêncio, faminta após a longa viagem.

– Ouvi dizer que você trabalhava para o irmão do Sr. Lisle na casa dele na Irlanda – continuou a Sra. Carruthers.

– Sim, senhora.

– Bem, não sei como eles fazem por lá, mas acho que as coisas aqui em Londres são um pouco diferentes. O Sr. Sebastian Lisle me disse que você sabe servir a mesa, é verdade?

– Acho que sei, sim, senhora – concordou Mary. – Mas tenho certeza de que a senhora tem razão. As coisas por aqui devem ser diferentes.

– Você vai dormir com Nancy, nossa criada de quarto. – A governanta apontou para a moça sentada ao lado de Mary. – O desjejum é às cinco e meia em ponto; se chegar cinco minutos atrasada o seu não vai ser guardado, entendeu?

Mary assentiu.

– Seu uniforme está em cima da sua cama. E mantenha seu babador sempre limpo. O Sr. Lisle faz muita questão de uniformes impecáveis.

– Babador? – estranhou Mary.

– Seu avental, menina. – A Sra. Carruthers ergueu as sobrancelhas. – Depois do desjejum amanhã vou informá-la sobre as suas tarefas. Quando o Sr. Lisle está em casa, isso aqui é movimentado. Ele é um homem muito importante, e gosta de tudo perfeito. Para sua sorte, está viajando no momento, mas não podemos descuidar dos nossos padrões, não é mesmo?

A mesa inteira assentiu e começou a se levantar.

– Nancy, leve Mary até o quarto dela.

– Sim, Sra. C. – disse a moça ao seu lado, obediente. – Vem comigo – falou ela para Mary.

Minutos depois, Mary estava puxando sua mala escada acima até um largo corredor. Um imenso lustre pendia do teto sobre a escada, cheio de lâmpadas elétricas. Elas subiram mais três lances até chegarem ao sótão.

– Minha nossa! Que casa! É do tamanho de um palácio!

– O seu é aquele ali – disse Nancy, guiando-a até um quarto com duas camas e pouca coisa mais e apontando para o leito junto à janela. – Como foi a última a chegar, você fica com a saída de ar.

– Obrigada. – Mary abriu um sorriso irônico e largou a mala em cima da cama.

– Nós nos revezamos para buscar água quente para a pia, e tem um penico debaixo da cama para o resto – explicou Nancy, sentando-se na sua cama e observando Mary. – Você é bonita. Como é que não tem aqueles cabelos ruivos que todos os irlandeses têm?

– Não sei, não sei mesmo – respondeu Mary, tirando da mala seus poucos artigos de vestuário e os guardando na gaveta ao lado da cama. – Mas nem todos nós somos ruivos, sabe.

– Todos os que eu conheci eram. Não, você tem olhos azuis bem bonitos e cabelo louro. É de garrafa?

– Está perguntando se eu pinto? – Mary deu uma risadinha e balançou a cabeça. – Lá de onde eu venho não tem esse tipo de coisa. Ainda estamos esperando a luz elétrica.

– Caramba! – exclamou Nancy, e riu. – Eu nem consigo mais imaginar como é viver sem, mas quando eu era pequena também não tínhamos luz elétrica. É por isso que tenho tantos irmãos e irmãs! – Ela gargalhou. – Você tem namorado?

– Tenho, mas ele foi combater os alemães e faz um ano e meio que não nos vemos.

– Tem outros peixes no mar, você sabe. – Nancy abriu um sorriso. – Principalmente aqui em Londres.

– Bom, não tenho interesse em nenhum outro. Não quero mais ninguém – respondeu Mary, fiel.

– Espere passar uns meses morando aqui, aí vamos ver. Tem muitos jovens soldados solitários de licença na cidade procurando uma garota bonita com quem gastar o soldo, pode escrever o que estou dizendo.

Nancy começou a se despir, tirando o espartilho que mal cobria seus seios magníficos e revelando quadris rubenescos. Quando ela soltou os compridos cabelos louros, ficou parecendo um querubim curvilíneo.

– Se tirarmos folga juntas, poderei levar você para sair e mostrarei as atrações. Com certeza tem muita coisa para manter a gente ocupada aqui em Londres.

– Como são o patrão e a patroa? – indagou Mary ao se enfiar na cama.

– Ah, nós ainda não temos patroa. O Sr. Lisle mora sozinho, pelo menos quando está aqui. Parece que ainda não gostou de nenhuma dama. Ou quem sabe foram as damas que não gostaram dele! – Nancy riu.

– Bem, é verdade que o irmão dele, Sebastian, também não se casou – comentou Mary, se enrolando mais no cobertor e entendendo por que a cama onde estava não era a preferida.

– A Sra. Carruthers diz que o patrão talvez seja um espião – disse Nancy. – Qualquer que seja o trabalho dele, é importante. Ele recebe muita gente famosa para jantar aqui. Uma vez recebemos até Lloyd George em pessoa! Dá para imaginar, o primeiro-ministro sentado na sua sala de jantar?

– Minha Nossa Senhora! Está dizendo que eu talvez precise servi-lo? – Mary estava com os olhos arregalados de pavor.

– O que sempre penso quando recebemos alguém famoso na casa e eu os vejo com meus próprios olhos é que todo mundo precisa usar a latrina. Então penso neles sentados lá e paro de sentir medo.

Mary deu uma risadinha e simpatizou com Nancy.

– Quando tempo faz que você trabalha como criada?

– Desde que eu tinha 11 anos, quando minha mãe me mandou para ser lavadora de penicos. Isso sim era difícil, jogar fora aquela sujeira toda. – Nancy estremeceu. – Seja você dama ou empregada, seu mijo e sua merda têm o mesmo cheiro.

Os olhos de Mary estavam se fechando à medida que o nervosismo e a empolgação de chegar a Londres a subjugavam. Enquanto pegava no sono, Nancy continuou a tagarelar, mas ela não ouvia mais nada.

11

Nas primeiras semanas, a vida na Casa Cadogan foi muito impressionante para Mary. Mesmo sem o patrão presente, a administração da casa era algo grandioso. Ela ficava boquiaberta ao ver os imensos e lindos quartos com suas janelas emolduradas por grossas cortinas adamascadas, os móveis de fina fabricação e as imensas lareiras encimadas por espelhos elegantes.

Tirando as piadas constantes por ela ser irlandesa, Mary achou os outros criados simpáticos. Nancy, que havia morado a vida inteira em Londres, revelou-se uma boa guia da cidade. Levou Mary de bonde até Piccadilly Circus para comer castanhas assadas sob a estátua de Eros, e até a Mall Avenue para ver o Palácio de Buckingham. Tomaram chá com pãezinhos em Lyons Corner House, onde um par de soldados "espicharam os olhos para elas", nas palavras de Nancy. Ela até teria retribuído, mas Mary não quis nem ouvir falar nisso.

Estava adorando aquele mundo novo e empolgante. As luzes fortes e a agitação de Londres tornavam difícil recordar que aquele era um país em guerra. Até então, as Ilhas Britânicas não tinham sido afetadas, e tirando a visão surpreendente de mulheres conduzindo bondes e ônibus ou atendendo atrás dos balcões das lojas, a cidade não havia sofrido mudança alguma.

Isso até chegarem os zepelins.

Mary ouviu a imensa explosão no meio da noite, e acordou junto ao resto da cidade com a notícia de que os alemães haviam bombardeado uma parte do East End, matando duzentas pessoas. De repente, Londres se transformou em um formigueiro de atividade, com balões de contenção flutuando acima da linha dos prédios, o contorno escuro de metralhadoras instaladas no topo das construções mais altas e preparações para futuros ataques em curso no porão de todas as casas.

No verão de 1917, quando já fazia mais de um ano que Mary estava em Londres, as sirenes antiaéreas soavam constantemente. Os empregados desciam correndo para a adega, onde ficavam comendo biscoitos secos e jogando baralho enquanto o som de artilharia pipocava lá em cima. A Sra. Carruthers se sentava na cadeira de madeira trazida da cozinha e tomava golinhos discretos da sua garrafinha de bolso para acalmar os nervos. Apesar disso, mesmo nos piores momentos, quando parecia haver um zepelim bem em cima deles e Mary via o medo nos rostos à sua volta sob a luz das velas, ela mesma pouco temia. Sentia-se... *invencível* – como se o horror do que estava acontecendo não pudesse atingi-la.

Certa manhã, na primavera de 1918, Mary finalmente recebeu uma carta de Sean. Embora tivesse lhe dado seu novo endereço, não recebera nenhuma resposta. Não fazia ideia do paradeiro dele, nem sabia se Sean estava vivo ou morto. Culpada, repreendia a si mesma toda vez que ela e Nancy se vestiam para ir à cidade nos dias de folga, pelas risadas que davam juntas, e acima de tudo pela sensação de liberdade que experimentava naquela cidade tão grande, onde tudo parecia possível.

E porque, para ser bem sincera, quase não conseguia se lembrar da cara de Sean. Abriu a carta e começou a ler.

França
17 de março

Minha linda Mary,

Escrevo para dizer que estou bem, embora pareça que estamos lutando nesta guerra desde sempre. Em breve terei uma semana de licença, e recebi suas cartas me dizendo que está trabalhando em Londres. Quando chegar em solo britânico visitarei você.

Mary, amor, precisamos acreditar que esta guerra vai terminar logo e que vamos poder voltar para nossa vida juntos em Dunworley.

Você é a única coisa que me faz sobreviver aos dias e noites aqui.

Com todo o meu amor,
Sean

Releu a carta cinco vezes. Então sentou-se e ficou encarando a parede caiada em frente à cama com um olhar vazio.

– O que foi? – Nancy a observava com ar pensativo.

– É Sean, meu namorado. Ele vai tirar uma licença em breve e virá me visitar.

– Misericórdia! – exclamou Nancy. – Ele não é fruto da sua imaginação, no fim das contas.

Mary balançou a cabeça.

– Não. É verdade, ele é real.

– E à prova de balas e de alemães também, se passou os últimos três anos nas trincheiras. A maioria dos soldados não sobrevive às primeiras semanas. Que sorte a sua, hein, ter um namorado ainda vivo! O que vai ser do resto das garotas, como eu? Deus bem sabe quantos milhares de namorados perdemos para essa guerra. Vamos todas acabar morrendo solteiras. Agarre bem o seu, sua sortuda! – alertou Nancy.

Poucas semanas depois, Mary estava atiçando o fogo no salão de visitas quando Sam, um dos criados, espichou a cabeça pela porta.

– Um cavalheiro chamado Ryan está perguntando por você na porta da frente, Mary. Mandei ele dar a volta até a entrada dos empregados.

– Obrigada, Sam.

Foi com as pernas bambas que desceu a escada rumo ao seu passado, rezando para que a cozinha estivesse vazia para conseguir pelo menos um instante a sós com Sean. No entanto, dada a monotonia da rotina diária, os empregados viviam loucos por alguma novidade. Ou seja, estavam todos lá.

Mary foi até a porta dos fundos o mais depressa que pôde, torcendo para chegar primeiro, mas Nancy fora mais rápida. Com as mãos nos quadris, ela sorria para o soldado magro e quase irreconhecível na soleira.

– Parece que esse rapaz se chama Sean e quer falar com você – disse ela, virando-se para Mary.

– Obrigada.

– Ele pode ser irlandês, mas até que é bem bonitão – sussurrou Nancy ao passar de volta para a cozinha.

Mary olhou para Sean pela primeira vez em três anos e meio.

– Mary, minha Mary, nem acredito que estou olhando para você. Vem cá dar um abraço no seu noivo. – A voz de Sean estava embargada e ele abriu os braços para receber Mary.

O cheiro dele estava diferente, mas ao mesmo tempo igual. Ao abraçá-lo, ela percebeu sua magreza.

– Mary, é você mesma, bem aqui em Londres – murmurou ele. – Estou abraçando você... não sabe quantas vezes sonhei com isso. Deixa eu olhar pra você. – Sean a segurou pelos ombros e a examinou. – Juro que ficou ainda mais linda.

Ele sorria com os olhos gentis e cheios de afeto.

– Deixa de ser bobo! – exclamou Mary, e corou. – Tenho certeza de que estou igualzinha!

– Consegue sair hoje? Vou ter só duas noites em Londres antes de ir embora outra vez.

Mary o encarou com ar hesitante.

– Hoje normalmente não é minha folga, Sean. Mas posso perguntar à Sra. Carruthers se é possível.

Ela se virou para voltar à cozinha, mas ele a deteve.

– Vá se preparar para sair comigo. Eu mesmo peço à sua chefe. Não tem muitas mulheres em Londres capazes de resistir a um soldado.

E de fato, quando Mary tornou a aparecer na cozinha usando sua melhor saia e seu chapéu novo, Sean estava sentado à mesa com a Sra. Carruthers e um copo de gim na mão enquanto a governanta e o restante dos empregados escutavam avidamente suas histórias sobre a vida no front.

– Eles não nos contam nada – reclamou a Sra. Carruthers. – Não sabemos o que está acontecendo, não sabemos mesmo, eles só nos dizem o que querem.

– Bem, Sra. Carruthers, eu diria que mais uns seis meses e vão estar derrotados. Os alemães com certeza estão sofrendo mais baixas do que nós. Aprendemos a lutar contra eles, sabe? Levou tempo, mas acho que agora estamos do lado vencedor.

– Tomara que sim – disse a Sra. Carruthers com fervor. – O racionamento aqui está piorando, e está ficando cada vez mais difícil pôr comida na mesa.

– Não se preocupe, Sra. Carruthers. Nós temos um bando de soldados corajosos defendendo este país, e eu vou cuidar pessoalmente para que, no próximo Natal, tenha um ganso na sua mesa – acrescentou Sean com uma piscadela.

A Sra. Carruthers riu e olhou para Mary.

– Muito simpático o seu rapaz, minha jovem, isso já posso dizer. É melhor vocês irem andando. Tenho certeza de que não vão querer desperdiçar um segundo da licença dele conversando com uma velha como eu!

– Ora, Sra. Carruthers, a senhora é exatamente o tipo de mulher valorosa que nós rapazes estamos lutando para proteger. – Sean olhou para Mary e sorriu. – Está pronta?

– Sim. – Mary se virou para a governanta. – A que horas a senhora precisa que eu volte?

– Leve o tempo que quiser, querida. Tenho certeza de que Nancy não vai se importar de assumir suas tarefas só dessa vez, não é, Nancy?

– Claro, Sra. C. – concordou Nancy com relutância, torcendo visivelmente o nariz diante daquele desdobramento.

– É muita gentileza sua liberar Mary, Sra. Carruthers. E prometo trazê-la de volta às dez da noite em ponto – arrematou Sean.

– Como falei, qualquer horário está bom – concordou alegremente a Sra. Carruthers.

Mary e Sean saíram da casa e pararam no pátio que dava na rua.

– Sean Ryan, tinha me esquecido de como você é capaz de ser charmoso. – Mary ergueu para ele os olhos cheios de admiração. – Conseguiu seduzir até a velha rocha para quem eu trabalho. Onde vamos?

Sean a encarou de volta e deu de ombros.

– Quem conhece Londres é você. Deixo isso por sua conta.

– Bem, eu diria que, para começar, deveríamos ir a algum lugar tranquilo. Então por que não nos sentamos um pouco no parque que tem logo aqui em frente, onde ninguém vai nos incomodar?

Sean segurou as mãos dela.

– A mim pouco importa, contanto que eu possa encarar esses seus lindos olhos.

Eles atravessaram a rua até o parque, abriram o portão de ferro e se sentaram em um banco.

– Ah, Mary. – Sean beijou suas mãos. – Você não imagina o que esse encontro significa pra mim. Eu... – A voz dele embargou de repente e Sean ficou em silêncio ao lado dela.

– O que foi, Sean?

– Eu...

Então ele começou a soluçar, de um jeito que lhe sacudia o corpo todo. Mary assistiu consternada, sem saber o que dizer nem como ajudar.

– Eu sinto muito, Mary, sinto muito... – Sean enxugou as lágrimas com um gesto brusco. – Sei que estou sendo bobo, mas aquele inferno... aquele *inferno* que vivi... e você aqui, linda como sempre foi. Eu... – Os ombros dele estremeciam. – Eu não consigo explicar.

– Talvez seja melhor tentar me dizer, Sean. Não prometo ajudar, mas quem sabe posso ouvir – disse Mary suavemente.

Sean balançou a cabeça.

– Jurei que não ia fazer isso, não ia desmoronar quando visse você, mas... Mary, como posso descrever o que é aquilo lá? Como eu quis morrer várias vezes porque a vida é... – A voz dele falhou. – ...insuportável.

Mary afagou a mão dele com delicadeza.

– Sean, eu estou aqui, e aguento qualquer coisa que você precise me contar, eu juro.

– O cheiro, Mary, o fedor dos cadáveres apodrecendo... minhas narinas estão tomadas até agora. Jogados ali na lama, pisoteados... pedaços de corpos por todo lado. E o cheiro de pólvora e gás, os estouros apavorantes que nunca cessam, o dia todo, a noite inteira, sem fim. – Ele apoiou a cabeça nas mãos. – Não tem trégua, Mary, nenhuma trégua. E toda vez que você sai da trincheira sabe que na melhor das hipóteses vai perder os amigos, e na pior, vai morrer. E que bom teria sido morrer! Sair daquele inferno em que estou vivendo há quase três anos e meio!

Mary o encarava horrorizada.

– Sean, tudo que ouvimos dizer é que nossos rapazes estão indo bem agora. Que nós estamos ganhando.

– Ah, Mary. – Sean parou de chorar, mas continuava com a cabeça entre as mãos. – Eles não querem que a gente fale do sofrimento, é claro que não. Com certeza não conseguiriam pôr mais nenhum ser humano nas trincheiras se as pessoas soubessem a verdade. – Ele ergueu os olhos para ela de repente. – E eu não devia estar contando tudo isso.

– Sean. – Mary estendeu a mão e acariciou o cabelo curto dele. – Você fez a coisa certa ao me contar. Serei sua esposa assim que tudo isso acabar. E não vai demorar muito, não é?

– Penso nisso todos os dias há três anos e meio, Mary, e continuo lá – respondeu ele, desalentado.

Os dois ficaram em silêncio por algum tempo.

– Sabe o que é? – disse ele, por fim. – Esqueci por que estamos lutando. E não sei se consigo voltar e encarar aquilo outra vez.

– Você vai sair de lá logo, logo – afirmou Mary, ainda acariciando seus cabelos. – E vai voltar para Dunworley comigo, para nossa bela casa nova, onde é o nosso lugar.

– Não conta nada disso pra mamãe. – Sean a encarou com uma expressão aflita. – Promete, Mary? Não suportaria pensar nela toda preocupada. E você tem razão. – Ele estendeu a mão para segurar a dela e a apertou com tanta força que os dedos de Mary embranqueceram. – Vai acabar em breve. Tem que acabar.

Horas mais tarde, quando Mary chegou em casa e se esgueirou até o quarto, foi recebida por Nancy, que estava sentada na cama esperando por ela.

– Então? Como foi? Nunca vi a Sra. C. tão encantada. Ele é mesmo um charme, esse seu Sean.

– É, ele é mesmo – concordou Mary, começando a se despir com gestos cansados.

– Aonde vocês foram? Ele te levou para dançar?

– Não, não dançamos.

– Foram jantar em algum clube?

Mary vestiu a camisola.

– Não.

– Bem, então para onde ele a levou? – indagou Nancy, um pouquinho irritada.

Mary subiu na cama.

– Ficamos sentados no parque aqui em frente.

– Quer dizer que não foram a lugar nenhum?

– Não, Nancy – disse Mary, apagando a luz. – Não fomos a lugar nenhum.

12

Na noite seguinte, Sean voltou à Casa Cadogan para buscar Mary novamente. Dessa vez ela o levou de bonde até Piccadilly Circus, e eles compraram peixe empanado com batatas chips e se sentaram para comer debaixo da estátua de Eros.

– Queria ter mais tempo, Mary, para levar você a algum lugar especial.

– Isso é especial para mim, Sean. – Ela o beijou no rosto. – Melhor do que ir a um lugar lotado e ter que ficar prestando atenção na etiqueta, não acha?

– Para mim está bom se estiver bom para você – concordou Sean, comendo as batatas avidamente. – Mary, queria pedir desculpas por ontem à noite. Você não merecia ouvir aquilo tudo. Hoje estou melhor.

– Não faz mal, Sean. – Ela deu de ombros. – Você precisava tirar esse peso do peito, e nada mais certo do que fazer isso comigo.

– Bom, não quero mais falar disso. Daqui a pouco vou estar de volta. Me conta de você, Mary, e da vida aqui em Londres.

Ela contou tudo enquanto caminhavam de mãos dadas até o Saint James's Park. Por fim, Sean segurou seu rosto com as duas mãos.

– Mary, não vai demorar muito para a gente poder voltar para casa. – A expressão dele ficou subitamente ansiosa. – Você vai querer voltar para Dunworley, não vai? Quero dizer... – Ele abriu os braços e indicou os arredores. – Lá é bem diferente de Londres.

– É mesmo, Sean – concordou Mary. – E acho que nós dois amadurecemos desde que a gente se conheceu, tantos anos atrás. E o mundo também mudou. Mas vamos construir uma vida juntos, onde quer que seja.

– Mary, ah, Mary. – Ele a envolveu nos braços e a beijou com intensidade, então se afastou de repente. – Se eu não tomar cuidado, vou acabar perdendo o controle. – Sean respirou fundo algumas vezes, então tornou a abraçá-la. – É melhor irmos voltando. Não quero que você se encrenque com a Sra. Carruthers.

Os dois foram passeando pelas ruas ainda tomadas de atividade, apesar de passar das onze da noite.

– Igualzinho ao vilarejo de Clonakilty em uma noite chuvosa de domingo – brincou Sean. – Mas e então, como é o Lawrence Lisle? É meio mosca-morta como o irmão Sebastian? Apesar de ter tantas terras e aquele casarão.

– Eu não sei – respondeu Mary. – Ainda não o vi desde que cheguei.

– Onde ele está?

– Ninguém sabe ao certo, mas ele trabalha para o governo britânico no exterior. Dizem que está na Rússia.

– Bem, talvez você já tenha ouvido falar no que anda acontecendo por lá. Acho que se o Sr. Lisle está na Rússia, não vai demorar muito para voltar. Os bolcheviques estão ganhando mais poder a cada dia. – Sean suspirou. – O mundo está mesmo de pernas para o ar. Queria saber onde tudo isso vai terminar.

Eles chegaram ao antigo pátio de estábulos e ficaram em silêncio diante da porta, nenhum dos dois sabia como se despedir.

– Vem cá, minha Mary, me abraça outra vez e me dá força para sair dos seus braços macios e voltar para o inferno – murmurou Sean enquanto ela o enlaçava.

– Eu te amo, Sean – sussurrou ela. – Volta pra mim são e salvo.

– Cheguei até aqui, não foi? – tranquilizou ele. – Vou escrever sempre que puder, mas não se preocupe se passar um tempinho sem notícias. Acho que as coisas ainda vão ficar bem complicadas. Em breve vai ter outra grande ofensiva que deve resolver tudo de uma vez por todas.

– Pode deixar. Que Deus te abençoe, meu amor, e te traga são e salvo de volta pra mim em breve. Até logo, Sean! – Ela enxugou as lágrimas no sobretudo dele e ficou na ponta dos pés para beijá-lo.

– Até logo, meu amor. A única coisa que vai me fazer aguentar tudo aquilo é pensar em você.

Sean virou as costas com relutância, também de olhos marejados. E com os ombros caídos foi se afastando lentamente pelo antigo pátio de estábulos.

– Não sei o que deu em você ultimamente – comentou Nancy, na cama, poucos dias depois. – Acho que deve ter sido ver seu namorado e depois ele voltar para a guerra, não foi?

– É. – Mary suspirou no escuro. – As coisas que ele me contou de lá... Não consigo tirar da cabeça.

– Talvez ele tenha exagerado para impressionar você, e quem sabe ganhar um beijo a mais!

– Não, Nancy, não acho que foi isso. – Mary tornou a suspirar. – Queria que fosse, mas Sean não é um mentiroso.

– Bom, pelo que dizem os jornais, a guerra vai acabar em breve, e aí seu rapaz vai poder levar você de volta para o lamaçal de onde saíram – disse Nancy com uma risadinha. – Quer ir à cidade na quinta olhar um pouco as vitrines e tomar chá no Lyons? Quem sabe você se anima um pouco.

– Acho que vou esperar para ver como me sinto.

– Como preferir – bufou Nancy.

Mary virou de lado, fechou os olhos e tentou dormir. Desde que se despedira de Sean, três dias antes, era impossível tirar da cabeça as imagens horríveis que ele havia descrito. E desde então começara a reparar nos incontáveis homens em Londres usando tapa-olhos, sem um braço ou sem uma perna. E naquela tarde tinha visto um soldado no meio de Sloane Square gritando com os passantes como se houvesse perdido a razão. Sean lhe dissera que o estrondo contínuo dos bombardeios afetava a mente dos soldados. Mary virara as costas para aquela pobre alma demente com os olhos marejados.

Os jornais estavam repletos de notícias sobre a revolução bolchevique na Rússia e a prisão de toda a família imperial. As conversas na cozinha diziam que em breve o patrão estaria de volta em casa. Ao que parecia, a Sra. Carruthers tinha recebido um telegrama avisando que preparasse a casa para sua chegada iminente. Na mesma hora, a governanta entrou em regime de atividade total, e fez Mary e Nancy arearem a prataria três vezes até Smith, o mordomo, aprovar o serviço.

– Como se o patrão fosse reparar se as colheres de chá estão com uma ou duas manchinhas! – resmungou Nancy. – Depois de sair de todo aquele caos na Rússia, acho que ele vai ficar aliviado por dormir no conforto da própria cama.

Embora a casa estivesse em alerta total, ainda não havia nem sinal de Lawrence Lisle. Então, quatro dias depois, com os olhos injetados, a Sra. Carruthers avisou aos empregados que o patrão chegara em casa às três da madrugada.

– E, por motivos que vocês vão descobrir mais tarde, eu ainda não dormi desde então – reclamou ela. – Sinceramente, quem imaginaria que ele fosse fazer uma coisa dessas? – indagou, erguendo as sobrancelhas para Smith. Os dois compartilharam um instante de incredulidade antes de a Sra. Carruthers continuar: – Mary, o patrão e eu queremos vê-la no salão às onze em ponto.

– Estou em apuros? – perguntou a moça, aflita.

– Não, Mary, não é você quem está em apuros... enfim, não vou dizer mais nada até o patrão vê-la. Garanta que seu uniforme esteja limpo e que não haja nem um fio de cabelo fora da touca.

– Sim, Sra. C.

– Que história toda será essa? – indagou Nancy quando a Sra. Carruthers deixou a cozinha. – Ela parece muito alvoroçada. Por que será que eles querem falar com você?

– Bom, vou descobrir daqui a algumas horas, não é? – respondeu Mary, tensa.

Mary se apresentou às onze em ponto diante da porta do salão e bateu. A Sra. Carruthers veio abrir.

– Entre, Mary, venha conhecer o Sr. Lisle.

Mary entrou. De pé junto à lareira estava um homem alto muito parecido com o irmão mais novo, Sebastian. Mas na opinião de Mary, Lawrence Lisle ficara com a melhor parte da genética comum aos dois.

– Bom dia. Sou Lawrence Lisle. Ahn... Mary, não é?

– Sim, senhor – disse ela com uma mesura.

– Mary, surgiu aqui nesta casa uma... situação delicada. E depois de conversar com a Sra. Carruthers, ela acha que você é a única pessoa que talvez possa nos ajudar.

– Com certeza farei o melhor que puder, Sr. Lisle. Quando souber do que se trata – respondeu ela, nervosa.

– A Sra. Carruthers me disse que você foi criada em um orfanato de freiras.

– Isso mesmo, senhor.

– E enquanto morou lá, ajudou a cuidar das outras crianças, principalmente das mais novinhas?

– Sim, senhor. Quando os bebês eram abandonados em frente ao convento pelas pobres mães, eu ajudava as freiras a cuidarem deles.

– Então gosta de bebês?

– Ah, sim, Sr. Lisle, adoro bebês.

– Muito bom, muito bom mesmo. – Lawrence Lisle assentiu. – Bem, Mary, a situação é a seguinte: eu trouxe comigo um bebê cuja mãe, assim como aquelas pobres mulheres que abandonavam os filhos em frente ao convento, se viu... sem condições de cuidar dele. Ela me pediu que fizesse isso por um prazo indeterminado.

– Entendo, senhor.

– Bem, conversei com a Sra. Carruthers sobre contratar uma ama, mas ela sugeriu que você talvez fosse a pessoa ideal para assumir temporariamente esse papel. No momento, suas funções de criada de salão não são muito utilizadas, e quase certamente não virão a sê-lo nos próximos meses. Sendo assim, a Sra. Carruthers e eu gostaríamos que assumisse agora mesmo os cuidados com o bebê.

– Entendo, senhor. Bem, que idade tem o bebê?

– Ela deve ter... bem... – Lawrence pensou alguns instantes. – Eu diria que não tem mais de quatro ou cinco meses.

– Certo, Sr. Lisle. E onde ela está?

– Ali.

Ele apontou para um pequeno moisés pousado sobre um divã do outro lado do salão.

– Dê uma olhada, se quiser.

– Obrigada, senhor.

Enquanto Mary andava até o moisés e espiava timidamente o bebê que estava ali, Lawrence acrescentou:

– Acho que ela é bem bonita para um bebê, embora eu não tenha muita experiência nesses assuntos. E é bem boazinha, também. Mal deu um pio no navio e no trem desde a França.

Mary observou o cabelo fino e escuro e o rosto pálido, mas perfeito. A neném estava com o polegar na boca e dormia profunda e tranquilamente.

– Dei mingau a ela faz apenas uma hora – comentou a Sra. Carruthers. – Ela com certeza sabe se esgoelar quando está com fome. Imagino que você saiba como dar mamadeira e trocar a fralda de um bebê.

– É claro, Sra. C. – Mary sorriu para a menina. – Como ela se chama?

Lawrence hesitou, então disse:

– Anna. Ela se chama Anna.

– É mesmo uma coisinha linda – sussurrou Mary. – E sim, Sr. Lisle, adoraria cuidar dela para o senhor.

– Ótimo, então está resolvido. – Lawrence pareceu aliviado. – Ela vai dormir no segundo andar, e o quarto já está pronto. Você vai se mudar para lá hoje mesmo, para poder lhe dar de comer durante a noite. Por enquanto está liberada de todas as suas atribuições domésticas. Você e a Sra. Carruthers deverão comprar tudo que for adequado para a menina: carrinhos de passeio, roupas, etc.

– Ela veio sem roupa nenhuma?

– A mãe fez uma pequena mala para a viagem. É tudo que ela tem. – Ele apontou para a porta. – Então sugiro que a leve lá para cima e se instale no seu quarto.

– Posso lhe perguntar de que país veio a bebê? – disse Mary.

Lawrence Lisle franziu o cenho e demorou alguns instantes antes de responder.

– A partir de agora, essa criança é inglesa. Se alguém perguntar, *inclusive* qualquer empregado desta casa, ela é filha de um amigo próximo cuja esposa adoeceu ao dar à luz. O pai foi morto em combate um mês depois. Eu assumi a criação da menina até a mãe recuperar as forças para cuidar da filha sozinha. Entendido, Mary?

– Entendido, Sr. Lisle. Prometo tomar conta de Anna para o senhor da melhor forma possível.

Mary fez uma pequena mesura e saiu levando o moisés com todo o cuidado pela escada até o segundo andar. Então esperou no corredor até a Sra. Carruthers aparecer.

– Você vai dormir aqui. – A governanta a conduziu pelo corredor até um quarto com vista para o parque. – Escolhi este quarto porque é o mais distante do patrão. Apesar do que ele diz, essa bebê abre o berreiro quando está com fome, e não quero que ele seja incomodado.

Mary olhou para o belo quarto, impressionada. O cômodo continha uma penteadeira e uma confortável cama de armação de ferro coberta por uma colcha.

– Não vá começar a pensar bobagens que não condizem com sua posição, mocinha – acrescentou a Sra. Carruthers. – Você só está neste quarto porque precisa cuidar da neném durante a noite.

– Pode deixar, Sra. C. – concordou Mary depressa, percebendo que sua súbita promoção podia ameaçar a posição de sua chefe.

– É só por um tempo, veja bem. Tenho certeza de que, assim que puder, o patrão vai contratar uma ama profissional. Mas, como eu já disse, com a guerra, seria como procurar agulha em palheiro. Espero que esteja grata por eu ter indicado você para esse serviço, menina. Não vá me decepcionar, hein?

– Farei o melhor que puder, Sra. C., prometo – garantiu Mary. – E não tem necessidade de gastarmos dinheiro com roupas para a neném. Eu levo jeito com agulha e linha, e gosto de costurar.

– Então está certo. Tire seus pertences do quarto antigo assim que puder. Aqui do lado há um reservado e um banheiro. Chega de penicos para você, menina. Que sorte a sua, não?

– Sim. Obrigada pela oportunidade, Sra. Carruthers.

– Você é uma boa menina, Mary, mesmo sendo irlandesa. – A governanta foi até a porta, então parou. – Não sei... tem algo esquisito nessa história. Depois que você saiu com a neném, o patrão me mandou chamar Smith e lhe pedir para pegar uma pequena mala e guardar no sótão. Disse que deveria ficar guardada lá para a mãe da neném até ela vir buscá-la. Essa pequena não me parece inglesa – arrematou ela, espiando dentro do moisés. – O que acha?

– Ela tem traços incomuns, com certeza – concordou Mary com cautela. – Esses cabelos escuros e a pele muito branca.

– Meu palpite é que ela é um daqueles bebês russos – sugeriu a Sra. Carruthers. – Mas nós provavelmente nunca vamos saber, não é mesmo?

– Bem, o importante é que a pequena está segura aqui conosco – disse Mary.

– Sim, tem razão – concordou a governanta. – Nos vemos lá embaixo mais tarde.

Por fim, Mary ficou a sós com sua nova pupila. Sentou-se na cama com o bebê ao lado, no moisés, e encarou o rostinho de Anna. Em pouco tempo, como se soubesse estar sendo observada, a neném se remexeu e abriu os olhos sonolentos.

– Olá, meu benzinho – murmurou Mary, encarando aqueles profundos olhos castanhos. Viu a expressão neles mudar, e percebeu que era a criança que a encarava.

Segurou a mão da menina entre os dedos.

– Oi, Anna. Estou aqui para tomar conta de você.

Foi amor à primeira vista.

13

A guerra se arrastou pelos meses seguintes, e Mary recebeu somente mais uma carta de Sean. Ele dizia acreditar que os aliados estivessem enfim vencendo a batalha. Mary lhe escrevia sem falta toda semana, e rezava por ele todas as noites.

Agora, porém, seus pensamentos não eram dedicados apenas a Sean, mas também ao pequeno e extraordinário ser humano sob seus cuidados. Ela passava 24 horas por dia com a neném. De manhã, depois de comer, Anna cochilava no jardim do lado de fora enquanto Mary punha de molho suas fraldas e lavava as minúsculas roupinhas que havia costurado para ela. Depois do almoço, colocava Anna no carrinho de passeio e a levava para dar uma volta até Kensington Gardens. Paravam perto da estátua de Peter Pan e ficavam ouvindo as fofocas das outras amas que se reuniam ali com suas crianças.

Elas não lhe dirigiam a palavra; Mary sabia que desdenhavam dela, em seus vestidos cinza bem simples, enquanto ela continuava usando o uniforme de criada.

Depois do passeio, se o patrão não estivesse em casa, Mary levava a neném para a cozinha, onde lhe dava de comer enquanto o restante dos empregados a paparicava. Anna adorava ser o centro das atenções; ficava sentada bem retinha em seu cadeirão de madeira e batia com a colher na mesa enquanto cantava no mesmo ritmo. Cada conquista da menina à medida que crescia era motivo de admiração e comentários da plateia. O novo cargo de Mary não suscitava animosidade nos outros empregados. Ela cuidava daquele pequeno raio de sol que iluminava a cozinha. Anna era adorada por todos.

À noite, sentada junto ao moisés, Mary costurava vestidos com golas decoradas por delicados bordados, além de casaquinhos e sapatinhos de crochê. Anna estava ficando mais rechonchuda a cada dia, e graças ao ar puro suas bochechas pálidas ganharam um tom rosado.

Lawrence Lisle aparecia de vez em quando para vê-la, perguntar sobre a sua saúde, e então se retirava depressa. Infelizmente, a animação de Mary para lhe exibir a menina era em grande parte ignorada.

Certa noite, em outubro, quando notícias de uma vitória iminente corriam por toda Londres, Mary se sentou junto ao berço de Anna, vendo-a dormir. A boa-nova fazia reinar na casa um clima de animação, e todos estavam prendendo a respiração para ver se o prometido armistício finalmente chegaria.

Como milhares de outras mulheres com homens no front, Mary havia imaginado muitas vezes como se sentiria quando o fim da guerra fosse anunciado. Agora não tinha mais certeza, pensou, com um suspiro.

Anna se remexeu e balbuciou alguma coisa, dormindo. Mary acorreu na hora, acariciando seu rosto macio.

– O que vai acontecer se eu não estiver mais aqui para cuidar de você?

Lágrimas lhe encheram os olhos.

O armistício foi anunciado três semanas depois. A Sra. Carruthers aceitou cuidar de Anna por algumas horas enquanto Mary, Nancy e Sam se juntavam a milhares de outros londrinos nas comemorações. Mary foi arrastada pela Mall Avenue em direção ao Palácio de Buckingham por uma multidão em êxtase que acenava com bandeirolas, cantava e dava vivas. Todos gritaram quando duas pequenas figuras surgiram na sacada – ela estava longe demais para ver direito, mas sabia que eram o rei Jorge e sua esposa, que se chamava Mary, como ela.

Virou-se e deu de cara com Nancy atracada com Sam em um beijo apaixonado, e então se viu arrebatada por um par de braços fortes.

– Que notícia maravilhosa, não é mesmo, senhorita? – disse o soldado, erguendo-a em um giro antes de colocá-la de volta no chão. – É o começo de um novo mundo!

Nancy e Sam tinham se juntado a um grupo que ia subir novamente a Mall Avenue até Trafalgar Square para continuar comemorando. Mary voltou sozinha pelas ruas abarrotadas, saboreando a felicidade contagiante à sua volta, mas sem conseguir participar totalmente dela.

O fim da guerra significava o fim de seu tempo com Anna.

Um mês depois, Mary recebeu uma carta de Bridget, mãe de Sean. Ela nunca fora muito boa com cartas, e aquela foi curta e direta. Ao que parecia, todos os rapazes que tinham ido lutar e sobrevivido para contar a história haviam retornado para o vilarejo natal de Dunworley. Sean não estava entre eles. Alguém se lembrava de tê-lo visto com vida na última batalha no rio Somme, mas uma semana antes Bridget recebera uma carta do Gabinete de Guerra informando que seu filho estava sendo considerado oficialmente desaparecido em combate.

Devido às limitações da alfabetização de Bridget, Mary levou alguns minutos para absorver o significado da carta. Sean estava desaparecido em combate. Presumidamente morto? Ela não sabia. Tinha ouvido dizer que a situação na França estava caótica à medida que os soldados começavam a voltar para casa. Muitos tinham o paradeiro desconhecido. Nesse caso, pensou angustiada, com certeza ainda havia esperança, não?

Enquanto o resto do mundo começava lentamente a olhar para o futuro pela primeira vez em cinco anos, Mary sentiu que seu destino continuava em suspenso. E não viu motivo para retornar à Irlanda antes de ter notícias de Sean. Pelo menos ali em Londres tinha algo com que se ocupar, e as moedas debaixo do colchão aumentavam a cada mês.

– Com certeza é melhor eu ficar aqui com você por enquanto, não é? – murmurou ela para Anna enquanto lhe dava banho. – Não tem nada para mim lá na Irlanda até Sean voltar, meu amor, nada.

Conforme o Natal se aproximava, os convidados começaram a reaparecer à mesa de jantar da Casa Cadogan. Certa manhã, em meados de dezembro, Lawrence Lisle chamou Mary ao salão.

Com o coração na boca, Mary fez uma mesura e esperou o golpe fatal.

– Sente-se, Mary, por favor.

Surpresa, ela arqueou a sobrancelha. Não era costumeiro os criados se sentarem diante dos patrões. Ela se acomodou com hesitação.

– Queria lhe perguntar: como Anna está progredindo?

– Ah, bem, ela é maravilhosa. Está engatinhando, e ando tendo um trabalho danado para alcançá-la, de tão rápida que ela é! Não vai demorar muito a andar, e nós vamos ter problemas. – Mary sorriu, os olhos cheios de afeto.

– Muito bom, muito bom. Bem, Mary, você provavelmente já reparou que a casa está voltando à vida. Assim, precisamos começar a pensar em reinstaurar o posto de criada de salão para servir à mesa.

O semblante de Mary murchou e o coração ribombou no peito.

– Sim, Sr. Lisle.

– Esse era o seu cargo antigo, e por direito você deveria reocupá-lo.

– Sim, Sr. Lisle. – Mary manteve os olhos baixos, e teve de cerrar os dentes para não chorar.

– No entanto, a Sra. Carruthers parece pensar que você possui uma afinidade natural com Anna. Ela afirmou que o vínculo entre vocês é forte e excelente para o desenvolvimento da menina. Eu concordo com ela. Portanto, Mary, queria lhe perguntar quais são seus planos. Lamento saber que o seu noivo continua desaparecido em combate, mas a questão é a seguinte: estou disposto a lhe oferecer o posto permanente de ama. *Se* você não estiver se preparando para retornar à Irlanda assim que o seu rapaz for encontrado.

Patrão e empregada trocaram um olhar que dizia que a possibilidade de isso acontecer diminuía a cada dia.

– Bem, senhor, não sei se ele vai reaparecer, mas enquanto ele... não reaparece, eu ficaria feliz... mais do que feliz em continuar cuidando de Anna. Mas se isso acontecesse... digo, se ele voltasse para casa... – gaguejou Mary – acho que teria de voltar com ele para a Irlanda. E nada mais justo do que lhe avisar desde já, senhor.

Lawrence Lisle refletiu por alguns instantes, pesando os prós e os contras.

– Bem, talvez devêssemos discutir o assunto quando chegar a hora, que tal?

– Sim, senhor.

– Estamos todos tendo que viver um dia de cada vez, e a Sra. Carruthers me garante que os seus cuidados com Anna têm sido irrepreensíveis. Portanto, se aceitar o posto, receberá um aumento de 10 xelins por mês, e pedirei à Sra. Carruthers que lhe arrume um uniforme mais adequado. Não quero meus amigos pensando que não estou cuidando da menina como deveria.

– Obrigada, Sr. Lisle. E prometo continuar cuidando de Anna da melhor maneira possível. Ela é uma menina linda. Talvez o senhor queira ir ao quarto lhe fazer uma visita? Ou eu poderia trazê-la aqui – propôs Mary, animada.

– Quando eu tiver tempo, pode trazê-la aqui embaixo para me ver. Obrigado, Mary, e continue com o bom trabalho. Poderia, por favor, pedir à Sra. Carruthers que venha falar comigo para conversamos sobre a contratação de uma nova criada de salão?

— Claro, Sr. Lisle. — Mary se levantou e foi até a porta. Então se virou. — Sr. Lisle, a mãe da menina, o senhor acha que ela algum dia virá buscá-la?

Lawrence Lisle deu um suspiro e balançou a cabeça.

— Não, Mary, duvido muito. Duvido muito mesmo.

Mary desceu a escada até a cozinha, culpada pela própria alegria. No momento podia ter perdido seu amado Sean, mas estava bastante aliviada por não ter perdido Anna também.

Os meses passaram e nenhuma notícia chegou. Mary foi ao Gabinete de Guerra e entrou na fila com outras pobres criaturas cujos parentes ainda não tinham retornado. O homem atrás da mesa, assolado pela fila de mulheres desesperadas, procurou o nome de Sean em sua lista de desaparecidos.

— Lamento, senhora, mas não tenho muito mais a dizer além do que a senhora já sabe. O sargento Ryan ainda não foi localizado, nem vivo nem morto.

— Isso quer dizer que ele pode estar vivo em algum lugar e talvez... — Mary deu de ombros, desalentada. — ... talvez ter perdido a memória?

— Certamente, senhora, a amnésia é um fenômeno comum em muitos soldados. Mas também é provável que, se ele estivesse vivo, tivesse sido avistado. O uniforme da Guarda Irlandesa se destaca bastante.

— Sim, mas será que eu... será que eu e a família dele deveríamos ter esperanças de ele voltar?

Pela expressão no rosto do sujeito, era uma pergunta que ele obviamente escutava muitas vezes ao dia.

— Enquanto nenhum, ahn... nenhum corpo for encontrado, sempre pode haver esperança. Mas não cabe a mim aconselhar a senhora ou a família em relação a quanto tempo podem manter essa esperança. Caso o sargento Ryan não seja encontrado nas próximas semanas, o Gabinete de Guerra entrará em contato e o status dele será alterado para "Desaparecido. Presumidamente morto.".

— Entendo. Obrigada.

Sem dizer mais nada, Mary se levantou e deixou a repartição.

Seis meses depois, ela recebeu uma carta do Gabinete de Guerra:

Prezada Srta. Benedict,

Em resposta à sua solicitação quanto ao paradeiro do sargento Sean Michael Ryan, é meu triste dever lhe informar que a jaqueta dele, bordada com seu número de inscrição militar e contendo documentos de identificação, foi resgatada em uma trincheira inimiga nas imediações do rio Somme, na França. Embora nenhum resto mortal tenha sido encontrado ainda nas imediações, devemos lamentavelmente supor que, dadas as circunstâncias, o sargento Ryan tenha encontrado a morte no teatro de guerra enquanto servia ao seu país.

Desejamos manifestar nossos mais sinceros pêsames tanto à senhorita quanto à família do sargento, a quem iremos informar em separado. Como observação pessoal, o fato de a jaqueta dele ter sido identificada em uma trincheira inimiga proporciona uma nota de rodapé digna do seu histórico militar. Nota esta que, devo informar, já foi mencionada nos despachos.

No presente momento, o sargento Ryan está sendo considerado para uma condecoração póstuma por bravura.

Compreendemos que isso é uma compensação ínfima pela perda de um parente amado, mas é graças a homens como o sargento Ryan que a guerra teve um desfecho satisfatório e a paz foi conquistada.

Atenciosamente,
Edward Rankin

Mary desceu com Anna até a cozinha e pediu à Sra. Carruthers que cuidasse da menina durante uma hora enquanto ela ia dar uma volta.

Os olhos marejados da governanta encararam o semblante pálido de Mary, cheios de empatia.

– Más notícias?

Mary assentiu.

– Preciso de um pouco de ar fresco – sussurrou ela.

– Leve o tempo que quiser. Eu e Anna vamos ficar bem, não vamos? – cantarolou ela para a menina. – Lamento muito, minha querida. – A mulher estendeu a mão em um gesto hesitante e a pousou no ombro de Mary. – Ele era um rapaz maravilhoso, e sei que você passou esses anos todos esperando ele voltar.

Mary aquiesceu, anestesiada, e foi até o saguão vestir o casaco e calçar as botas. A empatia incomum da Sra. Carruthers lhe trouxera lágrimas aos olhos, e ela não queria que Anna a visse chorando.

Mary foi se sentar no jardim de Cadogan Place, onde ficou vendo as crianças brincarem e um casal passear de braços dados. Aquele mundo novo, um mundo onde agora reinava a paz e que permitia a busca pela felicidade e os prazeres simples da vida, era um mundo que Sean ajudara a preservar e proteger. Mas que não vivera para presenciar.

Ela ficou sentada ali no banco até depois de a tarde cair e os outros visitantes irem embora. Passou por toda a gama de emoções: tristeza, medo, raiva... e mais lágrimas do que jamais tinha chorado na vida.

Releu a carta vinte vezes, e as palavras ali escritas atiçaram seus pensamentos.

Sean... aquele homem imenso, cheio de vida, grande feito um *urso*. Tão forte... tão jovem...

Morto.

Sem respirar. Sem fazer parte deste mundo. Morto. Nunca mais veria seu sorriso gentil, nem suas brincadeiras, sua risada...

Nunca mais veria o seu amor.

A noite caiu, mas Mary continuou sentada ali.

Uma vez mais calma, depois de superado o choque inicial, começou a pensar nas consequências daquilo para sua vida. Eles não tinham se casado, então não receberia uma pensão de viúva. A vida que um dia havia imaginado, tantos anos antes – um homem que a amasse e cuidasse dela, que a protegesse, pusesse um teto sobre a sua cabeça e lhe desse uma família – tinha chegado ao fim.

Estava sozinha de novo. Órfã pela segunda vez na vida.

Se voltasse para a Irlanda, tinha certeza de que os pais de Sean a receberiam de braços abertos. Mas o que seria a sua vida? Embora não tivesse intenção alguma de encontrar qualquer homem para substituir o filho deles, Mary sabia que qualquer momento feliz que tivesse seria agridoce para um pai e uma mãe enlutados. E a sua presença os faria lembrar do que haviam perdido.

Mary esfregou o rosto devagar. Era março e o tempo estava esfriando, e ela constatou que tremia; só não soube se era por causa do choque ou do frio. Levantou-se e olhou em volta, recordando quando ela e Sean se sentaram ali juntos.

– Adeus, meu amor. Que Deus te abençoe, e sonhe com os anjos – sussurrou, e deixou o parque para retornar à única vida que tinha agora.

14

Anna estava com quase 3 anos, e seus cabelos tinham ficado compridos e sedosos, contrastando com a pele de marfim. Perambulava pelo quarto, raramente caindo, e sua graça natural fascinava a casa inteira. Até mesmo Lawrence Lisle passou a pedir que Mary a levasse até o salão para vê-la executar a perfeita mesura que a ama lhe ensinara.

Por puro instinto, Anna parecia saber que o desconhecido que às vezes pedia para vê-la era importante em sua vida. Mary achava que a menina se esforçava para conquistá-lo, dando seu sorriso mais bonito e abrindo os braços para ele.

Apesar do desenvolvimento físico, Anna ainda não falava muito bem, embora produzisse alguns sons e balbuciasse algumas palavras, então Mary tentava não se preocupar.

– Como vai a fala dela? – perguntou Lawrence Lisle certo dia, sentado junto a Anna no salão.

– Lenta, senhor, mas pela minha experiência cada criança tem o próprio ritmo.

Quando chegou a hora de ir embora, Anna abraçou o Sr. Lisle pelo pescoço.

– Diga "até logo", Anna – incentivou ele.

– At... até logo – repetiu a menina.

Lawrence Lisle arqueou a sobrancelha.

– Muito bem, Anna. Diga outra vez.

– At... té logo – disse a menininha, obediente.

– Hmm... Mary, estou achando que Anna é gaga.

– Não, com certeza – disfarçou Mary, nervosa. O patrão estava expressando algo que ela própria temia. – Ela está só aprendendo a formar as palavras.

– Bom, a especialista em crianças pequenas é você, mas eu ficaria de olho.

– Sim, senhor, vou ficar.

E de fato, nos meses que se seguiram, conforme Anna aprendia mais palavras, sua gagueira ficou evidente demais para ser atribuída a uma fase do desenvolvimento. Mary ficou preocupada e pediu conselhos na cozinha.

– Não há o que fazer, acho – disse a Sra. Carruthers, e deu de ombros. – Só tente não deixar a pequena falar muito na frente do patrão. Você sabe como a aristocracia não gosta de imperfeições em suas crianças. E como Anna é o mais perto que ele tem de uma filha, eu esconderia o quanto pudesse.

Sem se deixar abater, Mary foi à biblioteca do bairro e encontrou um livro sobre o problema. Aprendeu que qualquer situação em que Anna se sentisse nervosa tornaria a gagueira mais pronunciada. E também viu que ela, como principal cuidadora da menina, precisava falar sempre com clareza, de modo que Anna ouvisse as palavras e as copiasse da melhor maneira possível.

A cozinha inteira ria de Mary quando ela falava com Anna devagar, exagerando na pronúncia das palavras, e incentivava os outros empregados a fazerem o mesmo.

– Se não tomar cuidado, essa menina vai acabar gaguejando com sotaque irlandês e londrino – disse a Sra. Carruthers, rindo. – Se eu fosse você, deixaria ela em paz, e a natureza vai seguir seu curso.

Mas Mary não queria fazer isso e perseverou com Anna. Seguindo o conselho da governanta, também ensinou a menina a ficar calada na presença do patrão, esperando que suas belas mesuras e seu charme disfarçassem o problema, ao mesmo tempo que praticava com ela as palavras básicas de que Anna precisava para se comunicar com ele.

O Sr. Lisle comentou algumas vezes sobre o silêncio de Anna, mas Mary continuou a descartar o assunto.

– M-Mary, por que n-não posso fa-falar com ele? – sussurrou a menina enquanto Mary a levava do salão de volta para o quarto.

– Um dia você vai falar, meu amor, um dia vai – reconfortou Mary.

Mas Anna parecia ter desenvolvido o próprio modo de comunicação com seu tutor.

Poucos meses depois, terminada a meia hora que passavam juntos, Mary bateu na porta para pegar Anna.

– Entre.

Ao abrir a passagem, ela se deparou com Lawrence Lisle junto à lareira, concentrado em Anna, que se movia pela sala ao som da música que ele havia posto para tocar no gramofone.

– Olhe como ela dança... é um espanto. – A voz dele não passou de um suspiro enquanto assistia, encantado. – É como se soubesse por instinto o que fazer.

– Sim, senhor, ela ama dançar. – Mary observou com orgulho a menina saltitar pelo salão ao ritmo da música, perdida no próprio mundinho.

– Ela pode não falar tão bem quanto as outras crianças, mas veja como se expressa com o corpo – comentou Lawrence.

– Que música é essa, Sr. Lisle? É linda mesmo – disse Mary, observando a menina se esticar, se curvar e rodopiar.

– *A morte do cisne*, um balé de Fokine. Eu o assisti certa vez no Kirov de São Petersburgo... – Ele deu um suspiro. – Nunca vi nada tão lindo.

A música terminou e a agulha girou no lugar, tornando os ruídos dos sulcos no vinil o único som na sala.

Lawrence Lisle despertou do torpor.

– Bem, então – disse ele. – Anna, você dança lindamente. Gostaria de fazer aulas?

Apesar de mal ter entendido a pergunta, a menina aquiesceu.

Mary olhou nervosa para Anna, em seguida para Lawrence.

– O senhor não acha que ela é nova para ter aulas de balé, Sr. Lisle?

– De jeito nenhum. Na Rússia eles começam exatamente com essa idade. E conheço muitos *émigrés* russos que estão morando aqui em Londres. Vou descobrir quem eles consideram um professor adequado para Anna e lhe aviso.

– Muito bem, senhor.

– Eu te a-amo, Sr. Li-lisle – disse Anna de repente, abrindo um sorriso radiante.

Lawrence Lisle ficou surpreso com aquela expressão de afeto da sua protegida, e Mary a segurou pela mão e a conduziu rapidamente em direção à porta antes que pudesse dizer mais alguma coisa.

– Mary, estive pensando se é adequado a minha protegida me chamar de "Sr. Lisle". É tão... tão formal.

– Bem, o senhor tem alguma sugestão?

– Quem sabe "tio" fosse mais adequado nas atuais circunstâncias? Afinal de contas, sou o tutor dela.

– Acho perfeito, senhor.

Anna tornou a se virar para ele.

– Boa no-noite, tio – disse ela, e as duas deixaram o salão.

Lawrence Lisle cumpriu o prometido, e algumas semanas depois Mary se viu em um estúdio claro e espelhado em uma casa chamada Peasantry, localizada na King's Road, em Chelsea. A professora, que se chamava princesa Astafieva, tinha o esperado aspecto exótico e intimidador: muito magra, usava um turbante, fumava cigarros Sobranie em uma piteira e vestia uma saia de seda multicolorida que se arrastava pelo chão ao caminhar.

Anna apertou a mão de Mary, seu rosto pálido com uma expressão tensa e amedrontada diante daquela estranha mulher.

– Meu bom amigo Lawrence diz que essa pequena sabe dançar.

– Sim, senhora – respondeu Mary, nervosa.

– Então vamos pôr um pouco de música e ver como a pequena reage. Tire o casaco, menina – ordenou ela, gesticulando para o pianista começar.

– Apenas dance como você faz na frente do seu tio – sussurrou Mary, guiando Anna para o centro da sala.

Por alguns instantes, a menina pareceu prestes a cair no choro. No entanto, quando começou a prestar atenção na bela música, passou a se balançar, movendo-se com a graciosidade de sempre.

Em dois minutos a princesa Astafieva bateu no piso de madeira com seu bastão e o pianista parou de tocar.

– Já vi o bastante. Lawrence tem razão. A menina se move naturalmente com a música. Assim sendo, eu a aceito. Você trará Anna aqui todas as quartas-feiras às três da tarde.

– Sim, senhora. Pode me informar do que ela vai precisar?

– Por enquanto, de nada, apenas do corpo e dos pés descalços. Nos vemos na quarta, então. – Com um meneio de cabeça, a princesa Astafieva se retirou.

Mary teve que insistir para convencer Anna a voltar, e suborná-la com um vestido cor-de-rosa com saia de tule que costurou para ela ir à aula, e prometer chá e brioches em Sloane Square para depois.

O restante da casa também havia estranhado a ideia de Lawrence Lisle.

– Mandar a menina para a dança antes mesmo de ela andar e falar direito! – comentou a Sra. Carruthers com as sobrancelhas erguidas. – Deve ter sido todo aquele tempo na Rússia que deixou a cabeça dele esquisita. Ele fica tocando sem parar aquela música triste no gramofone. Uma história sobre cisnes morrendo ou coisa parecida.

Entretanto, quando Mary chegou para buscar Anna depois da primeira aula, a menina estava sorrindo. Durante o prometido chá com brioches, Anna explicou que havia aprendido a posicionar os pés de um jeito engraçado, como um pato. E a levantar as mãos em diferentes posturas.

– Ela nã-não é uma bruxa de verdade, Mary.
– Mas você tem certeza de que quer voltar?
– Ah, sim, eu que-quero.

Na primavera de 1926, Anna comemorou seu oitavo aniversário. Como Lawrence Lisle não sabia exatamente a verdadeira data de seu nascimento, eles tinham inventado uma em meados de abril.

Mary observou orgulhosa a menina cortar o bolo que o patrão comprara. Ela abriu o presente dele com animação e encontrou um par de sapatilhas de balé de cetim rosa.

– O-obrigada, tio, são lindas. Po-posso calçá-las agora?
– Depois de comer. Não queremos que elas fiquem sujas com migalhas de chocolate, não é? – ralhou Mary, os olhos brilhando.
– Tem toda razão, Mary. Quem sabe mais tarde você não dança para mim no salão? – sugeriu Lawrence.
– Cla-claro, tio – respondeu Anna, sorrindo. – E quem sabe o senhor não dança comigo? – brincou ela.
– Duvido muito – respondeu ele com uma risadinha.

Lawrence assentiu para seus empregados, todos reunidos ali na sala de jantar, então se retirou enquanto eles comiam o bolo.

Uma hora mais tarde, calçada com suas sapatilhas de balé cor-de-rosa, Anna correu até o salão.

Mary sorriu ao fechar a porta atrás de si. Estava claro que o vínculo entre Lawrence e Anna tinha se fortalecido. Quando Lisle precisava viajar a trabalho do Gabinete de Política Externa, ela esperava ansiosa na janela do quarto caso soubesse que ele estava para voltar. Ele também ficava radiante ao vê-la, e a severidade abandonava seu semblante quando ela corria para os seus braços.

Anna não poderia ter um pai mais atencioso, nem se fosse o pai biológico, Mary comentava frequentemente com o pessoal na cozinha. Ele tinha decidido até contratar uma professora particular para ela.

– Provavelmente é melhor que ela seja educada em casa. Não queremos que sofra deboche por causa da gagueira – dissera ele.

No entanto, a paixão que dominava toda a vida de Anna era o balé. Ela vivia e respirava balé, esperava ansiosa pelas aulas, e passava dias inteiros ensaiando as novas posições que a princesa Astafieva lhe ensinava.

Quando Mary a repreendia por não se concentrar nas lições, Anna abria um sorriso radiante.

– Não vou pre-precisar saber história quando cr-crescer, porque vou ser a melhor ba-bailarina do mundo! E você vai me assistir quando eu da-dançar o papel de Odete/Odile no *La-Lago dos cisnes*, Mary!

Mary não duvidava. Se dependesse apenas da determinação da menina, imaginava que ela fosse realizar seu sonho. E, como a princesa Astafieva insinuara, Anna demonstrava talento além da determinação.

Quando Mary subiu para buscá-la para o banho, encontrou-a dando piruetas pelo quarto, com uma empolgação estampada no rosto.

– Ad-adivinha?! Vou assistir ao *Ba-ballets Russes* de Di-Diaghilev com a princesa e o tio! O b-balé está no Co-Covent Garden. Alicia M-Markova vai fazer a Aurora da *Be-Bela adormecida*! – Anna concluiu a dança pulando nos braços de Mary. – Acr-credita nisso?

– Estou feliz por você, meu amor! – disse Mary com um sorriso.

– E o tio disse que precisamos co-comprar um vestido novo para mim amanhã! Queria um de ve-veludo, com uma fita bem ga-grande na cintura.

– Então vamos procurar um bem assim – concordou Mary. – Agora vamos, hora do banho!

Embora Mary não tivesse como saber, a noite em que o Sr. Lisle levou Anna para assistir ao seu primeiro balé mudou a vida de todos eles.

Depois do espetáculo, Anna voltou para casa segurando o programa com força, os olhos arregalados de admiração.

– Miss Markova estava tão li-linda – comentou ela, sonhadora, quando Mary a colocava na cama. – E o parceiro dela, Anton Dolin, levantou ela bem alto como se ela fosse uma pu-pluma. A pi-princesa Astafieva disse que conhece Miss Markova. Um dia talvez eu encontre com e-ela. Imagina só – concluiu Anna, guardando o programa debaixo do travesseiro. – Bo--boa noite, Mary.

– Boa noite, meu amor – sussurrou Mary. – Durma bem.

Alguns dias depois, a Sra. Carruthers entrou na cozinha muito empolgada.

– O patrão está lá em cima no salão. Ele me pediu para servir o chá da tarde. E está... – A governanta fez uma pausa para maximizar o suspense. – *Está com uma mulher.*

Ao ouvir isso, todos os empregados ficaram de orelha em pé.

– Que mulher? A senhora conhece? – indagou Nancy.

– Não, não conheço. Talvez eu esteja enganada, mas o patrão olhou para ela de um jeito que me fez pensar... bem... – A Sra. Carruthers deu de ombros. – Posso estar me antecipando, mas acho que o nosso solteiro inveterado está prestes a mudar de vida.

Nas semanas seguintes, a intuição da Sra. Carruthers pareceu prestes a se confirmar. Elizabeth Delancey se tornou uma visita frequente. Os empregados compartilhavam todas as informações que conseguiam reunir. A Sra. Delancey era a viúva de um velho amigo do Sr. Lisle do colégio interno em Eton. O marido, oficial do exército britânico, perdera a vida na batalha do Somme, como Sean.

– Essa Sra. Delancey! – bufou a criada de salão ao descer com a bandeja certa tarde. – Ela me disse que os *scones* estavam azedos, e pediu para avisar à cozinheira.

– E quem ela pensa que é para fazer esse tipo de comentário? – reclamou a Sra. Carruthers. – Ontem me disse que o espelho do salão estava com marcas de dedos, e se eu poderia mandar que a criada tomasse mais cuidado da próxima vez.

– Ela parece um cavalo – contribuiu Nancy. – Com aquela cara comprida e os olhos caídos!

– Com certeza não é nenhuma beldade – concordou a governanta. – E é quase da mesma altura do patrão. Mas o que me preocupa não é a aparência, e sim o temperamento. Ela está botando as manguinhas de fora, e se for ficar por aqui todos nós vamos ter problemas, escrevam o que estou dizendo.

– E ele nunca mais chamou Anna para ir ao salão desde que ela apareceu – falou Mary baixinho. – Na verdade mal viu a menina no último mês. A pobrezinha não para de me perguntar por que ele não manda mais chamá-la.

– Essa mulher é a frieza em pessoa, e não vai querer ninguém competindo com ela pelo afeto do patrão. E nós sabemos como ele é com Anna. Ela tem sido a menina dos olhos dele, e Lady Porcaria não vai gostar disso. – A Sra. Carruthers apontou o dedo para ninguém em especial.

– E se ele se casar com ela? – indagou Mary, seu medo fazendo a pergunta que estava na mente de todos.

– Nesse caso vamos ter problemas – repetiu a Sra. Carruthers, pessimista. – Quanto a isso não resta a menor dúvida.

Três meses depois, o Sr. Lisle convocou os empregados à sala de jantar para uma conversa. Com Elizabeth Delancey ao seu lado, anunciou orgulhoso que iriam se casar assim que fosse possível organizar a cerimônia.

Naquela noite, o clima na cozinha foi desanimado. Todos os criados sabiam que aquela vida confortável estava prestes a mudar. Depois do casamento, Elizabeth Delancey assumiria a administração da casa. E todos teriam que prestar contas a ela.

– Você go-gosta da Sra. De-Delancey? – perguntou Anna baixinho enquanto Mary lia uma história antes de dormir.

– Bem, eu mal a conheço, mas tenho certeza de que se o seu tio acha que ela é ótima, deve ser mesmo.

– Ela me di-disse que eu falava engraçado e que eu era... – Anna vasculhou a mente em busca da palavra. – Magricela. O que é magricela, Mary?

– Ah, significa que você é uma gracinha, meu amor – reconfortou Mary, cobrindo-a para dormir.

– Ela disse pra eu chamar ela de "tia" quando se ca-casar com o tio. – Anna se deitou com uma expressão nervosa nos grandes olhos negros. – Ela não vai vi-virar minha mãe, vai, Mary? Que-quero dizer, sei que você não é minha mãe de ve-verdade, mas sinto como se fosse.

– Não, meu amor. Não esquente sua cabecinha com isso, você sabe que eu sempre vou estar aqui para cuidar de você. Boa noite, durma bem – disse Mary, beijando-a delicadamente na testa.

Quando apagou a luz e se virou para sair do quarto, uma voz ecoou na escuridão.

– Mary?

– O que foi, meu amor?

– Acho que ela não go-gosta de mim.

– Deixa de bobagem! Como é que alguém pode não gostar de você? Agora pare de se preocupar e feche os olhos.

O casamento aconteceu em uma igreja perto da casa dos pais de Elizabeth Delancey em Sussex. Pediram a Mary que se sentasse com Anna na congregação. As sobrinhas da noiva fizeram o papel de damas de honra.

A Casa Cadogan prendeu a respiração por um mês, enquanto os recém-casados passavam a lua de mel no sul da França. No dia marcado para a volta, a Sra. Carruthers mandou a casa ser limpa e encerada de cima a baixo.

– Não quero essa mulher insinuando que eu não sei cuidar da sua nova casa – resmungou ela para os empregados.

Mary arrumou Anna com seu melhor vestido para ir receber o tio e a nova tia, com o coração pesado de apreensão.

O Sr. e a Sra. Lisle chegaram na hora do chá. Os criados se enfileiraram no saguão para recebê-los com palmas reticentes. A nova patroa disse algumas palavras a cada um. No final da fila estava Anna, aguardando ansiosamente com Mary a hora de executar sua mesura perfeita. A Sra. Lisle apenas meneou a cabeça para ela, então seguiu para o salão. O Sr. Lisle foi atrás.

– Ela quer falar com cada um de nós individualmente amanhã – bufou a Sra. Carruthers mais tarde. – E com você também, Mary. Que Deus nos ajude!

Na manhã seguinte, os empregados foram um a um ao salão para conhecer a nova patroa. Mary aguardou sua vez nervosamente do lado de fora.

– Entre! – disse a voz, e Mary adentrou o salão. – Bom dia, Mary – cumprimentou Elizabeth Lisle.

– Bom dia, Sra. Lisle. Queria lhe dar pessoalmente os parabéns pelo casamento.

– Obrigada. – Os lábios finos não sorriram. – Queria informar que, a partir de agora, qualquer decisão relacionada à pupila do Sr. Lisle será tomada por mim. O Sr. Lisle está muito ocupado no Gabinete de Política Externa, e não deve ser incomodado com detalhes relacionados a uma criança.

– Pois não, Sra. Lisle.

– Preferiria que você me chamasse de "madame", Mary. É assim que estou acostumada.

– Pois não... madame.

Elizabeth Lisle foi até a escrivaninha onde estavam dispostos os livros-caixa com a contabilidade mensal da casa.

– Também vou assumir essa tarefa da Sra. Carruthers – disse ela, indicando os livros. – Depois de examiná-los, me pareceu que as finanças têm sido negligenciadas. Porei um fim nisso imediatamente. Está entendendo?

– Sim, madame.

– Por exemplo... – A Sra. Lisle pôs os óculos de armação de chifre que ficavam pendurados em uma corrente em volta do pescoço. – Aqui diz que os custos com Anna ultrapassam 100 xelins por mês. Pode me explicar para onde vai esse dinheiro?

– Bem, madame, Anna faz duas aulas de balé por semana que custam 40 xelins por mês. Tem também uma professora particular que vem ajudá-la com as lições todas as manhãs ao custo de 50 xelins por mês. Fora isso, tem as roupas e...

– Chega! – disparou a Sra. Lisle. – Está muito claro que a menina vem sendo mimada, e que essas despesas que você mencionou são desnecessárias. Vou conversar sobre elas com o Sr. Lisle mais tarde. A menina tem 8 anos, não é?

– Sim, madame.

– Então não vejo necessidade de ela fazer duas aulas de balé por semana. – A Sra. Lisle ergueu as sobrancelhas e deu um suspiro para manifestar seu desagrado. – Está dispensada, Mary.

– Sim, madame.

– Mas, Mary, po-por que não posso fazer balé duas vezes na semana? Uma vez só não basta! – perguntou Anna com olhos aflitos.

– Talvez depois você volte a ir, meu amor, mas por enquanto seu tio não pode pagar por duas aulas.

– Mas ele acabou de ser po-promovido! E todo mundo na cozinha estava falando sobre o colar de brilhante que ele co-comprou para a tia. Como po-pode ele não ter 10 xelins por semana se po-pode c-comprar isso? – O nervosismo acentuou a gagueira, e ela começou a chorar.

– Não fique assim, meu amor. – Mary a abraçou. – As freiras sempre me diziam para ser grata pelo que eu tinha. Pelo menos você vai poder continuar fazendo uma aula.

– M-mas uma só não ba-basta! Não ba-basta!

– Bem, você só vai precisar ensaiar mais entre uma aula e outra. Por favor, tente não ficar tão chateada.

Mas Anna ficou inconsolável, como Mary sabia que ficaria.

Depois de se casar, Lawrence Lisle raramente aparecia em casa. Quando aparecia, Anna ficava esperando, angustiada de tanta expectativa, ele chamá-la para ir ao salão. O coração de Mary se partia ao ver a decepção da menina quando isso não acontecia.

– Ele não me ama ma-mais. O ti-tio não me ama. Ele ama a tia. E faz tu--tudo que ela manda.

O pessoal da cozinha concordava inteiramente com ela.

– Ele está comendo na mão dela – comentou a Sra. Carruthers com um suspiro. – Não achei que o patrão fosse capaz de tamanha crueldade. Coitadinha da menina. Ele agora mal fala com Anna, nem sequer olha para ela.

– Provavelmente ia levar um tabefe na orelha se olhasse! – interveio Nancy. – Acho que ele tem tanto medo dela quanto nós. Aquela ali nunca fica satisfeita, vive arrumando defeito em tudo que faço. Se continuar assim, estou pensando em pedir as contas. As mulheres hoje em dia podem trabalhar em outras funções, e ganhando bem.

– Penso o mesmo – concordou a Sra. Carruthers. – Minha amiga Elsie me disse que estão precisando de uma governanta ali do outro lado da praça. Eu talvez me candidate.

Mary as escutou com melancolia. Sabia que ir embora jamais seria uma alternativa para ela.

Os empregados da casa viviam em tensão constante, sabendo que tudo que fizessem e por mais que se esforçassem nunca bastaria para satisfazer a nova Sra. Lisle. A criada de salão se demitiu e em seguida a cozinheira. O mordomo, Smith, decidiu que estava na hora de se aposentar. Mary tentava seguir discretamente a rotina com Anna, cuidando de seus afazeres do modo mais silencioso e invisível que era capaz. De vez em quando, porém, Anna era chamada ao salão. Mary não tinha permissão para acompanhá-la, e ficava esperando do lado de fora, nervosa, até ela sair, em geral com o rosto úmido de lágrimas. Elizabeth Lisle criticava tudo que podia na menina. Da gagueira até a fita desamarrada no cabelo ou as pegadas enlameadas na escada, a culpa era sempre de Anna.

– Ela me de-detesta, me de-detesta – chorou Anna certa noite no ombro de Mary.

– Ela não detesta você, meu amor, é só o jeito dela. Com todo mundo.

– Não é um "jeito" muito bo-bondoso, não é?

Mary não teve como discordar.

15

No outono de 1927, quando Anna estava com 9 anos, Lawrence Lisle partiu para seu novo cargo como cônsul britânico em Bangcoc. Elizabeth Lisle deveria ir ao encontro dele dali a três meses.

– Bem, precisamos ver as coisas pelo lado positivo: só vamos ter que aguentá-la mais umas poucas semanas – disse a Sra. Carruthers. – Com sorte, eles só voltam daqui a muitos anos.

– Quem sabe ela morre de alguma doença tropical e não volta nunca mais – falou Nancy com um muxoxo.

Lawrence Lisle se despediu de Anna com um adeus sucinto e frio enquanto a esposa, ao seu lado, observava cada um de seus gestos. Então chegou a vez de Elizabeth Lisle se despedir do marido.

Lawrence a tomou nos braços.

– Querida, nos vemos em Bangcoc então.

– Sim. – Ela aquiesceu. – E não se preocupe com nada por aqui. Fique descansado, vou garantir que tudo corra direitinho na casa durante a sua ausência.

Dois dias depois, Mary foi chamada ao salão.

– Mary. – Elizabeth Lisle abriu um sorriso forçado. – Chamei você aqui para dizer que os seus serviços nesta casa não serão mais necessários. Devido à minha partida iminente para me juntar a meu marido em Bangcoc, decidi que o melhor é mandar Anna para um colégio interno. O Sr. Lisle e eu ficaremos em Bangcoc pelos próximos cinco anos, no mínimo, e a casa ficará fechada. Manter os empregados enquanto estivermos fora é desperdiçar dinheiro. Entendo que você está com Anna há nove anos e que a separação vai ser difícil para ambas. Assim sendo, você receberá um mês de compensação.

Eu levarei Anna para o novo colégio no final da semana, e você deixará esta casa no mesmo dia. Comunicarei minha decisão a ela amanhã. Mas acho que talvez seja melhor não dizer nada sobre a sua partida, por enquanto. Não queremos que a menina fique histérica.

Um zumbido tomou os ouvidos de Mary.

– Mas... mas, madame, com certeza eu devo poder me despedir, não? Eu não posso... não posso deixar Anna pensando que a abandonei. Por favor, Sra. Lisle... digo, madame – implorou Mary.

– Anna vai ficar bem. Afinal de contas, você não é mãe dela de verdade. Ela vai estar com outras meninas da mesma idade e classe social – apontou Elizabeth Lisle. – Tenho certeza de que vai se adaptar.

– O que ela vai fazer nas férias?

– Como muitas crianças órfãs, ou crianças com pais no exterior, ela simplesmente ficará no colégio.

– Quer dizer que o colégio vai virar sua nova casa? – Mary estava consternada.

– Se você deseja colocar assim.

– Posso pelo menos escrever para ela?

– Nas circunstâncias atuais, eu a proíbo. Vai perturbar demais a criança receber cartas suas.

– Então... – Mary sabia que não devia chorar. – ...então eu posso saber para onde a senhora vai levá-la?

– Acho melhor não. Assim não ficará tentada a entrar em contato com ela. Já providenciei tudo de que ela vai precisar para a nova escola. Você não tem que fazer nada além de identificar as roupas dela, preparar o baú e empacotar seus próprios pertences. – Elizabeth Lisle se levantou. – Mary, entenda que uma menina que o Sr. Lisle e eu somos responsáveis por educar não pode passar a vida sendo criada por empregados. Ela precisa aprender as boas maneiras e o decoro que a transformarão em uma dama.

– Sim, madame. – As palavras saíram embargadas.

– Agora pode ir, Mary.

Ela andou até a porta, então parou.

– E as aulas de balé? Na escola nova tem balé? Ela é tão talentosa... todo mundo diz... e o Sr. Lisle queria tanto que...

– Como esposa dele e responsável pela menina enquanto meu marido está fora, acho que cabe a mim saber o que o meu marido queria – interrompeu Elizabeth. – E saber o que é melhor para Anna.

Mary percebeu que não adiantava dizer mais nada. Virou as costas e deixou o salão.

Os dias seguintes foram como um atoleiro de tristeza. Sem poder dizer nem fazer nada para alertar Anna sobre a sua partida iminente, Mary fez seu melhor para reconfortar a menina enquanto arrumava o baú que ela levaria para o novo colégio.

– Eu não que-quero ir para o co-colégio interno, Mary. Não que-quero deixar você e todos os outros empregados, nem minhas aulas de ba-balé.

– Sei que não, meu amor, mas é o que o tio e a tia acham melhor. E talvez você goste da companhia de outras meninas da sua idade.

– Por que preciso delas quando tenho você e to-todos os meus outros amigos da co-cozinha? Mary, estou com medo. Por favor, pede à ti-tia para não me obrigar a ir. Prometo não dar trabalho. – Po-por favor, pede para me deixar ficar! – Mary a abraçou enquanto a menina chorava em seu ombro. – Você vai dizer à p-princesa que eu volto nas férias, não vai? Diz que vou co-continuar ensaiando muito na escola, e que não v-vou decepcioná-la.

– É claro que eu digo, meu amor.

– E o tempo vai pa-passar depressa, não vai? Falta pouco para as férias, e vou voltar para cá com vo-você, não é?

Mary teve que conter o choro ao ver a menina tentando se tranquilizar.

– É, meu amor, não falta muito.

– E você vai estar aqui me espe-perando, não vai, Mary? O que vai fazer enquanto eu esti-tiver fora? Vai ficar muito entediada.

– Bem, pode ser que eu tire umas pequenas férias.

– Bom, volte antes de eu che-chegar, sim?

– Claro, meu amor, prometo.

Às nove da manhã do dia em que Anna partiria, batidas soaram na porta de Mary.

– Entre!

Anna surgiu vestida com seu novo uniforme escolar, que era um pouco grande para servir por um bom tempo. Seu corpo franzino parecia afogado em tecido, e seu rosto estava contraído e pálido.

– A tia disse que é pra eu me despedir de vo-você. Disse que não quer uma cena lá emba-baixo.

Mary aquiesceu, se aproximando para abraçá-la.

– Me encha de orgulho, meu amor.

– Vou te-tentar, Mary, mas estou com mu-muito me-medo. – A gagueira de Anna piorara progressivamente na última semana.

– Em poucos dias você vai estar adorando, tenho certeza.

– Não vou, não, eu sei que vou de-detestar – foi a resposta abafada no seu ombro. – Você va-vai me escrever todos os dias, não va-vai?

– É claro que vou. Mas agora... – Mary a afastou delicadamente, encarou-a e sorriu. – Agora é melhor você ir andando.

– Eu sei. T-tchau, Mary.

– Tchau, meu amor.

Mary observou Anna virar as costas e caminhar lentamente em direção à porta. Chegando lá, a menina parou, então se voltou para ela.

– Quando as outras me-meninas me perguntarem sobre a minha mãe, vou falar de você. Acha que tem po-problema?

– Ah, Anna. – Mary não conseguiu mais esconder a emoção. – Se é o que você quer, tenho certeza de que está ótimo.

Anna assentiu em silêncio, seus olhos grandes e aflitos.

– E não se esqueça de que um dia você vai ser uma ótima bailarina – acrescentou Mary. – Não vá desistir do seu sonho, hein?

– Não. – Anna abriu um sorriso fraco. – Eu p-prometo.

Da janela do quarto, Mary observou Anna seguir Elizabeth Lisle até o carro, então ficou parada em silêncio enquanto o veículo se afastava pela rua. Duas horas depois, também estava com as malas feitas e pronta para partir. Elizabeth Lisle já tinha lhe pagado seu último salário, e graças à Sra. Carruthers ela conseguira um quarto em um prédio de apartamentos em Baron's Court, a poucos quilômetros dali, para ganhar algum tempo até organizar os pensamentos e decidir o que fazer.

Sem conseguir encarar mais nenhum adeus emocionado, Mary deixou na mesa da cozinha cartas para a Sra. Carruthers e para Nancy. Então pegou sua mala, abriu a porta dos fundos e saiu rumo a um futuro vazio.

Aurora

Então... a pobre e bondosa Mary foi posta na rua pela madrasta má. Talvez ela seja a Cinderela da minha história – com o perdão da metáfora contraditória sobre contos de fadas. E Anna – nossa pequena órfã – a quem não faltavam privilégios, mas faltava amor, foi abandonada em um colégio interno.

As cartas de Mary para sua ex-futura sogra, Bridget, que Grania ficou até tarde da noite lendo com grande interesse, acabavam ali. Em retrospecto, entendo que o orgulho de Mary não lhe permitiu continuar escrevendo para os pais de Sean.

Sei que Grania, terminadas as cartas, foi procurar a mãe e lhe implorou para saber o que acontecera com Mary. Em prol da fluidez da narrativa – estou ficando boa nessa coisa de escrever, leitores –, não vou cansá-los com detalhes da ida até a fazenda, nem com as xícaras de chá que Grania tomou enquanto escutava o restante da história.

O chá era uma parte importante da vida na fazenda Dunworley.

Hoje em dia eu quase não bebo mais. Chá me deixa enjoada, mas a verdade é que quase tudo deixa.

Estou fugindo ao assunto outra vez. Mas então, em todos os bons contos de fadas, a princesa entristecida encontra a felicidade com seu príncipe.

O que sempre me fascinou é o que acontece depois do "felizes para sempre".

A princesa Aurora de A bela adormecida, por exemplo, acorda um século depois. Minha nossa! Dá para imaginar uma coisa dessas? Tecnicamente, ela tem 116 anos. Seu príncipe tem 18. Uma bela diferença de idade. Isso sem falar no fato de ela precisar lidar com o que devia ser, mesmo naquela época, um mundo muito diferente, depois de cem anos.

Eu não apostaria muito nessa relação.

Mas contos de fadas são assim mesmo, vocês podem responder. Mas será que *as dificuldades que a princesa Aurora encararia quando acordasse na terra do felizes-para-sempre seriam muito diferentes daquelas que Mary encarou? E se por acaso ela encontrasse seu príncipe? Afinal de contas, a guerra – sobretudo uma guerra tão cruel quanto a que Mary vivenciou – provoca mudanças terríveis, e deixa marcas indeléveis na alma das pessoas.*

Bem, veremos...

16

O mais difícil na nova vida de Mary era a quantidade de tempo que tinha para pensar. Até então, todos os dias de que se recordava tinham sido repletos de coisas "a fazer" para os outros. Sempre houvera uma tarefa, um *dever* a cumprir para alguém. Agora não havia a quem agradar além de si mesma. Seu tempo lhe pertencia e não tinha fim.

Também se deu conta de que passara a vida cercada por outras pessoas. Acostumada às áreas de serviço das casas em que havia morado, Mary achava as horas passadas sozinha em seu quarto minúsculo insuportavelmente solitárias. Sentada em frente ao fogareiro a gás, pensava naqueles que havia perdido – os pais, o noivo, a menina que tinha amado como a uma filha –, e era um tormento. Outras pessoas poderiam achar maravilhoso não ser mais despertada por uma sineta nem por batidas secas na porta, mas, para Mary, "não ser necessária" era uma novidade desagradável.

Dinheiro não era problema – seus quinze anos de trabalho na residência dos Lisles tinham lhe valido um respeitável pé-de-meia, capaz de sustentá-la facilmente pelos próximos cinco anos. Na verdade, tinha recursos para morar em condições bem melhores do que as atuais.

Mary passava quase todas as tardes em Kensington Gardens, observando as conhecidas amas cuidando de suas crianças. Elas não tinham lhe dirigido a palavra antes, e não lhe dirigiam agora. Mary não tinha ninguém e ninguém contava com ela. Ficava olhando as pessoas passarem, a caminho de Outro Lugar.

Em seus momentos mais sombrios, Mary pensava que nenhuma pessoa se importava se ela estava viva ou morta. Ela era irrelevante, substituível, desnecessária. Até mesmo para Anna, a quem havia dedicado tanto amor; sabia que a menina iria se adaptar e seguir em frente. Era esse o espírito da juventude.

Para passar o tempo, Mary gastava as noites solitárias costurando para si um guarda-roupa completamente novo. Comprou uma máquina de costura

Singer e, à luz da fraca lamparina a gás, se sentava diante da mesinha junto à janela que dava para Colet Gardens. Enquanto costurava, ficava entorpecida, e criar algo do zero a reconfortava. Às vezes, com o braço direito cansado de tanto girar a manivela da máquina, ela parava e observava a vida lá fora. Frequentemente via um homem apoiado em um poste bem debaixo de seu quarto. Ele parecia jovem – não mais velho do que ela – e passava horas ali, com o olhar perdido ao longe.

Mary começou a esperar por ele, em geral por volta das seis da tarde, e ficava observando-o parado junto ao poste, sem saber que estava sendo vigiado. Às vezes o dia já estava raiando quando ele desaparecia.

Aquela presença reconfortava Mary. O rapaz parecia tão solitário quanto ela.

– Pobrezinho – sussurrava enquanto tostava um bolinho no fogareiro a gás. – Deve ser ruim da cabeça, o coitado.

As noites foram encurtando e o inverno se aproximou, mas mesmo assim o rapaz continuou a surgir junto ao poste. Enquanto Mary usava mais camadas das roupas quentes que havia costurado, o homem lá embaixo parecia não dar atenção à queda de temperatura.

Em uma noite de novembro, ao chegar mais tarde em casa após tomar chá com Nancy, Mary passou por ele. Parou, virou-se e o observou. Era um rapaz alto, com traços elegantes: nariz aquilino, queixo orgulhoso, pele pálida sob a luz do poste. Apesar de estar muito magro, Mary percebeu que, mais encorpado, seria um homem bonito. Ela seguiu seu caminho, subiu a escada e girou a chave na fechadura da porta da frente. Ao entrar no quarto, foi na mesma hora até a janela e se perguntou como ele conseguia ficar parado por tanto tempo naquele frio de rachar. Estremecendo, Mary acendeu o fogareiro a gás e se envolveu em um xale, então teve uma ideia.

Uma semana depois, ela desceu a escada do prédio e foi até o rapaz, que estava em pé no lugar de sempre.

– Tome, pegue isto. Vai esquentá-lo enquanto o senhor segura esse poste.

Mary estendeu a trouxa que trazia nos braços e esperou uma resposta. O rapaz demorou para compreender sua presença ou o objeto que ela oferecia. Quando ela decidiu ir embora, concluindo que não tinha como ajudá-lo, ele se virou para ela, baixou os olhos para a trouxa e abriu um sorriso fraco.

– É um casaco de lã. Para esquentar o senhor enquanto ficar aí parado – disse ela.

– Pa-pa-para mim? – Ele parecia desacostumado a falar; sua voz saiu rouca e forçada.

– Sim. Eu moro ali – respondeu Mary, apontando para o quarto com a luz acesa acima de onde estavam. – E tenho observado o senhor. Não quero que morra de pneumonia na porta da minha casa, então fiz isso para lhe dar.

Ele baixou os olhos para a trouxa, então tornou a encará-la, pasmo.

– Fez isto pa-para *m-mim*?

– Fiz. Agora quer fazer o favor de pegar o casaco? Está pesado, e eu ficaria feliz se o senhor segurasse.

– M-mas... Não te-tenho dinheiro aqui. Não posso lhe pagar.

– É um presente. Fico nervosa de ver o senhor tremendo de frio aqui fora enquanto estou protegida lá dentro. Considere que estou fazendo um favor a mim mesma. Tome.

– É... é mu-muita gentileza sua, senhorita...?

– Mary. Meu nome é Mary.

Ele pegou o casaco que ela lhe estendia e, com as mãos trêmulas, experimentou.

– Se-serviu direitinho! Co-como a senhorita...?

– Bem, o senhor ficou aqui parado todas as noites, então pude ficar olhando enquanto costurava.

– É... é o me-melhor presente que eu já ga-ganhei.

Mary reparou que, apesar de gago, o homem falava com um sotaque elegante, como o de Lawrence Lisle.

– Agora pelo menos posso dormir melhor sabendo que o senhor estará aquecido. Boa noite.

– Bo-boa noite, Ma-Mary. E... – A expressão nos olhos dele ao encará-la foi de tamanha gratidão que Mary sentiu lágrimas brotarem em seus próprios olhos. – O-obrigado.

– Não há de quê – respondeu ela, e subiu depressa os degraus até a porta do seu prédio.

Umas duas semanas depois, quando Mary estava a ponto de concluir que o único jeito de escapar da solidão seria voltar para a Irlanda e levar uma vida de solteirona com a família de Sean, encontrou Nancy para um chá em Piccadilly.

– Caramba! Como você está chique! – comentou a amiga enquanto pediam chá e torradas com manteiga. – Onde arrumou esse casaco novo? Eu já vi nas revistas, mas ele custa os olhos da cara. Recebeu uma herança ou algo assim?

– Também vi na revista, então copiei.

– Foi *você* quem fez?

– Foi.

– Você sempre foi jeitosa com a agulha, mas esse daí parece o original! – declarou Nancy em tom admirado. – Faz um para mim?

– Claro que faço, é só me dizer a cor.

– Que tal vermelho? Combinaria com meu cabelo? – Ela tocou os cachos louros.

– Acho que cairia muito bem em você – concordou Mary. – Mas eu teria de cobrar o tecido.

– Claro. E o tempo que você gastar. Por quanto sai?

Mary considerou a pergunta.

– Bom, eu diria que 10 xelins pelo material, mais uns trocados pela mão de obra...

– Fechado! – Nancy bateu palmas. – Sam vai me levar para sair na quinta que vem. Acho que ele vai pedir a minha mão. Dá para ficar pronto até lá?

– Uma semana... – Mary pensou um pouco. – Acho que sim.

– Ah, Mary, obrigada! Você é uma menina de ouro!

O Casaco Vermelho, como Mary sempre se lembraria dele, foi um divisor de águas na sua vida. Nancy o mostrou para as amigas, e em pouco tempo todas estavam se amontoando na porta de Mary para saber se faria um para elas também. Até mesmo Sheila, uma jovem vizinha que trabalhava em uma das lojas de departamentos perto de Piccadilly, havia parado Mary na rua para comentar sobre o casaco e lhe pedido para fabricar um para ela. Certa noite, Sheila foi ao quarto dela para uma prova, e depois ficaram conversando enquanto tomavam chá.

– Você deveria se estabelecer como costureira, Mary. Tem talento de sobra.

– Obrigada, mas será que é certo lucrar com algo que você gosta de fazer?

– Claro! Tenho várias amigas que te pagariam para costurar os últimos modelos para elas. Nós sabemos os preços que eles cobram nas lojas.

– É verdade. – Debruçada na janela, Mary olhou para o rapaz sob o poste de luz, bem abrigado em seu casaco de lã preta. – Você sabe quem é *ele*?

Sheila foi até a janela e olhou para baixo.

– O senhorio me contou que a namorada dele morava aqui antes da guerra, quando estava estudando enfermagem no hospital Saint Thomas. Ela foi pisoteada por um cavalo apavorado na batalha do rio Somme e acabou morrendo. E ele voltou traumatizado da guerra, pobrezinho. – Sheila suspirou. – Dos dois, eu acho que preferiria ser a moça. Pelo menos ela não precisa mais sofrer. Já ele fica revivendo o horror, dia após dia.

– Ele tem casa?

– Parece que a família é muito rica. Ele mora com a madrinha em Kensington, perto daqui. Ela o abrigou quando os pais não o acolheram. Pobre rapaz, que tipo de futuro ele pode almejar?

– Não sei mesmo – disse Mary com um suspiro, sentindo-se culpada e insensível por toda a autocomiseração das últimas semanas. – Vir aqui deve reconfortá-lo de alguma forma. E nesta vida temos que aproveitar qualquer chance de nos sentirmos melhor.

Fazia quase três meses e meio que Mary estava morando em Colet Gardens. Seus dias agora eram tomados pelas clientes, costurando os casacos, as blusas, as saias e os vestidos que elas encomendavam. Ela estava cogitando contratar uma assistente e se mudar para um lugar maior onde pudesse ter uma sala de costura. Embora ocupada e com menos tempo para pensar, sua pena muitas vezes coçava para escrever uma carta para sua querida Anna. Para lhe contar como fora obrigada a deixá-la, que a amava mais do que tudo e que pensava nela todos os dias. Mas Mary sabia, para o bem da própria menina, que era melhor guardar silêncio.

Mary já não segurava o tempo nas mãos como se fosse um vácuo; no entanto, na falta de alguém em quem despejar seu amor, seu coração estava dormente e fechado. Mesmo assim, sempre que começava a sentir pena de si mesma, só precisava olhar para o pobre rapaz em pé junto ao poste.

Com o Natal se aproximando e as clientes pedindo que as roupas ficassem prontas com antecedência, Mary não teve tempo de pensar em como seria passar a data sem Anna. Nancy a convidara para passar o dia de Natal na Casa Cadogan.

– Vai ser o último Natal que passaremos lá – disse a amiga. – Estamos todos de aviso prévio... temos de sair em janeiro, depois que a casa for fechada. Tenho certeza de que aquela vaca de nariz em pé teria nos posto na rua antes do Natal, se pudesse, mas por sorte havia coisas a fazer.

– Ela já foi para Bangcoc? – quis saber Mary.

– Sim, no mês passado. E que festa nós demos na cozinha! Bom, eu e Sam conseguimos belos empregos de governanta e mordomo em Belgravia. No dia em que eu puser o pé fora daquela cozinha, não vou nem olhar para trás. Tenho pena é daquela pobre menininha. Ela deve estar pensando que vai voltar para casa no Natal. É incrível como as pessoas podem ser cruéis, não é, Mary? E os homens tão cegos a ponto de cair na armadilha – arrematou Nancy.

Mary passou em claro a noite antes do Natal para garantir que suas clientes recebessem as roupas a tempo. Às quatro horas da tarde seguinte, com todas as encomendas entregues, afundou exausta na poltrona em frente à lareira. Foi despertada por leves batidas na porta.

– Sim?

– Sou eu, Sheila, sua vizinha. Tem visita para você.

Mary se levantou e foi abrir a porta. E mal acreditou nos próprios olhos ao ver quem estava ao lado de Sheila com um ar pálido e aflito.

– Mary! – Anna se atirou nos braços dela e a apertou com tanta força que Mary quase perdeu o ar.

– Minha nossa! O que está fazendo aqui, Anna? Como me encontrou?

– Então você a conhece? – Sheila sorriu. – Eu a encontrei parecendo uma criança de rua sentada nos degraus lá embaixo.

– Ah, eu a conheço, sim. Ela é a minha Anna, não é, meu amor? – Foi com os olhos marejados que Mary encarou o rostinho amado de Anna.

– Bem, vou deixá-las a sós. Parece que o seu presente de Natal acabou de chegar, Mary.

– Com certeza!

Mary sorriu, então fechou a porta e levou Anna até a poltrona.

– Agora me diga exatamente o que está fazendo aqui. Pensei que estava na escola.

– Eu esta-tava... estou. Mas... – Anna fez uma expressão decidida. – Eu fugi e nunca ma-mais vou vo-voltar.

– Ora, Anna, meu amor, pare de dizer bobagens. Você não pode estar falando sério.

– Posso, sim, mu-muito sério. E, se você te-tentar me obrigar a voltar, vou fu-fugir de novo. A di-diretora e as me-meninas são um horror! E me obrigam a co-correr pra lá e pra cá em um jogo chamado lacrosse, que ma-chuca os meus jo-joelhos e é mais horroroso do que tudo! Ai, Mary! – Anna enterrou a cabeça nas mãos. – Estou tão tri-triste! Só queria que chegassem as fe-férias de Natal para ver você e to-todo mundo na Casa Ca-Cadogan. E então a diretora me chamou na sala de-dela e me di-disse que eu não ia voltar pra casa. Que a tia tinha ido para Ba-bangcoc com o tio e a casa tinha si-sido fechada. Mary, *por favor,* não me obriga a voltar para aquele lug-gar horrível, po-por favor!

Então Anna desabou completamente e começou a chorar.

Mary trouxe a menina para o colo e Anna se aninhou junto ao peito dela, desabafando toda a sua solidão, abandono e tristeza.

Quando ela se acalmou, Mary começou a falar suavemente:

– Anna, precisamos avisar à diretora que você está bem. A esta altura eu não me espantaria se ela já tivesse alertado a polícia de metade do país.

– Eu fu-fugi hoje de ma-manhã – disse Anna com um beicinho. – E a Sra. Gri-Grix, a diretora, foi passar o Natal na ca-casa da irmã em Je-Jersey. Ela me deixou com a governanta do colégio, que bebe tanto gi-gim que vê duas de mim e não vai dar pela minha falta.

Mary não pôde evitar sorrir da resposta irreverente.

– Bem, então precisamos avisar pelo menos à governanta. Não queremos ninguém se preocupando, não é? Isso não é certo, não importa como a gente se sinta, Anna.

– Só se você prometer não di-dizer onde estou. Eles podem vir me pegar, e eu não vou vo-voltar para lá. Prefiro morrer.

Mary sabia que a menina estava inteiramente exausta e que não havia como conversar naquela noite.

– Vou dizer apenas que você apareceu sã e salva na Casa Cadogan, e que entraremos em contato com ela depois do Natal. Está bem assim?

A solução pareceu tranquilizar Anna que, apesar de relutante, aquiesceu.

– Mas agora você me parece estar precisando de um banho. Não vai ser exatamente como está acostumada na Casa Cadogan, mas pelo menos ficará limpa, meu amor.

Mary a conduziu até o banheiro coletivo no fim do corredor e encheu a banheira. Enquanto a esfregava, perguntou como ela havia se localizado em Londres e chegado a Colet Gardens.

– Foi fácil – respondeu Anna. – Eu sabia onde ficava a estação porque já ti-tínhamos feito uma excursão para Londres para visitar a catedral de Saint Paul. Então saí escondida do colégio e andei até lá. Aí peguei um t-trem, que me levou até uma estação grande chamada Waterloo. De lá peguei um ônibus até Sloane Square e andei o resto do caminho até a Casa Cadogan, onde a Sra. Carruthers me pôs em um táxi pra cá.

– Mas, Anna, disseram para você que a casa estava fechada. O que teria feito se não tivesse ninguém lá? – Mary a ajudou a sair da banheira e a en-rolou em uma toalha.

– Cheguei a pensar nisso – admitiu Anna. – Mas sabia que o t-trinco da janela da cozinha estava quebrado, então ia conseguir abrir e entrar por ali. Por sorte a Sra. Carruthers estava em casa e me disse onde você morava.

Apesar da aflição, Mary a encarou admirada. A menina que a havia deixado há quatro meses crescera. E demonstrara o tipo de iniciativa e coragem que Mary não sabia que ela possuía.

– Bom – disse Mary enquanto conduzia Anna de volta até o quarto. – Vou colocar você na cama, depois descer e perguntar se posso usar o telefone do meu senhorio. Vou falar com a Sra. Carruthers para pedir que ela ligue para a governanta da escola e avise que você está bem. – Mary notou a expressão aflita de Anna. – E, não, não vamos contar que está aqui comigo. Além do mais... nós vamos até a Casa Cadogan amanhã para o almoço de domingo – concluiu Mary, reconfortando tanto a si mesma quanto Anna.

A expressão da menina se animou consideravelmente.

– É mesmo? Que bo-bom. Estou com muitas saudades de todo mundo.

Mary observou Anna afundar nos travesseiros e suas pálpebras começa-rem a pesar.

– Dorme, meu amor, e quando acordarmos amanhã será Natal.

17

Na Casa Cadogan, os empregados tinham improvisado pequenos presentes para Anna. Na manhã seguinte, quando as duas chegaram, ela foi recebida com afeto e animação pelos seis funcionários que continuavam lá. Como era seu costume no dia de Natal, a Sra. Carruthers havia preparado o almoço para todos. Depois de Anna abrir os presentes, se sentaram na cozinha para saborear um ganso com todos os acompanhamentos. Ao final da refeição, Nancy se levantou e exibiu orgulhosa uma pedra preciosa e reluzente no anular da mão esquerda.

– Queria anunciar que Sam e eu decidimos nos casar.

A notícia foi motivo para um brinde. Sam foi despachado até a adega para buscar uma garrafa de vinho do Porto com a qual pudessem comemorar.

Após todos ajudarem na arrumação, Nancy, com um brilho nos olhos, sugeriu que subissem até o salão para brincar de charada.

– Ah, s-sim! – Anna bateu palmas. – Adoro charadas. Vamos!

Quando estavam subindo a escada para o primeiro andar, Mary perguntou:

– Acham mesmo uma boa ideia brincar no salão *deles*?

– Quem vai nos impedir?! – A Sra. Carruthers bufou, levemente embriagada de gim e vinho do Porto. – Além do mais, temos a jovem patroa aqui conosco e foi ela quem nos convidou, não foi, Anna?

Às oito da noite, após uma animada rodada de charadas, todos tornaram a descer até a cozinha, exaustos e contentes.

A Sra. Carruthers virou-se para Mary.

– Você e Anna vão passar a noite aqui?

– Não tinha pensado nisso – respondeu Mary com sinceridade.

– Bem, por que não a coloca no velho quarto dela, depois desce para conversar um pouquinho comigo? Preparei um bom chá para nós.

Mary aquiesceu e levou Anna até seu antigo quarto no segundo andar.

– Ah, que dia maravilhoso! Foi um dos me-melhores natais da minha vida! – exclamou Anna, suspirando de prazer enquanto Mary ajeitava suas cobertas.

– Que bom, meu amor. Com certeza foi melhor do que eu imaginava. Boa noite, durma bem.

– Boa noite. Mary?

– Sim, meu amor?

– Você, Nancy, Sam e a Sra. Carruthers... vocês são a minha fa-família, não são?

– Gosto de pensar que sim, meu amor, gosto de pensar que somos – respondeu Mary baixinho enquanto deixava o quarto.

– Então, o que vamos fazer em relação à senhorita lá em cima, hein? – perguntou a Sra. Carruthers enquanto Mary se acomodava à mesa da cozinha e bebericava o chá.

– Eu com certeza não sei – respondeu Mary com um suspiro.

– O que deveríamos fazer, claro, era mandar um telegrama para o Sr. e a Sra. Lisle avisando que Anna apareceu aqui.

– Deveríamos mesmo. Mas, bem, a verdade é que prometi a Anna que ela não vai ter que voltar para aquele colégio. Minha preocupação é que ela fuja outra vez, se a levarmos de volta.

– Verdade, verdade – concordou a Sra. Carruthers. – Talvez possamos falar com o patrão, contar como Anna está infeliz no colégio e ver se ele tem alguma ideia.

– E como vamos passar pela patroa? – Mary revirou os olhos.

– Você teria que torcer para dar sorte e conseguir falar direto com o patrão. Poderia mandar um telegrama para ele?

– Mesmo que não caia na mão da Sra. Lisle, ele comentaria com ela. E ela diria que Anna deve ser mandada de volta para o colégio o quanto antes.

– Bom, eu com certeza não sei qual é a solução. – A Sra. Carruthers deu um suspiro. – Essa pobre menina foi abandonada justamente pela pessoa que jurou protegê-la. E é difícil de entender.

– Eu sei. E eu não posso abandoná-la também. – Mary tomou outro gole de chá e respirou fundo. – Ela me contou as maldades que as outras meninas fazem e como os professores fingem não ver. Me disse que, além de todo mundo saber que ela é órfã, vivem zombando dela por causa da gagueira. O que posso fazer para ajudar? – indagou, aflita.

– Hoje à noite não sei, minha cara, não sei mesmo. Mas eu também gosto de Anna, e não quero ver essa pobre criança sofrendo. Vou lhe dizer uma coisa: vamos ter uma boa noite de sono, e amanhã juntamos forças e vemos no que conseguimos pensar.

– A senhora sabe que eu faria de tudo para proteger Anna, não sabe?

– Sim, Mary – respondeu a Sra. Carruthers. – Eu sei.

Mary não dormiu naquela noite. Ficou andando de um lado para outro do quarto, tentando decidir o melhor jeito de proteger Anna. Seu maior desejo era levá-la embora, mas a menina não era sua filha e, por mais que seus instintos e emoções lhe dissessem o contrário, não podia fazer isso.

Ou será que podia...?

Às seis da manhã do dia seguinte, Mary já estava na cozinha. Ainda bocejando, a Sra. Carruthers juntou-se a ela. Fizeram um chá e tornaram a se sentar à mesa.

– Andei pensando... – começou Mary.

– Imaginei. Eu também andei pensando, e não posso dizer que tive grandes ideias.

– Bom, eu talvez tenha tido, mas preciso saber alguns detalhes com a senhora...

Quarenta minutos depois, as duas estavam na terceira xícara de chá.

Com as mãos suadas de tão nervosa, a Sra. Carruthers suspirou.

– Entendo a sua ideia, Mary, mas você sabe que é um risco muito grande, não sabe, menina? E aposto que é um crime também. Se der errado, você pode ser presa.

– Eu sei, Sra. C., mas é o único jeito de proteger Anna. E teria de confiar na senhora para nunca contar a ninguém.

– Pode contar comigo, querida. Gosto tanto da pequena quanto você.

– Mais uma pergunta: quando o patrão trouxe Anna pra cá, ele mencionou a certidão de nascimento dela?

– Não. Nunca falou disso – respondeu a Sra. Carruthers.

– Ele trouxe *alguma coisa* com a neném que possa indicar quem ela era e de onde veio?

– Bem, lembra que eu disse na época que o Sr. Lisle trouxe uma maleta? Ele disse que era da mãe da neném, e que guardaria até a mulher vir buscar a filha.

– Onde está essa maleta agora?

– Ainda lá em cima, no sótão, imagino. A mãe nunca apareceu, não é mesmo? – A Sra. Carruthers deu de ombros.

– A senhora acha que seria errado eu dar uma olhada para ver se ela continua lá? – perguntou Mary.

– Bem, se isso revelar alguma pista sobre a origem de Anna, não vejo que mal pode haver. Quer que eu peça a Sam para subir e ver se acha a mala?

– Por favor, Sra. C. Enquanto isso, como conversamos, preciso de qualquer coisa que a senhora possa encontrar que tenha a caligrafia e a assinatura de Elizabeth Lisle. E uma folha de papel timbrado para eu escrever a carta.

– Está falando sério mesmo, não é? Antes você do que eu – murmurou a Sra. Carruthers. – Vou pegar o precioso livro-caixa da Sra. Lisle. O que ela tomou de mim para preencher pessoalmente, porque a minha contabilidade era desleixada.

Mais tarde, Mary voltou com Anna para o prédio. Depois de a menina pegar no sono, ela se sentou diante da escrivaninha e começou a treinar a carta que precisava escrever em pedaços de papel de rascunho. Agradeceu a Deus por ter passado muitas horas da infância copiando as Escrituras para aperfeiçoar a caligrafia e a ortografia. Também reparou que o livro-caixa confirmava que o próximo semestre fora pago ao colégio interno pouco antes de a Sra. Lisle partir para Bangcoc.

Então, quando se sentiu pronta, Mary segurou a caneta-tinteiro que a Sra. Carruthers pegara da escrivaninha de Elizabeth Lisle e começou a escrever.

Três dias depois, após retornar das férias com a irmã em Jersey, Doreen Grix, diretora do colégio interno de Anna, sentou-se e começou a olhar a correspondência.

Casa Cadogan
Cadogan Place,
Londres, SW1

26 de dezembro de 1928

Prezada Sra. Grix,

Infelizmente, minha partida para Bangcoc teve de ser adiada até depois do Natal devido ao falecimento de um parente. E quem apareceu na minha porta, senão minha protegida Anna. Visto o quanto ela estava abalada por ficar longe de meu marido e de mim, decidimos que Anna vai comigo para Bangcoc e receberá sua instrução lá. Entendo que vamos perder o valor do semestre, mas, como a quantia já foi paga, imagino que essa questão esteja encerrada. Queira por gentileza encaminhar qualquer correspondência para o meu endereço de Londres aos cuidados da minha governanta, Sra. J. Carruthers, que a fará chegar até mim em Bangcoc.

Atenciosamente,
Elizabeth Lisle

Doreen Grix não ficou ressentida com a partida da aluna. Anna Lisle era uma menina estranha, que não havia contribuído para a instituição. E que ainda demandava cuidados durante as férias.

Guardou a carta na gaveta e considerou o assunto encerrado.

Alguns dias depois, quando todos os empregados já tinham partido rumo a seus novos empregos e restava apenas a Sra. Carruthers na casa, Mary deixou Anna com Sheila e voltou à Casa Cadogan. Tinha dito à menina que iria até Kent falar com a diretora do colégio interno e avisar que ela não ia voltar.

Mary encontrou a Sra. Carruthers no primeiro andar, guardando as roupas de cama em baús.

– Vim me despedir – falou.

A governanta enxugou o suor da testa e se levantou.

– Quer dizer que você vai mesmo fazer aquilo?

Mary assentiu.

– Vou. Não vejo outra escolha.

– É... contanto que esteja consciente dos riscos. Anna sabe que nunca mais vai poder voltar à Casa Cadogan?

– Não, não sabe. – Mary suspirou, aflita. – A senhora acha que estou agindo errado?

– Mary, às vezes precisamos seguir o coração. E... e tudo que posso dizer é que, quando jovem, eu queria ter seguido o meu. – A Sra. Carruthers olhou pela janela com uma expressão súbita de sofrimento. – Já tive um cavalheiro, sabe, e dei à luz meu próprio bebê. O cavalheiro sumiu, eu precisava trabalhar, então doei a criança para adoção. Até hoje me arrependo dessa decisão todos os dias.

– Ah, Sra. C., sinto muito. Não tinha a menor ideia...

– É. Bem, nem tinha como ter, já que eu nunca lhe contei – respondeu ela, seca. – Mas vejo que o seu amor por Anna é o de uma verdadeira mãe. E na minha opinião o que você está fazendo é o melhor para a menina. Mas não necessariamente para você. Se for descoberta...

Mary assentiu.

– Eu sei.

– E sabe que eu jamais vou denunciá-la, não sabe, minha cara?

– Sei, sim.

– Mas entenda que, depois que fizer isso, não podemos mais nos ver. Eu seria considerada cúmplice do rapto de uma criança, e não estou disposta a passar meus últimos dias na prisão de Holloway.

– Sim, entendo – disse Mary. – Obrigada.

Por impulso, ela deu um abraço na Sra. Carruthers.

– Não precisa me agradecer. Eu vou começar a chorar. É melhor você ir andando.

– Sim.

– Boa sorte – falou a governanta quando Mary chegou à porta.

Ela aquiesceu, e saiu da casa se perguntando por que sua vida tinha sido pontuada por despedidas dolorosas e definitivas.

A Sra. Carruthers voltou para dentro e foi preparar um novo bule de chá, e só então reparou na pequena mala de couro no chão do vestíbulo, junto à porta dos fundos. Saiu outra vez para a rua, mas viu que o pátio estava deserto e Mary já tinha ido embora.

– Ah, bem, agora é tarde – disse para si mesma, e pegou a maleta para levá-la de volta ao sótão.

Mary chegou à estação de Tunbridge Wells duas horas depois. Ao descer do trem, pediu indicações sobre como chegar à agência de correio mais próxima.

Percorreu a pé a curta distância, entrou e ficou esperando pacientemente na fila, tentando controlar as batidas do coração. Quando sua vez chegou, foi até o guichê e dirigiu-se à jovem sentada do outro lado no seu melhor sotaque inglês.

– Desejo enviar um telegrama para Bangcoc. O endereço é este, e aqui está o texto.

– Pois não, senhorita – respondeu a jovem, examinando sua tabela. – Para Bangcoc serão 6 xelins e 6 *pence*.

– Obrigada. – Mary separou a quantia e a fez deslizar pelo guichê. – Posso saber quando será recebido?

– Hoje à noite ao mais tardar. Nós enviamos todos os telegramas no final do expediente.

– E para quando posso esperar uma resposta?

A moça a encarou de forma curiosa.

– Quando o destinatário quiser responder. Passe aqui amanhã à tarde. Pode ser que já tenhamos algo para a senhorita.

Mary aquiesceu.

– Obrigada.

Ela passou a noite em uma pequena hospedaria no centro da cidade. Não se aventurou a sair do quarto nem para comer, em parte por não estar com fome, mas também por ser importante que poucas pessoas a vissem. Gastou as longas horas refletindo sobre o que estava fazendo, e se perguntando se estava maluca por agir daquela forma.

No papel, estava matando a menina que tanto amava. Ou pelo menos as chances dela de ter um futuro sob a proteção de uma família rica.

Mas o instinto lhe dizia que havia pouca esperança de Anna ser acolhida pelo tutor que prometera protegê-la ou pela mulher que ele havia desposado. Além do mais, o casal só voltaria dali a cinco anos. Cinco anos durante os quais, se ela não agisse, Anna passaria o resto da infância sozinha e abandonada em um lugar que detestava. E tudo que fosse necessário, tudo que precisasse sacrificar caso fosse pega, tinha de valer o risco. Na verdade, ao chegar à agência dos correios na manhã seguinte com o coração martelando no peito, ela se deu conta de que todo o seu plano dependia de que o desaparecimento súbito de Anna na vida dos Lisles fosse considerado um alívio, e não uma tragédia.

Elizabeth Lisle entrou no escritório do marido segurando o telegrama. Antes de entrar, tinha afixado no rosto uma expressão condizente de choque e pesar.

– Querido, eu... – Ela foi até ele. – Infelizmente acabamos de receber uma notícia muito triste.

Exausto após mais uma noite no calor inclemente de Bangcoc, Lawrence Lisle pegou o telegrama que a esposa lhe estendia. Leu-o em silêncio e então segurou a cabeça entre as mãos.

– Eu sei, querido, eu sei. – Elizabeth pôs a mão em seu ombro para reconfortá-lo. – É uma tragédia horrível.

– Minha Anna... minha pobre menina... – As lágrimas brotaram conforme a culpa o dominava. – Preciso voltar agora mesmo, é claro. As providências para o enterro...

Elizabeth o abraçou em silêncio enquanto ele chorava.

– Eu fracassei, Elizabeth. Prometi à mãe dela que cuidaria de sua filha. Eu errei ao deixá-la na Inglaterra... ela deveria ter vindo para cá conosco.

– Querido, para mim sempre foi óbvio que Anna era uma menina frágil. Tão pálida, tão magra, com aquela gagueira terrível. É de fato um infortúnio o surto de gripe no colégio interno e ela não ter tido forças para lutar contra a doença. Mas seria bem provável, visto a sua saúde frágil, que ela pegasse uma das muitas doenças tropicais que existem aqui, caso tivesse vindo conosco.

– Mas pelo menos ela teria estado com pessoas que a amavam. Não sozinha em um colégio interno no meio do nada – lamentou Lawrence.

– Lawrence, posso garantir que eu não teria confiado a sua protegida a nenhuma instituição que não pudesse oferecer a Anna os melhores cuidados – repreendeu-o Elizabeth. – Como diz no telegrama, a diretora gostava muito dela.

– Me desculpe, querida – Lawrence se apressou em dizer. – Não quis insinuar que a culpa fosse sua. O culpado sou eu – disse ele, balançando a cabeça. – E agora que Anna morreu... mal consigo suportar. O mínimo que posso fazer é organizar o enterro e comparecer. Estar ao lado dela na morte, já que lhe faltei em vida.

– Meu querido, você não deve se punir, de verdade. Fez o que muitos outros não teriam feito. Você a afastou do perigo, deu-lhe um lar, deu-lhe amor e gentileza, e a tratou como se fosse sua filha por dez anos. – Elizabeth se ajoelhou junto à cadeira em que ela estava e segurou sua mão. – Lawrence, deve saber que é impossível comparecer ao enterro de Anna. Essas coisas não podem aguardar as seis semanas que levaria para você retornar à Inglaterra. Anna merece que a sua alma seja posta para repousar o quanto antes em um enterro cristão. A diretora está propondo tomar as providências para nós. E, pelo bem da menina, devemos aceitar essa ajuda.

Por fim, Lawrence assentiu.

– Você tem razão, claro – disse ele com tristeza.

– Vou responder ao telegrama – falou Elizabeth suavemente. – Se souber onde seria adequado sepultar Anna, posso informar à diretora. Ela mencionou uma igreja próxima que julga ser apropriada. A menos que você tenha outra sugestão.

Lawrence olhou pela janela do consulado e suspirou.

– Não sei nem qual era a fé de Anna. Nunca me ocorreu perguntar. Eu deixei de perguntar tantas coisas... então sim, o que a diretora sugerir está bom – respondeu ele, anestesiado.

– Nesse caso vou responder agora mesmo, agradecer a gentileza dela, e pedir que tome as providências necessárias.

– Obrigado, querida.

– E Lawrence, tenho uma coisa para contar. – Ela fez uma pausa, tomando uma decisão. – Eu ia esperar mais um pouco, mas considerando a situação, talvez isso ajude. – Ela se levantou. – Meu querido, vamos ter um filho nosso daqui a sete meses.

Lawrence encarou a esposa, tentando transformar seus sentimentos de tristeza em alegria. Havia desejado muito aquilo.

– Ora, mas que notícia maravilhosa! Você tem certeza?

– Tenho, sim.

Ele se levantou e a tomou nos braços.

– Me perdoe, estou atordoado. É muito para absorver.

– Eu entendo. Mas pensei que talvez pudesse diminuir o impacto dessa notícia terrível, querido.

– Sim, sim... – murmurou Lawrence, acariciando os cabelos da esposa. – E quem sabe, se for uma menina, nós possamos chamá-la de "Anna" em homenagem à filha que acabamos de perder.

– Claro, querido. – Elizabeth abriu um sorriso forçado. – Se você quiser.

Mary pegou o telegrama com a moça do guichê. Com mãos trêmulas, saiu da agência e foi se sentar no banco mais próximo para ler. *Tudo* dependia daquela resposta.

PREZADA SRA GRIX PT É COM GRANDE TRISTEZA QUE RECEBEMOS A NOTÍCIA DA MORTE PREMATURA DE ANNA PT COMO É IMPOSSÍVEL PARA QUALQUER DE NÓS VOLTAR FICAMOS EXTREMAMENTE GRATOS PELA SUA AJUDA NAS PROVIDÊNCIAS COM O SEPULTAMENTO PT ACEITAMOS SUA SUGESTÃO E QUEIRA NOS INFORMAR O CUSTO PT AGRADECEMOS SUA GENTILEZA E CONSIDERAÇÃO COM ANNA PT ELIZABETH LISLE PT

Mary deixou escapar uma exclamação de alívio. Embora duvidasse de que Lawrence e Elizabeth Lisle fossem embarcar imediatamente para a Inglaterra, a possibilidade era real. Mary pegou seu lápis e rascunhou uma resposta no verso do telegrama. Havia alguns fios soltos que era crucial amarrar. Como sabia pelos livros de Sherlock Holmes que sempre adorara ler, em circunstâncias como aquela o mais importante era a atenção aos detalhes. Dez minutos depois, ela voltou à agência e entregou sua resposta à moça do guichê.

– Voltarei daqui a alguns dias para ver se chegou alguma resposta – disse enquanto contava os xelins e os entregava à atendente.

– A senhora sabe que podemos mandar para a sua casa, se for mais conveniente – comentou a moça.

– Eu... eu estou de mudança e ainda não tenho endereço certo – respondeu Mary depressa. – De toda forma, não é incômodo algum vir até aqui com meus próprios pés.

– Como preferir. – A moça deu de ombros e passou ao cliente seguinte.

Mary saiu do correio e se preparou para começar uma nova vida com sua querida Anna.

Elizabeth Lisle levou a resposta ao escritório do marido.

– A Sra. Grix vai organizar tudo para Anna. Disse que não há nenhum custo pelo sepultamento, uma vez que já pagamos a semestralidade. Ela vai nos enviar qualquer dinheiro que sobrar depois disso. O enterro será daqui a uma semana, e ela nos informará o lugar exato em que Anna for sepultada, para podermos ir visitá-la quando voltarmos à Inglaterra. Mandará a certidão de óbito para a Casa Cadogan.

– Certidão de óbito... coitadinha, eu...

Lawrence observou a esposa cambalear de leve, e foi acudi-la imediatamente.

– Querida, eu entendo como tudo isso tem sido estressante para você, sobretudo na atual situação. – Ele a ajudou a se sentar em uma cadeira e segurou suas mãos. – O que está feito está feito, e como você bem disse eu fiz o melhor que pude por Anna. Preciso seguir em frente e não incomodá-la mais com esse assunto. – Ele indicou a barriga da esposa. – E pensar na vida, não na morte.

18

– Anna, meu amor – disse Mary enquanto aqueciam bolinhos no fogareiro a gás. – Falei com a sua diretora, e ela já sabe que você não vai voltar para o colégio interno.

O rosto da menina se iluminou de alegria.

– Ah, Mary! Isso é ó-ótimo. – Então ela enrugou a testa. – E você já avisou isso ao ti-tio e à tia?

– Já, e eles concordaram. – Mary respirou fundo. Odiava ter que mentir, mas Anna não podia saber o que ela havia feito.

– Viu só? Eu disse que o tio não ia me deixar lá se eu estivesse triste. Então, quando po-podemos voltar para a Casa Cadogan? – Anna mordeu um bolinho que Mary lhe passou.

– Bem, a questão é justamente essa, meu amor. Como você sabe, a casa vai ficar fechada enquanto sua tia e seu tio estiverem em Bangcoc. E apesar de te amarem, eles não podem se dar ao luxo de manter uma casa daquele tamanho só para uma menina pequena morar. Você entende?

– Sim, é claro que entendo. Então onde eu vou mo-morar?

– Bem, eles sugeriram que você talvez pudesse ficar aqui comigo.

Anna olhou em volta para o pequeno quarto, e sua expressão refletiu a criação privilegiada que tivera.

– Quer dizer mo-morar aqui?

– Bem, minha amiga Sheila aqui do lado vai se casar no mês que vem e sair do apartamento. O senhorio disse que podemos nos mudar para lá, se quisermos. Tem dois quartos, uma sala, uma cozinha e banheiro privativo. Podemos dar uma olhada.

– Está bem – concordou Anna. – E não vamos pe-precisar abandonar o pobre homem que fica em pé lá fora encostado no poste.

Mary a encarou.

– Então você reparou nele?

– Ah, reparei – respondeu Anna, assentindo. – Eu falei com ele. Ele pa-parecia tão triste e solitário lá embaixo sozinho...

– Você *falou* com ele?

– Falei. – A menina estava entretida devorando seu bolinho.

– E ele respondeu?

– Ele disse que o tempo estava ficando ma-mais frio ainda. – Anna limpou o canto da boca. – Ele tem casa?

– Tem sim, meu amor.

– Então não é órfão como eu?

– Não, ele não é órfão.

– E em que escola eu vou estudar? – perguntou Anna, voltando ao assunto anterior.

– Bem, estava pensando que a gente podia fazer como antigamente e organizar aulas particulares em casa. Ainda mais se você quiser continuar com o balé. – Mary usou o melhor atrativo. – Uma escola pode não gostar muito de liberar suas tardes para isso. Mas quem decide é você, claro.

– Eu po-posso voltar para o estúdio da princesa Astafieva? Acho que ela é uma professora muito boa.

– Infelizmente a princesa não está passando bem no momento, mas perguntei por aí e descobri um outro professor maravilhoso a cinco minutos daqui. O nome dele é Nicholas Legat, e ele já foi parceiro de Anna Pavlova! – disse Mary em tom encorajador.

– Anna Pavlova? – Anna arregalou os olhos ao pensar naquele nome. – A melhor ba-bailarina de todos os te-tempos!

– Sim. Então que tal amanhã ou depois nós irmos ao estúdio ver se ele aceita você?

– Ah, Mary! – Anna bateu palmas. – Nem acredito que duas semanas atrás eu estava naquele lugar horroroso pensando que nunca mais fosse dan-dançar! – Ela abraçou Mary. – Mas você é meu anjo da gua-guarda, e veio me salvar.

– Ora, meu amor, jamais deixaria nada de mau acontecer com você.

– Quando você não me escreveu no colégio interno, eu pensei... – Anna mordeu o lábio. – Pensei que tivesse me abandonado.

– Bem, todos acharam melhor eu deixar você tranquila para se adaptar.

Anna a encarou fixamente.

– Quer dizer que a tia di-disse pra você não me escrever?

– Sim, mas só pensando no seu bem.

– Mary, você é muito bondosa com todo mundo, mas sabe muito b-bem que a tia me de-detestava. – Anna beijou o rosto dela. – E pra mim você é a me-melhor mãe do mundo, não importa o que pensem.

Os olhos de Mary marejaram, e ela se perguntou se Anna pensaria assim caso soubesse a verdade sobre o que havia feito.

– Bem, meu amor, deixa disso. Mas como você vai morar comigo pelos próximos anos, talvez fosse mais simples se adotasse o meu sobrenome.

– Bo-bom, como eu não tenho um sobrenome mesmo, ia adorar usar o mesmo que você – concordou Anna.

– Você sabe que as freiras que me deram o sobrenome "Benedict", então eu também não tenho um de verdade. Nós podemos começar do zero e inventar um! – falou Mary sorrindo.

– Podemos mesmo fazer isso?

– Não vejo por que não.

– Que legal! Eu po-posso escolher?

– É claro que pode, contanto que não escolha o sobrenome de alguma bailarina russa que ninguém vai conseguir pronunciar!

Como sempre fazia quando estava pensando, Anna pôs o indicador na boca e roeu a unha.

– Já sei!

– Ah, é?

– Sim! Estava pensando no meu balé preferido, *A morte do cisne*, e que eu me chamo Anna, como Anna Pa-Pavlova. Então quero que o nosso sobrenome seja "Swan", de "cisne".

– Swan... – Mary experimentou o som na boca, então virou-se para Anna. – Gostei.

❦

No dia seguinte, quem entrou no estúdio de balé de Nicholas Legat foi Anna Swan. E quem a levou até lá foi sua mãe, Mary Swan. A menina foi imediatamente aceita na turma e começou a fazer três aulas semanais de balé.

Em um mês, as duas se mudaram para o antigo apartamento de Sheila no prédio ao lado, e Mary pôs mãos à obra para pintar e alegrar seu novo lar. Com sua máquina de costura, confeccionou belas cortinas floridas para o quarto de Anna, e se permitiu o luxo de um chintz de tom de azul-esverdeado para a pequena sala de estar que faria também as vezes de ateliê de costura. Ao pendurá-las e dar um passo atrás para admirar o próprio trabalho, ela pensou na nova casa em Dunworley que deveria ter sido sua, tantos anos antes. Mas esse sonho tinha acabado, então despejou sua energia no pequeno espaço que seria o único lar em sua vida.

– Você é uma fada – declarou Anna quando Mary lhe mostrou toda orgulhosa seu quarto terminado. – E eu te amo. Podemos co-convidar Nancy e a Sra. Carruthers para tomar chá? Quero que elas vejam a nossa nova casa.

– Sinto muito, Anna, mas as duas saíram da Casa Cadogan e não tenho ideia de onde estão morando – respondeu Mary com toda a calma.

– Ah, mas que falta de educação delas não nos avisar, não é? Elas eram no-nossas amigas.

– Tenho certeza de que elas vão entrar em contato quando puderem, meu amor – respondeu Mary, culpada.

As duas criaram uma rotina. Mary se esforçava para garantir que Anna se sentasse à pequena escrivaninha no canto da sala e fizesse as lições. Usava a biblioteca do bairro para pegar livros de história e geografia, e a incentivava a ler o quanto pudesse. Sabia que aquilo estava longe de ser o tipo de instrução que uma menina como Anna devia estar recebendo, mas era o melhor que podia fazer. Além do mais, tinha certeza de que a atenção da pequena estava em outra coisa.

Três tardes por semana, Mary a acompanhava por Colet Gardens e a deixava na aula de balé. Sempre olhava por cima do ombro ao entrar e sair do prédio, nervosa. Era algo que faria para o resto da vida. Sabia que era o preço a pagar por seus atos.

Quando pensou naquela ideia pela primeira vez, achou que talvez o melhor fosse sair com Anna do país. No entanto, ao refletir sobre os detalhes, percebeu que isso não era uma alternativa. Anna não tinha certidão de nascimento, nem passaporte, nem qualquer documento oficial que declarasse quem ela era, de modo que estavam presas ali na Inglaterra. Também cogitou sair de Londres, mas precisava pensar na sua renda. Além do mais, pensou, em uma cidade pequena ou um vilarejo as duas ficariam bem mais à vista. Em uma metrópole como Londres tinham mais chances de permanecerem anônimas. E o fato de grande parte da infância de Anna na Casa Cadogan ter sido passada entre quatro paredes, e de ela ter encontrado poucas pessoas no período em que viveu lá, diminuíam as chances de alguém reconhecê-la.

Mesmo assim, Mary mantinha distância de suas antigas redondezas de Chelsea, e se reconfortava pensando que, conforme Anna virasse uma jovem mulher, poucas pessoas iriam associá-la à menininha que havia sofrido uma morte tão trágica e precoce.

Quanto ao futuro... nisso Mary não conseguia pensar. Tinha feito o que julgava certo para proteger a menina que amava. E se havia algo que aprendera com a perda de Sean, e com ele suas esperanças e sonhos, era que a única coisa que se podia fazer era aproveitar o presente.

Em uma tarde amena de primavera, quando já fazia três meses e meio que Mary e Anna estavam levando sua nova vida juntas, a menina entrou no apartamento acompanhada por uma visita.

Mary ergueu os olhos da máquina de costura e levou um susto. Pois ali, todo tímido ao lado de Anna, estava o rapaz que costumava ficar encostado no poste da rua.

– Mary, este é Jeremy. Ele é meu amigo, não é, Jeremy?

Nervoso, o rapaz baixou os olhos para Anna e assentiu.

– Eu disse ao Jeremy que ele de-devia entrar e conhecer você. Falei que você não ia achar ruim. Não acha ruim, acha, Mary?

– Ora, eu... não, é claro que não. – Mary enrubesceu quando os olhos sombrios e atormentados de Jeremy se fixaram nela. – Entre, Jeremy, sente-se, vou fazer um chá.

– Ob-ob-brigado.

Mary foi até a cozinha e preparou uma bandeja de chá enquanto escutava Anna conversando muito à vontade no cômodo ao lado. Sua voz aguda era entremeada pelo ocasional tom grave de Jeremy.

– Prontinho – disse ela ao pousar a bandeja na mesa. – Quer leite e açúcar, Jeremy?

– Os do-dois. – Após uma pausa comprida, ele arrematou: – Mu-muito obrigado.

Mary serviu o chá e passou para ele. Ao segurá-lo, as mãos de Jeremy tremeram, fazendo a xícara chacoalhar de leve sobre o pires. Ela tornou a pegá-la com delicadeza e a pousou na mesa ao lado dele.

– Não é bom aqui? – comentou Anna. – Be-bem melhor do que lá fora. – Ela apontou para o poste da rua. – Além do mais, disse a Jeremy que a minha mãe também não tinha nenhuma companhia. Então pensei que vocês po-podiam ser amigos.

Jeremy aquiesceu e olhou para Anna. Mary notou um brilho de emoção nos olhos dele, e percebeu que aquele homem estranho e triste nutria um afeto evidente pela pequena amiga.

– Bem, Anna, é muita bondade sua pensar em mim. Não é mesmo, Jeremy?

– Si-sim.

Para ocupar as mãos, Mary serviu-se de chá e ficou sentada em silêncio, perguntando-se o que poderia dizer a ele. Perguntar o que ele fazia da vida parecia bobagem, quando sabia que ele passava a maior parte do tempo com o poste em frente à sua janela.

– Ob-obrigado pelo *casaco* – disse Jeremy; o esforço para pronunciar as palavras foi evidente. – Me m-manteve aque-quecido.

– Viu? – observou Anna. – Ele fala como eu às vezes.

Ela deu alguns tapinhas afetuosos na mão do rapaz.

– Bem, que bom que vocês dois andaram conversando.

– Anna me co-contou que adora da-dançar – arriscou-se Jeremy. – Que ado-dora o *Lago dos cisnes* de Tch-Tchaikovski.

– Sim – declarou Anna, animada. – E Mary me falou que, assim que ti-vermos dinheiro, podemos comprar um gramofone, como o que tínhamos lá na Casa Cadogan. Então vamos po-poder comprar o disco, e você poderá vir escu-cutar, Jeremy.

– Obrigado, Anna. – Jeremy pegou a xícara de chá com cuidado e a levou à boca com as mãos trêmulas. Esvaziou-a de uma vez só, aliviado com o fato de o líquido ter chegado à sua boca. Então tornou a pousar a xícara no pires, fazendo-a tilintar. – E ob-obrigado pelo chá, Mary. Não vou inco-comodar vocês por mais te-tempo.

– Não está incomodando, não é, Mary? – perguntou Anna quando ele se levantou.

– Não, nem um pouco. – Mary o acompanhou até a porta. – Fique à vontade para vir tomar chá sempre que quiser.

– Ob-obrigado, Mary. – Ele sorriu com tamanha gratidão que, por instinto, Mary estendeu o braço e afagou sua mão magra.

– Voltaremos a nos ver, tenho certeza.

Algumas tardes depois, Anna apareceu no apartamento com Jeremy, que trazia algo enrolado em um cobertor.

– Jeremy falou que nos trouxe um presente! Quero ver logo o que é!

Anna saltitava toda animada, e Jeremy perguntou a Mary onde poderia pousar o embrulho.

– Ponha aqui. – Mary apontou para o aparador, e ele obedeceu.

Com um floreio, Jeremy retirou o cobertor e revelou um gramofone e uma pilha de discos encaixada no pino.

– Pa-para a senhora e Anna.

– Ah, Jeremy! – Anna bateu palmas de empolgação. – Que pre-presente incrível. Você não acha, Mary?

– Bem, é, sim, mas é só emprestado, não é, Jeremy? – sublinhou Mary.

– Nã-não, é para vocês. Podem fi-ficar com ele.

– Mas esses aparelhos custam uma fortuna. Nós não podemos...

– Po-podem sim! Eu te-tenho di-dinheiro. Que di-disco você quer, Anna?

Enquanto Anna e Jeremy debatiam se era melhor escolher *A bela adormecida* ou *O lago dos cisnes*, Mary reconheceu a centelha de determinação nos olhos do rapaz. Apesar dos efeitos arrasadores da guerra, ela teve um vislumbre de quem ele tinha sido antes.

Enquanto Anna encaixava um disco no pino, Jeremy se virou para Mary de repente e abriu um sorriso.

– Em tro-troca do ca-casaco.

E assim ficou.

Também foi assim que Jeremy Langdon se tornou uma presença permanente na sala de estar de Mary. Todas as tardes, Anna tirava o rapaz de seu poste e o levava para tomar chá. Enquanto Mary costurava, Anna e Jeremy ficavam escutando o balé. Anna dava piruetas pela sala enquanto ele aplaudia animado do outro lado do recinto. Ao ver que Anna fazia uma graciosa mesura para ele, Mary se deu conta de que a menina estava revivendo os instantes passados com Lawrence Lisle no salão da Casa Cadogan.

– Ela é mu-muito bo-boa, Mary – comentou Jeremy certo dia quando estava de saída.

– O senhor acha? Determinada ela com certeza é.

– Ta-talentosa – corrigiu Jeremy, e assentiu. – Eu vi os me-melhores ba-bailarinos dançarem antes da gue-guerra. Ela poderia se juntar a eles. Ate-té logo, Mary!

– Onde o senhor vai jantar hoje? – perguntou ela de repente. – Parece que não vê uma boa refeição faz tempo. Estou com umas costeletas no forno, e tem de sobra para mais uma pessoa.

– Ah, Jeremy, fica! – insistiu Anna.

– É mu-muita gentileza sua, mas não quero inco-comodar.

– Não está incomodando, não é, Mary?

– Não, Jeremy, não está – disse ela, e sorriu.

19

Em pouco tempo, o poste de rua foi abandonado por seu velho amigo, e Jeremy começou a passar cada vez mais tempo com Mary e Anna. Sempre chegava com algum presente: chocolates para a menina, ou então peixe fresco que Mary preparava para o jantar. À medida que ganhava confiança, a gagueira de Jeremy diminuía. Com o delicado incentivo das duas, ele passou a se comunicar com mais facilidade. Com o passar das semanas, Mary observou um pouco da magreza abandonar seus traços emaciados, em parte graças aos pratos generosos que ela servia na hora do jantar, e suas mãos se tornarem mais capazes de segurar os talheres e levar o garfo à boca. Mary percebeu lampejos de humor surgirem, e começou a ver um homem não apenas obviamente instruído, mas também de uma sensatez tranquila. A gentileza, solicitude e bondade de Jeremy, sobretudo com relação a Anna, fizeram Mary se apegar mais a ele a cada dia. E à medida que a expressão atormentada foi abandonando seus profundos olhos verdes e ele foi ganhando mais corpo, Mary percebeu como era um homem bonito.

Certa noite, estava pondo Anna para dormir e pensando em como a menina havia desabrochado desde que Jeremy entrara na vida delas.

– Estou tão feliz, Mary – disse Anna com um suspiro ao descansar a cabeça no travesseiro.

– Que bom, meu amor.

– Sim... – murmurou Anna. – Você, eu e Jeremy parecemos uma família de verdade, não é?

– É, acho que sim. Agora feche os olhos e vá dormir.

Mary saiu do quarto e voltou à sua mesa para continuar a costura, mas constatou que não conseguia se concentrar. Olhou pela janela e viu que o poste de luz estava vazio, como muitas vezes ficava, ultimamente, depois que Jeremy ia embora do seu apartamento. Ela ainda sabia pouco sobre quem ele era. Não havia garantia alguma de que Jeremy não fosse simplesmente desaparecer um dia e nunca mais voltar. Mary sentiu náuseas ao pensar que Anna poderia perder mais uma pessoa que amava.

E ela também...

Teve uma súbita fisgada na barriga ao perceber que Anna não era a única que tinha se afeiçoado ao visitante regular. Algo em Jeremy a fazia pensar na última vez em que vira Sean. Nutria por ele o mesmo sentimento de proteção. *E de atração...*

Mary se recompôs. Precisava acabar de vez com aquela bobagem. Ela era uma solteirona irlandesa, órfã, ex-empregada doméstica, ao passo que Jeremy Langdon era obviamente um cavalheiro. Ele era apenas um amigo, uma companhia, alguém que tinha passado por uma dor terrível com a qual ela se solidarizava. E era assim que as coisas deveriam permanecer.

Alguns dias depois, Mary ouviu batidas na porta. Espantada, uma vez que Anna estava na aula de balé e ela não esperava nenhuma cliente, foi atender.

– Jeremy – falou, surpresa. Ele nunca tinha ido ao apartamento sem ser levado pela menina. – Eu... está tudo bem?

– Nã-não.

A palidez fantasmagórica e a expressão em seus olhos deixaram claro que algo havia acontecido.

– Entre! Anna ainda não voltou, mas vamos tomar um chá enquanto esperamos, que tal?

– Queria fa-falar com você. Se-sem Anna.

– Bem, então sente-se e fique à vontade. Vou fazer o chá.

– Nã-não! Pre-preciso falar, não be-ber nada!

Mary reparou que a gagueira estava muito mais pronunciada do que nas últimas semanas. Conduziu-o até a sala e gesticulou para que se sentasse no lugar habitual.

– Tem certeza de que não posso lhe oferecer nada? – perguntou Mary, acomodando-se na cadeira em frente.

– Minha ma-madrinha mo-morreu ontem à noite.

– Ah... ah, Jeremy... Lamento muito!

– Eu... – Jeremy levou uma das mãos à testa, tremendo. – De-desculpe – disse ele, e as lágrimas começaram a rolar. – A única pe-pessoa que... – A voz dele falhou. – ... que me a-amou! Me a-amou! Como eu sou *a-agora*!

Mary viu-o soluçar de desespero. Sem conseguir suportar aquele sofrimento, fez a única coisa que podia. Foi até Jeremy e o abraçou.

– Pronto, pronto – sussurrou, ninando-o como se ele fosse uma criança e acariciando seus cabelos macios. – Pode chorar. Não tem problema nenhum chorar, não é?

Ele continuou soluçando, e Mary o apertou com mais força.

– Eu estou aqui, Jeremy, e Anna também. E nós duas gostamos de você.

Ele ergueu os olhos angustiados.

– Go-gostam? De um homem arra-arrasado como eu? Como po-podem?

– Porque você é bondoso e gentil. E o que tiver acontecido nas trincheiras não foi culpa sua. Isso não muda quem é por dentro, não é?

Jeremy baixou a cabeça e Mary se ajoelhou e ergueu os braços para envolvê-lo, então ele enterrou o rosto no ombro dela.

– Nã-não é isso que meus pa-pais acham, eles *o-odeiam* quem eu me tornei. Quanta vergonha! Que-queriam me esco-conder.

– Minha Nossa Senhora! – Mary estremeceu, horrorizada. – Sinto muito por tudo que você sofreu. Mas juro, isso não muda a pessoa que era e continua sendo. Pronto, Jeremy, é disso que tem que se lembrar. A guerra fez coisas terríveis com homens como você. Nós aqui não fazíamos ideia do que vocês passaram para conquistar nossa liberdade.

– A se-senhora acha?

– Eu *sei* que sim. – Mary sentiu as lágrimas dele no ombro. – Eu tive... eu tive alguém que passou anos lutando na guerra. E bem no finalzinho não sobreviveu para nos ver vencer.

Ao ouvir isso, Jeremy levantou a cabeça e a encarou bem nos olhos.

– V-Você perdeu seu na-namorado?

– Meu noivo. E toda a vida que havia planejado com ele.

– Ma-Mary, acho que vo-você deve ser um anjo. O jeito como cu-cuida de Anna, e de *mim*. Escuta todas as no-nossas conversas, quando a se-senhora mesma perdeu tan-tanto.

– Sim, mas eu não tive que enfrentar o medo e a dor, nem as lembranças que você revive o tempo todo.

– Mas ta-também sofreu por causa da ma-maldita guerra! Mary... – Ele segurou as mãos dela, que estavam apoiadas nos próprios ombros. – Já faz um te-tempo que venho pensando nisso. E o que acho é que eu te a-amo. Eu te amo. – Com grande esforço, ele repetiu a frase sem gaguejar.

Mary o encarou em silêncio. Seu bom senso e pragmatismo naturais foram mais fortes do que as palavras de Jeremy. Aquele era um momento de muitas emoções para ele. E ela não podia acreditar.

– Jeremy, você está sofrendo demais para pensar direito. É por causa do choque, entende? E...

– *Nã-não!* Não é por causa do choque. Você é tã-tão linda e tão gentil. Eu a amei de-desde o instante em que você me deu o ca-casaco. Desde então, parei de ficar junto ao poste para pensar na minha namorada morta. Vinha para co-conseguir ver *você.*

– Jeremy... pare com isso, por favor! – pediu Mary, em desespero.

– É verdade! Fiquei observando Anna, sa-sabia que ela era sua filha, falei com ela. Para ter uma chance de co-conhecer você direito. E hoje, qua-quando perdi a única pessoa que me amava, ti-tive que dizer o que eu sinto! A vi-vida é muito curta!

Mary encarou aqueles olhos marejados, assombrada. Não só por Jeremy estar declarando seu amor – *por ela* –, mas porque ele dissera pelo menos dois parágrafos de um fôlego só.

– Bom, Jeremy, é muita gentileza sua, mas, para ser bem sincera, acho que você sofreu mesmo um baita choque.

– Mary. – As lágrimas haviam secado e ele a encarou mais suavemente. – Sei que você e eu, nós dois, já sofremos bastante. Acredite, nunca brincaria com os seus se-sentimentos. E tampouco estou co-confuso em relação aos meus. Talvez você só não sinta na-nada por mim.

Mary se sentou aos pés dele, com os olhos baixos e as mãos ainda presas nas de Jeremy.

– Entendo – disse ele, assentindo. – Como alguém po-poderia amar uma pe-pessoa como eu?

Mary tornou a erguer os olhos.

– Não, não é isso. É que já amei e perdi alguém. Eu... – Mary respirou fundo. – Eu gosto de você. *sim.* Na verdade, acho que gosto de você até um pouco demais. E se você sumisse da minha vida, sentiria muito sua falta.

– Bem, eu entendo que nós dois pe-perdemos alguém. Temos isso em comum. Será que também poderíamos ter em comum o fato de te-termos encontrado outra pessoa?

– Ah, Jeremy, você não sabe nada sobre mim. – Ela sacudiu a cabeça com tristeza. – Eu fiz tantas coisas, tem muita coisa sobre mim...

– M-Mary, eu ma-matei outros seres humanos! Nada que você diga vai me chocar depois das co-coisas que vi. E seja lá o que for, meu amor, eu quero saber! Então me conte, e eu vou co-contar tudo que fiz. O amor é isso, nã-não é? Confiança?

– Mas, Jeremy, querido – sussurrou Mary. – Sou uma órfã qualquer. Você é um cavalheiro, precisa de uma dama. E eu nunca serei uma, nem para você.

– Acha que eu ligo para essas coisas?! Minha mãe é uma da-dama de verdade, e quando eu vol-voltei das trincheiras, ela me mandou para um... – Jeremy teve que se esforçar para dizer a palavra. – ... hospício! O po-próprio filho! – Ele engoliu as lágrimas. – A guerra mudou tudo, e não preciso saber nada além de que você é a melhor pe-pessoa que eu já conheci. E que tem um coração li-lindo.

– Ah, Jeremy... – Mary soltou as mãos dele e enxugou os olhos com um gesto brusco.

Foi a vez de Jeremy estender os braços e puxá-la do chão para um abraço. E o que Mary sentiu naquele instante, após anos de solidão, foi indescritível. Aquele cheiro, um cheiro de homem – tão familiar e tão desconhecido.

– Mary. – Ele ergueu seu queixo e beijou de leve seus lábios. – Eu nunca vou te ma-magoar. Acredite em mim. Po-posso ver o medo nos seus olhos. Já vi isso tan-tantas vezes.

Ele distribuiu beijos suaves em sua testa, seus olhos, suas bochechas. Por fim, ela desistiu de analisar o significado daquilo e se rendeu. Enquanto ele a beijava e acariciava, Mary sentiu brotar sensações que pensara que nunca mais fosse experimentar. Apesar de todas as aparentes fraquezas de Jeremy, sentiu sua masculinidade e sua força.

Vinte minutos depois, ela olhou para o relógio acima da lareira e levou a mão à boca.

– Ai, meu Deus! Anna deve estar me esperando. – Ela levantou do colo de Jeremy e ajeitou os cabelos no espelho.

– Posso ir bu-buscar ela com você?

Mary se virou e sorriu.

– Se você quiser.

Quando Mary e Jeremy dobraram a esquina, Anna estava sentada nos degraus em frente ao estúdio com uma cara desanimada. Sua expressão mudou na mesma hora em que os viu.

– Oi, vocês! Estão atrasados – ralhou ela, sorrindo.

– Sim, desculpa, meu amor, mas Jeremy apareceu para conversar comigo. Ele recebeu uma notícia ruim hoje, não foi?

– Foi, sim.

Anna o encarou, intrigada.

– Você está com uma cara muito feliz para quem teve uma no-notícia ruim – comentou ela.

Jeremy deu um sorriso secreto para Mary, e os três partiram para casa. Anna foi dançando alegremente na frente.

– Tudo bem, eu sei por quê. Faz se-semanas que estou esperando isso acontecer! – Ela parou de repente e se virou para eles. – Vocês se amam, não é?

– Bem, ahn, eu... – Mary corou intensamente.

Jeremy segurou firme a mão dela.

– Sim. Vo-você acha isso ruim?

– É claro que não! Acho que sou a menina mais feliz do mundo. Isso significa que, se vocês se casarem, eu vou ter uma mãe e um pai. E podemos ser uma fa-família de verdade. – Anna abraçou os dois, animada. – Porque eu amo mu-muito, muito, muito vocês!

20

A morte da madrinha fez de Jeremy o dono de um casarão em West Kensington, de dinheiro suficiente para lhe gerar uma pequena renda até o fim da vida e de um elegante carro preto da Ford. Uma semana após o enterro, ele levou Mary e Anna para conhecerem sua casa.

Anna correu toda contente de cômodo em cômodo.

– É quase tão grande quanto a Casa Cadogan.

Mary ficou incomodada com o comentário. Embora confiasse em Jeremy, qualquer alusão ao passado, sobretudo na frente de alguém da mesma classe social de seus antigos patrões, era perigosa.

Enquanto descia correndo a escada para o hall, Anna parou e se virou para Mary e Jeremy, que desciam mais devagar atrás dela.

– Vai nos convidar para vir mo-morar aqui com você, Jeremy? Essa casa é muito grande pra você morar sozinho. E é bobagem Mary e eu mo-morarmos no nosso apartamento pequeno quando você tem todo este espaço.

– Anna! – Mary corou diante da falta de tato da menina. – Jeremy está só nos mostrando a casa. Não faça perguntas impertinentes.

– Desculpa, Mary. É que eu pe-pensei...

– Pois pe-pensou certo, Anna. – Jeremy sorriu. – A lo-lógica que as crianças têm. Bem, Mary, você go-gostaria de vir mo-morar aqui?

– *Jeremy!*

Era muita coisa de uma vez. Mary desceu correndo o restante da escada, atravessou o hall e saiu da casa. Só parou de correr ao alcançar a segurança da própria sala de estar.

Jeremy chegou à porta do apartamento dela dez minutos depois e Mary foi abrir com lágrimas rolando pelo rosto.

– Onde está Anna? – perguntou.

– Pedi à Sra. Hawkins, a governanta, para pre-preparar um chá pra ela. Pe-pensei que você e eu precisávamos co-conversar. Posso entrar?

Mary assentiu, ainda chorando, então se virou e voltou à sala.

– Jeremy, não sei o que você quer de mim, mas seja lá o que for, nunca vou poder te dar. Você não me conhece de verdade! Já disse que não sou uma dama. E a sua governanta notou. Deu para ver nos olhos dela. Eu deveria ser sua empregada, não sua *namorada!*

Jeremy tirou um lenço do bolso e estendeu enquanto Mary se sentava pesadamente em uma cadeira.

– Mary, já faz meses que eu pa-passo quase todos os dias na sua co-companhia. Você é tudo que uma da-dama deveria ser. Quanto à sua posição so-social, aprendi nas trincheiras que isso não tem relação alguma com o caráter de uma pessoa. E sobre os seus segredos, tudo que po-posso dizer é que quero ouvi-los. Já falei antes, nada é ca-capaz de me chocar. – Ele se ajoelhou na frente dela e afastou de seu rosto um fio de cabelo. – Acredito que o amor é capaz de pe-perdoar e entender qualquer coisa. Me conte, Mary, co-confie em mim.

Ela suspirou profundamente, sabendo que contar podia significar o fim de qualquer futuro juntos. Mas para dar uma chance a esse futuro ela *precisava* fazer o que Jeremy pedia.

Rogou aos céus e então, por fim, aquiesceu.

– Vou contar.

Uns vinte minutos depois, Mary estava torcendo as mãos de nervosismo.

– A verdade é que cometi um pecado contra Deus. Fingi que Anna tinha morrido e a roubei. Eu roubei uma criança. Ah, só Deus para me salvar...

Jeremy foi até ela e a abraçou apertado.

– Mary, Mary, por fa-favor, não fique assim. Sim, você fez uma coisa errada, mas pelos mo-motivos certos. Fez isso porque ama Anna e queria vê-la feliz e segura.

– Mas será que fiz isso por Anna? – Mary ergueu os olhos para ele, angustiada. – Ou por mim, porque eu precisava dela?

– Pelo que você me di-disse, e pelo risco que vai co-correr se algum dia o segredo for descoberto, acredito que os seus mo-motivos não foram egoístas.

– Acha mesmo?

– Sim. – Jeremy segurou as mãos dela com força. – Acredito me-mesmo. Mary, por acaso isso é muito diferente de dizer a um pai ou uma mãe que o filho mo-morreu nas trincheiras sem sofrer, quando na verdade foi gritando de dor? E às vezes... – Jeremy desviou os olhos. – Às vezes levando dias para mo-morrer? Ou é diferente de um capitão que mandava seus homens saírem da trincheira todos os dias sabendo que eles podiam mo-morrer? – Ele voltou a encará-la. – Você fez o melhor que pôde para pro-proteger uma pessoa que ama, e não devia ter ver-vergonha disso! Nunca! E eu te amo mais ainda por isso.

– Sério?

– Sim. Você é valente, e bo-boa e forte.

– Ah, não sou não, Jeremy. Tenho tanto medo de ser descoberta e de tirarem Anna de mim... Fico olhando para trás toda vez que saio de casa.

– Proteger uma órfã, como você, é motivo de orgulho. Além do ma-mais... – Jeremy sorriu. – Po-pode ser que eu consiga ajudar você e Anna. Quero dizer, se você se ca-casar comigo.

– Mesmo depois de tudo que eu contei, você ainda quer se casar comigo? – Mary estava pasma.

– Mais do que nunca, Mary. Eu ju-juro!

21

Três meses depois, Mary Swan, filha órfã de pais desconhecidos, tornou-se a Sra. Jeremy Langdon, dona de um casarão em Kensington. A única outra pessoa a assistir ao casamento foi Anna Swan, uma menina de 10 anos.

No ano seguinte, aconteceram três coisas que fizeram Mary acreditar na existência de um Deus a protegê-la. Ela engravidou, o que foi motivo de imensa felicidade para todos. Então Jeremy, por meios que Mary nem queria saber, descobriu que Lawrence Lisle tinha morrido de malária em Bangcoc, nove meses antes. Pelo que ele ficou sabendo, Elizabeth Lisle perdera o bebê pouco depois, mas não demorara a encontrar outro marido adequado. Os contatos de Jeremy tinham descoberto que o sujeito fora transferido para Xangai e Elizabeth Lisle o acompanhara.

– Você entende o que isso si-significa, Mary? Você es-está livre. Agora Lawrence Lisle nunca vai vi-vir atrás de você. E pelo que ouvi, du-duvido que Elizabeth Lisle se interesse em fazer isso.

Mary se benzeu, sentindo-se culpada pelo alívio que a morte de Lawrence Lisle lhe causava.

– Que notícia triste, mas seria mentira dizer que parte de mim não está feliz. Só que, Jeremy, acho que nunca ficarei tranquila.

– Eu sei, querida, mas, acredite, ele não pode atingir você lá de onde está agora. Isso significa que eu preciso começar a pesquisar o processo de adoção oficial de Anna.

– Mas ela não tem certidão de nascimento. Nem sobrenome ela tem.

– Deixe comigo, querida. – Jeremy descartou a questão com um aceno, como se fosse um mero detalhe. – Posso estar meio acabado agora, mas o ca-capitão Jeremy Langdon ainda consegue alguns favores no Gabinete. Um camarada lá em especial me deve a vida. – Ele segurou a mão de Mary e a guiou delicadamente para o contorno pequeno, mas aparente, do bebê em sua barriga.

Seis semanas antes da data prevista para o nascimento do próprio filho, Mary e Jeremy assinaram os documentos de adoção que tornaram Anna legalmente filha deles.

– Agora ninguém mais pode tocar nela, querida. Nem tirar vocês de mi--mim – sussurrara ele no ouvido dela.

Com lágrimas nos olhos, Mary viu Anna dançar ao redor da mesa da cozinha segurando seu certificado de adoção.

– Anna Langdon – disse ela, radiante, então abraçou seus novos pais. – Estou tão feliz que mal consigo re-respirar!

O bebê chegou dez dias atrasado, para grande frustração de Mary, mas sem maiores incidentes. Deitada em seu lindo quarto, com a bebê no peito, e o amado marido e a filha recém-adotada cobrindo ambas de carinho, seu único desejo era parar o tempo, morrer ali mesmo, naquele instante, pois nunca mais seria tão feliz. A neném, uma menina roliça de bochechas rosadas que eles batizaram de Sophia em homenagem à santa preferida de Mary, era tranquila e feliz. Mary observou, alegre, Jeremy segurar delicadamente a filha no colo.

Reparou que nos últimos tempos mal se podia notar a gagueira quando ele falava com ela. E os pesadelos horríveis que Jeremy costumava ter – quando acordava aos gritos e encharcado de suor – estavam diminuindo. Mary já tinha lido tudo que podia sobre neurose de guerra e sabia que era raro sumir de vez, mas que podia ao menos ser controlado por uma vida de paz e tranquilidade. Jeremy raramente saía de casa a não ser para andar por Kensington Gardens e comprar o *The Times*, mas quando passeavam por alguma rua movimentada de Londres, ele se sobressaltava ao soar de qualquer buzina. Tanto a gagueira quanto o tremor nas mãos pioravam por algum tempo. Mas as restrições que isso impunha à sua vida não eram um problema para Mary. Contanto que sua família estivesse tranquila e satisfeita, ela também estava.

Jeremy começou a pintar, e revelou-se um artista bastante bom. Mary estremecia ao olhar para a escuridão das trincheiras que ele retratava, mas sabia que era uma catarse, uma forma de externar toda a dor, o medo, a perda e a morte que revivia todos os dias.

Enquanto Jeremy pintava, Mary cuidava da neném, e levava Anna e Sophia ao parque nas tardes de sol, ou às vezes a Piccadilly, para Anna olhar as lojas de roupas que tanto amava. Mary ainda ficava impressionada de poder comprar para a filha qualquer coisa que ela escolhesse, sem se importar com o custo. Ela era uma mulher de recursos, casada com um homem rico.

Os anos se passaram no casulo tranquilo que era o seu confortável lar, Sophia aprendeu a engatinhar, a dar os primeiros passos, a andar e, por fim, a correr pela casa. E a paixão de Anna por se tornar bailarina aumentou. Certa noite, quando Sophia acabara de completar 4 anos, Anna, que aos 15 já era uma moça feita, entrou na cozinha enquanto Mary preparava o jantar.

– Mãe, você sabia que Ninette De Valois abriu uma nova escola de balé?

– Não, Anna, não sabia.

– Eu posso estudar lá, mãe? Fazer um teste e ver se sou aprovada? Aí talvez um dia eu entre na companhia dela e dance em Sadler's Wells. Imagina is--isso! – Anna afundou graciosamente em uma cadeira e suspirou de deleite ao pensar na possibilidade.

– Mas achei que você quisesse dançar com o Ballets Russes de Diaghilev.

– Eu queria, mas é mu-muito melhor fazer parte da primeira companhia de balé *britânica*. – Anna estendeu uma perna, tirou o sapato e esticou em ponta o pé de arco pronunciado. – Posso ir, mãe, po-por favor?

– Talvez você devesse falar com seu pai e ver o que ele acha – sugeriu Mary.

– Se eu passar, vou dançar o dia inteiro, não vou ter tempo para estudar inglês e aritmética, mas o que mais eu tenho para aprender? Já sei ler, escrever e fazer somas, e com certeza uma bailarina não pre-precisa de mais do que isso, não é? E já sei as da-datas da Batalha de Hastings, de Trafalgar e...

– Anna, vá falar com seu pai – repetiu Mary.

Como Mary desconfiava, Jeremy foi presa fácil para os argumentos de Anna. Ficou combinado que ela faria um teste com Ninette De Valois, para ver se conquistava um lugar na Sadler's Wells Ballet School.

– Duvido que a nossa querida Anna vá se contentar com qualquer outra coisa antes de ter pelo menos te-tentado isso – disse Jeremy, secretamente orgulhoso.

Três dias depois, Mary acompanhou Anna de ônibus até Islington, onde aconteciam as aulas da Sadler's Wells Royal Ballet School. Nunca havia entrado na coxia de um teatro, e ao ser conduzida pelo labirinto de corredores até uma pequena sala com uma barra e um piano, sentiu-se ao mesmo tempo nervosa e animada por adentrar um mundo tão diferente. Anna teve que responder a algumas perguntas sobre sua formação anterior, e então Miss Moreton, a professora, a fez realizar seus movimentos, primeiro na barra fixa, depois no centro da sala. Mary ficou maravilhada ao ver o quanto Anna havia progredido nos últimos anos. Ela sempre tivera uma graça e um porte naturais, mas a sua maturidade florescente havia acrescentado aos movimentos uma nova elegância.

Depois do último *enchaînement*, Miss Moreton parou e observou Anna com atenção.

– Você dança como uma russa, e tem o tipo físico também. É russa?

– Não. Sou inglesa.

– Mas ela teve aulas com a princesa Astafieva e com Nicholas Legat por muito tempo – intrometeu-se Mary, nervosa, pensando se aquilo seria uma vantagem ou uma desvantagem.

– Bem, dá para ver nos seus movimentos. Anna, como tenho certeza de que você sabe, nós aqui na Sadler's Wells somos naturalmente influenciados pelos russos, mas como somos a primeira companhia de balé britânica, Miss De Valois está tentando desenvolver nosso estilo próprio. Você é inexperiente, mas tem talento. Pode começar na segunda?

Os olhos escuros de Anna, antes tomados pela ansiedade, iluminaram-se de felicidade.

– Quer dizer que eu fui aprovada?

– Foi. Vou passar para sua mãe uma lista das roupas de ensaio de que você vai precisar, e tem que comprar sapatilhas com Frederick Freed. Nos vemos bem cedinho na segunda de manhã.

Naquela noite, em casa, houve muito que celebrar. Anna não cabia em si de tanta animação, e a família inteira foi contagiada.

– Agora você vai mesmo me ve-ver dançando Odette/Odile no palco, Sophia – cantarolou Anna, extasiada, enquanto dançava com a irmãzinha ao redor da mesa.

– Ninguém mais segura essa menina, meu bem – comentou Jeremy naquela noite, deitado na cama ao lado de Mary. – Vamos só torcer para ela realizar seu so-sonho.

Ao longo dos cinco anos seguintes, a determinação, dedicação e habilidade natural de Anna começaram a render frutos. Ela estreou no palco no papel do jovem Senhor de Treginnis no recém-inaugurado teatro da Sadler's Wells, na Rosebury Avenue. Usando um terno de veludo e uma peruca curta, seu personagem abria o balé e ficava sozinho no palco ao final. Mary, Jeremy e Sophia, agora com 9 anos, aplaudiram e deram vivas quando a companhia voltou para os agradecimentos. O papel era bem distante do sonho de Anna de um tutu branco e vaporoso, mas significava que Ninette De Valois, a rainha da companhia, estava prestando atenção nela. Outros pequenos papéis se sucederam, como o de um dos quatro Cisnes Jovens no Ato II de *O lago dos cisnes* e o da moça crioula em *Rio Grande*.

Em janeiro de 1939, pouco antes de completar 21 anos, Anna estreou como Odette/Odile em *O lago dos cisnes*. O teatro da Sadler's Wells estava lotado – era a primeira vez que talentos britânicos, em vez de bailarinos russos importados ou exilados, protagonizavam o elenco da companhia. Notícias sobre Anna e seu talento já tinham começado a circular pelo mundo dos fãs de dança clássica. Mary, com um vestido novo de gala e os cabelos arrumados por uma cabeleireira profissional, estava sentada em um camarote junto com Jeremy e Sophia. As notas da pungente abertura de Tchaikovski fizeram a plateia se calar. Mary prendeu a respiração e fez uma prece para que aquele momento, com o qual Anna tanto havia sonhado, fosse perfeito para ela.

Não teve motivos para duvidar. Enquanto buquês de flores choviam sobre o palco para coroar a jovem estrela em ascensão, Mary segurou com força a mão de Jeremy, e lágrimas escorreram por seu rosto. Após o espetáculo, o camarim ficou lotado de pessoas querendo falar com Anna, e ela mal conseguiu se aproximar para dar os parabéns à filha. Ainda de tutu, com os olhos imensos por causa da pesada maquiagem de cena, Anna abriu caminho até a família e deu um abraço na mãe.

– Ah, meu amor, que orgulho. Você disse que chegaria lá, e veja só! Chegou mesmo!

– Tudo graças a você, mãe. – As lágrimas cintilaram nos olhos de Anna. – Obrigada – sussurrou ela. – Obrigada por tudo.

Mary recordava com emoções conflitantes o momento em que Anna alcançou seu objetivo. Em retrospecto, compreendia que foi quando começou a perder a filha. O mundo que Anna habitava, repleto de personagens coloridos e artísticos, com suas roupas exóticas, seus estranhos hábitos e orientações sexuais, era muito distante do de Mary. Quando Anna foi coroada a jovem rainha do balé clássico britânico, e outras pessoas se aproximaram para aproveitar os reflexos de sua glória, ela começou a se afastar do ninho em Kensington.

Mary sempre esperara acordada para ver Anna chegar em casa depois de um espetáculo, querendo saber como tinha sido, e para preparar um chocolate quente com biscoitos doces para a filha exausta. Mas agora era frequente que só ouvisse os passos de Anna na escada às três da manhã. No dia seguinte, a moça contava sobre um jantar com os amigos no Savoy Grill, ou então dizia ter ido dançar em algum clube da moda com ninguém menos do que jovens membros da família real.

Mary não tinha mais controle sobre a vida da filha. E como Anna agora ganhava um bom salário, não podia reclamar de alguns dos vestidos ousados que usava – muitas vezes sem espartilho – nem da cor do batom que passava nos lábios. Pela quantidade de buquês que chegavam na casa, sabia que a filha tinha um séquito de admiradores. Se havia um em especial, não saberia dizer. Qualquer pergunta sobre esse assunto sempre esbarrava em um muro.

Quando Mary reclamava com Jeremy sobre a vida social de Anna ser muito cheia, principalmente de homens, o marido a reconfortava com gentileza:

– Minha querida, Anna é uma mulher jovem e bonita. Além de ser uma estrela. Ela vai se comportar como bem entender.

– Pode ser – comentou Mary certa noite, irritada. – Mas eu não gosto do cheiro de cigarro que chega ao nosso quarto de madrugada. E sei que ela anda bebendo.

– Fumar e tomar gim de vez em quando não são nenhum crime, Mary. Ainda mais para uma jovem que sofre tamanha pressão para dar o melhor de si todas as noites.

Mary se virou para encará-lo, frustrada com o fato de Jeremy sempre tomar o partido de Anna.

– Eu me preocupo com ela, só isso. Essa turma com a qual ela anda...

– Eu sei, querida, mas ela já é gan-grandinha. E você precisa desapegar.

A tensão entre Mary e Anna culminou poucas semanas depois, quando a moça, sem avisar, decidiu chamar um grupo de amigos para ir à sua casa depois do espetáculo. O som de Cole Porter no gramofone e as risadas estridentes dos convidados no salão mantiveram tanto Mary quanto Jeremy acordados até de madrugada. No dia seguinte, decidida a estabelecer algumas regras, Mary bateu na porta do quarto de Anna e entrou. A moça dormia profundamente. O rapaz ao lado dela também. Perdendo o fôlego de susto, Mary bateu a porta do quarto e saiu.

Dez minutos depois, Anna apareceu na cozinha de roupão. Sorriu timidamente para a mãe, que estava jogando na pia a louça do café da manhã.

– Desculpa se atrapalhei o sono de vocês ontem à noite. Eu deveria ter pedido. Estava tarde, e eu pe-pensei...

– Isso não interessa! O que era... *quem* era... – Mary não conseguiu terminar a frase.

– Está falando do Michael? – Anna pegou os cigarros no bolso do roupão, acendeu um e se sentou graciosamente na borda da mesa. – Ele é meu pa-parceiro de dança, mãe. E nós somos... amantes. – Ela deu um trago no cigarro. – Você não se importa, não é? Já tenho mais de 21 anos.

– Se eu *me importo?* É claro que eu me importo! *Você* pode até viver em um mundo em que esse tipo de comportamento é aceitável, mas tem uma irmã de 10 anos. E enquanto estiver debaixo do meu teto vai se comportar com um pouco de decoro. Onde você estava com a cabeça, Anna? Sophia podia ter entrado no seu quarto e visto... visto *ele!*

– Desculpa, mãe – disse Anna, dando de ombros. – Quero dizer, o mundo mudou, e hoje em di-dia ninguém mais dá tanta importância ao se...

– Não *ouse* dizer essa palavra! – Mary estremeceu. – Como pode ser tão *despudorada?* Deveria ter vergonha! E eu tenho vergonha de não ter te ensinado, de ter criado você pensando que esse tipo de comportamento não é pecado!

– Mãe, você está soando muito po-provinciana, um tanto católica e...

– Não *se atreva* a falar comigo desse jeito! Não me importo que você seja uma grande estrela no palco, mas quando estiver vivendo nesta casa vai ter que respeitar as nossas regras! E eu não vou permitir... – Mary apontou para cima na direção do teto. – ... *esse* tipo de coisa debaixo do meu teto!

Anna continuou sentada, fumando calmamente. Mary observou a cinza cair no chão sem que a filha esboçasse qualquer movimento para impedir. Por fim, Anna assentiu.

– Está certo, mãe, entendo. E se você não a-aprova a vida que eu levo, bom, já sou grandinha e tenho a minha própria renda. Talvez esteja na hora de arrumar meu próprio teto.

Sem dizer mais nada, Anna se retirou da cozinha e bateu a porta atrás de si. No dia seguinte, fez as malas e foi embora de casa.

Jeremy tentou reconfortar a esposa, garantindo que o comportamento de Anna era normal para uma jovem dos tempos modernos. Uma jovem que não só estava entrando na vida adulta, como também estava sendo cada vez mais adorada pelo público. Apesar de as palavras de Jeremy fazerem sentido, foi difícil para Mary aceitar a partida abrupta de Anna.

Nas semanas seguintes, Anna não fez qualquer tentativa de entrar em contato com a mãe. Tudo que Mary soube da filha foi por meio dos muitos artigos de jornal e colunas de fofocas, nas quais a moça parecia ser presença constante. Ela aparecia com astros do teatro e do cinema em eventos de prestígio, ou então de braços dados com aristocratas. A menininha tímida que Mary tanto se sacrificara para resgatar havia se transformado em uma criatura que ela não reconhecia nem compreendia. No entanto... admitia que sempre houvera um âmago de aço no temperamento da filha. Tudo que Anna desejava em geral ela conseguia. O fato de estar agora no auge da profissão que escolhera era prova disso. E a desenvoltura com que excluíra a mãe, o pai e a irmã de sua vida demonstrava uma frieza até então desconhecida.

Porém, com as nuvens de tormenta da guerra recomeçando a se adensar sobre a Europa, Mary já tinha problemas suficientes sob o próprio teto. Jeremy, que melhorara tanto em relação a quando se conheceram, recomeçou a ter pesadelos. O tremor e a gagueira se tornaram mais pronunciados. Todas as manhãs, ele lia o *The Times* e seu rosto ficava cinzento. Perdeu o apetite, e Mary o viu ficar cada vez mais retraído. Por mais que ela afirmasse que, caso houvesse uma guerra, nenhum exército iria recrutá-lo, os temores de Jeremy de reencontrar sua nêmesis foram aumentando.

– Vo-você não enten-tende, Mary. Eles podem não me querer, no início, mas quando ficarem desesperados por bucha de canhão vão pegar qualquer um e jogar para cima dos chucrutes. Acredite, vi homens mais velhos do que eu serem sacrificados para não deixar baixar o contingente.

– Jeremy, meu amor, no seu histórico médico está escrito que você adquiriu uma neurose de guerra. É claro que eles não vão querer você de volta.

– Eu fui man-mandado de volta para as trin-trincheiras quatro vezes, Mary. Em um estado muito pi-pior do que o atual. – Ele balançou a cabeça, desalentado. – Você não en-entende a guerra. Por favor, não te-tente.

– Mas todo mundo diz que dessa vez vai ser diferente. Não vai ter trincheiras, meu amor – tentava ela toda vez. – Essa guerra de agora, se acontecer, vai ser travada com os equipamentos novos e modernos que foram desenvolvidos. Ninguém em sã consciência vai querer perder uma geração inteira de homens como da outra vez. Por favor, Jeremy, as coisas mudaram.

Jeremy se levantava, com a raiva, a frustração e o medo estampados no rosto, e saía do recinto.

Com as notícias piorando e a inevitabilidade da nova guerra ficando mais nítida, Mary sofria pelo marido. Jeremy não se juntava mais à esposa e à filha na cozinha para jantar, e preferia comer sozinho no escritório.

– O que o papai tem? – perguntou Sophia quando Mary a colocava para dormir.

– Nada, meu amor, só não anda se sentindo bem – reconfortou Mary.

– Vai ter uma guerra? É por isso que o papai está tão preocupado? – Ela encarou Mary, deitada contra o travesseiro, seus olhos verdes imensos e muito parecidos com os do pai.

– Talvez. Mas se tiver, terá. Não se preocupe, meu amor. Seu pai e eu sobrevivemos à última para contar a história, e vamos fazer isso outra vez.

– Mas agora é diferente, mãe. Anna foi embora, e papai está... – Sophia suspirou. – Parece que ele foi embora também. Nada está igual. Eu estou com medo, mãe, não estou gostando.

Mary abraçou a filha e acariciou seus cabelos, assim como tinha feito com Anna tanto tempo antes, murmurando palavras de consolo nas quais não acreditava mais.

O verão passou arrastado, e preparativos para a guerra iminente começaram a surgir na cidade. Mary tinha a sensação de que o país inteiro estava paralisado, com a respiração presa diante do inevitável. Jeremy estava catatônico. Abandonara o quarto do casal e dormia agora em seu quarto de vestir, alegando que os pesadelos estavam prejudicando o sono de Mary. Com o cenho franzido de aflição, ela suplicou que ele procurasse seu antigo regimento para aliviar seus temores.

– Você foi reformado por invalidez, querido. Não tem a menor chance de eles te quererem de volta. Jeremy, por favor, escreva uma carta e tranquilize a mente. Pelo menos quando tiver uma resposta definitiva você vai se sentir melhor.

Mas ele permanecia em sua poltrona no escritório, com o olhar perdido ao longe, sem escutá-la.

Quando a guerra foi anunciada, no início de setembro, Mary ficou aliviada. Talvez agora entendessem melhor a situação. Dez dias depois, estava lendo um livro deitada na cama quando bateram na porta.

– Po-posso en-entrar? – indagou Jeremy.

– Pode, claro. Pelo amor de Deus, é o seu quarto.

Mary observou o marido se aproximar em um passo arrastado. Havia perdido muito peso, e tinha o rosto tão emaciado e magro quanto quando se conheceram. Ele se sentou ao lado dela na cama e segurou sua mão.

– Mary, eu que-queria dizer que te a-amo. Você, Anna e Sophia fizeram minha vi-vida valer a pe-pena.

– E você a minha – disse Mary suavemente.

– Si-sinto muito ter sido tã-tão difícil nas últimas se-semanas. Não vou mais ser assim, ju-juro.

– Eu entendo, querido. Espero que agora que a guerra começou mesmo, você comece a se sentir melhor.

– Sim. – A palavra mal passou de um sussurro. Jeremy estendeu os braços e a enlaçou. – Eu te a-amo, minha querida. Nu-nunca se esqueça disso, sim?

– Não vou esquecer.

– Seja fo-forte, corajosa e boa como sempre foi. – Ele a soltou, beijou-a nos lábios e abriu um sorriso. – Se impor-portaria se eu do-dormisse aqui com você hoje? Não quero fi-ficar sozinho.

– Meu amor, esta é a sua cama e eu sou a sua esposa – respondeu Mary com afeto.

Então Jeremy deitou ao lado dela e Mary abraçou o marido e ficou acariciando seus cabelos até ouvi-lo ressonando. Sem conseguir pegar no sono, ficou velando Jeremy. Só de madrugada, quando se convenceu de que ele dormia profunda e tranquilamente, foi que ela também se permitiu adormecer.

22

Na manhã seguinte, Mary deixou Jeremy dormindo e desceu para preparar o café da manhã de Sophia. As duas saíram de casa às oito e quinze para caminhar os dez minutos até a escola da menina, logo depois de Brompton Road.

– Tenha um bom dia, querida. Venho te buscar depois da aula, como sempre.

Mary observou Sophia virar as costas e entrar na escola. O dia estava ensolarado e claro, e ao caminhar em direção às lojas onde sempre comprava carne e legumes, ela se sentiu animada como nos velhos tempos. Pelo menos Jeremy tinha conversado com ela na noite anterior e parecia mais calmo. Muito embora aquela nova guerra prometesse ser outro inferno, sabia que, contanto que ela e Jeremy ficassem juntos, tudo terminaria bem. Demorou-se mais do que de costume, escutando as outras mulheres tagarelarem com o açougueiro sobre a probabilidade de um racionamento e sobre quando os alemães começariam a bombardear Londres para valer. Qualquer coisa que acontecesse, pensou ela no caminho de casa, ela e Jeremy enfrentariam juntos.

Não havia sinal do marido quando chegou em casa. Mas isso não era incomum; ele costumava sair de manhã para comprar o jornal, depois voltava passeando por Kensington Gardens. Mary seguiu com suas tarefas rotineiras, pensando que muita gente estranharia que ela preferisse fazer o trabalho doméstico quando podia contratar alguém para isso. Havia dispensado a governanta após se casar com Jeremy, incomodada com o olhar superior que a mulher lhe lançava, e tinha apenas uma diarista para ajudá-la na administração daquele casarão. Mas havia prazer e alegria em manter um lar organizado, limpo e bem-administrado para seu marido e sua filha.

Ao meio-dia, após preparar um almoço leve para ela e para Jeremy, mas sem ter escutado a chave dele girar na fechadura, pensou se a exaustão estaria cobrando seu preço e ele ainda estaria dormindo lá no quarto.

– Jeremy? Jeremy?

Ela percorreu o primeiro andar chamando de cômodo em cômodo. O escritório do marido estava vazio, assim como o salão, a biblioteca e a sala de jantar. Uma pontada de pânico tomou conta de Mary. Uma das coisas que ajudavam Jeremy a sobreviver era a rotina. Ele não aparecer para o almoço era algo inédito. Ela subiu a escada com uma sensação de mau presságio, empurrou a porta do quarto e viu que a cama estava vazia.

– Onde está você, querido? Está aí dentro? – chamou ela enquanto percorria o corredor até o quarto de vestir.

Bateu na porta, não teve resposta, então a abriu.

Seus olhos levaram um tempo para compreender o que estavam vendo. Um par de sapatos muito encerados balançava diante do seu nariz. Mary ergueu os olhos e viu o corpo de Jeremy preso por uma corda ao lustre.

Depois de o médico chegar, declarar o óbito de Jeremy e chamar a polícia para cortar a corda e baixar o corpo, ele foi deitado na cama. Mary ficou sentada ao lado dele, acariciando sua pele pálida e cinzenta. Catatônica de choque, não conseguia processar o que havia acontecido.

– A senhora tem algum motivo para pensar que o Sr. Langdon possa ter tirado a própria vida? – perguntou o policial.

Segurando a mão do marido morto, Mary aquiesceu.

– Talvez.

– Sinto muito fazer essas perguntas em um momento tão difícil para a senhora, mas ficaria grato se pudesse me explicar melhor. E depois não precisaremos mais incomodá-la.

– Ele... – Mary pigarreou para clarear a voz embargada. – Ele achava que seria convocado outra vez. Meu marido sofria de neurose de guerra, entende?

– E ele seria convocado outra vez?

– Ele foi reformado por invalidez depois da última guerra. Eu disse e repeti que não iam convocá-lo de novo, mas... – Mary balançou a cabeça em desalento. – Ele não acreditou em mim.

– Entendo. Se servir de consolo, senhora, com meu tio foi a mesma coisa. Não tem nada que a gente possa dizer ou fazer que afaste o medo. A senhora não deve se culpar.

– Não. Mas eu me culpo... *me culpo*, sim...

A campainha tocou lá embaixo.

– Deve ser a ambulância que veio levar seu marido. Vou descer para abrir. Enquanto isso, a senhora faria a gentileza de verificar os pertences dele para ver se deseja ficar com alguma coisa?

Mary assentiu e observou o policial sair do quarto, então, bem devagar, deitou a cabeça no peito de Jeremy.

– Ah, meu querido, por que você teve que nos abandonar? Não podia ter confiado em nós para te ajudar a melhorar? Eu te amava, querido, com todo o meu coração. Você não sabia? Não sentia isso?

Desalentada, Mary balançou a cabeça diante do silêncio, compreendendo que Jeremy nunca mais responderia. Como o policial pedira, retirou o relógio de pulso dele e depois apalpou os bolsos para ver se havia alguma coisa. Sentiu a textura de um papel no esquerdo, e de lá tirou um envelope. Empertigando-se de novo, ela leu "A serviço de Sua Majestade" no canto superior. Parecia o envelope marrom que Sean recebera ao ser convocado para servir na Guarda Irlandesa.

Mary o virou e viu que o envelope não tinha sido aberto. Bem devagar, rasgou o lacre e tirou a carta que o envelope continha, sabendo agora o que levara o marido a tirar a própria vida.

Departamento de Pensões do Exército

5 de outubro de 1939

Prezado Sr. Langdon,

Viemos por meio desta informar que sua pensão militar será aumentada de 5 libras e 15 xelins para 6 libras e 2 xelins mensais. O aumento passará a vigorar a partir de janeiro de 1940.

Atenciosamente,

A assinatura coberta por um carimbo no final estava ilegível.

Mary deixou a carta cair das mãos, tornou a deitar a cabeça no peito do marido e chorou como se seu coração fosse arrebentar.

Apenas Mary e Sophia compareceram ao enterro de Jeremy. Mary não fazia ideia do paradeiro dos pais dele. Mais dolorosa ainda foi a ausência de Anna, a quem ela escrevera dando a notícia.

A única coisa que fez Mary sobreviver ao sombrio mês de outubro foi Sophia e sua necessidade de consolo. Achou uma bênção não ter tempo para pensar em si mesma, pois sua dor era tão profunda que talvez tivesse escolhido a mesma saída de Jeremy. Também havia coisas sobre as quais precisava se informar. Por exemplo, toda semana Jeremy lhe dava uma quantia em dinheiro para as despesas da casa. Agora estava usando as próprias economias da época em que trabalhara como criada. Embora não fosse lhes faltar dinheiro no futuro próximo e ela pudesse sempre recorrer novamente à costura, não fazia ideia de qual era a sua situação em relação à casa, ou se havia alguma disposição em seu favor no testamento do marido.

A situação se esclareceu uma semana depois, quando a campainha tocou e um cavalheiro já meio calvo e vestido de preto tirou seu chapéu coco para ela.

– Sra. Langdon, suponho?

– Quem deseja saber? – indagou Mary, desconfiada.

– Sidney Chellis, do escritório de advocacia Chellis & Latimer. Lorde e lady Langdon, os pais de seu finado marido, me mandaram aqui conversar sobre uma questão de negócios. Posso entrar?

Mary assentiu, cansada. Enquanto o conduzia até o salão, deu-se conta de que Jeremy nunca mencionara ser filho de um lorde. Na verdade, ele nunca mencionara muita coisa sobre a família.

– Sente-se, por gentileza. Aceita um chá?

– Não será preciso. Não vou me demorar – falou o advogado enquanto tirava alguns documentos da pasta apoiada em seus joelhos.

Mary se sentou na frente dele, nervosa.

– Eu... eu fiz alguma coisa errada?

– Não, Sra. Langdon, a senhora certamente não está em apuros. Pelo menos que eu saiba. – Ele a encarou por cima dos óculos e arqueou as sobrancelhas. – Estou certo de que sabe que o seu marido fez um testamento deixando esta casa, a pensão de guerra e sua renda pessoal para a senhora?

– Não, Sr. Chellis, ainda não tinha visto essa questão. Estive envolvida demais com o luto – respondeu Mary com sinceridade.

– Bem, ele registrou o testamento em nosso escritório, que advoga para a família Langdon há mais de sessenta anos. Há um pequeno problema, porém.

182

– E qual seria?

– Esta casa foi originalmente doada à madrinha do Sr. Langdon pelo avô dele. Está na família Langdon desde a sua construção, duzentos anos atrás. O adendo no testamento da madrinha dele indicava que seu marido poderia usufruir do imóvel até o fim da vida, mas, quando morresse, o imóvel deveria retornar à família Langdon.

– Entendo – disse Mary baixinho.

– A senhora e o senhor Langdon tiveram um descendente. Uma menina chamada... – O Sr. Chellis consultou seus papéis. – Sophia May. Está correto?

– Sim.

– E ela tem hoje 10 anos?

– Correto.

– O problema – continuou o Sr. Chellis, tirando os óculos e os limpando no colete –, para colocar em termos simples, é que Sophia é menina. Quando se casar, vai adotar o sobrenome do marido. E se, digamos, Sophia e o marido viessem a se divorciar, ou se a própria Sophia viesse a falecer, haveria um problema para manter o imóvel na família Langdon. Compreende?

– Sim, Sr. Chellis. Infelizmente compreendo.

– Devo lhe dizer que, aos olhos da lei, se a senhora desejasse contestar o adendo do testamento, talvez um tribunal acatasse a contestação. Afinal, a senhora é a viúva do Sr. Langdon e responsável pela descendente dele. Mas seria um processo custoso... – Ele estremeceu de modo visível. – Além de um tanto indigno. Sendo assim, lorde e lady Langdon fizeram uma sugestão. Em troca da sua desocupação deste imóvel, estão dispostos a lhe oferecer uma significativa quantia compensatória. E além disso, como um gesto para a senhora abrir mão dos direitos à renda pessoal do seu finado marido, uma indenização substancial seria paga à sua filha Sophia.

– Entendo. – Mary digeriu as palavras do advogado. – Então, Sr. Chellis, a verdade é que lorde e lady Langdon desejam que eu e minha filha desapareçamos da vida deles, da mesma forma que o filho?

– Eu não colocaria a questão dessa forma, Sra. Langdon. Claro que é uma lástima o desentendimento entre lorde e lady Langdon e o filho, mas não cabe a mim, como advogado, comentar a respeito. A indenização que eles sugeriram em troca da casa é uma soma de 1.500 libras. Além disso, será paga a Sophia a soma de 500 libras.

Mary escutou sem dizer nada. Como não fazia ideia de quanto a casa valia nem, na verdade, do valor da renda pessoal de Jeremy, não podia comentar se a oferta era justa. Além do mais, aquela conversa toda lhe dava engulhos.

– Anotei a proposta aqui para sua consideração. Meu endereço e telefone estão no alto. Depois que a senhora tiver pensado e tomado uma decisão, ficaria grato se entrasse em contato diretamente comigo.

– E lorde e lady Langdon? Será que não desejam conhecer a neta? – ponderou ela, quase para si mesma. – Afinal, Sophia é sangue deles.

– Como disse, Sra. Langdon, sou apenas o mensageiro. Com certeza eles não mencionaram conhecer Sophia.

– Não... é claro que não. – Mary ergueu os olhos e o encarou. – Afinal, a filha de uma ama irlandesa não seria aceitável para a aristocracia, não é mesmo?

O Sr. Chellis baixou os olhos, constrangido. Ocupou-se tornando a guardar os papéis na pasta.

– Como disse, se a senhora puder fazer a gentileza de entrar em contato comigo assim que tomar uma decisão, cuidarei para que as providências sejam tomadas. – Ele se levantou e fez um aceno de cabeça. – Obrigado por me receber, e desejo que tudo possa se resolver a contento de todos os envolvidos.

Mary o acompanhou até a porta em silêncio.

– Até logo, Sr. Chellis. Entrarei em contato quando tiver tido tempo de pensar na sua proposta.

Ao longo dos dias seguintes, Mary começou a pesquisar a misteriosa família do falecido marido. Descobriu que Jeremy era o segundo filho de lorde e lady Langdon, cuja propriedade familiar ocupava 200 hectares da zona rural de Surrey. A propriedade era famosa por sua fartura de faisões e patos para a caça. E por uma coleção de valiosos quadros de Holbein. Investigou também quanto valia a casa que atualmente chamava de lar, caso fosse posta à venda.

Embora fosse um processo doloroso, fez tudo por Sophia. E pelo direito dela como filha de Jeremy. Alguns anos antes, teria dado as costas para qualquer proposta, mas agora estava mais velha e mais sábia, e compreendia muito bem como funcionava o mundo. Pelo bem da filha, por mais que odiasse fazer qualquer coisa que beirasse chantagem, precisava resolver a questão.

Mary também sabia que seus feitos do passado impediam que enfrentasse a família de Jeremy nos tribunais. Quem poderia dizer aonde o caso levaria, se chegasse aos jornais? E se alguém se lembrasse dela e de seu vínculo com Anna? E ligasse os pontos...

O escritório do Sr. Chellis ficava em Chancery Lane. Mary se apresentou à secretária dele e sentou-se para aguardar a reunião, preparando-se para manter os nervos e as emoções sob controle.

– Sra. Langdon. – O Sr. Chellis apareceu na porta da sua sala. – Queira entrar e sentar-se, por favor.

– Obrigada. – Mary o acompanhou e sentou-se na beira de uma desconfortável cadeira de couro. – Sr. Chellis, eu pensei na sua proposta. – Ela reuniu forças para terminar a frase. – Se os senhores estiverem dispostos a dobrar a quantia que receberei pela minha casa, eu aceito.

O Sr. Chellis mal expressou reação. Como Mary desconfiava, aquilo já era esperado.

– Vou ter de consultar lorde e lady Langdon, mas acho que devem aceitar algo nessa faixa. A senhora naturalmente teria de assinar um documento oficial abrindo mão de quaisquer direitos ao testamento do seu marido. *E de qualquer demanda futura que Sophia possa fazer em relação aos bens dos Langdons.*

– Entendo. – Sem querer prolongar aquele pacto com o diabo, Mary se levantou. – Ficarei aguardando notícias. Tenha um bom dia, Sr. Chellis.

Dois meses depois, Mary estava no hall de casa, dando uma última olhada no lugar em que tinha sido tão feliz. O carro chegaria a qualquer momento, e os dois baús com roupas dela e da filha, mais um terceiro cheio de recordações, partiriam em seguida. Sentindo-se esgotada, Mary se sentou no primeiro degrau da escada. Reconfortou-se pensando que, mesmo que pudesse ficar naquela casa, dificilmente ficaria. Todas as imagens, todos os cheiros no interior daquelas paredes a faziam pensar no que havia perdido.

Viu Sophia descendo a escada em sua direção e estendeu os braços para a filha. A menina se aninhou ali, e Mary afagou seus cabelos.

– Está pronta?

– Sim – respondeu Sophia. – Estou com medo, mãe.

– Eu sei, querida. Mas é o melhor a fazer. Eu já passei uma guerra na cidade de Londres, e dizem que dessa vez as bombas vão ser bem piores.

– Eu sei, mãe. Mas...

Uma batida soou na porta da frente.

– O carro chegou, meu amor.

Mary soltou a filha, sorriu para ela e segurou sua mão. Juntas, caminharam lentamente até a porta da frente, ambas dizendo um adeus silencioso à vida que estavam deixando para trás. Mary conduziu a menina pela porta e até o carro.

Estava na hora de voltar para casa.

Aurora

Ai, céus! Autores provavelmente não choram com as próprias histórias, mas acho a de Mary e Jeremy tão horrivelmente triste. Eles se amavam tanto, e mesmo assim, no final, nem isso bastou para consertar a situação. Às vezes, como estou aprendendo nessa viagem pela minha história, o amor não supera as terríveis feridas infligidas pelo passado. Se ao menos Jeremy tivesse aberto aquele envelope e visto que continha um aumento da sua pensão militar, não uma convocação para o combate...

Se.

Imagino que se possa dizer isso sobre tudo na vida... especialmente na minha.

Por outro lado, se Jeremy tivesse aberto aquele envelope, o resto da minha história seria bem diferente, e talvez não valesse a pena escrever. Estou começando a entender como a dor nos dá força e sabedoria – eu com certeza mudei – e é parte da vida tanto quanto a felicidade. Tudo tem seu equilíbrio natural, e como alguém entenderia a felicidade se não ficasse triste às vezes? Como entenderia a saúde se nunca tivesse adoecido?

Ultimamente venho pensando no conceito de "tempo". Mary e Jeremy tiveram um instante de imensa felicidade. E talvez esses instantes sejam o máximo que nós, humanos, podemos esperar. Como sempre acontece nos contos de fadas, tanto coisas ruins quanto coisas boas precisam acontecer. Nós sobrevivemos da esperança de que os bons momentos voltem. E depois que ela desaparece, como aconteceu com Jeremy, o que sobra?

Atualmente está difícil me manter esperançosa. Resta-me pouca coisa.

Mas onde há vida...

Enfim, chega de falar de mim. Vou voltar para uma época mais moderna, depois de Grania ouvir Kathleen contar a história de sua bisavó. E para quando fui pela primeira vez à fazenda Dunworley...

23

Dunworley, West Cork, Irlanda

– Imagino então que "casa" fosse a Irlanda.

Grania estava sentada à mesa da cozinha dos pais, segurando uma caneca de chá. Tinha decidido levar Aurora à fazenda e aproveitar para perguntar a Kathleen sobre o resto da história de Mary.

– Sim. Mary voltou para cá com Sophia e comprou um belo chalé em Clonakilty.

– E nunca mais se casou?

– Não. – Kathleen balançou a cabeça. – Pelo que minha mãe me contou, Mary sofreu o suficiente em Londres.

– Mas a ligação com a família Ryan continuou?

– Sim, o que é bastante irônico – concordou Kathleen. – Mary não se casou com Sean, claro, mas a *filha* dela, Sophia, se casou com Seamus Doonan, filho da irmã caçula de Sean, Coleen, e teve a mim!

– Minha nossa, mãe! – Grania estava impressionada. – Quer dizer que Bridget e Michael Ryan eram os seus bisavós? E, se tivesse sobrevivido, Sean teria sido seu tio-avô?

– Isso mesmo. Quando se casou com meu avô, Owen, Coleen se mudou para a casa nova que tinha sido construída para Sean e Mary. Depois passaram a casa para o filho, Seamus, que se casou com minha mãe, Sophia. E quando meu pai morreu, eu e seu pai assumimos a fazenda – explicou Kathleen.

– Quer dizer que sua mãe, Sophia, tinha sangue inglês, e ainda por cima sangue aristocrático? – questionou Grania. – O seu outro avô era Jeremy Langdon?

– Isso. Ou seja, você e Shane também têm. – Os olhos de Kathleen brilharam. – Veja só, Grania, você não é tão caipira irlandesa quanto pensava! Não que Sophia parecesse aristocrata. Minha mãezinha era igual à mãe dela:

gentil, caseira, sem um pingo de pretensão. Nada parecida com aquela irmã adotada, a tal de Anna.

Grania percebeu o tom da mãe e viu o semblante de Kathleen se fechar.

– Você a conheceu? – indagou, espantada. – Pensei que ela e Mary tivessem se distanciado.

Sua mãe caiu sentada à mesa.

– Bem, Grania, querida, essa história ainda não terminou. Você ainda não ligou os pontos?

– Não. – Grania balançou a cabeça. – Devia ter ligado?

– Como está lá na Casa Dunworley, achei que ligaria. Tem pistas suficientes naquela velha casa. Bom, então, a...

Nesse instante, Aurora entrou pela porta dos fundos segurando no colo um filhotinho da raça collie recém-nascido.

– Ah, Grania! Sra. Ryan! – Os olhos da menina brilhavam de felicidade ao encarar o cachorrinho. – Ela é muito fofa! E Shane disse que eu posso escolher o nome! Pensei em Lily, igual a minha mãe. O que vocês acham?

Grania viu a expressão no rosto da mãe, mas ignorou.

– Eu acho perfeito.

– Ótimo. – Aurora beijou a cabeça da cadelinha. – Não tem chance, quero dizer, nenhuma chance de...

– Primeiro a gente tem que perguntar ao seu pai – disse Grania, lendo o pensamento da menina. – Além do mais, um filhote recém-nascido não pode ficar longe da mãe.

– Mas eu posso vir visitar a Lily todos os dias? – implorou Aurora. – Posso, Sra. Ryan?

– Ahn...

Grania viu a mãe se derretendo a contragosto diante de uma menininha tão encantadora e animada.

– Bem, não vejo por que não.

– Obrigada! – Aurora foi até ela e beijou sua bochecha, então suspirou de alegria. – Eu amo a sua casa. Parece um... – Aurora buscou a palavra certa. – Um lar de verdade.

– Muito obrigada, Aurora. – A relutância de Kathleen se despedaçou. – Mas o que vocês vão fazer para o chá hoje à noite?

– Ainda não pensamos nisso, não é, Aurora? – disse Grania.

– Então por que não ficam aqui e tomam o chá conosco?

– Ebaaa! Assim posso ficar mais tempo com a Lily. Agora vou voltar para falar com Shane. Ele disse que ia me levar ao curral da ordenha.

Grania e Kathleen observaram-na sair outra vez.

– Mesmo que você não goste dos Lisles, tem que admitir que Aurora é muito fofa – disse Grania com cautela.

– Tem razão. – Kathleen deu um tapa na mesa, levantou-se e foi até a pilha de batatas para descascar. – Não tem nada a ver com ela, pobrezinha. Como estão os pesadelos da menina? – perguntou enquanto pegava uma faca na gaveta e começava o trabalho.

– Ela parece melhor. Pelo menos não anda mais enquanto está dormindo. Mãe... – Grania queria levar a conversa de volta ao assunto anterior. – Quando você me perguntou se eu tinha ligado os pontos, antes de Aurora entrar, eu...

Foi a vez de o pai as interromper:

– Kathleen, me faz um chá, estou morto de sede – pediu John ao entrar na cozinha a passos largos.

– E você vai tomar um banho enquanto isso. – Kathleen torceu o nariz. – Está fedendo a vaca e sabe que eu não suporto.

– Eu vou – disse John, e só para irritá-la deu um beijo na cabeça da esposa. – E vou voltar cheirando a rosas para esse chá.

Naquela noite, Grania não teve outra oportunidade de conversar sobre o passado, ficou apenas apreciando ver Aurora sentada à mesa com os Ryans, interrogando-os animadamente sobre todos os aspectos da vida na fazenda.

– Eu acho que quero ser fazendeira, se não puder ser bailarina – falou ela enquanto voltava com Grania para a casa grande. – Adoro animais.

– Você já teve algum animal de estimação?

– Não. Mamãe não gostava de bichos. Dizia que eles eram fedidos.

– Bom, eu acho que são um pouco, mesmo – concordou Grania.

– Mas as pessoas também são – rebateu Aurora enquanto entravam na cozinha escura e Grania acendia as luzes.

– Certo, senhorita. Já pra cama! Está tarde.

Com Aurora já debaixo das cobertas, Grania – ainda pensando na bisavó Mary e na mulher notável que ela parecia ter sido – ficou andando pela casa, incapaz de se aquietar. Sem saber qual era o vínculo com os Lisles e sem, nas palavras da mãe, ter ligado os pontos, sentia algo cutucando o fundo da mente. Algo que não conseguia identificar, mas que amarraria os fios soltos. Não estava no salão, nem na biblioteca, nem no escritório de Alexander... Ela abriu a porta da sala de jantar, recordando a única noite em que havia comido ali na companhia dele.

E ali, pendurada acima da lareira, estava a resposta. Quando se sentara àquela mesa, não prestara atenção naquilo, mas sua memória obviamente retivera a imagem. Uma pintura a óleo de uma bailarina de tutu branco, com os cabelos escuros enfeitados por plumas de cisne. Tinha os braços esticados sobre as pernas, e o rosto pousado nos joelhos estava fora de vista. No pé da imagem estava escrito: ANNA LANGDON EM "A MORTE DO CISNE".

– Anna Langdon... – Grania leu em voz alta.

Aquele era o vínculo que ela havia deixado passar. O motivo que levara sua mãe a dizer que Aurora tinha herdado o talento da avó.

Grania subiu para o quarto, uma hora depois, sem conseguir confirmar sua teoria, uma vez que o rosto da bailarina estava escondido, no quadro. Mas, se fosse a mesma mulher de olhos escuros das fotos em preto e branco espalhadas pela casa, sabia que tinha feito a ligação certa.

No dia seguinte, durante o café da manhã, perguntou casualmente:

– Aurora, você chegou a conhecer sua avó?

Aurora fez que não.

– Mamãe disse que ela morreu antes de eu nascer. Vovó já era bem velha quando teve a mamãe, sabe?

– Lembra como ela se chamava?

– Claro que eu lembro! – Ela soou ofendida pela pergunta. – O nome dela era Anna, e ela foi uma bailarina famosa. Como eu serei um dia.

Naquela tarde, de volta à fazenda, enquanto Aurora contava ovelhas com Sean no alto das colinas, Grania tornou a abordar a mãe.

– Então, mãe, como foi que Anna e Sebastian, o irmão mais novo de Lawrence Lisle, se conheceram e se casaram? Estou certa, não estou? Anna Langdon, a famosa bailarina, virou Anna Lisle? Mãe de Lily e avó de Aurora?

– Sim – confirmou Kathleen, assentindo. – Virou. Não me pergunte os detalhes, porque eu era um bebê quando eles se casaram. Embora tenha conhecido ela, só posso imaginar o que aconteceu. Além do mais, minha mãe e a irmã não se davam, então minha mãezinha mal falava no assunto.

– Mas por que Anna veio para a Irlanda atrás da mãe e da irmã? Quando obviamente tinha ficado tão famosa?

– Bom, você precisa lembrar que ela já estava com quase 40 anos quando veio se recolher na Irlanda. E as bailarinas e beldades têm vida curta, não é? – arrematou Kathleen, pragmática.

– Você se lembra dela, mãe?

– Ah, lembro sim. – As mãos ágeis de Kathleen se imobilizaram sobre a massa que estava abrindo com o rolo. – Para uma criança como eu, criada nessa cidade pequena, tia Anna parecia uma estrela de cinema. Na primeira vez em que a vi, estava usando um casaco de pele de verdade. Quando me abraçou, lembro da maciez que senti no rosto... Então ela tirou o casaco para se sentar e tomar um chá na nossa sala. Tinha o corpo mais miúdo que eu já tinha visto. E saltos que pareciam altos feito montanhas. Então acendeu um cigarro preto. – Kathleen suspirou. – Como poderia esquecer dela?

– Quer dizer que era bonita?

– Ela era... uma presença... uma força da natureza. Não é de espantar que o velho Sebastian Lisle tenha se apaixonado perdidamente na primeira vez em que a viu.

– Quantos anos ele tinha?

– Devia ter uns 60. Era viúvo, e já tinha se casado tarde da primeira vez. A primeira esposa dele, Adele, era trinta anos mais nova. Ela morreu dando à luz... *aquele menino*.

– Sebastian já tinha um filho?

– Já. – Kathleen estremeceu. – O nome dele era Gerald.

– Então Anna e Sebastian Lisle se casaram?

– Casaram.

– O que Anna queria com um velho depois da vida que teve, mãe?

– Quem sabe? Dinheiro, talvez. Minha mãe sempre dizia que Anna era uma tremenda gastadora, que gostava de viver no luxo. Já a Sua Alteza deve ter pensado que Anna era um baita presente que valia para todos os natais para o resto da vida. Eles se casaram três meses depois de se conhecerem.

– O irmão de Lawrence, tutor de Anna... – disse Grania. – Sebastian sabia quem ela era?

– Ah, sabia sim – respondeu Kathleen. – Os dois achavam engraçadíssimo Anna ter passado por morta todos aqueles anos.

– Mas e Mary? A vinda de Anna para a Irlanda não causou problemas para ela?

– Bem, quando Anna apareceu na casa de Mary e conheceu Sebastian, um pouco depois, Mary soube que tinha que contar o que havia feito para proteger a filha adotiva quando era mais nova – disse Kathleen. – Ela agiu pelos motivos certos... quem sabe o que teria acontecido com Anna, se Mary não tivesse se metido? Anna sabia que, se Mary não tivesse dito a Lawrence Lisle que ela estava morta e depois adotado ela, não teria tido a chance de seguir a carreira de bailarina.

– E Mary perdoou a filha por não ter entrado em contato durante tantos anos?

– Bem, depois do que elas tinham passado juntas em Londres, tinham uma conexão forte. E você já sabe que Mary amava Anna como se fosse sua própria filha. Teria perdoado qualquer coisa. O mais difícil foi para minha mãezinha Sophia. Ela falava de Anna como "a filha pródiga".

– Talvez tivesse ciúmes de Mary com Anna – ponderou Grania.

– Com certeza tinha um pouco, sim. Mas pelo menos elas se reconciliaram antes de Mary morrer. E depois do que tinha feito para ajudar Anna, na infância, minha avó merecia isso, merecia mesmo. E digo mais, Grania: toda semana, sem falta, apareciam flores frescas no túmulo de Mary na igreja de Dunworley, e só pararam quando Anna morreu também. Era o jeito dela de pedir desculpas e dizer que amava a mulher que sempre chamou de "mãe".

Pensar nesse gesto fez surgir um súbito e inesperado bolo na garganta de Grania, e sua simpatia por Anna aumentou.

– Sebastian resolveu não tomar nenhuma providência contra Mary por ter roubado Anna do irmão? – perguntou ela.

– Anna conversou com ele, e foi suficiente. Além do mais, Lawrence Lisle estava morto havia tempo e isso eram águas passadas. Para Sebastian, Mary tinha cuidado do amor da sua vida, e nada mais importava. Eu juro, Grania, nunca vi um homem tão cego de amor.

Grania se esforçou para absorver todas as informações.

– Então Lily nasceu?

– Sim, Lily nasceu. Que Deus nos proteja – murmurou Kathleen.

– E os três viveram felizes para sempre na Casa Dunworley?

– Longe disso – respondeu Kathleen, bufando. – Acha mesmo que Anna Langdon ia se contentar em bancar a mãezinha de um bebê e de um enteado

de 3 anos, trancafiada em uma casa grande e em ruínas no meio do nada? –
Kathleen balançou a cabeça. – Não. Contrataram uma babá para cuidar do
bebê, e tia Anna foi embora poucos meses depois. Falava de alguma turnê
de balé e passava semanas a fio sumida. Minha mãezinha tinha certeza de
que ela saía com outros homens.

– Então Lily cresceu praticamente sem mãe, e Sebastian Lisle era um
corno solitário?

– É, mais ou menos isso. E nunca se viu um homem mais infeliz do que
Sebastian. Ele costumava vir aqui com Lily para nos visitar. Sentava à mesa
e perguntava à minha mãe se ela tinha notícias da irmã. Eu tinha só 5 anos
na época, mas ainda me lembro da cara dele... desesperado. Como se tivesse
sido enfeitiçado, o pobre velho iludido. E quando tia Anna voltava, às vezes
depois de meses sumida, ele sempre acabava perdoando.

– E Lily? Que vida ela deve ter tido... um pai idoso e uma mãe ausente.

A expressão de Kathleen se anuviou de repente.

– Agora chega dessa conversa! Não quero mais falar nisso. E você, Grania?
E o seu futuro? – rebateu ela. – O pai de Aurora não vai demorar a voltar, e
quando ele chegar não vão mais precisar de você.

– Você não quer falar do passado e eu não quero falar do futuro. – Como
mãe e filha tinham chegado a um impasse, Grania se levantou. – Vou lá no
meu quarto pegar umas coisinhas para levar para a Casa Dunworley antes
de Aurora voltar com Shane.

– Como quiser – disse Kathleen às costas da filha.

Ela suspirou, exausta de tanto pensar no passado e sabendo que ainda
não tinha acabado de contar a história. Mas já contara o bastante por ora, e
além do mais... não tinha forças para falar do resto. E talvez nunca tivesse.

– Então, querida... – John entrou na cozinha como fazia todos os dias
nessa hora e a abraçou. – Cadê aquele chá de sempre?

Aurora

Sinto que devo intervir neste ponto... tudo estava indo bem até eu me dar conta de que, se estivesse lendo isto, não estaria entendendo nada. Sendo assim, para sua comodidade, vou recorrer a uma árvore genealógica.

Bom, isso me tomou mais tempo do que escrever os três capítulos anteriores. Espero que ajude a explicar as coisas.

Minha preocupação é que você pense que é coincidência demais. Na verdade, não existe coincidência alguma. Nós – os Ryans e os Lisles – vivemos em uma comunidade minúscula e isolada no fim do mundo. Somos vizinhos há centenas de anos, de modo que eu não acho surpreendente que as nossas vidas e histórias tenham se entrelaçado.

Reconheço que traçar a genealogia foi difícil. Em breve também vou ter uma segunda data escrita sob o meu nome e serei passado, não presente. Também me ocorreu que nós vivemos e tomamos decisões como se fôssemos imortais, sem aceitar o inevitável que chega para todos. É nossa única forma de sobreviver, claro.

Acho que está na hora de me afastar da Irlanda e do passado e olhar para o futuro, para os Estados Unidos. A terra da esperança, onde os sonhos podem virar realidade, onde qualquer coisa é possível.

Leitores, esse é o tipo de país que eu amo!

Eles acreditam em magia, como eu, porque são uma raça jovem, que ainda precisa aprender a sabedoria e o cinismo que vêm da experiência.

Então vamos descobrir o que anda acontecendo com Matt...

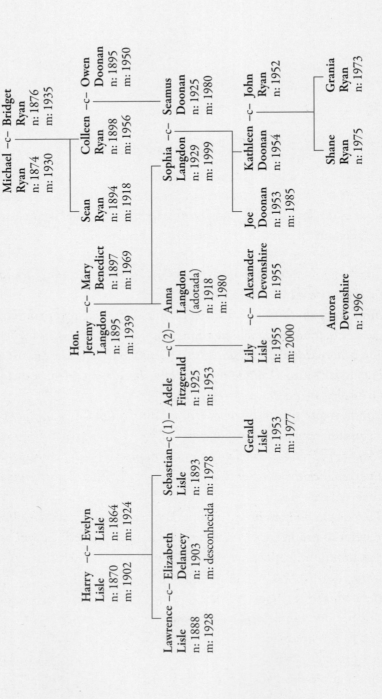

24

Matt zapeava distraído os canais da tevê. Mesmo que estivesse passando alguma coisa que ele normalmente gostaria de assistir, não teria conseguido se concentrar. Sua cabeça estava um caos e andava dormindo muito mal. Fazia quase dois meses que Grania fora embora. E quase um mês que eles não se falavam. Os constantes "ela vai voltar quando tiver se acalmado" de Charley tinham começado a perder a força. A cada dia ficava mais evidente para Matt que Grania quase certamente não voltaria mais. E que sua vida juntos tinha acabado.

Vários amigos que sabiam da situação o incentivavam a seguir em frente, argumentando que ele ainda era jovem e estava em uma fase da vida em que a maioria dos caras ainda não tinha nem começado a sossegar. Além disso, não era casado com Grania – ela tinha feito questão de ir morar com ele para provar à família e aos amigos que não estava dando o golpe do baú, e isso fora mais importante do que colocar uma aliança no dedo.

No fim das contas, seus amigos estavam certos. O apartamento que dividia com Grania era alugado, e não tinham bens em comum. Não passaria por um divórcio longo e doloroso. Podia simplesmente cancelar o contrato de locação – o que teria que fazer assim que não pudesse mais pagar o aluguel sozinho –, achar outro lugar para morar e ir embora. Ileso, tanto de um ponto de vista prático quanto financeiro.

Emocionalmente, porém, estava começando a perceber que a história era outra.

Relembrando o passado, Matt pensara muito na primeira vez em que vira Grania. Ele e uma turma tinham ido à inauguração de uma galeria minúscula no SoHo – um de seus amigos conhecia o dono, e o plano era dar uma passada, mostrar a cara, depois ir jantar. Seu grupo tinha chegado acompanhado pelas garotas, como sempre impecáveis com seus jeans de marca e seus cabelos alisados com escova.

A galeria estava cheia, e Matt olhou sem prestar atenção para as obras de arte moderna nas paredes; estranhos borrões que pareciam pintados por crianças pequenas não faziam o estilo dele. Seus olhos recaíram então em uma pequena escultura sobre um pedestal, no canto do recinto. Chegou mais perto para examiná-la e viu que era um cisne belamente esculpido. Suas mãos foram atraídas para o elegante pescoço e a impressão de maciez das asas que o artista criara. A escultura o atraía. Era linda. Ele olhou o preço e viu que podia pagar. Procurou alguém que pudesse lhe dizer como fazer para adquiri-la. Depois de encontrar o dono da galeria conversando com seu amigo Al, foi levado até uma mesa onde apresentou seu cartão de crédito.

– O senhor tem bom gosto. É uma das minhas peças preferidas também. Tenho a sensação de que essa artista vai longe. – O dono da galeria apontou para o outro lado do recinto. – Ela está ali. Quer conhecê-la?

Os olhos de Matt pousaram na pequena silhueta vestindo uma calça jeans velha e uma camisa quadriculada vermelha. Os cachos louros estavam soltos – ao natural –, emaranhados sobre os ombros. Quando o dono da galeria a chamou pelo nome, a artista se virou. Matt encarou os grandes olhos azul-turquesa, o nariz arrebitado coberto de sardas, os lábios rosados. Sem maquiagem, a moça parecia uma criança, e sua naturalidade contrastava enormemente com as sofisticadas garotas que haviam chegado com ele.

Quando ela atendeu ao aceno do galerista para se aproximar, Matt observou seu corpo esguio, quadris estreitos e pernas compridas. Ela não era linda, mas tinha uma beleza e um brilho nos olhos que o atraíram na hora. Ao encará-la, Matt não soube se queria abraçá-la e protegê-la ou tirar sua roupa e fazer amor com ela.

– Grania, este é Matt Connelly. Ele acabou de comprar seu cisne.

– Olá, Sr. Connelly – dissera ela com um sorriso, e seu nariz afilado se franziu de alegria. – Fico feliz que tenha comprado. Agora vou poder me alimentar pelas próximas semanas!

Em retrospecto, talvez tenha sido o leve sotaque irlandês, tão mais agradável aos ouvidos e tão mais sexy do que as cadências ásperas dos nova-iorquinos.

O que quer que tenha sido, quinze minutos depois Matt se pegou perguntando a Grania se poderia convidá-la para jantar. Ela recusou, dizendo que já tinha combinado de sair com o galerista e os outros artistas que estavam expondo naquela noite. Apesar disso, sob o pretexto de querer ver as outras peças que ela tinha no ateliê, ele conseguiu o número dela.

O belo, simpático e atraente Matt nunca tivera problema em conseguir encontros. Com Grania Ryan foi diferente. Ele ligou no dia seguinte e deixou recado na caixa postal, mas não teve resposta. Voltou a ligar alguns dias depois e dessa vez ela atendeu, mas pelo visto estava muito ocupada aquela semana.

Quanto mais ela o evitava, mais Matt queria sua atenção. Por fim, ela aceitou encontrá-lo para beber alguma coisa em um bar que conhecia no SoHo. Ele apareceu devidamente de blazer, calça e sapato social, e se viu em um boteco onde era a única pessoa vestida assim. Grania não parecia ter perdido tempo pensando no que usar para o encontro: continuava com a mesma calça jeans, só que dessa vez acompanhada por uma velha blusa azul. Pediu meio pint de Guinness e o bebeu com avidez.

– Infelizmente não posso ficar muito tempo – disse ela, sem explicar o motivo.

Tendo enfim conseguido encontrá-la, Matt se esforçou bravamente para fazer a conversa fluir. Grania, distraída, não pareceu interessada na maioria das coisas que ele tinha a dizer. Depois de algum tempo, ela se levantou, pediu desculpas e disse que precisava ir.

– A gente pode sair de novo? – perguntou Matt, pagando a conta às pressas e acompanhando-a para fora do bar.

Na calçada, ela se virou para ele e perguntou:

– Por quê?

– Porque eu quero. Isso não basta?

– Matt, vou ser bem sincera: eu vi todos os seus amigos estilosos na galeria naquela noite. Não acho que eu faça o seu tipo, nem você o meu.

Matt ficou sem resposta. Quando ela virou as costas, ele foi atrás.

– Ei, e qual você acha que é o "meu tipo", Grania?

– Ah, você sabe... nascida em Connecticut, educada em algum colégio particular chique, depois em Harvard, e de lá rumo a Wall Street para ganhar dinheiro.

– É, bom, parte disso é verdade. – Matt enrubesceu. – Mas eu não tenho a menor intenção de seguir meu pai na área de investimentos. O fato é que estou estudando para um doutorado em psicologia em Columbia. Depois que terminar, quero ser professor universitário.

Ao ouvir isso, Grania parou e se virou, com uma centelha de interesse no olhar.

– É mesmo? – Ela cruzou os braços. – Estou surpresa. Você não parece um estudante sem grana, sabe? – Ela fez um gesto indicando-o de cima a baixo. – Que uniforme é esse?

– Uniforme?

– Esse visual mauricinho – explicou ela com uma risadinha. – Você parece que saiu de um anúncio da Ralph Lauren.

– Bom, tem mulher que gosta, sabe?

– Bom, eu não sou uma delas. Desculpa, Matt. Não gosto de ser um brinquedinho para meninos ricos que acham que podem comprar o afeto dos outros.

Matt ficara dividido entre a raiva, a hilaridade e o fascínio. Estava enfeitiçado por aquela irlandesa baixinha, de temperamento forte, que por fora parecia a Alice do País das Maravilhas, mas obviamente era feita de aço, e tinha uma língua capaz de arranhar até as couraças mais resistentes.

– Caramba! – exclamou ele enquanto ela se afastava pela calçada. – Sabe aquela escultura sua que eu comprei? Gastei cada centavo da herança da minha tia. Faz meses que estou procurando feito um louco por algo que me atraísse. O testamento da minha tia especificava que eu tinha que usar o dinheiro para comprar algo bonito.

Matt se deu conta de que estava gritando com uma figura diminuta a 50 metros de distância, e pessoas o encaravam. Pela primeira vez na vida, ele não ligou.

– Eu comprei o seu cisne porque achei ele *bonito*. E só para ficar registrado, minha família está puta comigo porque eu não vou seguir a carreira do meu pai! E esse "príncipe chique" aqui não tem nenhuma cobertura na Park Avenue, minha senhora. Ele mora em um alojamento estudantil no campus da universidade, formado por uma quitinete, uma cozinha e um banheiro coletivos!

Grania parou outra vez, se virou e, sem dizer nada, ergueu a sobrancelha.

– Quer conhecer? Nenhum dos meus amigos de Manhattan vai lá. Fica do lado errado da cidade.

O comentário fez Grania sorrir.

– Sem falar – Matt sabia que estava dando informação demais, mas por algum motivo era fundamental aquela garota saber quem ele era de verdade

– que tem grandes chances de eu não herdar um centavo dos meus pais ricos, a menos que eu faça o que eles querem. Então, se você estiver procurando esse tipo de cara, melhor a gente deixar pra lá.

Eles passaram uns bons vinte segundos se encarando. Os passantes também, fascinados com aquela cena no meio da rua.

Então foi a vez de Matt se afastar. Ele saiu caminhando depressa, sem entender o próprio rompante. Grania o alcançou em um minuto.

– Você usou mesmo uma herança para comprar meu cisne? – perguntou ela baixinho.

– Usei. Minha tia era uma grande colecionadora de arte. Ela me ensinou a só comprar obras que mexessem comigo. E a sua escultura mexeu.

Eles passaram um tempo caminhando em silêncio, sem saber para onde iam. Por fim, Grania voltou a falar:

– Desculpe. Eu julguei você e não devia ter feito isso.

– Ah, tudo bem. Mas que importância tem, afinal, de onde venho e como me visto? – Ele a encarou. – Eu diria que é uma questão mais sua do que minha.

– Não me vem com esse papo de psicólogo, Sr. Connelly. Eu posso achar que você está tentando me impressionar.

– E eu posso pensar que você já se deu mal com algum cara do meu tipo.

Grania enrubesceu.

– Talvez você tenha razão. – De repente, ela parou de andar e o encarou. – Como você percebeu?

– Ah, Grania... – Matt deu de ombros. – Ninguém odeia tanto a Ralph Lauren. Eles fazem umas roupas bem legais.

– Justo. É, o meu ex era um baita de um imbecil. Então é isso. – Ela pareceu subitamente insegura. – Bom, eu acho que...

– Escuta, em vez de ficar conversando na calçada, por que não vamos comer em algum lugar? – Matt lhe deu uma piscadela. – Prometo que não vai ter ninguém de blazer!

Matt se lembrava daquela noite e das semanas seguintes como uma das melhores fases da sua vida. Grania o conquistou com seu jeito objetivo, natural e sua franqueza. Acostumado com as mulheres contidas da classe alta, que escondiam seus verdadeiros pensamentos e emoções atrás de um véu de sofisticação, obrigando o homem a ficar tentando adivinhar a situação, Grania parecia um sopro de ar fresco. Se estava feliz, ele sabia, e se estava de mau humor, zangada ou frustrada com sua última escultura, ele também sabia. Além disso, ela tratava com respeito sua futura carreira e o esforço que ele fazia para alcançá-la. Não partia do princípio, como tantos dos seus amigos, de que aquilo era uma brincadeira, um breve intervalo antes que desistisse e seguisse o pai rumo ao mundo em que nascera.

Embora não tivesse o mesmo nível de instrução de Matt, Grania era inteligente e curiosa, e absorvia informações feito uma esponja. Depois devolvia essas informações, usando seu conhecimento instintivo para dar sentido ao que ouvira. O único empecilho tinha sido ter que terminar com Charley. Para ele, fora tudo casual, não levaria a nada sério. Charley reagiu bem, ou pelo menos pareceu, e com o passar dos meses Matt passou a ver seus antigos amigos com menos frequência, de qualquer forma. Tinha entendido as palavras de Grania e, através dos olhos dela, percebeu com mais clareza quão rasas *de fato* eram algumas daquelas pessoas. Mas a questão era que aquele *era* o mundo de Matt, e embora tivesse se afastado dos amigos, com a família as coisas não eram tão simples.

Ele a levou para conhecer seus pais, certo fim de semana, na casa onde fora criado. Grania passou os dias anteriores experimentando várias combinações de roupas, até, poucas horas antes de partirem, desatar a chorar de frustração. Matt a abraçou.

– Escuta, amor, as roupas não importam. Eles vão te amar pelo seu jeito.

– Hmpf – foi a resposta. – Duvido. É que eu não quero te decepcionar nem te fazer passar vergonha, Matt.

– Isso não vai acontecer, eu juro.

O fim de semana correu da melhor forma possível, na opinião de Matt. Sim, sua mãe, Elaine, às vezes era sufocante, mas em geral tinha boas intenções ao falar ou fazer qualquer coisa. Já seu pai era menos acessível. Bob Connelly fora criado em uma geração em que homens não tinham que se envolver nem nos assuntos domésticos, nem nos dilemas emocionais das mulheres. Grania fez seu melhor, mas não dava para conversar francamente com o pai de Matt sobre assunto algum.

Grania passou a viagem de volta calada, e Matt gastou um bom tempo da semana seguinte reconfortando-a, dizendo o quanto seus pais tinham gostado dela. Talvez, se conseguisse passar a segurança que ela precisava, pensou, e mostrar que a relação deles não era uma brincadeira, Grania se sentisse melhor. Seis meses depois, durante férias em Florença, após fazerem amor em um quartinho perto do Duomo, Matt pediu Grania em casamento. Ela ergueu os olhos arregalados de surpresa para ele.

– Casar? Matt, está falando sério?

Ele fez cócegas nela.

– Não, estou falando só de brincadeira. É claro que é sério!

– Entendi... – Ela suspirou. – Bom, você me pegou de surpresa.

– De surpresa por quê? – perguntou Matt, com a sobrancelha arqueada. – A gente já é maior de idade há muito tempo; eu te amo, e acho que você me ama também. É o caminho natural, não? Não é o que os seres humanos normais *fazem* numa situação assim?

Grania ficou séria, parecendo prestes a chorar. Não era a reação que Matt esperava, nem a que ele queria.

– Amor, não queria te chatear. O que foi que eu fiz de errado?

– Nada – sussurrou ela. – É só que, é que eu não posso... não, Matt, eu não posso casar com você.

– Sei. Posso saber por quê?

Grania enterrou o rosto no travesseiro e balançou a cabeça.

– Não é que eu não te ame, porque eu amo, sim – falou ela, com a voz abafada. – Mas não posso brincar de ser a Sra. Matthew Connelly. Os seus pais e seus amigos ficariam horrorizados, Matt, não importa o que você diga. Sei que ficariam. E eu ia passar o resto da vida culpada, com todo mundo me olhando como se eu tivesse dado o golpe do baú. Além do mais, perderia minha identidade.

– Grania, amor – disse Matt com um suspiro. – Eu não entendo por que você liga tanto para o que os outros pensam! Isso não tem nada a ver com eles, tem a ver com a gente! E com o que faz *a gente* feliz. E eu ficaria feliz de verdade se você aceitasse ser minha esposa. A menos, claro, que tudo isso seja só uma desculpa para esconder o fato de que você não me ama.

– Deixa de ser idiota, Matt! Você sabe que não é isso. – Grania se sentou na cama e passou a mão pelo cabelo embaraçado. – É o meu orgulho, Matt. Sou orgulhosa, sempre fui. Não vou aguentar ninguém me olhando e pensando que eu casei com você pelos motivos errados.

– E isso é mais importante do que fazer o melhor pra gente?

– Você me conhece, amor. Quando eu cismo com alguma coisa, já era.

Escuta – ela estendeu as mãos e segurou as dele –, se você quer passar o resto da vida comigo e morar comigo, então a resposta é sim. É o que eu quero também. A gente não pode fazer só essa parte, Matt? Sem a aliança, o sobrenome e tudo o mais?

– Morar junto, você quer dizer?

– Sim. – A expressão chocada de Matt fez Grania sorrir. – As pessoas fazem isso hoje em dia, sabe? Além do mais, eu não conheço a lei daqui, mas depois de alguns anos provavelmente seria considerada sua esposa, mesmo. Matt... – Ela apertou as mãos dele e o encarou, nervosa. – Acha que a gente precisa mesmo de um pedaço de papel para mostrar ao mundo que nos amamos? Não seria mais significativo ficarmos juntos sem precisar disso?

Apesar do esforço de Matt para abandonar as convenções com as quais fora criado para ficar com a mulher que amava, aquela foi uma decisão difícil para ele. Nunca tinha pensado em só morar com alguém, sempre achou que fosse se casar, do modo tradicional, como seus pais e seus amigos.

– Eu... – Ele balançou a cabeça. – Eu preciso pensar.

– Entendo. – Grania baixou os olhos. – Olha, eu topo usar uma aliança, quer dizer, se você quiser me dar uma. Ou a gente poderia ir à Tiffany's e mandar gravar um anel de latinha, que nem a Audrey Hepburn fez em *Bonequinha de luxo*!

– E quando a gente tiver filhos? – perguntou ele, aflito.

– Meu Deus! – Grania sorriu. – A gente acabou de pensar em juntar as escovas de dentes. Acho que não consigo planejar tão além.

– É, pode ser. Mas para levar isso a sério, Grania, eu preciso saber que, quando a hora chegar, a gente vai ter conversado a respeito. Estou fazendo o máximo que posso, amor, mas pensar que os meus filhos vão ser tecnicamente ilegítimos e que nem o meu sobrenome eles vão ter é demais para mim.

– Bom, aceito um meio-termo. Se você topar morar comigo em pecado por enquanto, eu topo falar sobre casamento se e quando a gente for ter filhos.

Matt passou alguns segundos calado, então riu e deu um beijinho carinhoso no nariz dela.

– Mulher, você é o sonho de qualquer poeta romântico. Tá, se é isso que você quer, está combinado. E não, eu não vou apertar sua mão – disse ele, olhando-a de esguelha. – Sei de um jeito bem melhor de selar o acordo.

Então, para manter o relacionamento com a mulher orgulhosa, independente, empolgante apesar de frustrante e sempre surpreendente que ele amava, Matt comprometeu todos os seus princípios e foi morar com Grania. Comprou para ela uma aliança da Tiffany's, conforme solicitado, que a amada passou a usar com orgulho. Ao verem o anel, seus pais fizeram apenas uma pergunta: quando é que eles iam marcar a data.

Essa data nunca chegou.

E agora ali estava Matt, oito anos depois, ainda sem nada no papel, como naquele dia em Florença. Quase desejava o sofrimento de um divórcio complicado; pelo menos isso faria jus à magnitude do que estava acabando. Os dois nunca tiveram uma conta conjunta. Não havia quase nada para separar. O que os unia era o desejo de ficarem juntos. Ele foi até a janela e olhou para fora. Talvez devesse simplesmente aceitar o recado claro de Grania e seguir em frente. Mas não saber exatamente o que tinha *feito* dificultava as coisas. No entanto, se ela não estava pronta para explicar ou tocar no assunto, o que ele podia fazer?

– Oi, querido. Como foi o seu dia?

Charley entrou, fechou a porta, se aproximou de Matt e o abraçou por trás.

– Oi. Ah, você sabe... – Matt deu de ombros.

– Está triste? Ah, Matty, já faz semanas, é difícil ficar vendo você assim.

– É, bom, acho que é assim mesmo. – Ele se desvencilhou do abraço dela e foi pegar uma cerveja. – E você aceita uma taça de vinho?

– Por que não? – Charley se atirou no sofá. – Estou um caco.

– Dia difícil no trabalho? – perguntou Matt em tom casual enquanto abria a cerveja e servia para ela uma taça do Chardonnay guardado na geladeira.

– É – respondeu Charley, e sorriu. – Uma balada até que cairia bem.

– Concordo.

Charley se endireitou no sofá e tomou um gole do vinho.

– Bom, então vamos fazer isso, vamos pra balada! Eu posso ligar para a nossa antiga turma... todo mundo ia gostar de te ver. Que tal?

– Acho que não estou com ânimo para isso – disse Matt, dando de ombros.

– Bom, não custa tentar, não é? – Charley já tinha sacado o celular e estava digitando um número. – Se não for por você, faz isso pela sua colega de apartamento, que está aguentando a sua fossa há semanas. Al, oi! – falou ela no celular. – O que você vai fazer hoje?

Uma hora e meia depois, Matt estava em um bar estiloso ao norte do Central Park que não frequentava havia muitos anos, acompanhado por um bando de velhos amigos. Charley o obrigara a tirar o blazer e a calça social do armário. Vivendo com Grania, usava apenas jeans e camiseta, além de um paletó de tweed de segunda mão que ela encontrara em um brechó e dizia que o deixava com "cara de professor universitário", quando ia trabalhar.

Alguém pediu champanhe, e Matt ficou contente que os amigos parecessem felizes em revê-lo. Enquanto bebia, se deu conta de que fazia oito anos que não saía com eles sozinho. Nenhum dos amigos tinha se casado ainda, e continuavam levando a mesma vida bem-sucedida e sofisticada. Na segunda taça de champanhe, teve a sensação de estar em um túnel do tempo, mas não de forma ruim. A presença de Grania o afastara daquelas pessoas, o que tinha feito de bom grado, por amor a ela. Só que Grania não estava mais ali...

Após três garrafas de champanhe, o grupo seguiu para um novo restaurante japonês e teve um jantar animado, regado a mais vinho do que deveria, e relembraram o passado. Depois da solidão e tristeza das últimas semanas, a bebida e o prazer da companhia dos velhos amigos deixaram Matt tonto.

Eram duas da manhã quando saíram do restaurante. Um pouco trôpego, Matt chamou um táxi para voltar para casa com Charley.

– Foi bom te ver, cara. – Al deu um tapa nas costas dele. – Acho que agora a gente vai se ver mais.

– Pode ser – respondeu Matt, seguindo Charley para o banco de trás do táxi.

– Vamos passar uns dias em Nantucket, na Páscoa. Mamãe e papai vão adorar te ver.

– Claro, Al. Se cuida – disse Matt, todo contente, falando arrastado.

Quando o táxi deu partida, ele fechou os olhos. Sua cabeça girava como na época da faculdade: feito um prato sobre uma vareta dentro do crânio. Ele a deixou cair para o lado, para ver se aliviava, e se pegou deitado no ombro de Charley. Sentiu dedos tocarem seus cabelos, acariciando de leve. Foi um gesto conhecido e reconfortante.

– Se divertiu, querido?

– Uhum – murmurou Matt, enjoado.

– Eu disse que ia ser bom ver o pessoal. A gente ainda te ama.

Matt sentiu o roçar de lábios macios no alto da sua cabeça.

Na manhã seguinte, Matt acordou com uma dor de cabeça lancinante. Ficou deitado encarando o teto. Não se lembrava de ter pagado o táxi, subido no elevador ou ido para a cama. Mudou de posição para tentar aliviar um pouco a cabeça que latejava.

Quando sua visão clareou e ele constatou com um susto que não estava sozinho, também não conseguiu se lembrar de como Charley tinha ido parar ao seu lado na cama.

25

Grania estava tentando convencer Aurora a comer a cavala fresca que Shane havia pescado e dado a ela para o jantar quando o telefone tocou.

– Alô? – atendeu ela, lambendo dos dedos o sabor fresco e salgado do peixe que tinha dado na boca da menina.

– É você, Grania?

– Sim.

– Sou eu, Alexander Devonshire.

– Oi, Alexander. – Grania prendeu o fone entre o queixo e o ombro e respondeu à pergunta muda de Aurora de "É o papai?" articulando um "Sim" silencioso.

– Como vai Aurora?

– Eu diria que ela vai muito bem.

– Que bom. Quero falar com ela, claro, mas também queria avisá-la que volto no sábado.

– Ela vai ficar bem feliz. Está com saudade.

Aurora assentiu de modo veemente.

– E eu, dela. Tudo o mais vai bem?

– Estamos muito bem, juro.

– Ótimo, ótimo.

Como a conversa pareceu ratear, Grania perguntou:

– Quer falar com ela agora? Tenho certeza de que Aurora tem muita coisa para contar.

– Adoraria. Até sábado, Grania!

– Até! Vou passar para ela.

Grania passou o telefone para Aurora e se retirou discretamente. Sabia que agora viriam histórias sobre filhotes de cachorro e aulas de balé, e subiu para preparar um banho para a menina.

Sentada na borda da banheira, vendo-a encher, compreendeu que a volta iminente de Alexander significava que precisava tomar algumas decisões.

Aurora e Grania passaram boa parte dos dias que antecederam a volta de Alexander na fazenda Dunworley. Um vínculo se formara entre a menina e a família Ryan. Como dizia o pai de Grania, ela era uma menininha e tanto. Kathleen, tão inclinada a desgostar dela, agora pedia a Grania que levasse Aurora à fazenda antes do café da manhã, para que pudessem ir juntas buscar ovos frescos. Aurora batizou todas as galinhas do galinheiro, e ficou inconsolável quando uma raposa entrou lá e comeu Bela e Giselle.

– Apesar do jeito chique dos Lisles, essa pequena é boa com os bichos. Daria uma ótima fazendeira – comentou Shane certa noite enquanto Aurora se despedia de cada vaca do curral.

– E esse tipo de coisa não dá para fabricar – acrescentou John.

Na manhã marcada para a volta de Alexander, Grania fez Aurora tomar um banho caprichado. Não queria a menina cheirando aos animais com os quais convivera tanto. Pensou orgulhosa que seria impossível Aurora estar mais rosada, bonita e saudável do que estava. As duas foram esperar no banco sob a janela do quarto da menina. Ao verem o táxi de Alexander subir serpenteando a encosta em direção à casa, Grania ficou lá em cima enquanto Aurora descia correndo para receber o pai.

Por fim, Grania ouviu seu nome ser chamado e desceu para encontrá-los. Parada no hall de entrada, Aurora parecia feliz e nervosa ao mesmo tempo.

– Ai, Grania! Eu estou feliz que papai esteja em casa, mas acho que ele trabalhou demais. Está muito magro e meio pálido. A gente precisa levar ele na praia pra respirar bastante ar puro. – Ela estendeu a mão, segurou a de Grania e a puxou na direção da cozinha. – Vem dizer oi. Estou tentando fazer um chá para ele, mas não está dando muito certo.

Ao entrar na cozinha, Grania tentou não deixar seu choque transparecer. Aurora tinha usado um baita eufemismo ao dizer que o pai estava magro e meio pálido. Alexander estava com um aspecto horroroso. Ela perguntou como tinha sido a viagem e terminou de preparar o chá que Aurora havia começado.

– Acho que nunca vi Aurora parecendo tão saudável – comentou ele.

– É, papai. Eu falei que não gostava de Londres. Eu gosto do campo. O ar puro me faz bem. – Aurora se virou para Grania. – Papai disse que posso ficar com Lily quando ela parar de mamar. Não é maravilhoso?

– É, sim. – Grania assentiu e se virou para Alexander. – Desculpa se não for o ideal para você. Minha família falou que Aurora pode ir visitar a cadelinha na fazenda deles, se for muito problema ela morar aqui.

– Não. Tenho certeza de que vamos dar um jeito de acomodar um pequeno filhote de cachorro nesta casa tão espaçosa. Principalmente se isso fizer Aurora feliz. – Alexander olhou para a filha, e seus olhos brilharam de afeto.

– Bem, acho que está na minha hora.

A sugestão de Grania deixou tanto pai quanto filha apreensivos.

– Não vai, Grania! – pediu Aurora.

– Não, por favor, não vá ainda – emendou Alexander. – Fique pelo menos esta noite. E talvez queira levar Aurora à fazenda hoje à tarde? A viagem de volta foi longa.

– Claro – concordou Grania ao ver a expressão cansada de Alexander. – Por que não vamos tomar o chá lá, Aurora, para o papai poder ter um pouco de silêncio e tranquilidade até mais tarde?

– Seria muita gentileza sua, Grania. – Ele abriu os braços para a filha. – Vem dar um abraço no papai. Senti saudades, querida.

– Eu também, papai. Mas eu adoro a fazenda. Grania tem uma família e tanto, como dizem por aqui!

– Ótimo. E estou louco para ver a cadelinha.

Grania tentou não reparar nas lágrimas que surgiram nos olhos dele. Tampouco queria que Aurora as notasse.

– Vamos pegar nossos casacos e nossas galochas e deixar o papai em paz. – Ela forçou um sorriso. – Até mais tarde!

– Alexander estava... – Grania suspirou. – Com uma cara horrível. Emagreceu, e algo nos olhos dele... – Ela balançou a cabeça. – Eu sei que tem alguma coisa errada.

– Bem – agora que Alexander estava de volta, Kathleen havia retomado sua atitude ríspida de sempre –, você cuidou muito bem de Aurora enquanto Sua Alteza estava fora. Não importa o que ele tem, não é assunto nem problema seu.

– Como você pode dizer isso, mãe? – respondeu Grania, com raiva. – Qualquer problema com Alexander vai afetar Aurora. E eu gosto da menina, não importa sua opinião.

– Desculpa – disse Kathleen com um suspiro. – Você tem razão. Mas depois do que leu naquelas cartas e do que eu te contei, você entende que a história está se repetindo? Sempre tem uma criança Lisle necessitada do nosso amor e debaixo do nosso teto.

– Mãe, para com isso, por favor – pediu Grania em um tom cansado.

– Eu tenho o direito de me sentir assim. Parece que as nossas famílias estão ligadas e não tem escapatória.

– Bem, se não tem escapatória, é melhor eu aceitar logo. – Sem disposição para continuar escutando as bobagens da mãe, Grania se levantou. – Vou chamar Aurora para o chá.

Mais tarde, quando ela e a menina voltaram para a Casa Dunworley, tudo estava em silêncio.

– Pelo visto seu pai estava tão exausto que foi se deitar – comentou Grania, conduzindo Aurora escada acima até o quarto. – É melhor não acordá-lo. Os Estados Unidos ficam muito longe daqui.

Aurora aceitou a explicação e deixou Grania colocá-la na cama.

– Boa noite, querida. – Grania a beijou na testa. – Durma bem.

– Grania, você acha que o papai está bem?

– Claro que está. Por quê?

– Ele não estava com uma cara muito boa, né?

– Deve ser só cansaço.

Grania não dormiu bem naquela noite. A presença de Alexander a deixava nervosa. Notou que ele dormia no extremo oposto ao antigo quarto de Lily, e se perguntou se os dois sempre teriam dormido em quartos separados. Tinha conferido a maçaneta da porta de Lily mais cedo, e continuava trancada.

Como Alexander não apareceu para o café da manhã, Grania e Aurora seguiram a rotina de sempre. Grania continuou moldando a argila no formato do rosto da menina enquanto sua modelo franzia a testa para os exercícios de adição, o polegar enfiado na boca. Na hora do almoço, Grania já estava genuinamente preocupada com Alexander. Aurora, animada demais com a perspectiva da aula de balé em Clonakilty, não comentou sobre a ausência do pai. Quando estavam prestes a sair rumo à cidade, Alexander apareceu na cozinha e abriu um sorriso fraco.

– Estão indo a algum lugar?

– Sim, papai, para a aula de balé.

– Ah, é? – Ele forçou outro sorriso.

– Tem algum problema? – perguntou Grania, tensa.

– Problema? Não, claro que não. Aproveite, querida.

– Vou aproveitar! – disse Aurora, já se aproximando da porta, louca para sair.

– Grania? – chamou Alexander de repente.

– Sim?

– Estava pensando se você não jantaria comigo hoje à noite? Não sei direito o que temos aqui, então talvez eu devesse perguntar se posso jantar com você.

– Acho que consigo preparar alguma coisa. Não sabia se devia continuar fazendo compras depois da sua volta.

– Por que não conversamos sobre isso durante o jantar?

Enquanto Aurora estava no balé, Grania passou no açougue e no mercado para comprar os ingredientes do jantar. Chegando em casa, pôs o cordeiro para assar no forno baixo, deu banho em Aurora e deixou a menina ver televisão por uma hora. Cantarolando enquanto regava as batatas com azeite e acrescentava alecrim fresco para dar sabor, ela viu Alexander aparecer na cozinha.

– Tem algo cheirando bem – comentou ele com prazer.

Grania ficou satisfeita ao ver que ele estava com um aspecto melhor. De banho tomado e com a barba feita, usava uma camisa de linho azul-escura e uma calça social passada a ferro com perfeição.

– E Aurora, onde está?

– Na sala, vendo tevê. Espero que não tenha problema, mas comprei uma televisão para ela.

– Grania, quer parar de perguntar se tem problema? Minha filha parece mais feliz do que nunca. Se foi preciso umas aulas de balé e uma televisão para isso, só posso dizer que estou muito grato. Por que não abre isso aqui? – Ele estendeu uma garrafa de vinho tinto. – Vou pôr Aurora na cama.

Enquanto colocava a mesa e servia o vinho à espera de Alexander, Grania ficou preocupada com o quanto se sentia à vontade com aquela cena doméstica. E com o quanto estava ansiosa pelo jantar com ele. A adrenalina que corria por suas veias não era de expectativa pelo cordeiro.

– Prontinha e debaixo das cobertas – disse ele ao reaparecer na cozinha. – Ela está mesmo com uma cara muito saudável. E parece bem mais calma, como eu não via há anos. – Ele pegou sua taça e a encostou na de Grania. – Obrigado. É óbvio que você fez muito bem para a Aurora.

– Foi um prazer, de verdade. E acho mesmo que ela desabrochou. Mas no começo...

– Sim?

– Ela teve sonambulismo. Uma noite a encontrei na sacada do quarto no fim do corredor. Eu achei que... – Grania parou de fatiar o cordeiro e se virou para encará-lo. – Por alguns segundos, achei que ela fosse pular.

Alexander deu um suspiro e se sentou. Passou um tempo calado antes de tornar a falar.

– Ela me diz que vê a mãe lá no penhasco.

– Eu sei – respondeu Grania baixinho. – Eu... eu tomei a liberdade de trancar a porta do quarto. Se você quiser destrancar, a chave está comigo.

– Uma ideia muito sensata. E acho que a porta deve continuar trancada. Você já deve ter adivinhado que aquele era o quarto da minha falecida esposa.

– Sim.

Alexander tomou um gole de vinho.

– É claro que eu já levei Aurora a vários psicólogos por causa dos pesadelos e do sonambulismo. Eles me disseram que é uma doença chamada síndrome do estresse pós-traumático. Que um dia ela vai superar. Então faz umas duas ou três semanas que ela não tem pesadelos nem ataques de sonambulismo?

– É, isso.

– Talvez ela esteja superando.

– Vamos torcer. Ela era muito apegada à mãe?

– Difícil dizer. – Alexander suspirou. – Não sei mesmo se Lily era capaz de se apegar a alguém. Claro que ela amava a filha, e Aurora era louca por ela.

– Ah. – Foi tudo que Grania conseguiu responder.

Terminou de escorrer as ervilhas frescas e as juntou às batatas e ao cordeiro nos pratos.

– Prontinho – falou, levando a comida até a mesa. – Não sei se você gosta de molho de carne, mas tem ali na molheira, e tem um pouco de molho de hortelã fresco também. – Ela apontou para outra jarrinha.

– Nossa, que maravilha! Depois de semanas comendo aquela comida americana de plástico, eu estava sonhando com isso. Obrigado, Grania – disse Alexander com gratidão.

– Para mim também é uma maravilha. Eu amo a sua filha, mas é bom ter a companhia de um adulto de vez em quando – disse ela sorrindo.

– Você deve ter se sentido um tanto isolada aqui, ainda mais depois de morar em Nova York.

– Pelo menos tenho meus pais por perto. Eles se afeiçoaram muito a Aurora também. – Grania pegou o garfo e a faca. – Por favor, coma antes que esfrie.

Os dois passaram um tempo mastigando sem dizer nada, e Alexander só parou para comentar como o cordeiro estava macio.

– Mas então, Grania – disse ele por fim, baixando os talheres embora seu prato ainda estivesse pela metade. – Quais são seus planos para o futuro? Já tomou alguma decisão?

– Fiquei ocupada demais com a sua filha para decidir qualquer coisa – respondeu Grania com uma risadinha. – Ontem mesmo pensei que esse último mês foi exatamente o que eu precisava.

– Um período de reflexão, você quer dizer?

– Exato.

– Vai voltar para Nova York?

– Como eu disse, ainda não tomei nenhuma decisão.

– Grania, preciso te perguntar uma coisa.

Ela ergueu os olhos, notando a urgência repentina na voz dele.

– O que é?

– Você teria problema em continuar mais um tempo com Aurora e comigo? Eu vou ficar muito ocupado, e não vou ter tempo para dar a atenção que a minha filha merece.

Grania hesitou.

– Eu... eu não sei.

– Não. – Alexander baixou os olhos para os talheres no prato. – É claro que não. Por que uma moça jovem e linda como você ia querer ficar aqui com uma menininha por mais tempo que o necessário? Me perdoe, foi uma pergunta idiota. É claro que você é a minha primeira opção, visto como Aurora parece feliz e bem sob os seus cuidados.

– Por quanto tempo seria? – Grania o encarou.

– A verdade é que eu não sei. – Ele balançou a cabeça. – Não sei mesmo.

– Você está com algum problema profissional?

– Não... É difícil explicar, me desculpe por ser tão vago. Estava pensando que, se por acaso você aceitasse, tem um celeiro que transformei em ateliê quando Lily decidiu que queria ser pintora. Não que ela tenha chegado a usar, mas é um lugar bem agradável para se trabalhar. Com uma vista maravilhosa da baía.

– Alexander, é muita gentileza sua oferecer, mas eu mal tenho tempo de trabalhar quando estou às voltas com a Aurora.

– Bom, eu andei pensando também, agora que ela parece tão melhor, naquela sua ideia de matricular Aurora na escola aqui perto. Aí você teria o dia inteiro para trabalhar.

– Com certeza acho que seria bom para ela conhecer outras crianças – concordou Grania. – Ela passa tempo demais sozinha ou com adultos. Mas se...

Alexander segurou a mão dela.

– Eu entendo, Grania. Estou sendo egoísta. Você tem uma vida longe daqui, e um talento. Claro que não quero atrapalhar. O que peço, a não ser que você tenha algum compromisso urgente, é que fique aqui por mais duas semanas. Estou sob muita pressão agora, e não vou ter o tempo que Aurora merece. Nem a energia – concluiu ele com um suspiro.

– Está bem, eu fico mais duas semanas. – Ela sabia que estava reagindo bem mais ao contato da mão dele do que a qualquer processo mental lógico. – Preciso mesmo terminar a escultura de Aurora.

– Obrigado.

– E se você quiser de verdade, a diretora da escola é prima da minha mãe – disse Grania. – Tenho certeza de que minha mãe pode falar com ela sobre Aurora e ver se ela pode começar logo.

– Maravilha! E é claro que eu preciso pagar sua família por esse filhote que Aurora quer tanto.

– Não é preciso, Alexander, mesmo. – Grania se levantou e começou a tirar a mesa. – Um café?

– Não, obrigado. Café parece que piora minha dor de cabeça. Sabe de uma coisa? – falou ele, observando-a se movimentar pela cozinha. – Minha falecida esposa sempre acreditou em anjos.

– É mesmo? – respondeu Grania, empilhando tudo na pia.

– Sim. Segundo ela, a gente só precisava chamar por eles. – Ele deu um sorriso triste enquanto fitava Grania. – Talvez ela tivesse razão.

Naquela noite, sozinha na cama, Grania se pegou angustiada. Acabara de aceitar participar da vida dos Devonshires por mais duas semanas, e talvez mais. Entretanto, dessa vez não era só por causa de Aurora, mas por Alexander. Talvez fosse seu instinto maternal – ele parecia tão vulnerável quanto a filha – ou algum tipo de transferência, como diria qualquer terapeuta nova-iorquino. Talvez estivesse transferindo para outro homem seus sentimentos confusos por Matt. A situação com seu ex continuava em aberto. Apesar disso, ali estava ela, fantasiando sobre o aconchegante esquema doméstico formado por Alexander e Aurora. Um lar e uma família de verdade, com uma criança prontinha, para completar.

Ela deu um suspiro e se revirou na cama. Talvez morar com um doutor em psicologia capaz de analisar até uma salsicha a tivesse afetado mais do que pensava. Ou talvez a vida tivesse apenas dado uma guinada inesperada, e Alexander e Aurora oferecessem o alento temporário de que ela precisava.

Além do mais, passar outros quinze dias ali enquanto Alexander cuidava do tal assunto urgente e ajudar Aurora a se adaptar à nova escola não era nenhuma decisão permanente. E Grania sabia muito bem que até mesmo decisões permanentes podiam dar terrivelmente errado.

26

As duas semanas seguintes não contribuíram em nada para ajudar Grania a tomar decisões sobre seu futuro. Três dias depois, pela manhã, quando voltou para a casa após ter levado Aurora na escola, Alexander a estava esperando na cozinha com um molho de chaves.

– Do ateliê, no celeiro – disse ele, entregando-lhe o chaveiro. – Vá lá, dar uma olhada, para ver se serve.

– Obrigada.

– Acho que Lily nunca mexeu em nada, então pode mudar o que quiser e usar o espaço como se fosse seu. – Alexander meneou a cabeça e saiu da cozinha.

Grania atravessou o pátio e abriu a porta do ateliê, arquejando ao se deparar com a vista da janela que ia do teto ao chão. Toda a luz natural necessária a um artista entrava em abundância, e a janela emoldurava uma magnífica vista da baía de Dunworley. Ela olhou para o cavalete intacto e imaculado, para os tubos de tinta, para um conjunto de caros pincéis de mink ainda envoltos no plástico.

Os armários continham um estoque de telas e blocos novos de papel de desenho, mas não havia sinal de qualquer pingo de tinta. Grania parou em frente à janela, olhou para o penhasco e se perguntou por que Lily nunca tirara proveito de um espaço maravilhoso como aquele. Qualquer artista profissional teria dado um ou dois de seus melhores quadros – ou esculturas, aliás – para ter um ateliê como aquele. Havia até uma pequena antessala, com um lavabo e um tanque grande para lavar e limpar os pincéis.

Era o sonho da vida de Grania.

Naquela tarde, transferiu para o ateliê a escultura inacabada de Aurora e a pôs sobre a bancada de trabalho em frente à janela. A única desvantagem, pensou ao se sentar e olhar pela janela com uma expressão sonhadora, era passar os dias admirando a vista em vez de se concentrar no trabalho.

Quando foi buscar Aurora na escola, a menina tinha várias histórias sobre os novos amigos, e anunciou com orgulho que parecia ser a melhor leitora da turma. Naquela noite, durante o jantar, Alexander e Grania escutaram como pais orgulhosos ela contar sobre as suas conquistas.

– Está vendo, papai, minha educação não foi tão ruim quanto você pensava. Na verdade sou bem inteligente.

Alexander bagunçou os cabelos dela.

– Eu sei que você é inteligente, querida.

– A quem você acha que eu puxei? Você ou a mamãe?

– Ah, a mamãe, com certeza. Eu sempre fui um burro na escola.

– A mamãe era inteligente? – perguntou Aurora.

– Muito.

– Ah. – Ela comeu mais um pouco antes de tornar a falar: – Ela passava muito tempo na cama ou viajando, que nem você.

– É, passava sim, mas a mamãe muitas vezes estava cansada.

– Hora do banho, mocinha. – Grania tinha notado Alexander ficar tenso. – Temos que acordar cedo amanhã de novo para chegar à escola na hora.

Quando Grania tornou a descer, Alexander estava na cozinha lavando a louça.

– Deixa isso – falou ela, constrangida. – É trabalho meu.

– Não é não – respondeu Alexander. – Você não está aqui para fazer trabalho braçal, e sim para cuidar de Aurora.

– Eu não ligo – disse Grania, pegando um pano de prato e parando ao lado dele para secar a louça. – Já estou acostumada, sendo a filha mulher numa casa cheia de homens.

– É um bom exemplo para Aurora. Você tem mesmo jeito de mãe, Grania. Já pensou em ter filhos?

– Ah, eu...

Alexander notou sua hesitação.

– Desculpe, falei besteira?

– Não. – Grania sentia a onda de lágrimas ameaçando surgir. – Eu perdi um bebê um tempo atrás.

– Entendo. – Alexander continuou a lavar os pratos. – Lamento muito. Deve ter sido... deve *estar sendo* difícil para você.

– Sim, eu... – Grania suspirou. – Foi mesmo.

– Foi por isso que você saiu de Nova York?

– Foi. – Ela sentiu os olhos azul-escuros de Alexander cravados nela. – Isso e outras coisas. Enfim...

– Você vai ter outro, tenho certeza.

– Sim. Vou guardar estes aqui no armário, tá?

Alexander a observou em silêncio quando Grania se afastou, compreendendo que sua hesitação com a conversa era sofrimento. Mudou de assunto.

– Bem, como eu disse, você é uma boa influência para Aurora. A mãe dela não era uma pessoa muito caseira.

– Bem, talvez ela tivesse outros talentos.

– Mas você também tem.

– Obrigada. – O olhar dele a deixou vermelha.

– Espero que não se importe, mas quando você foi buscar Aurora na escola eu entrei no ateliê. A escultura que você fez dela é absolutamente maravilhosa.

– Ainda não está nem de longe acabada. No momento estou lutando com o nariz – explicou Grania.

– É um nariz típico dos Lisles, e todas as mulheres da família herdaram. Deve ser difícil de reproduzir em argila.

– Sua esposa era muito bonita.

– Era, sim, mas... – Alexander suspirou. – Tinha muitos problemas.

– É?

– Problemas mentais.

– Ah. – Grania se esforçou para dar uma resposta adequada. – Eu sinto muito.

– É incrível como a beleza pode mascarar tantas falhas. Não estou dizendo que era *culpa* da Lily, mas quando eu a conheci, não pensei nem por um segundo que uma mulher com aquela aparência pudesse ser... daquele jeito. Enfim... – Alexander deixou o olhar se perder ao longe.

Um silêncio pairou na cozinha. Grania secou o resto dos pratos sem dizer nada e os guardou no armário. Quando tornou a se virar, viu que Alexander a estava observando.

– Enfim – retomou ele –, é um prazer para mim e para Aurora ter você aqui em casa. Aurora precisava de alguém assim. Embora Lily tenha feito o melhor que pôde, claro – acrescentou ele depressa.

– Muita gente não me acha tudo isso. – Grania sorriu. – Pergunte aos meus pais, ou então a alguns dos meus amigos de Nova York. Tenho certeza de que eles contariam outra história.

– Grania, para mim você parece uma mulher perfeita. E uma mãe perfeita também, aliás. Sinto muito mesmo pela sua perda.

Ele continuou a encará-la.

– Obrigada – ela conseguiu responder.

– Eu te deixei constrangida, me desculpe. Eu... tenho andado estranho.

– Bem, vou subir para tomar um banho. E obrigada por me deixar usar seu lindo ateliê. É um sonho, mesmo. – Ela abriu um sorriso fraco e saiu da cozinha.

Mais tarde, na cama, Grania se repreendeu por ter dado abertura às suas emoções. Mas algo na vulnerabilidade evidente de Alexander, por baixo da fachada estoica, espelhava a dela. Ele a comovia porque Grania se reconhecia nele.

Pela primeira vez, ela se permitiu chorar de verdade. Chorou pela vida minúscula e frágil que se perdera. E duas horas depois, ao se ajeitar para tentar dormir, estava mais calma, como se algo dentro dela tivesse se partido e depois se remendado.

Com o passar dos dias, Alexander começou a aparecer no térreo com mais frequência. Às vezes entrava no ateliê e a observava trabalhar. Passou a almoçar com ela e, quando Grania comentou que gostava de ouvir música enquanto esculpia, um moderno sistema de som da Bose se materializou no ateliê. E, conforme o tempo corria, Alexander se abria cada vez mais em relação a Lily.

– No começo eu adorava o jeito como ela pulava de um assunto para o outro. Era encantadora. – Ele suspirou. – Parecia sempre feliz, como se a vida fosse uma aventura empolgante e nada pudesse deixá-la desanimada. Lily sempre dava um jeito de conseguir tudo que queria, porque encantava todo mundo. Eu não resisti. E quando ela ficava melancólica, chorando por causa de um coelho morto encontrado no jardim, ou porque a lua tinha minguado e levaria um mês para ficar cheia de novo, eu achava que era só porque ela era sensível. Foi só quando esses humores começaram a durar mais, e os momentos felizes diminuíram, que me dei conta de que havia alguma coisa errada. Uns dois anos depois de nos casarmos, Lily começou a passar dias inteiros na cama, dizendo que estava cansada e desanimada demais para levantar. Então, de uma hora para outra, aparecia usando algum vestido lindo, com o cabelo arrumado, e insistia que a gente fizesse algo emocionante. Ela corria atrás da felicidade de um jeito quase maníaco. Quando estava em uma dessas fases, a vida era frenética, mas maravilhosa. Posso dizer que vivemos várias aventuras. Lily não tinha limites, e a empolgação dela era contagiante.

– Aposto que sim – murmurou Grania.

– E claro que, quando ela ficava assim, eu torcia, acreditava e desejava que o desânimo nunca voltasse. Mas sempre voltava. Ela ficou oscilando feito uma montanha-russa por alguns anos, e eu sempre correndo atrás dela, tentando acompanhar as mudanças bruscas de humor. Até que um dia... – Alexander soltou o ar e balançou a cabeça com tristeza. – Ela ficou mal e não se recuperou por muitos meses. Não queria ir ao médico de jeito nenhum. Ficava louca de raiva quando eu sugeria isso. No fim das contas, depois de ela passar quase uma semana sem comer nem beber nada, acabei chamando um médico. Lily recebeu tranquilizantes e foi internada. O diagnóstico foi transtorno bipolar e esquizofrenia.

– Eu sinto muito, Alexander. Deve ter sido muito difícil para você.

– Bom, ela não tinha culpa de estar doente – ressaltou ele. – Mas a situação se complicava porque Lily era muito infantil. Não entendia o que estava acontecendo. Eu fiquei arrasado quando precisei interná-la em uma clínica especializada, mas foi para o bem dela. Lily gritou, me arranhou e me agarrou, implorando para que eu não a deixasse naquele hospício, como ela chamava. Mas àquela altura ela já era um perigo para si mesma, e tinha tentado se matar várias vezes. Também ficava violenta, e chegou a me atacar uma ou duas vezes com utensílios de cozinha. Podia ter me machucado seriamente, se eu não tivesse me defendido.

– Meu Deus, Alexander! Que horrível! Fico surpresa que vocês tenham tido Aurora – disse Grania, genuinamente chocada com a história.

– Aurora foi uma surpresa para nós dois. Lily já tinha quase 40 anos quando descobriu que estava grávida, mas os médicos acharam que ter um filho podia ajudar, contanto que ela ficasse sob supervisão constante. E teve vários períodos, quando ela estava medicada, que Lily ficou estável, sabe? – explicou Alexander. – Embora eu vivesse com medo de ela piorar. E nunca pudesse confiar nela para tomar os remédios sozinha. Lily odiava, chamava de comprimidos de zumbi. Eles impediam os períodos sombrios, mas ela achava que também impediam as fases eufóricas. O que era verdade, claro. Os comprimidos a acalmavam, regularizavam seu humor, mas ela dizia que era como viver por trás de uma cortina de névoa. Nada parecia tão real, alegre ou doloroso como quando não estava medicada.

– Coitada – comentou Grania. – E ela melhorou quando Aurora nasceu?

– Melhorou, sim. Nos primeiros três anos de vida de Aurora, Lily foi a mãe perfeita. Não tinha o mesmo talento doméstico que você – disse ele, e sorriu. – Lily sempre teve uma grande equipe de empregados para cumprir suas ordens, mas estava focada na filhinha, e eu tive esperanças de verdade. Só que não durou. – Alexander passou a mão pelo cabelo. – E infelizmente quem teve que suportar a maior parte do peso foi Aurora. Uma vez cheguei aqui, encontrei Lily dormindo na cama e nem sinal de Aurora. Quando eu a acordei e perguntei onde estava a menina, Lily me olhou e respondeu que sinceramente não lembrava. Encontrei Aurora com frio e muito assustada, andando sozinha pela borda do penhasco. As duas tinham saído para dar uma volta, e Lily simplesmente esquecera a filha.

– Ai, Alexander, que triste! – Lágrimas brotaram nos olhos de Grania ao pensar no abandono da menina.

– Depois disso eu me dei conta de que não podia deixar Aurora sozinha com Lily nem por alguns minutos. Mas eu nem precisava ter me preocupado: ela piorou e foi internada de novo. E daí em diante, na verdade, Aurora passou a só ver a mãe esporadicamente. Nos mudamos de volta para Londres para eu poder trabalhar e ficar perto do hospital de Lily. Aurora teve um monte de babás que não deram certo, como você já soube. Então, quando Lily se estabilizou outra vez, insistiu em voltar aqui para a Casa Dunworley. Eu não devia ter aceitado, mas ela adorava esse lugar. Dizia que a beleza da paisagem ajudava.

– Minha mãe disse que ela tirou a própria vida – falou Grania baixinho.

– É. Sua mãe estava certa. – Alexander apoiou a cabeça nas mãos e suspirou. – E tenho certeza de que Aurora viu. Ouvi um grito do quarto de Lily e encontrei Aurora na sacada, de camisola, apontando para o penhasco lá embaixo. Dois dias depois, o corpo da mãe dela foi encontrado na praia de Inchydoney. Nunca vou saber que efeito isso teve em Aurora. Sem falar no fato de ter tido uma mãe que se aproximava e se afastava de modo tão abrupto, embora não tivesse culpa disso.

Grania tentou não deixar suas emoções transparecerem. Era horrível pensar em Aurora vendo a mãe pular rumo à morte. Ela tocou o ombro de Alexander para reconfortá-lo.

– Bem, só posso dizer que, levando em conta tudo o que ela passou, considero Aurora uma menina muito equilibrada.

– Considera mesmo? – Alexander a encarou, desesperado. – O problema é que os médicos ficaram preocupados com a reação dela à morte da mãe, claro. Sugeriram que ela podia ter herdado a instabilidade mental de Lily. As alucinações de Aurora sobre ver a mãe no penhasco, ouvi-la chamar por ela, os pesadelos... tudo isso pode ser interpretado como o começo do mesmo distúrbio que Lily tinha.

– Ou, como você disse antes, podem ser apenas sinais de uma menininha traumatizada tentando lidar com o que viu e com a perda da mãe.

– Sim, vamos torcer para que seja isso. – Alexander sorriu com tristeza. – Ela parece mesmo ter melhorado desde que você apareceu. Sou muito grato, Grania. Nem sei dizer o que essa menininha significa para mim.

– Você sabe se Lily sofreu algum trauma quando era pequena? – perguntou Grania. – Às vezes isso pode gerar todo tipo de problema.

– Para uma escultora, você entende bastante do assunto – comentou Alexander, arqueando a sobrancelha.

– Meu... ex-namorado era professor de psicologia. O tema favorito dele era trauma infantil. Devo ter aprendido por osmose o pouco que sei – confessou ela.

– Entendi. – Alexander assentiu. – Bom, para voltar à sua pergunta, eu sei muito pouco sobre a infância de Lily. Quando a conheci, ela morava em Londres. Nunca quis falar sobre o passado, embora eu saiba que ela nasceu nesta casa e passou a infância aqui.

– Acho que minha mãe sabe alguma coisa sobre essa época – disse Grania, hesitante.

– Ah, é? Será que ela me contaria?

– Não sei. – Grania deu de ombros. – Ela é muito esquiva com esse assunto. Mas tenho quase certeza de que algo aconteceu, porque toda vez que falo o nome de Lily, ela fica chateada.

– Isso não soa nada bem. – Alexander ergueu as sobrancelhas. – Mas eu adoraria ter qualquer informação que me ajudasse a entender o quebra-cabeça que era Lily.

– Vou ver o que descubro – respondeu Grania. – Mas não tenha grandes esperanças. Minha mãe é muito teimosa. Talvez demore.

– E tempo é algo que eu não tenho – murmurou ele. – Preciso viajar outra vez daqui a dez dias. Já pensou um pouco mais no que você vai fazer?

– Não – disse Grania abruptamente, sabendo que estava nadando contra uma maré cada vez mais forte.

– Tudo bem. Não quero te pressionar, mas obviamente preciso dar um jeito, se você não quiser ficar.

– Sabe por quanto tempo vai ser?

– Um mês, talvez, quem sabe dois.

– Certo. – Ela assentiu. – Amanhã te dou uma resposta.

Ela se levantou e começou a tirar a mesa do almoço.

– Grania. – Alexander se aproximou, pegou os pratos das mãos dela e tornou a colocá-los na mesa. Então segurou suas mãos. – Queria dizer que, você ficando ou não, foi um prazer te conhecer. Eu te acho uma mulher muito especial.

Ele a beijou bem de leve nos lábios, então se virou e saiu para o jardim.

De modo típico, Grania passou as horas seguintes aflita, analisando e se contradizendo quanto ao motivo para o beijo inesperado de Alexander. Terminou tão de repente que ela mal acreditava que tivesse acontecido. O que provavelmente queria dizer que não *significava* nada. Ele não parecera querer mais. Por outro lado, não era inadequado beijar a babá da filha?

Alexander, seus sentimentos e seus atos eram um enigma. Apesar disso, Grania sentia sua resistência desabar aos poucos conforme se aproximavam, unidos por uma empatia indescritível de quem compreendia a dor da perda.

Só sabia que estava afundando aos poucos na areia movediça da paixão. E que precisava dar um fim àquilo.

– Alexander, eu decidi – disse ela ao entrar na cozinha, na manhã seguinte, após levar Aurora à escola.

– E qual é a resposta?

– Eu não posso ficar. Sinto muito. Estou com uns... problemas que preciso resolver em Nova York. Você sabe o quanto amo Aurora, mas...

– Não precisa se explicar. – Ele ergueu as mãos como se para se proteger. – Obrigado pela resposta. Vou me concentrar em encontrar uma substituta. – Ele se virou e saiu da cozinha.

Grania também saiu e atravessou o pátio até o ateliê, se sentindo culpada pela recusa em ficar. A escultura de Aurora estava quase pronta, só faltava fundi-la e dar um banho de bronze. Ela suspirou. Quanto antes fosse embora daquela casa, melhor.

Passou a manhã eliminando do ateliê todos os indícios de sua presença. E pensando que talvez sua mãe tivesse razão: o efeito dos Lisles nos Ryans era insidioso, irrefreável – e com certeza tinha embotado o raciocínio *dela*. Nem mesmo por Aurora podia se envolver com um homem que mal conhecia. Que tinha se afeiçoado a ela por seu cuidado com a filha dele... que tentou suborná-la com um beijo, e depois mais...

Todos os seus instintos lhe diziam para fugir.

Buscar Aurora na escola naquela tarde foi difícil. A menina tinha vários planos para o futuro que a incluíam. Era quase insuportável saber que em poucos dias Aurora estaria aos cuidados de outra pessoa.

– Como assim, você vai embora?

– Ah, Aurora, meu anjo, você sabia que eu só ia ficar por um tempo. Que eu não podia ficar aqui na Casa Dunworley para sempre.

Já era a manhã seguinte, e Grania não via Alexander desde que ele fugira da cozinha. Mas sabia que precisava dizer a Aurora o quanto antes que estava indo, e permitir à menina se preparar para o que consideraria outro abandono.

– Mas, Grania, você não pode ir embora! – Os grandes olhos de Aurora se encheram de lágrimas. – Eu te amo, e pensei que você me amasse! Nós somos amigas, nos divertimos, o papai te ama e...

Ela irrompeu em grandes soluços.

– Meu bem, por favor, não chora. Por favor. É claro que eu te amo, mas você sabe que eu moro em Nova York. Tenho uma vida e uma carreira que são muito importantes para mim.

– Você vai voltar para os Estados Unidos e me abandonar!

– Não agora, meu anjo, primeiro vou voltar a morar com meu pai e minha mãe na fazenda. Vou estar bem aqui do lado.

– Vai? – Ela ergueu para Grania olhos desesperados. – Então posso ir morar lá com você? Sua família gosta de mim, não gosta? Eu prometo ajudar a ordenhar as vacas, a cuidar das ovelhas, a...

– Aurora, você pode ir me visitar sempre que quiser.

A coragem de Grania estava ruindo aos poucos.

– Por favor, deixa eu ir com você! Não me deixa aqui! Os pesadelos vão voltar, a mamãe vai voltar.

Aurora abraçou Grania de um jeito tão forte e tão desesperado que ela mal conseguiu respirar.

A areia movediça agora estava se fechando sobre sua cabeça, e ela precisava escapar.

– Querida, vou falar com você de mulher para mulher. – Ela ergueu o queixo da menina e a encarou. – Só porque alguém não está no mesmo lugar que você, ou não está com você naquele momento, não significa que essa pessoa não te ame. De verdade, eu *queria* que você fosse minha filha e queria poder te levar comigo. – Ela precisou conter as lágrimas para continuar. – Mas você não pode, Aurora. Porque não pode deixar seu pai aqui sozinho. Ele precisa de você, meu anjo. Você sabe disso. E às vezes nós precisamos fazer coisas que são bem difíceis.

– É. – Aurora a encarou de volta, seu olhar agora compreensivo. – Tem razão. – Ela suspirou. – Eu sei que preciso ajudar o papai. E sei que você não pode ficar comigo. Você tem a sua vida e isso é muito importante. – Aurora se afastou de repente e virou as costas para Grania. – A vida de todo mundo é mais importante do que a minha. Os adultos são *sempre assim*.

– Um dia você vai ser adulta, Aurora. E vai entender.

– Ah, eu entendo. – Aurora tornou a se virar para ela. – Entendo como é ser adulto. – Depois de uma pausa, ela respirou fundo e se aproximou de novo. – Entendo que você tenha que ir, mas vou torcer pra te ver de novo.

– Eu prometo que vai ver, meu amor. Sempre que precisar de mim, é só me chamar. Prometo estar sempre ao seu lado.

– É. – Aurora assentiu. – Bom, está na hora de ir para a escola, né?

Aurora passou o trajeto calada, mas Grania entendeu. Quando a menina saltou do carro e andou ao encontro dos amigos sem olhar para trás, entendeu que a mágoa e a dor da rejeição eram profundas.

Grania aguentou firme e pensou em Mary, que abrira mão de tudo para proteger uma criança que nem sua filha era. E que, no fim, tinha lhe virado as costas quando achara conveniente. Por mais que amasse Aurora, a menina não podia ser sua responsabilidade. E ela não podia permitir que a história se repetisse.

– Foi horrível, mãe. A carinha dela, magoada, mas orgulhosa e corajosa... Você não faz ideia do que aquela menina já aguentou.

Grania havia passado na fazenda após deixar Aurora na escola. Estava sentada na cozinha com a mãe, e lágrimas escorriam por seu rosto.

– Tenho certeza de que não, meu amor – reconfortou Kathleen. – Mas, por mais duro que tenha sido, você agiu certo. Como disse, ela não é sua responsabilidade. O responsável por ela é o pai.

– Não sei o que ela vai fazer sem mim. Mãe, ela já foi abandonada por todo mundo, todo mundo – disse Grania com um suspiro. – E ela pensou que eu a amasse, que fosse cuidar dela e...

– Eu sei. Mas o vínculo entre vocês duas não vai acabar. E eu juro, pode dizer isso a ela por mim, ela sempre será bem-vinda nesta casa. Nós a amamos. Agora vem cá, deixa a mamãe te dar um abraço.

Grania deixou. Por mais que Kathleen a irritasse às vezes, naquele momento sentiu-se abençoada por tê-la ao seu lado.

Os três dias seguintes na Casa Dunworley foram surpreendentemente calmos. Aurora pareceu aceitar a situação por completo. Não se afastou de Grania, pelo contrário: perguntou se podiam passar o tempo que restava fazendo suas atividades preferidas. Grania aceitou, e juntas elas deram longos passeios pelos penhascos, passaram uma tarde grudenta e produtiva fazendo papel machê, e então, no último dia, foram tomar chá na casa dos pais de Grania.

Quando chegou a hora de voltar para a Casa Dunworley e colocar Aurora na cama, Grania observou a mãe abraçar a menina como se fosse uma filha.

– Eu posso vir visitar vocês e minha cachorrinha muitas e muitas vezes, não é, Kathleen?

– É claro, meu amor. Grania por enquanto vai ficar bem aqui e a nossa porta estará sempre aberta, prometo – garantiu Kathleen, lançando um olhar desesperado à filha. – Tchau então, meu amor.

Alexander as esperava na cozinha quando elas chegaram em casa.

– Aurora, suba e se apronte para dormir, por favor. Preciso falar com Grania.

– Sim, papai – respondeu a menina, obediente, e se retirou.

Havia alguns envelopes endereçados a Grania sobre a mesa.

– Está tudo aí, pagamento integral.

– Obrigada.

Grania se perguntou por que estava tão constrangida e desconfortável quando desde o começo foi *ela* quem fez um favor quando *ele* estava precisando.

– Uma moça muito simpática aqui das redondezas vai chegar amanhã de manhã às dez. Se você puder fazer a gentileza de levar Aurora à escola e depois passar uma ou duas horas com Lindsay para mostrar tudo, ela depois vai buscar Aurora na saída da escola.

– Claro. – Ela recolheu os envelopes da mesa. – Agora quero ir pôr Aurora na cama.

– Sim. – Alexander assentiu.

Ela andou até a porta e a abriu.

– Grania...

Ela se virou e o encarou, notando a tristeza em seu olhar.

– Um dia espero que você entenda por que eu... – Alexander balançou a cabeça. – Se não nos virmos amanhã, boa sorte. Como disse na outra noite, você é muito especial. Obrigado por tudo, e espero que você tenha uma ótima vida.

Grania aquiesceu, saiu da cozinha e subiu a escada para dizer boa-noite a Aurora pela última vez.

27

Aurora não demonstrou desespero, tampouco implorou para Grania ficar quando foi levá-la na escola na manhã seguinte.

– Vou conhecer sua nova babá agora – explicou Grania. – O nome dela é Lindsay e ela parece um amor. Você sabe que seu pai nunca contrataria alguém que não fosse legal para cuidar de você.

Aurora aquiesceu.

– Eu sei.

– E sabe também que eu vou estar logo ali na fazenda. E que pode ir nos visitar quantas vezes quiser, não sabe?

– Sei.

– Tchau, querida. Vá me ver assim que puder.

– Tá. Tchau, Grania. – Aurora sorriu, girou nos calcanhares e entrou na escola.

Lindsay, a babá das redondezas contratada por Alexander, parecia gentil, experiente e a par de toda a situação.

– Estou acostumada a fazer de tudo, então não vai ser mesmo um problema, Grania – disse ela.

– Sim, tenho certeza de que você vai fazer um trabalho bem melhor do que o meu. Estava só quebrando um galho.

Mesmo assim, Grania precisou explicar a Lindsay as necessidades e vontades específicas de Aurora. Onde o ursinho de pelúcia devia ficar no travesseiro, como ela gostava que a pusessem na cama, que ela sentia cócegas do lado direito do pescoço...

Grania tinha pedido a Shane para ir buscá-la e foi embora da Casa Dunworley dividida entre o alívio e a apreensão.

Já fazia três dias que Grania tinha partido, e a família inteira esperava ansiosamente pela figura pequena e graciosa de Aurora vir pulando pela estrada em direção à fazenda. Até então ela não tinha aparecido.

– Ela deve estar feliz com a moça nova – comentou Kathleen.

– É – respondeu Grania, desanimada.

– Ela vai aparecer quando quiser, e você não tem que se preocupar. Crianças são fortes, e Aurora tem coragem.

– É – repetiu Grania.

Mas nenhuma delas acreditava mesmo naquilo.

No final daquele dia, o celular de Grania tocou. Era Lindsay.

– Oi – atendeu Grania, saindo da cozinha e entrando na sala em busca de um pouco de paz. – Como estão as coisas entre vocês?

– Pensei que estava tudo bem. Até hoje à tarde, quando fui buscá-la na escola e ela não estava lá.

– Como assim, *não estava lá*?

– Ela sumiu. A professora disse que num minuto ela estava no pátio, e no outro tinha desaparecido.

– Meu Deus do céu – murmurou Grania, sentindo o coração acelerar. Olhou para o relógio. Eram dez para as seis. Ou seja, Aurora estava sumida havia mais de duas horas.

– Onde você procurou?

– Por toda parte. Eu... – Grania notou o desespero na voz da mulher. – Eu liguei para saber se você conhece algum lugar especial aonde ela goste de ir, ou alguém para quem ela possa ter corrido. Estava pensando, quero dizer, estava torcendo para ela estar com você.

– Não, mas vou dar uma olhada na casa e nos celeiros. Ela pode ter vindo pelos campos sem que a gente visse. Alexander está em casa?

– Ele saiu hoje à tarde para ir a Cork e ainda não voltou. Tentei o celular várias vezes, mas ninguém atendeu.

– Já olhou perto dos penhascos?

– Já, mas nem sinal dela.

Grania se conteve para não perguntar se Lindsay tinha olhado para as pedras lá embaixo.

– Certo, por que não dá outra geral na casa e no jardim, enquanto procuro aqui na fazenda? Se não encontrarmos nada, fique firme aí para caso ela reapareça. Ligo se vir algum sinal ou tiver alguma ideia. Nos falamos em breve.

Grania pediu a Shane que passasse o pente-fino nos celeiros enquanto

John foi olhar os campos ao redor da casa com o Land Rover. Kathleen ficou no jardim, gritando inutilmente o nome de Aurora, na falta de coisa melhor para fazer.

Shane encontrou Grania no pátio.

– Nenhum sinal, infelizmente – informou ele. – Mas aquela cadelinha que ela adora pelo visto sumiu também.

– Ah, é?

– Pode ser coincidência, mas você acha que Aurora veio aqui e a pegou?

– Se Lily sumiu, então acho que sim – respondeu Grania, aliviada de haver pelo menos uma pista do paradeiro recente da menina.

Teve esperanças de que Aurora estivesse indo a algum lugar com o filhote, e não caída, toda quebrada e morta nas pedras no sopé do penhasco.

– Vou subir de bicicleta a trilha do penhasco. Por que você não desce no sentido contrário em direção a Clon? – sugeriu Grania, já pegando a bicicleta enferrujada que estava encostada na parede do celeiro.

– Está bem – disse Shane, pegando outra e montando. – Estou com o celular e papai também. Mamãe pode ficar aqui para caso ela apareça.

Duas horas depois, os Ryans se reuniram na cozinha. Nenhum deles havia encontrado qualquer sinal de Aurora.

– Fiquei aqui revirando o cérebro para pensar em algum esconderijo onde ela possa estar – disse Kathleen, andando pela cozinha. – Meu Deus! Se tiver acontecido alguma coisa com aquela pobre menininha...

– Será que devemos chamar a polícia? – sugeriu John.

– Lindsay disse que conseguiu falar com Alexander, ele está voltando para casa. Acho que essa decisão deve ser tomada por ele – disse Grania, aquecendo as mãos junto ao fogão.

– Alguém quer um chazinho? – perguntou Kathleen.

– Sim, querida, por favor – respondeu John. – Sem transporte, uma menina de 8 anos e um filhote de cachorro não vão longe, não é? Alguém com certeza vai vê-los. Duvido que ela tenha dinheiro. Talvez volte quando ficar com fome.

– E aquele filhote não vai ficar muito feliz sem poder mamar – acrescentou Shane.

Grania mal estava escutando. Sua mente repassava as últimas dez semanas em velocidade acelerada, tentando identificar qualquer lugar para onde Aurora pudesse ir. Ouviu pneus estalarem no cascalho e viu que era o carro de Alexander. Ele pulou do veículo e andou até a porta da cozinha. Quando entrou, a família inteira viu a palidez assustada em seu rosto magro.

– Desculpem entrar desse jeito, mas Lindsay falou que vocês foram procurar Aurora. Alguma notícia?

– Não, até agora nada. Procuramos em todo lugar. Estes são minha mãe, aliás, meu pai e meu irmão Shane – completou Grania.

– Prazer em conhecê-los. – Alexander respondeu, educado, no automático. – Alguém tem alguma ideia?

– Bom, estávamos pensando que ela levou a cachorrinha junto, então pelo menos não está sozinha – comentou Shane.

– Tome, querido. – Kathleen entregou uma xícara de chá quente a Alexander. – Beba isso, está com bastante açúcar, é bom para o choque.

– Obrigado. Quer dizer que ela levou o filhote? Isso significa...?

– Que esteve por aqui mais cedo – disse John.

Uma centelha de esperança ressurgiu nos olhos de Alexander.

– Já é alguma coisa. Até onde uma menina pequena com um filhote consegue chegar em algumas horas?

– Eu diria que não muito longe – respondeu Kathleen.

– Estávamos pensando se não é hora de chamar a polícia – sugeriu Shane.

– Ainda não – respondeu Alexander depressa. – Mas se não tiver nenhum sinal dela em uma ou duas horas, acho que vamos ter que chamar.

– Agora, se vocês me derem licença e o senhor não se importar, vou avisar aos meus amigos fazendeiros – declarou John. – Eles podem pelo menos dar uma olhada rápida em seus celeiros e terrenos, enquanto ainda está claro.

– Boa ideia, meu bem – aprovou Kathleen.

John se levantou e saiu da cozinha, e a mulher baixou os olhos para a própria xícara de chá.

– É só um pressentimento, sabem, mas eu acho que a menina está aqui por perto.

– Seus pressentimentos geralmente estão certos, mãe. – Shane assentiu, encorajador, na direção de Alexander. – A questão é saber onde.

Após procurarem nos penhascos de cima a baixo, bem como nos celeiros e campos próximos, Alexander desistiu e disse que estava na hora de chamar a polícia.

Grania saiu e ficou parada em frente à casa. O céu agora estava negro como tinta, sem lua ou estrelas que ajudassem a iluminar o paradeiro de Aurora.

– Onde está você, meu amor? – sussurrou ela para a escuridão.

Andou de um lado para outro. Algo no fundo da mente a incomodava. De repente, se deu conta do que era. Girou nos calcanhares e correu de volta para a cozinha. Alexander tinha acabado de encerrar a ligação para a polícia.

– Eles vão chegar na Casa Dunworley em dez minutos para pegar alguns detalhes. É melhor eu ir andando, para poder recebê-los.

– Alexander, onde Lily está enterrada?

Ele se virou lentamente para Grania.

– Na igreja de Dunworley. Você não acha que...

– Podemos ir no seu carro?

– Sim. – Ele nem hesitou.

Os dois saíram da fazenda, entraram no carro dele e subiram a toda velocidade a estrada em direção à igreja de Dunworley, situada em uma das encostas da colina.

– Lily sempre falou que desejava descansar ali – disse Alexander, rompendo o silêncio durante o trajeto. – Disse que de lá teria a melhor vista do mundo por toda a eternidade.

Eles estacionaram no acostamento da estrada e, usando uma lanterna que Alexander pegou no porta-luvas, passaram pelo portão de ferro rangente e entraram no cemitério.

– Ela está ali à esquerda, bem no final.

Ele foi na frente, e os dois seguiram caminhando com cuidado em volta dos túmulos.

Grania prendeu a respiração quando chegaram perto o suficiente para iluminar a lápide de Lily. E ali, aninhada em meio às flores silvestres e ervas daninhas que haviam brotado sobre o túmulo, estava Aurora. E no colo dela, profundamente adormecida, a cadelinha Lily.

– Graças a Deus! – desabafou Alexander, engolindo em seco.

Grania viu que o alívio o deixou à beira das lágrimas.

Ele se virou e tocou o ombro dela.

– Obrigado por conhecer minha filha melhor do que eu.

Alexander andou na ponta dos pés até Aurora, então se abaixou e a pegou no colo. Os olhos da menina se entreabriram com a movimentação, e ela sorriu para o pai.

– Oi, papai – falou, sonolenta.

– Oi, querida. Vamos levar você para casa e pôr você na cama, bem segura e quentinha.

Grania seguiu Alexander enquanto ele carregava a menina e depois recebeu Aurora no colo, no banco de trás do carro.

– Oi, Grania. – Aurora abriu um sorriso. – Estava com saudade.

– Eu também.

– Como você me encontrou, papai?

– Não fui eu, querida – respondeu Alexander, começando a subir a encosta em direção à Casa Dunworley. – Quem adivinhou onde você estaria foi Grania.

– É. Eu sabia que ela ia adivinhar. – A voz de Aurora soou quase presunçosa. – Ela é igualzinha a uma mãe de verdade. Eu te amo, Grania. Não vai me abandonar de novo, vai?

Grania viu o desespero nos olhos da menina, engoliu em seco e respondeu:

– Não, querida, eu nunca mais vou te abandonar.

Mais tarde, com Aurora na segurança de sua cama e aquecida por uma bolsa de água quente, a cadelinha levada por Shane de volta para a mãe e a polícia avisada de que Aurora tinha sido encontrada, Alexander ofereceu uma dose de conhaque a Grania na cozinha.

– Obrigada.

Ela se sentou, cansada, e ficou segurando o copo com as duas mãos.

– Mandei Lindsay para a casa da mãe dela em Skibbereen – disse Alexander. – Ela ficou muito abalada. – Com um ar exausto, ele se sentou ao lado de Grania. – Que alívio, meu Deus! Pelo menos Aurora parecia relativamente ilesa. Com frio, mas ilesa.

– É. O pior foi que eu pensei...

Grania o encarou e ele aquiesceu, desviando o olhar na direção dos penhascos.

– Eu também. – Ele estendeu a mão para a de Grania. – Não sei nem como agradecer por você ter encontrado Aurora para mim. Se eu a tivesse perdido... – Alexander balançou a cabeça. – Acho que seria meu fim.

– É. Com certeza.

– Mas, Grania, escute – prosseguiu ele em um tom de urgência. – Aurora é uma menina linda, encantadora e inteligente. Mas também é manipuladora como a mãe. O que aconteceu hoje foi um pedido de socorro, e não acho que tenha sido para mim. Era você quem ela queria. Por favor, não caia nessa chantagem emocional.

– Não acho que foi a intenção dela, Alexander, sério.

– Com certeza não – concordou ele. – É o jeito infantil dela de tentar fazer você voltar. O fato de Aurora te amar tanto só mostra como você cuidou bem dela. E *também* que ela se sente segura com você. Mas, e eu enfatizo esse "mas", você não deve ceder. Não tem obrigação nenhuma com a minha filha. E não quero que ela atrapalhe os planos que, com certeza, você já fez.

Que planos?, Grania se perguntou, mas a única coisa em que conseguia pensar era na presença de Alexander, tão perto, e no toque da mão dele.

– Entendo, Alexander – falou ela com um suspiro. – O problema é que eu amo Aurora também.

– Eu repito: ela não é responsabilidade sua. É minha.

– Quais são os *seus* planos, Alexander?

Grania o olhou nos olhos, querendo saber, para o bem de todos eles.

– Eu... – Ele afastou a mão, deu um suspiro profundo e passou os dedos pelo cabelo. – Grania, eu preciso te dizer uma coisa.

– Então diga – sussurrou ela.

Ele se virou e segurou as mãos dela, observando seu rosto antes de balançar a cabeça.

– Não consigo.

O conhaque suavizara o comedimento habitual de Grania. Foi a vez de ela apertar as mãos dele.

– Alexander, por favor, me diga.

Ele se inclinou para perto, seus joelhos se tocando, e a beijou de leve nos lábios.

– Ah, Deus. – Ele a beijou de novo. – Eu... você é maravilhosa.

Então ele a tomou nos braços e a beijou de verdade. Grania foi envolvida pelo cheiro dele, intenso e tão desejado. Abraçou-o de volta e o beijou com a mesma vontade. Então, de repente, Alexander se afastou.

– Por favor, me desculpe! Eu não posso... *não devo* fazer isso. Nada nessa situação é justo com você. Não importa o que eu sinta, eu...

Ele se levantou subitamente, seus traços perfeitos tomados pela raiva, e arremessou o copo de conhaque na parede, onde o vidro se estilhaçou elegantemente pelo chão.

Grania assistiu com assombro e medo.

– Ai, meu Deus! Eu sinto muito...

Ele se sentou outra vez e tornou a abraçá-la. Então a afastou com delicadeza e a encarou nos olhos.

– Você não faz ideia do quanto isso é difícil para mim.

– Quem sabe se você tentar explicar – respondeu Grania de forma sensata.

– É. Só que eu *não posso.* – Ele segurou a mão dela, entrelaçou os dedos e se inclinou para beijar de leve seu rosto. – Se você soubesse o que penso... o quanto acho você linda... gentil, delicada, amorosa, *cheia de vida.* E o que você fez com Aurora, bom, isso eu nunca vou poder retribuir. Daria tudo para te pegar no colo agora e te carregar lá para cima. – Ele foi traçando o contorno do rosto dela com as pontas dos dedos. – Mas acredite, Grania, o melhor para você é ir embora desta casa amaldiçoada. Volte para a sua vida, em outro lugar. Me esqueça, esqueça Aurora e...

– Alexander, isso está parecendo uma cena de filme – disse Grania com voz fraca. – Por favor, pare com isso. Não está ajudando em nada.

– É, tem razão. Lily sempre falou que eu tinha um lado dramático. Me perdoe. Hoje foi uma noite bem intensa. – Ele abriu um sorriso pesaroso.

– Foi mesmo.

Alexander desviou o olhar.

– Eu ia viajar amanhã. Mas acho que, pelo bem de Aurora, preciso adiar.

– Quanto tempo vai passar fora? Mais de dois meses?

– Na pior das hipóteses, pode ser bem mais do que isso.

– Olha, eu tenho uma sugestão – disse Grania.

– Qual?

– Talvez você tenha reparado hoje o quanto minha família gosta de Aurora. Por que ela não mora comigo enquanto você está fora? Se em algum momento eu decidir voltar para Nova York, pelo menos ela vai ter o resto da minha família de companhia. Então, quando você voltar, pode tomar algumas decisões.

– Não acha que os seus pais se importariam?

– Depois do que aconteceu hoje, é óbvio que não – respondeu Grania, arqueando a sobrancelha. – Como eu ainda não dei nenhum neto a eles, acho que meus pais adotaram Aurora.

– Bem... para mim, seria perfeito... – A expressão dele relaxou um pouco. – Pensar em Aurora sob os cuidados de uma família de verdade. É claro que eu pagaria por todas as despesas dela.

– Certo. Vou ligar para a minha mãe amanhã de manhã e perguntar se tudo bem, mas tenho certeza que sim.

Grania ainda estava tonta com a profusão de emoções que experimentara naquela noite. E as mudanças bruscas de comportamento de Alexander a deixaram exausta.

– Se você não se importa, eu vou deitar – disse ela, se levantando. – Estou muito cansada.

– Claro. Foi uma noite e tanto. E a heroína foi você.

– Obrigada. Boa noite, Alexander.

Ele a observou levar o copo de conhaque até a pia, enxaguá-lo, então atravessar a cozinha em direção à porta.

– Grania?

– Hmm?

– Por favor, me perdoe. Em quaisquer outras circunstâncias...

Ela se virou para ele e assentiu.

– Eu entendo – mentiu.

Aurora

Antes que perguntem, eu não me orgulho do que fiz. Meu pai tinha razão, claro – eu era manipuladora. Mas também estava desesperada. Além do mais, já tinham me dito que Grania ia cuidar de mim por muito, muito tempo, então não fiquei feliz quando tudo pareceu dar errado e ela me deixou.

E precisei pensar muito para decidir onde me esconder. Em algum lugar onde eu sabia que, se ela me amasse, ia me encontrar, mas nada tão óbvio como um celeiro ou o alto dos penhascos.

Embora eu não tenha medo de fantasmas, conhecendo-os e entendendo-os tanto, não gostei muito de ficar sozinha no cemitério. Me senti excluída, estando viva quando todos já tinham morrido. Além do mais, tinha apenas 8 anos e era humana...

Pobre Grania. Não tinha mesmo muita coisa que ela pudesse fazer, sendo a alma bondosa que é. E claro que ela me amava. E isso, como eu disse, muitas vezes salva tudo.

Acho que ela poderia ter amado o papai também, se a situação fosse outra...

Preciso parar de querer reescrever esta história. Tenho certeza de que o Contador de Histórias, que tece os fios tênues do destino e os entrelaça às nossas vidas, tem muito mais talento para isso do que eu jamais terei. E embora às vezes seja difícil entender "por quê", é preciso confiar que Ele de fato tem. Que Ele conhece os motivos para tudo que acontece, e que vai proporcionar um "Final Feliz" a todos. Mesmo que seja apenas depois do véu translúcido que chamamos de morte, e portanto não o vejamos em vida.

Como talvez tenham reparado, eu não sou lá muito fã da Teoria da Evolução, apesar de ter lido A origem das espécies, *de Darwin.*

Na verdade, é mentira. Eu li dois capítulos, desisti e comecei Guerra e paz, *uma leitura bem mais leve.*

Eu sou criacionista.

Talvez porque, quando se está no fim da vida, é necessário ser.

Perdoem minha autocomiseração, leitores. Tive alguns dias ruins ultimamente. E Guerra e paz *também não é exatamente um conto de fadas.*

Meu próximo livro será um da Jane Austen, para me alegrar. Gosto dos finais dela mais do que gosto dos meus, atualmente.

Mas vamos prosseguir com a história...

28

Grania não entendia. Ao descer de carro a colina em direção à fazenda dos pais, com Aurora e seus bens mais preciosos no banco de trás do Range Rover, não fazia ideia do que Alexander tinha na cabeça.

– Chegamos! – exclamou a menina, saltando e correndo até a porta aberta da cozinha para se atirar nos braços de Kathleen. – Muito obrigada por me deixar ficar aqui. Lily pode dormir na minha cama? Prometo que devolvo ela para a mãe de manhã bem cedinho, quando ela precisar mamar.

– Ora, nós não tiramos filhotes da mãe antes da hora. Nem permitimos cachorros no andar de cima desta casa. A não ser em ocasiões muito especiais, como quem sabe a sua primeira noite aqui.

Kathleen acariciou o rosto de Aurora e trocou um olhar resignado com a filha por cima dos lindos cachos ruivos da menina.

Antes da hora do chá, Shane levou Aurora até o campo mais alto, onde as ovelhas estavam começando a dar cria.

– É incrível – comentou Kathleen. – Eu disse que era o destino ter uma criança Lisle na família Ryan.

– Ah, mãe, chega de fatalismo! E vamos parar de falar no passado – emendou Grania. – Está na cara que você adora a menina.

– É. – Kathleen era madura o suficiente para admitir. – Por algum motivo essa menina acabou me conquistando, mesmo contra a minha vontade. Mas o seu pai é uma causa perdida. Acho que ele está revivendo a época em que você era pequena. Pintou nosso quarto de hóspedes de rosa, e chegou a ir a Clon achar umas bonecas para ela. Você não vai acreditar na cara feia que elas têm, Grania – falou Kathleen, e riu. – Mas ele está fazendo a parte dele. E o seu irmão também está encantado.

– Você sabe que é só temporário, mãe, até Alexander voltar.

– Não tem nada de temporário em uma criança dos Lisles morar na casa dos Ryans, pode escrever o que estou dizendo. – Kathleen apontou um dedo para a filha. – Mas reconheço que a pequena Aurora anima todos nós. – Ela pôs a chaleira no fogão. – E eu provavelmente brigaria por ela com unhas e dentes se achasse que fosse para o seu bem. Pronto, já admiti que sou igualzinha ao resto das mulheres da família quando se trata de uma criança Lisle. Mas quem resistiria, com ela sendo tão fofa? – Ela se virou para a filha e cruzou os braços. – A questão maior, Grania, é o que *você* vai fazer agora. Com Aurora aqui, segura e feliz, pelo menos está livre para tomar suas decisões.

– Sim, mãe, e que bom. Queria dizer que já me decidi, mas seria mentira. Vou ver se espero passar um tempo de todo esse drama.

– É. – Kathleen suspirou. – E aquele Alexander, até eu vi como ele é um cara bonito. Que olhos...

– Mãe, se comporta! – exclamou Grania, sorrindo.

– Eu sempre me comportei, uma pena. – Ela riu. – Sonhar não tira pedaço, não é? Mas então, hoje vamos ter um banquete. Pensei em preparar alguma coisa especial para a nossa princesinha.

Com Aurora à mesa, a noite adquiriu vida própria. Depois do jantar, chocado com o fato de a menina não conhecer nenhuma das antigas canções de sua terra natal, John pegou seu banjo e tocou para todos. Shane, rompendo um hábito da vida inteira, não saiu para o pub. Os cinco ficaram dançando danças irlandesas até Aurora bocejar e Grania ver a exaustão em seus olhos.

– Hora de ir para a cama, meu amor.

– Uhum – respondeu a menina, quase agradecida.

Grania a guiou pela escada estreita acima até o recém-decorado quarto de hóspedes, vestiu-lhe a camisola e a ajeitou na cama.

– Eu amo sua família, Grania. Tomara que nunca precise ir embora.

Com os olhos semicerrados de contentamento, Aurora bocejou.

Já estava dormindo antes mesmo de Grania sair do quarto.

Matt chegou em casa e pôs a bolsa de viagem na lavanderia para bater as roupas mais tarde. Então entrou na cozinha para preparar alguma coisa para comer. Não entrava ali desde a manhã seguinte ao porre que havia tomado com Charley e os amigos. Foi para a sala, aliviado de o loft estar vazio, e jogou-se no sofá. Charley podia até já ter se mudado, na verdade. Com certeza àquela altura o apartamento dela tinha sido redecorado até o último centímetro, não?

Ele enrubesceu ao pensar na última manhã que passara ali no apartamento, quando ficou chocado ao ver Charley e se dar conta de que ela estava nua ao lado dele. Tomou uma ducha e arrumou a bolsa com tudo necessário para as duas semanas seguintes, depois saiu de fininho da própria casa, como um amante indesejado. E a pior parte era que não tinha lembrança alguma do que tinha ou não feito na noite anterior.

De toda forma, Charley não entrara em contato com ele desde então, e não tiveram nenhuma daquelas conversas constrangedoras ou casuais que se poderia esperar depois de dormirem juntos. Ele também não procurou por ela; que merda ia dizer? Primeiro precisava que Charley desse alguma pista, para poder reagir de acordo.

Matt ouviu a chave girar na fechadura e Charley entrou e o encarou com surpresa.

– Oi! Não estava esperando você em casa.

– É mesmo? – comentou Matt, nervoso. – Que estranho. Eu moro aqui.

– É, mora mesmo – disse ela, indo até a cozinha pegar um copo d'água. Então voltou para a sala e foi para o quarto.

– Está tudo bem? – perguntou Matt. Aquele silêncio era incomum.

– Tudo, claro. Eu estou bem. Só muito cansada.

E ele não a viu mais naquela noite, nem em qualquer outra noite da semana seguinte. Quando estavam os dois em casa, ela dava respostas monossilábicas para suas perguntas, então desaparecia no quarto e só reaparecia no dia seguinte. Matt sabia que ela o estava evitando e entendia por quê, mas não tinha a menor ideia de como resolver o problema.

Por fim, decidiu que a única coisa a fazer era encarar Charley de frente. Naquela noite, ela chegou em casa e foi até a geladeira servir-se de um copo de leite.

– Charley, querida, acho que a gente precisa conversar.

Ela parou a caminho do quarto.

– Sobre o quê?

– Eu acho que você sabe.

Ela o encarou.

– O que eu posso dizer? Aconteceu, foi um erro, é óbvio que você está arrependido...

– Ei, ei, ei! – Matt ergueu as mãos instintivamente. – Pode parar por aí. Melhor a gente comer alguma coisa e conversar direito.

– Tá bom. – Charley deu de ombros. – Se você quer. Vou tomar uma chuveirada.

Uma hora depois, estavam em um restaurante italiano a algumas quadras do apartamento. Matt tomava cerveja, mas Charley tinha recusado qualquer bebida alcoólica e estava tomando água.

– Está se sentindo bem? Fisicamente, quero dizer? Você nunca recusa uma taça de vinho – comentou ele, sorrindo para tentar aliviar a tensão.

– Não estou me sentindo muito bem.

– Você deveria ir ao médico – aconselhou ele.

– É. – Charley manteve os olhos baixos e ficou mexendo no guardanapo, se recusando a encará-lo.

– Ei, Charley, sou eu, o Matt. É uma merda que eu obviamente te deixei chateada.

Ela não respondeu. Matt tomou coragem e continuou.

– O problema, querida, é que eu estava muito doido naquela noite. Devo estar ficando velho, não consigo mais beber como antes.

A piada sem graça não provocou qualquer reação.

– Olha – ele tentou de novo –, vou ser sincero. Eu não lembro muito bem o que aconteceu naquela noite, depois que a gente voltou do restaurante. Quero dizer, a gente...? Eu por acaso...?

Matt se calou de repente. Não podia falar mais nada até Charley responder. Ela ergueu os olhos devagar e Matt não soube dizer se o que havia neles era tristeza ou raiva.

– Você não... *lembra?*

– Não. – Matt corou. – Não lembro. Eu sinto muito mesmo, mas é melhor ser sincero.

– Nossa. – Ela suspirou. – Agora fechou com chave de ouro.

– O que posso dizer? Estou sem graça e chocado. Acho que... a gente não... quero dizer... não foi a primeira vez.

– Ah, quer dizer que então não tem problema? – Charley o encarou furiosa. – O fato de você ter me agarrado "não tem problema" porque a gente já transou antes. É isso que você está me dizendo, Matt?

– Não, eu... porra, Charley! – Matt passou a mão pelo cabelo, nervoso, e a encarou. – Está falando sério?! Está dizendo que eu "te agarrei" naquela noite?

– É, Matt, agarrou sim. Ou acha que eu estou mentindo?

– Claro que não. Que droga! Não acredito que fiz isso. Sinto muito, Charley. Muito mesmo.

– É, bom. – Charley deu de ombros. – Não tanto quanto eu. Não se preocupe, já entendi tudo. Lembrando ou não, ficar sem notícia nenhuma por duas semanas passou bem o recado. Caso você tenha esquecido, é o cavalheiro que liga para a dama – acrescentou ela. – Você me usou, Matt. E eu não merecia isso.

– Não, não mesmo – concordou ele, incomodado pelo olhar frio dela. – Estou me sentindo um babaca, e se eu fosse você nem olhava mais na minha cara.

– Eu pensei nisso – disse Charley enquanto as pizzas eram servidas. – Quero dizer, achei que a gente pelo menos fosse amigo. E você não trataria o seu pior inimigo do jeito que me tratou.

– Tem razão.

Era difícil aceitar que ele mesmo tivesse criado aquela situação. As coisas que Charley estava contando não combinavam com ele, e Matt não sabia como se defender.

– Charley, eu não sei o que dizer. Meu Deus! Não estou nem me reconhecendo. Sempre me orgulhei de ser um cara legal, mas acho que preciso aceitar que não sou.

– Não. – Charley levou à boca um pedaço minúsculo de pizza e mastigou, obviamente relutando em aliviar a barra dele. – Talvez não seja mesmo. E eu fiquei te escutando chorar suas mágoas pela Grania um tempão. Tentei te dar força quando você precisou. E em troca como você me trata?

– Charley, eu entendo seus motivos, mas você sabe mesmo arrasar com alguém – murmurou Matt, tonto com aquele ataque verbal.

– Desculpa, Matt. Mas é que naquela noite, antes de me agarrar, você foi muito persuasivo.

– Ah, fui?

– Foi. Por exemplo, você disse que me amava.

Matt estava se afogando em um mar de acusações. No entanto, devia ser verdade. Por que Charley mentiria? Não fazia o tipo dela. Os dois tinham crescido juntos – depois de Grania, era a mulher que mais conhecia. Ele não sabia o que dizer. Ficou em silêncio, encarando-a.

– Olhe, Matt... – Charley suspirou pesadamente. – Entendo que você não anda muito bem. Estava bêbado naquela noite, e disse e fez coisas sem pensar. Eu estava ali e acreditei, mas não devia ter acreditado. Então acho que foi culpa minha também.

– Não, Charley, com certeza não é culpa sua. É minha, e não quero que você assuma nem uma parcela. Se eu pudesse voltar atrás, voltaria. E tem razão, eu não ando muito bem, mas isso não é problema seu, e eu nunca vou me perdoar por ter te magoado. Nem acredito que você não se mudou e me ignorou de vez.

– Eu teria feito isso, mas a reforma está levando muito mais tempo do que pensei para ficar pronta. Não se preocupe, Matt. – Ela deu de ombros com tristeza. – Assim que a sua casa estiver habitável, eu saio de lá.

– A nossa amizade acabou? – perguntou ele, cuidadoso.

– Não sei, Matt. – Ela suspirou. – Agora que a gente conversou, preciso de um pouco de tempo para pensar.

– Claro.

– Matty, eu preciso te pedir para ser totalmente sincero comigo. O que... o que você falou naquela noite, antes de a gente transar, não estava falando sério, estava?

– Que eu te amo, você quer dizer?

– É.

– Eu te amo, *sim*, Charley, você sabe disso – ele se esforçou para dizer. – Não estava mentindo. Como eu disse, a gente se conhece desde sempre, você é uma grande amiga. Mas... – Ele suspirou, sem saber como dizer o que precisava ser dito.

– Mas não *aquele* tipo de amor – antecipou-se Charley.

Matt hesitou antes de responder.

– É, não.

– Porque você ainda é apaixonado pela Grania?

– É. Acho que sou.

Matt observou Charley cortar outro minúsculo pedaço de pizza, espetá-lo com o garfo e mastigá-lo até o fim. Ela engoliu, então se levantou na mesma hora.

– Desculpa, Matt, preciso ir ao banheiro.

Ele a observou atravessar o restaurante tão depressa quanto a sua educação permitia, descer alguns degraus e desaparecer. Pôs a pizza de lado, apoiou os cotovelos na mesa e esfregou o rosto com força. Que pesadelo... *Como* ele podia ter feito o que Charley contara? *Ele*, um psicólogo, consciente das falhas humanas, tinha sucumbido às próprias fraquezas.

Matt se perguntou o que estaria acontecendo com ele. Durante seus 36 anos de vida, acreditara ser um "cara legal". Sempre tinha tratado as mulheres com respeito, nunca abusando nem tirando vantagem delas. Valorizava as forças e qualidades delas, e se comportava de acordo com sua criação e educação. Acima de tudo, sempre tentara agir de modo íntegro, e pensar que não tinha feito isso naquela noite com Charley – uma de suas melhores amigas, pelo amor de Deus! – o enchia de repulsa.

Olhou na direção da escada, mas ainda não havia sinal de Charley. Pelo menos tivera a coragem de ser sincero com ela e deixar claro que não existia futuro. Por mais que isso a magoasse, e que os acontecimentos daquela noite arruinassem sua amizade, Matt sabia que fora o certo a fazer.

Porque...

Gostando ou não, querendo ou não, a verdade cruel era que continuava apaixonado por Grania.

Charley saiu do toalete, pálida, e sentou-se na frente dele.

– Tudo bem? – Matt franziu o cenho. – Você parece enjoada.

– Não – respondeu ela, balançando a cabeça. – Não está "tudo bem", não. Eu não estou nada bem.

– Fui eu? É por minha causa?

– É, de certa forma. – Ela o encarou com olhos marejados brilhando em seu rosto pálido. – Porque o problema, Matt, é que eu estou grávida.

29

Grania acordou certa manhã e viu os primeiros botões de brinco-de-princesa que em breve transformariam as cercas vivas que margeavam a estradinha em um festival de roxo. Aquela visão não apenas anunciava a chegada da primavera, e o verão em seu encalço, mas também que já fazia quase quatro meses que estava na Irlanda. Enquanto se vestia e descia para um café da manhã apressado antes de levar Aurora à escola e ir à Casa Dunworley, ficou incomodada com a naturalidade com que se adaptou àquela rotina. E com o fato de a sua vida ali parecer tão normal quanto sua vida anterior em Nova York. Ao destrancar a porta do ateliê, pensou se era em parte porque estava trabalhando em um projeto novo. Isso lhe recordava os dias em seu ateliê no loft em TriBeCa; aqueles momentos em que uma escultura consumia seus pensamentos a cada segundo do dia.

Ela tirou o casaco e foi até a bancada, refletindo que nos últimos tempos era raro se empolgar com o trabalho, do ponto de vista criativo. Fazer esculturas de crianças e animais de estimação para famílias ricas da Costa Leste havia se tornado o seu ganha-pão. Era um jeito de ganhar a vida que lhe proporcionara a chance de tocar seu "projeto" mais estimado: ter um filho.

Grania examinou as duas esculturas pousadas em sua bancada e sentiu um arrepio de empolgação. Ambas ainda estavam inacabadas e imperfeitas, mas ela era profissional o bastante para saber que tinham as marcas dos melhores trabalhos que já produzira. E o motivo, pensou, era o simples fato de ter sido inspirada, e não forçada, a criá-las. A sensação que a dominou ao se sentar diante da bancada e se concentrar em moldar a argila no formato de um delicado arco de pé era o que a tinha feito seguir a carreira de escultora, para começo de conversa. Criar uma imagem, à semelhança de algo belo – capturar o instante em que a viu e transferi-lo para um objeto material que iria conservá-lo para sempre –, era revigorante.

A inspiração veio em uma tarde em que subiu a trilha do penhasco com

Aurora e a cadelinha Lily. Ficou observando a menina dançar na sua frente, e sua graça natural era linda de se ver. Grania foi tomada então por uma súbita ânsia de capturar aquilo. Sacou o celular e tirou algumas fotos rápidas de Aurora em diversas poses exuberantes. Então, na manhã seguinte, começou a trabalhar em uma série de esculturas.

Desde então, vinha experimentando uma sensação de paz – passava o dia inteiro trabalhando no seu maravilhoso ateliê, com música clássica ao fundo, e a vista da janela uma magnífica imagem da estação que sutilmente começava a mudar.

Naquela tarde, após pedir autorização para Miss Elva, Grania iria ao estúdio de balé assistir e tirar fotos de Aurora dançando.

Depois de passar a manhã inteira absorta no trabalho, olhou para o relógio e viu que já passava das três. Teria só o tempo de pegar Aurora na escola e levá-la até Clonakilty para a aula de balé.

O objeto do seu entusiasmo viajou alegremente ao lado dela rumo à cidade, tagarelando sobre a nova melhor amiga da escola, que no dia seguinte iria à fazenda na hora do chá para conhecer a cadelinha. Enquanto estacionava o carro, Grania pensou em como as coisas simples, nas quais muitas crianças nem sequer prestavam atenção, eram as que mais agradavam Aurora. Pela primeira vez, a menina estava levando uma vida normal.

Grania se sentou a um canto do estúdio, tendo decidido que seu caderno de rascunhos era um modo menos intrusivo de retratar Aurora dançando. Nos últimos dois meses, o progresso da menina fora tão grande que ela estava quase irreconhecível. Sua habilidade natural estava aos poucos sendo transformada na técnica exigida pelo balé. E embora a vida de Aurora na fazenda fosse bem normal, pensou Grania ao vê-la executar uma pirueta perfeita, seu talento era extraordinário.

Ao final da aula, Miss Elva enxotou Aurora do estúdio e lhe disse para ir trocar o collant. Então se virou para Grania.

– Então, o que achou?

– Ela é uma coisa linda de se ver.

– É mesmo. – Miss Elva falou em tom de reverência. – Ela é de longe a aluna mais talentosa que eu já tive a sorte de ensinar. Fiquei preocupada que começar tão tarde fosse um problema, e ela ainda tem algum chão pela frente, em relação à técnica, mas acho que tem todas as chances de ser aceita pela Royal Ballet School. Conseguiu falar com o pai dela?

– Ele sabe que a filha está tendo aulas, mas eu não comentei sobre a ideia de uma escola de balé em tempo integral. E não sei se seria o melhor para ela. Aurora está num ambiente estável pela primeira vez na vida. Quando seria o teste de admissão?

– Ao mais tardar daqui a um ano e meio. Ela precisa estar ensaiando em tempo integral quando completar 11 anos.

– Está bem. Bom, vamos ficar de olho em como ela evolui. E quem sabe no ano que vem podemos pensar de novo. – Grania entregou à professora o valor daquela aula, agradeceu e foi buscar Aurora.

– Então – comentou em um tom leve, a caminho de casa –, você acha que um dia vai querer entrar para uma escola de balé e dançar o tempo todo?

– Você sabe que eu amo balé, Grania – confirmou Aurora. – Mas o problema é que, se eu for, quem vai cuidar da Lily ou ajudar Shane a ordenhar as vacas?

– Bem lembrado – concordou Grania.

– E eu não quero deixar todas as minhas amigas da escola – continuou a menina. – Quem sabe quando eu for mais velha.

– É, quem sabe quando você for mais velha.

Mais tarde naquela noite, quando Grania estava se preparando para ir para o quarto, seu celular tocou.

– Alô?

– Grania?

– Sou eu.

– É o Alexander.

A linha devia estar ruim, pois a voz dele soava abafada e fraca.

– Oi, Alexander. Como vai?

– Eu... – Houve uma pausa antes de ele continuar. – Tudo bem. E Aurora?

– Ela está bem feliz e adaptada aqui na fazenda. A escola parece estar correndo bem, e ela fez vários amigos. Hoje eu falei com a professora de balé e...

– Grania – interrompeu ele. – Eu preciso ver você. Com urgência.

– Tá. Quando você chega?

– O problema é *esse*. Infelizmente não posso voltar para casa agora. Preciso pedir para você vir me encontrar.

– Onde? – Sem notícias dele por um mês, Grania não fazia ideia de onde Alexander estava.

– Na Suíça. Eu estou na Suíça.

– Entendi. Bom, se for urgente...

– É urgente – repetiu ele –, me desculpe por lhe pedir para fazer essa viagem, mas eu não tenho mesmo outra escolha.

– Está certo. Bom, hoje é quarta-feira... neste fim de semana vai ser a tosa das ovelhas na fazenda, então que tal na terça que vem?

– Grania, eu preciso que você venha amanhã.

– Amanhã?!

– É. Já reservei um voo. Você decola do aeroporto de Cork às 14h45, aterrissa em Londres às quatro, aí pega o voo da British Airways para Genebra que decola às seis. Meu motorista vai buscar você no aeroporto e trazê-la até mim.

– Certo – disse Grania, hesitante. – Quer que eu leve Aurora?

– Não. Com certeza não... – A voz dele sumiu. – Ah, e lembre-se de trazer sua certidão de nascimento. O controle de passaportes da Suíça é bem rígido, e é melhor estar precavida.

– Certo.

– Nos vemos amanhã à noite. E Grania?

– Sim?

– Obrigado.

Ela encerrou a ligação e ficou sentada à mesa da cozinha, tonta. Perguntou-se o que Alexander teria dito caso ela tivesse se recusado a ir. Até onde podia ver, tudo já estava decidido antes mesmo de ele fazer a ligação.

– Em que está pensando, Grania?

A voz da mãe interrompeu seus pensamentos. Ela encarava a filha da soleira da porta.

– Eu... eu acabei de receber um telefonema muito estranho do Alexander – disse Grania devagar. – Ele quer que eu vá de avião até a Suíça me encontrar com ele amanhã. Já reservou um voo.

– É mesmo? – Kathleen cruzou os braços e ergueu a sobrancelha. – E você vai?

– Acho que não tenho escolha.

– Bom, você sempre pode dizer "não".

– É, mãe, posso, mas alguma coisa na voz dele... – Grania deu de ombros. – Alguma coisa não está certa. Sei que não.

– Eu diria que, se Sua Alteza está com um problema, é ele que tem que vir e falar com você. E não mandar você correr o mundo para encontrar com ele.

– Concordo, mas o que eu posso fazer? Ele também me pediu para levar minha certidão de nascimento, disse que as autoridades suíças são muito rígidas. Você pode pegar para mim, mãe?

– Pego, mas algo não está me cheirando bem.

– Nem a mim – disse Grania. – Mas o melhor é ir ver o que ele quer.

– Grania... – Kathleen se aproximou. – Eu não quero me meter, mas... tem alguma coisa entre vocês dois?

– Eu não sei. – A necessidade de Grania de se abrir com *alguém* suplantou sua reticência habitual em contar coisas para a mãe. – Não sei mesmo.

– Ele... – Kathleen pigarreou. – Quando vocês estavam lá na casa...?

– A gente se beijou, mãe – confessou Grania. – E sim, para falar a verdade, eu sinto alguma coisa por ele. Mas aí... – Ela balançou a cabeça, confusa. – Aí ele disse... bem, ele disse que não podia continuar com isso.

– Ele falou por quê?

– Não. Talvez ainda seja apaixonado por Lily, talvez tenha outra pessoa... quem sabe? Só posso dizer que eu não sei – disse Grania com um suspiro.

– Bom, se vale de alguma coisa, fiquei observando Sua Alteza naquela noite em que Aurora sumiu. Vi como ele olhava *você*. Não sei se o jeito amoroso que ele te olhou foi por causa do amor que você demonstrou pela filha dele, ou se era algo mais do que isso. Seja como for, Grania, ele gosta de você. Resta saber: você gosta dele?

– Gosto, mãe. Mas como, por quê, ou onde isso vai dar eu não sei. Além do mais, eu...

– Sim?

– Ainda não superei o Matt.

– Eu sei, meu bem. E talvez nunca supere. Mas você já deixou bem claro que acabou – falou Kathleen. – Só não precisa correr pra começar outra coisa.

– Não. – Grania se levantou. – É melhor eu ir para a cama, se vou viajar para a Suíça amanhã. – Ela abraçou Kathleen. – Obrigada, mãe. Como você sempre diz, nada que uma boa máquina de lavar não tire.

– Vamos torcer. Boa noite.

Kathleen observou a filha sair da cozinha, então foi até o fogão e pôs a chaleira para ferver. O sexto sentido que era motivo de chacota para seus filhos e marido, mas no qual os três confiavam quando convinha, estava em alerta total.

– Essa família... – resmungou ela, se enrolando mais no cardigã e andando para lá e para cá enquanto esperava o leite ferver.

Sentou-se com uma caneca de chocolate quente, tentando entender por que algo lhe dizia que Grania precisava saber o resto da história agora... *agora*, antes de sair da segurança daquela casa rumo à Suíça.

– Estou sendo uma velha boba... por que Grania ia precisar saber mais do passado? – murmurou para si mesma.

Terminado o chocolate, deu um suspiro profundo.

– Desisto – falou em direção ao céu, então se levantou e subiu a escada com passos cansados e bateu na porta da filha. – Sou eu – sussurrou. – Posso entrar?

– Claro, mãe – respondeu Grania, sentada de pernas cruzadas na cama, diante de uma mala feita pela metade. – Também não estou com sono. Fico pensando no que vou encarar amanhã. – Ela arqueou a sobrancelha.

– É, bem. – Kathleen sentou-se na cama. – Foi por isso que eu vim falar com você. Aquela voz na minha cabeça, bom, ela está me dizendo que eu preciso te contar o resto da história antes de você ir. Da história de Lily. – Kathleen estendeu a mão, segurou a da filha e apertou. – É uma história e tanto, e talvez leve um tempo para contar, então é provável que a gente fique acordada até tarde.

– Não faz mal, mãe – encorajou Grania. – Acho até bom alguma coisa para me distrair de amanhã. Sou toda ouvidos.

– Certo, então. – Kathleen engoliu em seco. – Eu nunca contei essa história com as minhas próprias palavras. E talvez até chore um pouco no meio.

– Ai, mãe. – Grania apertou com força a mão dela. – Não precisa ter pressa. Nós temos a noite inteira, conta no seu tempo.

– Certo. – Kathleen tomou coragem para começar. – Essa parte da história começa quando eu tinha 16 anos e Lily Lisle, 15.

– Vocês eram amigas? – perguntou Grania, espantada.

– Éramos, sim. – Kathleen assentiu. – Lily passava tanto tempo aqui na fazenda que era quase uma irmã caçula. E o meu irmão mais velho...

– *Irmão?* – Grania encarou a mãe com surpresa. – Não sabia que você tinha tido um irmão, mãe. Você nunca falou dele.

– Não... – Kathleen balançou a cabeça devagar. – Então, por onde eu começo...?

30

Dunworley, West Cork, Irlanda, 1970

Kathleen Ryan, 16 anos, acordou e pulou da cama para ir abrir as cortinas e ver como estava o tempo naquele dia. Se estivesse bom, ela, Joe e Lily fariam um piquenique na praia de Dunworley. Se estivesse chovendo – o que era frequente ali, mesmo no auge do verão – seria mais um dia sem graça dentro de casa, jogando baralho ou jogos de tabuleiro. Lily inventaria alguma peça de teatro em que faria o papel principal. Tinha um baú com antigas roupas de gala da mãe, lá na casa grande, e adorava se pavonear em frente ao espelho usando vestidos grandes demais para ela.

– Quando eu for adulta, vou ser linda, e um belo príncipe vai me levar embora daqui – dizia ela, fazendo pose.

Não havia dúvida de que Lily seria *mesmo* linda – aos 15 anos, já era muito bonita.

– Os meninos vão fazer fila para chamá-la para sair, com certeza – disse certa vez a mãe de Kathleen ao marido, Seamus.

Kathleen olhou no espelho o próprio corpo atarracado, com tristeza, os cabelos castanho-claros e o rosto pálido com as sardas irritantes salpicadas no nariz.

– É preciso mais do que beleza para conquistar um homem, meu amor, e eles vão te amar pelas suas outras qualidades – reconfortou sua mãe quando ela reclamou.

Kathleen não sabia bem quais eram exatamente essas outras "qualidades", mas na verdade não se importava em ser sem graça. Nem com Lily exigindo ser o centro das atenções aonde quer que fosse.

Nem com Joe, seu irmão, venerando o chão em que Lily pisava. Entendia que Lily, com sua aparência exótica, sua mãe glamorosa e seu pai rico lá na casa grande, era uma entidade com a qual ela nem sequer pensava em competir.

E não a invejava; na realidade, o que sentia por Lily era pena. Tia Anna, mãe dela – que era uma bailarina famosa – raramente aparecia em casa. Sebastian Lisle, o pai, era uma figura distante, de idade avançada, que Kathleen quase nunca avistava. E, pelo que sabia, Lily também. Ela era deixada aos cuidados de governantas de quem passava a vida tentando fugir, em geral com sucesso.

Enquanto se vestia depressa para começar suas tarefas matinais de recolher os ovos e ordenhar um balde de leite fresco, Kathleen pensou em Lily, decerto ainda adormecida em seu belo quarto na casa grande no alto do penhasco. Lily não tinha tarefas a fazer. Tinha uma criada para servir o desjejum, o almoço e o jantar, lavar suas roupas e providenciar tudo de que precisasse. Às vezes Kathleen reclamava disso com a mãe, quando o dia estava gelado e ela precisava sair.

– Mas, Kathleen, você tem a única coisa que Lily não tem: uma família – respondia a mãe.

Para Kathleen, Lily tinha isso também: ela praticamente morava ali com eles. Apesar disso, ninguém nunca pedia *a ela* para levantar um dedo.

Mesmo assim, apesar dos privilégios de Lily e de sua afetação às vezes irritante, Kathleen era muito protetora em relação a ela. Embora a outra menina fosse apenas um ano e meio mais nova, tinha um quê de infantil, uma vulnerabilidade que trazia à tona os instintos maternais de Kathleen. E não parecia possuir sequer um grama de bom senso. Lily vivia sugerindo aventuras – descer trilhas perigosas, sair escondido de casa à noite para nadar no mar – e parecia não temer quase nada. Muitas vezes essas ideias davam terrivelmente errado, e Kathleen não só tinha que resgatá-la do perigo, mas também aguentar o castigo dos pais, embora a ideia tivesse sido de Lily.

E Joe, claro, coitado, seguiria Lily até os confins da terra se ela pedisse.

Se Kathleen se sentia protetora em relação a Lily, isso não era nada comparado ao que sentia por seu tranquilo irmão mais velho. Três anos antes, certo dia Kathleen chegou em casa arrasada após encontrar Joe na estrada. Os meninos do vilarejo tinham-no usado como alvo para lançar as bolotas recém-colhidas naquele outono.

– Estavam xingando ele, mãe, de coisas horríveis! Disseram que ele era o idiota do vilarejo, que não tinha cérebro, que deveria estar num asilo para debiloides. Por que fazem isso com ele, mãe? Joe só quer fazer amizade.

Depois de cuidar dos machucados do filho com hamamélis e mandá-lo ir ajudar o pai a recolher as vacas, Sophia fechou a porta da cozinha e explicou a Kathleen por que seu irmão mais velho era diferente dos outros meninos.

– Foi um parto difícil, e o médico acha que Joe passou um tempo sem oxigênio, antes de nascer – disse Sophia. – Isso provocou problemas no cérebro dele.

– Mas o Joe não é idiota, mãe, é? Ele sabe escrever o próprio nome e fazer algumas contas.

– Não, querida, o Joe não é idiota. Ele só é o que os médicos chamam de "lento".

– E os animais adoram ele, mãe. O Joe conversa com eles todo calmo, e eles confiam nele.

– É, Kathleen, confiam mesmo. Mas os animais são mais bondosos do que os seres humanos – respondeu Sophia com um suspiro.

– Aqueles meninos na escola arrumando encrenca com ele. E os professores sempre pensam que foi Joe quem começou, só porque ele é maior. E mãe, ele simplesmente aceita! – Kathleen enterrou a cabeça nas mãos. – Não suporto quando implicam com ele. E ele nunca revida, só sorri e aceita a punição. Não é justo, mãe, não é justo. O Joe não machucaria uma mosca, você sabe disso.

Pouco depois, seus pais tiraram Joe da escola.

– Acho que ele já aprendeu tudo que podia, e vai ser mais feliz na fazenda comigo e com os animais – disse Seamus.

E tinha razão. Joe agora ajudava na fazenda em tempo integral, e seu jeito com os animais e espantosa força física contribuíam muito para o negócio da família.

Enquanto recolhia os ovos, Kathleen refletiu sobre a vida de Joe. Seu irmão estava sempre feliz, nunca parecia cabisbaixo ou irritado. Acordava cedo, tomava café e ficava lá fora na fazenda até a noite. Chegava, comia o que tivesse para comer e ia dormir. Não tinha nenhum amigo fora da família, mas não parecia solitário. E aos 17 anos não demonstrava nenhum dos interesses normais dos outros meninos da sua idade. O olhar de Joe só se iluminava quando Lily Lisle aparecia em casa. Ele observava em silêncio ela desfilar pela cozinha, jogando a cabeleira ruivo-dourada por cima do ombro.

– Tigre – disse Joe certo dia, quando os três tinham saído para caminhar.

– Que tigre, Joe? – Lily olhou em volta.

– Você, tigre.

– Tiger Lily! – exclamaram juntas Kathleen e Lily.

– Cabelo – falou Joe, apontando para Lily. – Cor de tigre.

– Esse é um apelido muito esperto, Joe – comentou Lily, passando seu braço pequeno e pálido pelo grande braço dele. – Tiger Lily é uma princesa indígena personagem de um livro chamado *Peter Pan*.

– Você é princesa. – Joe lançou para Lily um olhar cintilando de amor.

Apesar do egoísmo inerente, Lily tinha muito jeito com Joe. Escutava com atenção enquanto ele formava as palavras, e fingia interesse pelo tordo de asa quebrada que ele havia resgatado e do qual estava cuidando. Isso, acima de tudo, era o que fazia Kathleen perdoar as muitas falhas da amiga. Ela podia ser mimada e autocentrada, mas era bondosa e carinhosa com seu irmão.

Kathleen pôs os ovos frescos na despensa e entrou na cozinha para tomar café. Joe já estava sentado à mesa, segurando a colher do cereal com sua mão imensa.

– Bom dia – cumprimentou ela, cortando uma fatia de pão e passando manteiga. – O dia está lindo, Joe, vamos à praia?

– Vamos. Com Lily.

– Ela disse que chega aqui lá pelas onze. Prometeu trazer comida, mas ela vive esquecendo – disse Kathleen. – Vou preparar sanduíches para nós três.

– Olá, todo mundo, cheguei! – Lily surgiu na cozinha com seu jeito teatral de sempre. – Adivinhem quem está em casa? – disse ela, revirando os olhos enquanto pegava uma maçã no cesto de frutas e dava uma mordida.

– Quem? – perguntou Kathleen, guardando os sanduíches na cesta de piquenique.

– Gerald! Meu horroroso meio-irmão Gerald. – Lily sentou-se delicadamente em uma cadeira. – Fazia mais de um ano que a gente não se via... ele tinha ido passar um tempo com os parentes da mãe, em Clare.

Tanto Kathleen quanto Joe se compadeceram de Lily. Gerald, único filho de Sebastian Lisle com a primeira esposa, Adele, sempre os aterrorizara. Um menino arrogante, que olhava para Kathleen e Joe como se fossem lixo, e mesmo assim queria participar das brincadeiras dos três, embora passasse a maior parte do tempo estragando-as. Ficava emburrado se não ganhasse, acusava-os de trapacear, e muitas vezes ficava agressivo, principalmente com Joe, com quem implicava sem parar, já que os dois eram da mesma idade.

– Ele não vai à praia com a gente, vai? – perguntou Kathleen, aflita.

– Não. Ele me disse hoje que agora tem quase 18 anos e é praticamente um adulto. Por sorte, acho que ele não quer nada com a gente. Ele até que cresceu bastante. Quase não o reconheci. Está com cara de homem e do tamanho do papai. Se ele não fosse o Horroroso Gerald, até acharia ele bem bonito – completou Lily com uma risadinha.

– Não com aquela atitude – comentou Kathleen, e teve um calafrio. – Ótimo que ele não quer se rebaixar a ficar com a gente. Está pronto, Joe?

Como sempre, o rapaz encarava Lily com um ar de adoração.

– Pronto – respondeu ele.

Os três seguiram para a praia, Lily montada nos ombros fortes e largos de Joe, agarrada feito um filhote de macaco e soltando gritos de medo fingidos enquanto ele descia pelas pedras.

– Pronto – disse Kathleen, ofegante ao largar a pesada cesta de pique-nique sobre a areia fofa. – Pode soltar Lily, assim ela me ajuda a tirar as coisas da cesta.

– Ah, mas está muito calor, eu quero entrar no mar agora! – respondeu Lily, e despiu o vestido para revelar uma roupa de banho e os contornos suaves e pálidos de um corpo amadurecendo. – Joe, corrida! – gritou ela animada, e partiu em disparada em direção ao mar.

Kathleen observou o irmão sair correndo atrás de Lily, tirando a camisa no meio do caminho, e mergulhar de short poucos segundos depois dela. Ela estendeu a manta na areia e dispôs sobre ela o piquenique que havia preparado mais cedo. Olhou para Lily em toda a sua beleza de braços e pernas esguios, gritando e se agitando nas ondas com Joe, em seguida para o próprio corpo gordinho, e desejou ter a mesma descontração da prima.

Dez minutos depois, Joe voltou até ela e apontou para a toalha.

– Lily frio – falou.

Kathleen aquiesceu, entregou a toalha a ele e observou-o voltar até a beira da água para envolver a trêmula Lily no calor do tecido. Ainda bem que não era ciumenta, pensou. Embora tivesse cuidado do irmão a vida toda e o protegido com unhas e dentes, uma vez que ele era incapaz de proteger a si mesmo, embora o amasse e o defendesse, sabia quem era a favorita de Joe. Se ele tivesse que escolher entre salvar a irmã ou a prima de um afogamento, Lily ganharia de lavada. A adoração de Joe por ela o fazia se iluminar; qualquer migalha que Lily oferecesse valia o mesmo que um ano de cuidados práticos e domésticos de Kathleen. E se Lily fazia Joe feliz, que mal havia nisso? Só torcia para que, quando a prima crescesse e seguisse o seu rumo – não restava dúvida de que ela era tão linda que poderia escolher o homem que quisesse – Joe sobrevivesse.

Kathleen já entendia como ser bonita ajudava; mesmo na escola, todos passavam mais a mão na cabeça das meninas bonitas do que das comuns. Quem você era por dentro – se uma pessoa boa ou má – não importava, mas se a sua embalagem fosse mais vistosa, tinha uma vantagem imediata. As pessoas admiravam a beleza, principalmente os homens. Diziam que era algo superficial, mas Kathleen discordava. Todas as estrelas de cinema eram bonitas, as damas que viviam em mansões eram bonitas, e raramente se via uma moça bonita se esfalfando como ajudante de cozinha. A não ser que fosse a Cinderela, mas aí o príncipe aparecia e sabia que você era a escolhida porque tinha pezinhos pequenos e femininos.

– Ai, Kathleen! Estou morrendo de fome! Posso comer um sanduíche? – Lily tinha voltado, e Joe vinha alguns passos atrás.

– Então, tem de carne em conserva e de geleia.

Kathleen entregou a ela um sanduíche embrulhado em um guardanapo. Joe pegou uma segunda manta e a pôs em volta dos ombros da prima. Então sentou-se na areia de short molhado, ao lado da irmã.

– Toma, Joe, você também precisa comer. – Kathleen apontou para os sanduíches.

– Joe, posso trocar o meu de carne pelo seu de geleia? – pediu Lily. – Odeio carne em conserva.

Kathleen observou o irmão entregar seus sanduíches de geleia sem dizer nada. Lily os mastigou, jogando as cascas do pão na areia, então se deitou e esticou as pernas longas e esguias na direção do sol.

– Por que tive que nascer com essa pele clara de irlandesa? – resmungou ela. – Pareço uma lua branca numa noite escura.

– Não. Linda – disse Joe com um sorriso.

– Obrigada, Joe. Adivinha, Kathleen. – Lily se levantou apoiada nos cotovelos. – O Joe me pediu em casamento quando a gente estava no mar. – Ela riu. – Não é fofo?

– Bom, acho que é – respondeu Kathleen, desgostando do olhar condescendente da prima.

– Cuidar de você – falou Joe, meneando a cabeça, enquanto mastigava mais um sanduíche de carne em conserva.

– Obrigada, Joe. Eu sei que você vai sempre cuidar de mim. E prometo que vou pensar no seu pedido.

Com uma expressão divertida, ela tornou a se deitar na areia para tomar sol.

31

– Espero que vocês não se importem, mas o Gerald quer vir também.

Kathleen encarou o homem alto e bonito atrás de Lily na soleira da porta da cozinha. Tentou conciliar o "novo" e másculo Gerald com o Gerald de antigamente, e ficou reconfortada ao reparar no sorriso zombeteiro de sempre nos lábios finos do rapaz.

– Olá, Gerald.

– Olá... – Gerald coçou a cabeça. – Desculpa, não lembro seu nome.

– Kathleen. Kathleen Doonan. E esse é o meu irmão, Joe.

– Claro, desculpa. Como vão vocês?

– Estamos ótimos – respondeu ela. – Bom, vamos indo?

– Oi, Lily – disse Joe, esperando o abraço de sempre.

– Oi, Joe – respondeu Lily, sem sair do lado de Gerald. – A gente roubou as varas de pescar do papai, não foi, Gerald? – Lily sorriu para o meio-irmão.

– Sim, é um pouco melhor do que uma vara de madeira e um barbante com um pedaço de bacon na ponta. – Ele abriu um sorriso irônico, olhando para as ferramentas de Kathleen e Joe.

Os quatro desceram em direção ao riacho. Pairava um silêncio desconfortável e a presença de Gerald deixava Kathleen incomodada. Lily caminhava ao lado do meio-irmão, conversando com ele de modo descontraído, e Joe fechava o grupo. Chegaram ao riacho e Gerald pegou um banquinho dobrável, que entregou para Lily, com um floreio.

– Não podemos deixar esse seu *derrière* se sujar, não é mesmo?

– Obrigada, Gerald, é muita gentileza sua – disse Lily, se sentando.

Os outros três se acomodaram na margem, e Gerald mostrou a Lily como usar a vara de pescar. Ficaram sentados em silêncio; a presença de Gerald inibia a tagarelice habitual. Todas as frases que ocorriam a Kathleen ficavam presas em sua garganta. Ela olhou para a esquerda e viu Joe observando o rio com um ar desanimado, decepcionado por não estar sentado ao lado de sua amada Lily.

Gerald, claro, foi o primeiro a pegar um peixe. Ao som de vários elogios animados de Lily, puxou uma truta de tamanho muito respeitável.

– Muito bem – disse ela, sorrindo. – Você obviamente leva jeito.

– O fato de esses rios terem muitos peixes ajuda. Papai sempre cuidou bem das nossas terras.

– Com todo o respeito, Gerald, esse riacho agora é nosso. Minha mãe e meu pai compraram essas terras no ano passado. – O orgulho de Kathleen não permitiu que deixasse de fazer o comentário. – Queremos comprar o resto das terras que arrendamos e a casa da fazenda também, quando seu pai decidir nos vender.

– Ora, ora, proprietários depois de todos esses anos – zombou Gerald. – Imagino que a mãe de Lily tenha tido alguma coisa a ver com isso, não? Talvez ela tenha querido dar um presente à irmã?

– Não, senhor, digo, Gerald. – Kathleen ficou vermelha de raiva. – Minha mãe e meu pai compraram de verdade.

– Sei. – Gerald ergueu a sobrancelha; a notícia não o agradou.

– Sério, que importância tem a quem pertence o riacho? – perguntou Lily com um suspiro. – Esse pobre peixe vai acabar no prato de alguém hoje à noite. Não acho que ele se importe. Pegue minha vara, Joe, estou com calor e quero dar uma nadada.

Joe obedeceu, e Lily desceu pela margem para encontrar um lugar fácil por onde entrar no rio, então tirou o vestido e mergulhou na água gelada. Kathleen olhou para Joe, em seguida para Gerald, e observou os olhos dos dois pregados em Lily enquanto ela nadava.

– Preciso admitir que esta parte do mundo é bem bonita quando bate sol – comentou Gerald depois de comerem o piquenique. – Pena sua mãe não passar mais tempo aqui para aproveitar, Lil. Onde ela está agora, aliás?

– Ah, em Londres, você sabe como ela odeia o campo – respondeu Lily, casual.

– Fico pasmo que o papai aceite isso. Ter uma esposa errante deve ser bem complicado – disse Gerald.

– Você conhece a mamãe; ela é uma ave-do-paraíso e precisa voar – falou Lily em tom neutro. – Vai voltar para casa quando quiser.

– Só Deus sabe quando – resmungou Gerald. – Bom, eu não vou aparecer muito mais por aqui. Vou entrar para Sandhurst para fazer uma formação de oficial do exército – anunciou ele, olhando para Joe e Kathleen de relance.

– Sob certos aspectos, eu invejo vocês. Tudo igual, dia após dia: contar as ovelhas, ordenhar as vacas...

– Acho que a nossa vida é mais do que isso – retrucou Kathleen, na defensiva, detestando o modo como ele sempre os tratava com superioridade.

– E a dele? – Gerald apontou para Joe.

– Joe é feliz. Não é, Joe? – indagou Kathleen suavemente.

– Sou. – Joe aquiesceu. – Amo Lily. Lily bem, Joe bem.

– É mesmo? – Gerald arqueou a sobrancelha. – Ama, é? Acha que um dia Lily vai se casar com você, Joe?

– Sim. Casar com Lily. Cuidar dela.

– Meu Deus do céu! – Gerald riu. – Ouviu isso, Lil? Joe acha que você vai casar com ele.

– Não zomba dele, Gerald, ele não entende – respondeu Lily.

– Bom, mas vai entender já, já, quando você for despachada para o colégio interno daqui a algumas semanas e não estiver mais aqui.

Lily encolheu as pernas contra o peito.

– Eles não podem me obrigar, se eu não quiser ir, Joe. E eu não quero, então pronto – disse ela, fazendo biquinho.

Kathleen olhou para o Joe e viu sua expressão horrorizada.

– Lily embora? – perguntou ele devagar.

Lily se levantou, foi até o primo, sentou-se ao lado dele e afagou sua mão.

– Não se preocupe, Joe, eu prometo que não vou embora, não importa o que minha mãe e meu pai digam.

– Duvido que você tenha escolha, irmãzinha – falou Gerald.

– Lily fica – retrucou Joe, olhando para Gerald e passando um braço protetor em volta dos ombros da prima.

– Viu só? – Lily sorriu. – Joe não vai me deixar ir, não é, Joe?

– Não. – Joe se levantou de repente e se aproximou de Gerald. – Lily ficar aqui.

– Não precisa ficar bravo, Joe, quem manda são os pais dela, não eu. Mas acho que, para o bem de Lily, já está na hora de ela aprender boas maneiras e a parecer uma dama.

– Lily *dama!* – Joe desferiu o soco em um segundo, acertando Gerald bem no maxilar.

A força do golpe derrubou o rapaz.

– Nossa! Não é preciso nada disso, amigão!

Kathleen ficou paralisada, atônita com a reação agressiva de Joe. Nunca o tinha visto ser violento antes. E ele não podia ter se comportado daquela maneira atípica com uma vítima mais maliciosa.

– Joe! – exclamou ela, voltando a si. – Peça desculpas agora mesmo a Gerald por ter dado um soco nele. Gerald, ele não tinha intenção, é que ele é muito protetor em relação a Lily. – Ela puxou o braço do irmão. – Vamos lá, Joe, peça desculpas.

Joe baixou os olhos, inspirou fundo e falou:

– Desculpa.

– Bom, não foi nada. – Gerald se levantou, limpou a terra da roupa e virou-se para Lily. – Já levei socos piores e sobrevivi.

Kathleen percebeu que o ego dele estava mais ferido que o maxilar. Ainda mais na frente de Lily.

– Bom, espero que a gente possa esquecer isso tudo para que esse episódio não estrague o resto do nosso dia – disse Kathleen, desesperada.

– Claro – respondeu Gerald. – Vamos esquecer. Um aperto de mãos, Joe?

Com relutância, Joe estendeu a mão.

– Pronto, esquecido – disse Gerald.

De alguma forma, Kathleen soube que Gerald Lisle não ia esquecer, nem perdoar.

O verão foi avançando, e Joe e Kathleen receberam menos visitas de Lily. Joe passava horas olhando da janela do quarto para a estradinha, esperando ela aparecer. Quando vinha, ela parecia distraída, diferente por algum motivo. Kathleen pensou que talvez fosse a perspectiva iminente do colégio interno.

– Eu não vou ficar lá se não gostar, sabem? – disse ela para Kathleen e Joe em uma noite quente de agosto, quando estavam passeando pela trilha do penhasco. – Vou fugir e pronto.

– Ah, vamos, tenho certeza de que vai ser melhor do que você pensa, Lily. – Kathleen olhou para a expressão triste e ansiosa de Joe. – E lembra que num piscar de olhos você vai estar de volta para as férias de Natal. Não é, Joe?

– Lily fica. Lily fica aqui.

– Eu prometo que vou voltar, Joe. – Lily o abraçou. – Mas daqui a uma semana preciso ir a Londres comprar todas as roupas para o colégio. Mamãe virá me levar para a Inglaterra. Meu pai está todo nervoso porque sabe que ela vai chegar. – Lily ergueu as sobrancelhas. – Sério, não sei como ele aguenta. Ela fica tocando sem parar aquela música horrível de balé em casa. É tão deprimente... Não entendo como alguém pode gostar de ver um monte de gente em pé numa perna só sem dizer nada durante duas horas. Que chatice!

Kathleen tinha escutado a mãe dizer que Lily odiava balé porque era a paixão que ocupava o centro do mundo de Anna e a afastava da filha. Ela, porém, tendia a concordar com Lily. Sua tia a levara uma vez para assistir a um balé em Dublin, e ela dormiu no meio do espetáculo.

– Agora preciso correr. Gerald está me ensinando a jogar bridge. E estou ficando bem boa. – Lily beijou Joe e Kathleen e saiu saltitando na direção da Casa Dunworley.

Joe a observou até Lily virar um mero pontinho ao longe. Então se sentou pesadamente e deixou o olhar se perder no mar. Kathleen se ajoelhou ao lado dele e o abraçou.

– Ela vai voltar, Joe, você sabe que vai.

Lágrimas surgiram nos olhos dele.

– Amo Lily, Kathleen. Amo Lily.

Kathleen sempre sabia quando tia Anna tinha vindo para uma visita assim que entrava em casa. O cheiro de perfume e cigarro flutuava da sala até a cozinha. E ela escutava a risada rouca da tia e o tilintar das xícaras de porcelana – tiradas do armário apenas quando tia Anna lhes dava a honra da sua presença.

– Kathleen, querida! Como vai, pi-princesa? – disse tia Anna quando a sobrinha a beijou. – Nossa, você encorpou desde a última vez que eu te vi – comentou, analisando a menina.

– Obrigada – respondeu Kathleen automaticamente, sem ter certeza se havia sido um elogio.

– Vem cá. – Tia Anna deu tapinhas no lugar ao lado dela no sofá. – Senta e me conta o que anda fa-fazendo.

Kathleen se sentou, sentindo-se – como sempre – um cavalo de tração ao lado da elegância esguia da tia. Os cabelos negros de tia Anna, que sua mãe dizia serem pintados, estavam presos em um coque lustroso na nuca. Os olhos imensos estavam realçados por *kohl*, e os lábios por um vermelho flamejante. Em contraste com a pele de um branco imaculado, isso lhe dava um aspecto dramático e arrebatador.

Como sempre, a simples presença da mulher que Kathleen sabia ser famosa nos balés do mundo todo a deixou sem palavras. O contraste entre as irmãs, que apesar de não terem laços de sangue – sua mãe contara que Anna havia sido adotada pelos pais dela – tinham sido criadas na mesma casa, não poderia ser maior. Sentada naquela sala pequena cheia de móveis sem graça e escuros, tia Anna parecia uma flor exótica nascida por engano em um lamaçal irlandês.

– Vamos, Kathleen, converse com sua tia e conte a ela as novidades – encorajou Anna.

– Ahn... – Kathleen teve um branco; não conseguiu pensar em nada que pudesse dizer que alguém como sua tia fosse achar interessante. – Bem... eu estou de férias, e daqui a uma semana volto às aulas.

– Já pe-pensou em alguma carreira para o futuro? – questionou Anna.

Kathleen não fazia a menor ideia. Dizer que desejava ser esposa e mãe e não muito mais do que isso parecia a resposta errada.

– Não sei ainda, tia.

– E os meninos? – Anna lhe deu um cutucão cúmplice. – Com certeza deve ter algum jovem rapaz batendo na su-sua porta?

Kathleen pensou no menino de Skibbereen que conhecera pouco antes, em uma festa na região. John Ryan tinha dançado com ela quatro vezes, e tinham descoberto serem parentes distantes pelo lado da avó dela, Coleen Ryan. Mas, de todo modo, naquela região todo mundo era parente por algum lado.

– Posso ver que tem alguém, que-querida. Você está toda vermelha!

– É mesmo, Kathleen? – perguntou a mãe da poltrona em frente. – Está de namorado, é? Bem, ela nunca comentou nada comigo, Anna.

– Bom, garotas gostam de ter seus segredos. Não é, Kathleen? – Tia Anna sorriu.

– Eu não tenho segredo nenhum – balbuciou ela, mas sentiu que estava enrubescendo.

– Não há nada de errado em ter alguns segredos, não é, Sophia? – Anna continuou a sorrir. – Tenho certeza de que a sua mãe contou, Kathleen, que para me manter em segurança a minha mãe adotiva, Mary, disse ao meu tutor Lawrence Lisle que eu tinha morrido de gripe no colégio interno! Imagine só.

– Anna deu sua gargalhada rouca característica. – E aí eu apareci na Irlanda, bem viva, e me casei com o irmão de um homem que fora informado da minha morte anos antes. Isso é que eu chamo de gua-guardar um segredo.

– Não acho isso muito engraçado, Anna. – Sophia parecia irritada. – Você sabe tão bem quanto eu que a nossa mãe fez tudo para te proteger e garantir sua segurança. E pagou um preço alto, devo acrescentar. Ela podia ter acabado presa.

– Eu sei, irmãzinha, e sou extremamente grata a ela por ter fe-feito isso. Você sabe.

– Foi por isso que passou quinze anos sem falar com ela e partiu o coração dela, então? – rebateu Sophia.

Sentada entre as duas, Kathleen desejou que o chão a engolisse.

– Sophia, francamente! Por favor, não me venha com sermões. – Anna revirou os olhos. – Só fiz o que qualquer garota no-normal teria feito e saí de ca-casa. Lembre, por favor, que na época eu não fazia ideia do que Mary tinha feito para me ajudar. Não posso ser responsabilizada por isso, posso? Bom, agora vamos falar sobre o futuro. Você sabe que eu vou le-levar Lily a Londres na semana que vem para providenciar as roupas dela para o colégio interno?

– Sei, sim.

Kathleen viu o esforço da mãe para se controlar, e percebeu haver muita coisa que ainda não sabia na história das duas.

– Não acredito que preciso ir embora na segunda – disse Lily com um suspiro quando ela e Kathleen estavam deitadas na areia admirando as estrelas. – Como vou viver sem *isso*? Todo esse espaço, toda essa liberdade... o cheiro do mar que a brisa da manhã faz entrar pela janela do meu quarto... as tempestades que lançam ondas raivosas contra os penhascos. E acima de tudo, a falta de gente. – Lily deu um suspiro profundo. – Não tenho certeza se eu gosto de gente. Você gosta?

Kathleen estava acostumada aos pensamentos bizarros da prima.

– Bom, acho que nunca pensei se gosto ou não de gente. As pessoas meio que *existem*, não é? É preciso conviver com elas, não?

– Mas consegue imaginar dividir um quarto com sete desconhecidas? É o que farei daqui a uma semana. Acho que não dá nem para tomar banho sozinha. Ai, Kathleen, imagina isso.

Para ser sincera, ela não conseguia. De repente sua própria vida pareceu muito confortável. Não entendia por que uma menina tão privilegiada quanto Lily seria levada para uma escola que, pela descrição da prima, parecia aquela do livro *Oliver Twist*, de Charles Dickens.

– Enfim – retomou Lily. – Como eu disse, se não gostar, eu fujo. Já roubei dinheiro do papai para garantir a passagem de volta para a Irlanda. E, se for preciso, posso dormir em um dos seus celeiros e você pode me levar comida.

– Ah, Lily, deixa disso – reconfortou Kathleen. – Vai ser melhor do que pensa. Você disse que muitas famílias ricas mandam as filhas para esse colégio. Com certeza vai fazer muitas amigas lá.

– Mas, Kathleen, eu *odeio* regras. Você sabe disso – resmungou Lily. – Não sou boa com regras, não sou mesmo.

Kathleen se perguntou se era porque Lily não tinha que seguir muitas, para começo de conversa, ou se era apenas uma questão de temperamento. Sophia sempre se referia à sobrinha como um espírito livre, e Kathleen imaginava que fosse isso mesmo.

– Tenho certeza de que não vai ser tão ruim. É o que as jovens damas fazem, não é?

– Gerald diz que amou Eton – disse Lily com um suspiro. De repente, ela se virou de bruços, deitou o rosto nos cotovelos e olhou para Kathleen. – Acho que o Gerald está bem bonito agora, você não acha?

– Ele não faz meu tipo – respondeu Kathleen, estremecendo ao pensar nisso.

– Bom, ele com certeza não é mais aquele menino arrogante e cheio de espinhas. Falando nisso, ele sugeriu que na minha última noite aqui na Irlanda nós fôssemos até a praia à noite, acendêssemos uma fogueira e fizéssemos um piquenique para marcar minha despedida. Você topa, Kathleen? Você e Joe?

– Topo, sim, com certeza, mas Joe... – Kathleen suspirou. – Pensei que Gerald não fosse querer chegar nem perto dele.

– Ah, Gerald já esqueceu o que aconteceu. – Lily descartou a preocupação de Kathleen com um gesto casual. – É só dizer a Joe que eu vou estar lá, e tenho certeza de que ele vai querer ir. Não seria a mesma coisa sem ele, não é?

– Não – concordou Kathleen. – Não seria mesmo.

32

De fato, o semblante de Joe se iluminou diante da perspectiva de uma noite na praia com Lily. Mesmo que significasse tolerar o Horroroso Gerald. Quando o céu se cobriu com o manto da noite, os irmãos desceram até a enseada.

– Mas, Joe, lembra: hoje é a última noite de Lily e é uma festa. Não importa o que Gerald diga, promete que não vai deixar ele te provocar.

– Não, Kathleen.

– Promete, Joe?

O rapaz aquiesceu.

– Prometo. Trouxe uma coisa. Para Lily. – Ele tirou do bolso um pequeno anjo lindamente esculpido. – Lily é anjo.

Kathleen parou e examinou o objeto na mão do irmão. Não fazia ideia de quanto tempo ele levara esculpindo a madeira, nem de como suas mãos imensas tinham conseguido a delicadeza necessária.

– Joe, é lindo, lindo mesmo – disse ela com uma admiração genuína. – Acho que você tem talento de verdade para esculpir madeira. – Ela segurou a mão dele. – E ela vai adorar o presente, eu sei que vai.

Gerald e Lily já tinham montado acampamento quando os dois chegaram. Uma pequena fogueira ardia na areia, e Gerald tinha começado a assar linguiças no fogo.

– Olá, vocês dois! – exclamou Lily, animada. – Espero que tenham trazido muita comida, estou morrendo de fome! Não é maravilhoso isso tudo?

Os três observaram Lily correr subitamente pela praia, pulando e rodopiando de felicidade.

– Mesmo odiando balé, ela com certeza herdou a graça da mãe, não acha, Kathleen? – comentou Gerald, sem tirar os olhos de Lily.

– Herdou, sim. – Kathleen relanceou os olhos para Joe, que encarava Lily maravilhado. Pegou as mantas que trouxera e as estendeu no chão. – Senta, Joe.

Seu irmão obedeceu sem tirar os olhos da prima.

Lily voltou ofegante e se jogou no chão para recuperar o fôlego.

– Ah! Quando esse colégio interno detestável acabar, vou voltar para cá e morar em Dunworley para sempre. Alguém topa nadar antes de comer?

– Está frio demais para mim, Lily – respondeu Kathleen.

– Que medrosa. Cadê seu lado aventureiro? É minha última noite!

– Ah, está bem – respondeu Kathleen com relutância. – Vocês cuidam das linguiças, não é, rapazes?

Os dois ficaram olhando as moças saírem correndo em direção às ondas. Gerald sacou da mochila uma garrafa.

– E enquanto elas nadam, pensei que podíamos tomar um golinho disto aqui para espantar o frio.

Os olhos de Joe se viraram lentamente da figura já quase apagada de Lily para Gerald. Ele espiou a garrafa na mão do outro rapaz.

– É aguardente de batata. Caseira. Um dos arrendatários deu de presente para o meu pai. Já experimentou, Joe?

Joe fez que não devagar.

– Bom, vamos tomar um golinho. Saúde! – Gerald deu uma bela golada e passou a garrafa para Joe.

O rapaz farejou a bebida e torceu o nariz.

– Você é o quê, um homem ou um rato? Todo irlandês devia experimentar a bebida nacional. Não queremos que Lily veja você como um covarde, não é, Joe?

Ao ouvir isso, Joe levou a garrafa à boca com hesitação e tomou um gole. Engasgado e tossindo, devolveu a garrafa a Gerald.

– O primeiro gole é sempre o pior, prometo que depois melhora.

E então Gerald tomou outro gole.

Quando as moças voltaram, as linguiças estavam prontas, e Joe e Gerald pareciam estar rindo de alguma piada misteriosa. Tremendo, Kathleen se enrolou em uma manta, aliviada ao ver que não havia tensão entre os rapazes.

– Tomem um pouco de suco de sabugueiro. – Gerald piscou para Joe e passou um copo para cada uma. As duas beberam com vontade.

– Eca! – exclamou Lily, cuspindo. – Está com um gosto muito estranho.

– Está mesmo. – Kathleen encarou Gerald. – O que tem aqui?

– Só uma coisinha para espantar o frio, não é, Joe? Quer mais um pouco?

À luz da fogueira, Kathleen viu Gerald passar uma garrafa para Joe.

– Agora quem quer uma linguiça? – perguntou ele.

Quarenta minutos depois, Kathleen estava deitada na areia olhando as estrelas e se perguntando por que elas estavam rodando. Nunca as vira fazer isso antes. Ouvia Gerald e Joe gargalhando de alguma coisa, e a imagem escura de Lily dançando à luz do fogo.

Sentindo-se muito aquecida e satisfeita, ela sorriu. Fechou os olhos e pegou no sono.

Ao acordar, sentiu-se desorientada e muito, muito enjoada.

– Minha nossa! – exclamou ao sentir uma ânsia e vomitar todo o conteúdo do estômago na areia ao lado.

Passou mal mais duas vezes, mas pelo menos depois disso sua cabeça parou de rodar. Após enterrar a sujeira, sentiu uma sede tremenda e se virou para a fogueira à procura da garrafa de água que havia trazido.

As mantas ao seu lado estavam vazias, e a fogueira tinha se apagado.

Ela bebeu avidamente da garrafa, então se levantou para ver se os outros três tinham ido nadar. Com as pernas estranhamente bambas, andou em direção ao mar, mas não ouviu nem as gargalhadas animadas nem distinguiu as formas brincando nas ondas. Virou-se de volta para o acampamento e tornou a gritar chamando o nome deles.

– Vamos lá, vocês três, eu sei que estão se escondendo de mim. Saiam, onde quer que estejam!

Não houve resposta. Apenas o barulho das ondas quebrando ritmadamente na praia.

– Eles não iriam embora e me deixariam aqui, não é? – perguntou-se. – De jeito nenhum vou carregar isso tudo sozinha penhasco acima.

Depois de gritar até ficar rouca, Kathleen tornou a se sentar na manta. Então notou uma garrafa vazia jogada na areia. Pegou-a, cheirou e deu um grunhido, compreendendo por que havia passado tão mal. Gerald devia ter misturado o suco de sabugueiro com aguardente. Fabricada com batatas por muita gente naquela região, ela sabia como a bebida podia ser mortal.

– Gerald, seu idiota! Onde estava com a cabeça para nos dar isso?

Um medo ansioso tomou conta de Kathleen quando imaginou os outros três embriagados no meio das ondas, sem a cabeça no lugar. Tentou atinar o que deveria fazer. Se fosse chamar por socorro, seu pai a esfolaria viva caso pensasse que andara bebendo, e sem dúvida não acreditaria que Gerald tinha misturado a bebida no suco. E quanto exatamente Joe teria bebido? Seu irmão nunca havia provado uma gota de álcool na vida. Não sabia que tipo de efeito teria nele.

Após mais dez minutos procurando pela praia deserta e chamando por eles, Kathleen se deu conta, com o coração aos pulos, que não lhe restava outra escolha senão ir dar o alarme. Não fazia ideia de que horas eram, e ao se levantar decidiu que a única esperança era os três a terem deixado dormindo e ido para casa. Sem ligar para os pertences que abandonou na praia, virou-se, cabisbaixa, e começou a caminhar em direção à trilha do penhasco.

De repente, ouviu um grito vindo de um local afastado, onde pedras conduziam à enseada seguinte.

Virou-se e olhou para trás, mas não conseguiu distinguir a silhueta.

– É você, Kathleen?

– Sim! – gritou ela de volta.

– Sou eu! Gerald!

Ele começou a correr na direção dela. Quando chegou, estava ofegante pelo esforço e se curvou para recuperar o fôlego antes de erguer os olhos para Kathleen.

– Você os viu? – perguntou. – Lily e Joe? Eles disseram que iam nadar uma ou duas horas atrás. Eu falei que ia ficar cuidando do acampamento porque você estava dormindo. Quando eles não voltaram, saí para procurar. Mas não há nem sinal deles em lugar nenhum. Eles voltaram para cá? Eu desencontrei deles?

– Não, eu fiquei o tempo todo aqui e não vi sinal de mais ninguém.

– Meu Deus – grunhiu Gerald, endireitando-se. – Joe, principalmente, estava bem alegrinho. Espero que não tenha acontecido nada com eles.

– Mas onde você estava com a cabeça quando deu bebida para ele? – indagou Kathleen, com as mãos nos quadris.

– Joe é um homem adulto. E ele não recusou.

– E Lily? E eu? – A raiva e o medo vieram à tona. – Você pôs aguardente no nosso suco, seu imbecil! O que deu em você? E se Lily tiver se afogado? A culpa vai ser *sua!* E como o senhor vai viver com isso, Sr. Lisle? – gritou ela, histérica.

– Olha aqui, Kathleen, eu só animei uma festa chata. E de toda forma ninguém tem como provar. Além do mais, em quem você acha que eles vão acreditar, hein? Em você ou em mim? – Ele deu de ombros. – Enfim, é irrelevante. Precisamos encontrar Lily e Joe o quanto antes. Já procurei por toda parte, e não vi absolutamente nenhum sinal.

Os olhos de Kathleen foram atraídos para uma mancha escura de sangue no short de Gerald.

– O que é isso? – perguntou ela, apontando.

O rapaz baixou os olhos.

– Devo ter me cortado subindo pelas pedras e o sangue manchou o pano. Pouco importa, vamos procurar de novo ou chamamos ajuda?

– Melhor chamar ajuda.

– Certo. E vou logo avisando. – Gerald se aproximou e Kathleen se encolheu de medo. – Você pode até ser dona de alguns hectares de lamaçal inútil perto do riacho, mas continua sendo uma arrendatária nas terras do meu pai. Se disser uma palavra sobre a garrafa que eu trouxe, mando meu pai expulsar você e sua família da nossa casa e das nossas terras mais depressa do que você imagina. Entendeu?

– Sim – assentiu Kathleen, chorosa. – Entendi.

Uma hora depois, a pequena comunidade de Dunworley tinha sido alertada sobre a emergência e estava inteira na praia, vasculhando as enseadas e o mar em busca de Lily ou Joe.

Quando o dia raiou, um fazendeiro das redondezas chamou todo mundo até uma pequena caverna onde Lily estava caída, inconsciente. Seu vestido estava rasgado, e ela fora brutalmente espancada. O fazendeiro a carregou pela trilha até um carro que aguardava lá em cima. Ela foi posta delicadamente no banco de trás e levada para o hospital em Cork.

Vinte minutos depois, Joe foi encontrado dormindo pesadamente atrás de umas pedras altas, a menos de 20 metros de onde Lily estava.

Quando o acordaram, ele estava desorientado.

– Lily – murmurou. – Onde Lily?

33

Na tarde daquele dia, alguém bateu na porta da casa na fazenda. Quando Sophia foi abrir, havia dois policiais postados na soleira.

– Sra. Doonan?

– Pois não?

– Gostaríamos de falar com seu filho e sua filha sobre a noite passada – disse um dos agentes.

– Eles não estão em apuros, estão? – indagou Sophia, nervosa, deixando-os entrar. – Os dois são bons meninos, nunca fizeram nada errado.

– Primeiro vamos falar com a sua filha, Sra. Doonan – disse um dos policiais.

Sophia os levou até a sala.

– Como está Lily? Ela deve ter caído nas pedras. Minha filha Kathleen falou. Eu...

– É sobre isso que viemos conversar – interrompeu o outro agente.

– Vou chamar Kathleen – disse Sophia.

Com os joelhos tremendo de medo, Kathleen entrou na sala poucos minutos depois.

– Kathleen Doonan?

– Sim, senhor.

– Sente-se, Kathleen. Não precisa ficar nervosa, nós só queremos fazer algumas perguntas sobre o que aconteceu ontem à noite.

– Lily está bem, não está? – indagou ela, aflita.

– Não se preocupe, sua prima vai ficar bem – respondeu um dos policiais. – Agora, Kathleen, pode nos contar o que aconteceu ontem à noite? Desde a hora em que vocês quatro desceram para a praia?

– Bem... – Ela engoliu em seco. – Nós fomos fazer um piquenique de despedida para Lily antes de ela ir embora para o colégio interno. Os meninos ficaram cuidando da fogueira e grelhando linguiças enquanto nós duas fomos nadar – contou Kathleen, e observou que o outro policial ia tomando notas.

– E depois? – indagou ele.

– Voltamos, comemos o piquenique, e depois eu... bom, eu peguei no sono.

– Estava cansada?

– Devia estar, senhor.

– A que horas você acordou?

– Não sei, mas, quando acordei, Lily, Joe e Gerald tinham sumido. Saí procurando por eles, mas não encontrei. Aí vi Gerald vindo da enseada onde Lily foi encontrada. Ele disse que também estava procurando. Aí nós fomos dar o alarme. – Kathleen deu de ombros. – E isso é tudo que eu posso contar que os senhores já não saibam.

– Kathleen, eu gostaria que me respondesse com sinceridade – disse o policial suavemente. – Vocês beberam alguma coisa ontem no piquenique?

– Ahn... não, senhor. Por que acha isso?

– Porque havia uma quantidade significativa de álcool no sangue da sua prima Lily quando eles fizeram um exame no hospital. Está dizendo que ela foi a única a beber?

– Senhor... – Kathleen se lembrou do que Gerald dissera na véspera sobre expulsar sua família das terras caso contasse a verdade. – Sim – admitiu, envergonhada. – Nós todos bebemos, sim. Mas não muito, senhor. E eu não sei sobre Gerald – acrescentou depressa.

– E seu irmão Joe?

– Ele deve ter tomado um gole ou dois – respondeu Kathleen com sinceridade.

– Bem, quando nós entrevistamos o Sr. Gerald, antes de vir para cá, ele nos disse que o seu irmão estava completamente bêbado.

– Eu acho que não, senhor. Joe nunca bebe, então mesmo um pouquinho pode ter subido à cabeça dele.

– Alguma coisa subiu à cabeça dele – resmungou o outro policial.

– O Sr. Gerald disse que seu irmão gostava muito de Lily. É verdade?

– Ah, sim, senhor, ele adora Lily – confirmou Kathleen.

– O Sr. Gerald disse ter ouvido Joe dizer que queria se casar com ela. Ele escutou direito?

– Ah, bem... – Kathleen se esforçou para pensar na resposta certa. – Nós nos conhecemos desde sempre, desde que éramos crianças. Somos uma família. Joe sempre amou Lily.

– Sim, senhorita, mas vocês não são mais crianças, não é? Ou pelo menos o seu irmão não é – disse o outro policial em tom sombrio. – A senhorita diria que o seu irmão tem um temperamento agressivo, Srta. Noonan?

– O Joe? Não! Nunca! Eu acho que ele é uma das pessoas mais gentis da face da Terra. Não machucaria uma mosca.

– Não foi o que o Sr. Gerald nos falou, Kathleen. Ele disse que Joe deu um soco na cara dele algumas semanas atrás. Disse que a senhorita viu. Isso é verdade?

– Eu... – Kathleen sentiu que a tensão do interrogatório a estava fazendo suar. – Sim, eu vi Joe bater em Gerald, senhor, mas ele só fez isso porque Gerald falou uma coisa sobre Lily de que ele não gostou. Como eu falei, Joe é muito protetor em relação a ela. Eu juro, pergunte a quem quiser, Joe é inofensivo – acrescentou Kathleen, desesperada. – Ele é gentil, amoroso, e não teve a intenção de bater em Gerald, de verdade, não teve.

– A senhorita diria que ele é obcecado pela sua prima Lily? – perguntou o policial.

– Não. – Kathleen balançou a cabeça, com a sensação de estar sendo conduzida por um caminho e forçada a dizer coisas que soavam todas erradas. – Ele adora Lily, só isso. – Ela encolheu os ombros.

– Kathleen, alguma vez já viu seu irmão tocar em Lily?

– Claro! O tempo todo! Ele a carrega nos ombros, pega no colo e joga no mar... os dois brincam juntos...

– Obrigado, Kathleen. Nós vamos ter uma conversa rápida com a sua mãe agora, depois vamos falar com Joe.

– Não estou entendendo, senhor. Por favor, Joe não está em apuros, está? Ele pode ter bebido um pouco e batido em Gerald naquele dia, mas o senhor precisa acreditar em mim, ele nunca encostaria num fio de cabelo de ninguém, principalmente de Lily – insistiu ela, agora desesperada.

– É só isso por enquanto, Kathleen. Pode ser que depois a gente precise falar com a senhorita de novo.

Ela se levantou, desconsolada, e saiu da sala com as lágrimas ardendo nos olhos. Sua mãe estava esperando na cozinha. Sophia ergueu os olhos ao ver a filha entrar, com uma expressão ansiosa.

– O que eles queriam, Kathleen?

– Eu não sei, mãe, não sei. Me fizeram um monte de perguntas sobre Joe, mas sem dizer por quê. Eu sei que Lily se machucou, mas foi porque ela caiu das pedras, não foi? Não porque alguém... – Ela levou a mão à boca. – Ai, mãe, a senhora não acha que a polícia pensa que Joe...

– Vamos falar com a senhora agora, Sra. Noonan.

Um dos policiais estava parado na soleira da cozinha.

– Certo. – Sophia suspirou. Então se levantou e foi atrás deles.

Kathleen subiu a escada até o quarto e ficou andando de um lado para outro no pequeno cômodo, arrasada, sabendo que havia algo terrível e desastrosamente errado. Então saiu e foi bater na porta de Joe. Quando ele não respondeu, abriu-a e encontrou o irmão deitado na cama com as mãos sob a cabeça, encarando o teto.

– Joe. – Ela foi até a cama e se sentou na beirada. – Tudo bem?

Ele não respondeu. Continuou a encarar o teto, com os olhos tomados pela tristeza.

Kathleen tocou seu braço musculoso.

– Você sabe o que aconteceu com a Lily ontem à noite? E por que a polícia está aqui?

Depois de um tempo, ele fez que não.

– Joe, você viu ela cair e se machucar? Foi *isso* que aconteceu, não foi?

Por fim, ele olhou para a irmã e balançou a cabeça devagar.

– Não lembro. Dormindo.

– Ai, Joe, eu estou com medo. Você tem que lembrar. Viu Lily cair e se machucar? – repetiu ela.

– Não. – Joe tornou a balançar a cabeça. – Dormindo.

– Joe, por favor, é importante você me escutar – disse Kathleen com urgência. – E tentar entender o que eu estou te dizendo. Eu não tenho certeza, mas a polícia talvez pense que você machucou Lily.

Ao ouvir isso, ele se sentou na cama de supetão.

– Não! Nunca machuco Lily! Nunca!

– Eu sei, Joe, mas eles não sabem. E alguma coisa aconteceu com Lily que trouxe a polícia até aqui. Para descobrir sobre ontem à noite. E acho que eles talvez estejam tentando pôr a culpa em você.

– Não! Nunca machuco Lily! – gritou ele, dando um soco na cama.

Ela viu a traição e a raiva nos olhos do irmão.

– Não precisa me dizer isso. Eu sei que você ama a Lily. Mas talvez esses policiais que estão lá embaixo não saibam, e estejam vendo o que aconteceu com outros olhos. Você promete que não vai ficar zangado se eles fizerem perguntas que você não gosta? Por favor, Joe, tenta ficar calmo, mesmo se eles perguntarem se você machucou a Lily – suplicou a irmã.

– Nunca machuco Lily, amo Lily! – repetiu Joe.

Kathleen mordeu o lábio, desalentada, e compreendeu que nada do que dissesse ou fizesse protegeria seu belo e gentil irmão de si mesmo.

– Ah, Joe, talvez eu esteja vendo pelo lado ruim. Talvez Lily consiga contar a própria história. – Ela se ajoelhou na cama e o abraçou com força. – Seja apenas você mesmo, e diga a eles que estava dormindo.

– Vou dizer. – Joe assentiu com veemência.

Kathleen continuava abraçada a ele quando a mãe entrou poucos minutos depois, pálida, e disse que a polícia o esperava lá embaixo. Observou-o se levantar e sair, seu coração dominado pela apreensão.

Naquela tarde, a polícia levou Joe para interrogá-lo mais profundamente. Dois dias depois, outro policial foi até a casa e informou que Joe seria indiciado pelo estupro e espancamento de Lily Lisle. Ele ficaria detido na cadeia de Cork até o julgamento.

Depois de a polícia ir embora, Sophia se sentou em uma cadeira diante da mesa, apoiou a cabeça nas mãos e chorou em silêncio. Seamus foi abraçá-la, chorando também.

Kathleen observou o pai e a mãe, o desespero estampado no rosto deles, e soube que nunca iam se recuperar.

Por fim, Sophia ergueu os olhos, apertando a mão do marido.

– Não foi ele, não é?

– Não, meu bem, nós sabemos que não foi. – Seamus balançou a cabeça devagar. – Mas eu não sei o que podemos fazer para consertar a situação. – Ele se virou para a filha. – Com certeza alguém nesta casa deve se lembrar do que aconteceu naquela noite, não? O que passou pela sua cabeça para tomar aguardente de batata, menina? Você sabe o que essa bebida faz com a mente das pessoas, ainda mais com uma mente lenta como a de Joe!

– Eu sinto muito, pai, sinto muito mesmo. – Kathleen esfregou as mãos, desesperada para contar ao pai a verdade sobre como Gerald havia tapeado todos eles e os feito beber.

– E a polícia está acreditando na palavra do inglês, como sempre. Talvez eu devesse ir falar com ele, com Gerald. – Seamus pôs-se a andar pela cozinha.

– E ele vai dizer a verdade a você? Alguém fez isso com Lily, e nós sabemos que não foi nosso Joe. Mas o que podemos fazer? – Angustiada, Sophia baixou a cabeça. – Se foi Gerald, ele por acaso vai admitir? Nunca!

– E Lily? – indagou Kathleen. – Eu posso falar com ela? Nós sempre fomos amigas, mãe.

Sophia olhou para o marido com uma expressão hesitante.

– O que acha, Seamus? Kathleen deve ir ver Lily?

– Acho que a esta altura qualquer coisa vale a pena – respondeu o pai.

No dia seguinte, Kathleen pegou um ônibus até Cork. Lily estava internada no hospital Bons Secours.

Quando entrou no quarto, encontrou a prima de olhos fechados. Kathleen a examinou com atenção: o círculo preto e roxo em volta do olho esquerdo, o corte no lábio, os hematomas no maxilar inferior. Engoliu em seco; sabia que era impossível que Joe tivesse feito aquilo com sua amada Lily. Sentou-se na cadeira junto à cama. Quando a prima acordasse e as duas conversassem, seria preciso manter a calma, e não ficar histérica com a medonha injustiça que estava acontecendo com seu irmão.

Depois de um tempo, Lily abriu os olhos, piscou, então notou a prima sentada ao seu lado. Kathleen estendeu a mão para segurar a dela.

– Como você está?

– Com sono – respondeu Lily. – Com muito sono.

– Eles estão te dando alguma coisa para ajudar com a dor? Talvez isso te deixe grogue.

– É. – Lily passou a língua pelos lábios. – Pode me passar um pouco d'água?

Ela ajudou Lily a se sentar para beber um pouco. Quando ela terminou, após recolocar o copo na mesa ao lado, Kathleen perguntou suavemente:

– Lily, o que aconteceu?

– Na verdade eu não sei. – Ela tornou a fechar os olhos. – Não lembro.

– Você deve se lembrar de alguma coisa – insistiu Kathleen. – Não acha que... quero dizer, você sabe que o Joe nunca faria isso com você. Sabe disso, não sabe, Lily?

– A polícia fica me fazendo as mesmas perguntas e eu não consigo responder.

– Lily, prenderam ele. Prenderam o Joe – disse Kathleen em um sussurro.

– Estão pondo a culpa nele pelo que aconteceu com você. Vai dizer a eles, não vai? Dizer que o Joe te amava, que nunca ia te machucar... você sabe que não. Por favor, Lily, diga isso a eles.

Os olhos de Lily permaneceram fechados.

– É, eu não acho que ele faria isso, mas não posso contar o que eu não lembro.

– E o Gerald? Ele tentou...? – Kathleen não conseguiu articular as palavras. – Você teve que lutar com ele...?

Os olhos de Lily se abriram de chofre.

– Kathleen! Ele é meu meio-irmão. Eu não posso acusar ele de uma coisa dessas, não é? Além do mais... – Os olhos dela recomeçaram a se fechar. – Como eu disse, não lembro. Agora por favor, estou muito cansada e não quero mais falar nesse assunto.

– Lily. – Kathleen reprimiu as lágrimas. – Se você não defender o Joe, podem mandá-lo para a prisão! *Por favor,* estou implorando, eu...

– Já chega – disse uma voz atrás dela.

Sua tia Anna estava junto à porta, de braços cruzados.

– Eu acho que está na hora de você ir embora, Kathleen.

– Por favor, tia Anna – suplicou Kathleen, desesperada. – Eles acham que o nosso Joe fez isso com Lily, e a senhora sabe que ele sempre a adorou, sempre quis protegê-la.

– Chega! – A voz da tia foi ríspida. – Você está ficando histérica, e isso não é b-bom para Lily. Sugiro que deixe a polícia concluir a investigação. Ninguém tem ideia do que Joe seria capaz de fazer be-bêbado, e eu também não acho que você esteja em condições de comentar nada, mocinha. Ao que pa-parece, você apagou de tanto beber e não viu nem ouviu nada.

– Não, mas eu vi Gerald e ele estava com sangue no...

– Eu disse chega! Quero que saia do quarto da minha filha *agora,* senão vou mandar alguém vir retirá-la. E vou dizer uma coisa: Sebastian e eu estamos de pleno acordo que o homem que agrediu nossa fi-filha merece toda a punição! E nós vamos fazer de tudo para que seja assim!

Kathleen saiu correndo do quarto com lágrimas lhe embaçando a visão. Deixou o hospital e foi se sentar em um banco no belo jardim do lado de fora. Era inútil, inútil... e Joe, por ser Joe, não tinha como se proteger nem se defender do que estava acontecendo. Se Lily ou tia Anna não o defendessem, ela sabia que não havia mais nenhuma esperança.

Três meses depois, ao lado dos pais, Kathleen ouviu Joe ser condenado à prisão perpétua pelo estupro e espancamento de Lily Lisle. Devido às suas faculdades mentais comprometidas, o advogado de defesa conseguira uma atenuação da pena, e ele seria internado em uma instituição de segurança máxima na região de Midlands.

Kathleen jamais esqueceria a expressão confusa e sofrida no rosto do irmão quando ele olhou para os parentes nos fundos da sala do tribunal enquanto era carregado com truculência por dois policiais.

– Joe! – gritou Sophia. – Não levem ele, por favor! Ele é meu filho, ele não entende! Por favor... ele é o meu bebê, precisa de mim... Joe! Joe!

Quando Joe foi retirado do banco dos réus, desceu a escada e sumiu de vista, Sophia afundou na cadeira e pôs-se a chorar desconsoladamente.

– Ele vai morrer lá, trancado com os loucos, sem nenhum dos animais que ele ama. Ai, meu Deus... ai, Deus...

Kathleen se sentou ao lado da mãe, junto ao pai igualmente arrasado, para tentar acalmá-la, com o olhar fixo à frente.

Sabia que, pelo resto da vida, jamais perdoaria os Lisle pelo que tinham feito com a sua família.

– Ai, mãe... – disse Grania baixinho, observando a mãe estremecer enquanto chorava. Ela se inclinou para abraçá-la. – Ai, mãe.

– Desculpe, meu bem, é que contar isso é muito doloroso.

– Mãe, eu não sei o que dizer, não mesmo. Aqui, pega um lenço. – Grania puxou um da caixinha ao lado da cama e o pressionou delicadamente nos olhos da mãe.

– Eu sei que você deve estar pensando que já faz muito tempo – disse Kathleen, tentando se controlar. – Mas, Grania, eu me lembro dos olhos inocentes e confiantes de Joe todos os dias. Ele não entendia o que estava acontecendo, sabe? Foi posto naquele lugar, naquele lugar *horrível* cheio de gente louca gritando e berrando, esmurrando portas trancadas pedindo para sair. – Kathleen estremeceu. – Ah, Grania, você não faz ideia.

– É, tenho certeza de que não faço mesmo – falou Grania baixinho. – Vocês tentaram recorrer?

– Você ficaria surpresa de saber que o advogado que consultamos disse que seria jogar dinheiro fora? – Kathleen deu um risinho triste. – Além do mais, Joe foi para aquele lugar e piorou muito. Ele sempre teve dificuldades de fala, mas depois que chegou lá desistiu de vez. Duvido que tenha dito uma só palavra nos dez anos de vida seguintes. Ficava sentado em frente a uma janela olhando para fora, e mesmo quando íamos visitá-lo não parecia entender quem a gente era. Acho que deviam dar remédios a ele, como faziam com todos. Para deixá-los quietos, para facilitar a vida dos enfermeiros.

– Ele continua lá, mãe?

– Não. – Kathleen balançou a cabeça. – Morreu de ataque cardíaco quando você tinha 12 anos. Pelo menos foi o que disseram. Joe sempre teve um sopro no coração, mas eu acho que não foi esse o problema, e sim o coração partido. – Kathleen suspirou. – Que motivo aquele pobre rapaz teria para viver? Foi acusado de machucar a pessoa que amava mais do que tudo. E acabou perdendo a liberdade por causa disso. Joe já não tinha muito juízo, para começo de conversa, então não tinha como entender o que aconteceu com ele. A solução que ele encontrou foi se ensimesmar. Pelo menos foi o que o psiquiatra disse.

– Ai, mãe. – Grania balançou a cabeça. – Que história horrível! Lily voltou a mencionar o assunto? Ela se lembrou do que tinha acontecido?

– Aquele dia no hospital foi a última vez que eu falei com Lily Lisle – respondeu Kathleen. – Tia Anna a levou para Londres assim que ela teve alta, e nós nunca mais nos vimos. Até ela voltar para a Casa Dunworley com o marido a tiracolo, muitos anos depois.

– E Gerald? – indagou Grania. – Pelo que você contou, imagino que tenha sido ele o verdadeiro responsável pelo crime, não?

– É nisso que vou acreditar até morrer – reiterou Kathleen. – Tinha que ser um dos dois, e não foi meu Joe, que era tão gentil. Mas pelo menos nesse quesito existe algum consolo. Fiquei sabendo por uma pessoa que trabalhou em Dunworley para o Sr. Sebastian Lisle – ela quase cuspiu o nome – que Gerald morreu quando estava no exterior. Não servindo ao seu país em combate, devo acrescentar, mas numa briga de bêbados em frente a um bar em Chipre. Morreu antes de Joe, aos 24 anos. E foi assim que Lily virou herdeira da Casa Dunworley.

– Você acha que Lily foi afetada pelo que aconteceu naquela noite? Quero dizer... – Grania falou com cuidado, pois sabia que era um assunto doloroso para a mãe. – Alexander me disse que Lily sofria de uma instabilidade mental grave.

– Eu não sei, porque ela sempre foi uma criança esquisita e uma adolescente estranha – ponderou Kathleen. – E nunca contou se tinha lembrado o que aconteceu naquela noite. Mas seria natural ela ficar afetada, não, caso se lembrasse de qualquer coisa?

– Sim, é claro que deve ter ficado – concordou Grania. – Isso também explica por que você tem andado tão preocupada com a minha relação com os Lisles. Eu realmente entendo agora. – Ela segurou a mão da mãe. – E sinto muito que a minha ligação com eles tenha te chateado e feito relembrar o passado.

– Bom, como o seu pai me disse várias vezes, o passado não tem nada a ver com você. Mas com certeza destruiu minha família. Mamãe e papai nunca se recuperaram. E é claro que, além de Lily, Anna, irmã de mamãe, também não quis sair em defesa do sobrinho. Embora minha mãe tenha implorado para ela dizer à polícia o quanto Joe era inofensivo, Anna se recusou. Se ela tivesse dito, Grania, talvez eles tivessem escutado. Afinal de contas, ela era esposa do aristocrata e eles prestariam atenção.

– Mas, mãe, como ela ia fazer isso? – Grania suspirou. – Gerald era enteado dela. Ela era casada com o pai dele. Nossa, que confusão mais horrorosa.

– Pois é – concordou Kathleen. – E você tem razão, claro. Tia Anna sempre soube de que lado ficar. Sebastian proporcionava uma vida confortável e toda a liberdade que ela queria. Depois do incidente, ela voltou à Irlanda poucas vezes, e passava a maior parte do tempo em Londres, na casa da infância. As irmãs nunca mais se falaram.

Grania passou um tempo calada, refletindo sobre o que a mãe acabara de contar.

– Eu entendo que você deve odiar Lily pelo que ela fez com Joe, mas sério, mãe, será que a culpa foi mesmo dela? Ela passou por aquela agressão horrível, não importa o responsável. Talvez não lembrasse mesmo, mas, ainda que sim, será que ia culpar o meio-irmão? – ponderou Grania. – Não temos como saber o que houve. Gerald te ameaçou, pode muito bem ter feito o mesmo com Lily para garantir que ela ficasse de boca fechada. Não estou tentando inventar desculpas para ela – acrescentou Grania depressa. – Só não vejo saída para essa situação.

– Tem razão – concordou Kathleen. – É o que o seu pai me diz há anos. E, para ser sincera, quando Sebastian Lisle morreu, logo depois de Gerald, e Lily herdou do pai a propriedade de Dunworley, meu pai escreveu para ela em Londres perguntando se podia enfim comprar nossa fazenda. Ela concordou e fez um preço muito justo.

– Sendo cínica, talvez tenha sido para minimizar qualquer contato entre as famílias?

– É. Provavelmente – concordou Kathleen. – Isso, e quem sabe a culpa também.

– É claro que Alexander não sabe nada disso – concluiu Grania.

– A esposa não deve ter contado.

– Não, mas saber disso talvez ajudasse. Ele disse que nunca ficou muito à vontade na Casa Dunworley. – Grania coçou a cabeça. – E acho que, mesmo não sendo responsável pelos problemas do seu cônjuge, a gente se sente culpado por não conseguir ajudar. E eu sei, pelo que Alexander me contou, que ele fez tudo o que pôde para apoiar Lily.

– Tenho certeza de que fez. E não sei se isso faz diferença para você, Grania, mas eu não culpo Lily pelo que aconteceu. Embora a dor que sinto por Joe não vá desaparecer nunca.

– É... e pelo visto Lily também pagou o preço. Coitada. Você se importa se eu contar para Alexander, se houver oportunidade?

– Não. Eu tive o pressentimento de que era importante te contar antes de você ir encontrar com ele amanhã. O mais triste é que eu agora sou a única sobrevivente daquela noite na praia – disse Kathleen com um suspiro. – Parece que o mundo girou errado para todos nós naquela noite.

– Mãe! Eu estou aqui, e Shane e papai – brincou Grania. – Então alguma coisa continuou dando um pouquinho certo.

– Sim, meu bem. – Kathleen estendeu a mão e acariciou o rosto da filha. – É claro que deu. E o seu pai, Grania, bem, se não fosse ele do meu lado depois de tudo o que aconteceu, eu teria enlouquecido de vez. Ele foi maravilhoso. E ainda é, apesar de todos os hábitos irritantes. – Ela deu uma risadinha. – Mas agora é melhor eu deixar você dormir um pouco antes da viagem. Promete que vai se cuidar?

– É claro que vou, mãe. Já sou bem grandinha.

– Não o suficiente para levar uma bronca da mãe – disse Kathleen com um sorriso cansado.

– Eu sei. – Grania observou a mãe se levantar da cama e caminhar até a porta. – Boa noite, mãe. Te amo.

– Eu também te amo, Grania.

Kathleen saiu do quarto da filha e foi até o dela, que ficava bem ao lado. Encontrou John dormindo profundamente, com as luzes ainda acesas. Depois de beijar de leve a testa do marido, foi até a penteadeira, onde pegou o pequeno e lindo anjo de madeira entalhada que Joe fizera para Lily com tanto amor. Ela o encontrara caído na areia bem na entrada da caverna onde Lily fora achada, algumas semanas após a condenação de Joe. Segurando-o junto ao peito, olhou para cima.

– Durma bem, Joe – murmurou.

Aurora

Ah, leitores! Pobre Kathleen! Considerando as circunstâncias e a sombria história familiar que me seguia, fico surpresa que tenha me deixado pisar na sua casa.

E pobre Joe... uma criatura tão vulnerável, incapaz de se proteger ou de se defender; uma "vítima" da loteria do destino, e sem ter um pingo de culpa. Posso apenas torcer para o seu espírito gentil ter reencarnado na forma de algum animal de estimação muito amado, como um gato, por exemplo; e para que o Horroroso Gerald tenha sido o camundongo que Joe perseguiu, com o qual brincou, e que por fim matou, só de brincadeira.

O pior de tudo é que, à medida que descubro mais sobre o passado, fico preocupada com os genes que herdei. O Horroroso Gerald era meu tio! Sem falar na minha avó Anna, cujo egoísmo fez Lily crescer sem o elemento mais importante da vida de um ser humano: o amor da mãe. E, consequentemente, eu também cresci sem ele, até Grania aparecer para me salvar.

Pelo menos essa parte da história me ajudou a entender Lily. Andei pensando que, assim como Joe foi uma vítima porque lhe faltava parte das dádivas que recebemos ao nascer, a "dádiva" de Lily – sua beleza – era justamente o que a tornava tão vulnerável. Talvez ter muito de qualquer coisa seja tão ruim quanto não ter o suficiente. E ela era muito frágil – tão frágil quanto Joe, embora de um jeito distinto. Talvez fosse com isso que ele se identificava, ainda que os outros só a enxergassem superficialmente. Para a maioria das pessoas, como para a jovem Kathleen, beleza e riqueza estão associadas a poder e força. Mas Joe viu sua vulnerabilidade e quis protegê-la.

Entre outras coisas, nos últimos tempos li vários livros de filosofia religiosa. (E se estou soando mais séria do que de costume, é por causa deles.) A ciência já identificou o elo genético que transmitimos, mas eu gosto de pensar que cada bebê que nasce tem o próprio espírito, e que não importa a criação, eles se tornarão quem tiverem que ser. Isso faz com que eu me sinta melhor, considerando a minha genética.

Falei antes que o mundo não aprende suas lições. Leitores, acho que me enganei. No intervalo de cinquenta anos, pessoas como Joe, que durante séculos foram afogadas ao nascer ou então isoladas por causa de suas imperfeições, passaram a ser cuidadas pela sociedade. É claro que isso tem um lado negativo. No mundo ocidental, pelo menos, as crianças não chegam mais de surpresa, e são tratadas com gentileza e consideração. Mas tendo deixado de ser muitas vezes a consequência indesejada da brincadeira favorita entre homens e mulheres (vocês sabem do que estou falando!), elas se tornaram o centro do universo familiar. Conheci recentemente algumas pessoinhas muito mimadas, e acho difícil imaginar que elas pensem nos outros, e não em si mesmas. O que pode significar que a raça humana vai completar mais um círculo de egoísmo quando essa geração começar a mandar nas coisas, porque nós nunca ficamos parados.

Só fico feliz por ter vivido na época em que vivi. No passado, estou certa de que teria sido afogada como bruxa. Junto com Kathleen, que vê e sente as coisas que eu faço, e as compreende.

Talvez esteja enrolando mais do que o habitual porque estou adiando escrever a parte seguinte da história. Não vai ser fácil para mim...

34

Quando Grania atravessou o portão de desembarque no aeroporto de Genebra, um motorista uniformizado a aguardava com uma plaquinha com seu nome.

– Queira me acompanhar, senhorita.

Do lado de fora, um Mercedes preto a aguardava. Ela embarcou, e o motorista partiu sem dizer nada.

Enquanto percorria Genebra rumo a um destino desconhecido, Grania pensou se estaria sendo ingênua. Será que deveria confiar em Alexander? Sabia muito pouco sobre ele. Podia estar envolvido em todo tipo de atividade ilegal: tráfico de armas, drogas...

– Se controla e para de pensar besteira! – repreendeu-se.

Mesmo assim, revirou a bolsa até encontrar o celular e o guardou no bolso da jaqueta.

Após um trajeto cidade afora e montanhas acima, o carro parou em frente a um prédio moderno muito iluminado. O motorista abriu a porta do carona para Grania e ela saltou.

– Ficarei esperando a senhorita aqui. O Sr. Devonshire está no segundo andar. Pergunte na recepção, e as enfermeiras vão dizer onde.

Foi então que ela ergueu os olhos e viu que estava diante da Clinique de Genolier. Por instinto, levou a mão à boca.

– Ai, meu Deus... – sussurrou.

Anestesiada, pegou o elevador até o segundo andar, conforme o motorista instruíra, e foi até o posto de enfermagem se identificar.

– Nome? – perguntou a enfermeira.

– Grania Ryan.

– Sim. – A mulher abriu um sorriso de reconhecimento. – O Sr. Devonshire está aguardando. Venha comigo, por favor.

Com o coração na boca, Grania atravessou o corredor e esperou enquanto e enfermeira batia na porta. Uma voz fraca disse:

– Pode entrar.

A enfermeira fez um gesto para Grania abrir a porta.

Alexander, ou pelo menos uma sombra pálida do homem de quem se despedira poucas semanas antes, estava deitado na cama. Estava totalmente calvo, a pele tinha um tom cinza-amarelado, e vários tubos saíam de seu corpo, enquanto monitores emitiam bipes monótonos ao redor. Com esforço, ele ergueu um braço magro em reação à chegada dela.

– Vou deixar vocês a sós. – A enfermeira meneou a cabeça, saiu e fechou a porta.

– Grania... obrigado por ter vindo.

Ela estava petrificada, e sabia que o choque era nítido no seu rosto. Mas pouco podia fazer para controlá-lo.

– Eu sei – sussurrou Alexander. – Eu sei. Você não esperava... – Ele apontou para si mesmo. – *Isso*.

Grania balançou a cabeça devagar, tentando não se deixar abater. Ele fez um gesto fraco para que se aproximasse. Quando ela chegou perto, viu que seus olhos azul-escuros estavam cheios de lágrimas. Por instinto, se inclinou para beijar a testa fria dele.

– Alexander – sussurrou. – O que aconteceu? Não estou entendendo.

Ele gesticulou para ela pegar uma cadeira e se sentar junto à cama. Depois que ela se acomodou, esticou a mão para ela, e Grania a segurou.

– Um tumor no cérebro. Eu soube faz um ano. Nas vezes em que viajei, foi para me tratar. – Ele sorriu com tristeza. – Não deu certo, como você pode ver. Grania, eu estou morrendo. Pensei que fosse ter mais tempo, mas... – Ele umedeceu os lábios para conseguir falar melhor. – ...não tenho.

– Eu... – As lágrimas escorriam livremente pelo rosto dela. – Alexander, eu sinto muito. Por que não me contou? Sabia que tinha alguma coisa errada; você estava com uma cara horrível da última vez que voltou para casa. E aquelas dores de cabeça... agora tudo faz sentido. Com licença. – Ela tateou dentro da bolsa para achar um lenço de papel e assoar o nariz. – Por que não disse nada?

– Enquanto ainda tinha esperança, eu não queria que Aurora soubesse. Nem você.

– Não tem... não tem nada que os médicos possam fazer? – Olhando para ele, Grania soube que estava se agarrando a uma esperança vã.

– Nada. Eu tentei de tudo. Está acabado, infelizmente.

– Quanto tempo...? – Ela não conseguiu completar a pergunta.

Alexander foi em seu socorro.

– Duas semanas, talvez três... Do jeito que estou me sentindo, acho que menos. Grania... – Ele apertou a mão dela, de repente. – Preciso da sua ajuda.

– Qualquer coisa, Alexander, é só falar.

– É Aurora. Estou preocupado com ela. Não tem ninguém para tomar conta dela quando eu partir.

– Não se preocupe com isso. Eu e minha família vamos cuidar dela. Você sabe. – Ela viu que tanto o esforço para falar quanto a emoção o estavam deixando esgotado.

– Coitada da minha filhinha... passou por tanto sofrimento. – Foi a vez de Alexander chorar. – Grania, por que a vida é tão cruel?

– Eu não sei, Alexander, não sei mesmo. Só posso prometer que Aurora vai estar segura, que ela vai ficar bem e vai ser *amada*.

– Me perdoe... estou muito cansado. São os remédios, sabe?

Grania ficou ali enquanto Alexander pegava no sono. Estava tonta, enfraquecida pelo choque. De tudo que imaginara, ficar à cabeceira de um Alexander moribundo nunca lhe ocorrera. Tentou pensar no que aquilo significava, mas seu cérebro estava anestesiado. Ficou segurando a mão dele com toda a força, como se ela, sua saúde e sua energia o mantivessem conectado à vida.

Por fim, as pálpebras dele estremeceram, se abriram, e ele se virou para encará-la.

– Grania, eu confio em você. Vi seu amor por Aurora. E a sua família... eles são boas pessoas. Quero que Aurora fique com você e com... com eles.

– Já falei que ela pode ficar, Alexander. Ela *vai* ficar.

– Não. – Ele fez um esforço para balançar a cabeça. – Isso não basta. Não posso correr nenhum risco. Grania, eu preciso te pedir um favor.

– Qualquer coisa, Alexander, você sabe.

– Aceita se casar comigo?

Após uma tarde de sustos, aquele foi o maior de todos. Ela se perguntou se Alexander estava completamente consciente.

– *Casar* com você? Mas...?

– Eu sei que não é dos pedidos mais românticos. – Os lábios dele se curvaram em um sorriso fraco. – Queria estar pedindo a sua mão em outras circunstâncias.

– Alexander, eu não estou entendendo. Pode explicar?

– Meu advogado fará isso amanhã. Aí poderei morrer sabendo... – Ele respirou fundo para se controlar. – Sabendo que a minha menininha está segura.

– Ai, Alexander... – A voz de Grania falhou.

– Você aceita? Faria isso por mim?

– Eu... – Grania levou a mão à testa. – É um choque tão grande, eu... eu preciso de um tempo para pensar.

– Não tenho tempo. Por favor, Grania, estou implorando. Prometo que vou garantir sua segurança financeira para o resto da vida.

– Eu não quero o seu dinheiro, Alexander.

– Por favor. Preciso fazer isso antes... antes que seja tarde demais.

Ela fitou o rosto angustiado dele e soube que não tinha escolha.

– Sim – respondeu, devagar. – Eu aceito.

Na manhã seguinte, após uma noite em claro – embora na linda suíte de um hotel em Genebra –, Grania encontrou o motorista de Alexander no lobby às dez e foi conduzida de volta ao hospital.

Alexander conseguiu abrir um sorriso fraco quando ela entrou. Sentado na cadeira junto à cama estava um homem mais velho, de cabelos grisalhos penteados com esmero e trajando um terno impecável.

O homem se levantou, muito mais alto do que Grania, e estendeu a mão.

– Olá, Srta. Ryan. Meu nome é Hans Schneider. Sou o advogado do Sr. Devonshire, seu velho amigo e padrinho de Aurora – apresentou-se.

– Hans veio falar com você sobre o que conversamos ontem à noite – disse Alexander. – Você... você não mudou de ideia, mudou?

– Para ser sincera, não consegui pensar muito. Acho que ainda estou em choque – respondeu Grania.

– Claro – concordou Hans. – O que sugiro é que a gente desça até o restaurante para que eu explique tudo o que Alexander sugeriu.

Ela aquiesceu sem dizer nada, sentindo-se um peão em uma complexa partida de xadrez que não compreendia.

Lá embaixo, no agradável restaurante, Hans pediu café para ambos. Então sacou algumas pastas grossas.

– Então, Srta. Ryan – disse ele no seu carregado sotaque alemão. – Posso chamá-la de Grania?

– Claro.

– Em primeiro lugar, é importante que entenda que tudo que estamos fazendo é para proteger Aurora quando Alexander não puder mais fazer isso.

– Sim, mas o que eu não entendo, Hans, é por que não bastaria ele afirmar no testamento, ou em algum outro documento oficial, que deseja que eu e minha família adotemos Aurora.

– Em circunstâncias normais, isso quase certamente bastaria. Mas o problema, Grania, é que estamos em circunstâncias extraordinárias – explicou Hans. – Eu perguntei a Alexander se podia falar no nome dele... ele agora está fraco demais para explicar direito o que pensa, e naturalmente é importante você saber. Ele só se preocupa com o bem-estar e a segurança de Aurora. Quer saber que, quando morrer, deixou o futuro dela garantido. Casando-se com ele, você vira a madrasta de Aurora, e se iniciarmos o processo de adoção agora é improvável que ele seja anulado.

– Mas por que alguém ia querer anular a adoção?

– Grania, Alexander é um homem extremamente rico. Sua fortuna ficará para Aurora. E não só isso: quando o pai morrer, ela vai herdar também a Casa Dunworley e outros bens valiosos da mãe. Embora a maior parte já esteja protegida em fundos fiduciários até ela completar 21 anos, existe obviamente uma grande quantia em dinheiro que deverá ser confiada à pessoa ou às pessoas que vão criá-la. No momento, o Sr. Devonshire tem vários parentes que poderiam se mostrar ansiosos para pôr as mãos nesse dinheiro. A irmã dele, por exemplo, sua parente mais próxima, talvez consiga emplacar um processo para reverter os desejos de Alexander. Eles não se falam há dez anos. Confie em mim, Grania, eu a conheci – disse Hans, arqueando as sobrancelhas. – Entendo por que ele não quer que Aurora e a fortuna da menina vão parar nas mãos dessa irmã.

– Entendo.

– Você pode achar que ele está sendo cauteloso além da conta, mas eu sou advogado há 35 anos e garanto que, quando ele morrer, os abutres vão surgir – comentou Hans. – E ele não quer correr nenhum risco.

– Isso eu compreendo – disse Grania.

– Agora, não só como advogado dele, mas como amigo próximo e padrinho de Aurora, preciso perguntar se você está preparada para assumir a responsabilidade de adotá-la.

– Sim, se for preciso. Eu amo Aurora.

– E isso é o mais importante – disse Hans, sorrindo. – A única preocupação é que adotar Aurora não atrapalhe de forma alguma o seu futuro. Ele quer que você saiba que, se desejar voltar para Nova York, não vê problema que Aurora continue morando na Irlanda com seus pais. Posso perguntar como sua família se sente em relação à menina?

– Eles a adoram. Ela está com eles agora na Irlanda, e mais feliz do que nunca. Mas Hans... – Ela balançou a cabeça, desalentada. – Como vou contar para Aurora que o pai dela... – As lágrimas brotaram novamente só de pensar naquela conversa.

– Eu sei. – Ele estendeu a mão e afagou a dela. – Esse é outro motivo para Alexander achar boa ideia o casamento. Sim, Aurora vai perder o pai, *mas* ao mesmo tempo ganhará uma nova mãe. Ele acha que isso pode amenizar o golpe. Disse que a menina já te considera uma mãe, de toda forma.

– Foi muito gentil ele dizer isso – respondeu Grania, tentando não se deixar dominar pela emoção. – Eu a amo como se fosse minha filha. Sempre tivemos uma conexão.

– Eu acredito que às vezes Deus escreve certo por linhas tortas – disse Hans em voz baixa. – E pelo menos, se você aceitar o pedido de Alexander, ele poderá morrer sabendo que a filha está segura e é amada. Não imagina como ele tem você em alta conta, Grania. Também preciso dizer que resta muito pouco tempo, talvez menos até do que Alexander pensa. Devíamos providenciar a cerimônia de casamento para amanhã mesmo. Vou ligar para o cartório próximo, que vai mandar alguém ao hospital celebrar a união. Infelizmente, Grania, amanhã vai ser o dia do seu casamento.

Ela assentiu em silêncio e a amarga ironia de ter se recusado a se casar com Matt durante anos, comparada àquele ato trágico que só podia aceitar, deixou-a com um nó na garganta.

– Creio que Alexander lhe pediu para trazer sua certidão de nascimento. Posso levar, junto com seu passaporte? E se você puder assinar isso aqui, que já tomei a liberdade de preencher, vou tomar as providências.

Atordoada, Grania rubricou ao final do formulário, então tirou da bolsa a certidão e o passaporte e entregou-os ao advogado.

– Obrigado. Estes são documentos para dar início ao processo de adoção.

Grania assinou os diversos formulários de modo automático e os devolveu a Hans.

– Então... – Após empilhar todos os documentos e guardá-los na pasta, ele a encarou. – Você não sabe nada sobre o acordo financeiro que Alexander está lhe propondo, como esposa. E mesmo assim assinou esses formulários todos?

– Eu não me importo com o dinheiro. Só estou fazendo isso porque amo Aurora e gosto muito do pai dela.

– Sim. – Hans abriu de repente um sorriso cheio de afeto. – Agora entendo por que Alexander quer que você crie a filha dele. Ele disse que você não ia ligar para a parte financeira... – Ele deu uma piscadela. – E você acabou de provar que ele tinha razão.

– Que bom – respondeu ela, na defensiva, dando-se conta de que tinha sido testada. – Eu não pedi para me envolver em nada disso. E tenho meu próprio trabalho, obrigada. Não preciso do dinheiro de Alexander.

– Peço desculpas. Sabendo o que Alexander está confiando a você, precisava me certificar de que a mente dele ainda está funcionando bem, mesmo que o corpo não esteja. Agora posso assinar categoricamente qualquer documento afirmando que sim. Eu serei o executor do testamento dele, e vou administrar as questões financeiras para você e Aurora no futuro. Vou ajudar vocês o quanto puder. E afirmo que no testamento ele deixou para você...

– Chega! – Exausta, Grania não conseguia aguentar mais nada. – Podemos parar por aqui, Hans? Outro dia falamos sobre isso. Agora quero voltar para ver Alexander.

– Alexander – sussurrou ela, sentando-se ao lado dele, que abriu os olhos e a encarou.

– Olá, Grania.

– Queria dizer que Hans e eu já resolvemos tudo. Eu assinei os documentos de adoção, e nós vamos nos casar amanhã.

Com grande esforço, ele virou a cabeça para observá-la melhor e ergueu uma das mãos para que Grania segurasse.

– Obrigado, Grania. Pode comprar alguma coisa bonita para usar? E tem a aliança, claro. – Alexander apontou para a gaveta no criado-mudo ao lado. – Abra, por favor.

Grania abriu e encontrou uma caixinha de couro vermelho da Cartier. Alexander estendeu a mão para que ela lhe entregasse. Com muita dificuldade, ergueu-se até ficar sentado, abriu a caixa e tirou lá de dentro um lindíssimo solitário de diamante.

– Grania Ryan, aceita se casar comigo?

Com a visão borrada de lágrimas, Grania aquiesceu.

– Sim, Alexander.

Com toda as suas forças, ele pôs o anel no dedo dela.

– Só mais uma coisa. – Alexander apertou a mão dela com mais intensidade. – Você pode... ficar comigo... até o fim? Como... como uma esposa de verdade? – Ele sorriu com tristeza.

– É claro que sim. Mas... o que vamos dizer a Aurora?

– Que estamos em lua de mel. Ela vai gostar.

– Ah, mas Alexander, o que eu... *como* eu vou contar para ela?

– Sei que vai fazer isso do jeito certo. E pelo menos agora ela tem uma nova mãe que ama.

Os olhos dele se fecharam. Grania ficou sentada à sua cabeceira enquanto ele dormia, olhando pela janela para a vista esplendorosa do Mont Blanc ao longe.

Embora fosse se casar no dia seguinte, nunca tinha se sentido mais sozinha em toda a vida.

Depois de levar Aurora à escola, Kathleen voltou para dar comida às galinhas e recolher os ovos. Fazia quatro dias que Grania tinha viajado. E não tivera nenhuma notícia. Ligara para o celular dela várias vezes e dava sempre desligado.

– Essa menina merece umas boas lambadas – resmungou ela ao entrar de novo em casa com os ovos, pisando firme. – Viajar e não avisar à mãe nem como nem onde está, me deixar morta de preocupação...

Mais tarde naquele dia, o telefone tocou e ela atendeu.

– Mãe? Sou eu, Grania.

– Eu sei que é você! Meu Deus! Já estava aqui pensando o pior.

– Desculpa, mãe. Só posso dizer que qualquer coisa que você imaginou não vai chegar nem aos pés da verdade, mas não posso conversar agora. Aurora está por aí?

– Não. Hoje é segunda, esqueceu? Ela está na escola.

– Claro – disse Grania, distraída. – Escuta, vou tentar falar com ela mais tarde, mas no momento está complicado. Mãe, preciso que você conte uma coisa a ela por mim.

– O quê?

– Diz... diz que o pai dela e eu nos casamos. E que eu vou ser a nova mãe dela.

Kathleen perdeu o fôlego.

– *Como é que é?!* Está me dizendo que você e Alexander se casaram?

– Sim, mas, mãe, é uma longa história. Não posso explicar agora, mas juro que não é o que parece.

– Eu diria que é, sim – retrucou Kathleen. – E você, naquela noite antes de viajar, me dizendo que ainda pensava no seu Matt... O que deu em você, menina? Ficou maluca?

– Mãe, confia em mim pelo menos dessa vez. Preciso que você conte a Aurora que o pai dela e eu estamos em lua de mel. Nós não sabemos... – Um nó se formou de repente na garganta de Grania. – Não sabemos por quanto tempo.

– Sei. E a *mim* você pode dizer por quanto tempo?

– Bem que eu queria saber, mãe.

– Grania Ryan... ou melhor, Grania *de quê?* A partir de agora...

– Devonshire. Eu sou a Sra. Devonshire.

– Bom, pelo menos não é Lisle.

– Olha, mãe, preciso mesmo desligar. Prometo explicar tudo quando chegar em casa. Mande um beijo grande para Aurora, e diga que tanto eu quanto o pai dela a amamos muito. Falo com você em breve.

O telefone ficou mudo na mão de Kathleen.

Ela não bebia com frequência, mas foi até a sala e se serviu um copo do xerez que estava na bandeja. Bebeu tudo de um gole só, voltou ao telefone, conferiu o número do celular do marido, que raramente usava, e discou.

35

Matt tinha a sensação de estar vivendo em meio a uma névoa de infelicidade e confusão. Para alguém que vivia de ensinar o funcionamento da mente humana, escrevia artigos sobre o tema e tinha um livro publicado pela Harvard Press, ele parecia ter de fato arruinado a própria vida.

Quando Charley deu a notícia, ele não soube o que dizer – nem o que pensar. E continuava assim. Sabia que tinha reagido mal. Charley foi embora do restaurante aos prantos. Quando pagou a conta e a seguiu até em casa, ela já tinha se fechado no quarto. Ele bateu na porta e não teve resposta.

– Posso entrar? – perguntou ele.

Como continuou sem resposta, entrou de qualquer jeito. Charley estava encolhida debaixo das cobertas, com o rosto molhado de lágrimas.

– Posso sentar?

– Pode – foi a resposta abafada.

– Charley, querida. Eu sinto muito, muito mesmo.

– Obrigada – respondeu ela, infeliz.

– Você já... já pensou no que quer fazer? Quero dizer... você quer esse filho?

Charley jogou as cobertas para o lado e se sentou bem ereta na cama, os olhos faiscando de raiva.

– Está me pedindo para abortar?

– *Não*. Caramba! Ainda nem pensei no que *eu* quero. Estamos falando de *você*.

– Como é?! Olha aqui, Matt, você participou, sabia? Não estamos falando só de mim, mas de nós.

Que "nós"?, pensou Matt, mas não disse nada para não irritar Charley ainda mais.

– Eu sei, querida, mas quis saber de você primeiro.

Charley encolheu as pernas e as abraçou de forma defensiva.

– Como naquela noite você jurou que me amava, eu devia estar feliz agora pensando em mim, em você e "no bebê". Mas, como você deixou bem claro que não é o caso, não sei o que eu quero.

– Então talvez a gente precise de um tempo para pensar.

– É, bem, não posso esperar muito. O bebê está crescendo e eu não quero me apegar, se for...

Ela deixou as palavras no ar.

– É – concordou Matt. – Você... você tem certeza mesmo, não é?

– O quê? Está duvidando? Daqui a pouco vai pedir um exame de DNA para provar que o maldito bebê é seu!

Matt se aproximou e passou o braço pelos ombros dela.

– É claro que não, Charley. Eu sei que você nunca faria isso. Sempre fomos amigos, e você não é uma mentirosa. Não chora, querida. Nós vamos dar um jeito, prometo. Amanhã preciso viajar, o que talvez seja bom. Nós dois precisamos de um pouco de espaço e tempo para pensar. Por que não conversamos na volta? Quando estivermos mais calmos?

– Tudo bem – concordou Charley, chorosa.

Matt beijou seu cabelo e se levantou.

– Tenta dormir um pouco.

Ele foi até a porta.

– Matty?

– Oi? – perguntou ele, parando um instante.

– Você quer esse bebê?

Ele se virou para ela devagar.

– Eu sinto muito, mas para dizer a verdade eu não sei, Charley.

Isso tinha sido há uma semana. E agora Matt estava de volta em casa, e tinha tantas dúvidas quanto no dia em que viajara. Na verdade, pensou ao girar a chave na fechadura, quem estava enganando? Tinha certeza *absoluta* de não amar Charley *nem* de querer ter um filho com ela. Se aceitasse, seria apenas por ser um homem responsável que havia cometido um erro irreversível. Mas quantos caras já tinham se visto nas mesmas circunstâncias e tido que fazer "a coisa certa"? Charley era uma amiga de infância, e os pais dos dois eram amigos. Matt estremeceu ao pensar nas expressões reprovadoras no country club caso a notícia de que Charley estava grávida e de que ele se recusara a assumir a responsabilidade se espalhasse.

A verdade, pensou Matt enquanto carregava a mala até o quarto, era que ela estava com a faca e o queijo na mão. Se decidisse que queria ter o bebê,

Matt não teria outra escolha a não ser tentar um relacionamento com ela. Podia ser pior – pelo menos ele a conhecia bem, eles se gostavam, vinham do mesmo lugar e tinham os mesmos amigos...

Podia pensar naquilo como um casamento arranjado. Era um conceito bem conhecido. Afinal de contas, não tinha dado certo com Grania. Matt olhou para a fotografia na mesa de cabeceira e engoliu em seco. Na foto, Grania parecia quase uma adolescente. Tinha sido tirada em frente ao Duomo quando passaram férias em Florença, e Grania ria enquanto o mar de pombos que alimentava se aglomerava à volta dela.

Matt se deixou cair sentado na mesma cama que já dividira com ela – a cama na qual involuntariamente a traíra com Charley. Talvez só pudesse esperar para ver o que Charley diria. Mas, caramba!, que saudade sentia de Grania naquele momento. O mais chocante era a vontade de conversar com ela sobre o que tinha acontecido; além de ser sua namorada, ela era também sua melhor amiga. Seu jeito irlandês de manter o pé no chão sempre ajudara Matt a pensar melhor. Em um impulso repentino e desesperado, ele pegou o celular na bolsa. Sem parar para pensar, digitou o número de Grania sem nem saber o que diria caso ela atendesse, mas precisando ouvir a voz dela. Como o celular estava desligado, ligou para a casa dos pais.

Atenderam no segundo toque.

– Alô? – Era uma voz jovem, que Matt não conhecia.

– Alô – disse ele. – Quem fala?

– Aqui é Aurora Devonshire – respondeu a voz com seu sotaque britânico. – E quem é você?

– Aqui é o Matt Connelly. Será que eu liguei certo? Estou procurando Grania Ryan.

– Ligou, sim, Sr. Connelly. Mas a Grania não está.

– Você por acaso sabe onde ela foi?

– Sim, ela está na Suíça. Em lua de mel com o meu pai.

– Como é? – Matt se esforçou para compreender o que tinha ouvido. – Pode repetir por favor, senhorita?

– Claro. Eu disse que Grania se casou com o meu pai uma semana atrás e está em lua de mel na Suíça. Posso anotar algum recado? Ela deve voltar logo.

– Não... quero dizer... – Ele precisava ter certeza de que a criança estava dizendo a verdade. – A mãe dela está? Kathleen?

– Sim. Quer que eu chame, Sr. Connelly?

– Ficaria muito grato, se você puder.

Matt esperou, aflito com aquele suspense, rezando para Kathleen desmentir o que a menina contara.

– Alô?

– Kathleen, aqui é o Matt.

– Ah... – Ela fez uma pausa antes de continuar. – Olá, Matt. Como vão as coisas?

– Estou bem – respondeu de maneira automática. – Sinto muito mesmo te incomodar, mas a menina com quem acabei de falar me disse que Grania está em lua de mel. Que ela se casou. É verdade isso?

Fez-se silêncio do outro lado. Matt ouviu Kathleen dar um suspiro profundo.

– Sim, Matt, pelo visto é.

– Grania... *se casou?* – Ele precisava repetir várias vezes para ajudar seu cérebro a compreender.

– É, Matt. Ela se casou. Eu... eu sinto muito.

– Preciso desligar. Obrigado, Kathleen, por... ahn... por ter me contado. Tchau.

– Cuide-se, Matt – disse Kathleen, mas ele já tinha desligado.

Matt ficou congelado, em estado de choque. Grania... *casada?* Depois de tantos anos se recusando a se casar com ele. Poucos meses depois de abandoná-lo sem explicação, ela estava casada com outra pessoa. Com o coração acelerado, ele sentiu o sangue correr pelo corpo, deixando-o tonto. Não sabia se ria ou se chorava. Aquilo era surreal, bizarro...

Optou por uma terceira alternativa e ficou com raiva. Pegou o retrato dela na mesa de cabeceira e o arremessou na parede, onde o vidro se estilhaçou em mil pedaços. Ofegando de emoção, ouviu o barulho da porta da frente se abrindo.

– Caramba! – Matt passou a mão pelo cabelo. – Não posso ter dois segundos para respirar? – indagou aos céus.

Respirou fundo e tentou controlar a reação física imediata àquela notícia. Seria preciso bem mais tempo para lidar com as ramificações emocionais.

Cinco minutos depois, ouviu batidas na porta do seu quarto. Ele se levantou e foi abrir.

– Oi, Charley.

Para seu alívio, ela tinha praticamente voltado ao normal, com sua aparência perfeita de sempre.

Ela abriu um sorriso radiante.

– Oi, Matty, tudo bem?

– Ah, você sabe...

– Você não parece muito bem, querido.

– Valeu, Charley, estou meio mal mesmo.

– Semana difícil no trabalho? – perguntou ela.

– É, pode-se dizer que sim.

– Topa jantar hoje?

– Sim, era esse o plano, não era?

– Era. Vou tomar uma chuveirada e podemos sair em quinze minutos.

– Tá.

Enquanto Charley tomava banho, Matt foi até a sala e pegou uma cerveja na geladeira, distraído. Ligou a televisão, zapeou um pouco e acabou encontrando uma partida de beisebol – anestesiante o suficiente para distraí-lo da dor que sentia. O interfone tocou, e ele se levantou para atender.

– Quem é? – perguntou no aparelho.

– Oi, Matt. Sou eu, Roger. Grania me emprestou um livro que eu prometi devolver quando terminasse.

Roger era um amigo de Grania com quem ela dividira apartamento quando se mudou para Nova York. Matt gostava dele.

– Sobe aí.

Ele apertou o botão do interfone, e três minutos depois estava oferecendo uma cerveja a Roger.

– O que veio fazer por essas bandas? – perguntou.

– Estava vendo um quarto para alugar num loft a alguns quarteirões daqui. Acho que vou fechar negócio. Gosto deste bairro. A Grania não está?

– Não – respondeu Matt, batendo a porta da geladeira com mais força do que o necessário.

– Certo. Mas e aí, como vai a carreira? Grania comentou que sua reputação estava crescendo.

– Contou, é? Bom, a gente precisa ganhar a vida. Você está fazendo residência, não é?

– É, e com as horas que preciso trabalhar no hospital estou começando a considerar uma vida mais fácil. – Roger ergueu a sobrancelha e tomou um gole de cerveja.

– Não sei como você dá conta – concordou Matt.

– Mas e a Grania, como está?

– Ahn... – Matt suspirou. – A verdade é que eu não sei, cara.

– Certo.

Seguiu-se um silêncio constrangedor enquanto ambos tomavam outro gole de cerveja.

– Estou pronta. – Charley saiu do quarto, então parou ao ver Roger. – Quem é você?

– Roger Sissens, oi – disse ele, estendendo a mão. – E você?

– Charley Cunningham. Prazer.

– O prazer é meu – respondeu Roger, encarando Charley por mais um momento. – A gente já se encontrou antes?

– Não – respondeu Charley, categórica. – Eu sou ótima fisionomista. Desculpa, mas não me lembro do seu rosto. Vamos, Matty?

– Ahn, claro.

Matt estava constrangido; sabia exatamente o que Roger pensaria, e estava errado. Ou melhor, e mais doloroso ainda, estava certo.

– Não quero atrapalhar – disse Roger, terminando a cerveja o mais depressa que conseguiu. – Vou descer com vocês.

Os três saíram do loft e esperaram o elevador em silêncio.

– Bom, prazer em te conhecer, Charley – disse Roger, que havia pegado de volta o livro de Grania, adivinhando qual era a situação. – Até mais, Matt!

– Até mais, Roger!

Charley passou o braço pelo de Matt, arrastando-o pela calçada.

– Que cara esquisito – comentou ela. – Eu nunca o tinha visto na vida.

Durante o jantar, Charley parecia decidida a jogar conversa fora. Já estavam no cafezinho quando Matt enfim teve coragem de mencionar o assunto.

– Então, o que você decidiu?

– Sobre o bebê?

– É, sobre o bebê.

– Ah, eu vou ter, claro. Quero dizer, tenho 35 anos e sempre quis ser mãe. A decisão é óbvia, não?

– É? Se você diz...

– Desculpa pelo drama da semana passada. Eu tinha acabado de descobrir, e acho que estava em choque. Fiz o tipo carente que sempre odiei. Eu sou adulta, tenho um bom emprego e casa própria. Que vai ficar pronta na semana que vem – arrematou ela. – Então, de qualquer jeito, eu vou te deixar em paz logo.

– Então você vai ter o bebê comigo ou sem mim? – perguntou Matt, cauteloso.

– É. – Charley aquiesceu. – Estamos no novo milênio, afinal. As mulheres não precisam mais de um homem para ter filhos. Sim, tem gente no country club que vai estranhar, e mamãe e papai não vão gostar muito, mas vão ter que se conformar.

– Certo.

– Matty, não faz essa cara de chocado. – Charley segurou a mão dele. – Eu entendi o que você falou na semana passada. Não quero te encurralar. Você deixou claro que foi um erro, um mal-entendido... sério, já superei. Nós somos adultos, e sei que vamos dar um jeito. Em tudo – concluiu ela, enfática.

– Como assim?

– Bom, acho que é a sua vez de falar. Se decidiu que não está pronto para ser pai, por mim tudo bem. Por outro lado, vou ficar feliz se você quiser visitar a criança, participar da criação. Mas tudo isso a gente pode decidir com o tempo. – Ela abriu um sorriso radiante.

– Claro. – Matt assentiu. – Então você desistiu de *nós* criarmos a criança juntos? Como pai e mãe de verdade?

– É, claro. – Charley ergueu a sobrancelha. – Pelo que você disse, e pelo que não disse. Semana passada você deixou bem claro que um relacionamento com a mãe do bebê não estava no roteiro.

Matt a encarou. E de repente o sangue lhe subiu à cabeça. Talvez fosse a dor do que tinha descoberto, ou um impulso de magoar Grania de volta, ele não sabia. Mas Grania tinha partido, e a mulher na frente dele, que conhecia quase desde que nascera, ia ter um filho seu. O que tinha a perder em tentar?

– Eu mudei de ideia – anunciou.

– Mudou?

– Eu falei que precisava de espaço para pensar. E acho que a gente pode dar certo.

– Sério? – indagou Charley, em tom cético.

– Sim.

– E a Grania?

O nome pairou no ar como uma nuvem negra.

– Acabou.

– Tem certeza? – Charley pareceu duvidar. – Não parecia ter acabado na semana passada. O que te fez mudar de ideia?

– Acho que eu comecei a pensar que você e eu... a gente sempre foi próximo, até namoramos, naquela época. E agora que isso... – Ele apontou para a barriga de Charley. – Agora que isso aconteceu, o destino parece estar nos dando um empurrãozinho.

– Sei. – Ela continuou a encará-lo. – Tem certeza, Matty? Eu disse que aceito ter esse bebê sozinha. Não estou te pressionando. Quero que você saiba disso.

– Eu sei, Charley, e agradeço. Mas estou disposto a tentar. E você?

– Essa sua mudança é uma surpresa. Eu... – Charley não sabia o que pensar. – É que eu não quero me magoar de novo.

– Eu sei. E juro pela vida do nosso filho que não vou te magoar.

– Eu tinha tanta certeza de que você não sentia por mim o que eu sempre senti por você... – Charley baixou os olhos, constrangida. – Você sabe que eu sempre te amei, não sabe, Matty?

– E eu sempre amei você. – Matt se ouviu mentir com uma facilidade surpreendente. Algo mudara dentro dele.

– Como amiga?

– A gente é amigo faz tempo, Charley. E acho que isso é uma ótima base para algo mais.

– Tudo bem – disse Charley devagar. – Então o que está sugerindo?

– Em primeiro lugar, que você não se mude. Que fique no loft comigo.

– No meu quarto?

– Não. – Ele respirou fundo e estendeu a mão para ela. – No meu.

– Nossa, você sabe mesmo fazer uma surpresa. Isso era a *última* coisa que eu esperava ouvir.

– Ah, você me conhece, adoro surpreender – respondeu Matt, levemente amargurado.

Charley não reparou. O que fez foi segurar a mão estendida.

– A nós – disse ela baixinho. – E ao pequeno ou à pequena que fizemos juntos.

– Sim. – Matt sentiu náuseas. – A nós.

36

Duas semanas depois de deixar Dunworley rumo à Suíça, Grania apareceu na cozinha sem avisar, logo depois do almoço. Kathleen desceu e se deparou com a filha debruçada sobre a mesa, com a cabeça pousada nos braços. Passou uns bons minutos a observá-la antes de anunciar sua presença.

– Oi, Grania.

– Oi, mãe – foi a resposta abafada. Grania não levantou a cabeça.

– Vou pôr água para ferver e fazer um chá, que tal? – sugeriu Kathleen.

A filha não respondeu. Kathleen encheu a chaleira e a pôs para ferver no fogão, então sentou-se na cadeira ao lado de Grania e pousou a mão de leve no ombro dela.

– O que aconteceu, filha?

– Ai, mãe...

– Vem cá, meu bem. Eu não sei o que te deixou assim, mas vem abraçar sua mãe.

Grania levantou a cabeça, cansada, e a mãe viu seu rosto pálido e tenso. Abraçou a filha e Grania começou a soluçar intensamente. A chaleira apitou por dois minutos antes de Kathleen se mover.

– Vou tirar a chaleira do fogo e fazer um chá para nós.

Preparou o chá em silêncio e pôs uma xícara em frente à filha, agora sentada ereta, mas catatônica, com o olhar perdido.

– Grania, eu não quero me meter, mas que Deus me ajude, você está com uma cara horrorosa. Pode contar para sua mãe o que aconteceu?

Grania abriu a boca para tentar explicar, mas fracassou nas primeiras tentativas. Por fim, conseguiu balbuciar:

– Ele morreu, mãe. Alexander morreu.

Kathleen levou uma das mãos à boca e se benzeu com a outra.

– Ah, não, ah, não, não, não... *como?*

Grania umedeceu os lábios.

– Ele tem... *tinha*... um tumor no cérebro. Todas aquelas viagens eram para se tratar. Ele morreu... quatro dias atrás. Como esposa dele, tive que ficar e organizar o funeral. E assinar todos os documentos. – Ela falava como um robô.

– Meu amor, meu bem, tenta tomar seu chá. Acho que está precisando de um pouco de açúcar. E vou pegar outra coisa que vai ajudar.

Kathleen vasculhou um dos armários em busca do conhaque que usava para cozinhar. Serviu uma boa dose na caneca de ambas, então ergueu a da filha até sua boca.

– Beba, Grania.

Ela tomou três goles, então tossiu e recusou o quarto.

– Eu sei que você tem uma história para contar, mas... – Kathleen ergueu os olhos e checou as horas no relógio de parede. – Aurora vai chegar em menos de uma hora. Quer que eu ligue para Jennifer, mãe da melhor amiga dela, e peça para ela pegar Aurora na escola e levar para tomar um chá? Acho que ela não devia te ver assim.

– Por favor – aceitou Grania. – Eu não vou conseguir... não consigo... não. – Uma lágrima silenciosa rolou pela sua bochecha.

Kathleen a enxugou delicadamente.

– Você parece que não dorme há uma semana. Que tal ir para a cama e eu te levo uma bolsa de água quente?

– Acho que não consigo dormir – disse Grania enquanto a mãe a ajudava a se levantar e a guiava escada acima.

– Mas não custa tentar.

Kathleen tirou a jaqueta da filha, depois seus sapatos e seu jeans, e a pôs na cama. Sentou-se na beirada do colchão, como fazia quando Grania era pequena, e acariciou a cabeça da filha.

– Tente dormir, meu amor. Estou lá embaixo se precisar de mim.

Ao se levantar, viu os olhos de Grania já se fechando. Parou no patamar da escada e seus próprios olhos ficaram marejados. Por mais que a família risse do seu sexto sentido e da sua preocupação com o envolvimento de Grania com os Lisles, pelo visto sua premonição tinha se concretizado.

Duas horas depois, Grania reapareceu na cozinha com um ar desorientado.

– Eu dormi por quanto tempo? Está quase de noite.

– Só o quanto precisava – respondeu Kathleen. – Combinei com Jennifer de Aurora dormir na casa deles. Seu pai foi levar uma mochila meia hora atrás para ela passar a noite, depois seguiu para o pub com seu irmão. Então não precisa se preocupar que ninguém vai aparecer.

– Obrigada, mãe.

Cansada, Grania se sentou diante da mesa.

– Fiz cordeiro ensopado para você. Sempre foi seu prato preferido. E parece que sua barriga não vê uma refeição de verdade desde que você viajou.

– Obrigada, mãe – repetiu Grania enquanto Kathleen colocava uma tigela de ensopado na frente dela.

– Pronto, coma o quanto conseguir. Um estômago vazio não ajuda um coração partido.

– Ai, mãe...

– Não fale, Grania. Coma.

Ela enfiava a comida na boca, mastigava e engolia de modo automático.

– Não consigo comer mais, mãe, sério. – Grania empurrou a tigela para longe.

– Bom, pelo menos suas bochechas estão mais rosadas. – Kathleen retirou a tigela e a pôs na pia. – Grania, não vou te pressionar, mas você sabe que vou te escutar, se quiser que eu escute.

– Eu... eu não sei... por onde começar.

– Não deve saber mesmo. Enquanto você dormia, eu somei dois e dois. Quando Alexander veio aqui naquela noite em que Aurora sumiu, a aparência dele, bom... eu percebi que tinha alguma coisa errada. Acho que ele já sabia há muito tempo o quanto estava doente.

– Sabia, sim. Mas quando os médicos descobriram o problema, não dava mais para operar, por causa do tamanho e da localização do tumor. Ele só podia torcer para a quimioterapia dar certo. Só que não deu.

– É.

– Ele percebeu que precisava aceitar o inevitável poucas semanas atrás, quando começou a piorar e logo se pôs a fazer planos para Aurora. Eu...

– Sem pressa, meu bem. – Kathleen se sentou ao lado dela à mesa e segurou sua mão. – Leve o tempo que precisar.

Grania começou a contar a história, hesitando a princípio. Kathleen escutou sem dizer nada, absorvendo e compreendendo tudo. E se repreendendo intimamente por ter criticado o casamento com Alexander, que considerara um capricho.

– Hans, o advogado dele, virá me visitar nas próximas semanas e vai trazer as cinzas. Alexander queria que elas fossem espalhadas sobre o túmulo de Lily. – Grania fez uma pausa e deu um longo e profundo suspiro. – Ah, mãe, ver ele morrer... foi horrível. *Horrível*!

– Pelo que você está dizendo, parece ter sido um alívio misericordioso, meu bem.

– Sim. Ele estava com muita dor. – Ela ergueu os olhos para a mãe e abriu um sorriso fraco. – Sabe, mãe, seu instinto de me contar a história de Lily antes de eu viajar estava certo. Antes de ele morrer, contei a Alexander o que tinha acontecido com ela na juventude. Ele disse que foi bom saber, e acho que foi mesmo. Ele a amava muito.

– Bom, vamos torcer para eles estarem juntos agora em algum lugar lá em cima, e para que a dor de viver tenha acabado – disse Kathleen, séria. – E que agora possam olhar para baixo e saber que a preciosa filha deles está segura aqui conosco.

– Ai, meu Deus, mãe... – Grania balançou a cabeça em desalento. – Como vou contar para ela?

– Eu não sei, Grania. E acho que ele te deixou uma tarefa horrível.

– Foi mesmo. Mas se você tivesse visto o estado dele... parecia um fantasma. E mesmo louco para ver Aurora uma última vez, foi categórico que seria pior pra ela. Ele quer... Ele queria que a filha se lembrasse dele como era antes. E a gente sabe como Aurora ficou mal depois da morte da mãe. Acho que ele fez o certo.

– Tem alguma ideia do que vai dizer a ela? – perguntou Kathleen.

– Não pensei em outra coisa nos últimos dias – respondeu Grania. – Alguma sugestão?

– Acho que é melhor não mentir, se puder evitar. Eu diria a verdade, com a maior delicadeza.

– É, mas eu não quero que ela saiba que ele sofreu tanto.

– Bom, foi uma tarefa horrível essa que ele te deixou, mas nós vamos estar do seu lado quando você contar, e vamos encher Aurora, e *você* também, de amor e de apoio. Você sabe: não importa o que decida fazer da vida, Aurora terá sempre um lar aqui conosco.

– Sim, mãe, obrigada. Essa era uma das preocupações de Alexander: ele não queria que adotar Aurora atrapalhasse meus planos.

– E a sua mãe vai garantir que não atrapalhe – disse Kathleen com firmeza.

– Bem... – Grania deu um suspiro. – Duvido que eu me mude tão cedo. Não tenho mais para onde ir. – Ela deu de ombros, então bocejou e se levantou da mesa. – Ah, mãe, que cansaço. Preciso tentar dormir mais um pouco para me preparar para a conversa com Aurora amanhã.

– Sim. – Kathleen a abraçou. – Durma bem, meu amor. E eu só queria dizer que estou muito orgulhosa da filha que tenho – sussurrou ela.

– Obrigada, mãe. Boa noite – respondeu Grania, e saiu da cozinha.

John e Shane chegaram em casa meia hora depois. Kathleen contou a eles a terrível história que Grania havia relatado.

– Coitadinha da menina – disse John, enxugando discretamente uma lágrima do olho. – Bom, pelo menos Aurora tem a nós.

– Isso ela tem mesmo – reiterou Shane. – Amamos ela como se fosse da família.

– E ela vai precisar sentir todo esse amor – ressaltou Kathleen. – E Grania também. Ela passou por momentos terríveis sem ter culpa nenhuma nisso.

– Bom, pelo visto o seu sexto sentido estava certo mais uma vez, meu amor – comentou John. – Você disse que estava com uma sensação ruim desde o começo.

– Você é uma bruxa mesmo, mãe – concordou Shane, dando um tapinha afetuoso no braço de Kathleen. Ele se levantou. – Vou dormir agora, mas fala para a Grania e para a pequena que eu amo as duas.

Mais tarde, quando marido e esposa se deitaram na cama, John perguntou:

– Quando Grania vai contar para Aurora?

– Acho que amanhã depois que ela chegar da escola. Assim Grania ganha mais um dia para se organizar.

– Vem cá, querida. – John estendeu os braços fortes e enlaçou a esposa. – Tente não se preocupar. Olhe pelo lado bom; embora Aurora vá ter um baita choque amanhã, pelo menos tem o futuro garantido. Ela vai saber que aqui sempre vai ser a casa dela. E, apesar de tudo o que a Grania passou, eu admiro o Alexander por ter garantido isso a ela.

– É. Boa noite, meu bem.

– Boa noite.

Foi só então, quando fechou os olhos para tentar dormir, que Kathleen se lembrou do telefonema de Matt.

Na manhã seguinte, Grania acordou sentindo-se pelo menos fisicamente recuperada. Ficou deitada tentando processar o que tinha acontecido não só nas últimas duas semanas, mas nos últimos quatro meses. Aurora entrara em sua vida como um furacão e a mudara por completo. A ponto de ela agora ser a Sra. Devonshire, madrasta de uma menina que em breve se tornaria oficialmente sua filha. *E* viúva...

Igualzinho a Mary.

Tentou pensar em como contar a Aurora sobre o pai, mas concluiu que era inútil. Não tinha como planejar, pois não fazia ideia de como a menina reagiria. Teria que improvisar. E o quanto antes fosse, melhor.

Sentiu uma ânsia repentina de sair de casa e respirar ar puro. Passar duas semanas enfurnada em um hospital tinha sido uma provação. Vestiu a calça de corrida, um moletom, calçou os tênis e desceu as escadas. Como não viu Kathleen, desceu correndo a estradinha e dobrou à direita para seguir a trilha do penhasco em direção à Casa Dunworley. O dia estava lindo; o mar, parado feito um lago.

Ofegante, Grania se sentou na mesma pedra coberta de grama onde tinha visto pela primeira vez a menina sozinha na borda do penhasco. Ergueu os olhos para a casa lá em cima – uma casa que agora fazia parte de um fundo fiduciário e onde Aurora poderia morar, se quisesse.

Hans mencionara a quantia que Alexander havia deixado para Grania no testamento; era o bastante para que não precisasse mais trabalhar pelo resto da vida, se não quisesse. Era uma mulher rica.

– Ai, Matt – sussurrou de repente.

Sua mãe vinha sendo maravilhosa, mas no momento ela precisava desesperadamente do calor, da compreensão e do amor do homem que sempre considerou sua alma gêmea. A dor de perdê-lo chegava a ser física. E o fato de terem terminado e de que nunca mais teria o consolo que ele oferecia era palpável.

Grania se levantou e retomou o caminho colina acima em direção à Casa Dunworley. Não podia ficar remoendo o passado... a vida acontecia e não havia como voltar atrás. Abriu o portão e entrou no jardim. Alexander havia especificado no testamento que a casa passaria para o nome de Aurora quando ela completasse 21 anos. Caberia então à filha decidir se continuaria com o imóvel ou se o venderia. Ele havia separado uma bela soma para uma reforma, mas Grania ia conversar tudo com Hans quando ele aparecesse.

Chegando ao pátio dos fundos, Grania procurou debaixo de uma das pedras a chave do ateliê. Lá dentro, examinou as esculturas em cima da bancada. E pela primeira vez em duas semanas sentiu uma pontada de prazer. Eram tão boas quanto se lembrava, mas ainda podiam melhorar.

– Meu Deus, Grania! Por onde você andou? – exclamou Kathleen quando a viu entrar na cozinha.

– Desculpa, mãe, fui ao meu ateliê e perdi a noção da hora. Tem alguma coisa para comer? Estou morrendo de fome.

– Vou fazer um sanduíche para você. – Kathleen olhou para o relógio, nervosa. – Você sabe que Aurora vai chegar daqui a meia hora?

– Sei. – Pensar nisso fez seu estômago se contrair. – Quando chegar, vou levá-la para dar uma volta.

– Grania!

Aurora se atirou nos braços dela e a apertou com força. Mãe e filha trocaram um olhar de tristeza por cima da cabeça da menina.

– É tão bom te ver, meu amor – respondeu Grania. – Está tudo bem?

– Está tudo muito bem, obrigada – respondeu Aurora. – Shane contou que a Maisie vai ganhar filhotes? Ele disse que eu posso assistir ao parto *mesmo* se for no meio da noite – acrescentou ela, lançando um olhar de esguelha para Kathleen. – E eu contei para todo mundo na escola que você agora é minha mãe de verdade. – Ela soltou Grania e deu piruetas pela cozinha. – Estou tão feliz! – De repente ela parou no meio de um giro. – Cadê o papai?

– Aurora, por que não vai pegar Lily e levamos ela para dar uma volta na trilha do penhasco? – sugeriu Grania.

– Tá bom. Já volto.

– Espero você lá fora – disse Grania quando ela estava saindo.

Kathleen foi até a filha e tocou seu braço em um gesto reconfortante.

– Boa sorte, Grania. Vamos estar aqui esperando vocês duas.

Grania aquiesceu sem dizer nada e saiu da cozinha.

Na subida, Aurora não parou de tagarelar enquanto a cadelinha perseguia moscas e corria para lá e para cá por entre as pernas de sua pequena dona.

– Sabe, esses dias eu estava pensando que gosto mais da minha vida agora – comentou Aurora daquele seu jeito adulto peculiar. – Antes de conhecer você, Kathleen, John e Shane eu era muito sozinha. E adoro morar na fazenda. E agora que você casou com o papai eles também são a minha família de verdade, não são?

– Vou me sentar um pouco, Aurora – disse Grania quando elas chegaram à pedra coberta de grama com vista para o mar. – Vem sentar aqui comigo?

– Tá.

Aurora se deixou cair graciosamente no chão, e Lily se aconchegou no colo dela. A menina encarou o rosto sério de Grania.

– O que foi? Você tem alguma coisa para me contar, né?

– Tenho, Aurora. – Grania estendeu a mão e segurou a da menina.

– É sobre o papai?

– Sim. É sobre ele, sim. Como você sabia?

– Não sei, eu só... *sabia*.

– Aurora, querida, eu não sei muito bem como te contar isso, então vou contar bem depressa...

– O papai se foi, né?

– Aurora... é, ele se foi.

– Para o céu?

– É. Ele ficou muito doente logo depois de a gente se casar e... morreu. Eu sinto muito, muito mesmo.

– Entendi.

Aurora se concentrou intensamente em acariciar a cadelinha no seu colo.

– Mas eu só queria dizer, meu amor, minha Aurora, que você tem a nós, a sua nova família, para cuidar de você. E não sou só sua madrasta – ressaltou Grania. – Seu pai e eu assinamos documentos, o que significa que irei adotá-la oficialmente assim que possível. Você vai ser minha filha, e ninguém nunca vai poder tirar você de mim.

Até então, Aurora não exibia nenhum sinal de consternação. Já os olhos de Grania estavam cheios de lágrimas.

– Você sabe que eu te amo como se fosse minha filha. Sempre amei... por algum motivo – continuou Grania, desejando poder demonstrar a mesma força que a menininha na sua frente. – Entende o que estou dizendo, Aurora?

Aurora tirou os olhos da cadelinha e deixou o olhar se perder no mar para além do penhasco.

– Entendo, sim. Eu sabia que ele ia partir logo. Só não sabia quando.

– Sabia como?

– Mamãe... – Aurora se corrigiu: – A minha *antiga* mamãe me disse.

– Ah, é?

– É. Ela disse que os anjos iam vir levar ele para o céu para ficar com ela. – Aurora se virou e olhou para Grania. – Eu te falei que ela estava sozinha.

– Falou mesmo.

Aurora passou um tempo em silêncio antes de dizer:

– Vou sentir saudade dele. Muita. Queria ter me despedido.

Ela mordeu o lábio e Grania discerniu o primeiro brilho de uma lágrima.

– Querida, eu sei que não posso substituir sua mãe e seu pai, mas juro fazer tudo o que puder.

Aurora estava novamente com o olhar perdido no mar.

– Entendo que a mamãe queria ficar com ele, mas por que todo mundo que eu amo me abandona?

Então ela começou a chorar, o corpo tremendo em soluços. Grania a puxou para um abraço, colocou-a no colo e a ninou como um bebê.

– Eu nunca vou te abandonar, querida, juro – murmurou várias vezes. – E o papai não queria fazer isso, acredite. Ele te amava muito, muito. Amava o suficiente para garantir que você ficasse segura comigo e com a minha família. Foi por isso que nós nos casamos.

Aurora ergueu os olhos para ela.

– Eu acho que ele te amava um pouquinho também. – Ela limpou as lágrimas com as costas da mão. – Você está triste, Grania? Por ele ter partido?

– Ah, estou sim – respondeu Grania. – Estou muito, muito triste.

– Você amava o papai?

– Acho que amava, sim, minha querida. Só fico triste por não ter tido muito tempo com ele.

Aurora estendeu a mão, segurou a de Grania e apertou com força.

– Então nós duas amávamos ele. E nós duas vamos sentir saudade, né?

– É.

– Então podemos uma alegrar a outra quando ficarmos triste por causa disso, né?

A coragem e a força de Aurora eram bem mais comoventes do que suas lágrimas.

– É – concordou Grania, abraçando-a com força. – Podemos, sim.

– Onde está Aurora? – perguntou Kathleen quando Grania entrou de novo na cozinha.

– Pondo Lily na cama, e disse que depois quer ir ver as ovelhas com Shane.

– É mesmo? – Kathleen ergueu a sobrancelha. – Você contou para ela? Contou, não contou?

– Contei, sim.

– E como ela reagiu?

– Mãe – Grania balançou a cabeça, confusa e impressionada –, ela disse que já sabia.

Aurora

Sim. Eu sabia mesmo.

Embora seja quase impossível explicar exatamente "como". Se eu disser que ouvi vozes, vocês quase certamente, e por bom motivo, vão pensar que tenho tantos problemas mentais quanto minha pobre mãe Lily. Digamos apenas que eu tive uma "premonição". Muitas pessoas têm, não é?

Ainda assim, foi um grande choque, logo quando tudo estava indo tão bem. Grania casada com meu pai... o que eu tinha desejado, e sim, admito, planejado que acontecesse.

Passei da alegria à tristeza em um piscar de olhos. Não houve tempo para "me acostumar", para aproveitar a vida durante alguns meses nem sequer semanas.

Papai tinha feito o possível para me proteger, casando-se com Grania e facilitando minha adoção. Demonstrou seu amor por mim de maneiras práticas, como muitos homens fazem. Mas eu queria ter me despedido pessoalmente, por pior que ele estivesse.

Não teria me importado, pois sempre soube que ele estava doente. E quando se ama alguém, a aparência não importa... e sim sentir a "essência" da pessoa uma última vez.

Em retrospecto, deve ter sido muito difícil para Grania também. Ela entrou para a nossa família no olho do furacão, e teve que se adaptar, com meu pai desesperado para proteger a filha.

Li recentemente um livro que explicava como os espíritos viajam pelo tempo em "grupos". Eles trocam de papéis, mas são eternamente atraídos uns para os outros por uma conexão invisível.

Talvez isso explique a sensação de Kathleen de que a história estava se repetindo com Grania e comigo. Afinal, Grania tinha bom coração e estava carente por um filho quando me conheceu, e eu fui a "órfã" que ela escolheu cuidar. Ah, caros leitores, tomara que eu nunca tenha sido tão insensível quanto minha avó Anna foi com Mary. Segundo os budistas, nós voltamos à terra até aprendermos nossas lições, e espero sempre ter tratado Grania com gratidão e amor. Já que adoraria passar para o próximo nível depois deste. O nirvana parece bem agradável. Talvez eu ainda tenha algum caminho a percorrer, mas sempre tentei ser uma pessoa boa. E bem que estou precisando de um corpo novo e mais forte...

Agora vou voltar para Nova York, para a confusão que Matt está arrumando na própria vida.

Nesse ponto, acho que posso dizer que está tudo dando muito errado. A pergunta é: será que Matt vai conseguir reverter a situação...?

37

Charley se mudou para o quarto de Matt na noite em que combinaram de dar uma chance ao relacionamento. Entretanto, ela vetou qualquer contato físico, por causa da gravidez. Matt ficou aliviado – pelo menos adiava aquele problema. Como não se lembrava da última vez que tinham transado, já que estava bêbado, sua única referência era de quando tinham namorado. Lembrava que o sexo não era grande coisa e que ele fazia mais no automático. Ao contrário das transas inesquecíveis que tivera com Grania, quando sentia que suas almas se uniam...

Matt se obrigou a parar de pensar nessas coisas, levantou da cama e foi ao banheiro tomar uma chuveirada, lembrando que namorar Charley tinha outras consequências mais irritantes. Para começar, a imensa coleção de cosméticos – loções e cremes suficientes para encher um stand de um shopping center lotando a pia e as prateleiras. A rotina de beleza de Grania era minimalista – apenas um hidratante facial. Sem contar que as roupas dele agora ocupavam um oitavo do armário, devido à vasta coleção de roupas de grife de Charley. E tudo isso apenas destacava as diferenças entre as duas mulheres.

Enquanto procurava o barbeador, derrubando uma nécessaire de maquiagem na pia durante o processo, ele tentou conter a irritação. Afinal de contas, fora ele quem sugerira tentar. Charley não tinha pressionado nem tentado culpá-lo. Ele também não deveria culpá-la.

No entanto, ela já havia começado a falar em se mudar – e sugerido comprar uma casa em Greenwich, perto de onde os pais dos dois moravam. A ideia não deixava Matt muito animado. Mas o fato de que ele e Grania, quando passaram pela mesma situação, poucos meses antes, nem sequer pensaram em sair da cidade, não tornava estranho o desejo de Charley de criar o filho em um lugar mais calmo. Quando Matt disse que não tinha dinheiro para uma casa daquelas, Charley fez pouco da questão.

– Mamãe e papai vão nos ajudar, Matty. Você sabe disso.

Matt compreendeu um pouco do que Grania devia ter sentido quando os pais dele ofereceram ajuda. Não queria nada dos pais de Charley. Ela também tinha perguntado, algumas noites antes, se ele estava mesmo decidido a não trabalhar com o pai.

– Eu vou ter que parar de trabalhar quando tiver o bebê, nem que seja por alguns meses. Talvez para sempre – disse ela, dando de ombros. – Desculpa, Matty, mas o que você ganha só vai dar para pagar uma faxineira três vezes por semana, e não o tipo de empregada doméstica que eu vou precisar.

Matt se vestiu depressa, aliviado que Charley tivesse ido ao apartamento dela entregar o último cheque para o decorador. Ela levara Matt para uma visita na semana anterior, e ele ficara impressionado com o estilo supermoderno. Cheio de vidro e superfícies cromadas e brancas, o lugar era tão acolhedor quanto uma sala de cirurgia. Perguntou-se como Charley suportava viver no apartamento dele. Preparou um café e encontrou na geladeira um bagel já meio passado. Charley não tinha talento para a culinária – eles tinham pedido comida todos os dias das últimas duas semanas – e Matt sentiu água na boca ao pensar no delicioso *colcannon* com presunto que Grania cozinhava sempre.

– Droga! – ele se repreendeu.

Não podia continuar comparando as duas. Eram diferentes e pronto. O problema era que, aos olhos dele, Charley perdia sempre. Matt se sentou à escrivaninha e ligou o notebook. Estava três semanas atrasado com a entrega de um artigo; com tudo o que vinha acontecendo, não conseguia se concentrar. Releu o que já tinha escrito e soube que não estava bom o suficiente. Recostou-se na cadeira e deu um suspiro. Via com clareza o rumo que sua vida estava tomando. Depois de tantos anos evitando viver como os pais, agora se via naquele caminho. Desejou ter com quem conversar... estava desesperado. E a única pessoa disponível desde que Grania fora embora era sua mãe.

Pegou o celular e ligou para a casa dos pais.

– Mãe? Sou eu, Matt.

– Filho, que bom falar com você. Tudo bem?

– Escuta, mãe, eu estava a fim de sair um pouco da cidade. Já tem planos para o fim de semana?

– Vamos fazer um churrasco para alguns amigos amanhã, mas hoje o seu pai foi jogar golfe e eu estou sozinha. Quer vir almoçar?

– Fechado. Estou saindo agora.

A estrada estava livre, e Matt chegou à casa dos pais em Belle Haven em 45 minutos.

– Oi, querido. – Elaine o recebeu com um abraço apertado. – Que surpresa boa. Não é todo dia que eu tenho meu menino só para mim. Entre!

Matt seguiu a mãe pelo hall espaçoso até a cozinha ampla, repleta com todos os utensílios imagináveis. Bob adorava novos apetrechos e os comprava para a esposa todo Natal e aniversário. Elaine os abria com um sorriso resignado, dizia "obrigada", então os escondia junto com os outros em um armário da cozinha.

– Quer beber alguma coisa, querido?

– Uma cerveja está ótimo.

Matt esperou, meio desconfortável; agora que estava ali, não sabia o que dizer. Sua mãe sabia que Grania tinha ido embora, e nada mais.

– Então, como vai a vida na cidade?

– Eu... ah, mãe, droga! – Matt balançou a cabeça. – Não vou mentir, fiz uma besteira enorme.

– Bem... – Elaine pôs a cerveja diante do filho e o encarou de um jeito maternal. – Conte tudo para sua mãe.

Ele contou, e foi o mais sincero possível, embora tenha evitado mencionar que não se lembrava da noite em questão. Achou que Elaine não fosse aguentar tanto.

– Então deixa eu ver se entendi direito – recapitulou ela. – Grania sumiu logo depois de sair do hospital. Viajou para a Irlanda sem te dizer o que houve. Vocês passaram meses sem se falar. E aí você soube que ela se casou com outra pessoa?

– É, basicamente isso – confirmou Matt com um suspiro.

– Então Charley se mudou para o seu apartamento enquanto o dela estava em reforma. Vocês se aproximaram e começam a namorar. – Elaine coçou a cabeça. – E você não sabe o que sente por ela?

– Não. Posso pegar outra cerveja?

Elaine foi pegar para ele.

– Então você acha que ela é só uma substituta?

– Acho. E... – Matt respirou fundo. – E tem mais uma coisa...

– É melhor falar logo, meu bem.

– Charley está grávida.

Elaine o encarou com uma expressão esquisita antes de perguntar:

– É mesmo? Tem certeza?

– É claro que tenho, mãe. Ela marcou um ultrassom para daqui a umas duas semanas. Eu vou com ela.

– Certo – disse Elaine devagar. – Fiz uma salada para o almoço. Vamos comer na varanda.

Matt a ajudou a levar a salada, os pratos e talheres para fora. Quando se sentaram, pôde ver que a mãe estava abalada.

– Desculpa, mãe, de verdade.

– Não precisa se desculpar, Matt. Eu sou adulta, eu aguento. Não é isso, é que... – Ela franziu o cenho. – Tem uma coisa que não faz sentido. Mas vamos deixar pra lá. A pergunta é: você ama Charley?

– Como amiga, sim, talvez como companheira... Não sei, mãe, não sei mesmo. Quero dizer, a gente cresceu juntos, conhecemos as mesmas pessoas... vocês são amigos dos pais dela... como não gostar? É fácil. – Ele suspirou.

– Casar com alguém parecido com você é sempre mais fácil. Claro que é, Matt. Foi o que eu fiz. – Elaine sorriu enquanto servia a salada. – É confortável, e a familiaridade pode virar amor. Mas não é... – Ela buscou a palavra certa. – Não é empolgante. É uma viagem "segura".

Matt se espantou com a compreensão da mãe.

– É, é bem isso.

– Eu te entendo, Matt, pode acreditar. Grania era a sua aventura, e eu te admirei por ter se arriscado. Ela era a sua paixão. Com ela o seu mundo ficava mais vivo.

– Ficava mesmo. – Matt engoliu em seco. Sabia que estava à beira das lágrimas. – E só depois que ela foi embora eu me dei conta do quanto a amava... do quanto a *amo*.

– Eu amei uma pessoa... antes do seu pai. Meus pais não aprovaram; ele era músico. Eu terminei tudo e me afastei...

– Eu não sabia. – Matt ficou espantado com a revelação. – Você se arrepende?

– De que adianta se arrepender? – perguntou Elaine com amargura. – Eu fiz o que achava certo para manter todo mundo feliz. Mas não há um dia que eu não pense nele, em onde estará agora... – Ela deixou a voz morrer, então se recompôs. – Desculpa, Matt, isso não é assunto pra você. Além disso, seu pai e eu sempre tivemos uma vida boa. E eu tive você. Então não, não me arrependo de nada.

– A diferença foi que eu não terminei com Grania.

– É. E agora ela está casada – falou Elaine.

– Foi o que a mãe dela disse.

– Bem, estou surpresa. Eu sei que ela não gostava do nosso estilo de vida, Matt, e devia achar que nós não gostávamos dela. Mas tenho muito respeito por Grania e pelo talento que ela tem. Além do mais, sabia que ela amava o meu filho – ressaltou Elaine. – E por isso eu perdoaria qualquer coisa.

– Bom, mãe, a Grania foi embora. E não vai voltar tão cedo. Eu preciso tocar minha vida. A pergunta é: continuo tentando com a Charley?

– É uma escolha difícil. A Charley é linda, inteligente, e teve a mesma criação que você. Além do mais, o bebê complica tudo. Tem certeza que ela está grávida? – tornou a perguntar Elaine.

– Tenho, mãe!

– Bem... – Ela suspirou. – Parece que você está enrolado. E sei o quanto ficou triste por perder o bebê com Grania. Embora eu...

– O quê?

– Nada, nada – respondeu Elaine depressa. – Se é como você diz, acho que não tem muita escolha.

– Pois é, acho que não mesmo – concordou Matt, cabisbaixo. – E preciso bancar o estilo de vida dela. Charley já mencionou um trabalho com o papai. Alguém como ela não vai se contentar com o salário de um professor.

– Você sabe que o sonho do seu pai é que você assuma os negócios. Mas Matt, se não é o que você quer...

– Mãe, *nada* disso é o que eu "quero". – Matt baixou os talheres e conferiu o relógio de pulso. – É melhor eu voltar. Charley deve estar querendo saber de mim. – Ele arqueou as sobrancelhas.

– Queria poder dizer algo mais, mas se Grania se casou...

– De algum jeito, e eu nem sei qual, estraguei tudo.

– Eu entendo, meu amor. Você vai acabar amando a Charley. Eu mesma precisei aprender a amar seu pai – completou Elaine com um sorriso seco.

– Tem razão, mãe – concordou ele, suspirando. – Enfim, obrigado pelo almoço e por me escutar.

Elaine ficou olhando o filho partir com o carro, então fechou a porta de casa e voltou para a varanda. Contrariando a rotina, não tirou a mesa imediatamente. Em vez disso, sentou-se e começou a processar o que o filho tinha contado.

Meia hora depois, chegou à conclusão de que tinha uma escolha a fazer: podia deixar os fatos se desenrolarem e não contar nada do que sabia. Isso não apenas preservaria o *status quo*, como também realizaria seu desejo egoísta de ficar mais perto do filho e do futuro neto. Não tinha dúvidas de que Charley arrastaria Matt de volta para Greenwich quando o bebê nascesse. Ou podia investigar mais a fundo suas desconfianças...

Elaine ouviu o jipe do marido entrando na garagem.

E resolveu pensar um pouco mais antes de decidir.

38

Os moradores da fazenda estavam sob alerta vermelho para qualquer sinal de que Aurora estivesse sofrendo. Ela estava mais calada do que o normal, e bem menos vivaz.

– Está dentro do esperado – comentou John com Kathleen certa noite.

Kathleen havia perguntado a Aurora se ela queria faltar à escola por uns dias, mas a menina disse que não enfaticamente.

– Papai sempre me disse para estudar, e se eu não for, a Emily pode arrumar outra melhor amiga.

– Eu tiro o chapéu para essa menina – comentou Kathleen ao voltar para a cozinha depois de colocar Aurora na cama. – Só espero que ela não esteja disfarçando agora para piorar depois.

– É – concordou Grania, que acabara de chegar do ateliê. – Até agora nem sinal disso... Parece que ela já tinha se preparado.

– É verdade. – Kathleen olhou para a filha. – Mas eu sempre disse que ela já passou por isso. Aurora tem uma alma antiga, entende coisas que a gente não compreende. Seu jantar está no forno.

– Obrigada, mãe. Perdi a noção da hora.

– O que está fazendo lá naquele ateliê? – indagou Kathleen.

– O de sempre – respondeu Grania em tom definitivo.

Ela nunca comentava sobre o trabalho antes de concluí-lo. E aquele projeto era tão querido, como se tivesse posto a própria alma na argila, que ainda não conseguia desapegar.

– Hans chega amanhã.

– Ah, é?

Sua mãe pegou as linguiças e o purê de batatas no forno e pôs o prato na frente da filha.

– Sim, vai ficar lá na Casa Dunworley. Fui lá hoje arrumar um quarto para ele.

– Certo. – Kathleen sentou-se ao lado dela e a observou remexer a comida. – E como você está, filha?

– Estou bem. Um pouco cansada, mas ando trabalhando muito. – Grania balançou a cabeça. – Acho que está tarde demais para comer. – Ela largou os talheres.

– Não é do seu feitio ficar sem apetite.

Grania se levantou e levou o prato até a pia.

– Vou pra cama, mãe.

– Durma bem.

– Obrigada.

– E eu pensando que Aurora fosse ficar abalada. Ela está lidando melhor do que a nossa filha – comentou Kathleen.

– Bem... – John estendeu a mão para o interruptor enquanto a esposa se acomodava ao lado dele na cama. – Aurora perdeu o pai, mas ganhou uma vida, enquanto Grania perdeu a vida que tinha.

No escuro, Kathleen ergueu a sobrancelha diante daquele comentário profundo.

– John, estou preocupada. Grania está no auge da vida. Devia estar melhor do que nunca, no ponto mais alto. E ela está perdida, John.

– Dê um tempo a ela, meu bem. Nossa filha passou por muita coisa, sem pedir por isso.

– O que foi que eu te disse? É a maldição daquela família Lisle. Eu...

– Chega, Kathleen. Pare de culpar os outros. Grania fez o que quis. Boa noite, meu bem.

Kathleen não disse mais nada – sabia que não adiantava argumentar se o marido não queria conversa. Mas ficou deitada no escuro, sem conseguir dormir, preocupada com sua preciosa filha.

Grania sentiu-se estranhamente aliviada e reconfortada ao ver a figura corpulenta de Hans Schneider estacionar na garagem da Casa Dunworley. Limpando as mãos sujas de argila no avental, abriu a porta do ateliê e saiu para recebê-lo.

– Como vai, Grania? – Ele a cumprimentou com beijos no rosto.

Os dois tinham se aproximado depois de passarem juntos pela morte de Alexander, e a relação formal entre advogado e cliente não se aplicava mais.

– Vou bem, Hans, obrigada. Fez boa viagem?

– Fiz. – Ele se virou e olhou para a casa. – O telhado parece precisar de uma reforma.

– Deve precisar mesmo. Vamos entrar?

Uma hora depois, estavam almoçando as ostras frescas que Grania comprara naquela manhã no cais de Ring. Ela também saqueara a adega e se aconselhara com Hans sobre que vinho abrir.

– Mas e Aurora, como vai? – indagou ele.

– Ela está ótima – respondeu Grania – Talvez até demais, mas vamos ver. – Grania deu um suspiro. – Infelizmente, não foi a primeira vez que ela perdeu alguém que amava. E está sempre ocupada: com a escola, as aulas de balé e a vida na fazenda, não tem muito tempo para ficar remoendo tristezas.

– E você? – perguntou Hans.

– Para ser sincera, ainda estou achando difícil tirar da cabeça aqueles últimos dias no hospital.

– É. Eu entendo. Foi... complicado. Falando nisso, trouxe as cinzas.

– Certo. – Ela assentiu, séria. – Mais uma ostra?

Eles comeram em silêncio, até Grania dizer:

– Será que eu devia pedir a Aurora que me ajude a espalhar as cinzas no túmulo de Lily?

– Acha que isso vai deixá-la nervosa?

– Não sei, mas ela ficou muito triste de não ter se despedido do pai. Talvez ajude. Por outro lado, ver Alexander reduzido a cinzas talvez não seja o melhor.

– Bem, pelo que disse, você está lidando bem com a situação. Confie nos seus instintos.

– Obrigada, Hans. Na verdade quem está lidando bem é Aurora. E meus pais e meu irmão têm sido maravilhosos. Eles adoram a menina.

– De certa forma, embora seja uma tragédia Alexander e Lily terem partido, talvez a vida que Aurora tem agora, em uma família estável, seja boa para ela – ponderou Hans. – Ela teve uma infância bem difícil.

– É. E sabendo da história dos Lisles, a mãe dela também não teve muita sorte. Talvez seja esta casa... – Grania estremeceu de repente. – Tem um clima muito estranho.

– Tenho certeza de que vai melhorar depois da reforma. Aurora disse se quer morar aqui? Ou prefere ficar na fazenda?

– Acho que nem cavalos selvagens conseguiriam arrancá-la de perto dos bichos que ama, agora – respondeu Grania sorrindo. – Mas talvez ela mude de ideia.

– Esta semana, vou pesquisar e ver se encontro um engenheiro para avaliar o que é preciso reformar da estrutura – disse Hans. – Quem sabe ele indica uma empresa confiável para fazer a obra. Só peço que dê sua opinião artística quando chegar a hora de escolher as cores novas das paredes. – Hans sorriu.

– Claro – concordou Grania.

– Mesmo que Aurora não queira manter a casa, quando crescer, o imóvel vai estar em boas condições para ser vendido – continuou Hans. – Também darei um pulo em Cork para falar com meu contato aqui na Irlanda e ver a quantas anda o processo de adoção. Mas nem ele nem eu achamos que vai ter qualquer problema. Alexander foi tão eficiente na morte quanto era em vida. O que foi fundamental nessa situação, como ele sabia que seria. A irmã já entrou em contato comigo querendo saber do testamento dele. – Hans deu um sorriso pesaroso. – Como eu lhe disse, quando há morte, os abutres aparecem. Mas e você, Grania? – Ele a observou. – Já teve tempo de pensar no seu futuro?

– Não – respondeu de forma sucinta. – Estou focada em cuidar de Aurora e trabalhar um pouco. Isso ajuda.

– O trabalho é um bálsamo para a alma. E adoraria ver suas esculturas. Alexander disse que você é muito talentosa.

– Que gentileza dele... – Grania corou. – Acho que meu trabalho foi mesmo a única coisa que sobreviveu aos últimos meses. Mais tarde eu te mostro. E estava pensando em trazer Aurora para ver você. Amanhã é sábado e ela não tem aula.

– Eu ia adorar. Faz pelo menos uns dois anos que não a vejo.

Grania tirou a mesa e pôs os pratos na pia.

– Não liga mesmo de ficar aqui sozinho?

– Não, não. – Hans sorriu. – Por que a pergunta?

– Por nada. Se precisar de alguma coisa é só me ligar. Tem leite na geladeira, pão, bacon e ovos para o café da manhã.

– Obrigado, Grania. Vejo você e Aurora amanhã.

– Tchau, Hans – disse Grania ao sair.

– Tchau – respondeu ele.

Servindo-se de outra taça de vinho, Hans pensou em como era triste Alexander não ter podido aproveitar por mais tempo a encantadora mulher que tinha desposado.

Na manhã seguinte, Grania levou Aurora até a Casa Dunworley.

– Tio Hans! – A menina se atirou nos braços dele. – Quanto tempo! Onde você estava?

– No lugar de sempre, Aurora – respondeu ele com um sorriso. – Trabalhando duro na Suíça.

– Por que os homens trabalham o tempo todo? Por isso que ficam doentes.

– Eu acho que você tem toda a razão, *liebchen* – respondeu Hans, lançando um olhar divertido a Grania sobre a cabeça da menina.

– Tira uma folga hoje, tio Hans, para eu poder te mostrar meus animais. Os filhotes da Maisie só têm dois dias. Ainda nem abriram os olhos.

– Ótima ideia – interveio Grania. – Aurora, por que não vai com tio Hans até a fazenda enquanto eu trabalho um pouco? Depois voltem para almoçar, e a gente pode fazer um piquenique na praia.

– Grania, agora *você* está trabalhando! – reclamou Aurora, fazendo biquinho. – Tá bom, eu levo o tio Hans, e depois a gente vem te buscar.

Logo que os dois desceram a trilha em direção à fazenda, Grania foi para o ateliê. Olhou para Aurora pela janela, dançando ao lado de Hans. Então contemplou a escultura diante de si e torceu para ter conseguido captar sua graça etérea e natural.

A manhã passou voando, e em pouco tempo os dois bateram à porta.

– Podemos entrar? Já mostrei tudo ao tio Hans e estou morrendo de fome!

Aurora irrompeu ateliê adentro e abraçou Grania, ainda sentada em frente à bancada, beijando sua bochecha. Ela olhou, depois olhou de novo.

– Sou eu?

Grania não queria que ela tivesse visto as esculturas antes de ficarem prontas.

– É.

– Tio Hans, vem ver! A Grania me transformou em estátua!

Hans se aproximou da bancada e encarou as esculturas.

– *Mein Gott!* – Ele se inclinou para examiná-las mais de perto. – Grania, elas são... – Foi difícil encontrar as palavras. – São incríveis! Eu só queria que... – Ele encarou Grania com um respeito renovado, e ela soube na hora o que estava pensando. – Alexander teria comprado todas. Você conseguiu captar a energia da Aurora.

– Obrigada. Foi uma catarse.

– Sim. E dessa catarse você criou algo lindo.

– Podem parar de falar sobre as minhas estátuas e dizer qual é o almoço? – pediu Aurora.

Os três passaram uma tarde agradável na praia de Inchydoney. Aurora saltou, pulou e rodopiou pelas ondas rasas enquanto Hans e Grania ficaram sentados nas dunas aproveitando o calor do sol.

– Você tem razão, ela não parece muito abalada – comentou Hans. – Parece... feliz. Talvez porque não teve muita atenção quando era menor. E agora tem.

– Ela adora uma plateia – disse Grania, sorrindo enquanto Aurora executava um *jeté* sem o menor esforço. – A professora de balé acha que ela tem muito potencial. Deve estar no sangue, a avó dela foi uma bailarina famosa.

– Nesse caso, se ela quiser continuar, deveria. Assim como você deve continuar a esculpir. Onde você expõe suas obras?

– Uma galeria em Nova York expõe meu trabalho, mas nos últimos anos tenho feito cada vez mais encomendas. Não por vontade, mas pelo menos assim sei que vou pagar as contas – respondeu Grania com sinceridade.

– Então pelo menos uma coisa boa derivou dessa época difícil que acabou de enfrentar: agora você está rica.

– E você sabe, Hans, que eu não quero o dinheiro. – O tom de Grania mudou quando começaram a falar de finanças.

Hans a encarou.

– Grania, se me permite a franqueza, acho que o seu orgulho às vezes supera o bom senso.

– Eu... – Ela ficou chocada com o comentário. – Como assim?

– Por que é errado aceitar um presente, se querem lhe dar?

– Não é isso, Hans. É só que...

– O quê, Grania? Me explique.

– Bem...

De repente, ela se recordou dos momentos com Matt. Quando recusou qualquer ajuda dos pais dele *e*, pior ainda, não aceitou se casar com ele. Tinha tomado essas decisões por puro orgulho. Não por serem a sua vontade. Ou, em retrospecto, por serem o certo. Afinal, se *tivesse* se casado com Matt, talvez não estivessem naquela situação agora. E com certeza a ajuda dos pais dele, que como Hans acabara de assinalar queriam apenas dar um presente a eles, teria facilitado a vida do casal.

– Talvez você tenha razão – admitiu ela por fim, incomodada por aquela súbita revelação. – Mas não consigo evitar, sempre fui assim.

Hans a observou em silêncio antes de dizer:

– Pode ser o seu jeito, ou pode ser insegurança. Você devia se perguntar por que não aceita ajuda. Talvez no fundo ache que não merece.

– Eu... eu não sei – respondeu Grania, sincera. – Mas tem razão, acho que sob alguns aspectos meu orgulho atrapalhou minha vida. Enfim, chega de falar de mim. Mas obrigada pela sinceridade, Hans. Ajudou, de verdade.

Na manhã seguinte, quando a família saiu para ir à missa de domingo, Grania ficou em casa cuidando de Aurora.

– Quer ir até a igreja de Dunworley mais tarde? Tio Hans trouxe lá da Suíça uma urna com... – Grania escolheu com cuidado as palavras. – Eu acho que podemos chamar de pozinho mágico do papai.

– As cinzas dele, você quer dizer? – indagou Aurora, dando outra mordida na torrada.

– É. Estava pensando se você quer me ajudar a espalhar.

– Claro que eu quero. Posso escolher o lugar?

– Pode, mas o seu pai sugeriu o túmulo da Lily.

– Não. – Aurora engoliu a torrada e balançou a cabeça. – Não é lá que eu quero colocar ele.

– Tá bom.

– São só os ossos velhos da mamãe que estão lá. Não é lá que ela *vive*.

– Tudo bem, Aurora. Então me mostre o lugar certo.

Ao pôr do sol, Aurora disse que queria ir espalhar as cinzas do pai com Grania.

Com a urna de Alexander em uma sacola de compras, Grania seguiu a menina trilha acima. Aurora a conduziu pela colina em direção à Casa Dunworley. Quando chegaram à pedra coberta de grama, ela parou.

– Você senta aqui no seu lugar de sempre.

Aurora abriu a bolsa e pegou a urna, então destampou-a e olhou fascinada lá para dentro.

– Parece areia, né?

– É.

Aurora se virou e foi até o penhasco, parando a poucos centímetros da borda. De repente, hesitou e se virou de novo, parecendo nervosa.

– Grania, pode me ajudar?

– Claro. – Grania deu alguns passos e parou ao lado dela.

– Foi aqui que a mamãe caiu. Eu vejo ela aqui às vezes. Mamãe! – gritou a menina. – Vou te entregar o papai. – Ela encarou a urna com olhos marejados. – Tchau, papai, vai com a mamãe, ela precisa de você. – Então jogou as cinzas no penhasco, onde foram arrebatadas pelo vento e carregadas em direção ao mar. – Eu te amo, papai. E te amo, mamãe. Nos vemos no céu.

A força e a coragem de Aurora deixaram Grania com um nó na garganta. Por fim, ela voltou à pedra para deixar a menina a sós. Ficou observando Aurora se ajoelhar, talvez em uma prece silenciosa, não sabia, enquanto a noite caía.

Por fim, Aurora se levantou devagar, se virou para Grania e falou:

– A gente já pode ir pra casa. Eles querem ir embora.

– Ah, querem?

– Aham.

Ela estendeu a mão e Grania a segurou. Elas seguiram para a fazenda e começaram a descer a encosta devagar.

De repente, Aurora tornou a se virar.

– Olha, olha! – Ela apontou. – Está vendo eles?

– Eles quem?

– *Olha ali...*

Grania se obrigou a olhar o espaço sobre a baía, na direção em que Aurora apontava.

– Eles estão voando – disse a menina, assombrada. – Ela veio buscar ele, e eles estão indo juntos para o céu.

Grania observou a linha do horizonte e não viu nada além de nuvens empurradas pelo vento correndo pelo céu. Puxou Aurora de leve e a conduziu encosta abaixo para começar um novo futuro.

39

Matt encarou a imagem escura em movimento. Ali estava, na tela, a prova viva da noite que ele não conseguia recordar.

– Quer ver em 3D? – perguntou o técnico do ultrassom.

– Claro – respondeu Charley enquanto o homem movia o sensor pela sua barriga.

– Aqui está a cabeça, o braço... se ele parar de se mexer vamos conseguir uma boa imagem...

– Uau – sussurrou Matt, observando a tela.

Ao vivo e a cores, de todos os ângulos, só faltava falar. Esse era o resultado de pagar uma clínica particular de primeira linha. O ultrassom de seu bebê com Grania, no hospital do bairro, parecia um filme em preto e branco dos anos 1940 em comparação com um épico dirigido por James Cameron.

Depois do exame, com as fotos em uma das mãos, Charley estendeu a outra para Matt.

– Quer ir almoçar? Fiquei com fome de repente – disse ela com um risinho.

– Claro, como quiser.

Durante o almoço, Charley falou o suficiente pelos dois. Matt entendia. Não importava como ele se sentia, aquele era o primeiro bebê de Charley, e ela tinha todo o direito de estar empolgada. No dia seguinte, os pais dela iam fazer um churrasco para anunciar o relacionamento dos dois. *E a chegada do bebê*. Ele suspirou. Até a data que o técnico do ultrassom dera batia. E Matt precisava aceitar que aquela vida era *dele*. Uma vida que tinha criado, mesmo sem querer. E pronto.

Enquanto Charley falava sobre o dia seguinte e comentava como estava animada para contar a todos os amigos, os amigos *em comum*, Matt se rendeu. Olhou para Charley do outro lado da mesa. Era sem dúvida a mulher mais linda do restaurante. Um "partidão". Com certeza, como sua mãe tinha dito, ele aprenderia a amá-la, a amar a vida a dois, não? E a amar o bebê que tinham gerado.

Grania tinha ido embora...

Matt fez sinal para o garçom e sussurrou algo no ouvido dele.

Cinco minutos depois, uma garrafa de champanhe apareceu na mesa. Charley ergueu a sobrancelha.

– O que é isso?

– Achei que a gente devia comemorar.

– Ah, é?

– É.

– O bebê?

– Isso, e também... – O garçom serviu o champanhe em duas taças e Matt ergueu a dele. – Nós.

– Você acha?

– Acho. E antes de amanhã eu queria te perguntar, Charley, se você me daria a honra de se casar comigo.

– *Sério?* – repetiu ela. – Isso é um pedido de casamento?

– É, sim.

– Tem certeza? – Ela franziu o cenho.

– Tenho, querida. Então, o que acha? Vamos colocar meu sobrenome nesse bebê? Oficializar as coisas? Anunciar nosso casamento no churrasco de amanhã?

– Ai, Matty... você não imagina como eu... – Charley balançou a cabeça, os olhos marejados. – Ei, não repara. São os hormônios. Só quero ter certeza de que está fazendo isso pelos motivos certos. Que é por causa de "nós", não do bebê. Porque, se não for, você sabe que não vai dar certo.

– Eu acho... – Matt coçou a cabeça. – Acho que é nosso destino ficarmos juntos.

– Sempre achei isso, mas tinha medo de dizer – respondeu ela baixinho.

– Então? – Matt ergueu a taça. – Aceita?

– Ah, Matty, é claro que eu aceito. Sim!

– Então é melhor irmos comprar uma aliança que você possa exibir amanhã.

Três horas depois, Matt estava de volta ao apartamento com Charley. Estava um caco. Tinham ido à Cartier, à Tiffany, depois outra vez à Cartier, e ela provara todas as alianças da porcaria da loja. Para ele, a única diferença entre a primeira aliança que ela gostou e a que acabou escolhendo foi o aumento exorbitante do preço. O resultado final custou o salário de quase seis meses – ele pagou no cartão – e pelo visto a deixou encantada.

Você vai aprender a amá-la...

Naquela noite, ao deitar a cabeça no travesseiro, as palavras da mãe foram o único conforto que ele encontrou.

O local do churrasco para comemorar as boas-novas, o clima e as pessoas eram muito familiares para Matt. Ele bebeu bem mais do que deveria – iam passar a noite na casa dos pais dele, mesmo – e quando anunciou o noivado e o futuro casamento, seus olhos se encheram de lágrimas. Diante daquela demonstração evidente de emoção, ninguém que estivesse assistindo teria duvidado do quanto ele amava sua noiva. Charley estava deslumbrante, com um vestido novo da Chanel comprado para a ocasião. Matt ficou com as costas doloridas de tanto receber tapinhas. Mais tarde, depois de os convidados partirem, quando restavam apenas os dois e seus pais, o pai de Charley disse algumas palavras:

– Não sei como expressar minha alegria hoje. E sei que os seus pais, Matt... nossos queridos amigos Bob e Elaine... sei que eles também estão sentindo a mesma emoção. E nós decidimos, nós quatro, que queremos dar a vocês um presente de casamento. Tem uma casa perto daqui, em Oakwood Lane, que seria perfeita para vocês: espaçosa, com um grande jardim para o bebê brincar... Matt, seu pai e eu vamos conversar com o corretor amanhã. Queremos comprar a casa para vocês.

– Ah, nossa, Matty! – Charley se virou para ele, felicíssima, e segurou sua mão. – Não é o máximo? Vamos ter os avós pertinho de babá!

Todos riram, menos Matt, que se serviu um pouco mais de champanhe.

Mais tarde naquela noite, depois de percorrerem o trajeto de dez minutos até a casa dos pais de Matt, a mãe o encontrou na varanda, sozinho.

– Está feliz, meu amor?

– Estou, mãe – respondeu ele, percebendo o timbre desanimado da própria voz. Corrigiu-se. – É claro que estou, por que não estaria?

– Por nada. – Ela tocou o ombro dele. – Eu só quero que o meu menino seja feliz.

Elaine atravessou a varanda, depois se voltou e encarou Matt. Tudo na linguagem corporal do filho contradizia suas palavras. Ela deu um suspiro. A vida era assim mesmo, pensou. Mais tarde, deitada ao lado do marido, sem conseguir dormir, avaliou os últimos 39 anos de uma vida que, vista de fora, não poderia ser mais perfeita. Mas seu coração sentia outra coisa; seu casamento era uma farsa conformista.

E o filho estava rumando para o mesmo sofrimento.

O verão passou tranquilo na baía de Dunworley; houve dias quentes o bastante para Grania levar Aurora à praia e nadar no mar, e outros de chuva fina que, em vez de encharcar, os deixava cercados de névoa. Aurora parecia adaptada e satisfeita; passava bastante tempo na fazenda com John e Shane, ia a Cork comprar roupas novas com Kathleen e curtia pequenas excursões a pontos turísticos do litoral com Grania. Quando não estava com Aurora, Grania ficava trancada no ateliê aperfeiçoando os estudos de sua modelo em diferentes e graciosas posições.

Certo dia de agosto, Grania se espreguiçou e se levantou da bancada. Não havia mais nada que pudesse fazer com as estátuas sem estragá-las. Estavam prontas. Sentiu uma breve onda de entusiasmo ao embrulhar com cuidado cada uma para levá-las até Cork e mandar banhá-las em bronze. Isso feito, sentou-se diante da bancada de novo, sentindo-se vazia e desanimada. O projeto tinha proporcionado uma fuga da estranha dormência que sentia agora. Era como se não conseguisse se conectar com o resto do mundo, como se estivesse olhando através de um véu, e suas emoções geralmente intensas estivessem abafadas. Naquele momento, se sentia uma cópia em preto e branco de seu antigo eu em cores.

Claro que o fato de que Aurora em breve se tornaria sua filha – ela já fora entrevistada pelas autoridades irlandesas junto com a menina – era um acréscimo maravilhoso e positivo à sua vida. Tentou se concentrar nisso, em vez de nos outros aspectos mais complexos da questão. Pois, por mais que amasse os pais, não queria continuar morando com eles para sempre. A Casa Dunworley estava em plena reforma, mas mesmo quando estivesse terminada, não tinha certeza se ficaria à vontade morando lá. Além do mais, Aurora era tão feliz na fazenda, e não ia gostar da ideia de se mudar. E nem seria bom, enquanto ela ainda estivesse superando a perda do pai.

Por ora, portanto, Grania parecia estar empacada.

Em setembro, Hans voltou à Irlanda, e os três compareceram ao tribunal de família de Cork para concluir o processo formal de adoção.

– Bem, Aurora – disse Hans depois, durante o almoço. – Você tem oficialmente uma nova mãe. Como se sente?

– Maravilhosa! – Aurora deu um abraço apertado em Grania, antes de completar: – E uma nova avó e um novo avô e... – Ela coçou o nariz. – Acho que o Shane agora é meu tio. Né?

– Isso mesmo – respondeu Grania, sorrindo.

– Será que eu posso começar a chamar eles de vovó e vovô... e tio Shane? – Aurora deu uma risadinha.

– Acho que sim – respondeu Grania.

– E você, Grania? – Aurora ficou tímida de repente. – Posso chamar você de mamãe?

– Minha querida. – Grania ficou comovida. – Se você quiser me chamar assim, vai ser uma honra.

– Agora estou me sentindo excluído – disse Hans, fazendo biquinho. – Pelo visto eu sou o único sem um parentesco oficial com você, Aurora!

– Deixa de ser bobo, tio Hans! Você é meu padrinho! E sempre será meu tio de consideração.

– Obrigado. – Ele encarou Grania com os olhos brilhando. – Fico feliz.

Hans participou do jantar que Kathleen preparou para comemorar a entrada oficial de Aurora na família. Terminada a refeição, levantou-se e disse que precisava voltar ao hotel em Cork, pois seu voo para a Suíça sairia cedo na manhã seguinte. Deu um beijo de despedida na afilhada, agradeceu a Kathleen e John, e Grania o acompanhou até o carro.

– É bom ver a menina tão feliz. Ela tem sorte de esse lar ser tão amoroso.

– Bem, como minha mãe diz, Aurora também animou a vida deles.

– E você, Grania? – Hans parou antes de entrar no carro. – E os seus planos?

– Não tenho plano nenhum – respondeu ela, dando de ombros.

– Por favor, lembra que Alexander não queria que Aurora atrapalhasse o seu futuro. Eu já vi como ela está feliz vivendo aqui. Se você algum dia quiser mudar de vida, duvido que prejudique Aurora.

– Obrigada, Hans, mas eu não tenho o que mudar. *Esta* é a minha vida.

– Então devia arrumar outra. Quem sabe ir a Nova York em breve? Grania... – Ele pôs a mão no ombro dela. – Você é jovem e talentosa demais para se enterrar aqui. E não use Aurora como desculpa para desistir. Cabe a cada um de nós criar o próprio destino.

– Eu sei, Hans.

– Me perdoe o sermão, mas acho que você está sofrendo. E que os últimos meses a afetaram mais do que pensa. Vejo que está melancólica, e precisa sair dessa. E para fazer isso às vezes é preciso engolir o orgulho, o que eu sei que é bem difícil para você. – Ele sorriu, beijou seu rosto e entrou no carro. – Se cuida, e lembra que qualquer coisa, é só me ligar. No que eu puder ajudar, seja pessoal ou profissionalmente, ajudarei.

– Obrigada.

Grania se despediu com um aceno, triste por vê-lo partir. Tinham se tornado amigos, ao longo dos últimos meses, e Grania respeitava a opinião dele. Hans era um homem sábio, e parecia ter um talento certeiro para apontar e expressar os pensamentos e temores mais íntimos dela.

Talvez devesse *mesmo* voltar para Nova York...

Grania bocejou. Como dissera Scarlett O'Hara em seu filme mais famoso, pensaria nisso amanhã. O dia tinha sido longo.

Quando os ventos frios do Atlântico começaram a soprar mais uma vez pelo litoral de West Cork e as lareiras nas casas voltaram a ser acesas, Grania deu início a uma nova série de esculturas. Dessa vez usou como modelo Anna, avó de Aurora, e escolheu o quadro da *Morte do cisne*, que estava na sala de jantar da Casa Dunworley, para lhe dar uma forma física. Lembrou-se de como tinha sido sua escultura do "cisne" que levara seu caminho a cruzar com o de Matt. Havia uma ironia triste no título daquele novo trabalho. Mas pelo menos, em meio à adversidade, ela havia encontrado o seu *métier* específico. A elegância e a graça das bailarinas a inspiravam e combinavam com suas habilidades como escultora.

O aniversário de 9 anos de Aurora caía no final de novembro e, quando Grania soube que o English National Ballet ia se apresentar em Dublin, comprou ingressos sem dizer nada. Como sabia que aconteceria, a menina ficou louca de animação.

– Grania! É o melhor presente que eu já ganhei! E além disso é *A bela adormecida....* o *meu* balé!

Grania reservou um quarto no Jurys Inn de Dublin, pensando que poderiam aproveitar para fazer compras enquanto estavam na cidade. Observar a expressão feliz de Aurora enquanto assistia ao balé lhe deu mais prazer do que o espetáculo em si.

– Ah, Grania... – comentou a menina em um tom sonhador quando estavam deixando o teatro. – Eu já decidi: mesmo amando os bichos e a fazenda, serei bailarina. Um dia quero dançar o papel da princesa Aurora.

– E vai dançar, meu amor.

No hotel, Grania deu um beijo de boa noite em Aurora e se deitou na cama de solteiro ao lado. Quando apagou a luz, uma vozinha soou na escuridão:

– Grania?

– Hmm?

– Eu sei que Lily sempre odiou balé, mas, se odiava mesmo, por que me deu o nome de uma princesa de um balé?

– Muito boa pergunta, Aurora. Vai ver ela não odiava de verdade.

– É...

Fez-se um silêncio prolongado. Então:

– Grania?

– Oi, Aurora.

– Você é feliz?

– Sou. Por quê?

– Porque... às vezes eu te acho muito triste.

– Ah, é? – Grania estava chocada. – É claro que eu sou feliz, meu amor. Tenho você, meu trabalho e minha família.

Outra pausa.

– É, eu sei. Mas não tem um marido.

– Não, não tenho.

– Bom, devia ter. Acho que o papai não ia gostar de saber que você está sozinha. E solitária – repreendeu Aurora.

– É fofo você dizer isso, meu amor. Mas eu estou bem, sério.

– Grania?

– Oi, Aurora. – Ela suspirou, agora cansada.

– Você amou alguém antes do papai?

– Amei, sim.

– E o que houve?

– Bom, é uma longa história, e a verdade é que... eu não sei muito bem.

– Ah. E não devia tentar descobrir?

– Aurora, você é que devia dormir. – Grania queria pôr fim àquela conversa. Era desconfortável demais. – Está tarde.

– Desculpa. Só mais duas perguntas. Onde ele morava?

– Em Nova York.

– E qual era o nome dele?

– Matt. O nome dele era Matt.

– Ah.

– Boa noite, Aurora.

– Boa noite, mamãe.

40

Charley estava no sexto mês de gestação. Irradiava saúde, e suas roupas de grife para gestantes eram igualmente exuberantes. A compra da casa, a três ruas tanto da residência dos pais de Matt quanto dos de Charley, fora concluída. Charley estava muito ocupada tocando uma reforma completa, embora Matt considerasse a casa ótima como era. Ela já havia começado a licença-maternidade, e passava a maior parte do tempo na casa dos pais para acompanhar de perto a obra. Matt ficava aliviado; assim tinha um pouco de espaço para respirar e tempo para se concentrar no trabalho. Os dois tiveram discussões acaloradas porque ele se recusava a trabalhar com o pai no fundo de investimentos, mas Matt sentia que precisava conservar pelo menos alguma coisa de sua vida – a identidade que se esforçara tanto para criar parecia estar se esvaindo.

Ele estava se perdendo...

Também havia começado a separar seus pertences para se mudar para a casa nova. As coisas de Grania ainda estavam lá. Matt não tinha ideia do que fazer com elas. Talvez devesse apenas encaixotá-las, mandar para um guarda-móveis e enviar o endereço para Grania. Se não as quisera até então, era pouco provável que voltasse a querer. Além do mais, pensou ele com frieza, com certeza o novo marido ajudara a comprar de volta todo o necessário.

Só queria que o amor e o sofrimento da ausência dela se transformassem em raiva. Às vezes acontecia – ele ficava realmente bravo –, mas não durava muito.

Matt decidiu sair e tomar café da manhã na rua. Foi se sentar em uma pequena cafeteria, onde tomou um café com leite enquanto comia um bagel.

– Oi, Matt. Como vai?

Ele ergueu os olhos e viu Roger, amigo de Grania, junto à sua mesa.

– Tudo bem, tudo bem – respondeu, assentindo com todo o entusiasmo de que foi capaz. – Está morando por aqui, Roger?

– Estou, eu amo este bairro. E a sua namorada, como vai?

– A Charley, você quer dizer?

– É, a Charley.

– Ela vai bem. A gente... – Matt enrubesceu. – A gente vai casar.

– Vai mesmo? Parabéns!

– Depois que ela tiver o bebê.

Matt pensou que o melhor era contar tudo logo. Não havia por que mentir.

– Que ótima notícia! – Roger sorriu. – Para ser sincero, eu sabia que vocês estavam tentando. Depois que vi a Charley no seu apartamento naquela noite, lembrei de onde a conhecia. Eu trabalho na clínica de fertilidade, e ela esteve lá. Pode falar que ela é uma mulher de sorte. Apesar do avanço da medicina, poucas conseguem engravidar, mesmo com o melhor tratamento.

Matt balançou a cabeça, sem entender.

– Você viu a Charley na clínica de fertilidade?

– É, com certeza. Mas entendo que muitos casais não querem falar disso. Enfim, boa sorte com tudo.

– Obrigado.

– A gente se vê, Matt.

– É, até mais.

Roger se virou para sair do café.

– Roger? Você lembra quando foi isso?

Ele coçou a cabeça.

– Em meados de maio, eu acho.

– Tem certeza?

– Quase certeza, mas... algum problema? – Ele soou confuso.

– Não, ahn... Deixa pra lá.

Matt voltou a pé para o apartamento. Roger devia ter se enganado, certo? Por que Charley teria ido à clínica de fertilidade em meados de maio? A não ser que...

O celular tocou e ele atendeu automaticamente.

– Oi, Matt, é a mamãe. Como vai o futuro papai?

– Ahn...

– Filho, está tudo bem?

– Olha, mãe, eu não sei. Acabei de descobrir uma coisa...

– O quê, Matt, o que aconteceu?

– Caramba, mãe... não sei se consigo contar.

– Matty, você sabe que pode me contar qualquer coisa.

– Tá, mas aviso logo que não tenho nenhuma prova. É que acabei de cruzar com um amigo médico, e ele me disse que viu Charley na clínica de fertilidade onde trabalha. Ele a reconheceu quando passou no meu apartamento para deixar um livro. Disse que foi por volta de maio... a época em que... Droga, mãe! Ele deve ter se enganado, mas... fiquei confuso. Ele tinha bastante certeza de que era ela. Você acha que...

Algum tempo se passou antes de Elaine responder. Por fim, ela suspirou e disse:

– Não, eu não "acho". Escuta, Matt, tem uma coisa que eu não te contei. Quer passar aqui?

– Estou indo.

– A Charley teve um problema quando era adolescente e começou a... quando virou mulher. – As bochechas de Elaine coraram de leve. – Sentia muita dor todo mês... a ponto de ter que faltar aula. Então a mãe a levou para ver um especialista. Ele diagnosticou Charley com endometriose, que é quando a mulher tem cistos nos ovários, entre outros sintomas. Ele disse na época que seria bem difícil que Charley conseguisse engravidar naturalmente, ou até mesmo com tratamento. Eu só sei disso porque a mãe dela veio falar comigo. Estava arrasada que a menina talvez não pudesse ter filhos. Eles não contaram para mais ninguém... não é o tipo de coisa que se sai espalhando no country club, principalmente quando se espera que a filha faça um bom casamento. Charley começou a tomar pílula, e isso ajudou a controlar a dor. E a mãe dela nunca mais tocou no assunto.

Matt deu um assobio.

– Entendi.

– Meu bem, estou quebrando uma promessa de manter segredo, e talvez perdendo uma amizade também. Pode não mencionar meu nome se for falar com a Charley? – implorou Elaine. – Porque tem muita chance de o seu amigo médico ter razão. E embora vá ser difícil para mim, se a mãe da Charley descobrir que te contei, não vou deixar meu menino ser enganado em algo tão importante.

Uma raiva incomum surgiu no olhar de Elaine. Matt afagou sua mão.

– Não se preocupe, mãe, não vou dizer nada. Agora preciso pensar no que fazer. Se a Charley tiver... se ela tiver... droga! Eu não entendo, não entendo mesmo. Preciso de um tempo para pensar antes que ela volte para casa. – Ele se levantou e abraçou a mãe. – Obrigado mesmo por ter me contado. Te ligo em um ou dois dias.

Ao dirigir de volta para Manhattan, a mente dele era um verdadeiro turbilhão. Não sabia o que pensar, o que sentir... Na melhor das hipóteses, fora uma infeliz coincidência Charley ter decidido que queria um bebê e ele ter se embriagado naquela noite. Que inferno! Sequer lembrava se tinha *mesmo* transado com ela... Será que Charley fizera algum tratamento para aumentar as chances? Teria orquestrado aquilo tudo, e ele sido apenas uma vítima inocente do desejo dela de ser mãe...?

As alternativas eram infinitas, e infinitamente confusas. Matt sabia, ao abrir a porta do apartamento, que essas perguntas só podiam ser respondidas por uma pessoa. E mesmo assim não tinha a menor ideia se ia escutar a verdade.

Charley chegou em casa mais tarde naquela noite toda animada por estar se dando bem com o designer de interiores contratado, e por terem tido ótimas ideias para a casa nova.

Matt mal conseguiu falar com ela. Precisava organizar seus pensamentos antes de confrontá-la. Sabia que não podia lidar com a situação estando com raiva. Charley ficaria na defensiva, e as chances de ser sincera diminuiriam. E embora tivesse muitos indícios contra ela, Charley era inocente até que se provasse o contrário.

Matt passou a noite aquiescendo e sorrindo nos momentos certos. Foram para a cama e Charley se inclinou para beijá-lo.

– Boa noite, amor. Estou tão animada com o nosso futuro... – Ela se virou para apagar a luz.

Então Matt não conseguiu mais se conter e acendeu a luz de novo.

– Charley, a gente precisa conversar.

– Ué, tudo bem, amor. – Ela se sentou na cama e segurou a mão dele. – Está nervoso de virar papai? Não se preocupe, Matty, o médico falou que é normal ficar assim. Ele disse que...

– Charley, eu preciso te perguntar uma coisa. E preciso que você me diga a verdade. – Matt a encarou, sério. – Não importam as consequências, seja sincera, tá bom?

– Claro, amor. Eu nunca mentiria para você.

– Certo... – Matt respirou fundo. – Você fez um tratamento de fertilidade em maio para ajudar a engravidar?

Matt não desviou o olhar do rosto dela. Sabia que, naqueles primeiros segundos, antes de o cérebro entrar em ação para inventar uma história, a verdade transpareceria em seus olhos.

– Eu... Nossa, amor! – Ela abriu um sorriso nervoso.

Naquele instante Matt soube que ela o havia enganado.

– Nossa, Charley! Eu não sei como, nem por quê, mas você fez um tratamento, não fez? Seja sincera, porque preciso saber o que aconteceu.

Ele continuou encarando-a. Charley hesitou por alguns segundos, sem saber como reagir, então começou a chorar.

– Ai, Matty... como você descobriu?

– Encontrei o Roger ontem. Ele nos deu os parabéns pelo sucesso dos nossos planos. Mas "como" não importa, eu...

– Tá! Eu fiz o tratamento, mas não queria te enganar nem te encurralar. Sempre falei que ia ter o bebê sozinha. Lembra? – argumentou ela, desesperada. – Lembra quando a gente conversou? Eu te disse que ia ter o bebê de qualquer jeito. Foi um milagre, Matty, depois de tantos anos pensando que eu nunca teria um filho. Quando engravidei... Ai, Matty, me perdoa. Por favor, eu te amo!

– Charley, olha para mim. – Matt segurou as mãos dela. – Foi coincidência você ter engravidado quando a gente transou? Ou foi planejado?

– Ai, eu sei que fiz besteira, mas...

– Preciso te perguntar... – Ele sabia que não estava dando a Charley nenhuma chance de se explicar, mas havia uma pergunta vital a ser respondida. – Esse bebê é meu? – Ele a encarou novamente, mas ela desviou os olhos. – A gente transou? Naquela noite...? Mas que droga, Charley! Me responde. Eu *sou* o pai do seu bebê?

Charley parou de chorar e ficou olhando para a parede. Matt se levantou da cama e começou a andar pelo quarto.

– Eu preciso saber *agora*, preciso mesmo. – Ele se virou de novo para encará-la. – E preciso confiar que você vai me dizer a verdade.

Toda a energia de Charley pareceu se esvair. Ela balançou a cabeça devagar.

– Não, Matt, você não é o pai.

– *Merda!* – Naquela hora, ele teve que se esforçar para não perder o controle. Respirou fundo algumas vezes para se acalmar. – Então quem é o pai?

– Eu não sei o nome dele. – Ela deu de ombros. – Mas, Matty, não é o que você está pensando.

– Que inferno, Charley! Como não é o que eu estou *pensando*? Você transou com outro cara e ia fingir que o filho dele era meu?

– NÃO! Não foi isso! – gritou ela, angustiada. – Eu não sei o nome dele porque escolhi um doador, e só tinha um perfil de DNA. Nada mais.

– O quê? – Matt balançou a cabeça. – Eu devo ser um idiota, porque juro que não faço ideia do que você está falando.

– Tudo bem. – Charley aquiesceu, tentando se acalmar. – O pai do bebê é um doutorando de 28 anos que mora na Califórnia. Ele é moreno, tem olhos castanhos e 1,78 metro de altura. Nunca teve nenhuma doença grave, e tem um QI acima da média. É esse o perfil genético dele, e é só isso que eu sei.

Matt se sentou na cama; estava começando a entender.

– Então você procurou um banco de sêmen e escolheu um perfil de DNA anônimo para ser o pai do seu filho? E foi inseminada com esse material?

– Isso.

– Tá.

Eles ficaram sentados em silêncio por um tempo enquanto Matt tentava compreender aquela história.

– Então onde é que eu entro nisso tudo? Eu fazia parte do plano desde o início?

– Matty... – Charley estava pálida e já não tinha mais lágrimas para chorar. – Eu tinha decidido fazer isso muito tempo atrás. Meses antes de me mudar para cá.

– Então vamos ser bem claros: eu só estava por perto, um bobalhão que você podia fazer passar pelo pai? – disse Matt com amargura.

– Não! Eu te amava, Matty, e ainda te amo! – Charley esfregou as mãos. – E naquela noite, um dia depois de eu fazer o tratamento... é, você pode chamar de coincidência. Você estava bêbado e carinhoso, e me disse umas coisas bem fofas. E eu pensei...

– Charley, a gente transou mesmo naquela noite? Porque não tenho a menor lembrança. E por mais bêbado que eu estivesse, isso nunca me aconteceu.

– Não. Pelo menos não de um jeito que pudesse ter gerado um filho – confessou Charley. – A gente se beijou e deu uns amassos, mas você não estava em condições de...

– De te comer?

– É, de "me comer" – disse ela com amargura.

– Meu Deus! Então por que você falou que sim? E por que toda aquela culpa... por que todas aquelas mentiras? Caramba, Charley! Que crueldade!

– Chega, Matt! – Os olhos dela faiscaram com uma raiva súbita. – Eu assumo a culpa até certo ponto, mas o que eu te disse que aconteceu naquela noite não foi tudo mentira. Você foi carinhoso, fofo... me beijou e me tocou... me disse que eu era linda, que você me amava... – A voz dela embargou de repente, ela parou e então retomou: – Mesmo que você não tenha... ficado excitado, eu esperava no mínimo uma ligação ou uma mensagem no dia seguinte. Pensei que talvez você pudesse gostar de mim como eu gostava de você. Só que... nada. Eu me senti uma vagabunda que você só usou por uma noite.

– Tem razão – admitiu Matt. – Eu fui um babaca, Charley. E peço desculpas. Mas isso não justifica você mentir para mim sobre... – Ele apontou para a barriga dela. – *Sobre isso.*

– Eu juro que não sabia que estava grávida, que o tratamento tinha dado certo, até pouco antes de você voltar do congresso e a gente sair para jantar. Pode ter sido os hormônios, ou o choque, ou a combinação de saber que seria mãe e que ficar comigo não tinha significado mais para você do que ficar com qualquer outra mulher. Que você nunca tinha me amado como eu te amo. E nunca ia amar. Eu fiquei tão magoada, Matt, com o jeito como você me tratou. E... acho que eu quis te punir.

Mais calmo agora que conhecia os fatos, Matt escutou em silêncio.

– Aí, quando percebi que você iria sempre amar a Grania, e não a mim, comecei a tomar decisões para a minha vida. Eu queria mesmo ter o bebê de qualquer jeito, como te falei quando a gente conversou, uma semana depois. Tinha me conformado em continuar fazendo isso sozinha. Aí você falou: por que a gente não tenta? Não só com o bebê, mas também com nós dois. Nossa, Matt, quase morri de felicidade. Era o meu sonho se realizando. Tudo pareceu tão certo. Todos aqueles anos te amando... – Charley suspirou. – Depois você me pediu em casamento, e eu comecei mesmo a acreditar que a gente podia dar certo. – Ela se aproximou de repente e o abraçou com força. – E ainda pode, não pode, Matty? Por favor, sei que menti, mas...

Matt se desvencilhou do abraço dela.

– Preciso sair daqui para respirar um pouco de ar puro.

– Matty, por favor. – Ela o observou se vestir. – Você não vai me deixar agora, vai? A gente já contou para todo mundo, a casa está comprada, e o bebê...

Matt saiu batendo a porta e desceu as escadas. Lá fora, correu pela calçada, marchando até chegar ao Battery Park. Recostou-se na grade do parque e olhou para as luzes que piscavam no rio Hudson. Uma fauna humana – aqueles que apreciavam a cobertura da noite –, silhuetas escuras de bêbados, amantes e adolescentes inquietos, se agitava ao redor. Matt acalmou a respiração e tentou processar a sequência de acontecimentos que o conduzira até ali.

Não era só o que Charley tinha *feito*, mas seus motivos. Será que aquela armadilha fora planejada? *Será* que a decisão de fazer um tratamento de fertilidade não tinha *mesmo* a ver com ele? Estavam morando juntos durante o procedimento... e ela confessara que o amava... será que ele acreditava que fosse tudo *coincidência?*

Mesmo que fosse, isso não eximia Charley de ter mentido que o bebê era dele. Mentido descaradamente. Não só isso, mas o acusara de algo que ele nem sequer tinha feito.

Seu lado psicólogo entendia que qualquer pessoa que cometesse um erro faria tudo ao alcance para relativizar seus atos. Sempre existia uma desculpa perfeitamente válida, um motivo no qual o próprio mentiroso *acreditava* para justificar seu comportamento. Mas, de qualquer ângulo que avaliasse o que Charley tinha feito, pensou Matt com um suspiro, havia poucas desculpas. O que piorava tudo era a disposição dela de viver aquela mentira pelo resto da vida. Ele talvez jamais ficasse sabendo que o filho que sem dúvida amaria não era de fato dele.

Pensar nisso lhe deu náuseas.

Ele caminhou junto ao rio por algum tempo, tentando processar os fatos.

Se deu conta de que também precisava aceitar sua participação naquilo tudo; a mágoa ao saber que Grania tinha se casado o fizera reagir por instinto naquela noite no restaurante. Sua súbita disposição de ficar ao lado de Charley piorara a situação e conduzira, em parte, ao ponto em que estavam agora.

Ela tinha *mesmo* dito que estava disposta a ter o bebê sozinha. Foi *ele* quem recusou a ideia e sugeriu que tentassem um relacionamento. E agora percebia também que não fazia ideia do que Charley sempre sentira por ele. Ao conhecer Grania, ficou tão apaixonado que praticamente não pensou em Charley ao terminar o namoro.

Matt estremeceu diante da confusão que haviam criado. Mas será que os comos e porquês importavam, afinal? O que precisavam era decidir o que fazer agora, não?

Ele considerou as alternativas.

Bem, podiam continuar como estavam – como Charley dissera, ele agora sabia a verdade. Não a amava – nunca amara – e nesse sentido já estava *vivendo* a mentira. O que havia mudado, porém, era o fato de que o bebê não era dele.

Matt suspirou ao se lembrar do instinto protetor que sentira no começo da gravidez de Grania; toda vez que pensava no bebê e na sua chegada iminente, sentia o estômago se revirar de expectativa. Queria proteger Grania com cada fibra do corpo enquanto ela estava naquela condição vulnerável. Não sentira nada sequer semelhante por Charley ou pelo bebê que crescia dentro dela. Apenas resignação. Será que aprenderia a amar a criança, se cuidasse dela como se fosse sua? Matt mordeu o lábio. Ou será que a encararia com ressentimento? Ele estava sempre dando palestras sobre como os pecados dos pais tinham impacto na vida dos filhos. Sabia o efeito que isso podia ter, e com certeza não queria cair na mesma armadilha.

Por fim, quando um sol preguiçoso começava a se erguer na linha do horizonte de Nova Jersey, Matt voltou devagar para casa. Ainda não tinha decidido nada, e continuava sem a menor ideia do que dizer a Charley. Mas pelo menos estava mais calmo.

Quando chegou, o apartamento estava vazio. Sobre a escrivaninha havia um envelope endereçado a ele.

Matt,

Fui embora. Desculpa ter te enganado, mas você também teve um papel nessa confusão. Estou facilitando tudo para nós dois e para o bebê. Todos nós merecemos coisa melhor.

A gente se vê,
Charley

Matt suspirou aliviado. Charley tomara a decisão por ele. E por isso, pelo menos, ele era grato.

41

O inverno começou. Pela janela do ateliê, nuvens velozes coloriam a paleta crua da baía de Dunworley com diferentes tons de azul e cinza. A coleção de esculturas de Grania foi crescendo conforme trabalhava sem descanso, às vezes até tarde da noite.

– Você não vai fazer nada com essas esculturas, Grania? – perguntou Kathleen certa tarde quando levou Aurora para visitá-la no ateliê. – Não sou nenhuma especialista, filha, mas até eu acho que elas são especiais. – Kathleen se virou para ela com um olhar impressionado e orgulhoso. – E são seus melhores trabalhos até hoje.

– Elas são lindas, mamãe. – Aurora roçou os contornos de suas esculturas. – Mas a vovó tem razão. Não adianta deixar elas aqui sem ninguém ver. Devia colocar numa galeria, onde as pessoas vão poder comprar. Eu quero que as pessoas me vejam! – disse ela, e riu.

Imersa em uma nova escultura, Grania meneou a cabeça, distraída.

– É, talvez eu coloque.

– Vamos para casa tomar um chá, Grania? – chamou Kathleen.

– Daqui a pouco, mãe. Quero só terminar este braço.

– Bom, não demore muito – falou Kathleen com um muxoxo. – Estamos sentindo sua falta à mesa, não é, Aurora?

– É – concordou Aurora. – Você está pálida, mamãe. Não está, vovó?

– Está mesmo.

– Eu falei que desço já, já – disse Grania com um risinho. – Jesus! Basta minha mãe me atazanando, não preciso de uma filha que faça isso também.

– Nos vemos então – assentiu Kathleen, e partiu com Aurora.

Soprava um vento frio quando as duas desceram a trilha do penhasco.

– Vovó?

– Oi, Aurora.

– Estou preocupada com a mamãe.

– Eu também, querida.

– O que você acha que ela tem?

– Bem... – Kathleen aprendera que era inútil tentar enganar Aurora com banalidades. – Se quer mesmo saber, eu acho que ela está com saudade de ter alguém. Não era para Grania estar sozinha.

– O namorado dela antes do papai... mamãe disse que o nome dele era Matt. Você sabe o que aconteceu? Por que ela deixou ele lá em Nova York e veio aqui para a Irlanda?

– Ah, Aurora, bem que eu queria saber. Mas quando Grania encasqueta com alguma coisa, ninguém consegue fazer nada. E ela não quer nem falar no assunto.

– Ele era um cara legal?

– Era um cavalheiro – respondeu Kathleen suavemente. – E era louco por Grania.

– Acha que ele ainda é?

– Bom, pelo número de vezes que ele ligou para casa quando ela deixou Nova York, acho que era, sim. Já agora... – Kathleen suspirou. – Quem sabe? É uma pena Grania não ter conversado com ele na época. Dá para resolver muita coisa com um chá e uma boa conversa.

– Mas a Grania é muito orgulhosa, né?

– É mesmo, querida. Agora vamos apressar o passo. – Kathleen estremeceu quando o vento apertou. – Está muito frio para ficar fora de casa.

Hans ligou para Grania alguns dias depois, para saber dela e de como estava indo a reforma da Casa Dunworley.

– Também queria saber se você pode me encontrar em Londres na semana que vem. Um amigo meu tem uma galeria na Cork Street. Falei sobre você e sobre o seu trabalho, e ele quer muito te conhecer. Além do mais – emendou ele –, talvez te faça bem tirar uns dias de folga. Posso aproveitar para te mostrar a casa em Londres que faz parte da herança materna de Aurora.

– É muita gentileza sua, Hans, mas...

– Mas o que, Grania? Vai dizer que não consegue encaixar isso na sua agenda lotada?

– Está debochando de mim, Hans? – Grania abriu um sorriso sarcástico.

– Talvez um pouco. Mas, como um bom advogado, estou só seguindo as instruções do testamento do meu cliente. Vou reservar um voo pra você na quarta que vem, e um hotel, enviarei os detalhes por e-mail.

– Se você insiste... – Grania suspirou, se rendendo.

– Insisto. Tchau, Grania, te mando notícias.

Pouco tempo depois, Grania usou o computador da casa para checar seus e-mails e os detalhes do voo para Londres que Hans tinha reservado.

Aurora se aproximou por trás da mãe e enlaçou seus ombros.

– Para onde você vai, Grania?

– Para Londres, encontrar Hans.

– Que bom, você precisa de uma folga.

Aurora ficou encarando a tela enquanto Grania digitava o número de seu passaporte para fazer o check-in on-line.

– Posso digitar pra você?

– Você sabe digitar?

– É claro que sei. Eu ajudava o papai o tempo todo.

Grania se levantou e a deixou se sentar. Aurora deu uma risadinha ao ver a foto do passaporte enquanto digitava os detalhes com desenvoltura.

– Você saiu engraçada!

– Espertinha – rebateu Grania, sorrindo. – Duvido que a sua seja muito melhor.

– Você está com o meu passaporte?

– Sim, está aqui na pasta junto com o meu.

– Pronto, acabei. Clico em "imprimir"? – perguntou Aurora.

– Sim, por favor. – Grania recolocou o passaporte na pasta junto com o da menina e tornou a guardá-los na escrivaninha. – Hora de dormir, mocinha.

Aurora subiu a escada relutante, escovou os dentes e foi para a cama.

– Eu estava brincando sobre a foto – disse Aurora. – Você é linda, mamãe.

– Obrigada, meu amor. Eu também te acho linda.

– Mas se você não arrumar um namorado logo, daqui a pouco vai estar velha e ninguém vai te querer. Ai! – Aurora riu quando Grania lhe fez cócegas.

– Muito agradecida. O problema é que eu não quero ninguém.

– E o Matt? Que você me falou que mora nos Estados Unidos? Você o amava, né?

– Amava, sim.

– Eu acho que ainda ama.

– Talvez... – Grania suspirou. – Mas não adianta chorar sobre o leite derramado, não é? – Ela deu um beijo em Aurora. – Boa noite, querida, durma bem.

– Boa noite, mamãe.

Na quarta-feira de manhã, Grania foi de carro até o aeroporto de Cork e pegou o avião para Londres. Hans a aguardava no portão de desembarque, e juntos seguiram de táxi até o hotel Claridge.

– Minha Nossa Senhora! – exclamou Grania ao entrar na linda suíte que Hans havia reservado. – Deve ter custado uma fortuna! Você está me mimando.

– Você merece. Além do mais, agora é uma mulher rica com uma filha mais rica ainda, cujo patrimônio banca os meus honorários. Agora vou te deixar em paz para se organizar antes do jantar, e te encontro no bar lá embaixo às oito. Robert, o dono da galeria, vai nos encontrar às oito e quinze.

Grania tomou um bom banho de banheira, enrolou-se no roupão macio e bebeu uma taça do champanhe de cortesia na sala de estar lindamente decorada. E decidiu que, apesar de sua implicância com luxos, era tudo bastante agradável. Pôs o vestido preto curto de festa que comprara em uma loja de Cork na semana anterior – a mala que trouxera de Nova York não incluía nada elegante –, passou um pouco de rímel e de batom. Então pegou a escultura de Aurora que levara para mostrar ao galerista e foi ao encontro de Hans.

A noite foi bem agradável. Robert Sampson era uma boa companhia e ficou animado com o trabalho de Grania. Ela também tinha levado fotos das outras esculturas da série concluída recentemente.

– Grania – disse Robert enquanto tomavam um café –, acho que se você fizer mais umas seis esculturas nos próximos meses, vamos ter o suficiente para uma exposição. Ninguém te conhece em Londres ainda, e quero fazer uma primeira mostra grande. Vamos mandar convites para os melhores colecionadores e conhecidos na minha base de dados, e lançaremos você como o Nome do Momento. O mais empolgante é que você encontrou seu *métier*. A fluidez dessas esculturas é esplêndida. E rara – acrescentou ele.

– Acha mesmo que o meu trabalho merece tanto? – Grania estava lisonjeada com aquele entusiasmo.

– Acho, sim. É claro que gostaria de ir a Cork ver a série ao vivo, mas com base no que vi até agora, adoraria te representar.

– E Grania ser jovem e relativamente fotogênica deve ajudar também – disse Hans, piscando para ela.

– Claro – concordou Robert. – Se você não se importar com um pouco de publicidade.

– Se for ajudar, é claro que não me importo – afirmou Grania.

– Excelente. – Robert se levantou e lhe deu dois beijos no rosto. – Foi um prazer te conhecer, Grania. Pensa no que eu falei e, se estiver interessada, é só me escrever que vou até Cork para conversarmos melhor.

– Obrigada, Robert.

Depois de o galerista ir embora, Hans perguntou:

– Então, a noite foi um sucesso?

– Foi, e obrigada por ter me apresentado a ele – respondeu Grania, perguntando-se por que não estava tão empolgada quanto deveria.

Robert Sampson era um profissional influente no meio das artes plásticas. O fato de ele ter gostado do trabalho dela era um imenso elogio.

Hans reparou na hora.

– Algum problema?

– Não, é que... bom, acho que ainda não desisti totalmente de voltar para Nova York e para a carreira que tenho lá.

– Bem... – Hans afagou a mão dela enquanto rumavam para o elevador. – Talvez esteja na hora de seguir em frente.

– É.

– Então, sugiro que você gaste sua manhã com umas comprinhas leves. A Bond Street fica bem pertinho daqui e tem muitas lojas. Depois podemos nos encontrar para almoçar, e precisamos rever uma papelada chata. De tarde eu te levo para ver a casa de Aurora em Londres. Boa noite, Grania. – Hans deu um beijo afetuoso no rosto dela.

– Boa noite, Hans, e mais uma vez obrigada.

Na manhã seguinte, Grania estava examinando distraída as araras de roupas fabulosas na loja da Chanel e pensando que poderia comprar tudo que quisesse quando o celular tocou.

– Oi, mãe – atendeu ela, desatenta. – Tudo bem por aí?

– Não, Grania, não está tudo bem.

Ela ouviu o pânico na voz da mãe.

– O que aconteceu?

– É Aurora. Ela sumiu outra vez.

– Ai, não, mãe! – Grania sentiu um aperto no coração. Olhou para o relógio. Eram onze e meia. – Quanto tempo faz que ela sumiu?

– Não sabemos ao certo. Você sabe que ela disse que ia dormir na casa da Emily ontem?

– É claro que eu sei! Eu a deixei na escola ontem de manhã com uma mochila para a noite, lembra?

– Bom, ela não dormiu lá. A escola me ligou tem uns vinte minutos para perguntar se ela estava doente, já que não apareceu hoje. Eu liguei para a mãe da Emily, e ela falou que não tinha nada combinado para Aurora dormir lá ontem.

– Meu Deus, mãe! Então quando foi a última vez que alguém viu Aurora?

– Emily falou que ela saiu da escola ontem e disse que ia voltar a pé para a fazenda porque você estava em Londres.

– E ninguém a viu desde então?

– Não. Ela passou a noite toda sumida. Ai, Grania... – A voz de Kathleen falhou. – Para onde será que ela foi desta vez?

– Escuta, mãe. – Grania saiu da Chanel e começou a andar depressa pela rua. – Não estou ouvindo direito por causa dos carros. Vou voltar para o hotel e pensar um pouco. A culpa foi minha; não devia ter viajado. Olha o que aconteceu da última vez. Ligo em dez minutos.

Duas horas depois, Grania estava andando de um lado para outro do quarto de hotel, e Hans tentava inutilmente acalmá-la. John, Shane e Kathleen tinham passado o pente-fino nas proximidades e em todos os lugares que Grania tinha sugerido como esconderijo, mas não encontraram nada.

– Papai vai chamar a polícia – disse Grania; seu coração batia como um tambor descompassado. – Ai, Hans, meu Deus do céu, por que ela fugiu? Pensei que estava feliz lá na fazenda com mamãe e papai... Eu não devia ter deixado ela sozinha... Não devia ter deixado...

Ela se deixou cair no sofá, e Hans a abraçou.

– Por favor, minha querida, a culpa não é sua.

– É sim, porque é óbvio que subestimei o efeito da morte de Alexander.

– Bom, eu não entendo. – Hans suspirou. – Ela parecia tão tranquila.

– O problema é que Aurora é muito difícil de compreender, Hans. Ela é introspectiva, e parece muito adulta sob vários aspectos... Pode ter camuflado o sofrimento. E se... e se ela tiver pensado que eu a abandonei e tiver metido na cabeça de ir se juntar aos pais? Eu disse que nunca ia abandoná-la, Hans, eu prometi... eu... – Grania começou a chorar no ombro dele.

– Por favor, você precisa manter a calma. Eu nunca vi uma criança com menos tendências suicidas do que Aurora. Além do mais, foi ela quem te incentivou a vir a Londres, não foi?

– Foi – confirmou Grania, e assoou o nariz. – Ela incentivou mesmo.

– E tenho certeza de que isso não tem nada a ver com o estado emocional de Aurora – acrescentou ele.

– Bem, se não é isso, o que pode ter acontecido com ela? – Grania levou uma das mãos à boca de repente. – E se ela tiver sido sequestrada?

– Infelizmente também pensei nisso. Aurora é uma menina muito rica. Se não tivermos notícia dela na próxima hora, vou falar com meu contato na Interpol e pedir para eles investigarem, só por garantia.

– Eu preciso pegar um voo de volta para casa.

– Claro.

– Hans, se tiver acontecido alguma coisa com aquela menina... – Grania esfregou as mãos. – Eu nunca vou me perdoar.

O celular tocou nessa hora e Grania atendeu às pressas.

– Mãe, alguma notícia?

– Sim. Graças aos céus! Aurora está bem.

– Ai, mãe, graças a Deus... graças a Deus! Onde ela estava?

– Bem, essa é a parte curiosa. Ela está em Nova York.

– Em Nova York?! Mas como... por quê... *onde?*

– Está com Matt.

Grania levou alguns segundos para absorver aquelas palavras.

– Ela está com *Matt?* O *meu* Matt?

– Sim, Grania, o seu Matt. Ele ligou tem uns dez minutos. Disse que tinha recebido um telefonema da companhia aérea querendo saber por que ele não foi ao aeroporto buscar uma menor chamada Aurora Devonshire, como combinado.

– *O quê?* – gritou Grania. – Como foi que ela...

– Grania, não adianta me perguntar. Eu não sei. Matt vai ligar de novo daqui a pouco, mas eu queria te avisar logo que ela está bem. Mas o que ela cismou de fazer, vamos descobrir depois.

– Sim, mãe, tem razão. – Grania soltou um longo suspiro de alívio e con-fusão. – Pelo menos ela está bem.

42

Matt tinha mesmo recebido um telefonema da Aer Lingus às dez horas daquela manhã. Escutou a funcionária perguntar por que não tinha ido ao aeroporto conforme o combinado para receber uma menina chamada Aurora Devonshire, que viera de Dublin como menor desacompanhada.

A princípio, ele não entendeu nada, e se perguntou se era alguma pegadinha. A companhia aérea pelo visto sabia seu nome, número de telefone e endereço, mas ele não fazia ideia de quem era aquela criança. Quando disse não saber nada daquele combinado, ouviu a funcionária começar a ficar nervosa.

– O senhor está dizendo que não conhece a menor? – perguntou ela.

– Ahn... – O nome soava familiar, mas ele não lembrava por quê.

– Um instante, senhor. – Ele escutou uma voz abafada do outro lado, e a funcionária então voltou à linha para explicar. – A Srta. Devonshire está dizendo que a Srta. Grania Ryan combinou tudo com o senhor.

– Ah, é? – Matt ficou pasmo.

– Foi o que ela disse. Se o senhor não puder vir buscar a Srta. Devonshire, nós teremos um problema.

– Não... tudo bem. Chego em quarenta minutos.

Durante o trajeto até o aeroporto, Matt ainda não tinha ideia do que estava acontecendo. Apesar disso, pelo menos o nome "Grania" era conhecido, então ele devia ter uma conexão com a criança, por mais vaga que fosse. E precisava no mínimo se informar melhor.

Chegando lá, dirigiu-se ao ponto de encontro indicado, onde se deparou com uma menina esguia e linda, de cachos vermelhos como fogo, tomando um sorvete de copinho da Ben & Jerry's. Estava acompanhada por uma funcionária da companhia aérea e por um segurança do aeroporto.

– Oi. Eu sou Matt Connelly – anunciou ele, hesitante.

A menininha largou o sorvete na mesma hora e se atirou nos braços dele.

– Tio Matt! Como você esqueceu que eu ia chegar? Grania prometeu que você ia estar me esperando. Sério... – Ela se virou para seus dois acompanhantes e deu um suspiro. – Tio Matt é muito avoado. Ele é professor de psicologia em uma universidade, sabiam?

O segurança e a funcionária sorriram, conquistados pelo charme da menina. Ela se virou de novo para Matt, e ele viu o brilho de alerta em seus olhos.

– Podemos ir para casa agora, tio Matt, para o seu apartamento? Estou doida para ver as esculturas de Grania. Mas... – Ela bocejou. – Estou muito cansada.

Lá estava aquela mesma expressão, que dizia: "Entre no jogo e me tire daqui."

– Tá bom... Aurora – concordou Matt. – Desculpa ter dado trabalho a vocês. Como ela falou, acho que eu sou meio esquecido. Cadê sua bagagem, querida? – indagou ele.

– Eu só trouxe isso. – Ela apontou para uma pequena mochila. – Você sabe que nunca trago muita coisa, tio Matt. Eu gosto quando você me leva para fazer compras. – Ela segurou a mão dele e abriu um sorriso encantador. – Vamos?

– Claro! Tchau, gente, e desculpem o atraso. Obrigado por terem cuidado dela.

– Tchau, Aurora! – O segurança acenou enquanto Matt se afastava com a menina. – Se cuida.

– Pode deixar.

Assim que saíram do campo de visão e do raio de escuta dos dois, Aurora disse:

– Desculpa, Matt. Eu explico tudo quando a gente chegar na sua casa.

Quando voltaram ao carro, Matt se virou para ela.

– Desculpe, querida, mas não vamos a lugar nenhum até você me dizer quem é e o que está fazendo aqui. Preciso garantir que isso não é um tipo de golpe em que eu acabo acusado de sequestrar uma criança. É melhor contar tudo logo.

– Tá bom, Matt, eu entendo, mas é uma longa história.

– Faz um resumo. – Matt cruzou os braços e a encarou. – Pode falar.

– Então, olha... – começou Aurora. – Foi assim: eu conheci Grania no alto do penhasco perto da minha casa em Dunworley, e aí, como o papai precisou viajar, ele pediu para ela cuidar de mim enquanto isso. E depois ele descobriu que ia morrer e pediu para a Grania se casar com ele, para ela virar minha madrasta e ser mais fácil me adotar. Então eles se casaram, ele morreu e Grania se tornou minha nova mamãe e...

– Peraí, Aurora! – Matt não estava entendendo nada. – Deixe eu ver se entendi: Grania Ryan adotou você, é isso?

– Isso. Tenho uma prova, se você quiser. – Aurora tirou a mochila das costas, enfiou a mão lá dentro e sacou uma foto na qual aparecia com Grania. – Toma.

Ela entregou a fotografia para Matt, que a examinou.

– Obrigado. Agora, segunda pergunta: o que está fazendo aqui em Nova York?

– Bom, Matt, lembra quando você ligou para a casa da vovó e do vovô para falar com a Grania e eu atendi?

Por isso o nome dela soara familiar.

– Lembro, sim.

– E eu falei que a Grania estava em lua de mel com meu pai. Não sabia que o papai estava tão doente e que a Grania só tinha se casado com ele para poder me adotar e para eu poder morar com a família dela.

Matt aquiesceu, espantado com o modo adulto de a menina se expressar.

– Sim, até agora estou acompanhando.

– Bom, a Grania ficou muito triste depois que o papai morreu, e ainda está. Eu não estava gostando de ver ela sozinha, então perguntei se ela amava alguém e ela respondeu que amava você. Aí percebi que eu tinha contado pra você que ela tinha se casado com o papai e estava em lua de mel. E que você podia pensar que ela não te amava mais. O que não é verdade – emendou ela. – Então pensei que era melhor vir te dizer pessoalmente que ela não está mais casada e que ainda te ama.

– Entendi. – Matt suspirou. – Tá, terceira pergunta: a Grania sabe que você está aqui?

– Ahn... não, não sabe. Ela não ia me deixar vir, então tive que planejar tudo em segredo.

– Aurora, *alguém* sabe onde você está agora?

– Não. – A menina balançou a cabeça.

– Caramba! Eles devem estar morrendo de preocupação. – Matt pegou o celular no bolso da jaqueta. – Vou ligar para Grania agora mesmo. E você pode falar com ela, assim vou saber que está me dizendo a verdade.

– Grania está em Londres – disse Aurora, nervosa pela primeira vez. – Por que não liga para Kathleen? Ela está sempre em casa.

– Ok.

Matt ligou e notou o imenso alívio na voz da mulher. Então pôs Aurora para falar com ela.

– Oi, vovó... sim, estou bem. O quê? Ah, chegar aqui foi fácil. Eu já fiz isso antes. Papai vivia me colocando para voar como menor desacompanhada. Vovó, agora que eu estou aqui, posso pelo menos ficar um pouquinho no apartamento do Matt antes de voltar para casa? Estou muito cansada da viagem, sabe?

Ficou acertado que Matt levaria Aurora para casa. E planejariam a volta dela para a Irlanda mais tarde, depois que ela tivesse dormido um pouco. No trajeto de volta até Manhattan, Aurora ficou olhando pela janela para os imensos edifícios.

– Eu nunca vim aqui em Nova York, mas Grania me contou tudo.

– Querida – pediu Matt, ao volante. – Pode recomeçar a história, quando você disse que conheceu Grania no penhasco?

Aurora contou tudo de novo, e Matt foi fazendo perguntas quando não entendia alguma coisa.

– E Grania é tão boa, tão bonita, e eu fiquei me sentindo péssima por ter atrapalhado vocês de voltarem – explicou Aurora enquanto chamavam o elevador para subir até o apartamento. – Ela foi tão legal comigo, e eu não quero que ela passe o resto da vida sozinha por causa do que eu disse. Você entende, Matt?

– Aham. – Enquanto girava a chave na fechadura, Matt encarou, impressionado, aquela criança peculiar. – Acho que estou entendendo, querida.

– Ai, Matt... – Aurora olhou em volta para a sala arejada. – Que bonito, igualzinho ao que eu imaginava.

– Obrigado. Eu gosto. Quer beber alguma coisa? Um copo de leite, talvez?

– Quero, por favor.

Aurora se sentou, e Matt serviu um pouco de leite e lhe entregou o copo. Ela bebeu e então apoiou os pequenos cotovelos nos joelhos, inclinou-se para a frente e o encarou.

– Matt, eu preciso te perguntar uma coisa importante: você ainda ama a Grania? Porque, se não amar, na verdade... – Ela pareceu subitamente aflita. – Eu não sei o que vou fazer.

– Aurora, eu sempre amei a Grania, desde o primeiro instante em que a vi. Foi ela quem fugiu para a Irlanda e me deixou. Não o contrário. – Matt deu um suspiro. – Às vezes os adultos podem ser muito complicados.

– Mas, se vocês se amam, não sei qual é o problema – comentou Aurora, com lógica.

– Pois é... não é? – disse Matt. Já tinha parado de tratar Aurora como criança, então falou com ela como se fosse adulta. – Se você falar para a sua nova mãe me explicar o que foi que eu fiz de errado, e por que exatamente ela fugiu para a Irlanda, aí quem sabe a gente resolve a questão.

– Eu vou falar – concordou Aurora, e bocejou. – Ai, Matt, estou muito cansada. A Irlanda fica muito longe de Nova York.

– É mesmo, querida. Vamos deitar e dormir um pouco.

– Tá. – Aurora se levantou.

– E eu ainda não tenho ideia de como você conseguiu vir sozinha.

– Quando acordar eu te conto – disse Aurora.

Matt a levou até o quarto de hóspedes e ela se deitou.

– Tudo bem, querida. – Ele fechou as cortinas. – Agora descanse, e mais tarde a gente conversa.

– Tá – respondeu Aurora, sonolenta. – Matt?

– Hmm?

– Eu sei porque a mamãe te ama. Você é legal.

– Pelo visto, Aurora pegou o número do seu cartão de crédito e deu um jeito de comprar pela internet um voo até Dublin, depois até Nova York. – Hans repetiu o que Kathleen acabara de dizer ao telefone. – Ela foi de ônibus até Clonakilty, e de lá pegou um táxi até o aeroporto de Cork. Se apresentou como menor desacompanhada, o que já tinha feito várias vezes com Alexander, depois trocou de avião em Dublin. Chegando a Nova York, conseguiu obrigar Matt a ir buscá-la.

– Entendi.

Convencida por Hans, Grania havia se deitado um pouco para se recuperar da tensão da manhã. Ficou rolando na cama, tentando aceitar onde e, mais exatamente, *com quem* Aurora estava.

– Tenho que admitir – continuou Hans. – Essa criança sabe se virar. A pergunta é: por que ela resolveu fazer isso?

Ele encarou Grania à espera de resposta, mas ela não disse nada.

– Quem sabe?

– Com certeza ela achou que era importante. Imagino que Matt seja o seu ex, que mora em Nova York?

– Isso.

Naquele momento, Grania se sentia capaz de esganar Aurora com as próprias mãos.

– Por que vocês terminaram? – perguntou Hans.

– Se você não se importa, prefiro não passar pela grande inquisição – respondeu Grania, na defensiva. – Só quero pensar na melhor maneira de trazer Aurora de volta para casa. E se deveria eu mesma ir até Nova York para buscá-la.

– Bom, eu acho que a própria Aurora deve ter uma ideia. Ela parece estar em boas mãos. Sua mãe disse que Matt era confiável. E se *ela* está dizendo, eu acredito.

Hans sorriu para tentar desanuviar o clima.

– Ele é, sim – admitiu Grania a contragosto.

– E com certeza Aurora vai querer falar com você, então por que não liga para ela e confere se está bem?

– Ahn... eu teria que falar com Matt. Vou esperar ela me ligar. Deve estar dormindo.

– Está bem, Grania, vou te deixar em paz. – Hans sabia reconhecer uma derrota. – Mas estou bem perdido nisso tudo. Preciso trabalhar um pouco. Ligue para o meu quarto se quiser jantar comigo mais tarde.

– Ligo, sim.

Hans deu uns tapinhas no ombro dela e saiu. Quando a porta se fechou, Grania se levantou e começou a andar de um lado para outro. Agora que o choque havia passado, estava irritada... sim, estava furiosa por Aurora ter se achado no direito de interferir em sua vida. Aquilo não era um conto de fadas, uma brincadeira de criança em que todos encontravam um príncipe e viviam felizes para sempre. Era a *realidade*. E algumas coisas erradas não podiam ser consertadas, por mais que Aurora quisesse. Só queria a menina de volta em casa e longe das garras de Matt o quanto antes. Pensar nos dois juntos falando sobre ela era insuportável. E logo agora que estava tentando – e era *difícil* – seguir em frente, como Hans sugerira, via-se arrastada de volta ao passado. De uma forma ou de outra, teria contato com Matt. Matt, que provavelmente ainda estava morando com *ela*...

Grania deixou escapar um grunhido de desespero. Sabia que precisava falar com Aurora o quanto antes e verificar se ela estava bem, para que pudesse ficar em paz. Pegou o telefone e discou o número, mas desligou antes que desse tempo de tocar. Não. Não conseguia encarar aquilo. Então, em vez disso, discou o número da mãe.

– Estamos bem aliviados por aqui! – A voz de Kathleen estava eufórica. – Imagina, nossa pequena chegou em Nova York!

– Pois é, espertinha, não é? – comentou Grania, sem humor. – Mãe, eu queria que você ligasse para o Matt e combinasse de ele colocar Aurora em um voo para a Irlanda o quanto antes. Faz isso por mim?

– Se você quiser, Grania. Quando falei com Aurora mais cedo, ela disse que queria passar uns dias com o Matt. Já que está lá, que Deus a proteja, não custa nada visitar as atrações da cidade. Acho que o Matt gostou muito dela.

– Bom, eu acho melhor que ela volte o quanto antes. Ela está faltando às aulas, mãe.

– E que mal há nisso? – rebateu Kathleen. – Ela está tendo uma experiência que vale mais que as lições em sala de aula. E ainda por cima com alguém da cidade para servir de guia.

– Bom, vou deixar você resolver isso – respondeu Grania, tensa. – Vou te mandar um e-mail com os detalhes do meu cartão para pagar a passagem dela de volta.

– Tudo bem – concordou Kathleen. – Mas vou pedir ao Shane para fazer a reserva. Não me dou bem com computadores. E, Grania?

– Sim?

– Você está bem?

– Estou, mãe, claro – respondeu de forma brusca. – Nos falamos em breve.

Grania bateu o fone no gancho com força e foi para o quarto. Atirou-se na cama e pôs um travesseiro sobre a cabeça para tentar conter a frustração e a dor.

Aurora e Matt passaram os dois dias seguintes visitando tudo que havia para visitar em Nova York. Matt estava encantado pela menina. Ela era um misto de ingenuidade e inteligência, de inocência e maturidade... entendia por que Grania havia se apaixonado por ela.

Na última noite de Aurora na cidade, Matt a levou para comer hambúrguer, como ela pedira. Ia colocá-la em um avião na manhã seguinte. Até então, o assunto Grania fora cuidadosamente evitado por ambos.

– Matt, você já bolou um plano para reconquistar a Grania? – perguntou Aurora, dando uma mordida no hambúrguer.

– Não. – Ele encolheu os ombros. – Acho que ela deixou claro que não quer falar comigo. Quem me liga para combinar tudo sobre você é a mãe dela.

– A Grania é muito teimosa. Pelo menos é o que a vovó diz.

– Eu sei que ela é, querida.

Matt sorriu por estar sendo aconselhado por uma menina de 9 anos.

– *E* orgulhosa – acrescentou ela.

– É, nisso você tem toda a razão.

– Mas a gente sabe que ela ainda te ama.

– Sabe? – Matt arqueou a sobrancelha. – Porque, Aurora, eu não tenho certeza.

– Bom, *eu* sei. – Aurora estendeu a mão para ele, em um gesto conspiratório. – E tenho um plano...

Grania passou aqueles dois dias emburrada no seu quarto de hotel. Sabendo que Aurora estava segura, decidira não voltar para casa, pois não conseguiria enfrentar a pressão da mãe para falar direto com a menina. Nem ouvir sobre como ela estava se divertindo com Matt. E talvez com Charley...

Quando Aurora estivesse a bordo do avião, ela voltaria para casa.

Naquela noite, ela e Hans tiveram um jantar tranquilo. Ele também voltaria para a Suíça no dia seguinte.

– Espero poder te mostrar a casa de Aurora na próxima vez que vier a Londres – disse Hans. – É muito bonita.

– Sim, da próxima vez – respondeu Grania, sem prestar atenção.

– Grania... – Hans a encarou. – Por que você está tão irritada?

– Irritada? Eu não estou irritada. Bom, talvez um pouco com Aurora, por ter nos dado esse susto *e* se metido na minha vida.

– Entendo o sentimento – reconfortou Hans. – Mas já conversamos sobre o seu problema em aceitar ajuda. Não vê que, do jeito dela, Aurora estava tentando ajudar?

– Sim, mas ela não entende...

– Grania, não me cabe interferir – interrompeu Hans. – Nem quero me intrometer nas suas questões amorosas. Mas a sua raiva deixa bem claro que esse homem ainda mexe com você. Resumindo, das duas, uma: ou você o ama ou o odeia. Mas só você pode decidir qual dos dois.

Grania suspirou.

– Eu amo o Matt – admitiu, com tristeza. – Mas deu tudo errado, meses atrás. E agora ele está com outra pessoa.

– Tem certeza?

– Tenho.

– Mas talvez ele não ame essa outra pessoa.

– Hans, você é muito gentil, mas, sério, eu não quero mais falar sobre isso. Só fico constrangida que a minha vida amorosa tenha causado toda essa confusão.

– Bom, talvez Aurora só quisesse retribuir um pouco do amor e do carinho que você tem dado a ela. Não brigue muito quando ela voltar, sim?

– É claro que não. Acredite, Hans – disse Grania com um suspiro, emocionada –, eu quero esquecer tudo isso que aconteceu.

43

Quando Grania chegou a Dunworley no dia seguinte, por volta da hora do almoço, foi direto para o ateliê, pois sabia que Aurora ainda demoraria algumas horas e não queria ser interrogada pela mãe. Sentou-se diante da bancada e começou o esboço de uma nova escultura. Na hora do chá, relutante, pegou o carro e foi até a fazenda.

– Mamãe! – Um pequeno raio irrompeu de dentro de casa e se atirou nos braços dela. – Que saudade!

– Eu também – disse Grania, sorrindo e abraçando-a com força.

– Foi tão legal lá em Nova York! Comprei um monte de presentes pra você. Mas estou muito feliz de voltar e te ver – falou Aurora, puxando-a em direção à casa. – E você nem imagina quem decidiu vir visitar.

– Oi, Grania.

Ela estacou na soleira da porta ao ver quem estava sentado à mesa. Seu coração começou a esmurrar o peito. Por fim, recuperou a voz:

– O que *você* está fazendo aqui?

– Vim te ver, querida.

Grania olhou para a mãe, que parecia estar "pausada", com o bule de chá congelado sobre a xícara de Matt enquanto encarava a filha e observava sua reação.

– Ele queria ver você – declarou Aurora, e deu de ombros. Sua voz ecoou no silêncio. – Você não se importa, não é, mamãe?

Grania estava chocada demais para responder. Ficou olhando Aurora ir até Matt e abraçá-lo.

– Não se preocupa, Matt, eu disse que ela ia ficar surpresa, mas no fundo está feliz. Não está, mamãe?

Aurora, Kathleen e Matt ficaram à espera de uma resposta. Grania se sentiu um animal encurralado. E teve seu instinto habitual de fugir.

– Bem... – Kathleen fez seu melhor para quebrar a tensão. – Tenho certeza de que é um choque para Grania ver o seu... velho amigo à mesa da nossa cozinha – disse ela a Aurora.

– Mamãe, por favor, não fica brava – suplicou Aurora. – Eu tive que ir ver o Matt em Nova York. Ele ligou, sabe, quando você estava em lua de mel com o papai. E eu contei que você tinha se casado. Mas você não está mais casada, não é? Não queria que o Matt pensasse que estava, entendeu? Eu falei que no fundo você queria mesmo vê-lo, então eu...

– Aurora, *por favor*! – Grania não conseguiu mais se conter.

– Grania está cansada, como todos nós, querida – interveio Matt, com gentileza. – E temos muita coisa para conversar, não é, Grania?

– Vamos lá para cima tomar um banho, mocinha. Esfregar toda a sujeira desses aviões, e depois ir dormir cedo.

Kathleen segurou a mão de Aurora, arrastou-a da cozinha e fechou a porta com firmeza atrás de si.

Grania deu um suspiro profundo e mais um passo cozinha adentro.

– Então, o que você *está* fazendo aqui? – perguntou novamente, fria.

– Foi ideia da Aurora – admitiu ele. – Mas, Grania, ela tem razão. Eu precisava vir falar com você, para pelo menos entender por que você me deixou.

Em câmera lenta, Grania pegou uma caneca no armário e se serviu um pouco de chá.

Matt a observava.

– Então?

– Então o quê? – indagou ela, tomando um gole do chá morno.

– Podemos conversar?

– Matt, eu não tenho nada para te dizer.

– Tá. – Ele sabia quão teimosa Grania podia ser quando cismava com alguma coisa. Tinha que avançar com cautela. – Bom, quem sabe, como eu atravessei meio mundo para te ver, talvez você pudesse me dar uma trégua e escutar o que *eu* tenho a dizer.

– Pode falar – disse Grania, encolhendo os ombros, pousando a caneca e cruzando os braços em uma postura defensiva. – Sou toda ouvidos.

– Que tal a gente dar uma volta? Acho que você não é a única a ser toda ouvidos nesta casa.

Grania aquiesceu mecanicamente, então se virou e saiu pela porta da cozinha. Matt saiu logo atrás e a alcançou.

– Se você estiver esperando alguma grande revelação, aviso que não vai ter – começou ele. – Até hoje eu não sei o que te deixou com tanta raiva a ponto de me largar. E nem vou saber a não ser que você me dê uma pista. – Matt a encarou, mas viu que Grania tinha o maxilar contraído e não esboçava nenhuma emoção. – Certo. – Ele suspirou. – Nesse caso vou ter que falar do meu ponto de vista. Tudo bem?

O silêncio continuou, então ele prosseguiu.

– No começo fiquei chocado, quando você foi embora. Pensei que tinha alguma coisa a ver com o aborto, que talvez estivesse confusa com os hormônios. Pensei que de repente não era culpa minha, era por ter perdido o bebê, e que você precisava de um tempo. Eu entendi. Aí, quando te liguei e você foi superfria, percebi que devia ter sido alguma coisa que eu fiz. Perguntei mil vezes o que era, e você não quis me dizer. Aí se recusou a falar comigo de vez. – Matt deu um suspiro. – Eu não soube o que achar. Passei semanas sem notícias e você não voltou. Então fiquei me torturando pensando sem parar no que eu podia ter feito. E me dando conta do quanto te amo. E do quanto sinto a sua falta. Caramba, Grania! Minha vida virou de cabeça para baixo desde que você foi embora. Tem sido tudo um desastre, amor, de uma forma que você nem acredita.

– A minha também – admitiu Grania com relutância.

– Quando Aurora me disse para vir, achei que ela tinha razão – continuou Matt. – Que se a montanha não ia a Maomé, eu precisava pegar um avião e vir até você. No mínimo para ter uma explicação, parar de me martirizar e conseguir dormir à noite.

Matt se calou e continuou seguindo Grania pela trilha do penhasco. Não tinha mais nada a dizer. Por fim, chegaram ao topo das colinas, e Grania se sentou na sua pedra favorita, pousou os cotovelos nos joelhos e ficou olhando o mar.

– Querida, por favor, eu preciso saber. – Matt se agachou junto a ela e guiou o rosto de Grania para encará-lo. – Por favor – pediu, com suavidade. – Me tira desse sofrimento.

Os olhos de Grania pareciam de pedra quando o fitaram.

– Quer dizer que você ainda consegue olhar no meu olho e dizer que não sabe?

– Você sempre disse que eu sou um péssimo ator, não ia conseguir fingir uma coisa dessas.

– Tá bom, então. – Grania respirou fundo. – Por que você não me disse que tinha namorado a Charley antes de a gente se conhecer? Que na verdade *estava* namorando com ela quando a gente se conheceu? E quanto tempo o namoro ainda durou *depois* de a gente se conhecer? E o que está acontecendo *agora*?

– Grania, amor, eu... – Matt a encarou, pasmo. – Foi esse o problema? Eu estar namorando a Charley quando a gente se conheceu e não ter te contado?

– Não faz pouco-caso, Matt, eu detesto mentira. Detesto mentira mais do que tudo.

– Mas, Grania, eu não menti. Eu só... – Ele deu de ombros.

– Você se esqueceu de comentar – completou ela. – Omitiu esse fato da sua biografia, muito embora fizesse parte dela na época.

– Mas, Grania, você não entende? – Matt estava profundamente chocado com aquele ser o motivo que levara Grania a sumir da sua vida. – Eu nem achei que importasse. Não era amor nem nada, só um namoro casual que...

– Que durou um ano e meio, pelo que eu soube dos seus pais.

Matt a encarou com uma expressão curiosa.

– Você soube disso pelos meus pais? Quando? Onde?

– Quando eles foram me visitar no hospital, depois do aborto, eu estava no banheiro na hora que eles chegaram. Eles não sabiam que eu estava lá. Sua mãe comentou como era triste eu ter perdido o bebê, aí seu pai falou que teria sido mais fácil você ter ficado com a Charley em vez de largá-la para ficar comigo. – As lágrimas fizeram os olhos de Grania cintilarem. – Devem pensar que os meus genes, vindo dos lamaçais da Irlanda, não estão à altura de um membro da realeza de Nova York como você.

– Você me deixou por causa do que entreouviu *meu pai* dizer? – Matt sentou-se na grama e apoiou a cabeça nas mãos. – Grania, eu sei que foi uma droga escutar essa conversa, mas você exagerou. Você sabe que o meu pai tem a delicadeza e a sensibilidade de uma geladeira.

– Eu sei – respondeu Grania com veemência. – E sobre ter exagerado, talvez eu não tivesse reagido assim se soubesse que você e Charley já tinham namorado. Só que eu não sabia, claro. Enfim... – Grania deu de ombros. – Pode ir cortejar sua princesa de sangue azul agora que eu estou fora da jogada – completou com amargura.

– Mas que droga, Grania! Eu não sei o que você inventou nessa sua cabeça, mas juro que não tenho nenhum interesse na Charley. Nunca tive!

– Então por que ela atendeu o telefone quando eu liguei, algumas semanas atrás? – rebateu Grania.

– Ai, amor, meu Deus... – Ele suspirou pesadamente. – É uma longa história.

Foi a vez de Matt se calar e olhar para o mar. Depois de algum tempo, ele retomou:

– Só posso jurar que a Charley saiu da minha vida de vez.

– Então você admite que tiveram alguma coisa recentemente?

– Grania... – Matt balançou a cabeça, perdido. – Eu fiquei sabendo que você se casou, e a minha vida também tem andado... complicada. Eu posso te contar tudo, mas é tão bizarro que duvido que você vá acreditar.

– Acho que a gente tem isso em comum – disse Grania baixinho. – Duvido que seja mais complicado do que o último ano que passei aqui.

– É. – Matt ergueu os olhos para ela. – E o pai de Aurora? Você... vocês...?

– Ai, Matt... – Grania suspirou. – Tanta coisa aconteceu desde que fui embora de Nova York...

– Se você tivesse acreditado no meu amor, para começar, e que eu não queria ficar com a "princesa de sangue azul", senão estaria com ela agora, nada disso teria acontecido.

– Só que aconteceu, Matt – respondeu Grania. – E eu admito que, quando ouvi seu pai dizendo aquilo, estava muito abalada. Não pensei direito. Perder o bebê me deixou muito insegura. Estava sofrendo, e fugi. O Hans acha... – ela mordeu o lábio – que o meu orgulho me torna uma idiota. E ele provavelmente tem razão.

– Não conheço esse Hans, mas já quero conhecer – zombou Matt.

– Mas você não entende? Quando eu me acalmei e me dei conta de que tinha exagerado, algumas semanas depois, liguei para casa para tentar conversar, mas a Charley atendeu o telefone e eu surtei. Foi a confirmação dos meus medos.

– É, eu imagino. – Hesitante, Matt estendeu a mão para ela. – Bom, amor, eu tenho algumas coisas para te contar, mas estou beirando a hipotermia aqui fora. Tem algum lugar aonde a gente possa ir, quem sabe comer alguma coisa? Estou com um pouco de fome.

Grania o levou até um pub em Ring que servia mariscos frescos. Sentou-se à mesa com ele, pouco à vontade. Os toques distraídos e a familiaridade natural de anos de amor tinham desaparecido. Matt parecia ao mesmo tempo familiar e estranho.

– Então, quem começa? – perguntou ele.

– Bom, como eu comecei, não custa nada continuar. – Grania o encarou. – E quero que sejamos sinceros. Não temos nada a perder, e acho que devemos isso um ao outro.

– Concordo. Tem muita coisa que você não vai gostar, mas eu juro que pode acreditar no que eu disser.

– Eu também juro – disse Grania baixinho. – Tá, então, Aurora pelo visto já contou como a gente se conheceu. Você quer saber sobre a minha relação com Alexander?

– É.

Matt se preparou. E enquanto ouvia Grania explicar os acontecimentos trágicos dos últimos meses, reparou que ela estava diferente, de algum modo mais madura e mais suave. E mesmo quando ela contou sobre como ela e Alexander ficaram íntimos, Matt constatou que a amava ainda mais. Pela sua bondade, sua generosidade, e pela força que demonstrou diante de circunstâncias terríveis.

– ... e agora você já sabe de tudo – concluiu ela, dando de ombros.

– Uau, é uma história e tanto! – Matt suspirou. – Obrigado por ser tão sincera. Escuta... – disse ele com relutância, querendo saber de um detalhe para não ficar remoendo depois. – Eu não sou de ferro, e quero muito acreditar que vocês não foram muito longe... mas, se foram, por favor me conte.

– Matt, a gente se beijou e só. Eu juro. Ele estava muito doente. – Grania enrubesceu. – Mas, para ser sincera, eu não sei se não teria acontecido, se ele estivesse bem. Eu sentia atração por ele.

– Certo.

Matt estremeceu ao considerar a ideia, mas sabia que precisava lidar com aquilo.

– Certo, então... seu nome agora é Grania Devonshire, você é viúva e tem uma filha de 9 anos. E, *para completar*, é rica. Nossa, é bastante coisa para tão pouco tempo! – Ele fez uma careta.

– É, eu sei, mas juro que te contei a verdade. E Aurora e meus pais podem confirmar. Agora, Matt, acho que a gente precisa de uma bebida. E depois eu queria que você me contasse sobre a Charley.

Matt foi até o bar e, enquanto fazia o pedido, se deu conta, com um peso no coração, de que cada palavra que saísse da sua boca só pioraria as conclusões e inseguranças de Grania.

Ela o observou conversando descontraído com a atendente do bar. Matt parecia mais velho do que ela se lembrava. Talvez o estresse dos últimos meses tivesse deixado marcas de maturidade no rosto de menino dele. De qualquer forma, pensou ela com um suspiro, só o deixara ainda mais atraente.

Matt pôs as bebidas na mesa.

– Achei que valia provar a cerveja local – disse ele sorrindo, e tomou um gole de Murphy's. – Então, eu te disse mais cedo que não seria agradável, mas lá vai...

Ele contou tudo do modo mais realista e honesto possível. Não se poupou, pois sabia que, se quisesse ter um futuro com aquela mulher, a mulher que amava, precisava dizer a verdade. Observou Grania enquanto falava, tentando avaliar o que ela estava pensando ou sentindo, mas seu rosto era uma tela vazia.

– E é mais ou menos isso – concluiu com um suspiro; seu alívio por ter contado a história era palpável. – Desculpa, amor, eu falei que não era legal.

– É... – Grania balançou a cabeça devagar. – Não mesmo. Onde está Charley agora?

– Minha mãe disse que ela está morando na nossa casa em Greenwich. E namorando meu velho amigo Al, que praticamente já se mudou para lá. Ele sempre teve uma quedinha por ela. – Matt sorriu com amargura. – O bebê vai nascer em algumas semanas. Meu nome está na lama lá no country club, mas que se dane!

– E sua mãe e seu pai? Deve ser difícil para eles.

– Bem... – Matt abriu um sorriso fraco. – Pelo visto, minha história meio que serviu de incentivo para minha mãe. E a partir da semana que vem vou ter uma nova companheira de apartamento.

– Como assim? – Grania franziu o cenho.

– Parece que minha mãe não era feliz com meu pai há anos. Você imagina que ele não achou graça nenhuma quando Charley e eu nos separamos, disse que eu devia ter ficado com ela pelas "aparências". Foi a gota d'água para minha mãe. Então ela vai se separar dele. – Matt balançou a cabeça. – É bem irônico, mas ela disse que está cansada de fazer o que os outros esperam dela. Quer viver um pouco enquanto pode. Apesar do que você pensava, Grania, ela te achava o máximo, sabia? Me disse que você era uma inspiração para ela.

– Sério? – Grania estava genuinamente surpresa. – Mas você deve estar triste. Eles são casados há tanto tempo.

– É, bom, eu acho que ela vai acabar voltando, mas vai ser bem feito para o meu pai ficar sem a mamãe por um tempo. Talvez dê mais valor a ela e se abra um pouco para ter um relacionamento de verdade com a esposa. E com o filho também. – Matt ergueu a sobrancelha. – Mas a gente não veio aqui falar dos meus pais. O que importa somos nós. O que você acha, amor? – sussurrou ele.

– Eu não sei, Matt. – Grania deixou o olhar se perder antes de tornar a falar: – Foi muita coisa para processar num dia só.

– Mas não foi bom conversar? Grania, a gente deveria ter feito isso há meses – lamentou Matt.

– Eu sei – respondeu ela baixinho.

– E aquela sua filha fez de tudo para nos dar essa chance. Agiu como a nossa fada madrinha.

– Foi mesmo. Mas...

– Mas o quê?

– Isso não conserta os erros. Nem apaga o passado.

– Que "erros"? – Matt a encarou. – Eu só vi "acertos" na nossa relação.

– Matt, estou cansada. – Grania deu um suspiro. – Podemos voltar para casa, por favor?

– Claro!

Dirigiram de volta para a fazenda em silêncio, e Grania ficou olhando a noite escura pela janela.

Quando entraram na cozinha, Matt perguntou:

– Onde eu vou dormir?

– Acho que no sofá mesmo. Vou pegar um travesseiro e uns cobertores.

– Grania... Pode me dar pelo menos um abraço? Eu te amo... eu...

Ele estendeu a mão para segurar a dela quando Grania passou, mas ela ignorou o gesto e subiu as escadas para pegar a roupa de cama.

– Toma. – Grania largou as coisas sobre a mesa da cozinha. – Desculpa não ser muito confortável.

– Está ótimo – disse ele, subitamente frio. – E não se preocupe, amanhã eu te deixo em paz. Vou começar uma turnê de palestras na quarta-feira.

– Tá. Boa noite, Matt.

Ele a observou se retirar. Compreendia a surpresa de Grania, sabia que tinha contado coisas difíceis de ouvir, mas escutar a história dela também não tinha sido exatamente fácil para ele. Mesmo assim, estava disposto a ceder, aceitar, entender e deixar o passado para trás. Simplesmente porque ficar com a mulher que amava era mais importante do que todo o resto.

Já ela estava fria como gelo, se recusando a ceder um centímetro sequer. Aurora o convencera a pegar um voo para vê-la, para tentar retomar a relação pela última vez. Ao cair no sofá e se enrolar no cobertor, Matt deu um profundo suspiro. Talvez fosse o cansaço da viagem, mas naquela noite seu futuro parecia desesperançado.

No andar de cima, Grania não conseguia dormir. Embora acreditasse em Matt, as partes mais indigestas da história não saíam da sua cabeça. Bêbado ou não, Charley tinha ido parar na cama dele. E ficado por cinco meses. Tinha pendurado as roupas no armário onde Grania pendurava as dela, tinham uma casa juntos, e anunciaram um noivado. Era tudo o pior pesadelo de Grania. Ela estremeceu ao pensar em como o pai de Matt devia ter ficado contente ao ver o filho com uma mulher mais adequada.

Mas sabia também que muitos casais conciliavam suas origens distintas. E a maioria das mulheres parecia adorar ser arrebatada pelo príncipe. Grania suspirou. Então por que ela não conseguia? E Matt não chegava a ser um príncipe. Não era culpa dele que seu pai fosse um imbecil pomposo, arrogante e preconceituoso que sempre a deixara excluída – e, pelo visto, fizera o mesmo com a própria esposa. Pensar em Elaine largando o marido era a única coisa que fazia Grania sorrir.

E o fato de Matt ter viajado meio mundo para vê-la significava que ele não tinha desistido. Que ainda a amava...

Enquanto a noite interminável avançava e Grania seguia sentada na cama com as pernas encolhidas, a verdade foi ficando mais evidente. Ela começou a olhar para trás e perceber que Matt escolhera ficar *com ela*, independentemente do que o pai pensava. Matt correu atrás dela desde o início. Grania nunca tinha manipulado ou forçado a vida que criaram juntos. Tinha sido a vontade dele. Na verdade, foi *Matt* quem sempre deu um jeito de aceitar os limites dela. Tinha aceitado sua teimosia de recusar ajuda financeira, mesmo quando estavam desesperados por dinheiro, entendera o incômodo dela com seus amigos e se afastara, e topara morar junto em vez de se casar.

– Ai, meu Deus...

Estava nítido que não era Matt quem tinha um problema, era *ela*.

Aquele seu orgulho estúpido, obstinado, ridículo e destrutivo. *E* a sua insegurança, que a deixara cega para o amor dele. Entreouvir aquela conversa no hospital, quando estava se sentindo tão fraca e vulnerável, tinha atingido seu ponto fraco e fora a gota d'água. Ela se sentira um fracasso como mulher, como companheira e como ser humano.

Com um suspiro, Grania pensou em Hans e no que ele dissera sobre ela. Aprendera muito sobre si mesma nos últimos meses: o que antes via como um ponto forte, entendia agora que era também uma fraqueza. E daí se Matt teve uma relação com Charley antes de conhecê-la? Ele não mencionara porque não considerara importante. E *não* por estar acalentando algum amor profundo e secreto.

Na verdade, se deu conta de que Matt não tinha feito absolutamente nada de errado.

Quando o sol estava despontando, ela pegou no sono. Foi despertada pouco depois por suaves batidas na porta do quarto.

– Pode entrar – falou, sonolenta.

Aurora apareceu timidamente pela fresta, usando uniforme escolar.

– Sou eu.

Grania se sentou e sorriu.

– Eu sei que é você.

A menina andou com hesitação até a cama e se sentou.

– Só queria pedir desculpas.

– Pelo quê?

– Vovó me disse ontem que na verdade não é legal se meter na vida dos outros. Eu pensei que estava ajudando, mas não estava, né?

– Ah, meu amor, vem cá me dar um abraço.

Aurora se encaixou entre os braços abertos de Grania e soluçou no ombro dela.

– Achei que você estava muito sozinha e triste. E queria que você fosse feliz, como eu sou feliz agora... Eu quis fazer alguma coisa por *você*.

– Querida, o que você fez foi incrível. E corajoso, e um pouquinho perigoso – completou Grania.

– E você está brava comigo, não está? – Aurora a encarou com olhos marejados.

– Não, não estou brava, é só que... – Grania suspirou. – Às vezes nem as fadas madrinhas podem consertar tudo.

– Ah, eu pensei que vocês se amassem!

– Eu sei, querida.

– E o Matt é tão fofo, e muito bonito, mas não tanto quanto o papai – acrescentou ela depressa. – E vocês conversaram um tempão ontem, né?

– Conversamos, sim.

– Tá. – Aurora se desprendeu dos braços de Grania e se levantou. – Tenho que ir pra escola agora. Prometo não falar mais nada. Como diz a vovó, você é quem sabe.

– É verdade, meu amor, mas obrigada por tentar ajudar.

Aurora parou ao chegar à porta.

– Mas eu acho que vocês combinam muito. Até mais tarde.

Grania se recostou nos travesseiros, cansada; queria organizar os pensamentos antes de descer.

Mesmo que ela e Matt conseguissem superar tudo aquilo por que tinham passado, como conciliariam suas vidas que eram tão díspares agora? Matt vivia do outro lado do Atlântico, enquanto ela estava enraizada ali com Aurora. Tinha virado mãe desde a última vez que o vira – o que era irônico, levando em conta as circunstâncias. Não fazia ideia se ele ia querer ou poder assumir essa responsabilidade.

Grania tomou um banho, vestiu-se e desceu. Aurora já tinha saído com Kathleen para a escola. Matt estava à mesa da cozinha, dando conta do café da manhã completo que Kathleen havia preparado.

– Sua mãe sabe mesmo paparicar uma pessoa – comentou Matt. – Também senti falta da sua comida caseira.

– Bom, com certeza a Charley sabia pedir comida de restaurante para te alimentar – falou Grania, então se repreendeu. O comentário escapou antes que pudesse contê-lo.

– Grania... – Matt suspirou. – Para com isso, por favor.

Um silêncio tenso pairou na cozinha; nenhum dos dois sabia o que dizer. Ela preparou um chá enquanto Matt terminava o café da manhã. Então ele se levantou e tomou o rumo da porta dos fundos, onde parou com a mão na maçaneta.

– Olha, eu tentei, mas com certeza você não quer esquecer o que passou. E talvez não queira nem recomeçar. – Ele encolheu os ombros. – Para ser sincero, estou cansado de lutar sozinho. E acho que é exatamente isso que está acontecendo.

– Matt...

– Tudo bem, não precisa explicar. Vai ver todo aquele papo sobre as nossas origens, a Charley e não querer casar comigo fosse outra coisa. Vai ver você só nunca me amou o suficiente para investir em nós. Sabe, todo mundo tem problemas. É isso que fortalece um relacionamento. Isso e o comprometimento. Você nunca se comprometeu... sempre foi tudo do *seu* jeito. Ao primeiro sinal de problema, você me largou. Enquanto eu investi tudo. – Ele olhou para o relógio de pulso. – Preciso ir. A gente se vê.

Matt saiu batendo a porta. Grania ouviu o carro alugado se afastar, e lágrimas de choque arderam em seus olhos. Por que Matt voltara-se contra ela daquele jeito? Tudo bem, tinha feito um comentário ácido, mas como assim ela nunca o "amou o suficiente para investir em nós"?

E agora ele tinha ido embora.

Era o fim. Ele tinha chegado ao limite. Deixara isso bem claro.

Grania saiu de casa e dirigiu anestesiada até o ateliê, sentindo o estômago se revirar. Sentada diante da bancada, as lágrimas continuaram a lhe borrar a visão. Não estava acostumada com essa reação de Matt. Ele era tão gentil, tão educado e sensato. A temperamental e volátil era ela. E depois de tudo que pensara e concluíra durante a noite, uma única frase tinha escapado e estragado tudo.

– Sua idiota teimosa, sua burra! Você ama o Matt – murmurou Grania enquanto as lágrimas pingavam em sua nova escultura e escorriam pela argila. – Ele lutou tanto por vocês e agora foi embora! E foi *você* que o afastou!

Ela se levantou, enxugou as lágrimas com as costas da mão e começou a andar de um lado para outro no ateliê.

O que devia fazer?

Parte dela, a Grania antiga e orgulhosa, queria desistir dele.

Mas a parte nova, a Grania que Hans e os acontecimentos recentes tinham ajudado a formar, queria engolir o orgulho e ir atrás de Matt. Implorar por ele dar a ela mais uma chance.

Havia tanto a perder se não tentasse... Claro que teriam problemas a resolver, como onde morar, e se Matt aceitaria Aurora e seria um pai para ela. Mas, como ele mesmo dissera, quando se amava alguém o suficiente, valia a pena tentar, não?

Eu pensei que vocês se amassem.

Grania recordou o semblante triste de Aurora, mais cedo. Será que conseguiria quebrar o padrão, engolir o orgulho e ir atrás do homem que amava?

Vai... vai... vai...

Talvez fosse o vento uivando em volta do ateliê, ou quem sabe Lily, sua presença a incentivando a confiar no amor.

Grania pegou a chave do carro e saiu em disparada rumo ao aeroporto de Cork.

No caminho, tentou ligar várias vezes para o celular de Matt, mas o aparelho estava desligado. Dirigiu bem mais depressa do que seria prudente, mas chegando ao portão de embarque viu que o voo para Dublin já tinha sido chamado. Ela correu até o guichê de informações da Aer Lingus e entrou na fila, impaciente.

– Meu, ahn... meu namorado está embarcando nesse voo para Dublin. Eu preciso falar com ele. Tem algum jeito de entrar em contato? – perguntou desesperada à jovem atendente.

– Já tentou o celular dele? – rebateu a moça.

– É claro que já! Está desligado, provavelmente porque está prestes a entrar no avião. Vocês não podem anunciar um recado para ele pelo sistema de som?

– Bom, depende do nível de urgência – respondeu a moça, hesitante. – É urgente?

– É claro que é urgente! – respondeu Grania com irritação. – Muito urgente. Podem anunciar para Matt Connelly que Grania Ryan... está esperando por ele no guichê de informações? E dizer para ele por favor ligar para ela antes de embarcar?

E dizer que ela o ama e que precisa dele e que sente muito, muito mesmo...

Essa última parte Grania apenas pensou, enquanto a atendente levava um tempo interminável para consultar seu superior e fazia lágrimas de frustração brotarem em seus olhos.

Por fim, o anúncio foi feito e ecoou em alto e bom som pelo pequeno aeroporto. Grania ficou esperando, agoniada e tensa, com os olhos pregados no celular na palma de sua mão. O telefone permaneceu inerte e silencioso, uma testemunha do erro terrível que tinha cometido.

– Senhorita, o avião acabou de decolar – informou a moça atrás do guichê.

– Acho que ele não vai mais ligar – emendou ela, sem necessidade.

Grania se virou e olhou para o guichê. Conseguiu balbuciar um "obrigada" e saiu cambaleando em direção ao carro.

Voltou para casa devagar, sabendo que tinha recebido o que merecia. Matt não queria mais nada com ela, e isso não a espantava. Parecia que até então tinha estado em uma bolha entorpecida com paredes revestidas por uma grossa camada de insegurança e orgulho. Tudo isso tinha ruído agora, e Grania só conseguia ver o que perdera. E por quê.

Parou o carro em frente à casa e caminhou desconsolada até a porta da cozinha, querendo subir direto para o quarto.

– Onde foi que você se meteu, Grania Ryan? Estávamos morrendo de preocupação!

Kathleen se levantou da mesa da cozinha onde o resto da família tomava chá, e todos exibiram uma expressão coletiva de alívio ao vê-la.

– É mesmo, mamãe – confirmou Aurora. – Agora eu sei o que você sentiu quando eu sumi.

– Vem se sentar, querida, toma um chá – convidou John, dando tapinhas na cadeira ao lado dele.

Grania se acomodou, a relutância atenuada pelo afeto genuíno da família que, apesar de suas muitas falhas, nutria por ela um amor evidente.

– Obrigada, pai – balbuciou enquanto John lhe servia uma xícara de chá.

Ela tomou um gole ao mesmo tempo que o resto da família a encarava em silêncio, tentando avaliar seu humor.

– O preço de um bezerro subiu dez por cento – anunciou John de repente, para ninguém em especial, tentando quebrar o gelo. – Hoje fui à feira de Cork e estava todo mundo reclamando que os rebanhos vão diminuir no ano que vem se o preço continuar subindo.

A porta para a sala se abriu atrás de Grania, mas ela não se virou.

– Está melhor? – John ergueu os olhos. – Essas feiras de gado deixam a gente cheirando a vaca durante dias.

– Sim, obrigado – respondeu a voz atrás de Grania. – Obrigado por me levar, John. Foi bem interessante ver como funciona o leilão.

A mão de alguém tocou o ombro de Grania.

– Oi, você voltou. Eu e os seus pais ficamos preocupados.

Ela se virou e se deparou com os olhos de Matt.

– Mas... eu pensei que você tivesse ido embora.

– Seu pai se ofereceu para me mostrar o leilão de gado em Cork – respondeu ele, puxando a cadeira ao lado dela e se acomodando. – Quis ver um pouco da Irlanda antes de ir, e vi mesmo – completou ele com uma risadinha.

– Mas... o seu voo... pensei que você fosse embora hoje. Ontem você disse que ia.

– Seu pai falou do leilão hoje de manhã, então adiei o voo. – Matt estendeu a mão por baixo da mesa e segurou a dela. – E a gente achou que talvez fosse bom se eu ficasse um pouco mais, levando em conta a situação. Você precisava de tempo e espaço para pensar, então te deixei em paz o dia todo. Tem problema eu ter ficado, Grania?

A família tornou a encará-la, à espera da resposta. Grania sentiu a garganta travada por um imenso bolo de emoção. Matt a amava o suficiente para lhe dar uma última chance, e a família inteira os apoiava.

– Ai, mãe, diz logo que não tem problema! – Aurora revirou os olhos. – A gente sabe que você ama o Matt, e ainda temos que levar as vacas para o curral antes de anoitecer.

Grania se virou para Matt com os olhos brilhando de lágrimas e sorriu.

– Não, Matt. Não tem problema nenhum.

Aurora

Consegui, leitores!

Sei que o meu sumiço causou muitos problemas e muita preocupação, em especial para Grania, mas vocês sabem que em muitos momentos desta história fiquei desesperada para reescrever a trama e arquitetar um final diferente. Bem, aquela foi minha chance de intervir, de fazer o que qualquer fada madrinha faria e surgir em uma nuvenzinha de fumaça para dar um jeito na situação.

E fadas sempre voam. Assim como eu voei até os Estados Unidos.

Não tive medo nenhum.

Já me perguntaram por que eu não pareço ter medo de nada. Pelo visto é isso que impede muita gente de fazer o que é preciso para ser feliz. Na verdade eu não sei, mas talvez não ter medo de fantasmas nem da morte, que é o pior que pode acontecer a um ser humano, não deixe muito mais coisa a temer.

A não ser a dor...

Passei grande parte da minha infância com adultos e sempre me espantei ao ver como eles nunca diziam realmente o que queriam dizer. Como não conseguiam se comunicar, mesmo quando eu via que estavam sofrendo e que amavam a outra pessoa. Como o orgulho, a raiva e a insegurança acabavam tão facilmente com a chance de felicidade.

Sim, tudo pode dar bastante errado, mas às vezes é preciso ter fé e confiar que talvez não dê. Na pior das hipóteses, você tentou, e acredito mesmo que isso é o melhor que podemos fazer. Porque a vida é curta e, como eu bem sei, quando se tem pouco tempo e se olha para o passado, não queremos ver arrependimentos.

E claro que Grania facilitou. Já falei sobre como precisamos aprender lições na vida, e ela por fim enxergou e aceitou as próprias falhas. Foi por pouco, mas tomara que, agora que ela superou a questão, sua vida atual esteja mais fácil, e que na próxima ela volte na forma de algo adorável. Pessoalmente, adoro a ideia de ser uma ave – uma gaivota, quem sabe. Quero saber como é alçar voo, me lançar do penhasco e dar voltas bem alto acima do mar.

E Matt é bem o tipo de homem com quem eu gostaria de ter me casado. E eu sabia que ele seria um ótimo pai para ocupar o lugar do que eu tinha perdido. Sei que hoje em dia muita gente acha que não precisa de um par; mas, leitores, nós, humanos, não nascemos para ficar sozinhos. Passamos a maior parte da vida correndo atrás e desejando a magia do amor.

Assisti a muitos filmes nos últimos tempos e me dei conta de que só existem três grandes temas: guerra, dinheiro e amor. Em geral, mesmo nos dois primeiros, o terceiro dá um jeito de se intrometer.

E todos esses temas com certeza existem nesta história.

Estamos agora chegando ao fim, sob vários aspectos.

É melhor eu me apressar...

44

Londres, um ano depois

Grania e Aurora observaram a elegante casa branca diante delas.

– Que linda! – exclamou Aurora, com um suspiro, e virou-se para Hans.
– Ela é minha mesmo?

– Toda sua, Aurora. Você herdou esta casa e a Casa Dunworley da sua mãe – respondeu Hans com um sorriso. – Vamos dar uma olhada lá dentro?

– Vamos, por favor – respondeu a menina.

Grania parou no degrau da frente e segurou o braço de Hans.

– Qual é o endereço daqui?

Hans consultou os detalhes.

– Casa Cadogan, Cadogan Place.

– Minha Nossa Senhora! – Grania levou a mão à boca. – Esta é a casa onde a minha bisavó Mary trabalhou como empregada. E para onde Lawrence Lisle trouxe Anna Langdon, avó de Aurora, quando bebê.

– Que interessante. Talvez um dia você possa contar a Aurora a história dos antepassados dela. – Eles pararam no hall de entrada escuro e Hans farejou o ar. – Umidade. A casa está vazia há muitos anos.

– Sei que Lily morou aqui com a mãe depois de alguns problemas na Irlanda – confirmou Grania, tentando juntar as peças. – Quando Lawrence Lisle morreu, Sebastian, o pai de Lily, herdou o imóvel do irmão.

– Bem, Alexander, Lily e Aurora não moraram aqui quando estavam em Londres. Alexander tinha uma casa bem agradável em Kensington, perto daqui. Não era desse tamanho, claro... – comentou Hans. – Mas era mais acolhedora.

– É enorme! – disse Aurora, admirada, ao adentrar o elegante salão, enquanto Hans abria as persianas para deixar entrar um pouco de luz.

– De fato, mocinha – concordou ele. – Mas acho que, assim como a Casa Dunworley, vai ser preciso algum dinheiro para deixar ela brilhando de novo.

Ao seguir Hans e Aurora pelos muitos cômodos e depois escada acima, Grania teve a sensação de que a casa fora mergulhada em naftalina e conservada feito uma relíquia de outros tempos. Aurora se divertiu com as campainhas para chamar os empregados, e eles escutaram o leve tilintar lá embaixo na cozinha.

– Minha bisavó Mary era uma das criadas que atendiam a essa campainha – comentou Grania enquanto desciam outra vez para o térreo.

Hans estremeceu quando chegaram de novo ao hall.

– Bem, Aurora, na minha opinião a casa de seu pai seria uma residência melhor para vocês – disse ele, deixando transparecer seu apreço suíço por ordem e limpeza. – E quem sabe não seria melhor vender esta?

– Ah, não, tio Hans, eu amei esta casa! – Ela voltou dançando até o salão e apontou para algo em cima de uma escrivaninha. – O que é isso?

– Isso, minha querida, é um gramofone muito antigo. – Hans e Grania trocaram um sorriso. – É o que nós, idosos, usávamos para ouvir música.

Aurora olhou para o disco de vinil empoeirado encaixado no pino.

– É *O lago dos cisnes*! Olha, Grania, é *O lago dos cisnes*! Vai ver a última pessoa que escutou isto foi minha avó Anna. Ela era uma bailarina famosa, tio Hans.

– Vai ver foi mesmo. Agora eu acho que já vimos tudo. – Hans já estava rumando para a porta. – Com certeza várias imobiliárias adorariam pôr as mãos nisto aqui. Seria um imóvel perfeito para transformar em três ou quatro apartamentos. Além do mais, a localização é de primeira. Vai render muitos milhões.

– Mas, tio Hans, se eu quiser que a gente more aqui enquanto eu estudo balé, custaria muito dinheiro para deixar a casa mais alegre?

– Sim, Aurora, custaria, sim. Muito dinheiro – confirmou ele.

De braços cruzados, Aurora o encarou.

– E eu tenho o suficiente para deixar essa casa boa para a gente morar?

– Tem – confirmou ele outra vez. – Mas eu não recomendaria. Ainda mais que você tem uma casa confortável a poucos quilômetros daqui, em Kensington.

– Não. Decidi que eu quero morar aqui. – Ela se virou para Grania, nos degraus da frente, enquanto Hans trancava a porta atrás deles. – E você, mamãe? Você ia ter que morar aqui também.

– É uma linda casa antiga, Aurora, e é claro que eu ia gostar de morar aqui com você. Mas, como disse o tio Hans, talvez seja mais sensato vender.

– Não – disse Aurora, decidida. – Eu quero ficar aqui.

Os três deixaram a Casa Cadogan e pegaram um táxi de volta até o hotel. Enquanto tomavam chá com bolinhos, Aurora pediu a Hans que tomasse as providências necessárias para reformar a casa.

– A gente pode morar na casa do papai em Kensington enquanto tudo se ajeita. Não pode, Grania?

– Se você tiver certeza, então sim, Aurora. – O celular dela tocou. – Com licença.

Grania deixou o salão e foi até o lobby para atender a ligação de modo mais reservado.

– Oi, amor. E aí? Viu a casa? – perguntou Matt.

– Vi. É linda e gigantesca, e quase tudo precisa ser reformado para morarmos lá. Mas Aurora decidiu que quer ficar lá mesmo.

– E o teste na Royal Ballet School ontem?

– Aurora disse que foi bem, mas só vamos saber daqui a uma semana, mais ou menos.

– E você, amor?

– Estou bem. Com saudades de você. – Ainda era difícil expressar seu afeto, mas ela estava melhorando nisso.

– Eu também, amor. Mas só mais alguns dias e vou estar aí com vocês.

– Tem certeza de que é isso que você quer, Matt?

– Certeza absoluta. Na verdade, mal posso esperar para sair de Nova York e começar vida nova com minhas duas garotas. Aliás, dá um abraço na Aurora por mim.

– Vou dar.

– Ah, Grania?

– Hmm?

– Você não vai roer a corda na última hora, vai? Não quero jogar tudo para o alto aqui para depois, quando meu visto britânico expirar, daqui a três meses, descobrir que você mudou de ideia sobre se casar comigo.

– Matt, não vou mudar de ideia – prometeu ela. – Na verdade eu não tenho escolha, não é? Se eu mudar de ideia, eles te expulsam do país.

– Exato. Quero garantir que desta vez não tem nenhuma brecha. Eu te amo, e daqui a pouquinho vou estar aí com vocês.

– Também te amo, Matt.

Grania sorriu, tornou a guardar o celular na bolsa e voltou para o salão.

Fora preciso um ano indo e vindo entre os Estados Unidos e a Irlanda para decidir o melhor plano que conciliasse a vida dos três e garantisse um futuro. A decisão foi tomada quando Aurora anunciou que queria tentar uma vaga na Royal Ballet School, localizada no arborizado subúrbio de Richmond, bem pertinho de Londres.

A mostra de Grania, três meses antes, tinha sido um grande sucesso, e ela também vinha passando cada vez mais tempo em Londres. Só faltava Matt arrumar um emprego, coisa que ele havia conseguido três semanas antes, se tornando professor de psicologia na King's College. Durante as férias prolongadas que tanto Matt quanto Aurora teriam na universidade e na escola de balé, planejavam voltar a Dunworley e aproveitar a casa lindamente reformada. Assim Grania também poderia trabalhar no seu ateliê, e Aurora passaria tempo com a família e com seus amados animais.

Grania sabia o que Matt estava sacrificando ao deixar Nova York, mas, como ele mesmo dissera, talvez Londres fosse o meio-termo perfeito; era território neutro – nenhum dos dois seria nativo –, e construiriam um futuro juntos.

– Eu estava falando para o tio Hans que a gente devia vender a casa do papai em Kensington depois que a Casa Cadogan ficasse pronta. Isso vai ajudar a pagar a reforma – disse Aurora.

– Filha de peixe, peixinho é – comentou Hans, arqueando as sobrancelhas. – Só assim para demonstrar tino financeiro aos 10 anos. Bem, Aurora, como você é minha cliente, e portanto minha chefe, preciso acatar seus desejos. E sim, como responsável pelo seu fundo, acho essa decisão sensata.

– Vou ao toalete, como diz a vovó – falou Aurora.

Quando ela se afastou, Hans perguntou:

– Como vai Matt?

– Bem, Hans, obrigada. Está ocupado fazendo a mudança e resolvendo a vida na cidade.

– É uma mudança e tanto que ele está fazendo... que vocês dois estão fazendo. Mas parece uma boa ideia. Um novo começo pode ajudar muito.

– Sim – concordou Grania. – E acho que nunca te agradeci por me conhecer tão bem. Você me fez ver os meus erros.

– Ah, imagina, não fiz nada – disse Hans com modéstia. – O segredo não é só perceber os erros, mas tentar consertá-los. E foi isso que você fez.

– Eu tento, mas meu orgulho nunca vai desaparecer por completo – declarou ela com um suspiro.

– Você tem alguém que te entende, provavelmente muito melhor do que antes. Matt é um homem bom, Grania. Cuide dele.

– Eu sei, Hans, e vou cuidar, juro.

– O que vocês estão falando? – perguntou Aurora ao voltar para a mesa. – A gente pode ir para o quarto? Quero ligar para a vovó e contar da casa nova.

– Aurora me contou que decidiu morar na Casa Cadogan – disse Kathleen depois que a menina parou de alugar o ouvido da avó e passou o telefone para Grania.

– É.

– Você sabe que foi lá que a sua bisavó Mary...

– Eu sei.

– Bom, eu estava pensando: você lembra que, no relato de Mary, quando Lawrence Lisle levou a neném para casa, ele pediu para guardarem uma mala no sótão até a mãe da menina ir buscá-la? Você não acha que...?

– Bom, só tem um jeito de descobrir – respondeu Grania. – Da próxima vez que for lá eu dou uma olhada.

Uma semana depois, com Matt já em Londres, Grania foi com ele e Aurora à Casa Cadogan. A menina o levou por um tour guiado, e quando terminou ele foi até a cozinha e abraçou Grania.

– Nossa, amor, ainda bem que eu não sou igual a você – disse ele, e assobiou. – Até meu pai ia ficar impressionado com esta casa. Ela é incrível! E eu vou morar aqui sem pagar aluguel – emendou ele com um sorriso. – Será que meu orgulho aguenta?

– Bom, a casa também não é minha, Matt. É da Aurora.

– Estou só implicando, amor.

– Tem certeza de que está tudo bem? – Grania o encarou. – Vai ficar à vontade aqui?

– Minha senhora. – Ele ergueu as mãos. – Vou ficar com você e seguir a carreira que amo. E se a minha esposa e a minha filha podem me dar uma vida mais confortável, por mim tudo bem.

– Que bom. Agora pode me dar uma mãozinha e ir até o sótão comigo? Eu trouxe uma lanterna. Queria procurar uma coisa.

383

Com Aurora entretida no salão escutando *O lago dos cisnes* em volume quase inaudível no velho gramofone, Matt e Grania subiram até o último andar da casa.

– Ali. – Grania apontou para um alçapão quadrado no teto. – Deve ser isso aí.

Matt olhou para cima.

– Vou precisar subir em alguma coisa.

Buscaram uma cadeira de madeira em um dos cômodos e Matt subiu, cauteloso, estendendo o braço para abrir o trinco enferrujado. Ele deu um puxão e o trinco cedeu, abrindo o alçapão em meio a uma nuvem de poeira e teias de aranha.

– Cara, acho que ninguém deve vir aqui há décadas – disse Matt, enfiando a cabeça pela abertura. – Me passa a lanterna.

Grania obedeceu e Matt iluminou o espaço.

– Acho que você não vai gostar daqui, amor. Por que não me diz o que está procurando e eu vejo se consigo encontrar?

– Pelo que minha mãe falou, é uma mala pequena e muito velha.

– Tá.

Matt usou os braços para se içar e se sentou na borda do alçapão, com as pernas penduradas para fora. Um som farfalhante ecoou lá de cima.

– Camundongos, ou pior, ratos – falou Matt, pálido. – Melhor pedir ao engenheiro para dar uma olhada quando vier.

– Talvez seja melhor a gente pedir para outra pessoa tirar tudo daí outro dia – sugeriu Grania com um arrepio.

– Ei, nem pensar! Eu tenho que servir para alguma coisa. – Matt abriu um sorriso lá de cima. – Fica aqui, vou dar uma espiada. – Ele encolheu as pernas e se levantou com cuidado. – Acho que algumas dessas tábuas estão podres, amor. Uau, isso aqui está lotado de velharias!

Parada lá embaixo, Grania escutou os passos dele no forro.

– Tá, achei dois baús aqui... mas estão bem pesados.

– Não! – gritou ela. – Era uma mala pequena.

– O que tem de tão importante nessa mala, afinal? – respondeu ele. – Putz, essas teias de aranha são dignas de um filme de terror! Até eu estou ficando assustado.

Grania ouviu pancadas à medida que ele movia objetos lá em cima. Então, por fim...

– Acho que encontrei alguma coisa... pelo menos o que sobrou. Vou passar para você.

As mãos dele apareceram na abertura segurando uma pequena mala de cor indiscernível sob as camadas de poeira.

– Para mim, chega! Vou sair daqui. – Matt apareceu, o cabelo cinza por causa das teias de aranha. – Meu Deus! – comentou ao descer da cadeira. – Só por amor mesmo para fazer isso.

– Obrigada, querido – disse Grania, voltando a atenção para a mala.

Ao tirar a poeira do couro gasto, distinguiu um vago relevo de iniciais na parte de cima. Matt se ajoelhou ao lado dela.

– Acho que é um "L" e um "K" – disse Grania.

– De quem é essa mala?

– Se for a mala certa, pertencia à bisavó de Aurora. Lawrence Lisle chegou em casa com um bebê... – explicou Grania. – E disse aos empregados que a mãe viria buscar Anna *e* a mala. Ela nunca veio, então Anna nunca soube nada sobre a mãe biológica.

– Bom, esses fechos enferrujados vão ser difíceis de abrir. Deixe eu tentar.

Por fim, levaram a mala até a cozinha para arrumar uma ferramenta adequada. Grania achou uma faca na gaveta e Matt conseguiu abrir os fechos.

– Então, pronta para descobrir o que tem aí dentro? – indagou ele.

– Acho que Aurora devia fazer isso. Tecnicamente, a mala é dela.

Grania foi buscar a menina no salão e a levou até a cozinha.

– O que é isso? – Aurora espiou com desagrado a mala de couro imunda.

– A gente acha que era da sua bisavó, que nunca veio buscar. A mala foi deixada aqui há quase cem anos – explicou Grania. – Quer abrir?

– Não, pode abrir você, vai que tem aranhas. – Aurora torceu o nariz.

Grania pareceu igualmente hesitante.

– Tá bom, senhoras, acho que dou conta desse trabalho.

Com todo o cuidado, Matt ergueu a tampa da mala e, com um estalo de couro velho, revelou seu conteúdo.

Os três espiaram lá dentro.

– Eca! Que cheiro de velho – comentou Aurora. – Não tem muita coisa aí dentro, né?

– Não.

Grania estava decepcionada. Dentro da mala havia um embrulho envolto em seda, e nada mais.

Sentindo a reticência das moças, Matt pegou o embrulho, o retirou da mala e pôs em cima da mesa.

– Querem que eu abra?

Ambas assentiram.

Com hesitação, ele desembrulhou a fina e desbotada seda.

Aurora e Grania olharam para o conteúdo exposto.

– Sapatilhas de balé – sussurrou Aurora, impressionada.

Ela pegou um dos calçados para examiná-lo e um envelope bolorento flutuou até o chão.

Grania se abaixou para pegá-lo.

– É uma carta, e está endereçada a... – Grania tentou discernir a tinta apagada.

– Parece "Anastasia" – disse Matt, inclinando-se por cima do ombro dela.

– Anna... o nome da minha avó era Anna! – exclamou Aurora, animada.

– Era mesmo. Vai ver Lawrence Lisle abreviou o nome – sugeriu Grania.

– Anastasia é um nome russo, né? – perguntou Aurora.

– É. E Mary, que cuidou de Anna quando ela era bebê, sempre desconfiou que a menina tinha sido trazida da Rússia.

– Posso abrir a carta, então? – pediu Aurora.

– Sim, mas com muito cuidado, ela parece frágil – alertou Matt.

Os dedos pequeninos da menina abriram o envelope. Ela observou as palavras e franziu o cenho.

– Não entendo o que está escrito.

– É porque está em russo – falou Matt atrás delas. – Estudei russo por três anos na escola, só que faz tempo, então estou enferrujado. Mas acho que, consultando um dicionário, consigo ler.

– Você é cheio de talentos, meu amor. – Grania se virou e beijou a bochecha dele.

Quando chegaram à bonita casa de Alexander em Kensington, onde ficariam morando durante a reforma da Casa Cadogan, encontraram outra carta à espera no capacho, dessa vez endereçada a Aurora.

– É da Royal Ballet School! – disse Aurora, pegando o envelope e olhando para Grania com esperança e medo. – Toma – falou, entregando a carta a ela. – Abre pra mim, mamãe? Estou nervosa.

– Claro. Certo...

Grania abriu o envelope com um rasgo, desdobrou a carta e começou a ler.

– O que diz, mamãe?

Aurora tinha os punhos cerrados sob o queixo de tão tensa.

– Diz... – Grania a encarou e sorriu. – Diz que é melhor você começar a fazer as malas, porque eles estão te oferecendo uma vaga a partir de setembro.

– Ai, *mãe!* – Aurora se atirou nos braços dela. – Estou *tão* feliz!

– Parabéns, meu amor – disse Matt, entrando no abraço.

Depois de se acalmarem, Matt foi para o quarto com o dicionário recém--comprado para tentar traduzir a carta em russo.

Aurora ficou sentada à mesa da cozinha, ainda segurando as sapatilhas e falando animadamente sobre o futuro enquanto Grania preparava o jantar.

– Queria que o Matt andasse logo, quero saber quem era minha bisavó. Ainda mais agora que serei bailarina igual a ela.

– Bom, Aurora, tem muita coisa na sua história que você não sabe. E um dia a gente vai sentar e eu vou te contar. E o mais engraçado é que, por quase cem anos, sua história ficou entrelaçada com a minha. Mary, minha bisavó, acabou adotando sua avó Anna.

– Nossa! – A menina arregalou os olhos. – Que coincidência, né? Porque você fez a mesma coisa comigo, mamãe.

– Pois é. – Grania deu um beijo carinhoso na cabeça dela.

Duas horas depois, Matt desceu e anunciou que havia conseguido decifrar a maior parte da carta, então entregou a tradução digitada para Aurora.

– Toma aqui, querida. Não está perfeita, mas fiz meu melhor.

– Obrigada, Matt. Quer que eu leia em voz alta?

– Se você quiser – falou Grania.

– Tá. – Aurora pigarreou. – Lá vai.

Paris
17 de setembro de 1918

Minha preciosa Anastasia,

Se estiver lendo esta carta, é porque não estou mais neste mundo. Meu bom amigo Lawrence foi instruído a lhe entregar esta carta caso eu não volte para buscá-la, e quando você tiver idade suficiente para compreen-der. Não sei o que ele terá lhe contado sobre a sua mamãe, porém o mais importante é você saber que eu a amo mais do que qualquer mãe poderia amar. E por causa disso, enquanto nossa amada Rússia passa por toda essa turbulência, quis me certificar de que você estivesse em um lugar seguro. Meu bebê, teria sido fácil acompanhar Lawrence até a Inglaterra e deixar o perigo para trás, como fizeram tantos dos meus conterrâneos. Mas existe um motivo pelo qual preciso voltar de Paris para o nosso país natal. Seu pai está correndo grande perigo. Na realidade, não sei se ele ainda está vivo. Então preciso ir encontrá-lo. Sei que corro o risco de ir para a prisão ou mesmo de encontrar a morte, mas só me resta rezar para que você, minha Anastasia, quando for mais velha, também experimente o prazer e a dor de um amor de verdade.

Seu pai é da maior família da Rússia, mas o nosso amor teve de ser um segredo. Envergonha-me lhe dizer que ele já era casado.

Você foi o fruto desse precioso amor.

Pelas sapatilhas que deixei junto com esta carta, você imaginará que eu sou bailarina. Dancei no Kirov e sou famosa em nosso país. Foi assim que conheci seu pai. Ele foi assistir minha apresentação em A morte do cisne, e a partir de então começou a me cortejar.

Estou em Paris agora, porque sei que minha ligação com a nossa família imperial pôs nós duas em grande perigo. Então aceitei um contrato com o Ballets Russes de Diaghilev para ter oportunidade de sair da Rússia e levar você para um lugar seguro.

Meu amigo Lawrence, meu bondoso cavalheiro inglês (talvez ele também seja um pouco apaixonado por mim!), agiu como meu salvador e disse que a levaria para Londres e cuidaria de você para mim.

Minha doce menina, espero fervorosamente que a loucura em nosso país termine logo. E eu estarei livre para ir encontrá-la em Londres, e depois levá-la de volta para a nossa amada terra e apresentá-la ao seu pai. Mas, enquanto reinar o caos, sei que devo sacrificar meus próprios sentimentos e mandá-la para longe.

Que Deus a acompanhe, minha pequena preciosa. Daqui a poucas horas Lawrence Lisle vai chegar e levá-la para sua viagem rumo à segurança. Só o destino pode decidir se voltaremos a nos encontrar, então me despeço, minha Anastasia, e que a sorte a acompanhe.

Saiba sempre que você é fruto de muito amor.

Sua mamãe que muito a ama,
Leonora

O silêncio reinou na cozinha.

– Emocionante, não é? – disse Matt.

Grania abraçou Aurora enquanto lágrimas escorriam por seu rosto.

– Não é... não é lindo, Grania? – sussurrou a menina.

– É, sim.

– Leonora morreu quando voltou para a Rússia, não foi?

– É, deve ter morrido. Se ela era famosa, podemos tentar descobrir o que aconteceu com ela. E quem foi o pai de Anastasia – refletiu Grania.

– Se o pai de Anastasia era membro da família imperial, foi fuzilado bem pouco depois de Leonora escrever essa carta – comentou Matt.

– Leonora podia ter fugido, ido embora com a filha e com Lawrence aqui para a Inglaterra – disse Aurora. – Mas não veio porque amava muito o pai da Anastasia. – A menina balançou a cabeça. – Deve ter sido muito difícil escolher, entregar a bebê para um desconhecido.

– É – concordou Grania. – Mas, meu amor, tenho certeza de que Leonora não achava que fosse morrer. Nós levamos a vida como se fôssemos imortais. Ela fez o que podia para garantir a segurança de Anastasia.

– Acho que eu não ia ter coragem – falou Aurora com um suspiro.

– Bem... – Matt passou um braço pelos ombros de Grania e beijou a cabeça de Aurora. – Isso é porque você ainda não aprendeu o quanto somos capazes de nos sacrificar por amor. Não é, Grania?

– Sim. – Grania sorriu. – É verdade.

Aurora

Não parece um final perfeito?

O verdadeiro "felizes para sempre". Bem como eu gosto.

Grania e Matt juntos outra vez, começando uma nova vida, e com segurança financeira garantida. E eu ao lado deles, correndo atrás do sonho de me tornar uma grande bailarina, apoiada pela família amorosa e segura que sempre havia desejado.

Poderia ser mais perfeito?

Sim! Um bebê para eles e um irmão ou irmã para mim!

E um ano depois isso também aconteceu.

Agora estou em dúvida se deveria encerrar a história aqui, sem destruí-la com "depois do felizes para sempre...".

Mas isso não concluiria a minha história, entendem?

E confesso que enganei vocês.

Não sou realmente "velha", embora seja como me sinto.

Me sinto com pelo menos 100 anos.

Mas, ao contrário da Aurora do conto de fadas, vou dormir por um século – para sempre, na verdade – e nenhum belo príncipe vai me acordar...

Pelo menos não aqui neste mundo.

Caros leitores, não quero deixá-los deprimidos. Dezesseis anos de uma vida bem-vivida é melhor do que nada.

Mas se vocês acharam, durante a história, que narrei os personagens de um jeito um tanto romântico e ingênuo, podem me perdoar? Eu tenho 16 anos. Sou jovem demais para ter ficado amargurada por algum amor que não deu certo.

Bem, estou morrendo. Antes de ficar amargurada. Então ainda acredito na magia do amor. Acredito que as nossas vidas, como nos contos de fadas – contos que escrevemos baseados em nossas experiências –, têm sempre um Herói e uma Heroína, uma Fada Madrinha e uma Bruxa Má.

E que o amor, a bondade, a fé e a esperança sempre vencem.

Também pensei que até a Bruxa Má é a "Heroína" da própria história, claro, mas isso é outro assunto.

E as coisas sempre têm um lado bom, é só procurar. Minha doença me permitiu documentar a história da família. Escrever esta história foi uma atividade companheira em momentos difíceis e dolorosos. E me permitiu também aprender sobre a vida. Uma espécie de curso intensivo no pouco tempo que tenho.

Para Grania e Matt – ou seja, minha mãe e meu pai neste mundo – é bem mais difícil aceitar o inevitável. Eu estou calma porque tenho sorte. Sei que não vou ficar sozinha quando atravessar o véu; vou encontrar braços amorosos à minha espera.

Espíritos... Fantasmas... Anjos... Qualquer que seja o nome, leitores, eles existem, sim. Sempre os vi, mas aprendi a não dizer nada.

E para vocês que não acreditam, lembrem que não existem provas de que sim nem de que não.

Então eu escolho acreditar. Na minha opinião, é a melhor alternativa.

Como falei desde o início, não escrevi isto para que fosse publicado. Meus pais me viram escrevendo, perguntaram sobre o que era, e eu não quis contar. Esta história é minha, sabe, até o fim (ou o começo), que eu acho que está bem próximo.

Então, caros leitores, caras leitoras, minha história está quase terminada.

Não se preocupem comigo nem fiquem tristes. Vou continuar minha jornada, e estou feliz com isso. Quem sabe que tipo de magia vou encontrar do outro lado do tal véu?

Por favor, se puderem, lembrem-se de mim e da história da minha família. É a sua história também, pois fala de humanidade.

E, acima de tudo, nunca percam a fé na beleza e na bondade da natureza humana.

Estão sempre presentes; é que às vezes é preciso procurar um pouco mais.

Agora chegou a hora de me despedir.

Epílogo

Baía de Dunworley, West Cork, Irlanda, janeiro

No alto do penhasco, Grania escutava o vento uivando nos ouvidos como na tarde em que havia encontrado Aurora pela primeira vez, oito anos antes.

Seus ombros estremeciam com soluços secos enquanto se lembrava da menininha que surgira tão de repente atrás dela, como uma fada, e transformara sua vida de maneira irrevogável. Oito anos antes, ela estava chorando a perda do seu bebê. Agora estava de luto por outra criança.

– Eu não entendo! – gritou para as ondas violentas que quebravam lá embaixo. – *Não entendo.*

Deixou-se cair ajoelhada quando a força a abandonou, e apoiou a cabeça nas mãos.

Imagens de Aurora a dominaram – e, em cada uma, sua vitalidade infinita. Aurora dançando, rodopiando, saltitando pelo alto do penhasco, pela praia... sua energia, seu otimismo e seu entusiasmo pela vida eram suas maiores qualidades. Nos oito anos em que Grania passou cuidando dela, mal conseguia se lembrar de tê-la visto pessimista ou triste. Mesmo nos últimos meses, quando perdera as forças, seu rosto radiante sorria da cama do hospital, cheio de graça e esperança, mesmo nos piores momentos da doença.

Grania levantou a cabeça e recordou como Aurora tinha sido corajosa, naquele exato local, quando teve que contar da morte do pai dela. Ela tinha aceitado bem e, em meio à tristeza, encontrado um lado bom.

De alguma forma, Grania sabia que também precisava encontrar forças para superar aquilo. Aurora nunca questionara "por quê", nunca se torturara com a injustiça da vida. Talvez fosse por ter aquela certeza, aquela fé de que o fim da vida na terra não significava o fim.

Ela havia deixado uma carta, mas, nos dez terríveis dias desde a sua morte, Grania não conseguira abri-la.

Grania se levantou, retornou à pedra coberta de grama onde tantas vezes se acomodara e tirou a carta do bolso do casaco. Com dedos azulados de frio, abriu-a com dificuldade.

Mamãe,

Aposto que sei onde você vai estar lendo esta carta. Vai estar sentada na sua pedra preferida no alto do penhasco de Dunworley, olhando para o mar, sentindo a minha falta e se perguntando por que eu parti. Mamãe, eu sei que você vai estar triste. Perder alguém é sempre uma dor, mas talvez perder um filho seja pior, porque não faz parte da ordem natural das coisas. Mas na verdade fomos nós, humanos, quem inventamos o cálculo do tempo. Acho que foram os romanos que criaram o primeiro calendário e nos deram os dias, meses e anos. E sinceramente, mamãe, acho que estou viva desde sempre.

E talvez esteja.

Nunca senti que era totalmente deste mundo. Lembre, mãe, que vamos todos acabar onde eu estou agora e que só nos enxergamos por causa da pele e dos ossos, do nosso corpo físico. Mas o nosso espírito não morre nunca. Quem sabe você está sentada aí na sua pedra, e eu posso estar do seu lado, dançando à sua volta, te amando como sempre amei, mas você não conseguirá me ver.

Mamãe, minha partida não pode te deixar tão triste a ponto de esquecer de cuidar do papai e do Florian. Obrigada por batizar meu irmãozinho em homenagem ao príncipe de A bela adormecida – e espero que um dia ele encontre uma princesa e a acorde com um beijo. Por favor, dá um abraço na vovó, no vovô e em Shane. Diz que eu vou ficar de olho para ver se ele toma conta da Lily. Ela agora está ficando velhinha e precisa de mais atenção.

Mamãe, tente acreditar que nada nunca termina, principalmente o amor.

A esta altura você já deve ter falado com o tio Hans e descoberto que eu deixei tanto a Casa Dunworley quanto a Casa Cadogan para você. Por algum motivo, parece certo você ficar com elas. As casas fazem parte da história das nossas famílias, e gosto de pensar na nossa linhagem de mulheres fortes se combinando e vivendo nelas. O resto do meu dinheiro... bem, tio Hans sabe o que eu quero fazer com ele, e sei que ele vai criar minha instituição de caridade com o cuidado de sempre!

Deixei outro presente para você, aliás. Está na gaveta que o papai sempre mantinha trancada no escritório dele – você sabe qual. Escrevi para nós e para nossas famílias como prova do elo que nos uniu por mais de cem anos, você e eu.

Mamãe, eu sei de uma coisa que você ainda não sabe: se fosse você, daria uma conferida no mês que vem, mas o pequeno espírito já está aí, bem no fundo do seu corpo. E vai ser uma menininha.

Mamãe, obrigada por tudo que você me deu.

Nos vemos muito em breve,

Beijos,
Sua Aurora

Grania ergueu o rosto devagar, com os olhos turvos por lágrimas. E viu uma pequena gaivota branca observando-a da borda do penhasco, com a cabeça inclinada.

– Grania?

Ela se virou lentamente na direção da voz. Matt estava parado a poucos metros.

– Está tudo bem, meu amor? – perguntou ele.

Ela não conseguiu responder. Aquiesceu em silêncio.

– Fiquei preocupado, está armando um temporal e... posso te dar um abraço?

Ela estendeu os braços para o marido. Ele se abaixou, envolveu-a nos braços fortes e a apertou com força, então baixou os olhos para o que ela estava segurando.

– A carta que ela te deixou?

– É.

– O que diz?

– Ah, muitas coisas. – Grania assoou o nariz em um velho lenço de papel que tirou do bolso. – Ela era... ela *é* extraordinária. Tão sábia, tão forte... como podia ser assim, tão jovem?

– Talvez, como a sua mãe diz, ela seja uma alma antiga – murmurou Matt.

– Ou um anjo... – Grania se recostou no ombro dele. – Ela diz que escreveu uma coisa para mim e deixou na gaveta do escritório.

– Vamos para casa procurar? Suas mãos estão azuis, amor.

– Vamos.

Matt a ajudou a se levantar e passou um braço por sua cintura enquanto davam meia-volta para subir o penhasco.

– Aurora também disse outra coisa na carta.

– O quê? – indagou Matt quando começaram a andar.

– Ela disse que eu...

Uma rajada de vento soprou de repente, arrancando a carta de suas mãos geladas, e a carregando em direção à borda do penhasco.

– Ah, amor... – disse Matt, impotente, sabendo que não havia como salvar o papel. – Eu sinto muito.

Grania se virou e ficou olhando o papel voar, dançar e rodopiar ao vento, assustando a gaivota e fazendo-a levantar voo junto à carta, para em seguida voar atrás dela em direção ao céu e ao mar.

Sentiu uma súbita paz dominá-la.

– Agora eu entendo.

– Entende o quê, meu amor?

– Ela vai estar sempre comigo.

Agradecimentos

Esta é a página que eu mais gosto de escrever. Significa que o livro está concluído e a caminho da publicação, fato que se deve, sob muitos aspectos, ao apoio, conselho e incentivo irrestritos de todas as pessoas abaixo.

Em primeiro lugar, Mari Evans, minha sensacional editora na Penguin, por seus "ajustes" de valor incalculável. Toda a equipe da Penguin, que defendeu o livro de modo tão apaixonado, principalmente Roseanne Bantinck, Anna Derkacz e toda a equipe de direitos internacionais, que levaram minha história a um público global. Karen Whitlock, minha copidesque, Pat Pitt, minha digitadora, e todas as pessoas dos "bastidores" que tanto contribuíram.

Jonathan Lloyd, meu fabuloso agente e amigo cuja paciência (e imensa conta de despesas corporativas relacionada à minha obra) finalmente rendeu frutos. Susan Moss e Jacquelyn Heslop, as únicas duas pessoas em quem confiei para lerem o manuscrito antes de enviá-lo e que me reconfortaram de modo tão positivo até o veredicto profissional chegar. Helene Rampton, Kathleen MacKenzie, Tracy Blackwell, Jennifer Dufton, Rosalind Hudson, Adriana Hunter, Susan Grix, Kathleen Doonan, Sam Gurney, Jo Blackmore, Sophie Hicks e Amy Finnegan... meninas, o que eu faria sem vocês?! Danny Scheinmann, cujos calmos conselhos foram inestimáveis, Richard Madeley e Judy Finnigan, cujo "Clube do Livro de Richard e Judy" me proporcionou uma plataforma incrível para o lançamento de meus futuros romances. David Makinson, da livraria Holt Bookshop, Richard, Anthony e Felicity Jemmet, Moreno Delise, Patrick Greene, e um "obrigada" todo especial a Isabel Latter, genial osteopata e amiga, e Rita Kalagate, que me mantiveram fisicamente apta durante o interminável trabalho de reescrita.

À Família, que suportou diariamente meus loucos hábitos de escritora sem (muita) reclamação. Minha mãe, Janet, com seu apoio eterno, minha irmã Georgia, e Olivia, cujos talentos de digitação editorial abastecidos por um copo de vodca continuam mais do que impecáveis. E meus fantásticos filhos, Harry, Isabella, Leonora e Kit (que merece um "obrigada" especial por ter me deixado roubar para o livro a primeira linha da bela história *dele*), cujos nomes figuram em ordem de idade, não de importância. Eu amo todos vocês, e cada um me trouxe, a seu modo, muito amor, muito riso e muita *vida*. Só posso dizer que me sinto honrada por ter tido o privilégio de trazer ao mundo cada um de vocês.

E meu marido, Stephen; como sempre, palavras não dão conta de expressar. Só posso agradecer. Por tudo. Isto é para você.

Bibliografia

A garota do penhasco é uma obra de ficção com contexto histórico. As fontes que utilizei para pesquisar a época e os detalhes da vida de meus personagens seguem listadas abaixo:

COOGAN, Tim Pat. *Michael Collins.* Londres: Arrow, 1991.

DANEMAN, Meredith. *Margot Fonteyn.* Nova York: Viking, 2002.

ELDRIDGE, Jim. *The Trenches: A First World War Soldier, 1914-1918, My Story.* Londres: Scholastic, 2008.

FAULKS, Sebastian. *O canto do pássaro.* Rio de Janeiro: Record, 1998.

FIGES, Orlando. *A tragédia de um povo: A Revolução Russa, 1891-1924.* Rio de Janeiro: Record, 1999.

GARAFOLA, Lynn. *Diaghilev's Ballets Russes.* Cambridge: De Capo Press, 1998.

LEE, Joseph J. *Ireland, 1912-1985: Politics and Society.* Cambridge: Cambridge University Press, 1990.

LIFAR, Serge. *Serge Diaghilev.* Nova York: Putnam, 1945.

LIGHT, Alison. *Mrs. Woolf and the Servants.* Londres: Penguin Books, 2008.

NICHOLSON, Virginia. *Singled Out.* Londres: Penguin Books, 2008.

NICOLSON, Juliet. *The Great Silence: 1918-1920, Living in the Shadow of the Great War.* Londres: John Murray, 2009.

RÖHRICH, Lutz. *"And They Are Still Living Happily Ever After": Anthropology, Cultural History and Interpretation of Fairy Tales.* Burlington: University of Vermont, 2008.

STEVENSON, David. *1914-1918: A história da Primeira Guerra Mundial.* São Paulo: Novo Século, 2016.

_____. *The Outbreak of the First World War: 1914 in Perspective (Studies in European History).* Basingstoke: Palgrave Macmillan, 1997.

VALOIS, Ninette de. *Invitation to the Ballet.* Londres: The Bodley Head, 1937.

CONHEÇA A SAGA DAS SETE IRMÃS

"O projeto mais ambicioso e emocionante de Lucinda Riley. Um labirinto sedutor de histórias, escrito com o estilo que fez da autora uma das melhores escritoras atuais. Esta é uma série épica." – *Lancashire Evening Post*

"Lucinda Riley criou uma série que vai agradar a todos os leitores de Kristin Hannah e Kate Morton." – *Booklist*

Com a série As Sete Irmãs, Lucinda Riley elabora uma saga familiar de fôlego, que levará os leitores a diversos recantos e épocas e a viver amores impossíveis, sonhos grandiosos e surpresas emocionantes.

No passado, o enigmático Pa Salt adotou suas filhas em diversos recantos do mundo, sem um motivo aparente. Após a sua morte, elas descobrem que o pai lhes deixou pistas sobre as origens de cada uma, que remontam a personalidades importantes. Assim é que começam as jornadas das Sete Irmãs em busca de seus passados.

Baseando-se livremente na mitologia das Plêiades – a constelação de sete estrelas que já inspirou desde os maias e os gregos até os aborígines –, Lucinda Riley cria uma série grandiosa que une fatos históricos e narrativas apaixonantes.

Conheça a série:

As Sete Irmãs (Livro 1)
A irmã da tempestade (Livro 2)
A irmã da sombra (Livro 3)
A irmã da pérola (Livro 4)
A irmã da lua (Livro 5)
A irmã do sol (Livro 6)
A irmã desaparecida (Livro 7)
Atlas (Livro 8)

LEIA UM TRECHO DO PRIMEIRO LIVRO

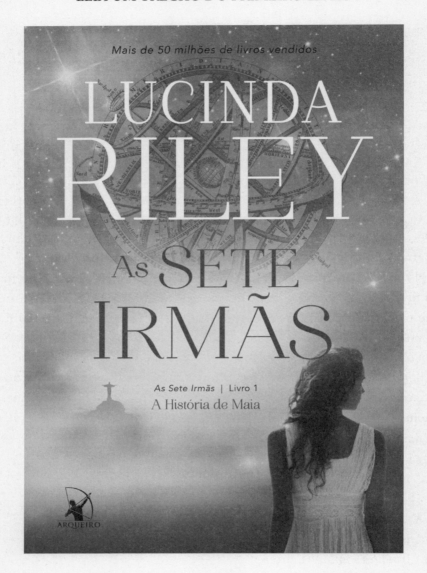

Personagens

ATLANTIS

Pa Salt – *pai adotivo das irmãs [falecido]*
Marina (Ma) – *tutora das irmãs*
Claudia – *governanta de Atlantis*
Georg Hoffman – *advogado de Pa Salt*
Christian – *capitão da lancha da família*

AS IRMÃS D'APLIÈSE

Maia
Ally (Alcíone)
Estrela (Astérope)
Ceci (Celeno)
Tiggy (Taígeta)
Electra
Mérope [não encontrada]

Maia

Junho de 2007
Quarto crescente
13; 16; 21

1

Sempre vou lembrar exatamente onde me encontrava e o que estava fazendo quando recebi a notícia de que meu pai havia morrido.

Estava sentada no lindo jardim da casa da minha velha amiga de escola em Londres, com um exemplar de *A odisseia de Penélope* aberto no colo, mas sem nenhuma página lida, aproveitando o sol de junho enquanto Jenny buscava seu filho pequeno no quarto.

Eu estava tranquila e feliz por ter tido a bela ideia de sair de casa um pouco. Observava o florescer da clematite. O sol, tal qual um parteiro, a encorajava a dar à luz uma profusão de cores. Foi quando meu celular tocou. Olhei para a tela e vi que era Marina.

– Oi, Ma, como você está? – falei, esperando que ela conseguisse notar o calor em minha voz.

– Maia, eu…

Marina fez uma pausa e, naquele instante, percebi que havia algo terrivelmente errado.

– O que houve?

– Maia, não existe uma maneira fácil de dizer isto. Seu pai teve um ataque cardíaco aqui em casa, ontem à tarde, e hoje cedo ele… faleceu.

Fiquei em silêncio, enquanto um milhão de pensamentos diferentes e ridículos passavam pela minha mente. O primeiro era o de que Marina, por alguma razão desconhecida, tivesse resolvido fazer uma piada de mau gosto.

– Você é a primeira das irmãs para quem estou contando, Maia, já que é a mais velha. Queria saber se você quer contar para suas irmãs ou prefere que eu faça isso.

– Eu…

Eu ainda não conseguia fazer nada coerente sair dos meus lábios, agora que começava a me dar conta de que Marina, minha querida Marina, o mais próximo de uma mãe que eu conhecera, nunca me falaria algo assim *se não fosse verdade*. Então tinha que ser verdade. E, naquele momento, meu mundo inteiro virou de cabeça para baixo.

– Maia, por favor, me diga que você está bem. Esta é a pior ligação que já tive que fazer, mas que opção eu tinha? Só Deus sabe como as outras garotas vão reagir.

Foi então que ouvi o sofrimento na voz *dela* e percebi que Marina precisava me contar aquilo não apenas por mim, mas também para dividir aquela tristeza. Então passei à minha zona de conforto usual, que era tranquilizar os outros.

– É claro que conto para minhas irmãs se você preferir, Ma, embora não tenha certeza de onde todas estão. Ally não está longe de casa, treinando para uma regata?

E, enquanto falávamos sobre a localização de cada uma de minhas irmãs, como se tivéssemos que reuni-las para uma festa de aniversário e não para o enterro de nosso pai, a conversa foi me parecendo cada vez mais surreal.

– Quando você acha que deve ser o funeral? Com Electra em Los Angeles e Ally em algum lugar em alto-mar, com certeza não podemos pensar nisso até semana que vem – disse eu.

– Bem… – Ouvi a hesitação na voz de Marina. – Talvez seja melhor conversarmos sobre isso quando você estiver em casa. Não há nenhuma pressa agora, Maia, por isso, se preferir passar seus últimos dias de férias em Londres, não tem problema. Não há mais o que fazer por ele aqui… – Sua voz falhou, tomada pela tristeza.

– Ma, é claro que vou estar no primeiro voo para Genebra que eu conseguir! Vou ligar para a companhia aérea imediatamente e depois vou fazer o máximo para entrar em contato com todas elas.

– Sinto tanto, *chérie* – disse Marina com pesar. – Sei como você o adorava.

– Sim – falei, a estranha tranquilidade que eu sentira enquanto debatíamos o que fazer me abandonando como a calmaria antes de uma tempestade violenta. – Ligo para você mais tarde, quando souber a que horas devo chegar.

– Por favor, cuide-se, Maia. Você passou por um choque terrível.

Apertei o botão para encerrar a ligação e, antes que as nuvens em meu coração derramassem uma torrente e me afogassem, subi até o quarto para pegar minha passagem e entrar em contato com a companhia aérea. Enquanto esperava ser atendida, olhei para a cama em que eu tinha acordado naquela manhã para mais *um dia como outro qualquer*. E agradeci a Deus por os seres humanos não terem o poder de prever o futuro.

A mulher intrometida que acabou atendendo não era nem um pouco prestativa, e eu sabia, enquanto ela falava sobre voos lotados, multas e detalhes do cartão de crédito, que minha barragem emocional estava prestes a se romper. Finalmente, quando consegui que me garantisse, com muita má vontade, um lugar no voo das quatro horas para Genebra – o que significava ter que jogar tudo na minha mala imediatamente e pegar um táxi para Heathrow –, sentei-me na cama e olhei por tanto tempo para a ramagem que decorava o papel de parede que o padrão começou a dançar diante dos meus olhos.

– Ele se foi… – sussurrei. – Se foi para sempre. Nunca mais vou vê-lo.

Esperando que dizer essas palavras fosse provocar uma torrente de lágrimas, fiquei surpresa em ver que nada aconteceu. Em vez disso, permaneci ali sentada, paralisada, a cabeça ainda cheia de questões práticas. Seria horrível ter que contar às minhas irmãs – a todas as cinco –, e revirei meu arquivo emocional para decidir para qual ligaria primeiro. Tiggy, a segunda mais jovem de nós e de quem eu sempre fora mais próxima, foi a escolha inevitável.

Com dedos trêmulos, toquei a tela para achar seu número e liguei. Quando caiu na caixa postal, não soube o que dizer além de algumas palavras confusas lhe pedindo que me ligasse de volta com urgência. Ela estava em algum lugar das Terras Altas, na Escócia, trabalhando em uma reserva para cervos selvagens órfãos e doentes.

Quanto às outras irmãs… Eu sabia que as reações iam variar, pelo menos externamente, da indiferença ao choro mais dramático.

Como não sabia bem para que lado *eu* penderia na escala de emoção quando falasse de fato com alguma delas, escolhi o caminho covarde de mandar para todas uma mensagem pedindo que me ligassem assim que pudessem. Então arrumei apressadamente a mala e desci a escada estreita que levava à cozinha para escrever um bilhete para Jenny explicando por que tive que partir tão de repente.

Resolvi arriscar a sorte e pegar um táxi na rua, então saí de casa andando rapidamente pela verdejante Chelsea Crescent como qualquer pessoa normal faria em qualquer dia normal de Londres. Acho que cheguei a dizer oi para um cara com quem cruzei, que passeava com um cachorro, e até consegui esboçar um sorriso.

Ninguém poderia imaginar o que tinha acabado de acontecer comigo, pensei enquanto entrava num táxi na movimentada King's Road, instruindo o motorista a seguir para Heathrow.

Ninguém poderia imaginar.

❀ ❀ ❀

Cinco horas depois, quando o sol descia vagarosamente sobre o lago Léman, em Genebra, eu chegava a nosso pontão particular na costa, de onde eu faria a última etapa da minha viagem de volta.

Christian já esperava por mim em nossa reluzente lancha Riva. Pela expressão em seu rosto, dava para ver que ele já sabia o que acontecera.

– Como você está, mademoiselle Maia? – perguntou, e percebi a compaixão em seus olhos azuis enquanto ele me ajudava a embarcar.

– Eu… estou feliz por ter chegado aqui – respondi sem demonstrar emoção.

Caminhei até a parte de trás do barco e me sentei no banco de couro cor de creme que formava um semicírculo na popa. Normalmente eu me sentava com Christian na frente, no banco do passageiro, enquanto atravessávamos as águas calmas na viagem de vinte minutos até nossa casa. Mas, naquele dia, queria um pouco de privacidade. Quando ele ligou o potente motor, o sol cintilava nas janelas das fabulosas casas que ladeavam as margens do lago. Muitas vezes, quando fazia esse trajeto, sentia que entrava num mundo etéreo, desconectado da realidade.

O mundo de Pa Salt.

Notei a primeira vaga evidência de lágrimas arder em meus olhos quando pensei no apelido carinhoso de meu pai, que eu tinha criado quando era mais nova. Ele sempre adorou velejar e, às vezes, quando voltava para nossa casa à beira do lago, cheirava a mar e ar fresco. De alguma forma, o nome pegou e, à medida que minhas irmãs mais novas foram chegando, passaram a chamá-lo assim também.

Conforme a lancha ganhava velocidade, o vento quente passando pelo meu cabelo, pensei nas centenas de viagens que eu tinha feito para Atlantis, o castelo de conto de fadas de Pa Salt. Como ficava em um promontório particular, atrás do qual se erguia abruptamente uma meia-lua de montanhas, inacessível por terra: só se podia chegar lá de barco. Os vizinhos mais próximos ficavam a quilômetros de distância pelo lago, então Atlantis era nosso reino particular, isolado do resto do mundo. Tudo o que havia naquele lugar era mágico, como se Pa Salt e nós – suas filhas – tivéssemos vivido ali sob algum encantamento.

Cada uma de nós tinha sido adotada por Pa Salt ainda bebê, vindas dos quatro cantos do mundo e levadas até lá para viver sob sua proteção. E cada uma de nós, como Pa sempre gostava de dizer, era especial, diferente... éramos *suas* meninas. Ele tirara nossos nomes das Sete Irmãs, sua constelação preferida. Maia era a primeira e a mais velha.

Quando eu era criança, ele me levava até seu observatório com cúpula de vidro no alto da casa, me levantava com suas mãos grandes e fortes e me fazia olhar o céu noturno pelo telescópio.

– Ali está – dizia enquanto ajustava a lente. – Olha, Maia, aquela é a linda estrela brilhante que inspirou seu nome.

E eu a *via*. Enquanto ele explicava as lendas que eram a origem dos nomes das minhas irmãs e do meu, eu mal escutava, simplesmente desfrutava da sensação de seus braços apertados à minha volta, completamente atenta àquele momento raro e especial quando o tinha só para mim.

Com o tempo percebi que Marina, que eu imaginava enquanto crescia que fosse minha mãe – eu até encurtara seu nome para "Ma" –, era apenas uma babá, contratada por Pa para cuidar de mim porque ele passava muito tempo fora. Mas é claro que Marina era muito mais do que isso para todas nós, garotas. Era ela quem secava nossas lágrimas, nos repreendia pelo mau comportamento à mesa e nos orientara tranquilamente durante a difícil transição da infância para a idade adulta.

Ela sempre estivera por perto, e eu não a teria amado mais se tivesse me dado à luz.

Durante os três primeiros anos da minha infância, Marina e eu moramos sozinhas em nosso castelo mágico às margens do lago Léman enquanto Pa Salt viajava pelos sete mares cuidando de seus negócios. E então, uma a uma, minhas irmãs começaram a chegar.

Normalmente, Pa me trazia um presente quando voltava para casa. Eu escutava o motor da lancha chegando e saía correndo pelos vastos gramados e por entre as árvores até o cais para recebê-lo. Como qualquer criança, eu queria ver o que ele tinha escondido em seus bolsos mágicos para me encantar. Em uma ocasião especial, no entanto, depois de me presentear com uma rena de madeira primorosamente esculpida, assegurando que vinha da oficina do Papai Noel no polo Norte, uma mulher uniformizada apareceu saindo de trás dele, e em seus braços havia um pequeno embrulho envolto em um xale. E o embrulho se mexia.

– Desta vez, Maia, eu lhe trouxe o mais especial dos presentes. Agora você tem uma irmã. – Ele sorrira para mim enquanto me pegava nos braços. – E não vai mais ficar sozinha quando eu tiver que viajar.

Depois disso, a vida mudou. A enfermeira que Pa trouxera com ele foi embora em algumas semanas, e Marina assumiu os cuidados da minha irmãzinha. Eu não conseguia entender como aquela coisinha vermelha que berrava e que por vezes cheirava mal e desviava a atenção de mim poderia ser um presente. Até que, certa manhã, Alcíone – que recebeu o nome da segunda estrela das Sete Irmãs – sorriu para mim de sua cadeira alta no café da manhã.

– Ela sabe quem eu sou – falei fascinada para Marina, que lhe dava comida.

– É claro que sabe, querida. Você é a irmã mais velha, aquela que ela vai admirar. Caberá a você lhe ensinar tudo que ela não sabe.

À medida que crescia, ela ia se tornando minha sombra, seguindo-me para todos os lugares, o que me agradava e me irritava em igual medida.

– Maia, me espere! – pedia gritando enquanto cambaleava atrás de mim.

Apesar de Ally – como eu a apelidara – ter sido originalmente um acréscimo indesejado à minha vida de sonho em Atlantis, eu não poderia ter desejado uma companhia mais doce e adorável. Ela raramente chorava e não tinha os ataques de pirraça das crianças de sua idade. Com seus cachos ruivos caindo pelo rosto e os grandes olhos azuis, Ally tinha um encanto natural que atraía as pessoas, incluindo nosso pai. Quando Pa Salt voltava de suas viagens longas ao exterior, eu notava como seus olhos se iluminavam quando ele a via, de uma maneira que eu tinha certeza que não brilhavam por mim. E, enquanto eu era tímida e reticente com estranhos, Ally tinha um jeito sempre receptivo, sempre disposta a confiar nos outros, e isso encantava todos.

Ela também era uma daquelas crianças que parecem se sobressair em tudo – especialmente na música e em qualquer esporte que tivesse a ver com água. Lembro-me de Pa ensinando-a a nadar na nossa ampla piscina. Enquanto eu lutava para me manter na superfície e odiava ficar embaixo d'água, minha irmãzinha parecia uma sereia. E, enquanto eu não conseguia me equilibrar direito nem no *Titã*, o imenso e lindo iate oceânico de Pa, quando estávamos em casa Ally implorava que ele a levasse para dar uma volta no pequeno Laser que mantinha atracado em nosso cais particular. Eu me agachava na popa estreita do barco, enquanto Pa e Ally assumiam o controle e cruzávamos rapidamente as águas cristalinas. Aquela paixão comum por velejar os conectava de uma forma que eu sentia que nunca conseguiria.

Embora Ally tenha estudado música no Conservatório de Genebra e fosse uma flautista altamente talentosa, que poderia ter seguido carreira em uma orquestra profissional, desde que deixara a escola de música tinha escolhido ser velejadora em tempo integral. Agora participava regularmente de regatas e representara a Suíça em diversas competições.

Quando Ally tinha quase três anos, Pa chegou em casa com nossa próxima irmã, a quem deu o nome de Astérope, como a terceira das Sete Irmãs.

– Mas vamos chamá-la de Estrela – disse Pa, sorrindo para Marina, Ally e para mim, que observávamos a recém-chegada deitada no berço.

Naquela época, eu tinha aulas todas as manhãs com um professor particular, por isso a chegada da minha mais nova irmã me afetou menos do que a de Ally havia afetado. Então, apenas seis meses depois, outra bebê se juntou a nós, uma garotinha de doze semanas chamada Celeno, nome que Ally imediatamente reduziu para Ceci.

Havia uma diferença de apenas três meses entre Estrela e Ceci e, desde que me lembro, as duas forjaram uma estreita ligação. Pareciam gêmeas, conversando em uma linguagem de bebê só delas, e continuavam se comunicando desse jeito. Elas viviam em seu próprio mundo particular, que excluía todas nós, suas outras irmãs. E mesmo agora, na casa dos 20 anos, nada havia mudado. Ceci, a mais nova das duas, era sempre a chefe, atarracada e morena, em contraste com Estrela, pálida e muito magra.

No ano seguinte, outra bebê chegou – Taígeta, que apelidei de "Tiggy", porque seu cabelo escuro e curto nascia em ângulos estranhos de sua cabecinha e me fazia lembrar do porco-espinho da famosa história de Beatrix Potter.

Eu tinha então 7 anos e me liguei a Tiggy desde o primeiro momento em que coloquei os olhos nela. Ela era a mais delicada de todas nós e, na infância, enfrentara uma doença atrás da outra, mas, mesmo ainda bem pequena, fora sempre serena e complacente. Depois que Pa trouxe para casa, alguns meses mais tarde, outra neném, que recebeu o nome de Electra, Marina, exausta, muitas vezes me perguntava se eu me importaria de ficar com Tiggy, que continuamente tinha febre ou tosse. Depois que a diagnosticaram como asmática, raramente a tiravam do quarto para passear em seu carrinho, de modo que o ar frio e a névoa pesada do inverno de Genebra não atingissem seu peito.

Electra era a mais nova das irmãs, e seu nome combinava perfeitamente com ela. Eu já estava acostumada com bebês e toda a atenção que exigiam, mas minha irmã mais nova era, sem dúvida, a mais desafiadora de todas. Tudo relacionado a ela *era* elétrico. Sua habilidade natural de mudar em um instante da água para o vinho e vice-versa fazia nossa casa, antes tão tranquila, reverberar diariamente com seus gritos agudos. Os ataques de pirraça ressoavam na minha cabeça de criança e, quando ela cresceu, sua personalidade impetuosa não se suavizou.

Ally, Tiggy e eu tínhamos, secretamente, nosso próprio apelido para ela: nossa irmã caçula era chamada entre nós três de "Difícil". Todas pisávamos em ovos perto dela, tentando não fazer nada que pudesse deflagrar uma repentina mudança de humor. Sinceramente, havia momentos em que eu a odiava por toda a perturbação que trouxera a Atlantis.

Porém, quando Electra sabia que uma de nós estava em apuros, ela era a primeira a oferecer ajuda e apoio. Assim como era capaz de um enorme egoísmo, sua generosidade em outras ocasiões era igualmente marcante.

Depois de Electra, toda a família esperava a chegada da Sétima Irmã. Afinal, tínhamos recebido nossos nomes em homenagem à constelação preferida de Pa Salt e não estaríamos completas sem ela. Até sabíamos seu nome – Mérope – e nos perguntávamos como ela seria. Mas um ano se passou, depois outro, e outro, e nosso pai não trouxe mais nenhum bebê para casa.

Lembro-me claramente de um dia em que estava com ele no observatório. Eu tinha 14 anos, e entrava na adolescência. Esperávamos para assistir a um eclipse, que, explicara Pa, era um momento seminal para a humanidade e geralmente trazia alguma mudança.

– Pa – disse eu –, o senhor nunca vai trazer para casa nossa sétima irmã?

Ao ouvir isso, sua figura grande e protetora pareceu congelar por alguns segundos. De repente, parecia que ele carregava o peso do mundo nos ombros. Embora não tivesse se virado, pois estava ajustando o telescópio para o eclipse que ia acontecer, percebi instintivamente que o que eu dissera o deixara angustiado.

– Não, Maia, não vou. Porque eu nunca a encontrei.

❁ ❁ ❁

Quando pude enxergar Marina de pé no cais, perto da cerca viva de abetos que escondia nossa casa de olhares curiosos, finalmente senti o peso da verdade inexorável que era a perda de Pa.

Então percebi que o homem que tinha criado o reino em que todas havíamos sido princesas não estava mais lá para conservar o encantamento.

CONHEÇA OS OUTROS LIVROS DA SÉRIE

A IRMÃ DA TEMPESTADE

Ally D'Aplièse é uma grande velejadora e está se preparando para uma importante regata, mas a notícia da morte do pai faz com que ela abandone seus planos e volte para casa, para se reunir com as cinco irmãs. Lá, elas descobrem que Pa Salt – como era carinhosamente chamado pelas filhas adotivas – deixou, para cada uma delas, uma pista sobre suas verdadeiras origens.

Apesar do choque, Ally encontra apoio em um grande amor. Porém, mais uma vez seu mundo vira de cabeça para baixo, então ela decide seguir as pistas deixadas por Pa Salt e ir em busca do próprio passado. Nessa jornada, ela chega à Noruega, onde descobre que sua história está ligada à da jovem cantora Anna Landvik, que viveu há mais de cem anos e participou da estreia de uma das obras mais famosas do grande compositor Edvard Grieg. E, à medida que mergulha na vida de Anna, Ally começa a se perguntar quem realmente era seu pai adotivo.

A IRMÃ DA SOMBRA

Estrela D'Aplièse está numa encruzilhada após a repentina morte do pai, o misterioso bilionário Pa Salt. Antes de morrer, ele deixou a cada uma das seis filhas adotivas uma pista sobre suas origens, porém a jovem hesita em abrir mão da segurança da sua vida atual.

Enigmática e introspectiva, ela sempre se apoiou na irmã Ceci, seguindo-a aonde quer que fosse. Agora as duas se estabelecem em Londres, mas, para Estrela, a nova residência não oferece o contato com a natureza nem a tranquilidade da casa de sua infância. Insatisfeita, ela acaba cedendo à curiosidade e decide ir atrás da pista sobre seu nascimento.

Nessa busca, uma livraria de obras raras se torna a porta de entrada para o mundo da literatura e sua conexão com Flora MacNichol, uma jovem inglesa que, cem anos antes, teve como grande inspiração a escritora Beatrix Potter. Cada vez mais encantada com a história de Flora, Estrela se identifica com aquela jornada de autoconhecimento e está disposta a sair da sombra da irmã superprotetora e descobrir o amor.

A IRMÃ DA PÉROLA

Ceci D'Aplièse sempre se sentiu um peixe fora d'água. Após a morte do pai adotivo e o distanciamento de sua adorada irmã Estrela, ela de repente se percebe mais sozinha do que nunca. Depois de abandonar a faculdade, decide deixar sua vida sem sentido em Londres e desvendar o mistério por trás de suas origens. As únicas pistas que tem são uma fotografia em preto e branco e o nome de uma das primeiras exploradoras da Austrália, que viveu no país mais de um século antes.

A caminho de Sydney, Ceci faz uma parada no único local em que já se sentiu verdadeiramente em paz consigo mesma: as deslumbrantes praias de Krabi, na Tailândia. Lá, em meio aos mochileiros e aos festejos de fim de ano, conhece o misterioso Ace, um homem tão solitário quanto ela e o primeiro de muitos novos amigos que irão ajudá-la em sua jornada.

Ao chegar às escaldantes planícies australianas, algo dentro de Ceci responde à energia do local. À medida que chega mais perto de descobrir a verdade sobre seus antepassados, ela começa a perceber que afinal talvez seja possível encontrar nesse continente desconhecido aquilo que sempre procurou sem sucesso: a sensação de pertencer a algum lugar.

A IRMÃ DA LUA

Após a morte de Pa Salt, seu misterioso pai adotivo, Tiggy D'Aplièse resolve seguir os próprios instintos e fixar residência nas Terras Altas escocesas. Lá, ela tem o emprego que ama, cuidando dos animais selvagens na vasta e isolada Propriedade Kinnaird.

No novo lar, Tiggy conhece Chilly, um cigano que altera totalmente seu destino. O homem conta que ela possui um sexto sentido ancestral e que, segundo uma profecia, ele a levaria até suas origens em Granada, na Espanha.

À sombra da magnífica Alhambra, Tiggy descobre sua conexão com a lendária comunidade cigana de Sacromonte è com La Candela, a maior dançarina de flamenco da sua geração. Seguindo a complexa trilha do passado, ela logo precisará usar seu novo talento e discernir que rumo tomar na vida.

Escrito com a notável habilidade de Lucinda para entrelaçar enredos emocionantes e nos transportar para épocas e lugares distantes, *A irmã da lua* é uma brilhante continuação para a aclamada série As Sete Irmãs.

CONHEÇA OUTRO LIVRO DA AUTORA

A CARTA SECRETA

Quando sir James Harrison, um dos maiores atores de sua geração, morre aos 95 anos, deixa para trás não apenas uma família arrasada, mas também um segredo que seria capaz de abalar o governo britânico.

Joanna Haslam, uma jovem e ambiciosa jornalista, é designada para cobrir o funeral, no qual estão presentes algumas das maiores celebridades do mundo. Mas ela se depara com algo sombrio além de todo aquele glamour: a menção a uma carta que James Harrison deixou, cujo conteúdo algumas pessoas escondem há setenta anos a qualquer custo.

Enquanto procura retirar o véu de mentiras que encobre o segredo e dar o furo jornalístico do século, Joanna percebe que forças poderosas tentam impedi-la de descobrir a verdade. E elas não vão se deixar deter por nada para chegar à carta antes dela.

Neste livro, Lucinda Riley apresenta um suspense surpreendente, sem deixar de lado o romance e a minuciosa reconstituição histórica que sempre encantam seus leitores.

CONHEÇA OS LIVROS DE LUCINDA RILEY

A garota italiana
A árvore dos anjos
O segredo de Helena
A casa das orquídeas
A carta secreta
A garota do penhasco
A sala das borboletas
A rosa da meia-noite
A luz através da janela
Morte no internato

Série As Sete Irmãs

As Sete Irmãs
A irmã da tempestade
A irmã da sombra
A irmã da pérola
A irmã da lua
A irmã do sol
A irmã desaparecida
Atlas

Para saber mais sobre os títulos e autores da Editora Arqueiro,
visite o nosso site e siga as nossas redes sociais.
Além de informações sobre os próximos lançamentos,
você terá acesso a conteúdos exclusivos
e poderá participar de promoções e sorteios.

editoraarqueiro.com.br